BESTSELLER

Brian Herbert, hijo de Frank Herbert, es autor de numerosas y exitosas novelas de ciencia ficción, y de una esclarecedora biografía de su célebre padre, el creador de la famosa saga Dune, que cuenta con millones de lectores en todo el mundo.

Kevin J. Anderson ha publicado más de una treintena de novelas y ha sido galardonado con los premios Nebula, Bram Stoker y el SFX Reader's Choice.

Durante los últimos años, y a partir de las cuantiosas notas que dejó Frank Herbert, Brian Herbert y Kevin J. Anderson han reconstruido y ampliado con notable éxito capítulos desconocidos del universo mítico de Dune en dos novelas que completan la saga, *Cazadores de Dune* (Las crónicas de Dune 7) y *Gusanos de arena de Dune* (Las crónicas de Dune 8), así como en dos trilogías adicionales: el Preludio de la saga (compuesto por *Dune: La Casa Atreides*; *Dune: La Casa Harkonnen*, y *Dune: La Casa Corrino*) y Leyendas de Dune (integrada por *Dune: La Yihad Butleriana*; *Dune: La cruzada de las máquinas*, y *Dune: La batalla de Corrin*). Todos estos títulos se encuentran disponibles en Debolsillo.

Biblioteca

BRIAN HERBERT
KEVIN J. ANDERSON

Dune
La Casa Corrino

Traducción de
Eduardo G. Murillo

DEBOLS!LLO

Papel certificado por el Forest Stewardship Council®

Título original: *Dune: House Corrino*

Primera edición con esta cubierta: mayo de 2022

Printed in Spain – Impreso en España

ISBN: 978-84-9793-246-2
Depósito legal: B-5.425-2022

Compuesto en Lozano Faisano, S. L.
Impreso en Liberdúplex
Sant Llorenç d'Hortons (Barcelona)

P 8 3 2 4 6 C

Para nuestras esposas, Janet Herbert y Rebecca Moesta Anderson, por su apoyo, entusiasmo, paciencia y amor durante este largo y complicado proyecto

AGRADECIMIENTOS

Penny Merritt colabora en la administración del legado literario de su padre, Frank Herbert.

Nuestros editores, Mike Shohl, Carolyn Caughey, Pat LoBrutto y Anne Lesley Groell, nos dieron detallados y valiosos consejos durante los numerosos borradores necesarios para llegar a la versión final de esta historia.

Como siempre, Catherine Sidor, de WordFire, Inc, trabajó sin descanso para transcribir docenas de microcasetes y mecanografiar cientos de páginas con el fin de seguir nuestro frenético ritmo de trabajo. Su colaboración en todas las fases de este proyecto nos ha ayudado a mantener la cordura, hasta logró convencer a otras personas de que estábamos organizados.

Diane E. Jones hizo las veces de lectora y conejillo de Indias, reaccionó con sinceridad y propuso escenas adicionales que ayudaron a dotar de más fuerza al libro.

Robert Gottlieb y Matt Bialer, de Trident Media Group, y Mary Alice Kier y Anna Cottle, de Cine/Lit Representation, cuya fe y dedicación nunca flaquearon cuando comprendieron las posibilidades del proyecto.

La Herbert Limited Partnership, que incluye a Ron Merritt, David Merritt, Byron Merritt, Julie Herbert, Robert Merritt, Kimberly Herbert, Margaux Herbert y Theresa Shackelford, todos los cuales nos han proporcionado su apoyo más entusiasta y confiado la continuación de la maravillosa visión de Frank Herbert.

Beverly Herbert, por casi cuatro décadas de apoyo y devoción a su marido, Frank Herbert.

Y, sobre todo, gracias a Frank Herbert, cuyo genio creó un universo prodigioso para que todos pudiéramos explorarlo.

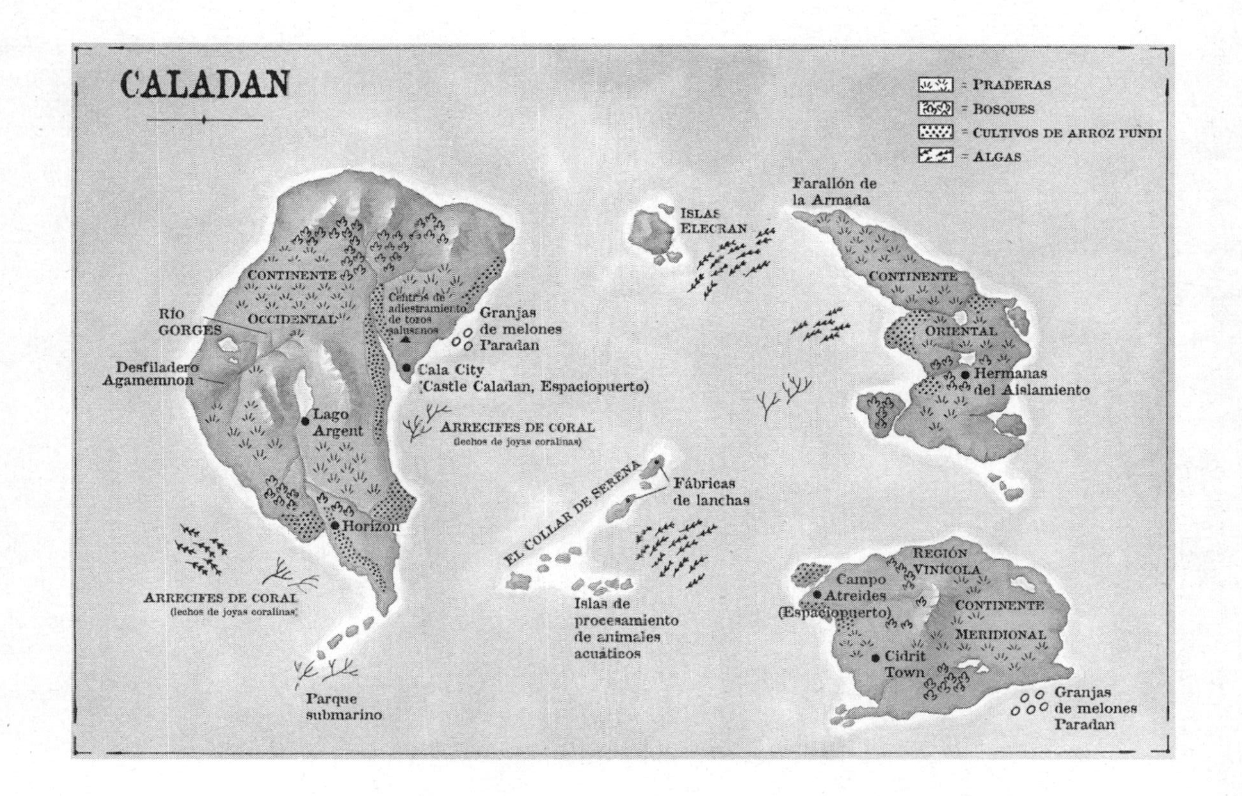
CALADAN
= PRADERAS
= BOSQUES
= CULTIVOS DE ARROZ PUNDI
= ALGAS
CONTINENTE
OCCIDENTAL
Río
GORGES
Desfiladero
Agamemnon
Centros de
adiestramiento
de toros
salusanos
Granjas
de melones
Paradan
Cala City
(Castle Caladan, Espaciopuerto)
Lago
Argent
ARRECIFES DE CORAL
(lechos de joyas coralinas)
Horizon
ARRECIFES DE CORAL
(lechos de joyas coralinas)
Parque
submarino
ISLAS
ELECRAN
EL COLLAR DE SERENA
Fábricas
de lanchas
Islas de
procesamiento
de animales
acuáticos
Farallón de
la Armada
CONTINENTE
ORIENTAL
Hermanas
del Aislamiento
REGIÓN
VINÍCOLA
Campo
Atreides
(Espaciopuerto)
CONTINENTE
MERIDIONAL
Cidrit
Town
Granjas
de melones
Paradan

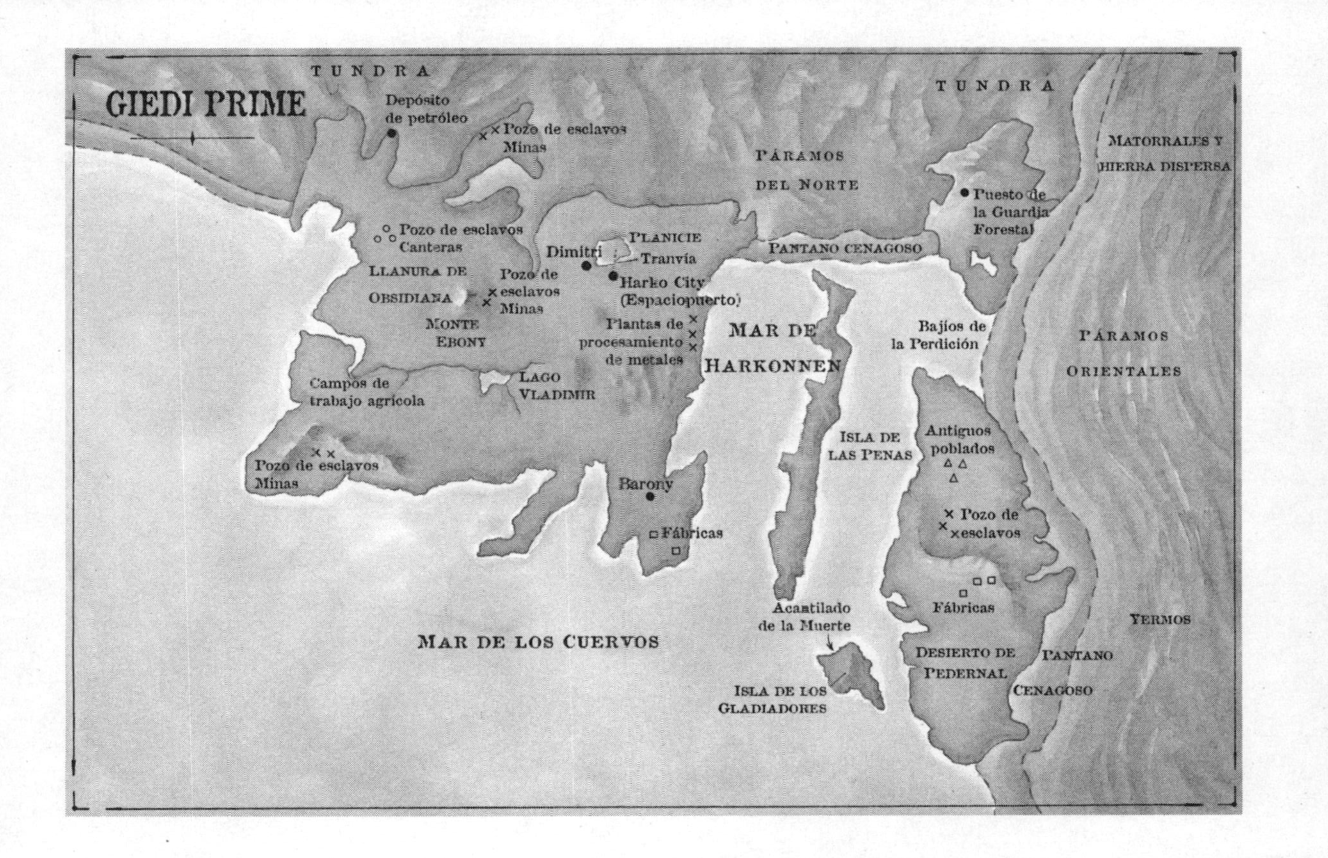
GIEDI PRIME
TUNDRA
Depósito de petróleo
Pozo de esclavos Minas
TUNDRA
PÁRAMOS DEL NORTE
MATORRALES Y HIERBA DISPERSA
Puesto de la Guardia Forestal
Pozo de esclavos Canteras
PLANICIE
Dimitri
Tranvía
PANTANO CENAGOSO
LLANURA DE OBSIDIANA
Pozo de esclavos Minas
Harko City (Espaciopuerto)
MONTE EBONY
Plantas de procesamiento de metales
MAR DE HARKONNEN
Bajíos de la Perdición
PÁRAMOS ORIENTALES
Campos de trabajo agrícola
LAGO VLADIMIR
ISLA DE LAS PENAS
Antiguos poblados
Pozo de esclavos Minas
Barony
Pozo de esclavos
Fábricas
Fábricas
Acantilado de la Muerte
MAR DE LOS CUERVOS
YERMOS
DESIERTO DE PEDERNAL
PANTANO CENAGOSO
ISLA DE LOS GLADIADORES

El eje de rotación del planeta Arrakis se encuentra en ángulo recto con el radio de su órbita. El planeta no es un globo, sino más bien una peonza algo achatada en el ecuador y cóncava hacia los polos. Se piensa que tal vez sea artificial, obra de algún artífice antiguo.

Informe de la Tercera Comisión Imperial en Arrakis

Bajo la luz de dos lunas en un cielo polvoriento, los fremen corrían entre las rocas del desierto. Se fundían con el escabroso contorno como cortados de la misma tela, hombres duros en un entorno duro.

Muerte a los Harkonnen. Todos los hombres del comando armado habían jurado lo mismo.

En las silenciosas horas previas al amanecer, Stilgar, el alto y barbudo jefe del comando, se movía como un felino al frente de un puñado de sus mejores guerreros. *Hemos de movernos como sombras en la noche. Sombras con cuchillos ocultos.*

Alzó una mano para indicar al comando que se detuviera. Stilgar escuchó el latido del desierto, sus ojos de un azul profundo sondearon las escarpas rocosas recortadas contra el cielo como centinelas gigantescos. Mientras las dos lunas cruzaban el cielo, fragmentos de oscuridad cambiaban por momentos, extensiones vivientes de la cara de la montaña.

Los hombres subieron por una estribación rocosa, y utilizaron sus ojos adaptados a la oscuridad para seguir una senda empinada. El terreno le resultaba extrañamente familiar, aunque Stilgar nunca había estado allí. Su padre le había descrito el camino, la ruta que sus antepasados habían seguido para llegar al sietch Hadith, en otra época el mayor de sus poblados ocultos, abandonado desde hacía mucho tiempo.

Hadith, una palabra tomada de una antigua canción fremen sobre las condiciones de supervivencia en el desierto. Como muchos fremen vivos, tenía la historia grabada en la mente..., un relato de traiciones y conflictos civiles en tiempo de las primeras generaciones de los errantes zensunni llegados a Dune. La leyenda afirmaba que todos los significados se habían originado aquí, en este sagrado sietch.

Ahora, sin embargo, los Harkonnen han profanado nuestro antiguo lugar.

Todos los hombres del comando de Stilgar experimentaban repugnancia ante tal sacrilegio. En el sietch de la Muralla Roja, se hacían muescas en una losa por cada enemigo que los fremen mataban, y esta noche se derramaría más sangre enemiga.

La columna siguió a Stilgar mientras descendía a paso vivo por la senda rocosa. Pronto amanecería, y una buena matanza les aguardaba.

En este lugar, lejos de la curiosidad de los ojos imperiales, el barón Harkonnen había utilizado las cavernas vacías del sietch Hadith para ocultar uno de sus almacenes de especia ilegales. La reserva de la valiosa melange no aparecía en ningún inventario entregado al emperador. Shaddam no sospechaba nada, pero los Harkonnen no podían esconder tales actividades a habitantes del desierto.

En la miserable aldea de Bar Es Rashid, situada al pie de la cordillera, los Harkonnen tenían un puesto de escucha y habían apostado guardias en los riscos. Esa defensa tan pobre no suponía ningún obstáculo para los fremen, quienes mucho tiempo atrás habían construido numerosos pozos y entradas a las grutas de la montaña. Caminos secretos...

Stilgar encontró una bifurcación y siguió el sendero apenas dibujado, en busca de la entrada secreta al sietch Hadith. A pesar de la escasa luz, distinguió una mancha más oscura bajo un saliente. Se puso a cuatro patas, tanteó en la oscuridad y localizó la abertura, fría y húmeda, sin un sello de puerta. *Qué desperdicio.*

Ni luz, ni señal de guardias. Se introdujo en el hueco, estiró una pierna hacia abajo y localizó un saliente, donde apoyó la bota. Encontró un segundo saliente con el otro pie, y debajo otro. Peldaños que descendían. A lo lejos, vislumbró una tenue luz amarilla, en el punto donde el túnel bajaba hacia la izquierda. Stilgar se izó hasta la superficie e indicó a los demás con un ademán que le siguieran.

Al llegar al pie de los toscos escalones, observó un viejo cuenco de cocina. Se quitó los tapones de la nariz y percibió el olor a carne cruda. ¿Un cebo para pequeños depredadores? ¿Una trampa para cazar animales? Se quedó inmóvil, mientras buscaba sensores. ¿Habría disparado ya una alarma silenciosa? Oyó pasos más adelante, una voz ebria.

—He pillado a otro. Vamos a terminar con él.

Stilgar y dos fremen más se internaron como una exhalación por un túnel lateral y sacaron sus cuchillos. Las pistolas maula serían demasiado ruidosas en un espacio cerrado. Cuando un par de guardias Harkonnen pasaron tambaleándose ante ellos, hediendo a cerveza de especia, Stilgar y su camarada Turok saltaron sobre ellos y les sorprendieron por detrás.

Antes de que los hombres pudieran gritar, los fremen les rebanaron el pescuezo, y después aplicaron esponjas secadoras sobre las heridas para absorber la preciosa sangre. A toda prisa, los fremen se apoderaron de las armas de los guardias. Stilgar se quedó con un rifle láser y entregó otro a Turok.

Globos luminosos militares, que apenas despedían luz, flotaban en huecos del techo. El comando avanzó por el pasadizo, en dirección al corazón del antiguo sietch. Cuando el corredor rodeó una correa transportadora utilizada para entrar y sacar materiales de la cámara secreta, percibió el olor a canela de la melange, cada vez más intenso a medida que el grupo se adentraba en las profundidades de la montaña. En esta zona, los globos luminosos despedían un resplandor anaranjado en lugar de amarillo.

Los soldados de Stilgar murmuraron al ver calaveras y cuerpos en descomposición, apoyados contra los lados del pasadizo, como trofeos exhibidos de cualquier manera. Una ciega rabia se apoderó de Stilgar. Tal vez se tratara de prisioneros fremen o de aldeanos, capturados por los Harkonnen para divertirse. Turok, que caminaba a su lado, paseó la vista a su alrededor, en busca de algún enemigo al que poder matar.

Stilgar continuó avanzando con cautela y empezó a oír voces y ruidos metálicos. Llegaron a una cavidad bordeada por una barandilla de baja piedra que dominaba una gruta subterránea. Stilgar imaginó los miles de habitantes del desierto que habían recorrido la inmensa caverna mucho tiempo atrás, antes de los Harkonnen, antes del emperador..., antes de que la especia melange se hubiera convertido en la sustancia más valiosa del universo.

Una estructura octogonal se alzaba en el centro de la gruta, de color azul oscuro y plateado, rodeada de rampas. Había estructuras similares más pequeñas a su alrededor, una de las cuales se encontraba en fase de construcción. Vieron piezas de plasmetal diseminadas por doquier, siete obreros trabajaban sin parar.

Los infiltrados descendieron con sigilo hasta el suelo de la gruta. Turok y los demás fremen, cada uno con sus armas confiscadas, tomaron posiciones en diferentes cavidades desde donde dominaban la gruta. Tres fremen subieron a toda prisa la rampa que rodeaba la estructura octogonal. Al llegar a lo alto, desaparecieron, para luego reaparecer y hacer señas a Stilgar. Ya habían matado a seis guardias sin hacer el menor ruido, gracias a sus cuchillos.

El sigilo ya no era necesario. Un par de fremen apuntaron con sus pistolas maula a los sorprendidos obreros, y les ordenaron que subieran la escalera. Los hombres accedieron a regañadientes, como indiferentes a la identidad de sus nuevos amos.

Los fremen investigaron los pasadizos de comunicación y descubrieron barracones subterráneos, con dos docenas de guardias dormidos entre botellas de cerveza de especia tiradas por el suelo. Un persistente olor a melange impregnaba la amplia sala.

Los fremen cargaron contra ellos al instante, con la intención de provocarles dolor, pero no heridas mortales. Los aturdidos Harkonnen fueron desarmados y conducidos a la gruta central.

Stilgar, con la sangre hirviendo en sus venas, miró con el ceño fruncido a los hombres medio borrachos. *Uno siempre confía en encontrar enemigos dignos, pero esta noche no hemos dado con ninguno.* Incluso aquí, en la gruta de máxima seguridad, estos hombres habían saqueado la especia que, en teoría, debían vigilar, probablemente sin el conocimiento del barón.

—Quiero torturarlos hasta la muerte ahora mismo. —Los ojos de Turok eran oscuros bajo la luz rojiza de los globos—. Poco a poco. Ya has visto lo que hicieron a sus cautivos.

Stilgar le detuvo.

—Más tarde. Ahora, los pondremos a trabajar.

Stilgar paseó arriba y abajo delante de los cautivos Harkonnen, mientras se mesaba la barba negra. El hedor de su miedo empezaba a imponerse al olor de la melange. Utilizó con el jefe una amenaza que su líder, Liet-Kynes, había insinuado.

—Esta reserva de especia es ilegal, una violación explícita de las órdenes imperiales. Toda la melange del recinto será confiscada y enviada a Kaitain.

Liet, al que acababan de nombrar planetólogo imperial, había ido a Kaitain para solicitar una entrevista con el emperador Padishah Shaddam IV. El viaje hasta el palacio imperial era muy largo, y un simple habitante del desierto como Stilgar era incapaz de imaginar tales distancias.

—¿Lo dice un fremen? —se burló el capitán de la guardia, medio borracho, un hombrecillo de mejillas temblorosas y frente despejada.

—Lo dice el emperador. Tomaremos posesión de la reserva en su nombre.

Los ojos de Stilgar se clavaron en el hombre. El capitán no tenía suficiente sentido común para estar asustado. Por lo visto, ignoraba la suerte que deparaban los fremen a sus cautivos. Pronto lo averiguaría.

—¡Poneos a descargar los silos! —ladró Turok, que se había acercado a los obreros rescatados. Los prisioneros que no estaban demasiado agotados se divirtieron al ver el brinco que dieron los Harkonnen—. Nuestros tópteros no tardarán en venir a recoger la especia.

Mientras el sol del amanecer bañaba el desierto, Stilgar se sentía angustiado. Los cautivos Harkonnen trabajaban, hora tras hora. La incursión estaba durando demasiado, pero tenían mucho que ganar.

Mientras Turok y sus compañeros vigilaban con las armas preparadas, los hoscos guardias Harkonnen cargaban paquetes de melange sobre las cintas transportadoras que llegaban hasta las aberturas practicadas en la cara de los riscos, cerca de las pistas de aterrizaje de tópteros. En el exterior, los atacantes fremen recogían un tesoro suficiente para comprar un planeta.

¿Para qué querrá el barón tanta riqueza?

A mediodía, con puntualidad matemática, Stilgar oyó explosiones en la aldea de Bar Es Rashid, al pie de la cordillera: el segundo comando fremen atacaba el puesto de guardia Harkonnen, en una operación perfectamente coordinada.

Cuatro ornitópteros carentes de todo distintivo dieron la vuelta al contrafuerte rocoso, hasta que los hombres de Stilgar los guiaron hasta las pistas de aterrizaje. Obreros liberados y guerrilleros fremen cargaron la melange dos veces robada en los aparatos.

Había llegado el momento de finalizar la operación.

Stilgar alineó a los guardias Harkonnen a lo largo del precipicio que dominaba las polvorientas cabañas de Bar Es Rashid. Tras horas de duro trabajo y de alimentar su miedo, el mofletudo capitán Harkonnen estaba sobrio por completo, con el pelo empapado y los ojos desorbitados. Stilgar estudió al hombre con absoluto desprecio.

Sin decir palabra, desenvainó el cuchillo y abrió al hombre en canal, desde el hueso púbico al esternón. El capitán lanzó una exclamación de incredulidad cuando su sangre e intestinos se desparramaron sobre el suelo.

—Qué desperdicio de humedad —murmuró Turok a su lado.

Algunos prisioneros Harkonnen, presa del pánico, intentaron huir, pero los fremen cayeron sobre ellos. Arrojaron a algunos por el precipicio y apuñalaron a los demás. Los que se resistieron fueron abatidos con rapidez y sin dolor. Los fremen dedicaban mucho más tiempo a los cobardes.

Ordenaron a los obreros que cargaran los cadáveres en los ornitópteros, incluso los cadáveres putrefactos encontrados en los pasadizos. En el sietch de la Muralla Roja, la gente de Stilgar extraería hasta la última gota de agua de los cuerpos. La profanada Hadith quedaría vacía de nuevo, un sietch fantasma.

Una advertencia para el barón.

Uno a uno, los tópteros cargados se elevaron como aves oscuras, mientras los hombres de Stilgar corrían bajo el sol de la tarde, cumplida su misión.

En cuanto el barón Harkonnen descubriera la pérdida de su reserva de especia y el asesinato de sus guardias, se desquitaría con Bar Es Rashid, aunque los pobres aldeanos no tuvieran nada que ver con el ataque. Stilgar decidió trasladar a toda la población a un sietch lejano y seguro.

Allí, junto con los obreros liberados, se convertirían en fremen, o morirían si no colaboraban. Teniendo en cuenta la vida miserable que llevaban en Bar Es Rashid, Stilgar pensó que les estaba haciendo un favor.

Cuando Liet-Kynes regresara de su entrevista con el emperador, se sentiría muy complacido con los logros de los fremen.

La humanidad solo tiene una ciencia: la ciencia del descontento.

Emperador PADISHAH SHADDAM IV,
Decreto en respuesta a los actos de la Casa Moritani

Concededme el perdón, señor.

Suplico un favor, señor.

Casi siempre, el emperador Padishah Shaddam IV consideraba tediosas sus tareas diarias. Sentarse en el Trono del León Dorado había sido emocionante al principio, pero ahora, mientras miraba hacia el fondo de la sala de audiencias imperial, se le antojó que el poder atraía pestes interminables. Las voces de los suplicantes se desvanecían en su mente, mientras concedía o denegaba favores.

Pido justicia, señor.

Un momento de vuestro tiempo, señor.

Durante sus años de príncipe heredero, había conspirado sin tregua para ascender al trono. Ahora, con un chasquido de los dedos, Shaddam tenía el poder de elevar a un plebeyo a la condición de noble, destruir planetas o aplastar Grandes Casas.

Pero ni siquiera el emperador del Universo Conocido podía gobernar tal como dictara su capricho. Toda clase de intrigantes políticos obstruían sus decisiones. La Cofradía Espacial tenía sus intereses propios, así como la Cobine Honnete Ober Advancer Mercantiles, el grupo comercial conocido como CHOAM. Era un consuelo saber que las familias nobles se peleaban entre sí tanto como con él.

Os ruego que escuchéis mi caso, señor.

Tened misericordia, señor.

La Bene Gesserit le había ayudado a cimentar los primeros años de su reinado. No obstante, ahora, las brujas, incluida su propia esposa, susurraban a sus espaldas, deshilaban su tapiz imperial, creaban nuevas pautas que era incapaz de distinguir.

Concededme mi petición, os lo suplico, señor.

No es nada, señor.

Sin embargo, en cuanto el Proyecto Amal llegara a su culminación, cambiaría la faz del Imperio. «Amal.» La palabra tenía un sonido mágico. Pero los nombres eran una cosa, y la realidad otra muy distinta.

Los últimos informes de Ix eran alentadores. Por fin, los malditos tleilaxu anunciaban el éxito de sus experimentos, estaba esperando la prueba final, las muestras. Especia... Todos los hilos de títeres del Imperio estaban hechos de especia. *Pronto contaré con mi propia reserva, y por lo que a mí respecta, que se pudra Arrakis.*

El investigador jefe Hidar Fen Ajidica jamás osaría mentir. No obstante, el amigo de la infancia y consejero filosófico de Shaddam, el conde Hasimir Fenring, había sido enviado a Ix para comprobarlo.

Mi destino está en vuestras manos, señor.

¡Loado sea el benévolo emperador!

Sentado en su trono de cristal, Shaddam se permitió una sonrisa enigmática, lo cual provocó que los suplicantes se estremecieran de incertidumbre.

Detrás de él, dos mujeres de piel cobriza, ataviadas con vestiduras de escamas de seda doradas, subieron los peldaños y encendieron las antorchas iónicas que flanqueaban el trono. Las llamas crepitantes eran bolas de luz compacta, azules y verdes, recorridas por venas de luz demasiado brillante para mirarla. El aire estaba impregnado del olor a ozono, y resonaba el siseo de las llamas al consumirse.

Tras la acostumbrada pompa y ceremonia, Shaddam había llegado al salón del trono con casi una hora de retraso, una forma de recordar a aquellos miserables mendigos la escasa importancia que concedía a sus visitas. En contraposición, era obligatorio que todos los suplicantes llegaran con la máxima puntualidad, de lo contrario se anulaba su cita.

Beely Ridondo, el chambelán de la corte, se había colocado ante el trono y extendido su bastón sónico. Cuando lo golpeó contra el suelo de piedra pulida, el bastón emitió un sonido que estremeció los cimientos del palacio. Ridondo recitó los interminables apellidos y títulos de Shaddam, y dio por iniciada la sesión. Después, bajó los peldaños con paso decidido.

Shaddam, inclinado hacia delante, con una expresión grave en el rostro, había empezado otro día en el trono...

La mañana se fue desarrollando tal como temía, un recital interminable de asuntos carentes de importancia, pero se obligaba a aparentar compasión. Ya había encargado a varios historiadores que anotaran y exageraran los detalles más destacados de su vida y reinado.

Durante un breve descanso, el chambelán Ridondo repasó la larga lista de asuntos de la agenda imperial. Shaddam bebió de su taza de potente café especiado, y experimentó el latigazo eléctrico de la melange. Por una vez, el cocinero se había esmerado. La taza estaba pintada con suma pericia, tan delicada que parecía hecha de cáscara de huevo. Cada taza que Shaddam utilizaba era destruida, para que nadie más tuviera el privilegio de usar la misma porcelana.

—Señor.

Ridondo miró al emperador con expresión de desconcierto, mientras recitaba nombres complicados sin consultar las notas. El chambelán, aunque no era un mentat, poseía una memoria prodigiosa, que le permitía controlar los numerosos detalles del trabajo cotidiano imperial.

—Un visitante recién llegado ha solicitado audiencia con vos de inmediato.

—Siempre dicen lo mismo. ¿A qué Casa representa?

—No es del Landsraad, señor. Ni tampoco un alto funcionario de la Cofradía o la CHOAM.

Shaddam emitió un ruido grosero.

—Entonces, la respuesta es evidente, chambelán. No puedo perder el tiempo con plebeyos.

—No es..., no es exactamente un plebeyo, señor. Se llama Kiet-Lynes, y viene de Arrakis.

Shaddam estaba irritado por la audacia que demostraba ese hombre al creer que podía entrar en el palacio y ser recibido en audiencia por el emperador de un Millón de Planetas.

—Si deseara hablar con una rata del desierto, le haría llamar.

—Es vuestro planetólogo imperial, señor. Vuestro padre encomendó a su padre que investigara la especia en Arrakis. Creo que os ha enviado numerosos informes.

El emperador bostezó.

—Todos ellos muy aburridos, si no me equivoco. —Recordó al excéntrico Pardot Kynes, que había pasado casi toda su vida en Arrakis, hasta convertirse en un nativo, había cambiado el esplendor de Kaitain por el polvo y el calor—. Ya no me interesan los desiertos.

Sobre todo ahora que el amal está a punto.

—Entiendo vuestras reservas hacia él, señor, pero Kynes podría soliviantar a los trabajadores del desierto cuando regrese. ¿Quién sabe su grado de influencia sobre ellos? Podrían convocar una huelga general de inmediato, disminuir la producción de especia y obligar al barón Harkonnen a tomar medidas enérgicas. El barón solicitaría refuerzos Sardaukar, y a partir de ahí...

Shaddam levantó una mano bien cuidada.

—¡Basta! Entiendo lo que quieres decir. —El chambelán siempre pronosticaba más consecuencias de las que un emperador quería oír—. Hazle entrar, pero antes sacúdele el polvo.

Liet-Kynes encontró impresionante el palacio imperial, pero estaba acostumbrado a un tipo diferente de grandeza. Nada podía ser más espectacular que la desnuda inmensidad de Dune. Había plantado cara a monstruosas tormentas de Coriolis. Había cabalgado a lomos de grandes gusanos de arena. Había visto vida vegetal en las condiciones más inhóspitas.

Un hombre sentado en una silla, por cara que fuera, no podía compararse con nada de eso.

Notaba la piel aceitosa debido a la loción que los criados habían aplicado a todo su cuerpo. Su pelo olía a perfumes de flores, y su cuerpo apestaba a desodorantes artificiales. Según la sabiduría fremen, la arena purificaba el cuerpo y la mente. En cuanto regresara a Kaitain, Kynes se proponía rodar desnudo por una duna y exponerse a la mordedura del viento para sentirse verdaderamente limpio de nuevo.

Como insistió en llevar su complicado destiltraje, la prenda fue desmontada en busca de armas ocultas y aparatos de escucha. Los componentes habían sido frotados y lubricados, las superficies tratadas con extraños productos químicos, antes de que Seguridad le dejara ponérselo de nuevo. Kynes dudaba de que la pieza vital del equipo para vivir en el desierto volviera a funcionar como debía; tendría que deshacerse de él. Un desperdicio.

Pero como era el hijo del gran profeta Pardot Kynes, los fremen harían cola hasta el horizonte para disputarse el honor de fabricar una nueva prenda para él. Al fin y al cabo, compartían un objetivo: la prosperidad de Dune. Sin embargo, solo Kynes podía acercarse al emperador para presentar las peticiones necesarias.

Estos hombres imperiales no entienden nada.

La capa moteada de Liet flotaba tras él cuando avanzaba. En Kaitain, parecía poco más que una tela basta, pero él la llevaba como si fuera un manto real.

El chambelán anunció su nombre con brevedad, como ofendido por el hecho de que el planetólogo no poseyera suficientes títulos de nobleza o políticos. Kynes atravesó el salón con sus botas *temag*, no se molestó en caminar con elegancia. Se detuvo ante el estrado y habló con descaro, sin hacer una reverencia.

—Emperador Shaddam, debo hablar con vos de la especia y de Arrakis.

Los cortesanos lanzaron una exclamación, asombrados por su franqueza. El emperador se puso rígido, visiblemente ofendido.

—Eres osado, planetólogo. E iluso. ¿Piensas que no sé nada de asuntos tan vitales para mi Imperio?

—Pienso, señor, que los Harkonnen os han proporcionado información falsa, mentiras con las que os ocultan sus verdaderas actividades.

Shaddam enarcó una ceja rojiza y se inclinó hacia delante, con toda su atención concentrada en el planetólogo.

Kynes continuó.

—Los Harkonnen son perros salvajes que destrozan el desierto. Explotan a los nativos. Las cifras de víctimas mortales entre los trabajadores de la especia son aún más elevadas que en los pozos de esclavos de Poritrin o Giedi Prime. Os he enviado numerosos informes en que detallo dichas atrocidades, y mi padre antes que yo hizo lo mismo. También os he facilitado un plan a largo plazo en donde explico cómo la plantación de hierba y de arbustos podría recuperar gran parte de la superficie de Dune, quiero decir Arrakis, para ser habitada. —Hizo una brevísima pausa—. Solo puedo deducir que no habéis leído nuestros informes, puesto que no hemos recibido respuesta, y no habéis emprendido ninguna acción.

Shaddam agarró los brazos del Trono del León Dorado. Las antorchas iónicas que lo flanqueaban rugieron como en una pobre imitación del horno encendido en la boca de Shai-Hulud.

—Tengo mucho que leer, planetólogo, y muy poco tiempo.

Los guardias Sardaukar se acercaron un poco más, en sintonía con el mal humor de su emperador.

—Y casi todo carece de importancia, comparado con el futuro de la producción de melange, ¿verdad?

La réplica de Liet escandalizó a Shaddam y a los demás presentes. Los guardias se pusieron en estado de alerta, con las espadas preparadas.

Kynes prosiguió, indiferente al peligro.

—He solicitado material nuevo y equipos de botánicos, meteorólogos y geólogos. He solicitado expertos en estudios culturales que me ayuden a descubrir por qué la gente del desierto sobrevive tan bien, mientras que los Harkonnen sufren tantas pérdidas.

El chambelán ya había oído bastante.

—Planetólogo, nadie exige al emperador. Solo Shaddam IV decide lo que es importante y dónde hay que distribuir recursos, gracias a la benevolencia de su mano imperial.

Ni Shaddam ni su lacayo acobardaron a Kynes.

—Y no hay nada más importante para el Imperio que la especia. Ofrezco una forma de que la historia recuerde al emperador como un visionario, siguiendo la tradición del príncipe heredero Raphael Corrino.

Ante tal audacia, Shaddam se puso en pie, algo que hacía muy pocas veces durante las audiencias imperiales.

—¡Basta!

Estuvo a punto de hacer llamar a un verdugo, pero la razón prevaleció. Por poco. Quizá necesitaría todavía a este hombre. Además, en cuanto empezara la producción de amal, sería divertido dejar que Kynes viera a su amado planeta languidecer hasta extinguirse.

—Mi ministro imperial de la Especia —dijo en tono calmo—,

el conde Hasimir Fenring, llegará a Kaitain dentro de una semana. Si vuestras peticiones son correctas, él se encargará de facilitaros cuanto necesitéis.

Guardias Sardaukar avanzaron a toda prisa, cogieron a Kynes por los codos y lo sacaron al punto de la sala. No se resistió, ahora que había obtenido una respuesta. Comprendió que el emperador Shaddam era un necio y un egocéntrico, y dejó de tenerle respeto, por más planetas que gobernara.

Ahora, Kynes sabía que los fremen tendrían que cuidar de Dune sin ayuda de nadie.

Los que están vivos a medias piden lo que les falta..., pero lo rechazan cuando se lo ofrecen. Temen la prueba de su propia insuficiencia.

Atribuido a SANTA SERENA BUTLER, *Apócrifos de la Jihad*

En el salón de banquetes del castillo de Caladan, criados vestidos con elegancia mantenían la apariencia de normalidad, aunque su duque solo era una sombra de lo que había sido.

Mujeres ataviadas con vestidos de colores alegres corrían por los pasillos de piedra. Velas perfumadas iluminaban cada cavidad. Pero ni los mejores platos preparados por el cocinero, ni la vajilla y cubertería de excelsa calidad, ni la música relajante podían disipar la tristeza que se había apoderado de la Casa Atreides. Todos los criados notaban el dolor de Leto, y no podían hacer nada por ayudarle.

Lady Jessica ocupaba una silla de madera de elacca tallada cerca de un extremo de la mesa, su lugar oficial como concubina favorita del duque. A la cabecera se sentaba Leto Atreides, alto y orgulloso, tratando con distraída cortesía a los criados que traían los diferentes platos.

Había numerosos asientos vacíos en la sala, demasiados. Para apaciguar el lacerante dolor de Leto, Jessica había hecho desaparecer con discreción la sillita fabricada para Victor, el hijo del duque, muerto a la edad de seis años. Pese a su formación Bene Gesserit, Jessica había sido incapaz de calmar el dolor de Leto, y su corazón sufría por él. Tenía muchas cosas que decirle, si tan solo quisiera escucharla.

En lados opuestos de la larga mesa se sentaban el mentat Thufir Hawat y el contrabandista Gurney Halleck. Gurney, que por lo general alegraba cualquier reunión con una canción y su baliset, estaba ocupado con los preparativos para el viaje secreto a Ix que Thufir y él emprenderían dentro de muy poco, con el fin de intentar descubrir algún punto débil en las defensas tleilaxu.

Con su mente de ordenador, Thufir era capaz de imaginar cientos de planes y contingencias en un instante, lo cual le convertía en un elemento vital de la misión. Gurney era un especialista en infiltrarse en lugares donde nunca había estado y en escapar en las circunstancias más difíciles. Tal vez aquellos dos triunfaran donde todos los demás habían fracasado...

—Tomaré un poco más de ese Caladan blanco —dijo el maestro espadachín Duncan Idaho, al tiempo que levantaba su vaso. Un criado se precipitó hacia delante con una botella de costoso vino local, Duncan sostuvo la copa en alto mientras el criado decantaba el delicioso líquido dorado de la botella. Levantó una mano para indicarle que aguardara, probó el vino y pidió más.

En el incómodo silencio, Leto miraba hacia las puertas de entrada..., como si esperara impaciente la llegada de alguien más. Sus ojos eran como carámbanos de hielo humeante.

La explosión en el dirigible, el aparato en llamas...

Rhombur mutilado y quemado, Victor muerto...

Y después, averiguar que todo había sido provocado por Kailea, la celosa concubina de Leto, la propia madre de Victor, que se había arrojado desde una alta torre del castillo de Caladan, abrumada por la vergüenza y el dolor...

El cocinero salió de sus dominios, portando con orgullo una bandeja.

—Nuestro mejor plato, duque Leto. Creado en vuestro honor.

Era un parapescado carnoso envuelto en hojas aromáticas. Había ramitas de romero encajadas en los pliegues de la carne rosada. Enebrinas de un color azul púrpura estaban esparcidas por la bandeja como joyas. Aunque sirvió a Leto el mejor trozo, el duque no levantó su tenedor. Siguió con la vista clavada en la puerta principal. Esperando.

Por fin, reaccionando ante el sonido de unos pasos y el zumbido de un motor, Leto se levantó, con expresión de impaciencia y preocupación. La Bene Gesserit Tessia entró en el salón de banquetes. Examinó la estancia, observó las sillas, el suelo de piedra sin la alfombra, y cabeceó en señal de aprobación.

—Está haciendo admirables progresos, mi duque, pero tendréis que ser paciente.

—Él tiene paciencia por todos nosotros —dijo Leto, y su expresión empezó a insinuar el pálido amanecer de una sonrisa.

El príncipe Rhombur Vernius, con una precisión calculada que se reflejaba en levísimos movimientos de músculos electrolíquidos, la flexión de hilo shiga y nervios microfibrosos, entró en el salón de banquetes. Su rostro surcado de cicatrices, una combinación de piel natural y artificial, transparentaba su intensa concentración. Gotas de sudor perlaban su frente marfileña. Vestía un manto corto y suelto. En la solapa brillaba una hélice púrpura y cobre, orgulloso símbolo de la caída Casa Vernius.

Tessia corrió hacia él, pero Rhombur levantó un dedo de polímeros y metal pulido, para indicar que le dejara continuar solo.

La explosión del dirigible había destrozado su cuerpo, quemado sus extremidades y la mitad de su cara, y destruido casi todos sus órganos. No obstante, se había aferrado a la vida, un ascua casi apagada de una llama otrora brillante. Lo que quedaba ahora era poco más que un pasajero de un vehículo mecánico en forma de hombre.

—Voy lo más rápido posible, Leto.

—No hay prisa. —El corazón del duque sufría por su valiente amigo. Habían pescado juntos, practicado toda clase de juegos, flirteado y planeado estrategias durante años—. No me perdonaría que cayeras y rompieras algo, como la mesa, por ejemplo.

—Muy divertido.

Leto recordó que los infames tleilaxu habían querido recoger muestras genéticas de las estirpes Atreides y Vernius, con la intención de chantajear al duque en esos momentos de dolor. Habían hecho al angustiado Leto una oferta diabólica: a cambio del cuerpo mutilado pero todavía vivo de su mejor amigo, Rhombur, cultivarían un ghola, un clon extraído de células muertas, de su hijo Victor.

Odiaban a la Casa Atreides, pero todavía más a la Casa Vernius, a la que habían expulsado de Ix. Los tleilaxu habían querido acceder al ADN completo de los Atreides y los Vernius. Con los cuerpos de Victor y Rhombur, habrían podido crear un número ilimitado de gholas, clones, asesinos y replicantes.

Pero Leto había rechazado su oferta, y contratado los servicios de Wellington Yueh, un médico Suk especializado en la sustitución de extremidades orgánicas.

—Os agradezco la cena que celebráis en mi honor. —Rhombur contempló los platos y bandejas dispuestos sobre la mesa—. Siento que la comida se haya enfriado.

Leto inició los aplausos. Duncan y Jessica, sonrientes, le imitaron. Jessica observó un brillo de lágrimas cautivas en la mirada del duque.

El doctor Yueh caminaba al lado de su paciente, mientras estudiaba una placa de datos manual que recibía impulsos de los sistemas cibernéticos de Rhombur. El médico frunció los labios.

—Excelente. Funcionáis tal como estaba previsto, aunque hay que afinar todavía algunos componentes.

Caminó alrededor de Rhombur como un hurón, mientras el príncipe avanzaba con pasos lentos y estudiados.

Tessia apartó una silla para Rhombur. Sus piernas sintéticas eran fuertes y robustas, pero carentes de gracia. Sus manos parecían guantes blindados. Sus brazos colgaban a los costados como remos recorridos por circuitos.

Rhombur sonrió al ver el enorme pescado que acababan de servir.

—Eso huele de maravilla. —Volvió la cabeza, un lento movimiento de rotación, como sobre una banda de rodamiento—. ¿Cree que podría comer un poco, doctor Yueh?

El médico Suk se acarició el largo bigote.

—Probadlo tan solo. Vuestro sistema digestivo necesita trabajar más.

Rhombur volvió la cabeza hacia Leto.

—Parece que, al menos durante un tiempo, voy a consumir más células de energía que postres.

Se acomodó en la silla, y los demás le imitaron.

Leto alzó la copa e intentó pensar en un brindis. Después, su rostro adquirió una expresión de angustia, y se limitó a tomar un sorbo.

—Lamento que te haya pasado esto, Rhombur. Estas... prótesis mecánicas... son lo mejor que he podido encontrar.

El rostro surcado de cicatrices de Rhombur se iluminó con una combinación de gratitud e irritación.

—¡Infiernos carmesíes, Leto, deja de disculparte! Si intentas descubrir todas las facetas de la culpa, la Casa Atreides se consumirá durante años, y todos nos volveremos locos. —Levantó un brazo mecánico, giró la mano unida a la articulación de la muñeca y la miró—. No está tan mal. De hecho, es maravillosa. El doctor Yueh es un genio. Deberías contratarlo para siempre.

El médico Suk se removió inquieto, en un esfuerzo por disimular el placer que le causaba el cumplido.

—Recordad que procedo de Ix, de manera que admiro las maravillas de la tecnología —dijo Rhombur—. Ahora, soy un ejemplo viviente. Si hay alguna persona mejor preparada para adaptarse a esta nueva situación, me gustaría conocerla.

Durante años, el príncipe exiliado Rhombur había esperado con paciencia, y prestado apoyo al movimiento de resistencia de su devastado planeta, incluyendo discos explosivos y suministros militares proporcionados por el duque Leto.

En los últimos meses, a medida que Rhombur recuperaba las fuerzas, también se había fortalecido mentalmente. Aunque apenas era un hombre, cada día hablaba de la necesidad de reconquistar Ix, hasta el punto de que el duque Leto, e incluso su concubina Tessia, le aconsejaban que se calmara.

Por fin, Leto había accedido a correr el riesgo de enviar un equipo de reconocimiento, compuesto por Gurney y Thufir, con el fin de lograr algo que le compensara de todas las tragedias a las que había sobrevivido. La cuestión no era si podían lanzar un ataque, sino cuándo y cómo.

Tessia habló sin mover su mirada.

—No subestiméis la fortaleza de Rhombur. Vos, más que nadie, sabéis a lo que hay que adaptarse con el fin de sobrevivir.

Jessica reparó en la expresión de adoración de la concubina. Tessia y Rhombur habían pasado años juntos en Caladan, y durante ese tiempo, ella le había alentado a prestar apoyo a los luchadores de Ix, para así recuperar su trono. Tessia le había apoyado en las peores épocas, incluso después de la explosión. Tras recobrar la conciencia, Rhombur le había dicho:

—Me sorprende que te hayas quedado.

—Me quedaré mientras tú me necesites.

Tessia no paraba de trabajar para su bienestar, supervisaba las modificaciones de sus aposentos de Caladan y preparaba aparatos auxiliares. Dedicaba la mayor parte de su tiempo a fortalecerle.

—En cuanto el príncipe Rhombur se sienta mejor —había anunciado—, conducirá al pueblo de Ix hasta la victoria.

Jessica ignoraba si la mujer obedecía a los dictados de su corazón o a las instrucciones secretas que le había dado la Hermandad.

Durante su infancia, Jessica había escuchado a su profesora y mentora, la reverenda madre Gaius Helen Mohiam. Había seguido hasta la última de sus instrucciones draconianas y aprendido todas sus lecciones.

Pero ahora, la Hermandad quería que los genes del duque se combinaran con los de ella. Le habían ordenado, de manera muy explícita, que sedujera a Leto y concibiera una hija Atreides. Sin embargo, cuando había empezado a experimentar sentimientos de amor desconocidos y prohibidos hacia este sombrío duque, Jessica se había rebelado y retrasado el momento de quedar embarazada. Después, tras la muerte de Victor y la depresión autodestructiva de Leto, se había permitido concebir un hijo varón, contraviniendo las órdenes. Mohiam se sentiría traicionada y decepcionada, pero Jessica siempre podía concebir una hija más adelante, ¿no?

Rhombur dobló el brazo izquierdo e introdujo con cautela sus dedos rígidos en un bolsillo del manto. Tras algunos intentos, agarró un trozo de papel, que desdobló con dificultad.

—Fijaos en la sensibilidad del control motriz —dijo Yueh—. Esto va mejor de lo que yo esperaba. ¿Habéis estado practicando, Rhombur?

—Cada segundo. —El príncipe alzó el papel—. Cada día recuerdo cosas nuevas. Este es el mejor boceto que he sabido hacer de algunos túneles secretos de acceso a Ix. Serán de utilidad para Gurney y Thufir.

—Las demás entradas han resultado ser muy peligrosas —dijo el mentat. Durante decenios, los espías habían intentado penetrar las defensas tleilaxu. Varios agentes Atreides lo habían conseguido, pero nunca habían regresado. Otros no habían sido capaces de infiltrarse en el mundo subterráneo.

Pero Rhombur, el hijo del conde Dominic Vernius, se había devanado los sesos en busca de información sobre los sistemas secretos de seguridad y las entradas ocultas a las ciudades subterráneas. Durante su larga y forzosa convalecencia, había empezado a recordar detalles que creía olvidados, detalles que tal vez allanarían el camino de los espías.

Rhombur dedicó su atención a la comida y cogió un generoso pedazo de parapescado con el tenedor. Después, al reparar en la mirada de desaprobación del doctor Yueh, dejó el pedazo en el plato y cortó un trozo más pequeño.

Leto contempló su reflejo en la pared de obsidiana azul de la sala.

—Como lobos dispuestos a saltar sobre una presa que dé señales de debilidad, algunas familias nobles están esperando que yo vacile. Los Harkonnen, por ejemplo.

Desde el desastre del dirigible, un endurecido duque Leto se había negado a aceptar la injusticia en silencio. Necesitaba demostrar algo tanto como Rhombur, y sería en Ix.

—Hemos de demostrar a todo el Imperio que la Casa Atreides es más fuerte que nunca.

Cuando intentamos ocultar nuestros impulsos más secretos, todo nuestro ser expresa a voz en grito la traición.

Doctrina Bene Gesserit

Era doloroso para lady Anirul ver morir a la Decidora de Verdad Lobia sobre una estera tejida de su austero aposento. *Ay, amiga mía, te mereces mucho más que esto.*

La anciana hermana se había ido debilitando durante los últimos años, pero se aferraba con tenacidad a la vida. En lugar de regresar a la Escuela Materna de Wallach IX, como le correspondía por derecho, Lobia había insistido en seguir al servicio del Trono del León Dorado. Su mente maravillosa (que ella describía como su «más preciada posesión») continuaba despierta. Como Decidora de Verdad imperial, Lobia descubría las mentiras y engaños que se decían en presencia de Shaddam IV, aunque el emperador pocas veces le demostraba su agradecimiento.

La mujer miró a Anirul, aureolada por la luz de los globos, en tanto las sombras ocultaban sus lágrimas. Esta anciana hermana era su confidente más querida en todo el inmenso palacio, no solo una Bene Gesserit como ella, sino también una persona vivaz y fascinante, con la que podía compartir pensamientos y secretos. Ahora, estaba agonizando.

—Os pondréis bien, madre Lobia —dijo Anirul. Las paredes de plaspiedra de la sencilla habitación, sin calefacción, retenían un frío que calaba los huesos—. Creo que estáis recuperando las fuerzas.

La voz de la anciana sonó como el crujido de hojas secas.

—Nunca mientas a una Decidora de Verdad..., sobre todo a la del emperador. —Era una reprimenda que se repetía con frecuencia. Un brillo pícaro bailó en los ojos de Lobia, aunque a su pecho le costaba mantener el ritmo de la respiración—. ¿Es que no has aprendido nada de mí?

—He aprendido que sois tozuda, amiga mía. Deberíais dejarme llamar a las hermanas Galenas. Yohsa podría curaros de vuestra enfermedad.

—La Hermandad ya no me necesita con vida, hija, por más que tú lo desees. ¿Debo reprenderte por tener sentimientos, o nos ahorro a las dos esa vergüenza? —Lobia tosió, y después adoptó la suspensión Bindu, respiró hondo dos veces y completó el ritual. Su respiración se tranquilizó, como si fuera joven de nuevo, sin las preocupaciones de la mortalidad—. No estamos destinadas a vivir eternamente, aunque a veces lo parezca, por obra de las voces de la Otra Memoria.

—Creo que os encanta contradecir mis ideas preconcebidas, madre Lobia.

Solían nadar juntas en los canales subterráneos del palacio. Practicaban complicados juegos de estrategia, mirándose durante horas, y ganaban gracias a matices imperceptibles. Anirul no quería perderla.

Si bien la anciana Decidora de Verdad vivía en el lujoso palacio imperial, no había adornos en las paredes de sus aposentos, ni alfombras en los suelos de piedra. Lobia había ordenado quitar los cuadros, alfombras y cortinas de las ventanas.

—Tales comodidades obnubilan la mente —decía a Anirul—. Los objetos personales son una pérdida de tiempo y energía.

—¿Acaso no es la mente humana la que crea tales lujos?

—Las mentes humanas superiores crean cosas maravillosas, pero la gente estúpida las codicia para su particular deleite. Yo prefiero no ser estúpida.

Cómo añoraré estas discusiones cuando ya no esté con nosotros...

Anirul, invadida por una enorme tristeza, se preguntó si el emperador había reparado en la ausencia de la anciana. Durante años, Lobia había sido la mejor Decidora de Verdad, capaz de percibir el mínimo brillo de sudor en la piel, un ladeo de la cabeza, un mohín de los labios, un tono de voz, y muchas cosas más.

Lobia, sin moverse, abrió de repente los ojos.

—Ha llegado la hora.

El miedo abrasó el corazón de Anirul como un carbón al rojo vivo. *No tendré miedo. El miedo es el asesino de mentes. El miedo es la pequeña muerte que provoca la aniquilación total.*

—Lo entiendo, madre Lobia —susurró—. Estoy dispuesta a ayudaros.

Plantaré cara a mi miedo. Permitiré que pase por encima y a través de mí.

Anirul reprimió las lágrimas, se obligó a mantener la compostura Bene Gesserit, se inclinó hacia delante y apoyó la frente sobre la sien de la anciana Decidora de Verdad, como agachada sobre una estera de oraciones. Quedaba una tarea importante antes de que Lobia se permitiera morir.

Anirul no quería perder las conversaciones y la amistad de la anciana en aquel solitario palacio, pero no era preciso que renunciara a la compañía de la Decidora de Verdad. No del todo.

—Habladme, Lobia. Tengo espacio para todos vuestros recuerdos.

En el fondo de su conciencia, Anirul sentía el entusiasmo y el clamor de la multitud agazapada: la Otra Memoria, las experiencias conservadas genéticamente de todas sus antecesoras. Como madre Kwisatz, la mente de Anirul era muy receptiva a los pensamientos y vidas antiguas, que se remontaban a muchas generaciones atrás. Pronto, Lobia se reuniría con ellas.

Notó el pulso de la anciana bajo su palma. Los latidos del corazón se estabilizaron, sus mentes se abrieron... y se inició el flujo, como un torrente que atravesara un dique abierto. Lobia vertió su vida en Anirul, transfirió recuerdos, aspectos de su personalidad, todos los datos contenidos en su larga vida.

Un día, Anirul transmitiría la información a otra hermana más joven. De esta forma, la memoria colectiva de la Hermandad se acumulaba y estaba disponible para todas las Bene Gesserit.

Lobia, vacía de vida, se transformó en un pellejo, como un suspiro contenido durante mucho tiempo. Ahora, el libro de su vida habitaba en el interior de Anirul, entre todas las demás voces. Cuando llegara el momento, la madre Kwisatz convocaría los recuerdos de Lobia, y volverían a estar juntas...

Anirul oyó una vocecilla, miró a un lado y disimuló al punto sus sentimientos. No podía permitir que otra hermana fuera testigo de su debilidad, ni siquiera en momentos de intenso dolor. En la puerta había aparecido una joven acólita.

—Una visita importante, mi señora. Os ruego que me sigáis.

Anirul quedó sorprendida por la serenidad de que hizo gala cuando habló.

—La hermana Lobia ha muerto. Hemos de informar a la madre superiora de que el emperador necesita una nueva Decidora de Verdad.

Anirul dirigió una breve y anhelante mirada a la anciana tendida sobre su estera, y se encaminó hacia la puerta sin hacer el menor ruido.

La bonita joven aceptó la noticia, no sin mirarla antes con asombro. Guió a Anirul hasta un elegante saloncito, donde aguardaba la reverenda madre Mohiam. Vestía el hábito negro tradicional de la Hermandad.

Antes de que Mohiam pudiera hablar, Anirul la informó de la muerte de Lobia sin demostrar la menor emoción. La otra reverenda madre no pareció sorprendida.

—Yo también soy portadora de noticias largo tiempo esperadas, Anirul. Te confortarán en un día como este. —Hablaba en un idioma antiguo y olvidado que ningún espía podría traducir—. Por fin, Jessica está embarazada del duque Leto Atreides.

—Tal como se le había ordenado.

La expresión de Anirul perdió su aire de tristeza, y se aferró a la perspectiva de una nueva vida.

Tras milenios de meticulosa planificación, el proyecto más ambicioso de la Bene Gesserit se haría pronto realidad. La hija que Jessica llevaba en su seno se convertiría en la madre de su objetivo tan anhelado, el Kwisatz Haderach, un mesías controlado por la Hermandad.

—A fin de cuentas, puede que no sea un día tan nefasto.

Si todos los seres humanos poseyeran el poder de la presciencia, no serviría de nada. ¿A qué podría aplicarse?

NORMA CENVA, *El cálculo de la filosofía*, antiguos documentos de la Cofradía, colección privada Rossak

El planeta Empalme estaba habitado desde antes de que el legendario patriota y magnate del comercio Aurelius Venport fundara la Cofradía Espacial. Siglos después de la Jihad Butleriana, cuando la todavía balbuceante Cofradía buscaba un planeta capaz de dar cabida a sus enormes cruceros, las llanuras ondulantes y la escasa población de Empalme se adaptaron a la perfección a sus exigencias. Ahora, el planeta estaba cubierto de pistas de aterrizaje, talleres de reparaciones, inmensos hangares de mantenimiento y escuelas de alta seguridad para los misteriosos Navegantes.

El timonel D'murr, que ya no era del todo humano, nadaba en el interior de un tanque hermético de gas de especia, y contemplaba Empalme con los ojos de su mente. El penetrante olor a canela de la melange en estado puro impregnaba su piel, sus pulmones, su mente. Nada podía oler mejor.

La presa mecánica de un módulo volador transportaba su cámara blindada, en dirección al nuevo crucero que le habían asignado. D'murr vivía para realizar viajes en el espacio plegado a través de los sistemas estelares, en un abrir y cerrar de ojos. Y eso era solo una ínfima parte de lo que comprendía, ahora que había evolucionado hasta tal punto desde su forma primitiva.

El bulboso módulo cruzó un enorme campo de cruceros aparcados, kilómetros y kilómetros de naves monstruosas, las herramientas del comercio del Imperio. El orgullo era un sentimiento humano primitivo, pero saber el puesto que ocupaba en el universo todavía deparaba placer a D'murr.

Echó un vistazo al taller principal y a las instalaciones de mantenimiento, donde se reparaban y ponían a punto las naves. El casco de un inmenso crucero estaba abollado por el impacto de varios asteroides. Un veterano Navegante había sufrido graves heridas a bordo. D'murr experimentó un destello de tristeza, otra sombra persistente del muchacho ixiano que había sido. Si algún día concentrara su mente expandida, hasta los restos de su antiguo yo se desvanecerían.

Más adelante, se veían las señales blancas del Campo de los Navegantes, erigidas en recuerdo de los Navegantes caídos. Había un par de señales nuevas, instaladas recientemente, tras la muerte de dos pilotos que habían sido sujetos experimentales. Los voluntarios habían sufrido transformaciones provocadas por un peligroso proyecto de comunicación instantánea llamado Vínculo Cofrade, basado en la comunicación a larga distancia de D'murr con su hermano gemelo C'tair.

El proyecto había sido un completo fracaso. Después de haber sido utilizado con éxito unas cuentas veces, los Navegantes acoplados mentalmente habían caído en un coma cerebral. La Cofradía había prohibido continuar las investigaciones, pese a los enormes beneficios potenciales. Los Navegantes tenían demasiado talento y salían demasiado caros para correr tales riesgos.

El módulo se posó junto al perímetro del campo funerario, cerca de la base del Oráculo del Infinito. El enorme globo de plaz transparente contenía remolinos y franjas doradas, una nebulosa de estrellas que se movía y cambiaba de forma sin cesar. La actividad aumentó cuando un funcionario uniformado de la Cofradía ayudó a sacar el tanque de D'murr del transporte.

Antes de cada expedición, los Navegantes tenían por costumbre «ponerse en comunicación» con el Oráculo, con el fin de potenciar y afinar sus capacidades prescientes. La experiencia, similar al acto de atravesar las glorias del espacio plegado, le ponía en contacto con los misteriosos orígenes de la Cofradía.

D'murr cerró sus ojillos y sintió que el Oráculo del Infinito llenaba sus sentidos, expandía su mente hasta que todas las posibilidades se desplegaban ante él. Sintió otra presencia que le observaba, como la mente consciente de la propia Cofradía, lo cual le proporcionó una sensación de paz.

Guiado por el antiguo y poderoso Oráculo, la mente de D'murr experimentó el pasado y el futuro del tiempo y el espacio, de toda la belleza de la creación, de todo lo perfecto. Tuvo la impresión de que el gas de especia de su tanque se dilataba hasta abarcar los rostros mutantes de miles de Navegantes. Las imágenes bailaban y cambiaban, de Navegante a humano y viceversa. Vio a una mujer, cuyo cuerpo se transformaba y atrofiaba hasta convertirse en poco más que un cerebro desnudo y enorme...

En el interior del Oráculo, las imágenes se desvanecieron, y le dejaron con una ominosa sensación de vacío. Con los ojos todavía cerrados, solo veía la nebulosa remolineante dentro del globo de plaz transparente. Cuando las tenazas del módulo se apoderaron de su tanque y lo izaron en el aire, en dirección al crucero que esperaba, D'murr se quedó pensativo e inquieto.

Veía muchas cosas en el espacio plegado, pero no todas..., ni siquiera las suficientes. Fuerzas poderosas e impredecibles obraban en el cosmos, fuerzas que ni siquiera el Oráculo era capaz de ver. Los simples humanos, incluso los líderes poderosos como Shaddam IV, no alcanzaban a entender lo que podían desencadenar.

El universo era un lugar peligroso.

La melange es un monstruo con muchas manos. La especia da con una mano y coge con todas las demás.

Informe confidencial de la CHOAM, dirigido exclusivamente al emperador

En el interior de un complejo de edificios de laboratorios subterráneos comunicados entre sí, el vehículo blanco en forma de cápsula corría por una vía. Traqueteó sobre los viejos raíles y se detuvo un momento antes de continuar.

El investigador jefe Hidar Fen Ajidica veía a través del suelo de plaz transparente pasos elevados, cintas transportadoras y sistemas técnicos que funcionaban al unísono para una misión vital. *Y todo bajo mi supervisión*. Aunque el emperador creía que era él quien dirigía los trabajos, ningún hombre de Xuttuh, antes llamado Ix, era tan vital como Ajidica. A la larga, todos los políticos y nobles, incluso los miopes representantes de su propia raza, los tleilaxu, empezarían a comprender. Entonces, sería demasiado tarde para impedir la inevitable victoria del investigador jefe.

La cápsula traqueteó hasta el pabellón de investigaciones, fuertemente custodiado. Antes de que su pueblo conquistara el planeta, las avanzadas instalaciones de fabricación ixianas habían deparado ingentes beneficios a la Casa Vernius. Ahora, los laboratorios y fábricas trabajaban para la gloria de Dios y el dominio de la raza elegida tleilaxu.

Hoy, no obstante, le aguardaban diversos malos tragos. Ajidica no albergaba el menor deseo de entrevistarse otra vez con el conde Fenring, el ministro imperial de la Especia, pero al menos tenía buenas noticias que darle, noticias que mantendrían apaciguadas a las tropas Sardaukar del emperador.

Durante los últimos meses, había supervisado una plétora de ensayos a gran escala con la especia artificial, análisis paralelos para comparar los efectos de la melange y el amal hasta el último detalle. Por pura casualidad, se había descorrido un velo de secretismo difícil de penetrar, cuando una espía de las brujas había caído en sus manos de forma inesperada. La mujer cautiva, que se hacía llamar Miral Alechem, servía ahora a propósitos más elevados.

El vehículo se detuvo ante el pabellón, y Ajidica bajó a la inmaculada plataforma blanca. Fenring ya habría llegado, y al hombre no le gustaba esperar.

Ajidica entró a toda prisa en un ascensor, que le bajó al nivel principal del pabellón, pero la puerta redonda no se abrió. Irritado, oprimió una alarma de emergencia y gritó por el comunicador:

—¡Sacadme de aquí, y deprisa! ¡Soy un hombre ocupado!

El ascensor era de diseño ixiano, pero una sencilla puerta no quería abrirse. ¿Cómo podía fallar algo tan básico? Demasiadas cosas estaban empezando a fallar en aquellas instalaciones tan perfectas en teoría. ¿Podía tratarse de un sabotaje de los tozudos rebeldes, o deficiencias del servicio de mantenimiento?

Oyó hombres que parloteaban al otro lado y herramientas que martilleaban contra la puerta. Ajidica detestaba los espacios cerrados, detestaba vivir bajo tierra. Tuvo la impresión de que la atmósfera cargada se espesaba a su alrededor. Susurró el catecismo de la Gran Fe y pidió con humildad a Dios que le dejara salir sano y salvo. Extrajo un frasco del bolsillo, sacó dos pastillas de sabor nauseabundo y las tragó.

¿Por qué tardan tanto?

Ajidica se esforzó por mantener la serenidad y repasó un plan que había puesto en marcha. Desde el inicio del proyecto, muchos años atrás, había estado en contacto con un pequeño grupo de tleilaxu que le ayudarían cuando escapara con los sagrados tanques de axlotl. En los confines del Imperio, protegido por los mortíferos Danzarines Rostro, instauraría su régimen tleilaxu, con el fin de alcanzar la verdadera interpretación de la Gran Fe.

Ya estaba todo preparado para ocultarle, a él, a su séquito de

Danzarines Rostro y al secreto del amal, en una fragata que le esperaría. Después de su huida, detonaría una bomba que destruiría todo el complejo de laboratorios. La enorme explosión pulverizaría la mitad de la ciudad subterránea. Antes de que el polvo se aposentara, estaría lejos, muy lejos.

Desde su planeta secreto, Ajidica tomaría medidas para cimentar su poder y reunir una fuerza militar que le protegería de la venganza imperial. Solo él controlaría la vital y barata reserva de melange sintética. *Quien controla la especia controla el universo.* A la larga, tal vez Ajidica se sentaría en el Trono del León Dorado. Con tal de que pudiera salir del maldito ascensor.

Por fin, entre ruidos metálicos y gritos, la puerta del ascensor se abrió, y dos ayudantes le miraron.

—¿Estáis bien, amo?

Detrás de ellos, con una expresión irónica en el rostro, estaba el conde Fenring. Aunque no era alto, se erguía sobre los dos tleilaxu.

—Pequeños problemas, ¿ummm?

Ajidica se irguió en toda su corta estatura y salió del ascensor apartando a codazos a sus ayudantes.

—Venid conmigo, conde Fenring.

El investigador jefe guió al ministro de la Especia hasta una sala de demostraciones, una enorme cámara con paredes, suelos y techos de plaz blanco. La sala albergaba instrumentos científicos y receptáculos, así como una mesa roja rematada por una cúpula transparente.

—Ummm, ¿vais a enseñarme de nuevo uno de los gusanos del desierto? ¿También pequeño, espero, aunque no tan débil como el anterior?

Ajidica sacó un frasco de plaz que contenía un líquido anaranjado, que sostuvo bajo la nariz de Fenring.

—La última destilación de amal. Huele a melange, ¿verdad?

La nariz de Fenring se arrugó cuando inhaló. Sin esperar su respuesta, Ajidica oprimió un botón situado en la base de la cúpula. El plaz caliginoso se aclaró, y reveló arena que medio cubría a un gusano de un metro de largo.

—¿Cuánto hace que salió de Arrakis? —preguntó Fenring.

—Lo capturamos hace once días. Los gusanos de arena mueren lejos de su hogar, pero este debería vivir un mes más, tal vez dos.

Ajidica vertió el líquido anaranjado en un receptáculo colocado sobre la cúpula. El receptáculo cayó, se hundió en la arena y se inclinó hacia el gusano.

El animal serpenteó en dirección al amal con la boca abierta, que dejaba al descubierto diminutos dientes de cristal. Con un repentino y violento movimiento, el gusano se lanzó sobre la sustancia naranja y la devoró, con receptáculo incluido.

—Igual que la auténtica melange —dijo Ajidica, sosteniendo la mirada inquisitiva de Fenring.

—Pero los gusanos todavía mueren, ¿no?

El ministro de la Especia no abandonaba su escepticismo.

—Mueren tanto si les damos amal como si no. Da igual. No pueden vivir lejos de su desierto nativo.

—Entiendo. Me gustaría llevar una muestra al emperador. Preparadla.

—El amal es una sustancia biológica —contestó en tono condescendiente Ajidica—, y es peligrosa si no se manipula de la forma debida. El producto final solo será seguro cuando se le añada un agente estabilizador.

—Pues añadidlo, ¿entendido? Esperaré a que lo hagáis.

El investigador jefe meneó la cabeza.

—Estamos en el proceso de analizar cierto número de agentes. La melange es una sustancia extremadamente compleja, pero el éxito es inminente. Volved cuando os haga llamar.

—No me haréis llamar. Yo solo respondo ante el emperador.

—En tal caso —replicó Ajidica en tono arrogante—, informadle de lo que os acabo de decir. Ninguna persona distinguirá la diferencia entre el amal y la melange auténtica.

Al observar la frustración de Fenring, Ajidica sonrió para sí. El «agente estabilizador» era una patraña. Ni el emperador, ni los incompetentes superiores de Ajidica recibirían jamás el verdadero amal. En cambio, el investigador jefe huiría y se lo llevaría todo, sin dejar pistas sobre el verdadero sustituto de la potente especia, que él llamaba «ajidamal». Si la mezcla podía engañar a un gusano de Arrakis, ¿qué prueba más convincente podía existir?

—Siempre recuerdo que yo convencí a Elrood de que se iniciara este proyecto, ¿ummm? —dijo Fenring—. Por lo tanto, mi responsabilidad es tremenda. —Paseó por la pequeña sala—. Supongo que habréis realizado pruebas con la Cofradía Espacial, ¿no? Hemos de saber si un Navegante puede utilizar vuestra melange sintética, y ver caminos seguros a través del espacio plegado.

Ajidica se esforzó por encontrar una respuesta. No había esperado una pregunta semejante.

—¿No, al parecer? Ummm. ¿He tocado un punto sensible?

—Tranquilizaos, un Navegante no notará la diferencia.

Ajidica tocó el botón que oscurecía la cúpula donde estaba encerrado el gusano.

Fenring aprovechó su ventaja.

—Sin embargo, la prueba definitiva sería introducir amal en el tanque de un Navegante, ¿ummm? Solo entonces estaremos seguros.

—Pero no podemos hacer eso, señor —dijo Ajidica—. No podemos solicitar la cooperación de la Cofradía, pues el Proyecto Amal ha de seguir siendo secreto.

Los ojos del conde centellearon, mientras toda clase de planes se forjaban en su mente.

—Pero uno de vuestros Danzarines Rostro podría burlar la seguridad de la Cofradía. Sí, ummm. Yo acompañaré a vuestro Danzarín Rostro, para comprobar que todo salga a la perfección.

Ajidica meditó la propuesta. Este funcionario imperial tenía razón. Además, utilizar un Danzarín Rostro le brindaba otras posibilidades..., una forma de deshacerse de ese entrometido.

Sin que nadie más lo supiera, ya había diseminado cientos de Danzarines Rostro cultivados en tanques por lugares estratégicos de toda la galaxia, los había transportado en naves de exploración hasta confines desconocidos. Los Danzarines Rostro habían sido desarrollados siglos antes, pero sus posibilidades aún no se habían explorado al máximo. Eso iba a cambiar.

—Sí, conde Fenring. Dispondremos que un Danzarín Rostro os acompañe.

Con tantas distracciones, Ajidica pensó que nunca acabaría su trabajo.

Un ansioso grupo de políticos llegó de la ciudad sagrada de Bandalong, desde los planetas natales de los Bene Tleilax. Su líder, el amo Zaaf, era un hombre altivo, con ojos de roedor y la boca siempre deformada por una mueca de desdén. Ajidica no sabía a quién odiaba más, si a Fenring o a los ineptos representantes de los tleilaxu.

Teniendo en cuenta las capacidades científicas de los Bene Tleilax, no podía comprender cómo el amo Zaaf y otros líderes del gobierno manejaban con tanta torpeza los asuntos políticos. Olvidando la majestuosidad del lugar que ocupaban en el universo, se resignaban a ser aplastados por familias nobles *powindah*.

—¿Qué habéis dicho al ministro imperial de la Especia? —preguntó Zaaf cuando entró en el amplio despacho de Ajidica—. Debo recibir un informe completo.

Ajidica tamborileó con los dedos el sobre de plaz escarchado. Estaba cansado de dar explicaciones a desconocidos. Siempre hacían las preguntas más estúpidas. *Algún día, ya no tendré que lidiar con idiotas.*

Después de que Ajidica resumiera la entrevista, Zaaf anunció en tono pomposo:

—Ahora, deseamos ver vuestras pruebas con el amal. Tenemos derecho.

Si bien Zaaf era su superior, Ajidica no temía al hombre, puesto que nadie podía sustituirle al frente del proyecto.

—Hay miles de experimentos en marcha. ¿Deseáis verlos todos? ¿Cuál es vuestra esperanza de vida, amo Zaaf?

—Mostradnos los más significativos. ¿No estáis de acuerdo, caballeros?

Zaaf miró a sus acompañantes. Asintieron y gruñeron.

—Contemplad esta prueba, pues.

Con una sonrisa confiada, Ajidica cogió el frasco de ajidamal que guardaba en el bolsillo y vertió el resto de su contenido en su boca. Probó la sustancia con la lengua, inhaló el perfume a canela y tragó.

Era la primera vez que consumía tanto de una vez. Al cabo de pocos segundos, una agradable sensación de calor impregnó su estómago y cerebro, comparable a la mejor experiencia que había disfrutado con melange auténtica. Lanzó una risita al ver la expresión asombrada de sus visitantes.

—Hace semanas que lo hago —mintió—, y no he padecido trastornos. —Estaba convencido de que Dios no permitiría que le sucediera nada—. No cabe ya la menor duda.

Los políticos tleilaxu parlotearon entre sí, entusiasmados, y se felicitaron mutuamente como si hubieran contribuido de alguna manera al éxito. Zaaf exhibió sus pequeños dientes con una sonrisa y se inclinó hacia delante con expresión conspiradora.

—Excelente, investigador jefe. Nos ocuparemos de que seáis recompensado como merecéis. Pero antes, hemos de hablar de un asunto importante.

Ajidica, embriagado por los efectos del amal, escuchó a Zaaf. Los Bene Tleilax todavía estaban resentidos por el rechazo del duque Leto de su malintencionada oferta para obtener un ghola de Victor, su hijo muerto. Ansiosos por vengarse de lo que todavía creían un ataque de los Atreides, acaecido muchos años atrás, y furiosos por la continua resistencia ixiana en Xuttuh, que utilizaba al príncipe Rhombur Vernius como caudillo, Zaaf quería apoderarse de genes Vernius y Atreides para llevar adelante determinados planes.

Con aquel ADN vital, podrían desarrollar enfermedades especiales capaces de borrar del mapa las casas Vernius y Atreides. Si los tleilaxu se sentían especialmente vengativos, podrían clonar incluso simulacros de Leto y Rhombur, y torturarlos en público hasta la muerte, cuantas veces quisieran. ¿Hasta cuándo podrían aguantar los Atreides? Incluso fragmentos de material genético de su linaje serían suficientes para llevar a cabo muchos experimentos.

Pero la negativa del duque había dado al traste con esos planes.

Para la mente hiperconcentrada de Ajidica, las palabras de Zaaf sonaban distantes e irrelevantes, pero escuchó sin hacer comentarios, y permitió que Zaaf desvelara sus planes para acabar con la Casa Vernius y la Casa Atreides. Describió un memorial de guerra en las selvas de Beakkal, donde casi un milenio antes, tropas Atreides y Vernius habían luchado codo con codo en una legendaria hazaña conocida como la Defensa de Senasar. Varios de sus heroicos antepasados estaban enterrados en un altar de la selva.

Ajidica combatió el aburrimiento, mientras Zaaf continuaba.

—Hemos llegado al acuerdo de que el gobierno de Beakkal exhume y tome muestras celulares de los cadáveres que encuentren. No es una situación ideal, pero debería proporcionarnos suficientes fragmentos genéticos para nuestros propósitos.

—Y Leto Atreides no podrá hacer nada para impedirlo —coreó uno de sus acompañantes—. Así, conseguiremos lo que deseamos: la venganza perfecta.

Sin embargo, los tleilaxu nunca pensaban en todas las posibilidades. Ajidica intentó disimular su disgusto.

—El duque se pondrá furioso cuando descubra vuestras intenciones. ¿No teméis las represalias de los Atreides?

—Leto está abrumado por el dolor, y ha descuidado sus deberes en el Landsraad. —El amo Zaaf parecía demasiado ufano—. No hemos de temer nada de él. Nuestras operaciones de desquite ya están en marcha, pero hemos encontrado un pequeño impedimento. El primer magistrado de Beakkal nos exige una suma enorme. Yo... confiaba en que pudiéramos pagarle con amal, y dejarle pensar que es melange. ¿Vuestro sustituto es lo bastante bueno para engañarles?

Ajidica rió, mientras ya imaginaba nuevas posibilidades.

—Por supuesto.

Pero utilizaría una fórmula primitiva, lo bastante parecida para engañarles sin desperdiciar el precioso ajidamal. En cualquier caso, los beakkali solo utilizaban la melange en la comida y la bebida, de modo que no notarían la diferencia. Sería un asunto sencillo...

—Puedo producir tanto como necesitéis.

Existen mareas de liderazgo, que se elevan y caen. Las mareas inundan el reinado de cada emperador, suben y bajan.

Príncipe RAPHAEL CORRINO, *Discursos sobre liderazgo en un imperio galáctico*, duodécima edición

Bajo la marquesina adornada con borlas de una plataforma de observación, Shaddam IV estaba sentado a la sombra, mientras presenciaba las maniobras de sus tropas. De todas las maravillas de Kaitain, estos Sardaukar eran la mejor, al menos desde su punto de vista. ¿Podía haber una visión más espléndida que hombres uniformados obedeciendo todas sus órdenes con fría precisión?

Cuánto deseaba que sus súbditos respondieran a las instrucciones imperiales con igual prontitud.

Shaddam, un hombre delgado y elegante, de nariz aguileña, vestía un uniforme Sardaukar gris, adornado con plata y oro. Era su comandante en jefe, además de sus otras responsabilidades. Un casco almohadillado de Burseg, con el emblema imperial en oro, descansaba sobre su pelo rojizo.

Al menos, podía contemplar el desfile en paz, pues hacía mucho tiempo que su esposa Anirul se había cansado de exhibiciones militares. Por suerte, aquella tarde había decidido ocuparse de asuntos Bene Gesserit, mimaba en exceso a sus hijas y las educaba para que también fueran brujas. O tal vez estaba haciendo los preparativos para el funeral de Lobia. Confiaba en que las Bene Gesserit le proporcionaran cuanto antes una nueva Decidora de Verdad. ¿Para qué otra cosa servían las malditas hermanas?

En la plaza, los Sardaukar desfilaban en perfecto orden, sus botas resonaban como cañonazos sobre las losas. El Supremo Bashar Zum Garon, un leal veterano de Salusa Secundus, guiaba a sus soldados como un titiritero consumado, realizaban espectaculares maniobras que desplegaban eficientes formaciones de batalla. Perfecto.

Todo lo contrario de la familia del emperador.

Por lo general, al emperador le gustaba ver hacer maniobras a sus tropas, pero en aquel momento tenía el estómago revuelto. No había comido en todo el día, después de tragar una mala noticia que todavía quemaba su estómago. Ni siquiera el mejor médico Suk podría curar su dolencia.

Gracias a su diligente red de espionaje, Shaddam acababa de descubrir que su padre, Elrood IX, había engendrado un bastardo con una de sus concubinas favoritas, una mujer cuyo nombre aún no se había determinado. Más de cuarenta años antes, Elrood había tomado medidas para proteger y esconder al hijo ilegítimo, que ahora sería ya un adulto, unos diez años más joven que Shaddam. ¿Estaba enterado el bastardo de su herencia? ¿Seguía con impaciencia los fracasos de Shaddam y Anirul respecto a tener un heredero varón? Solo hijas, hijas y más hijas. Cinco, de las cuales la última era Rugi, todavía un bebé. ¿Planeaba sus movimientos el bastardo, pretendía usurpar el Trono del León Dorado?

En la plaza, los soldados se dividieron en dos grupos y se enzarzaron en una falsa lucha, dispararon láseres de fogueo para tomar posesión de una fuente que representaba a un león rugiente. Naves militares ascendieron en formación hacia el cielo, donde las escasas nubes parecían pintadas por un artista.

Un distraído Shaddam aplaudió con entusiasmo moderado las maniobras de los Sardaukar, mientras maldecía en silencio la memoria de su padre. *¿Cuántos hijos más engendró en secreto el viejo buitre?* Era un pensamiento preocupante.

Al menos, sabía el nombre de este. Tyros Reffa. Gracias a sus contactos con su Casa Taligari adoptiva, Reffa había pasado gran parte de su vida en Zanovar, un planeta taligari dedicado al turismo. Como vivía una existencia regalada, el hombre debía estar todo el día soñando con apoderarse del poder imperial.

Sí, el bastardo de Elrood podía causarle muchos problemas. Pero ¿cómo matarlo? Shaddam suspiró. Aquellos eran los retos del liderazgo. *Tal vez debería consultarlo con Hasimir.*

Pero en cambio, se devanaría los sesos, con la intención de demostrar que Fenring se equivocaba con él..., que podía gobernar sin constantes entrometimientos y consejos. *¡Yo tomo mis propias decisiones!*

Shaddam había nombrado a Fenring ministro imperial de la Especia, le había enviado a Arrakis, además de encargarle en secreto la responsabilidad de supervisar el desarrollo del amal. ¿Por qué tardaba tanto en volver de Ix con su informe?

El aire era tibio, y soplaba la brisa suficiente para que las banderas ondearan. El Control Meteorológico imperial había cuidado todos los aspectos del día, siguiendo las especificaciones del emperador.

Las tropas se desplazaron hasta un campo de polihierba dispuesto en mitad de la plaza, y dieron una demostración de lucha cuerpo a cuerpo. Dos grupos atacaron, mientras fuego enemigo falso iluminaba la plaza con destellos púrpura y naranja. En los palcos que rodeaban el perímetro, un público compuesto por nobles menores y funcionarios de la corte prorrumpieron en vítores de cortesía.

El veterano Zum Garon iba impecablemente ataviado, con expresión crítica, pues había puesto el listón muy alto en todas las representaciones que tenían lugar ante el emperador. Shaddam fomentaba tales demostraciones de poderío militar, sobre todo ahora que diversas Casas del Landsraad empezaban a mostrarse rebeldes. Tal vez, muy pronto, tendría que hacer una demostración de fuerza...

Una gordezuela araña marrón colgaba frente a él, suspendida de un hilo de telaraña que procedía de la marquesina escarlata y dorada.

—¿No sabes quién soy, pequeño monstruo? —susurró, irritado—. Yo rijo incluso sobre las cosas más diminutas de mi reino.

Más banderas, más desfiles, más fuego simulado en la trastienda de sus cavilaciones. Un caleidoscopio de Sardaukar atravesó el campo. Pompa y gloria. En lo alto, pasaron tópteros en formación y ejecutaron osadas maniobras aéreas. El público aplaudió, pero Shaddam apenas se dio cuenta, obsesionado por el problema de su hermanastro bastardo.

Sopló y vio que la araña se balanceaba. El insecto empezó a ascender por su hilo hacia la marquesina.

No estarás a salvo de mí ahí arriba —pensó Shaddam—. *Nada escapa a mi ira.*

Pero sabía que se engañaba. La Cofradía Espacial, la Bene Gesserit, el Landsraad, la CHOAM... Todos tenían sus planes, le ataban y amordazaban, impedían que gobernara el Universo Conocido como un emperador debería.

¡Maldito sea su control sobre mí! ¿Cómo habían permitido sus antepasados Corrino que se instaurara una situación tan lamentable? No había cambiado en siglos.

El emperador alzó la mano y aplastó la araña antes de que se revolviera y le mordiera.

Un individuo solo adquiere significado en su relación con la sociedad entendida como un todo.

Planetólogo PARDOT KYNES,
Un manual de Arrakis, escrito para su hijo Liet

El monstruo corría entre las dunas con un sonido de fricción que, aunque pareciera incongruente, recordaba a Liet una fina cascada de agua fresca. Kynes había visto las cascadas artificiales de Kaitain, un símbolo de su indudable decadencia.

Bajo el abrasador sol amarillo, él y un grupo de leales cabalgaban sobre un gigantesco gusano de arena. Como jinetes experimentados que eran, lo habían llamado, montado y abierto sus segmentos con separadores. Liet, sobre la cabeza del animal, se sujetaba a las cuerdas para no caer.

El animal corría hacia el sietch de la Muralla Roja, donde la esposa de Liet, Faroula, le esperaba, y donde el Consejo fremen aguardaba con impaciencia sus noticias. Noticias decepcionantes. El emperador Shaddam IV también le había decepcionado como hombre, pues había confirmado los peores temores de Liet.

Stilgar había recibido a Liet en el espaciopuerto de Carthag. Habían viajado al desierto, lejos de la Muralla Escudo, lejos de los ojos inquisitivos de los Harkonnen. Al llegar, tras reunirse con ellos un pequeño grupo de fremen, Stilgar había plantado un martilleador, cuyo ritmo resonante había atraído a un gusano. Lo habían capturado, utilizando técnicas conocidas por los fremen desde la antigüedad.

Liet había trepado por las cuerdas con seguridad, y plantado estacas para sujetarse. Recordó el día en que se había convertido en un jinete de gusanos, demostrando a la tribu que ya era un adulto. El viejo naib Heinar había presenciado la prueba. Liet había sentido terror, pero había superado el ritual.

Ahora, aunque montar en un gusano de arena era tan peligroso como siempre, y nunca debía tomarse a la ligera, consideraba a la ingobernable bestia un medio de transporte, sin más.

Stilgar guiaba al gusano con expresión impenetrable. Miró a Liet, que parecía preocupado. Sabía que su informe de Kaitain no era bueno. Sin embargo, al contrario que los cortesanos de palacio, el silencio no ponía nervioso a un fremen. Liet hablaría cuando estuviera preparado, de modo que Stilgar respetó la voluntad de su amigo. Estaban juntos, cada uno absorto en sus propios pensamientos. Las horas transcurrieron, a medida que atravesaban el desierto en dirección a las montañas rojinegras que se alzaban cerca del horizonte.

Cuando creyó que había llegado el momento, en sintonía con la expresión del planetólogo, y al ver que su rostro reflejaba la preocupación que le provocaban los pensamientos que cruzaban por su mente, aún bajo la máscara del destiltraje, Stilgar dijo lo que Liet necesitaba escuchar.

—Eres el hijo de Umma Kynes. Ahora que tu padre ha muerto, eres la esperanza de todos los fremen. Cuentas con mi vida y mi lealtad, tal como prometí a tu padre.

Stilgar no trataba al joven de manera paternalista, sino como a un auténtico camarada.

Ambos conocían la historia. Muchas veces había sido contada en el sietch. Antes de que fuera a vivir con los fremen, Pardot Kynes había luchado contra seis soldados Harkonnen que tenían acorralados a Stilgar, Turok y Ommun, un audaz trío de jóvenes fremen. Stilgar resultó herido de gravedad, y hubiera muerto si Kynes no los hubiera ayudado a matar a los hombres del barón. Después, cuando el planetólogo se convirtió en el profeta de los fremen, los tres juraron que le ayudarían a cumplir su sueño. Incluso después de que Ommun muriera con Pardot en la Depresión de Yeso, al derrumbarse una cueva, Stilgar recordaba la deuda de agua contraída con el padre, y ahora, con el hijo como heredero del Umma.

Stilgar apretó el brazo del joven. Liet era igual que su padre, y aún más. Había sido educado como un fremen.

Liet le dirigió una pálida sonrisa, con la gratitud impresa en los ojos.

—No es tu lealtad lo que me preocupa, Stil, sino el futuro de nuestra causa. No recibiremos ayuda ni simpatía de la Casa Corrino.

Stilgar rió.

—La simpatía del emperador es un arma de la que prefiero prescindir. Y no necesitamos ayuda para matar a los Harkonnen.

Contó a su amigo el ataque al profanado sietch Hadith. Liet pareció complacido.

Al llegar a la fortaleza aislada, Liet se encaminó inmediatamente hacia sus aposentos, sucio y agotado. Faroula le estaría esperando, y antes que nada pasaría un rato con ella. Después de su estancia en el planeta imperial, Liet necesitaba unos momentos de paz y tranquilidad, que su esposa siempre le proporcionaba. El pueblo del desierto estaba ansioso por escuchar su informe, y aquella noche ya se había anunciado una asamblea, pero la tradición decía que ningún viajero debía presentar su informe antes de descansar un poco, salvo en casos excepcionales.

Faroula le recibió con una sonrisa. Su beso de bienvenida se prolongó cuando la cortina de privacidad cayó sobre la puerta de su habitación. Faroula le preparó café de especia y pastelillos de melange con miel, que él encontró muy agradables, aunque no tanto como el simple hecho de volver a verla.

Después de otro beso, Faroula hizo salir a los niños, Liet-chih, hijo de Warrick, el mejor amigo de Liet, y la hija de ambos, Chani. Abrazó a los niños, que jugaron y corretearon, hasta que una niñera se los llevó para que los esposos estuvieran a solas.

Faroula sonrió. Su piel dorada brillaba bajo la luz. Le despojó del destiltraje, ahora inservible, después de que los hombres de seguridad del emperador lo hubieran desmontado. Aplicó emplastos a la piel desnuda de sus pies.

Liet exhaló un largo suspiro. Tenía mucho que hacer, muchos asuntos que hablar con los fremen, pero de momento los dejó de lado. Hasta un hombre que había estado ante el Trono del León

Dorado podía descubrir que había cosas más importantes. Mientras escudriñaba los ojos enigmáticos de su esposa, Liet se sintió por fin en casa desde que había bajado de la lanzadera de la Cofradía en Carthag.

—Háblame de las maravillas de Kaitain, amor mío —dijo su mujer, con expresión de arrobo—. Háblame de las cosas hermosas que has visto.

—He visto muchas cosas, sí —contestó Liet—, pero créeme cuando te digo esto, Faroula. —Acarició su mejilla con los dedos—. No he visto nada en todo el universo más bello que tú.

> El destino del Universo Conocido depende de decisiones eficaces, que solo pueden tomarse teniendo una información completa.
>
> Docente GLAX OTHN, de la Casa Taligari, *Libro de texto infantil sobre liderazgo*, recomendable para adultos

El santasanctórum de Leto, una de las estancias menos lujosas del castillo de Caladan, era un lugar donde un líder no podía distraerse con frivolidades cuando meditaba sobre los intereses comerciales de la Casa Atreides.

Las paredes de piedra sin ventanas carecían de tapices. Los globos luminosos no tenían adornos. Del fuego de la chimenea emanaba un olor dulce y resinoso, que repelía la humedad del aire frío y salado.

Llevaba horas sentado ante su estropeado escritorio de teaco. Sobre él descansaba un ominoso cilindro de mensaje, como una bomba de relojería. Ya había leído el informe que sus espías le habían traído.

¿De veras creían los tleilaxu que podrían mantener en secreto sus crímenes? ¿O solo confiaban en terminar su despreciable profanación y alejarse del Memorial de Guerra de Senasar antes de que Leto pudiera reaccionar? El primer magistrado de Beakkal tenía que haber sido consciente de la ofensa que iba a causar a la Casa Atreides. ¿Tal vez los tleilaxu le habían ofrecido un soborno tan cuantioso que no había podido negarse?

Todo el Imperio parecía creer que las recientes tragedias le habían destrozado, apagado su llama. Contempló el anillo con el sello ducal que llevaba en el dedo. Leto nunca había esperado asumir el liderazgo a la edad de quince años. Ahora, transcurridos veintiún años, experimentaba la sensación de haber usado el pesado anillo durante siglos.

Sobre el escritorio había una mariposa dentro de un estuche de cristalplaz, con las alas dobladas en un ángulo extraño. Años antes, distraído por un documento que estaba examinando, Leto había aplastado sin querer al insecto. Ahora, lo conservaba en un lugar donde siempre pudiera verlo, y recordar así las consecuencias de sus actos como duque.

La profanación tleilaxu de los caídos en una guerra, cometida con el conocimiento del primer magistrado, no podía ser permitida..., ni perdonada.

Duncan Idaho, vestido de militar, llamó a la puerta de madera entornada.

—¿Me has llamado, Leto?

Alto y orgulloso, el maestro espadachín exhibía cierto aire de superioridad desde su regreso de Ginaz. Se había ganado el derecho a tener confianza en sí mismo durante los ocho años de riguroso adiestramiento como maestro espadachín.

—Duncan, ahora valoro tus consejos más que nunca. —Leto se levantó—. Afronto una dura decisión, y he de hablar de estrategia contigo, ahora que Thufir y Gurney han ido a Ix.

El joven sonrió, ansioso por aprovechar la oportunidad de demostrar sus conocimientos militares.

—¿Estamos preparados para planear nuestro siguiente movimiento en Ix?

—Se trata de otro asunto. —Leto alzó el cilindro, y después suspiró—. Como duque, he descubierto que siempre hay «otro asunto».

Jessica apareció en silencio en el umbral. Aunque podía escuchar conversaciones sin que nadie lo supiera, se colocó al lado del maestro espadachín.

—¿Puedo escuchar yo también vuestras preocupaciones, mi duque? —preguntó con audacia.

Por lo general, Leto no habría permitido que una concubina participara en sesiones de estrategia, pero Jessica había tenido un entrenamiento extraordinario, y valoraba sus opiniones. Ella le había entregado su energía y su amor en los momentos más desesperados, y prefería tenerla a su lado.

Leto explicó que los equipos de excavación tleilaxu habían instalado un gran campamento en Beakkal. Zigurats de piedra, casi ocultos por la vegetación, señalaban los lugares donde las tropas Atreides habían luchado junto con las fuerzas de la Casa Vernius para rescatar el planeta de las garras de una flotilla pirata. Entre los caídos en la guerra se contaban miles de soldados, así como los patriarcas de ambas Casas.

Leto habló con voz preocupada y ronca.

—Los equipos de excavación tleilaxu están exhumando los cadáveres de nuestros antepasados, con la excusa de que desean «estudiar los historiales genéticos».

Duncan dio un puñetazo en la pared.

—Hemos de impedirlo, por la sangre de Jool-Noret.

Jessica se mordió el labio inferior.

—Es evidente lo que quieren, mi duque. No entiendo el proceso por completo, pero es posible que, incluso con cadáveres momificados durante siglos, los tleilaxu puedan cultivar gholas a partir de células muertas. Quizá puedan reproducir una línea genética Atreides o Vernius perdida.

Leto contempló la mariposa.

—Para eso querían el cadáver de Victor, y el de Rhombur.

—Exacto.

—Si he de ceñirme al protocolo, tendré que viajar a Kaitain y presentar una protesta oficial ante el Landsraad. Puede que se formen comités de investigación, y que a la larga, Beakkal y los tleilaxu reciban su castigo.

—¡Para entonces, será demasiado tarde! —exclamó Duncan, alarmado.

—La Casa Atreides no tolera los insultos.

Un tronco cayó en la chimenea, y el ruido sobresaltó a los tres.

—Por eso he decidido llevar a cabo una acción más radical.

Jessica intentó razonar.

—¿Sería posible enviar a nuestras tropas a exhumar los demás cadáveres antes de que lo hagan los tleilaxu?

—No sería suficiente —dijo Leto—. Si nos dejamos uno solo, nuestros esfuerzos habrán sido en vano. No, hemos de eliminar la tentación, acabar con el problema de una vez y enviar un mensaje claro. Quienes piensan que el duque Atreides se ha ablandado, descubrirán todo lo contrario.

Leto echó un vistazo a los documentos que resumían su poderío militar, las armas y naves de guerra disponibles, incluso los ingenios atómicos de la familia.

—Thufir no está aquí, de modo que vas a tener la oportunidad de demostrar tu valía, Duncan. Hemos de dar una lección que no pueda ser interpretada de otra forma. Sin previo aviso. Sin compasión. Sin ambigüedades.

—Estaré encantado de dirigir esa misión, mi duque.

> En este universo no existe nada semejante a un lugar seguro o un camino seguro. El peligro acecha en cada senda.
>
> Aforismo zensunni

Sobre la noche de Ix, una lanzadera de carga salió de la bodega de un crucero en órbita. Desde el terreno deshabitado, un puesto de observación Sardaukar oculto vio la estela anaranjada de la nave, que descendía hacia la red detectora. La lanzadera se dirigió hacia el cañón del puerto de entrada, el punto de acceso a la capital subterránea.

Los observadores Sardaukar no repararon en una segunda nave, mucho más pequeña, que seguía la estela de la primera. Un módulo de combate Atreides. Gracias a un generoso soborno, el crucero contaba con un transmisor de señales camufladas, el cual engañaba a los rastreadores de la superficie, de forma que la nave negra, con todas las luces apagadas, podía desplazarse sin ser detectada, el tiempo suficiente para que Gurney Halleck y Thufir Hawat entraran clandestinamente en el mundo subterráneo.

Gurney manejaba los controles de la nave sin alas. Se alejó de la lanzadera y voló a baja altura sobre el escarpado paisaje del norte. Los instrumentos susurraban datos en sus auriculares, y le indicaban cómo evitar las plataformas de aterrizaje custodiadas.

Gurney utilizaba las osadas tácticas aprendidas en la banda de contrabandistas de Dominic Vernius. Cuando transportaba cargas de contrabando, había aprendido a eludir las patrullas de seguridad

Corrino, y ahora se mantenía bajo el nivel de detección de la red de seguridad tleilaxu.

Mientras el módulo atravesaba la atmósfera, Thufir, sumido en estado mentat, sopesaba posibilidades. Había grabado en su mente todas las salidas de emergencia y rutas secretas que Rhombur había conseguido recordar, pero las preocupaciones humanas interferían en su concentración.

Aunque Leto nunca le había criticado por lo que habría podido ser interpretado como fallos de seguridad (la muerte del duque Paulus en la plaza de toros, el desastre del dirigible), Thufir había redoblado sus esfuerzos, utilizado todas las capacidades de su arsenal personal y añadido algunas más.

Gurney y él tenían que infiltrarse en las ciudades sometidas de Ix, detectar los puntos débiles y preparar una acción militar. Después de las recientes tragedias, el duque Leto ya no temía mancharse las manos de sangre. Cuando Leto decidiera que había llegado el momento, la Casa Atreides atacaría, y atacaría sin piedad.

C'tair Pilru, un combatiente de la resistencia con el que llevaban mucho tiempo en contacto, se había negado a renunciar a sus atentados en Ix, pese a los golpes asestados por los invasores. Con la ayuda de materiales robados, había fabricado bombas y otras armas, y durante un tiempo había recibido ayuda secreta del príncipe Rhombur, hasta que el contacto se había perdido.

Thufir confiaba en que aquella noche podrían localizar a C'tair, si disponían del tiempo suficiente. Gurney y él, basándose en escasas probabilidades y un lugar de encuentro conveniente, habían intentado enviar mensajes al subsuelo. Utilizando un antiguo código militar Vernius que solo C'tair podía conocer, proporcionado por Rhombur, el guerrero mentat había propuesto una posible cita en la red de rutas y estancias secretas. Sin embargo, los infiltrados no habían recibido confirmación... Volaban a ciegas, guiados tan solo por la esperanza y la determinación.

Thufir miró por las ventanillas del módulo para serenarse, mientras pensaba en cómo podrían localizar a los luchadores por la libertad ixianos. Aunque no era una parte constituyente de ningún análisis mentat, temía que dependerían de... la suerte.

C'tair Pilru, acurrucado en un almacén polvoriento situado en los niveles superiores de lo que había sido el Gran Palacio, albergaba también sus dudas. Había recibido el mensaje, lo había descodificado..., y no dio crédito a sus ojos. Había mantenido durante años y años su guerra de guerrillas, no solo gracias a las victorias y a la esperanza, sino también a una fiera determinación. Luchar contra los tleilaxu era toda su vida, y no sabía quién sería o qué haría si la lucha terminaba algún día.

Había sobrevivido durante tanto tiempo gracias a no confiar en nadie. Cambiaba de identidad, se trasladaba de un sitio a otro, asestaba sus golpes y huía, sembrando la confusión y la furia entre los invasores y sus perros de presa Sardaukar.

Su ejercicio mental favorito era recrear en su mente la antigua ciudad, los pasos elevados y calles que comunicaban los edificios en forma de estalactita. Incluso recordaba cómo era la gente, alegre y decidida, antes de la invasión tleilaxu.

Pero ahora, todo se confundía en su memoria. *Había pasado mucho tiempo.*

Un rato antes había encontrado el comunicado (¿un truco?) de los representantes del príncipe Rhombur Vernius. C'tair había estado en peligro toda su vida, y ahora tenía que correr el riesgo. Sabía que, mientras Rhombur viviera, el príncipe nunca abandonaría a su pueblo.

En la fría oscuridad del almacén, mientras esperaba y esperaba C'tair se preguntó si estaba perdiendo el contacto con la realidad..., sobre todo ahora que conocía el terrible destino de Miral Alechem, su amante y camarada, quien habría sido su esposa en circunstancias diferentes. Pero los repugnantes invasores la habían capturado, utilizado su cuerpo para misteriosos y horribles experimentos. Se resistía a imaginar a Miral tal como la había visto por última vez, una abominación, una forma muerta cerebralmente, colgada de un gancho y convertida en una atroz fábrica biológica.

Maldecía a los tleilaxu por sus crueldades cada vez que respiraba. Cerró con fuerza los ojos, controló la respiración y recordó los grandes ojos de Miral, su cara enjuta y atractiva, su cabello corto.

Lo invadía la rabia, la culpa por haber sobrevivido y una desesperación casi suicida. Se había obcecado en una cruzada fanática, pero si era cierto que el príncipe Rhombur había enviado hombres en su ayuda, quizá la pesadilla terminaría pronto...

De pronto, un zumbido de maquinaria le impulsó a refugiarse en las sombras más profundas. Oyó arañazos, alguien que manipulaba en una cerradura, y después, la puerta de un ascensor autoguiado se abrió y apareció la silueta de dos figuras. Aún no le habían visto. Todavía podía huir, o matarles. Pero eran demasiado altos para ser tleilaxu, y no se movían como Sardaukar.

El hombre de mayor edad parecía un hilo shiga. Tenía el rostro curtido y los labios manchados de safo de un mentat. Su compañero, rubio y corpulento, con una llamativa cicatriz en la cara, guardó en el bolsillo unas herramientas. El mentat fue el primero en salir del ascensor. Desprendía confianza en sí mismo, pero mezclada con cautela.

—Hemos venido de Caladan.

C'tair no se movió. Su corazón se aceleró. Quizá era una trampa, pero ya había ido demasiado lejos. Tenía que averiguar la verdad. Sus dedos acariciaron la empuñadura de un cuchillo que ocultaba en el bolsillo.

—Estoy aquí.

C'tair salió de las sombras, y los dos hombres le miraron, mientras sus ojos se acostumbraban a la escasa luz.

—Somos amigos de tu príncipe. Ya no estás solo —dijo el hombre de la cicatriz.

El trío se encontró en el centro del almacén. Se movían con cautela, como si pisaran cristales rotos. Se estrecharon la mano con el semiapretón del Imperio, y se presentaron con torpeza. Los recién llegados le contaron lo ocurrido a Rhombur.

C'tair parecía desconcertado, sin saber distinguir ya la fantasía de la realidad.

—Había una chica... ¿Kailea? Sí, Kailea Vernius.

Thufir y Hawat intercambiaron una mirada, sin querer revelar de momento la trágica noticia.

—No tenemos mucho tiempo —dijo Gurney—. Hemos de ver y averiguar lo que podamos.

C'tair miró a los dos representantes Atreides, mientras intentaba decidir por dónde empezar. La rabia bullía en su interior, le embargaba tanta emoción que no podía soportar contarles lo que ya había visto, lo que ya había padecido en el planeta.

—Quedaos, y os enseñaré lo que los tleilaxu han hecho a Ix.

Los tres hombres avanzaron sin llamar la atención entre las masas de trabajadores oprimidos, pasaron ante instalaciones abandonadas. Utilizaron las numerosas tarjetas de identificación robadas por C'tair para entrar y salir de las zonas de seguridad. Este solitario rebelde había aprendido a pasar desapercibido, y los humillados ixianos rara vez miraban otra cosa que no fueran sus propios pies.

—Hace tiempo que conocemos la complicidad del emperador —dijo Thufir—, pero no entiendo la necesidad de dos legiones Sardaukar.

—He visto..., pero aún no sé las respuestas. —C'tair señaló una monstruosidad que atravesaba un muelle de carga, una máquina a la que se habían añadido algunos componentes humanos, una cabeza abollada, parte de un torso magullado y deforme—. Si el príncipe Rhombur es un cyborg, rezo para que no se parezca en nada a lo que los tleilaxu han creado aquí.

Gurney estaba horrorizado.

—¿Qué clase de engendro es ese?

—Bi-ixianos, víctimas de torturas, ejecutados y reanimados gracias a maquinarias. No están vivos, solo se mueven. Los tleilaxu los llaman «ejemplos», juguetes para la diversión de mentes enloquecidas.

Thufir tomaba nota mental de cada detalle, mientras a Gurney le costaba contener la repulsión que experimentaba.

C'tair consiguió esbozar una sonrisa sombría.

—Vi uno con un rociador de pintura sujeto a la espalda, pero su biomecánica se averió y dejó de moverse. Llevaba el rociador lleno cuando cayó, y dos amos tleilaxu se mancharon con el pigmento. Se pusieron furiosos, gritaron insultos a la cosa, como si lo hubiera hecho a propósito.

—Tal vez fue así —dijo Gurney.

Durante los siguientes días, los tres investigaron y observaron..., y se escandalizaron con lo que vieron. Gurney quería iniciar la lucha al instante, pero Thufir le aconsejó cautela. Tenían que volver e informar a la Casa Atreides. Solo entonces, con el permiso del duque, podrían trazar un plan y lanzar un ataque coordinado.

—Nos gustaría que volvieras con nosotros, C'tair —dijo Gurney, con expresión compasiva—. Podemos sacarte de aquí. Ya has sufrido bastante.

La idea alarmó a C'tair.

—Yo no me marcho. No sabría qué hacer si dejara de luchar. Mi lugar está aquí, atormentando a los invasores todo cuanto pueda, para que mis compatriotas supervivientes sepan que no he cedido, y que nunca cederé.

—El príncipe Rhombur supuso que dirías eso —dijo Thufir—. Te hemos traído muchos suministros en nuestro módulo: discos explosivos, armas, incluso comida. Es un principio.

Las posibilidades aturdieron a C'tair.

—Sabía que mi príncipe no nos había abandonado. He esperado su regreso mucho tiempo, con la esperanza de combatir a su lado.

—Informaremos al duque Leto Atreides y a tu príncipe. Ten paciencia.

Thufir quiso añadir algo más, prometer algo tangible, pero carecía de autoridad para ello.

C'tair asintió, ansioso por empezar de nuevo. Por fin, después de tantos años, fuerzas poderosas le ayudaban en su lucha.

> La compasión y la venganza son dos caras de la misma moneda. La necesidad dicta de qué lado cae la moneda.
>
> Duque Paulus Atreides

El vapor ascendía desde la espesa vegetación de Beakkal, mientras el sol primario amarillonaranja se elevaba sobre el horizonte. La brillante estrella secundaria ya se veía alta en el cielo. Las flores diurnas se abrían con un estallido de perfume, atraían a las aves y los insectos. Primates peludos corrían entre el espeso dosel, y enredaderas depredadoras se extendían para apoderarse de roedores desprevenidos.

Gigantescos zigurats de mármol se cernían sobre la meseta de Senasar. Sus esquinas provistas de cristales cóncavos reflejaban la luz del sol en todas direcciones.

En esta meseta, hombres Atreides y Vernius habían luchado en otro tiempo contra multitud de invasores, abatido a diez de ellos por cada defensor perdido, hasta ser aniquilados por la pura fuerza numérica. Se habían sacrificado, hasta el último hombre, tan solo una hora antes de que los refuerzos llegaran y aplastaran a los piratas restantes.

Durante siglos, el pueblo de Beakkal había reverenciado a los héroes caídos, pero después de que la Casa Vernius fuera declarada renegada, el primer magistrado había dejado de cuidar los monumentos, y el follaje de la selva los había recubierto. Las magníficas estatuas se convirtieron en nidos de pequeños animales y aves. Los grandes bloques de piedra empezaron a resquebrajarse y desmenuzarse, ante la indiferencia de Beakkal.

Hacía poco, tiendas de campaña automáticas habían empezado a brotar como hongos geométricos alrededor del perímetro del memorial. Cuadrillas de obreros habían cortado el follaje acumulado durante años, y desenterrado las tumbas herméticas. Miles de soldados muertos habían sido enterrados en fosas comunes. Otros estaban sepultados en criptas blindadas dentro de los zigurats.

Supervisores beakkali habían proporcionado equipos de excavación para desmontar los zigurats bloque a bloque. Científicos tleilaxu instalaron laboratorios modulares, ansiosos por analizar las células de los cadáveres exhumados, así como los restos de tejido humano, con el fin de encontrar material genético utilizable.

La selva olía a niebla y flores, a aceites penetrantes de plantas verde oscuro, a hierbas tan altas como árboles. El humo de los campamentos y los gases de escape de las máquinas se elevaban en el aire. Uno de los diminutos obreros secó el sudor de su frente y agitó la mano para ahuyentar una nube de mosquitos. Alzó la vista para mirar el sol primario, que pendía sobre el dosel como un ojo airado.

De pronto, rayos láser púrpura iluminaron el cielo.

Naves Atreides, al mando de Duncan Idaho, descendieron de su órbita y bombardearon el memorial. Transmitió el mensaje del duque Leto al tiempo que abría fuego. El discurso grabado sería escuchado por el primer magistrado en la capital de Beakkal. Otra copia había sido enviada por correo al Consejo del Landsraad en Kaitain, siguiendo las normas bélicas establecidas por la Gran Convención.

La voz acerada de Leto anunció:

—El Memorial de Guerra de Senasar fue erigido en honor de los servicios prestados por mis antepasados en Beakkal. Ahora, los Bene Tleilax y los beakkali han profanado este lugar. La Casa Atreides no tiene otra alternativa que responder de la forma adecuada. No permitiremos que nuestros héroes caídos en combate sean profanados como cobardes. En consecuencia, hemos decidido destruir el monumento.

A la cabeza de una falange de naves de guerra, Duncan Idaho dio permiso a sus tropas para abrir fuego. Rayos láser cuartearon los zigurats, desmontados en parte, y dejaron al descubierto las cámaras secretas. Científicos tleilaxu salieron corriendo de las tiendas y los laboratorios.

—Nuestra respuesta se ciñe a las normas establecidas —continuó la voz grabada del duque Leto—. Lamentamos las bajas que puedan producirse, pero nos consuela saber que solo saldrán perjudicados aquellos implicados en actividades criminales. Aquí no hay inocentes.

La flota Atreides describió un círculo y arrojó bombas térmicas, y a continuación disparó haces de luz púrpura. En veinte minutos estándar (menos tiempo del que tardó el primer magistrado en convocar una reunión con sus asesores), el escuadrón destruyó el memorial, a los ladrones de tumbas tleilaxu y a sus cómplices beakkali. También desintegró los restos de los Atreides y Vernius muertos.

La meseta quedó convertida en una llanura irregular de vidrio fundido, erizada por montículos de material humeante. Diversos incendios se iniciaron en la periferia de la zona atacada, y luego se extendieron hacia la selva...

—La Casa Atreides no tolera ofensas —dijo Duncan por el sistema de comunicaciones, pero no había supervivientes que pudieran escucharle.

Cuando dio la orden a sus naves de volver a la órbita, contempló la devastación. Después de esto, nadie en el Imperio pondría en duda la resolución del duque Atreides.

Sin previo aviso. Sin compasión. Sin ambigüedades.

El enemigo más temible es el que se presenta disfrazado de amigo.

Maestro espadachín REBEC DE GINAZ

En el subsuelo de Kaitain, la necrópolis imperial abarcaba tanto terreno como el mismo palacio. Generaciones de Corrino fallecidos habitaban la ciudad de los muertos, los que habían sucumbido a traiciones o accidentes, y los pocos que habían muerto por causas naturales.

Cuando el conde Hasimir Fenring regresó de Ix, Shaddam condujo de inmediato a su amigo y consejero hasta las catacumbas.

—¿Así es como celebráis el regreso triunfal de vuestro ministro de la Especia, arrastrándome hasta estas viejas y mohosas criptas, ummm?

Shaddam había prescindido de su habitual cortejo de guardaespaldas, y solo globos luminosos acompañaban a los dos hombres mientras bajaban la escalera de caracol.

—Jugábamos aquí abajo cuando éramos niños, Hasimir. Me pone nostálgico.

Fenring asintió. Sus enormes ojos se movían de un lado a otro, como los de un ave nocturna, en busca de asesinos o trampas.

—Tal vez fue aquí donde desarrollé mi afición a acechar en las sombras.

Shaddam habló con voz más dura, más imperial.

—También es un lugar donde podemos hablar sin temor a que nos espíen. Hemos de hablar de asuntos importantes.

Fenring gruñó en señal de aprobación.

Mucho tiempo atrás, después de trasladar la capital imperial desde la arrasada Salusa Secundus, Hassik Corrino III había sido el primero en ser enterrado bajo el edificio megalítico. A lo largo de los milenios posteriores, numerosos emperadores Corrino, concubinas y bastardos le habían acompañado. Algunos habían sido incinerados, y sus cenizas se exhibían en urnas, mientras los huesos de otros habían sido triturados para fabricar obras funerarias de porcelana. Algunos emperadores se conservaban en sarcófagos transparentes, aislados de la atmósfera exterior mediante campos de nulentropía que impedían el deterioro de sus cuerpos, aunque la niebla del tiempo hubiera ocultado sus pobres logros.

Fenring y Shaddam pasaron ante la momia de Mandias el Terrible, que yacía en una cámara presidida por una estatua de tamaño natural de sí mismo. Según la inscripción de su ataúd, había sido conocido como «el emperador que hacía temblar los planetas».

—No me impresiona. —Shaddam contempló la momia marchita—. Nadie se acuerda de él.

—Solo porque os negasteis a estudiar historia imperial —replicó Fenring con una leve sonrisa—. Este lugar os recuerda vuestra propia mortalidad, ¿ummm?

El emperador frunció el ceño, rodeado por la luz ondulante de los globos. Mientras avanzaban por el suelo de roca empinado, diminutos animales buscaron refugio en las sombras y las grietas, arañas, roedores, escarabajos modificados que conseguían sobrevivir a base de comer fragmentos de carne conservada.

—¿Qué me decís de ese bastardo de Elrood, ummm? ¿Cómo es posible que no nos hayamos enterado en todos estos años?

Shaddam giró en redondo.

—¿Cómo lo sabes?

—Tengo oídos, Shaddam —contestó Fenring, con una sonrisa condescendiente.

—Demasiado afinados.

—Pero solo están a vuestro servicio, señor, ¿ummm? —Continuó hablando, sin esperar la respuesta del emperador—. No parece que este tal Tyros Reffa aspire a vuestro trono, pero en estos tiempos de creciente malestar, podría ser utilizado como estandarte por familias rebeldes.

—¡Pero yo soy el verdadero emperador!

—Señor, si bien el Landsraad jura fidelidad a la Casa Corrino, no muestra la menor lealtad a vuestra persona. Habéis conseguido, ummm, irritar a muchos de los nobles más poderosos.

—Hasimir, no debo preocuparme por el ego ofendido de mis súbditos.

Shaddam contempló la tumba de Mandias y maldijo a su padre Elrood por tener un hijo con una de sus concubinas. ¡Un emperador tendría que tomar precauciones!

A medida que pasaban los siglos y más tumbas se hacían necesarias, la necrópolis había crecido hacia las profundidades. En los niveles más inferiores y recientes, Shaddam reconoció por fin el nombre de algunos antepasados.

Más adelante, se alzaba la cripta del abuelo de Shaddam, Fondil III, conocido como el Cazador. La puerta de hierro agujereada estaba flanqueada por las carcasas disecadas de dos feroces depredadores a los que había matado: un ecadroghe recubierto de espinas de las mesetas de Ecaz, y un oso dientes de sable de III Delta Kaising. Sin embargo, Fondil se había ganado el epíteto porque cazaba hombres, capturaba enemigos y los destruía. Sus hazañas de caza mayor habían sido un simple divertimento.

Shaddam y Fenring dejaron atrás ataúdes y cámaras dedicados a hijos y hermanos, hasta llegar a una estatua idealizada del primer heredero de Elrood IX, Fafnir. Años atrás, la muerte de Fafnir (un «accidente» preparado por el joven Fenring) había abierto la puerta del trono a Shaddam. Fafnir, satisfecho de sí mismo, jamás había imaginado que el amigo de su hermano menor pudiera ser tan peligroso.

Solo el suspicaz Elrood había imaginado que Fenring y Shaddam eran los autores del asesinato. Aunque los jóvenes nunca habían confesado, Elrood había comentado en tono jocoso:

—Demuestra iniciativa por tu parte que seas capaz de tomar decisiones difíciles, pero no te impacientes por asumir las responsabilidades de un emperador. Aún me quedan muchos años por delante, y has de seguir mi ejemplo. Mira y aprende.

Y ahora, Shaddam también tenía que preocuparse por Reffa, el bastardo.

Por fin, guió a Fenring hasta las cenizas de Elrood IX, guardadas en un nicho relativamente pequeño, adornadas con diamanplaz centelleante, volutas ornamentales y piedras preciosas, una exhibición convincente del dolor de Shaddam por la pérdida de su «amado padre».

Los globos luminosos se detuvieron y brillaron como ascuas al rojo vivo. Shaddam se apoyó contra el lugar donde descansaban las cenizas de su padre, sin mostrar el menor respeto. Habían incinerado al anciano para impedir que algún médico Suk determinara las verdaderas causas de la muerte.

—Veinte años, Hasimir. Hemos esperado todo ese tiempo a que los tleilaxu crearan especia sintética. —Los ojos de Shaddam brillaban en la penumbra—. ¿Qué has averiguado? Dime que el investigador jefe está preparado para iniciar la producción a gran escala. Estoy harto de esperar.

Fenring se dio unos golpecitos en los labios.

—Ajidica estaba ansioso por tranquilizarnos acerca del proyecto, señor, pero no estoy convencido de que la sustancia haya superado todas las pruebas. Debe ceñirse a nuestras instrucciones. Las repercusiones del amal harán temblar a la galaxia. No podemos cometer ningún error táctico.

—¿Qué errores pueden producirse? Ha tenido veinte años para someterlo a pruebas. El investigador jefe dice que está a punto.

Fenring miró al emperador.

—¿Y confiáis en la palabra de un tleilaxu? —Todo a su alrededor olía a muerte y conservantes, perfumes, polvo... y al sudor nervioso de Shaddam—. Le aconsejo que seamos cautos, ¿ummm? Estoy preparando un experimento final, el que nos proporcionará la prueba que necesitamos.

—Sí, sí, no me des más detalles sobre esos experimentos tan aburridos. He visto los informes de Ajidica, y no entiendo ni la mitad de lo que dice.

—Solo un mes más, Shaddam, tal vez dos.

Impaciente y meditabundo, el emperador paseó arriba y abajo de la cripta. Fenring intentó dilucidar el estado de ánimo de su amigo. Los globos luminosos, programados para seguir a Shaddam, intentaban en vano perseguir sus movimientos.

—Hasimir, estoy cansado de tanta cautela. Toda mi vida he estado esperando..., esperando a que mi hermano muriera, esperando a que mi padre muriera, ¡esperando un hijo varón! Y ahora que soy el dueño del trono, me encuentro esperando el amal, para detentar por fin el poder que un Corrino merece.

Contempló su puño cerrado, como si pudiera ver las líneas de poder que recorrían sus dedos.

—Soy uno de los directores de la CHOAM, pero el cargo carece de poder real. La empresa hace lo que le da la gana, porque pueden ganarme en una votación. La ley no exige que la Cofradía Espacial obedezca mis decretos, y si no voy con cuidado, podrían imponer sanciones, retirar privilegios de transporte y cerrar las comunicaciones de todo el Imperio.

—Lo comprendo, señor, pero creo que lo más perjudicial son los cada vez más numerosos casos de nobles que desafían y desacatan vuestras órdenes. Pensad en Grumman y Ecaz: continúan su estúpida guerra, burlando vuestros esfuerzos de pacificación. El vizconde Moritani os escupió en la cara, como quien dice.

Shaddam intentó pisotear un escarabajo, pero el animal consiguió refugiarse en una grieta.

—¡Tal vez ha llegado el momento de recordar a todo el mundo quién manda aquí! Cuando el amal esté a mi disposición, todos bailarán al son que yo toque. La especia de Arrakis será prohibitivamente cara.

Fenring no estaba tan seguro.

—Ummm, muchas Grandes Casas han acumulado sus propias reservas de melange, violando una ley antiquísima y ambigua. Durante siglos, nadie se ha esforzado en hacer cumplir ese edicto.

Shaddam se encrespó.

—¿Qué importa eso?

Fenring arrugó la nariz.

—Sí que importa, señor, porque cuando llegue el momento de anunciar vuestro monopolio de la melange sintética, esas reservas ilegales permitirán que las familias nobles se resistan a comprar amal durante algún tiempo.

—Entiendo. —Shaddam parpadeó, como si no hubiera pensado en esa posibilidad. Su rostro se iluminó—. En tal caso, hemos de confiscar esos depósitos, para que las demás Casas se queden sin reservas cuando corte el flujo de melange.

—Cierto, señor, pero si solo vos emprendéis tal acción, puede que las Grandes Casas se confabulen en vuestra contra. Propongo que consolidéis vuestras alianzas para poder administrar justicia imperial desde una posición más sólida. Recordad que la miel puede ser tanto una trampa como una dulce recompensa, ¿ummm?

Shaddam no ocultó su impaciencia.

—¿De qué estás hablando?

—Dejad que la Cofradía y la CHOAM localicen a los culpables y os entreguen las pruebas de su culpabilidad. Vuestros Sardaukar se encargarán de confiscar los depósitos clandestinos, y vos recompensaréis a la CHOAM y a la Cofradía con una parte de la especia confiscada. La promesa de tal premio debería proporcionarles un incentivo para descubrir hasta los depósitos mejor escondidos.

Fenring vio que el emperador estaba reflexionando.

—De esa manera, señor, mantendréis alta la moral, al tiempo que contaréis con la plena colaboración de la Cofradía y la CHOAM. Y os libraréis de las reservas del Landsraad.

Shaddam sonrió.

—Empezaré cuanto antes. Dictaré un decreto...

Fenring le interrumpió. Los globos se detuvieron cuando el emperador hizo lo propio.

—Tendremos que imaginar otra forma de lidiar con la especia de Arrakis. Quizá podríamos enviar una fuerza militar que bloqueara todos los accesos a los campos de melange natural.

—La Cofradía jamás enviaría tropas allí, Hasimir. Sería como suicidarse. ¿Cómo vamos a interrumpir las operaciones en Arrakis?

Daba la impresión de que la imagen visualizada de Elrood IX observaba, divertido, su discusión.

—Ummm, será necesaria alguna argucia, señor. Estoy seguro de que podríamos encontrar una justificación para arrebatar el control a los Harkonnen. Podríamos llamarlo un cambio de feudo. Se les acaba dentro de diez años, más o menos.

—¿Te imaginas la reacción de la Cofradía cuando descubra la verdad, Hasimir, después de ayudarme a localizar las reservas ilegales de especia? —dijo Shaddam, cada vez más entusiasmado—. Siempre me ha fastidiado el poder de la Cofradía, pero la melange es su talón de Aquiles...

Entonces, una lenta sonrisa se insinuó en su rostro, mientras se le ocurría una idea intrigante. Su expresión complacida inquietó a Shaddam.

—De acuerdo, Hasimir. Podemos matar dos pájaros de un tiro.

El conde se quedó perplejo.

—¿De qué dos pájaros habláis, señor?

—Tyros Reffa. Sabemos que el bastardo ha contado con la protección de la Casa Taligari. Creo que tiene una propiedad en Zanovar, cosa que puedo verificar fácilmente. —La sonrisa del emperador se ensanchó aún más—. Y si descubriéramos una reserva de especia en Zanovar, ¿no sería un lugar estupendo para iniciar una cruzada?

—Ummm —dijo Fenring, sonriente—. Una idea excelente, señor. Zanovar sería un lugar ideal para asestar un primer golpe enérgico, un ejemplo encantador. Y si el bastardo resultara muerto de manera accidental..., tanto mejor.

Los dos hombres abandonaron las criptas más profundas y empezaron a subir hacia la parte principal del palacio. Fenring miró hacia atrás.

Tal vez la necrópolis Corrino necesitaría muy pronto otra cripta.

> Un verdadero regalo no es solo el objeto. Es una demostración de cariño y comprensión, un reflejo tanto del individuo que da como del que recibe.
>
> Docente Glax Othn,
> Extractos de conferencias para la Casa Taligari

En el camino flanqueado de helechos de su propiedad de Zanovar, Tyros Reffa estudió el ornamentado lenguaje del billete laminado que sostenía en la mano, con la intención de interpretar los oscuros pictogramas. El desafío era de su agrado. La luz del sol que se filtraba entre los árboles moteaba la tarjeta. Perplejo, miró a su reverenciado profesor y amigo, el Docente Glax Othn.

—Si no sabes leer las palabras, Tyros, nunca apreciarás el valor del regalo en sí.

Aunque quedaban pocos miembros con vida de la familia Taligari, el Docente era uno más en una larga dinastía de señores Docentes que habían heredado el feudo de los últimos nobles tradicionales, y continuaban rigiéndolo bajo el nombre primitivo. Reffa y él compartían la misma onomástica, separados por un abismo de años que salvaba una amistad inquebrantable.

Colibríes y mariposas volaban alrededor de las hojas de los helechos, se perseguían entre sí realizando veloces maniobras aéreas. Un pájaro cantor encaramado en la copa de un árbol escamoso emitió una nota desafinada, similar a un chirrido.

—Que los hados me libren de un maestro impaciente. —Reffa tenía unos cuarenta y cinco años, era corpulento y atlético. Sus ojos transparentaban una inteligencia irreductible—. Leo algo sobre la corte de Taligari..., representación... famosa y misteriosa... —Respiró hondo—. ¡Es una entrada para la ópera ingrávida! Sí, ya veo el código.

El Docente solo le había dado una entrada, a sabiendas de que Reffa iría solo, fascinado y ansioso por aprender, por absorber la experiencia. El anciano ya no asistía a ese tipo de representaciones extraplanetarias. Como solo le quedaban unos pocos años de vida, planificaba su tiempo con sumo cuidado, y prefería meditar y enseñar.

Reffa estudió el texto y descifró cada palabra.

—Es un pase para ir a los tanques iluminados de Centro Taligari, en la legendaria Artisia. Estoy invitado a presenciar la presentación en lenguajes subliminales de una danza ilustrada, la cual describe los trasfondos sentimentales de las complejas y largas luchas del Interregno.

Recorrió con un dedo las extrañas runas, satisfecho de sus conocimientos.

El enjuto mentor asintió con profunda satisfacción.

—Se dice que solo uno de entre quinientos espectadores puede comprender los matices de esta magnífica pieza, y solo con mucha atención y entrenamiento. De todos modos, supongo que todavía querrás ver la representación.

Reffa abrazó al Docente.

—Un regalo maravilloso, señor.

Se desviaron del amplio sendero de adoquines por una senda de grava más pequeña que crujió bajo sus pies calzados con sandalias. A Reffa le gustaba cada rincón de su modesta propiedad.

Hacía ya muchos años, el emperador Elrood había ordenado al Docente que criara en secreto a un hijo bastardo, con todas las comodidades, pero sin darle la menor esperanza de heredar, aunque debía ser digno del linaje Corrino. El Docente le había enseñado a apreciar la calidad por encima del lujo.

Glax Othn miró el rostro de facciones cinceladas del joven.

—Debo hablarte de un asunto preocupante, Tyros. Tal vez sería una buena idea que fueras un tiempo a Taligari, lejos de tu propiedad..., durante uno o dos meses.

Reffa miró al Docente, alarmado.

—¿Otra adivinanza?

—Por desgracia, no es divertida. Durante las dos últimas semanas, varios hombres han llevado a cabo rigurosas investigaciones sobre ti y tu propiedad. Te habrás dado cuenta, ¿verdad?

Reffa vaciló, cada vez más preocupado.

—Todo fue de lo más inofensivo, señor. Un hombre estuvo preguntando por fincas en venta aquí en Zanovar, y llegó a insinuar que quería comprar mi propiedad. Otro era un diseñador de jardines que deseaba estudiar mi invernadero. El tercero...

—Todos eran espías imperiales —interrumpió Othn. Reffa se quedó sin habla al instante, y el maestro continuó—. Me entraron sospechas y decidí investigar. Las identificaciones que te mostraron eran falsas, y los tres procedían de Kaitain. Me ha costado un poco, pero he demostrado que estos hombres están a sueldo del emperador.

Reffa frunció los labios, y reprimió su deseo de hacer más preguntas. El Docente querría que él mismo sacara las consecuencias.

—Así que todos mintieron. El emperador intenta investigar mi hogar, y a mí. ¿Por qué, después de tanto tiempo?

—Porque se ha enterado de tu existencia, no cabe duda. —El Docente adoptó un semblante grave, y habló en tono pedante mientras recordaba los grandiosos discursos que había pronunciado en las resonantes salas repletas de estudiantes—. Podrías haber conseguido muchas más cosas, Tyros Reffa. Y te las mereces, precisamente porque no las deseas. Es como una paradoja imperial. Creo que corres peligro.

El Docente sabía por qué el joven debía vivir con discreción, sin llamar la atención. El hijo bastardo de Elrood IX nunca había supuesto ninguna amenaza para Kaitain, nunca había demostrado ambición, ni interés en la política imperial o las intrigas del Trono del León Dorado.

Reffa prefería dejar su impronta a base de deleitar al público, como actor en compañías extraplanetarias bajo nombre falso. Había estudiado con los profesores Mimbanco de la Casa Jongleur, los más grandes animadores del Imperio, actores con tanto talento que podían manipular los sentimientos del público. Al joven Reffa le habían gustado aquellos años pasados en Jongleur, y el Docente estaba muy orgulloso de él.

Reffa se puso rígido. No tenían permitido hablar de tales cosas, ni siquiera en privado.

—No habléis de tales cosas con tanta franqueza. Sí, me iré a Taligari. —Suavizó el tono—. Pero habéis aminorado el placer causado por vuestro maravilloso regalo. Venid a ver lo que os he comprado para el día de vuestra onomástica.

De todos modos, su rostro expresaba preocupación.

Reffa aferró la entrada entre sus dedos, se volvió hacia el anciano y forzó una sonrisa.

—Me habéis enseñado, señor, que la eficacia del acto de dar se multiplica por diez cuando es recíproco.

El Docente fingió sorpresa.

—En este momento tenemos mayores preocupaciones. No necesito regalos.

Reffa tomó a su mentor por el huesudo codo y le guió a través de un bosquecillo de árboles pluma que se abría a un patio central.

—Ni yo, pero ninguno de los dos dedica tiempo a los pequeños placeres, a menos que nos veamos obligados. No neguéis la veracidad de mis palabras. He preparado algo para vos. Mirad, ahí está Charence.

El criado estaba al otro lado de la zona pavimentada, esperándoles junto al pabellón escarlata. Charence tenía aspecto de ser un hombre malhumorado y arisco, pero era muy eficiente y tenía un sentido del humor que Reffa sabía apreciar.

Glax Othn, confuso, siguió al corpulento joven hasta el pabellón, donde había dejado una pequeña caja envuelta sobre una mesa a la sombra. Charence alzó la caja y la extendió hacia el Docente. Othn la cogió.

—¿Qué podría desear yo? Aparte de más tiempo y más conocimientos, quiero decir. Y que vivas a salvo de todo peligro. —El viejo maestro abrió el paquete con una expresión de placer y extrañeza, para demostrar una total confusión cuando examinó el diminuto objeto. Era una entrada de cristal, un pase para todo un día—. ¿Un parque de atracciones, con diversiones, exposiciones y simuladores de emociones?

Al ver su reacción, el serio Charence sonrió.

—Lo mejor de Zanovar —dijo Reffa—. A los niños les encanta.

Sonrió. Había ido él en persona, solo para asegurarse de que no era el tipo de lugar que el serio Docente visitaría en su vida.

—Pero yo no tengo hijos —protestó el anciano—, ni familia. Esto no es para mí, ¿verdad?

—Divertíos un poco. Volved a ser joven. Siempre habéis insistido en que un verdadero ser humano necesita nuevas experiencias para enriquecerse.

El Docente se ruborizó.

—Lo digo a mis estudiantes, pero... ¿Estás intentando demostrar que soy un hipócrita?

Sus ojos pardos centellearon.

Reffa cerró la mano del mentor sobre el objeto.

—Disfrutad, en pago por todo lo que habéis hecho por mí. —Apoyó una mano sobre el hombro del Docente—. Y cuando regrese, sano y salvo después de dos meses de estancia en Taligari, compararemos nuestras respectivas experiencias, vos en parques de atracciones y yo en la ópera ingrávida.

El viejo profesor asintió con aire pensativo.

—Ojalá sea así, amigo mío.

El viajero que se adentra solo en el desierto es hombre muerto. Solo el gusano vive solo allí.

Proverbio fremen

Con el adiestramiento necesario, cualquier mentat podía convertirse en un asesino hábil, eficaz e imaginativo. No obstante, Piter de Vries sospechaba que su naturaleza peligrosa estaba relacionada con la perversión que había potenciado sus poderes, hasta transformarle en lo que era. Su propensión a la crueldad, el placer sádico que experimentaba al ver sufrir a los demás, había sido implantado en sus genes por los tleilaxu.

Por lo tanto, la Casa Harkonnen era el lugar ideal para él.

En una habitación de la residencia Harkonnen de Carthag, De Vries estaba de pie ante un espejo enmarcado en remolinos de titanio negro. Mojó un paño en jabón perfumado y se secó la boca, luego se acercó más para examinar las permanentes manchas de safo. Se maquilló la barbilla puntiaguda, pero dejó los labios tal como estaban. Sus ojos azules como la tinta y su pelo rizado le daban el aspecto de un ser impredecible.

¡Soy demasiado valioso para que me utilicen como un simple empleado! Pero el barón no siempre lo veía así. El gordo estúpido malgastaba el talento de De Vries, su tiempo y energía tan valiosos. Entró en su estudio particular, lleno de muebles antiguos, estantes con carretes de hilo shiga y videolibros. El escritorio estaba cubierto de videolibros mayores.

Cualquier mentat estaba cualificado para llevar a cabo algo más que tareas de bibliotecario. De Vries ya había trabajado con libros mayores en otras ocasiones, pero no le gustaba. Las tareas eran demasiado rudimentarias, insultantemente sencillas. Pero había que guardar los secretos, y el barón confiaba en muy poca gente.

El barón, enfurecido por el ataque fremen al almacén de melange de Hadith y otras reservas escondidas, había ordenado a De Vries que repasara todos los libros de cuentas para verificar que estaban en orden, y que no contenían pruebas de las reservas de especia ilegales. Todas las pruebas debían desaparecer, para no llamar la atención de un auditor de la CHOAM. Si se descubrían las reservas, la Casa Harkonnen podría perder su valioso feudo de Arrakis, y más. Sobre todo ahora que el emperador había anunciado severas medidas contra el acaparamiento de especia. *¿Qué se piensa Shaddam?*

De Vries suspiró y reanudó su trabajo.

Para colmo, el estúpido sobrino del barón, Glossu Rabban, ya había examinado los registros (sin permiso) y eliminado pruebas con la destreza de un ladrón de tumbas. Feyd-Rautha, el hermano menor de la Bestia, lo habría hecho mejor. Ahora, los libros no cuadraban, y a De Vries le aguardaba más trabajo que antes.

Ya entrada la noche, se inclinó sobre su mesa. Sumergió su inconsciente en las cifras, absorbió datos. Efectuó cambios con un punzón magnético, alteró el primer nivel de discrepancias, pulió las equivocaciones demasiado evidentes.

Pero un pensamiento difuso seguía arrancándole de su trance, una visión inducida por las drogas que había experimentado nueve años antes, cuando había visto problemas extraños y sin especificar en el horizonte de la Casa Harkonnen... Imágenes inexplicables de los Harkonnen abandonando Arrakis, la bandera con el grifo azul arriada, sustituida por la verde y negra de la Casa Atreides. ¿Cómo podían los Harkonnen perder el monopolio de la especia? ¿Cuál era la relación de los malditos Atreides con ello?

De Vries necesitaba más información. Era la tarea a la que había jurado dedicarse. Más importante que aquel miserable trabajo de funcionario. Apartó los libros y entró en su botiquín particular.

Dejó que sus dedos seleccionaran zumo de safo amargo, jarabe de tikopia y dos cápsulas de melange concentrada. No controló las cantidades que engulló. Una agradable esencia de canela estalló en su boca. Hiperpresciencia, al borde de la sobredosis, una puerta que se abría...

Esta vez, vio más. La información que necesitaba. *El barón Harkonnen, más viejo e incluso más gordo, era escoltado por tropas Sardaukar hasta una lanzadera que esperaba.* ¡De modo que el mismísimo barón sería obligado a abandonar Arrakis, y no una generación posterior de Harkonnen! Por lo tanto, el desastre tendría lugar pronto.

De Vries se esforzó por averiguar más detalles, pero partículas remolineantes de luz enturbiaron su visión. Aumentó la dosis de drogas lo suficiente para recobrar la sensación agradable, pero las visiones no volvieron, pese a que los productos químicos le subían como una oleada...

Despertó en los brazos musculosos de un hombre maloliente ancho de espaldas. Sus ojos se enfocaron antes que su mente. ¡Rabban! El hombre le transportaba en volandas por un pasillo de paredes de roca, bajo la residencia Harkonnen.

—Te estoy haciendo un favor —dijo Rabban, cuando notó que el mentat se removía—. En teoría, tenías que estar trabajando en la contabilidad. A mi tío no le gustará averiguar lo que has hecho. Otra vez.

El mentat no podía pensar con claridad, pero hizo un esfuerzo por hablar.

—He descubierto algo mucho más import...

A mitad de la frase, De Vries fue balanceado a un lado, luego al otro, y acabó aterrizando en agua... ¡Agua, nada menos, en Arrakis!

Luchó por rechazar la niebla de las drogas, pataleó y nadó como pudo hasta donde Rabban estaba arrodillado.

—Me alegro de que sepas nadar. Espero que no hayas ensuciado nuestra cisterna.

Furioso, De Vries se izó y quedó tendido sobre el muelle de piedra, goteando charcos que habrían hecho la fortuna de cualquier criado fremen.

Rabban rió.

—El barón siempre podría sustituirte. Los tleilaxu estarían muy contentos de enviarnos otro mentat cultivado en el mismo tanque.

De Vries escupió e intentó recuperarse.

—Estaba trabajando, idiota, intentando potenciar una visión que concernía al futuro de la Casa Harkonnen.

El mentat, empapado pero intentando mantener la compostura, se alejó por los oscuros pasadizos, subió escaleras y rampas hasta los aposentos del barón. Llamó a la puerta, todavía chorreante. Rabban le seguía, respirando con fuerza.

Cuando el barón apareció en la puerta, flotando sobre sus suspensores, parecía irritado. Sus pobladas cejas rojizas se unieron en su rostro fofo cuando frunció el ceño. La apariencia desastrada del mentat no le hizo ningún favor.

—¿A qué viene molestarme a estas horas de la noche? —Sorbió por la nariz—. Estás malgastando mi agua.

Una forma ensangrentada, que emitía débiles maullidos, estaba tumbada sobre la cama reforzada del barón. De Vries vio una mano pálida que se agitaba. Rabban se acercó para ver mejor.

—Tu mentat ha vuelto a drogarse, tío.

Una lengua de lagarto asomó entre los labios manchados de De Vries.

—Solo en cumplimiento de mi deber, barón. Tengo noticias. Noticias importantes, inquietantes.

Describió a toda prisa la visión que había experimentado.

El barón bufó.

—Malditos sean todos los problemas. Esos infernales fremen atacan sin cesar mis reservas, y ahora el emperador amenaza con severas consecuencias a todos cuantos acumulen cantidades para su propio disfrute. ¡Y por si fuera poco, mi propio mentat ve visiones de mi desgracia! Ya me estoy cansando.

—No creerás en sus alucinaciones, ¿verdad, tío?

La mirada vacilante de Rabban se paseó entre los dos hombres.

—Estupendo. Hemos de prepararnos para sufrir pérdidas y reemplazar lo que hemos perdido. —El barón miró hacia atrás, ansioso por volver con su juguete antes de que el muchacho muriera sobre la cama—. Rabban, me da igual lo que hagas, pero consigue más especia.

Turok, vestido con su destiltraje, se erguía en la calurosa sala de control de un recolector de especia. La enorme máquina gemía y crujía, al tiempo que recogía material de un pozo y lo depositaba en una tolva. Cribas, ventiladores y campos electrostáticos separaban la melange de los granos de arena y purificaban el producto.

Los tubos de escape del recolector escupían polvo, mientras pesadas ruedas transportaban la máquina a través de una veta de especia al descubierto. Copos de melange pura caían en contenedores blindados. La bodega de carga desmontable estaba preparada para ser arrebatada a la menor señal de un gusano.

Fremen y Turko se ofrecían a veces para trabajar en cuadrillas de recolección, pues eran apreciados por sus habilidades. Les pagaban en metálico, sin hacer preguntas. De esa forma, Turok conseguía información valiosa sobre obreros de la ciudad y cuadrillas de especia. Y la información equivalía a poder, al menos eso decía Liet-Kynes.

Cerca, el capitán del recolector estaba de pie ante un panel, estudiaba pantallas proyectadas por una docena de cámaras exteriores. Era un hombre nervioso, de barba cana, y temía que la nave localizadora no divisara señales de gusano a tiempo de salvar la maquinaria.

—Utiliza esos agudos ojos fremen para garantizar nuestra seguridad. Para eso te pago.

Turok estudió el paisaje hostil y las dunas ondulantes a través de la ventanilla polvorienta. Pese a la ausencia de movimiento, sabía que el desierto bullía de vida, casi toda a resguardo del calor del día. Vigilaba los temblores profundos. En la sala de control, tres tripulantes también miraban por ventanas arañadas y agujereadas, pero carecían de la vista y el adiestramiento de los fremen.

De repente, Turok vio un montículo bajo y largo en la lejanía, que iba creciendo de tamaño.

—¡Gusano! —Utilizó el localizador de dirección Osbyrne que había junto a la ventana, determinó las coordenadas exactas y las anunció—. La nave de localización tendría que habernos avisado hace cinco minutos.

—Lo sabía, lo sabía —gimió el capitán—. ¡Malditos sean, aún no han llamado!

Conectó el sistema de comunicaciones y pidió un transportador, y después se puso en contacto con los hombres desplegados sobre la arena. Subieron a los todoterreno y corrieron hacia la incierta seguridad del recolector.

Turok vio que el gusano de arena se precipitaba hacia él. Shai-Hulud siempre iba hacia los recolectores de especia. Siempre.

Oyó un temblor en el cielo, vio que el polvo remolineaba alrededor del recolector cuando el transportador descendió. El recolector se estremeció, mientras la tripulación se apresuraba a efectuar conexiones, empalmar cables y ganchos de unión.

El gusano se acercaba, siseando entre las dunas.

El recolector se estremeció de nuevo, y el capitán maldijo por el comunicador.

—Estamos tardando demasiado. ¡Sacadnos de aquí, maldita sea!

—Hay problemas con la conexión, señor —anunció una voz serena por el altavoz—. Vamos a desconectaros del transportador y llevarnos la carga. Apañaos como podáis.

El capitán chilló ante la traición.

Turok vio por la ventana que la cabeza del gusano surgía de la arena, un animal anciano de centelleantes dientes de cristal y llamas en la garganta. La cabeza se movía de un lado a otro mientras aumentaba la velocidad, como un torpedo lanzado hacia un objetivo.

Mientras el resto de la cuadrilla huía, confiando en un equipo de rescate que no funcionaba, Turok se zambulló en un pozo de escape que le depositó en la arena, lejos del gusano. El olor penetrante de la melange recién desenterrada quemó su nariz. Vio que su destiltraje se había roto.

Se puso en pie y corrió entre las dunas, mientras el transportador izaba la tolva mediante una eslinga. No habían rescatado a ningún trabajador, solo la especia.

Turok corrió con todas sus fuerzas. Los demás trabajadores, repletos de agua, nunca lo conseguirían.

Trepó a una duna alta, intentó ganar distancia, y después cayó por la pendiente. Las vibraciones del monstruoso recolector ahogarían sus pasos rítmicos durante un rato. Rodó hasta un valle entre las dunas, y luego luchó por escapar del lento remolino, mientras el gusano describía un círculo y se alzaba para devorar a su presa.

Turok oyó el rugido detrás de él, sintió que el suelo resbalaba bajo sus pies. De todos modos, siguió corriendo. No miró atrás cuando el recolector de especia y su tripulación cayeron en la garganta cavernosa de Shai-Hulud. Oyó los chillidos de los hombres, el crujido del metal.

Vio una formación rocosa a unos cien metros de distancia. Ojalá pudiera llegar.

El barón Harkonnen estaba tendido boca abajo sobre la cama de masajes, con la piel cayéndole a los costados. Chorros de agua rociaban su espalda y piernas, de modo que brillaba como un sudoroso luchador de sumyan. Dos guapos jovencitos, de piel seca y flacuchos, lo mejor que había podido encontrar en Carthag, aplicaban ungüentos entre sus hombros.

Un ayudante entró corriendo.

—Siento interrumpiros, mi barón, pero hoy hemos perdido toda una cuadrilla de recolección. Un transportador llegó a tiempo de llevarse la carga, una tolva entera, pero no pudo rescatar a los hombres.

El barón se incorporó a medias y fingió decepción.

—¿Ningún superviviente? —Despidió al ayudante con un ademán lánguido—. No hables a nadie de esto.

Ordenaría a De Vries que tomara nota de la pérdida de maquinaria y personal, junto con toda la especia. Por supuesto, la tripulación del transportador tendría que ser eliminada, como testigos, y también el ayudante que le había traído el mensaje. Tal vez estos dos jovencitos también sabían demasiado, de todos modos jamás sobrevivirían a los ejercicios privados que planeaba para ellos.

Sonrió para sí. La gente era fácil de sustituir.

La paz no equivale a la estabilidad. La estabilidad no es dinámica, y tan solo el grosor de un cabello la separa del caos.

FAYKAN BUTLER, *Conclusiones del concilio post Jihad*

—No os gustará oír esto, emperador.

El chambelán Ridondo hizo una rígida reverencia, mientras Shaddam bajaba del estrado en la pequeña Sala Estatal de Audiencias.

¿Es que nadie me trae buenas noticias? Se enfureció, pensando en todas las irritantes distracciones que le impedían experimentar algún momento de paz.

El delgado chambelán se apartó para dejar pasar al emperador, y luego corrió para alcanzarle.

—Ha ocurrido un... incidente en Beakkal, señor.

Aunque era a primera hora de la tarde, Shaddam había anulado las demás citas del día e informado a los señores y embajadores congregados que deberían pedir una nueva cita. Al chambelán Ridondo le correspondería la poco envidiable tarea de concertar las citas de los defraudados.

—¿Beakkal? ¿Qué me importa a mí ese lugar?

El chambelán se secó el sudor de la frente.

—Los Atreides están implicados. El duque Leto nos ha pillado por sorpresa.

Hombres y mujeres vestidos con elegancia se hallaban en la sala de audiencias, conversando entre susurros. El exótico parquet de madera facetada y conchas de kabuzu incrustadas proporcionaba a la sala un cálido resplandor, a la luz dorada de los globos luminosos de cristal de Balut. En función de su humor, el emperador prefería a veces la intimidad e informalidad de esta pequeña sala a la Sala Imperial de Audiencias.

Shaddam se había envuelto en una capa larga escarlata y oro, tachonada de esmeraldas, piedras soo y zafiros negros. Bajo la capa, llevaba un traje de baño, para dirigirse de inmediato a los canales y estanques de agua climatizados de palacio. Era su lugar favorito, donde jugaba con sus concubinas.

Suspiró cuando pasó junto a un grupo de nobles.

—¿Qué ha hecho ahora mi primo? ¿Qué tiene la Casa Atreides contra un pequeño planeta selvático?

El emperador se detuvo, con la espalda tiesa como un huso, mientras su agitado chambelán resumía el audaz ataque militar contra Beakkal, al tiempo que una multitud de cortesanos curiosos se apretujaban a su alrededor.

—Creo que el duque ha hecho lo que debía —dijo un hombre de porte digno y pelo cano, lord Bain O'Garee de Hagal—. Considero repugnante que el primer magistrado permitiera a los tleilaxu profanar un memorial que honra a héroes asesinados.

Shaddam estaba a punto de fulminar con la mirada al noble de Hagal, cuando oyó murmullos de apoyo entre los demás aristócratas. Había subestimado la antipatía general que despertaban los tleilaxu, y esta gente estaba jaleando a Leto en silencio por su audacia. *¿Por qué no me jalean a mí cuando emprendo acciones radicales y necesarias?*

Otro noble intervino.

—El duque Leto tiene derecho a responder a semejante insulto. Era una cuestión de honor.

Shaddam no recordaba el nombre del individuo, ni tampoco su Casa.

—Y era una cuestión de ley imperial —interrumpió Anirul, la esposa de Shaddam, que se había deslizado sin hacer ruido entre su esposo y el chambelán Ridondo. Desde la reciente muerte de la Decidora de Verdad Lobia, Anirul había revoloteado alrededor de Shaddam, como si deseara estar a su lado en todos los acontecimientos oficiales—. Un hombre tiene el derecho moral de proteger a su familia. ¿No incluye eso también a los antepasados?

Algunos nobles asintieron, y un hombre lanzó una risita, como si Anirul hubiera dicho algo ingenioso. Shaddam tomó nota de la opinión general.

—Estoy de acuerdo —dijo, y acentuó el tono paternal de su voz. Pensó en cómo podría utilizar aquel precedente para sus propios fines—. El acuerdo bajo mano de Beakkal con los tleilaxu era claramente ilegal. Ojalá mi querido primo Leto hubiera utilizado los canales habituales, pero comprendo su impetuosa reacción. Aún es joven.

Para sus adentros, Shaddam cayó en la cuenta de que esta acción militar Atreides aumentaría el prestigio de Leto entre las Grandes Casas. Consideraban al duque un hombre que osaba llevar a la práctica aquello que otros ni siquiera se atrevían a considerar. Tal popularidad podía ser peligrosa para el Trono del León Dorado.

Levantó una mano repleta de anillos.

—Investigaremos este asunto y daremos nuestra opinión oficial a su debido tiempo.

Las acciones de Leto también abrían la puerta a los inminentes planes de Shaddam. Estos nobles respetaban una demostración de justicia rápida y firme. Un precedente intrigante, a decir verdad...

Anirul miró a su marido, intuyó sus pensamientos cambiantes. Le dirigió una mirada inquisitiva, de la que él hizo caso omiso. Su sonrisa parecía molestar a su mujer. Anirul y sus compinches Bene Gesserit le ocultaban demasiados secretos, y tenía todo el derecho a pagarles con la misma moneda.

Convocaría a su Supremo Bashar y pondría en marcha sus planes. El veterano Zum Garon sabría muy bien cómo lidiar con el problema, y agradecería una oportunidad de demostrar las proezas de los Sardaukar en algo más que un simple desfile militar.

Al fin y al cabo, el planeta Zanovar, donde vivía el bastardo Tyros Reffa, no era muy diferente de Beakkal...

En la intimidad de sus aposentos, la pluma sensora de lady Anirul creaba jeroglíficos en el aire. Una planta tropical plantada en una maceta, de flores negras como el azabache, estaba a su lado, y proyectaba perfumes eléctricos.

El diario conceptual sensorial de Anirul flotaba sobre su escritorio, mientras ella escribía en páginas sin papel, plasmaba sus pensamientos más íntimos, cosas que su marido nunca descubriría. Escribía en el idioma codificado indescifrable de la Bene Gesserit, la lengua olvidada que se había utilizado en el antiquísimo *Libro Azhar*.

Expresaba su tristeza por el fallecimiento de la Decidora de Verdad Lobia, el afecto que había sentido por la anciana. ¿No enarcaría sus cejas la madre superiora Harishka ante tal confesión desnuda de sentimientos? Anirul añoraba mucho a su amiga. No tenía una compañía semejante en la corte imperial, solo insufribles aduladores que buscaban su favor para ascender en la escala social.

Lobia había sido diferente. Anirul albergaba ahora en su interior la memoria y experiencias de la anciana, entre la algarabía de cientos de generaciones anteriores, un bosque de vidas demasiado espeso para ser explorado.

Te añoro, vieja amiga. Anirul se contuvo, algo avergonzada. Tocó un botón de la pluma sensorial, vio que instrumento y diario desaparecían como un hililllo de humo en el interior de su anillo de piedra soo azul claro.

Anirul realizó una serie de ejercicios respiratorios. El telón de fondo sonoro del palacio se difuminó, y solo oyó su voz interior, que susurraba:

—¿Madre Lobia? ¿Podéis oírme? ¿Estáis ahí?

La Otra Memoria podía resultar inquietante en algunos momentos, como si sus antepasadas la estuvieran espiando desde el interior de su cabeza. Si bien detestaba la pérdida de privacidad humana básica, solía encontrar consoladora su presencia. El conglomerado de vidas formaba una biblioteca interna, cuando podía acceder a ella, una reserva de sabiduría y aliento. Lobia estaba ahí, perdida entre incontables fantasmas, a la espera de poder hablar.

Anirul cerró los ojos, decidida, y juró encontrar a la Decidora de Verdad, sumergirse en el clamor hasta que localizara a Lobia. Descendió, descendió... más y más.

Era como un dique del grosor de una cáscara de huevo, a la espera de ser roto. Nunca había intentado una incursión en el pasado tan radical, a sabiendas de que corría el peligro de extraviarse en el océano de voces. No obstante, era un viaje que no se podía emprender sin el apoyo y la ayuda de las demás hermanas.

Sintió una agitación, un remolino en el flujo de la Otra Memoria. *Lobia*, gritó con su mente. El remolino aumentó de intensidad, como si se estuviera acercando a una sala llena de gente ruidosa. Percibió velos de color remolineante, de unos tonos que jamás había imaginado posibles, alambradas etéreas que no la permitirían entrar.

¡Lobia! ¿Dónde estáis?

En lugar de obtener una respuesta de una voz solitaria, su agitación transformó las voces en una turba aullante, que avisaba a gritos de un desastre. Se quedó aterrorizada, y no tuvo otra alternativa que huir.

Anirul despertó y se encontró de nuevo en el estudio, con la visión borrosa. Era como si una parte de ella hubiera quedado atrapada en el intelecto colectivo de las Bene Gesserit. No movió un músculo mientras se retiraba de la Otra Memoria y dejaba atrás sus temibles advertencias.

Poco a poco, notó un hormigueo en su piel. Cuando por fin pudo moverse, recuperó del todo la visión.

Las voces de su interior intuían que algo terrible e inevitable estaba a punto de suceder. Algo relacionado con el anhelado Kwisatz Haderach, que llegaría dentro de una generación. La semilla ya estaba creciendo en el útero de Jessica, la cual no sospechaba nada. La Otra Memoria advertía de un desastre...

Anirul preferiría ver derrumbarse el Imperio antes que aquel niño sufriera el menor daño.

En la intimidad de sus espaciosos aposentos, la madre Kwisatz bebió té de especia y habló en susurros a la reverenda madre Mohiam.

Mohiam entornó sus ojillos de ave.

—¿Estáis segura de la visión que experimentaste? No es probable que el duque Leto deje marchar a Jessica. ¿Viajo a Caladan para protegerla? Su audaz ataque a Beakkal puede dejarle vulnerable al desquite de sus enemigos, y Jessica podría ser su objetivo. ¿Es esto lo que habéis visto?

—Nada hay seguro en la Otra Memoria, ni siquiera para la madre Kwisatz. —Anirul tomó un largo y dulce sorbo, y luego dejó su taza—. Pero no debes irte, Mohiam. Has de quedarte aquí, en el palacio. —Su expresión se endureció—. He recibido noticias de Wallach IX. La madre superiora Harishka te ha elegido para sustituir a Lobia como Decidora de Verdad del emperador.

Si Mohiam se quedó sorprendida o complacida, no reveló la menor emoción. En cambio, se concentró en el asunto del que estaban hablando.

—¿Cómo vamos a velar por la seguridad de Jessica y del bebé?

—He decidido que esta joven debe pasar en Kaitain lo que le queda de embarazo. Así solucionaremos el problema.

Mohiam se animó.

—Una excelente idea. Podremos controlar todos los pasos del embarazo. —Sonrió con ironía—. Al duque Leto no le va a gustar.

—Los deseos de un hombre no importan en este asunto. —Anirul se reclinó en la silla, oyó el crujido del almohadón. Se sentía enormemente cansada—. Jessica dará a luz a su hija aquí, en el palacio imperial.

Se da por sentado que estabilizar el presente es una forma de equilibrio, pero esta acción inevitablemente resulta peligrosa. La ley y el orden son perniciosos. Intentar controlar el futuro solo sirve para deformarlo.

Karrben Fethr, *La insensatez de la política imperial*

El Docente Glax Othn nunca se había sentido tan viejo..., o tan joven, como aquel día, en el abarrotado parque de atracciones de Zanovar. Vestido con un traje informal de sarga verde claro, notaba que empezaba a relajarse, a olvidar la misteriosa amenaza que se cernía sobre su pupilo Tyros Reffa.

Rió con los niños y comió dulces. Practicó juegos que ponían a prueba su habilidad, aunque sabía que los pregoneros siempre decantaban la suerte en favor de los pequeños. No le importó, aunque habría sido estupendo llevarse un premio a casa, como recuerdo. Los olores y colores del lugar remolineaban a su alrededor como un ballet para las masas, y Othn sonrió.

Reffa sabía muy bien lo que necesitaba el viejo profesor. Esperaba que el joven, que se encontraba ahora en Taligari, disfrutara con la ópera ingrávida tanto como Othn estaba disfrutando con esta salida inesperada.

El día fue largo y agotador, pero estimulante. De haber podido elegir, Othn jamás se habría permitido aquella cana al aire. Su estudiante le había enseñado una lección valiosa.

Othn se apartó de la frente el pelo mojado de sudor y alzó la vista cuando una sombra cruzó ante el sol. A su alrededor, la música y las risas proseguían. Alguien chilló. Se volvió y vio un disco flotante que saltaba obstáculos elevados. Los pasajeros gritaban, fingiendo terror.

Después, más sombras oscurecieron el cielo, grandes y amenazadoras. Al principio, el docente no imaginó que las enormes naves pudieran ser otra cosa que parte del espectáculo.

La gente hacía cola para subir a atracciones potenciadoras de los sentidos, laberintos, holobailes. Otros probaban su suerte en chiringuitos donde podían comprar golosinas a cambio de un chiste o una canción. Mucha gente alzó la vista. Mientras masticaba su dulce de cristalfruta, el Docente miró con curiosidad en lugar de miedo. Hasta que las primeras armas empezaron a disparar.

En la nave de vanguardia, el comandante en jefe de Shaddam, el Supremo Bashar Garon, dirigía en persona el demoledor ataque. Su deber era lanzar el primer disparo, causar las primeras bajas, derramar la primera sangre.

Un ornitóptero blindado sobrevoló el gigantesco gusano de arena que constituía el recinto principal del parque, una construcción articulada rodeada de falsas dunas. Las explosiones desgarraron el aire, el fuego de las armas taladró el suelo. Surgieron chispas, llamas y humo cuando edificios transparentes se derrumbaron. La gente chilló y corrió.

La voz estentórea del Docente, acostumbrada por años de dar clase en aulas abarrotadas de estudiantes inquietos, rugió sobre el estrépito.

—¡Busquen refugio!

Pero no había ningún lugar donde esconderse.

¿Hacen esto para encontrar a Tyros Reffa?

El escuadrón de la muerte del Supremo Bashar llevaba uniformes gris y negro. Garon desintegró niños sin pestañear. Solo era el principio.

Después de que los primeros disparos dispersaran a las masas y causaran grandes destrozos, el escuadrón se ensañó con el simulacro del gusano. Después, utilizaron rayos cortantes para convertir el adorno en pedazos de metal humeante, hasta dejar al descubierto las bóvedas repletas de melange enterradas debajo. De acuerdo con las órdenes imperiales, las tropas tenían que encontrar y recuperar la reserva ilegal de especia.

Después, se procedería a la destrucción de las principales ciudades de Zanovar.

Garon posó su tóptero sobre una pila de restos humanos carbonizados. Los soldados salieron y dispararon sobre todo lo que se movía. Los clientes desarmados del parque de atracciones corrieron, presa de la confusión y el terror.

Más naves imperiales tomaron posiciones en el parque, y una nube de soldados invadió las ruinas del gigantesco gusano. El monumento ocultaba en el subsuelo túneles llenos de melange.

En medio de la carnicería, solo un hombre osó acercarse a los soldados entre el humo y los cadáveres, un viejo profesor. Su rostro estaba desencajado pero sereno, como un maestro dispuesto a poner en cintura a estudiantes rebeldes. Zum Garon reconoció al Docente Glax Othn gracias al informe que le habían pasado antes de la misión.

Othn tenía un hombro empapado en sangre, y se le había chamuscado el pelo del lado izquierdo de la cabeza. Daba la impresión de que no sentía dolor, solo rabia y consternación. *¡Tanto derramamiento de sangre, solo para acabar con Tyros!* El Docente, que había pronunciado muchos discursos durante el ejercicio de su profesión, alzó la voz.

—¡Esto es inconcebible!

El Supremo Bashar, con el uniforme limpio e impecable, respondió con una sonrisa irónica, mientras columnas de humo se alzaban hacia el cielo. Cuerpos quemados se retorcían en el suelo, y detrás de Othn, una estructura palaciega se derrumbó con gran estrépito.

—Profesor, tenéis que aprender la diferencia entre la teoría y la práctica.

A una señal de Garon, sus Sardaukar abatieron al Docente antes de que pudiera dar un paso más. El Supremo Bashar desvió su atención al edificio en forma de gusano, para supervisar las operaciones. Rodeado de humo acre, extrajo una grabadora del bolsillo de su uniforme y dictó un informe para Shaddam, mientras contemplaba la carnicería.

Sumergidas en el humo y el hedor de la catástrofe, partidas de Sardaukar cargaron las naves con la especia de contrabando. Como abejorros hinchados, los tópteros se elevaron hacia las naves de transporte. El emperador entregaría la especia confiscada, a modo de recompensa, a la Cofradía y la CHOAM. Anunciaría con gran pompa que la operación había sido el disparo de salida de la «Gran Guerra de la Especia».

El Supremo Bashar intuía que se avecinaban tiempos interesantes.

Garon, que seguía un rígido horario, ordenó al resto de las tropas que regresaran a las naves militares. Una vez recuperada la melange, el resto de la operación se llevaría a cabo desde una distancia prudencial. Garon miraría desde su silla de mando sin ensuciarse las manos. El escuadrón despegó, indiferente a los gemidos de los heridos, los chillidos de los niños.

Las naves de guerra siguieron una órbita baja. Desde allí, terminarían el trabajo de arrasar la ciudad, y se fijarían como objetivo cierta propiedad cercana.

En los jardines de helechos de Reffa, se alzó una brisa tibia, que agitó las hojas verdes y produjo un sonido de plumas ondulantes. Charence, el administrador de la propiedad, desconectó las fuentes cuando ascendió la pendiente. Ya había encargado a jardineros e ingenieros acuáticos que llevaran a cabo una supervisión a fondo de los sistemas que controlaban las fuentes, mientras su amo se encontraba en Taligari.

Charence, un hombre muy meticuloso en lo tocante a sus obligaciones, se enorgullecía de saber que Tyros Reffa nunca se fijaba en el trabajo que realizaba en la propiedad. Era el mejor cumplido que un administrador podía esperar. Los jardines y la mansión funcionaban con tal eficacia que su amo nunca tenía motivos para quejarse.

El Docente había ordenado a Charence que sirviera a Tyros Reffa desde el momento en que el misterioso niño había llegado a Zanovar, hacía más de cuarenta años. El leal sirviente nunca había hecho preguntas sobre los padres del chico, ni sobre el origen de su inagotable fortuna. Charence, un hombre equilibrado con muchas responsabilidades, no tenía tiempo para ir curioseando.

Cuando las últimas gotas de agua cayeron de la fuente, se quedó dentro del mirador situado en lo alto de una loma enlosada. Trabajadores vestidos con monos transportaban cubos y mangueras hacia las subestaciones de cañerías ocultas en los huertos de hongos. Charence oyó que silbaban y conversaban.

No reparó en las naves de guerra que se materializaron en el cielo. El administrador de la propiedad estaba concentrado en el mundo real que le rodeaba, sin mirar a lo alto. Descargas láser desgarraron el aire, como rayos arrojados por un dios encolerizado. Estallidos sónicos de aire ionizado aplastaron los árboles. Parques y lagos crepitaron en el horizonte, convertidos en una llanura de cristal muerta.

Charence alzó por fin la vista, con los ojos irritados a causa de la luz brillante, y vio que una miríada de rayos destruían la propiedad de Reffa. Se quedó petrificado, incapaz de huir. Plantó cara a la tormenta, mientras una locomotora de aire caliente se precipitaba hacia él.

Las llamas corrieron sobre el paisaje como tsunamis rojos, una estampida de incandescencia que desintegró los campos y las zonas arboladas, con tal celeridad que el humo no tuvo ocasión de elevarse.

Cuando la onda de choque pasó, no dejó nada de los hermosos jardines y edificios. Ni siquiera escombros.

En la ciudad de Artesia, situada en el lado oscuro de Taligari, Tyros Reffa contemplaba la ópera ingrávida. Estaba sentado en un palco particular, concentrado en comprender los matices y complejidades del espectáculo.

En conjunto, le gustaba mucho, y deseaba comentar su experiencia con el Docente cuando regresara a Zanovar...

> Tras dos generaciones de caos, cuando la humanidad acabó por fin con el insidioso control de las máquinas, surgió una nueva idea: «Los hombres no pueden ser sustituidos».
>
> *Preceptos de la Jihad Butleriana*

El príncipe Rhombur contemplaba la sala de baile desde un balcón. Los preparativos continuaban sin respiro: criados, decoradores y proveedores se habían apoderado del castillo de Caladan. Era como ver a un ejército prepararse para la guerra.

Si bien conservaba pocos de sus sistemas orgánicos naturales, Rhombur sentía un nudo en su estómago artificial. Observaba a escondidas, porque si le veían, docenas de personas le acosarían con incesantes preguntas sobre un millar de decisiones sin importancia, y ya tenía bastantes cosas en la cabeza.

Vestía un retroesmoquin blanco confeccionado para cubrir su piel sintética y los servomecanismos que movían sus extremidades artificiales. Pese a sus numerosas cicatrices, el aspecto de Rhombur era elegante.

Como cualquier hombre el día de su boda.

Los criados obedecían las órdenes de la maestra de ceremonias, una mujer extraplanetaria vestida con suma elegancia, de cara estrecha y morena que insinuaba contrastes intrigantes, como una caladana primitiva trasplantada a la sociedad moderna. Su voz melodiosa se abrió paso entre el clamor general cuando lanzó una serie de órdenes en galach oficial.

Los criados se apresuraron a obedecer sus instrucciones, dispusieron ramos de flores y corales de colores, colocaron artículos rituales en el altar que utilizaría el sacerdote, limpiaron manchas, alisaron arrugas. En lo alto, en un recinto discreto de plaz transparente, situado entre las vigas de un techo abovedado, un equipo de holoproyección montaba y probaba su equipo.

Inmensas arañas del cristal de Balut más puro, erizadas de velas, colgaban en hileras y arrojaban un resplandor dorado sobre los asientos dispuestos para la ceremonia. Un adorno de enredaderas exóticas se enroscaba alrededor de una columna cercana al refugio de Rhombur, y despedían un dulce perfume a violetas. El aroma era demasiado fuerte, y mediante un leve movimiento de un botón de control del panel ceñido a su cintura, ajustó su sensor olfativo para disminuir la sensibilidad.

A instancias de Rhombur, daba la impresión de que la sala de baile de Caladan hubiera sido transportada intacta desde el gran palacio de Ix. Le recordó los tiempos en que la Casa Vernius había gobernado el poderoso planeta industrial y desarrollado tecnología innovadora. Como volvería a ser...

Tomó conciencia de la actividad de sus pulmones mecánicos, del rítmico latido de su corazón artificial. Contempló la piel inorgánica de su mano izquierda, las complicadas espirales de las huellas dactilares y el dedo medio desnudo, en el que Tessia deslizaría dentro de poco una alianza.

Muchos soldados se casaban con sus novias antes de ir a la guerra. Rhombur estaba a punto de liderar la reconquista de Ix y la fortuna de su familia. ¿Qué menos que convertir a Tessia en su esposa?

Flexionó los dedos protésicos, y obedecieron los dictados de su mente, pero con cierta rigidez. En los últimos tiempos, había experimentado mejoras radicales en su control motriz, pero hoy parecía sufrir una leve regresión, tal vez debido al nerviosismo provocado por la ocasión. Esperaba no hacer nada humillante durante la ceremonia.

Sobre una plataforma montada detrás del altar, una orquesta ensayaba el *Concierto Nupcial Ixiano*, la música tradicional que acompañaba a todas las bodas de los nobles Vernius. Tradición que continuaría, pese a que su Casa había perdido el favor del Imperio. La emocionante música, compuesta de sonidos metálicos y rítmicos que sugerían el latido de una industria desarrollada, le embargaron de nostalgia y energía.

Kailea, la hermana de Rhombur, siempre había fantaseado con celebrar una ceremonia semejante. Ojalá estuviera a su lado, ojalá las cosas hubieran sido diferentes y ella hubiera tomado otras decisiones... ¿Tan malvada había sido? La pregunta atormentaba a Rhombur cada día, cuando pensaba en su traición. Pese al dolor que no cesaba, había tomado la decisión de perdonarla, pero el dilema no se resolvía.

Una luz destelló en el techo, los proyectores zumbaron y una holoforma sólida apareció ante él. Contuvo el aliento. Era una antigua imagen animada de su hermana, con un vestido de brocado color lavanda y adornado con diamantes, cuando aún era una adolescente..., bellísima, con su pelo rojizo destellante. La imagen osciló, como si fuera a cobrar vida, con una sonrisa en la boca felina y generosa.

La maestra de ceremonias alzó la vista hacia la proyección y habló por un holocomunicador colgado al cuello. Siguiendo las órdenes de la mujer, la imagen de Kailea puso los brazos en jarras y movió la boca.

—¿Qué estás haciendo ahí arriba? No puedes huir de tu propia boda. Ve a ponerte una flor en el ojal. Llevas el pelo despeinado.

El holograma se desplazó hacia la zona de los asientos, donde ocuparía simbólicamente una plaza en la primera fila.

Rhombur se tocó la cabeza sin querer. Pelo artificial recubría la placa metálica que protegía su cráneo. Saludó a la maestra de ceremonias y corrió a una habitación contigua, donde varios criados le ayudaron.

Poco después de que sonara la fanfarria ixiana en la sala de baile, la maestra de ceremonias apareció en la puerta.

—Os ruego que me acompañéis, príncipe Rhombur.

Sin demostrar extrañeza ni aprensión por sus extremidades artificiales, extendió la mano. Lo guió hasta un atrio decorado con flores.

Durante la última hora, los invitados habían ido llegando para acomodarse en sus asientos. Miembros con uniforme de la guardia Atreides estaban alineados ante los muros de piedra, con banderas púrpura y cobre. Las únicas ausencias llamativas eran las de Thufir Hawat y Gurney Halleck, que aún no habían regresado de su incursión en Ix.

El duque Leto Atreides, que esperaba ante el altar, vestía una chaqueta verde de etiqueta con la cadena ducal alrededor del cuello. Aunque sus ojos eran tristes y su rostro parecía destrozado por la tragedia, sonrió cuando vio a Rhombur. Duncan Idaho, el maestro espadachín, sostenía con orgullo la espada del viejo duque, dispuesto a rebanar el pescuezo a cualquiera que se opusiera al matrimonio.

Una holoimagen del padre de Rhombur, proyectada desde el techo, apareció al lado del príncipe en cuanto entró en el pasillo. Dominic Vernius lucía una amplia sonrisa bajo su espeso bigote, y su calva brillaba.

Rhombur, trastornado un momento por la visión, osciló sobre sus pies protésicos y murmuró:

—He esperado mucho tiempo, padre. Demasiado, y estoy avergonzado. Mi vida era demasiado cómoda antes del accidente que me ha convertido en lo que soy ahora. Pienso de manera diferente. Aunque parezca irónico, soy más fuerte y decidido, mejor en muchos sentidos que antes. Por ti, por nuestro pueblo que sufre, e in cluso por mí mismo, reconquistaré Ix..., o moriré en el intento.

Pero la holoimagen, aunque contuviera algo del espíritu de Dominic, no lo demostró. La sonrisa permaneció, como si el patriarca ixiano no sintiera la menor preocupación el día de la boda de su hijo.

Rhombur siguió adelante para ocupar su lugar, con un suspiro de sus pulmones mecánicos. Estaba agradecido a Tessia por alentarle, por exigirle que fuera fuerte, pero ya no necesitaba que le reprendiera. A medida que su cuerpo se iba recuperando, y recordaba cada día el accidente que casi había terminado con su vida, se sentía más y más decidido. Los tleilaxu no se saldrían con la suya.

Al fijarse en la mirada del duque Leto, Rhombur comprendió que quizá estaba demasiado serio para tal ocasión, de modo que sonrió, pero sin la vacía expresión del holo de Dominic. La sonrisa de Rhombur era de felicidad, matizada por la clara conciencia de su lugar en la historia. Este día de la boda, este enlace con una increíble Bene Gesserit, era un paso adelante. Un día, Tessia y él entrarían en el gran salón de Ix como legítimos señores del planeta.

Muchos invitados iban vestidos con indumentarias ixianas para rendir homenaje a las holoformas que ocupaban los bancos. Vívidos recuerdos, tanto tristes como alegres. El ex embajador en Kaitain, Cammar Pilru, estaba presente en carne y hueso, aunque su difunta esposa S'tina solo lo estaba en holoforma. Sus hermanos gemelos, D'murr y C'tair, tenían el mismo aspecto que cuando eran jóvenes en Ix.

Rhombur recordaba olores, sonidos, expresiones, voces. Durante el ensayo del día anterior, había tocado la mano de su padre, pero no sintió nada, solo estática y electricidad proyectada. *Ojalá fuera real...*

Oyó un crujido de tela detrás de sí, y el público contuvo el aliento. Se volvió y vio que Tessia caminaba en su dirección, con la majestuosidad de una Bene Gesserit de alto rango. Vibrante y sonriente, parecía un ángel con su vestido largo de seda mehr perlascente, la cabeza gacha tras un exquisito velo de encaje. Por lo general de aspecto sencillo, con ojos color sepia y cabello castaño apagado, Tessia venía acompañada hoy de un aura de seguridad en sí misma y gracia que proyectaba una belleza interior. Dio la impresión de que todos los asistentes veían en ella lo que Rhombur había conocido y amado desde hacía tanto tiempo.

Una imagen de lady Shando Vernius caminaba al lado de la novia. Rhombur no había visto a su madre desde que se habían separado durante la sangrienta conquista de los tleilaxu. Ella siempre había esperado mucho de su hijo.

Los cuatro se reunieron en el pasillo central, las holoproyecciones de Dominic y Shando a los lados, Rhombur y Tessia en el centro. Tras ellos trotaba el sacerdote, cargado con una gruesa copia de la Biblia Católica Naranja. La multitud calló. Los guardias se pusieron firmes y alzaron la bandera ixiana. Duncan Idaho sonrió, y después adoptó una expresión más seria.

Sonaron las trompetas, y el *Concierto Nupcial Ixiano* se oyó en toda la sala de baile. La novia, el novio y el séquito avanzaron por el pasillo alfombrado. Rhombur caminaba con un paso mecánico impecable, sacando pecho como un noble orgulloso.

Aunque el espacio para el público era limitado, las imágenes de la ceremonia se transmitían a todo el planeta y capturaban cada momento. El pueblo de Caladan era muy amante de los espectáculos.

Rhombur se concentraba en mover las piernas, y en el aspecto adorable de Tessia.

Jessica estaba sentada en el primer banco, y de vez en cuando miraba a Leto, quien estaba de pie cerca del altar. Entornó los ojos e intentó dilucidar qué estaba pensando. Pese a sus poderes de observación Bene Gesserit, le costaba penetrar en la mente de Leto. ¿De quién había aprendido eso? De su padre, sin duda. Pese a que llevaba veinte años muerto, el viejo duque todavía ejercía una profunda influencia sobre su hijo.

Al llegar al altar, Rhombur y Tessia se separaron, para dejar que el sacerdote pasara entre ellos. Después, volvieron a juntarse ante él, y las holoformas de Dominic y Shando se quedaron al lado de Leto, que era el testigo. La música nupcial terminó, y se hizo el silencio en la sala.

El sacerdote cogió dos palmatorias incrustadas de joyas de una mesa dorada que había sobre el altar, y las alzó en el aire. Después de tocar un sensor oculto, un par de velas surgieron de cada base y ardieron en llamas de diferentes colores, una púrpura y otra rojiza. Mientras recitaba la fórmula matrimonial, entregó una palmatoria a Rhombur y otra a Tessia.

—Nos hemos reunido aquí para celebrar la unión del príncipe Rhombur Vernius de Ix y la hermana Tessia Yasco de la Bene Gesserit.

Pasó las páginas de la Biblia Católica Naranja, que descansaba sobre un atril ante él, y leyó varios pasajes, algunos de los cuales habían sido propuestos por Gurney Halleck.

Rhombur y Tessia se volvieron y cada uno extendió su vela hacia el otro. Las llamas se mezclaron y transformaron en una sola, púrpura y rojiza. Rhombur levantó el velo de Tessia para descubrir su rostro radiante e inteligente, henchido de bondad y amor. Su cabello castaño brillaba, y sus ojos centelleaban. Al ver a su novia, Rhombur no pudo creer que se hubiera quedado a su lado. Sintió el ardor de unas lágrimas imaginarias que su cuerpo mutilado ya no era capaz de verter.

Leto se adelantó, con los anillos sobre una bandeja de cristal. El príncipe y su prometida intercambiaron los anillos sin dejar de mirarse.

—Ha sido un camino largo y duro —dijo Rhombur con su voz electrónica—, para nosotros y para todo mi pueblo.

—Siempre estaré a vuestro lado, mi príncipe.

Comenzó el himno triunfal del *Concierto Nupcial*, y la pareja regresó por el pasillo, cogidos del brazo. Tessia sonrió.

—No ha sido tan difícil, ¿verdad?

—Mi cuerpo artificial es capaz de soportar hasta las torturas más refinadas.

La risa gutural de Tessia provocó que varios asistentes rieran con ella, y se preguntaran cuál había sido su respuesta.

La pareja y sus invitados bailaron, bebieron y comieron durante toda la noche. Rhombur empezó a pensar en nuevas posibilidades.

Pero aún no sabían nada de Thufir Hawat y Gurney Halleck.

La mañana después de la boda, Jessica recibió un mensaje que llevaba el sello escarlata y dorado de la Casa Corrino.

Un intrigado Leto estaba a su lado, frotándose los ojos enrojecidos. Jessica no había contado las copas de vino de Caladan que el duque había consumido durante la noche.

—No es frecuente que mi concubina reciba comunicados de la corte imperial.

Jessica cortó el sello con una uña y extrajo un rollo de pergamino imperial, escrito en el código Bene Gesserit. Jessica procuró no mostrar sorpresa cuando tradujo el texto a Leto.

—Mi duque, lady Anirul Corrino solicita oficialmente que vaya a la corte imperial. Dice que necesita una dama de compañía y... —Contuvo el aliento cuando leyó—. Mi antigua maestra Mohiam ha sido nombrada nueva Decidora de Verdad del emperador. Me ha recomendado a lady Anirul, y esta ha aceptado.

—¿Sin consultarme a mí? —dijo Leto, encolerizado—. Me parece extraño... y caprichoso.

—Estoy sujeta a las órdenes de la Hermandad, mi duque. Siempre lo habéis sabido.

Leto frunció el ceño, sorprendido consigo mismo, porque al principio se había resistido a aceptar a Jessica.

—De todos modos, no me gusta.

—La esposa del emperador piensa que podría quedarme... durante todo el embarazo.

Su rostro oval expresaba sorpresa y confusión.

Leto cogió el pergamino y lo miró, pero fue incapaz de descifrar los extraños símbolos.

—No lo entiendo. ¿Conoces a Anirul? ¿Por qué has de dar

a luz en el palacio? ¿Shaddam intenta tomar como rehén a un Atreides?

Jessica volvió a leer el pergamino, como si las respuestas estuvieran escondidas en él.

—La verdad, mi duque, yo tampoco lo entiendo.

Leto estaba preocupado por una situación que no controlaba ni comprendía.

—¿Esperan que abandone mis obligaciones aquí y me traslade a Kaitain contigo? Estoy muy ocupado.

—Yo... creo que la invitación es para mí sola, mi duque.

Leto la miró, asombrado. Sus ojos grises centellearon.

—Pero no puedes dejarme. ¿Y nuestro hijo?

—No puedo rechazar esta invitación, mi duque. No solo se trata de la esposa del emperador. Anirul es una Bene Gesserit poderosa.

Y de Rango Oculto.

—Las Bene Gesserit siempre tenéis motivos secretos. —Las hermanas habían ayudado a Leto en el pasado, pero nunca había descubierto por qué. Contempló el pergamino ilegible que Jessica sostenía en su esbelta mano—. ¿Es una invitación de la Bene Gesserit, o Shaddam está tramando algo? ¿Podría estar relacionado con mi ataque a Beakkal?

Jessica cogió su mano.

—Carezco de respuestas para vuestras preguntas, mi duque. Solo sé que os echaré muchísimo de menos.

El duque sintió un nudo en la garganta. Incapaz de hablar, su única respuesta fue abrazar a Jessica.

> El hecho de que cualquier familia del Imperio pueda utilizar sus armas atómicas para destruir las bases planetarias de cincuenta Grandes Casas o más no ha de preocuparnos demasiado. Es una situación que podemos controlar. Si somos lo bastante fuertes.
>
> Emperador FONDIL III

A la luz de la importancia del anuncio que iba a hacer aquel día, Shaddam IV había ordenado que el Trono del León Dorado fuera trasladado a la opulenta sala de audiencias imperial. Se sentó sobre el pesado bloque de cristal tallado, llevaba un manto carmín, de majestuoso aspecto, tal como se sentía, mientras aguardaba con impaciencia la reacción del Landsraad.

Después de esto, las Casas rebeldes sabrán que corren peligro si no me hacen caso.

Detrás de las puertas cerradas que daban acceso a la inmensa sala oía el murmullo de los impacientes representantes convocados. Ardía en deseos de ver su expresión cuando descubrieran lo que había hecho en Zanovar.

El pelo rojo de Shaddam untado con brillantina brillaba bajo los globos luminosos. Tomó un largo sorbo de café especiado de una delicada taza de porcelana, estudió los dibujos pintados a mano sobre su superficie. La preciosa copa sería destruida, como todo en Zanovar. Adoptó una expresión terrible y paternal. Hoy no sonreiría, pese al placer que sentía.

Lady Anirul salió de un pasadizo secreto y entró en la sala de audiencias, con la barbilla levantada. Caminó sin vacilar hacia el trono, indiferente a la magnífica decoración. Shaddam masculló por lo bajo, maldijo su falta de previsión al no cerrar todas las entradas a la sala. Tendría que hablar del problema con el chambelán Ridondo.

—Mi esposo y emperador. —Anirul se acercó a la base del estrado y miró hacia el trono legendario—. Antes de que empecéis, he de hablar con vos de un asunto. —El pelo castaño de Anirul estaba recién peinado, y sujeto con una hebilla de oro—. ¿Conocéis el significado de este año?

Shaddam se preguntó qué estaría tramando la Bene Gesserit a sus espaldas.

—Estamos en 10175. Si no sabéis consultar un calendario imperial, cualquier cortesano os habría podido informar sin dificultades sobre la fecha. Ahora, dedicaos a vuestros asuntos, pues debo anunciar algo importante.

Anirul ni se inmutó.

—Es el centenario del fallecimiento de la segunda esposa de vuestro padre, Yvette Hagal-Corrino.

El emperador frunció el ceño, mientras intentaba seguir el razonamiento de su esposa. *¡Maldita sea! ¿Qué tiene que ver esto con mi gran victoria en Zanovar?*

—Si eso es cierto, tenemos todo el año para celebrar este aniversario. Hoy he de anunciar un decreto al Landsraad.

Su esposa se mantuvo impertérrita.

—¿Qué sabéis de Yvette?

¿Por qué las mujeres se emperran en hablar de asuntos intrascendentes en los momentos más inconvenientes?

—No tengo tiempo para adivinanzas sobre la historia familiar.

Sin embargo, obligado por su mirada insistente, reflexionó un momento, al tiempo que consultaba un crono ixiano de pared. De todos modos, los representantes sabían que nunca era puntual.

—Yvette murió años antes de que yo naciera. Como no era mi madre, nunca me interesé mucho por ella. Tiene que haber videolibros en la biblioteca imperial, si queréis averiguar...

—Durante su largo reinado, vuestro padre tuvo cuatro esposas, y solo permitió a Yvette que se sentara en un trono a su lado. Se dice que fue la única noble a la que amó de verdad.

¿Amor? ¿Qué tiene que ver eso con matrimonios imperiales?

—Por lo visto, mi padre también sintió un profundo afecto por una de sus concubinas, pero no se dio cuenta hasta que ella decidió casarse con Dominic Vernius. —Frunció el ceño—. ¿Intentáis establecer comparaciones? ¿Queréis que profese en público mi afecto por vos? ¿Cuál es el problema?

—Es el problema de una esposa, pero también de un marido. —Anirul esperaba al pie del estrado, sin dejar de mirarle—. Quiero tener un trono aquí, a vuestro lado, Shaddam, como lo tuvo la esposa favorita de vuestro padre.

El emperador bebió la mitad de la taza para calmarse. ¿Otro trono? A pesar de haber ordenado a espías Sardaukar que vigilaran a Anirul, no habían descubierto todavía nada acusador, y era probable que jamás lo consiguieran. No era fácil penetrar en los secretos de la Bene Gesserit.

Sopesó posibilidades y opciones. Que el Landsraad viera que una Bene Gesserit estaba sentada a su lado podría beneficiarle, sobre todo si persistía en sus agresiones contra ladrones de especia.

—Lo pensaré.

Anirul chasqueó los dedos y señaló una entrada arqueada, donde aparecieron dos hermanas que dirigían a cuatro fornidos pajes, cargados con un trono. No cabía duda de que pesaba bastante, aunque la silla era más pequeña que la del emperador, pero construida del mismo cuarzo de Hagal verdeazulado transparente.

—¿Ahora? —El emperador derramó café sobre su manto carmín cuando se puso en pie de un brinco—. ¡Anirul, tengo que tratar asuntos importantes!

—Sí, y yo debería estar a vuestro lado. Solo será un momento.

Hizo una señal a dos pajes más que caminaban detrás del trono.

Shaddam, furioso, examinó la mancha oscura de la túnica y tiró la taza, que se hizo añicos al estrellarse contra el suelo. A fin de cuentas, tal vez sería este el mejor momento, pues su anuncio iba a provocar un gran alboroto. Aun así, detestaba dejar que Anirul ganara...

Los pajes, jadeando, dejaron el segundo trono sobre el suelo pulido con un ruido seco, y después lo izaron para subir la escalinata.

—Sobre la plataforma principal no —dijo Shaddam, con un tono que no admitía réplica—. Dejad el asiento de mi esposa sobre el nivel inferior al mío, a la izquierda.

Anirul no conseguiría todo lo que deseaba, por más que intentara manipularle.

La mujer sonrió, lo cual provocó que Shaddam se sintiera mezquino.

—Por supuesto, esposo mío. —Anirul retrocedió para examinar la disposición, y asintió satisfecha—. Yvette era una Hagal, y construyeron su trono a imagen y semejanza del de Elrood.

—Más tarde ya hablaremos de historia familiar.

Shaddam gritó a un ayudante que le trajera un manto limpio. Un criado recogió los restos de la taza, sin hacer casi ruido.

Anirul levantó la falda y se sentó en su trono nuevo, con la majestuosidad de un pavo real.

—Creo que ya estamos preparados para recibir a vuestros visitantes.

Sonrió a Shaddam, pero este mantuvo una expresión grave mientras se ponía el manto limpio, esta vez de un azul oscuro.

Shaddam cabeceó en dirección a Ridondo.

—Procedamos.

El chambelán ordenó que se abrieran las puertas de oro, cuyos goznes habrían podido utilizarse en compuertas de carga de un crucero. Shaddam se esforzó en ignorar a Anirul.

Hombres ataviados con capas, mantos y trajes de etiqueta entraron en la sala de audiencias. Estos observadores invitados representaban a las familias más poderosas del Imperio, así como a algunas Casas inferiores que acumulaban enormes reservas ilegales de melange. Muchos parecieron sorprenderse por la inesperada presencia de Anirul sobre el estrado.

Shaddam habló sin levantarse.

—Mirad y aprended.

Alzó una mano, y las estrechas ventanas que rodeaban el techo se oscurecieron. La luz de los globos se atenuó, y holoimágenes aparecieron ante el enorme trono de cristal. Ni siquiera Anirul había visto las imágenes todavía.

—Esto es todo cuanto queda de las ciudades de Zanovar —dijo Shaddam en tono amenazador.

Apareció un yermo ennegrecido, grabado por cámaras de vigilancia automáticas Sardaukar que sobrevolaban la escoria burbujeante. El horrorizado público lanzó una exclamación ahogada al ver las imágenes de edificios fundidos, protuberancias que habrían podido ser árboles, vehículos o cuerpos licuados..., y cráteres que habrían podido ser lagos. Se elevaba vapor de todas partes, algunos incendios todavía quemaban. Esqueletos retorcidos de edificios se alzaban hacia el cielo como uñas rotas.

Shaddam había pedido a propósito a Zum Garon que tomara imágenes de la propiedad arrasada de Tyros Reffa. Al ver la devastación, ya no sintió ninguna preocupación por el hijo bastardo de Elrood.

—De acuerdo con la ley imperial vigente, hemos confiscado una enorme reserva ilegal de especia. La Casa Taligari es culpable de crímenes contra el Imperio, de manera que su feudo sobre Zanovar ha pagado su último tributo.

Shaddam dejó que el público asimilara la estremecedora información. Olió el miedo de los nobles y embajadores.

El oscuro edicto imperial contra la acumulación ilegal de especia databa de milenios atrás. Al principio, se había aplicado tan solo al señor del feudo de Arrakis, para impedir que la Casa se apropiara ilícitamente de especia y burlara los impuestos imperiales. Más tarde, la acción del edicto se amplió, cuando algunos nobles amasaron fabulosas fortunas gracias a la manipulación de la melange acumulada, iniciaron guerras o utilizaron la especia para llevar a cabo acciones económicas y políticas contra otras Casas. Después de siglos de conflictos por culpa del problema, se exigió por fin a las Casas Grandes y Menores que colaboraran con la CHOAM. El Código Imperial utilizó un lenguaje específico, y detalló la cantidad de especia que podía poseer cualquier persona u organización.

Mientras las imágenes seguían desfilando, un solo globo de luz brillaba al pie del Trono del León Dorado. En el charco de luz, un pregonero imperial leyó una declaración preparada, para que Shaddam no tuviera que hablar.

—Sabed todos que el emperador Padishah Shaddam Corrino IV no tolerará más reservas ilegales de especia y hará cumplir el Código de la Ley Imperial. La CHOAM realizará auditorías de todas las Casas, Grandes y Menores, en colaboración con la Cofradía Espacial. Todos las reservas de especia ilegales que no se entreguen voluntariamente serán confiscadas, y los culpables castigados con severidad. Ved lo sucedido en Zanovar. Que sea una advertencia para todos.

A la tenue luz, Shaddam mantenía su expresión impenetrable.

Tomó nota del pánico que delataban los rostros de los representantes. Al cabo de pocas horas, volverían a toda prisa a sus planetas nativos para acatar la orden, temerosos de las represalias.

Que tiemblen.

Mientras continuaba el desfile de imágenes aterradoras, Anirul estudiaba a su marido. Ahora contaba con la ventaja de no tener que espiar desde las sombras. El emperador estaba muy tenso en los últimos tiempos, preocupado por algo mucho más importante que los habituales juegos de intriga y política cortesanas. Algo trascendental había cambiado.

Durante años, Anirul había esperado y observado con la paciencia propia de las Bene Gesserit, recogiendo e interpretando datos y más datos. Había oído hablar del Proyecto Amal mucho tiempo antes, pero ignoraba qué significaba, apenas un fragmento captado cuando había interrumpido una conversación entre Shaddam y el conde Fenring. Cuando la vieron, los dos hombres enmudecieron, y la expresión contrariada de sus rostros fue muy reveladora. Anirul había guardado silencio y mantenido los oídos bien abiertos.

Por fin, los restantes globos se iluminaron, y se encendieron las antorchas iónicas que flanqueaban el estrado, oscureciendo las imágenes de la arrasada Zanovar. Al mismo tiempo, se proyectaron imágenes de la anterior belleza del planeta para que todo el mundo pudiera comparar. Shaddam nunca había destacado por su sutileza o contención.

Antes de que el público pudiera expresar a voz en grito su indignación, dos escuadrones de Sardaukar aparecieron. Se quedaron en posición de firmes alrededor del perímetro de la sala, un escalofriante colofón al ultimátum del emperador.

Shaddam paseó su mirada sobre los reunidos, y tomó buena nota de la culpabilidad o inocencia que traicionaban sus caras. Más tarde, examinaría las imágenes grabadas con sus asesores, para ver qué podían averiguar de las reacciones de los representantes.

Desde aquel momento, el Landsraad le temería. No cabía duda de que también había desbaratado el plan de Anirul, fuera cual fuese. Al menos, eso esperaba. Aunque en realidad daba igual.

Incluso sin el apoyo de la Bene Gesserit, Shaddam tendría pronto su amal. Entonces, no necesitaría a nadie más.

La sangre es más espesa que el agua, pero la política es todavía más espesa que la sangre.

ELROOD IX, *Memorias del Gobierno Imperial*

La legendaria Artisia, capital de la Casa Taligari, se convirtió en un núcleo de angustia, indignación y exigencias de respuestas. El amado Docente Glax Othn, quien solía hablar en nombre de Taligari cuando se trataban asuntos de estado, había sido asesinado durante el pérfido ataque contra el planeta feudo de Zanovar. Tyros Reffa lo sabía, había visto las horripilantes imágenes.

La Casa Taligari no conseguía salir de su estupor. Los funcionarios del gobierno intentaban encontrar una respuesta consensuada al ultraje. Cinco ciudades principales de Zanovar habían sido destruidas, además de diversas propiedades circundantes. El Coliseo del Senado al aire libre era una barahúnda de gemidos, preguntas formuladas a voz en grito y peticiones de venganza.

Reffa pasaba desapercibido en una fila elevada, vestido con la misma ropa arrugada que llevaba desde hacía tres días, desde el momento en que se enterara de la terrible noticia. Los temores y sospechas de su antiguo maestro no habían sido infundados, aunque Reffa no los había tomado en serio. Ya nada le ataba a Zanovar. Si bien tenía algunas cuentas corrientes e inversiones en Taligari, su propiedad, su jardín y su personal habían sido desintegrados en una nube de vapor. Al igual que el Docente...

Alarmados emisarios de Taligari se habían congregado en el

Coliseo del Senado, procedentes de los ocho restantes planetas de Taligari. Se respiraba pánico, una multitud encrespada y enfurecida de ciudadanos que se sentían indefensos y desesperados.

Todos los ojos se clavaron en el presidente del Senado cuando subió al estrado, flanqueado por un par de representantes de otros principales planetas Taligari.

Debido a su ascendencia secreta, Tyros Reffa había evitado inmiscuirse en política. Aun así, sabía que no se sacaría nada en limpio de la asamblea. Los políticos fanfarronearían y esquivarían preguntas. Al final, las protestas oficiales no servirían de nada. Shaddam Corrino haría caso omiso.

El presidente del Senado, un hombre alto de porte autoritario, tenía una cara en forma de luna y una boca expresiva.

—Zanovar ya no existe —empezó, con el más sombrío de los tonos. Hizo toda clase de ademanes para subrayar sus palabras—. Todos los aquí presentes han perdido amigos o familiares en este ruin ataque.

Entre el pueblo de Taligari, era tradicional que los delegados congregados, e incluso los ciudadanos corrientes, hicieran preguntas en público a los senadores y recibieran una respuesta inmediata. La gente se puso a gritar, entre un aluvión de preguntas y exigencias.

¿Respondería el ejército de Taligari? ¿Cómo podían enfrentarse a los Sardaukar, cuyo poderío les permitía reducir a cenizas a planetas enteros? ¿Estaban en peligro otros planetas de Taligari?

—¿Por qué ha sucedido esto? —gritó un hombre—. ¿Cómo ha podido nuestro emperador cometer semejante atrocidad?

Reffa seguía inmóvil y en silencio. *Por mi culpa. Vinieron a por mí. El emperador quería matarme, pero intentó disimularlo con este monstruoso exceso.*

El senador alzó un cubo de mensaje en el aire.

—El emperador Shaddam IV nos acusa de crímenes contra el Imperio y atribuye la responsabilidad hacia Zanovar. Ha actuado como juez, jurado y verdugo. Afirma haber aplicado el castigo justo porque ocultábamos una reserva privada de melange.

Gruñidos de ira, aullidos de incredulidad. Todas las Casas del Landsraad guardaban reservas de especia, de la misma manera que casi todas las familias conservaban un arsenal de armas atómicas, cuyo uso estaba prohibido, mas no así su tenencia.

Otro senador se adelantó.

—Creo que Shaddam nos está utilizando como ejemplo para el resto del Imperio.

—¿Por qué tuvieron que morir mis hijos? —gritó una mujer alta—. No tenían nada que ver con la reserva de especia.

Tus hijos murieron porque a Shaddam no le gusta que yo haya nacido —pensó Reffa—, *me interpuse en su camino, y no le importó asesinar a millones con tal de matar a un solo hombre. Y aún así, erró el blanco.*

La voz del presidente del Senado se quebró de emoción, pero después, la ira le dio fuerzas.

—Hace siglos, el antepasado del emperador, Hyek Corrino II, concedió a la Casa Taligari la propiedad de nueve planetas, incluido Zanovar. Algunos documentos demuestran que Elrood IX visitó el parque de atracciones y bromeó sobre el olor a especia que se notaba cerca del gusano de arena. ¡No era ningún secreto!

El público siguió formulando preguntas, y los senadores se esforzaron por contestarlas. ¿Por qué, después de tantos años, ocurría esto? ¿Por qué no les habían advertido? ¿Cómo podía remediarse la injusticia?

Reffa se limitaba a escuchar. Había ido a Artisia para asistir a la ópera, se había ausentado de Zanovar gracias a la previsión del viejo Docente. Tras haber oído las débiles excusas del emperador, no las creyó ni por un momento.

Su reverenciado maestro siempre le había dicho, «Si los motivos aducidos no tranquilizan tu conciencia, ni resisten la prueba de la lógica, busca razones más profundas.»

Había visto imágenes tomadas por sondas automáticas del arrasado paisaje, sabía que su propiedad había sido uno de los primeros objetivos de los atacantes. ¿Habría llegado a ver el leal Charence la llamarada que se acercaba? El estómago de Reffa quemaba como si se hubiera tragado un carbón al rojo vivo.

Nadie se fijó en él, un hombre más entre la multitud. Recordó la cicatriz ennegrecida que había sido su hogar. *Shaddam estará convencido de que ha logrado su propósito. Cree que estoy muerto.*

Una expresión de rabia ensombrecía el hermoso rostro de Reffa. Solo se movió una vez, para secar una lágrima de su mejilla. Antes de que la interminable asamblea concluyera, se marchó con sigilo por una puerta lateral, bajó la escalinata de mármol y se perdió en el anonimato de la ciudad.

Le quedaban restos de su fortuna, una buena cantidad de dinero. Gozaba de la completa libertad de movimientos permitida a una persona a la que el Imperio consideraba muerta. Y no tenía nada que perder.

Soy como un escorpión bajo una roca. Ahora que mi hermanastro me ha molestado, será mejor que se cuide de mi aguijón.

> Sea por diseño o por algún repelente accidente de la evolución, los tleilaxu carecen de cualidades admirables. Su aspecto es horrendo. Por lo general, son falsos, tal vez una característica genética. Proyectan un olor peculiar, como el hedor de la comida podrida. Como he tenido tratos directos con ellos, es posible que mi análisis no sea lo bastante objetivo. Pero existe un hecho irrefutable: son extremadamente peligrosos.
>
> THUFIR HAWAT, jefe de seguridad Atreides

Hidar Fen Ajidica, que se desplazaba en un vehículo en forma de cápsula hacia el pabellón de investigaciones, se metió otra píldora en la boca y la masticó. Un sabor asqueroso, pero necesario para calmar la fobia a los subterráneos. Tragó saliva repetidas veces para disipar el sabor, y pensó con anhelo en la gloriosa luz del sol de Thalim, que bañaba la ciudad sagrada de Bandalong.

Pero en cuanto escapara de aquí, Ajidica sería el dueño de planetas poblados por súbditos leales y devotos a las revelaciones que había recibido. Su raza se había desviado del sendero sagrado, pero él los devolvería al buen camino. *Yo soy el verdadero mensajero de Dios.*

La cápsula se acercó a una pared con ventanas de plaz blindado. Vio a través de ellas las instalaciones Sardaukar que garantizaban la inaccesibilidad del complejo. Sus rigurosas medidas de seguridad alejaban a los ojos curiosos y permitían que Ajidica realizara su trabajo.

La cápsula se detuvo sin incidentes, bajó al nivel principal en un ascensor chirriante. Tras años de purgas necesarias, encontrar técnicos cualificados para trabajar con tecnología compleja era cada día más difícil. El investigador jefe siempre había preferido sistemas más simples, porque había menos cosas que podían salir mal.

Oyó que las puertas del ascensor se cerraban a su espalda con un ruido metálico. Un hombre de piel pálida se arrastró hasta el ascensor, tenía la cara aplastada y su cuerpo roto reconstruido como una grotesca marioneta mecánica. Estos bi-ixianos eran obra de Ajidica, una diversión creativa que le permitía utilizar los cuerpos de las víctimas ejecutadas. ¡Ay, la eficacia!

Las horribles marionetas servían como advertencia a la población contra la rebelión. Las monstruosidades también realizaban tareas rutinarias: limpiaban, eliminaban restos tóxicos y productos químicos. Por desgracia, los seres híbridos no funcionaban muy bien, pero continuaba introduciendo cambios para mejorarlos.

Ajidica atravesó un bioescáner de la puerta que le identificó por la estructura celular, y después entró en una sala del tamaño de un hangar de naves espaciales, donde guardaban los nuevos tanques de axlotl.

Ayudantes de laboratorio con batas blancas trabajaban ante mesas repletas de instrumental. Un olor metálico impregnaba el aire, aunque purificado mediante productos químicos y desinfectantes..., y sobre todo se notaba un potente olor a canela, que recordaba a la melange.

Amal.

En unos contenedores del tamaño de ataúdes había mujeres fértiles, con las funciones cerebrales superiores destruidas, sus reflejos y sentidos anulados. *Tanques de axlotl.* Poca cosa más que úteros hinchados. Fábricas biológicas mucho más sofisticadas que cualquier máquina fabricada por la mano humana.

Los Bene Tleilax cultivaban sus gholas y Danzarines Rostro en estos «tanques», en sus planetas principales. Nadie había visto jamás una mujer tleilaxu..., porque no existían. Toda hembra madura era convertida en un tanque de axlotl, que se utilizaba para reproducir a la raza elegida.

Durante años, los tleilaxu habían secuestrado en secreto a mujeres de la población ixiana cautiva. Muchos miles habían muerto con el fin de que Ajidica las modificara para producir nuevas sustancias cuya bioquímica fuera similar a la de la melange. Utilizando el sutil lenguaje de la genética y las mutaciones, estos tanques de axlotl rezumaban amal, y por fin, *ajidamal*, el secreto más oculto del investigador jefe.

Arrugó la nariz al percibir el olor de los cuerpos, un desagradable olor femenino. Tubos y cables conectaban cada contenedor de carne a instrumentos de diagnóstico. Ya no consideraba humanos los tanques de axlotl. Incluso al principio, solo habían sido mujeres.

En el centro de la sala, dos ayudantes se apartaron cuando Ajidica se acercó a un tanque especial, el útero potenciado de una espía capturada, la Bene Gesserit Miral Alechem. Al ser detenida cuando intentaba cometer un acto de sabotaje, se había resistido a proporcionar información, incluso al ser sometida a horribles torturas. No obstante, el investigador jefe conocía métodos de extraer la verdad, antes de utilizarla para sus propósitos. Había comprobado, satisfecho, que Miral poseía más posibilidades como tanque de axlotl que cualquier otra hembra.

Después de tanto tiempo, su piel de bruja había adoptado un tono anaranjado. Un receptáculo conectado a su cuello contenía un litro de líquido transparente, su producto recién sintetizado. Cuando se bombeaba su sistema Bene Gesserit, el amal que rezumaba era diferente del producido por cualquier otro tanque. ¡Ajidamal!

—Miral Alechem, tenemos un misterio. ¿Cómo puedo adaptar los demás tanques para que funcionen como tú?

Los ojos sin vida de la cautiva parpadearon un instante, y el investigador jefe creyó detectar en el fondo de sus pupilas terror y una rabia desenfrenada, pero con las cuerdas vocales mutiladas y la mente extraviada, no podía contestar. Gracias a la tecnología tleilaxu, este útero podría vivir durante siglos. Con la mente destruida, hasta el suicidio le resultaba imposible.

Pronto, cuando él y sus Danzarines Rostro partieran de Xuttuh, Ajidica se llevaría su valioso tanque de axlotl a un planeta seguro. Quizá lograría obtener más cautivas Bene Gesserit para descubrir lo que las convertía en los mejores tanques. De momento, solo contaba con esta, y mediante estimulantes ya había logrado aumentar los niveles de producción.

Ajidica ensambló un aparato de extracción al receptáculo y vació el litro de especia sintética en un contenedor, que se llevó con él. Hacía varios días que consumía cantidades ingentes de amal, sin que le produjeran secuelas negativas, tan solo sensaciones agradables. Por lo tanto, su intención era tomar más. Mucho más.

Corrió a su despacho, con el pulso acelerado, y desconectó las pantallas identificadoras y los sistemas defensivos. Se dejó caer en un perrosilla y esperó a que el animal, descerebrado y sedentario, se adaptara a su cuerpo. Por fin, echó la cabeza hacia atrás y engulló el amal, recién extraído del cuerpo de Alechem, como leche de una vaca. Nunca había consumido una cantidad tan grande en una sola sesión.

Un repentino y violento ataque de tos le sobrevino, y su estómago intentó arrojar la sustancia. Tiró el resto del contenedor al suelo, se levantó del perrosilla y se dobló en dos. Su rostro se deformó. Sus músculos se desgarraron. De su boca surgieron líquidos amarillentos, restos de comida malolientes, pero su sistema ya había asimilado la sustancia.

Fue presa de fuertes convulsiones, que aumentaron de intensidad hasta que solo deseó la serenidad de la inconsciencia. ¿Le había envenenado la bruja Bene Gesserit? Se aferró a una imperiosa necesidad de venganza. Gracias a los feroces métodos tleilaxu, estaba seguro de poder provocar dolor hasta a un dormido tanque de axlotl.

Transcurrieron momentos agónicos, hasta que percibió un cambio en el microcosmos que integraba su cuerpo y mente torturados. La zozobra pasó, o tal vez se debía a que sus nervios se habían convertido en cenizas.

Ajidica abrió los ojos. Descubrió que estaba tendido sobre el suelo de su despacho, rodeado de carretes de hilo shiga, videolibros y bandejas de muestras rotas, como si hubiera sido presa de un frenesí demencial. El perrosilla se había refugiado en una esquina, con el vello erizado y los huesos flexibles retorcidos y rotos. El olor a bilis impregnaba la atmósfera. Hasta su cuerpo y ropas hedían. A pocos metros, un cronómetro volcado revelaba que había transcurrido todo un día.

Debería estar hambriento o sediento. El hedor reprimía tales necesidades, pero no así la rabia que le mantenía con vida. Se apoderó con sus largos dedos de un fragmento de una bandeja rota y recogió una muestra de su propio vómito, que se había coagulado en diminutos charcos.

Mientras regresaba a toda prisa al laboratorio, guardias Sardaukar y ayudantes le esquivaron. A pesar de su rango elevado, arrugaron la nariz cuando pasó a su lado.

Se encaminó sin dudarlo hacia el tanque de Miral Alechem, con la intención de arrojarle la bilis a la cara e infligirle inimaginables atrocidades, aunque no se enterara de lo que estaba pasando. Los grandes ojos femeninos le miraron con indiferencia, desenfocados.

De repente, nuevas sensaciones e ideas cruzaron por su mente, una experiencia desconocida que derribó barreras mentales desconocidas hasta entonces para él. Inmensas cantidades de datos se vertieron en su cerebro.

¿Una secuela de la sobredosis de amal? Vio los tanques de axlotl que le rodeaban bajo otra luz. Por primera vez, comprendió con claridad que podía conectar todos los tanques a la unidad de Alechem, para que todos produjeran la preciosa sustancia.

Reparó en que algunos ayudantes del laboratorio le estaban observando con sus ojillos oscuros y susurraban entre sí. Varios intentaron alejarse con sigilo, pero él gritó:

—¡Venid aquí! ¡De inmediato!

Aunque alarmados por la locura que asomaba a sus ojos inyectados en sangre, obedecieron. Con una simple mirada, como si cada nuevo pensamiento fuera una revelación, Ajidica se dio cuenta de que dos de aquellos científicos serían más útiles en otras tareas. ¿Cómo no lo había comprendido antes? Recordó hasta los actos más irrelevantes, pequeñas percepciones que sus ocupaciones le habían impedido descubrir antes. Ahora, todo tenía un significado. ¡Asombroso!

Por primera vez en su vida, se le habían abierto los ojos por completo. Su mente era capaz de recordar cada acción que había visto, cada palabra que estos hombres habían pronunciado en su presencia. Toda la información se incorporaba a su mente, como si fuera un ordenador de la era pre Butleriana.

Más datos se vertieron en su cerebro, detalles y características de todas las personas que Ajidica había conocido. Lo recordaba todo. Pero ¿cómo estaba sucediendo esto, y por qué? ¡El ajidamal!

Recordó un párrafo esclarecedor del Credo Sufibudislámico: *Para alcanzar el s'tori no es preciso comprender. El s'tori existe sin palabras, incluso sin nombre.* Todo había ocurrido en un instante, un destello de tiempo cósmico.

Ajidica ya no notaba el olor de su bilis, porque eso ocurría en un plano físico, y había alcanzado un nivel superior de conciencia. La generosa dosis de especia artificial había abierto regiones inexploradas de su mente.

Gracias a su nueva visión cegadora, vislumbró el camino de su salvación eterna, por la gracia de Dios. Estaba más convencido que nunca de que conduciría a los Bene Tleilax a la gloria sagrada, al menos a los que merecían salvarse. Quien no pensara como él, moriría.

—Amo Ajidica —dijo una voz temblorosa—, ¿os encontráis bien?

Abrió los ojos y vio a los ayudantes de laboratorio arremolinados a su alrededor, tan preocupados como temerosos. Solo un hombre había reunido el suficiente valor para hablar. Ajidica, gracias a sus nuevos poderes de observación, supo que podía confiar en aquella persona, un fiel servidor de su futuro régimen.

Se levantó, con los coágulos de su vómito sobre la bandeja rota.

—Tú eres Blin —dijo Ajidica—, tercer suboperador del tanque cincuenta y siete.

—Exacto, amo. ¿Necesitáis asistencia médica?

—Hemos de llevar a cabo la obra de Dios —dijo Ajidica.

Blin hizo una reverencia.

—Eso me enseñaron a una edad temprana.

Parecía confuso, pero a juzgar por su lenguaje corporal, Ajidica dedujo que deseaba con desesperación agradar a su superior.

—A partir de ahora —dijo Ajidica con una sonrisa—, serás mi segundo de a bordo, y solo responderás ante mí.

Los ojos oscuros de Blin parpadearon de sorpresa, después se cuadró.

—Haré todo cuanto me ordenéis, señor.

Ajidica captó una exclamación de disgusto de otro científico, y arrojó la muestra de bilis al hombre.

—Tú, limpia mi despacho y sustituye todo lo que se ha roto. Tienes cuatro horas para terminar la tarea. Si fracasas, el primer encargo de Blin será adaptarte a un aparato que te convierta en el primer tanque de axlotl masculino.

El hombre se alejó a toda prisa, presa del horror.

Ajidica sonrió a Miral Alechem, un bulto repulsivo de carne desnuda dentro de un contenedor en forma de ataúd. Pese a sus capacidades potenciadas, no estaba seguro de si la espía Bene Gesserit había intentado atentar contra él, pese a su discapacidad cerebral. No parecía consciente de nada.

Ajidica sabía ahora que Dios le estaba observando, una presencia poderosa que le guiaba por el sendero del Gran Credo, el único sendero verdadero. Su destino era evidente.

Pese al dolor que había sufrido, la sobredosis había sido una bendición.

Es imposible diferenciar la política de la economía de la melange. Han caminado de la mano a lo largo de toda la historia imperial.

Shaddam Corrino IV, *Memorias preliminares*

Un nervioso vigía del sietch de la Muralla Roja hizo llamar a Liet-Kynes al puesto de observación oculto de la cordillera. El joven ascendió por grietas y caminos peligrosos hasta un saliente. El aire olía a pólvora quemada.

—Veo a un hombre que se acerca, pese al calor. —El vigía era un muchacho sonriente de barbilla huidiza y sonrisa ansiosa—. Viene solo.

Liet, intrigado, siguió al vigía. Corrientes térmicas surgían de las estribaciones rojinegras de lava que brotaban como ciudadelas de las dunas.

—También he llamado a Stilgar.

El vigía era muy previsor.

—Bien. Stil tiene mejor vista que cualquiera de nosotros.

Liet introdujo tapones en sus fosas nasales, un acto instintivo. Su destiltraje era nuevo, y sustituía al que los guardias del emperador habían estropeado con su torpeza.

Liet se protegió los ojos del resplandor del sol amarillo limón y escudriñó el océano ondulante de arena.

—Me sorprende que Shai-Hulud no se lo haya llevado. —Vislumbró un punto diminuto, una figura que no parecía mayor que un insecto—. El hombre que viaja solo por el desierto es hombre muerto.

—Puede que sea un loco, Liet, pero aún no está muerto.

Se volvió hacia la voz y vio que Stilgar se acercaba desde atrás. El hombre sabía moverse con sigilo y agilidad.

—¿Deberíamos ayudarle o matarle? —La voz aguda del vigía no transmitía sentimientos, porque trataba de impresionar a los dos hombres—. Podríamos ofrecer su agua a la tribu.

Stilgar extendió una mano nervuda y el muchacho le pasó unos prismáticos que habían pertenecido al planetólogo Pardot Kynes. Liet sospechaba que el vagabundo del desierto podía ser un Harkonnen extraviado, un aldeano exiliado o un prospector idiota.

Después de enfocar las delicadas lentes de aceite, Stilgar reaccionó con sorpresa.

—Se mueve como un fremen. Camina con paso irregular. —Maximizó la ampliación, y después bajó los prismáticos—. Es Turok, y debe de estar herido o agotado.

Liet reaccionó al instante.

—Stilgar, reúne una partida de rescate. Ve a salvarle, si puedes. Prefiero la historia que nos pueda contar a su agua.

Cuando llevaron a Turok al sietch, vieron que su destiltraje estaba roto. Tenía el hombro y el brazo derecho heridos, pero la sangre se había coagulado. Había perdido la bota *temag* izquierda, de modo que las bombas del destiltraje habían dejado de funcionar. Aunque acababan de darle agua, Turok había llegado al límite de la resistencia humana. Estaba tendido sobre una fría mesa de piedra, pero su piel estaba cubierta de polvo, como si hubiera agotado la humedad que todos los fremen cargaban.

—Has caminado de día, Turok —dijo Liet—. ¿Por qué has cometido esa locura?

—No había otra alternativa. —Turok tomó otro sorbo de agua que Stilgar le ofrecía. Resbaló un poco sobre su barbilla, pero la capturó con el dedo índice y la chupó. Toda gota era preciosa—. Mi destiltraje ya no funcionaba. Sabía que estaba cerca del sietch de la Muralla Roja, pero nadie me habría visto en la oscuridad. Confiaba en que saldríais a investigar.

—Vivirás para luchar de nuevo con los Harkonnen —dijo Stilgar.

—No solo he sobrevivido para luchar.

Turok hablaba con un cansancio infinito. Sus labios estaban agrietados y ensangrentados, pero se negó a tomar más agua. Describió lo sucedido en el recolector de especia, explicó que los soldados Harkonnen habían izado la carga y abandonado a la tripulación y al equipo a merced del gusano de arena.

—La especia que se llevaron constará como perdida —dijo Liet, al tiempo que meneaba la cabeza—. Shaddam está tan preocupado por el protocolo y los adornos del poder que es fácil engañarle. Lo he visto con mis propios ojos.

—Por cada reserva de especia que capturamos, como la del sietch Hadish, el barón crea otra. —Stilgar paseó la vista entre Liet y Turok, disgustado por las implicaciones de lo que estaba pensando—. ¿Deberíamos informar de esto al conde Fenring, o dar parte al emperador?

—No quiero volver a saber nada de Kaitain, Stil. —Liet ya no escribía informes nuevos. Se limitaba a enviar documentos antiguos que su padre había redactado años atrás. Shaddam nunca se daría cuenta—. Se trata de un problema fremen. No buscamos la ayuda de extraplanetarios.

—Esperaba que dijeras eso —contestó Stilgar, y sus ojos brillaron como los de un ave carroñera.

Turok aceptó más agua. Faroula apareció y ofreció al hombre un cuenco lleno de un espeso ungüento para las quemaduras del sol. Después de secar las zonas expuestas a la intemperie con un paño húmedo, empezó a aplicarle la crema sobre la piel. Liet miró a su esposa con ternura. Faroula era la mejor curandera del sietch.

Ella le devolvió la mirada, una promesa de secretos que compartirían más tarde. Liet se había esforzado por ganarse el corazón de su hermosa esposa. Pese a la mutua pasión que sentían, la tradición fremen obligaba al hombre y a la mujer a manifestarla tan solo en la intimidad de su habitación. En público, vivían casi separados.

—Los Harkonnen son cada vez más agresivos, así que debemos permanecer unidos. —La mente de Liet se concentró en asuntos prácticos—. Los fremen somos un gran pueblo, diseminado a merced del viento. Convoca a los jinetes de la arena en la caverna de las reuniones. Los enviaré a otros sietches para anunciar una gran asamblea. Asistirán todos los naibs, ancianos y guerreros. Por mi padre, Umma Kynes, que será una reunión histórica.

Dobló los dedos como una garra y alzó la mano.

—Los Harkonnen desconocen nuestra fuerza unida. Como un halcón del desierto, clavaremos nuestras garras en la espalda del barón.

En la terminal del espaciopuerto de Carthag, el barón paseaba de un lado a otro con el ceño fruncido, mientras continuaban los preparativos para su partida a Giedi Prime. Odiaba el clima seco y polvoriento de Arrakis.

Se detuvo para recobrar el aliento y asió la barandilla, con los pies a escasos centímetros del suelo. Aunque había perdido la agilidad, el cinturón ingrávido le ayudaba a tener la impresión de que era capaz de hacer todo lo que deseara.

Los focos bañaban la pista de aterrizaje, además de los silos de almacenamiento de combustible, grúas esqueléticas, gabarras ingrávidas y enormes hangares construidos con componentes prefabricados, a imitación de la arquitectura de Harko City.

Aquella noche estaba de muy mal humor. Había retrasado varios días el viaje para redactar una negativa a la notificación enviada por la Cofradía Espacial y la CHOAM, que querían proceder a una auditoría de los procedimientos empleados para manipular la especia. *Otra vez.* Hacía tan solo cinco meses que había prestado su plena colaboración a la auditoría de rigor, y no esperaba otra hasta dentro de diecinueve meses. Desde Giedi Prime, sus expertos en leyes habían enviado una carta detallada para pedir más datos sobre la decisión, lo cual retrasaría la intervención de la Cofradía y la CHOAM, pero tenía un mal presentimiento. Todo estaba relacionado con las medidas tomadas por el emperador contra las reservas privadas de especia. Las cosas estaban cambiando, y no para mejor.

Como poseedora del feudo de Arrakis, la Casa Harkonnen era el único miembro del Landsraad con derecho a guardar reservas, pero su volumen estaba limitado a satisfacer las demandas a corto plazo de los clientes, y de cada reserva debían enviarse informes periódicos al emperador. Todo estaba controlado, y por cada cargamento que el barón enviaba en crucero, debía pagar un impuesto a la Casa Corrino.

Los clientes, por su parte, solo podían pedir cantidades que satisficieran sus necesidades a corto plazo, para destinarlas a aditivos alimentarios, fibras de especia, aplicaciones medicinales, etcétera. Durante siglos, había sido imposible hacer cumplir la normativa sobre los pedidos excesivos, lo cual había conducido, inevitablemente, a la acumulación. Y todo el mundo hacía la vista gorda. Hasta ahora.

—¡Piter! ¿Cuánto falta?

El furtivo mentat estaba observando a las cuadrillas que cargaban cajas y suministros en la fragata Harkonnen, bajo la luz blancoamarillenta. Daba la impresión de que estaba soñando despierto, pero el barón sabía que De Vries estaba llevando a cabo un inventario silencioso, tomaba nota de cada objeto cargado a bordo y lo cotejaba con una lista mental.

—Calculo que una hora estándar, mi barón. Hemos de llevar muchas cosas a Giedi Prime, pero estos trabajadores locales son lentos. Si queréis, puedo ordenar que torturen a uno para aumentar la velocidad de los demás.

El barón consideró la oferta, pero negó con la cabeza.

—Queda tiempo antes de que llegue el crucero. Esperaré en el salón de la fragata. Cuanto antes salga de este maldito planeta, mejor me sentiré.

—Sí, mi barón. ¿Preparo un refrigerio? Os ayudará a relajaros.

—No necesito relajarme —replicó el barón, con más brusquedad de lo que pretendía. Le molestaba cualquier muestra de debilidad o incapacidad para cumplir con sus responsabilidades.

Las Bene Gesserit le habían transmitido aquella desagradable enfermedad. Había disfrutado de un cuerpo perfecto, pero aquella caballuna Mohiam lo había transformado en una ofensiva bola de grasa, si bien conservaba la potencia sexual y la mente aguda de su juventud.

La enfermedad constituía un secreto muy bien guardado. Si Shaddam decidía alguna vez que el barón era un líder en declive, incapaz de realizar las funciones necesarias en Arrakis, la Casa Harkonnen sería sustituida por otra familia noble. En consecuencia, el barón fomentaba la idea de que su corpulencia era el resultado de la glotonería y de un estilo de vida hedonista, una impresión que no le costaba nada causar.

De hecho, decidió con una sonrisa, tras regresar a la fortaleza Harkonnen anunciaría un extravagante festín. Para guardar las apariencias, alentaría a sus invitados a entregarse a los excesos tanto como él.

Los diversos médicos del barón le habían aconsejado que pasara temporadas en el clima seco del desierto, creían que era lo mejor para su salud, pero detestaba Arrakis, pese a la riqueza que la melange le proporcionaba. Volvía a Giedi Prime siempre que era posible, a veces solo para reparar los daños causados por su estúpido sobrino, Rabban la Bestia, durante su ausencia.

Los trabajadores continuaban cargando, y los guardias formaban un cordón hasta la nave. Piter de Vries acompañó al barón, y subieron por la rampa de la fragata. A bordo, el mentat preparó un diminuto vaso de zumo de safo para él, y llevó una botella de costoso coñac kirana para su amo. El barón estaba sentado en un sofá muy acolchado, adaptado para albergar su corpachón, y leía el último informe de inteligencia presentado por el capitán de la fragata.

Examinó el informe con el ceño fruncido. Hasta ahora, el barón no se había enterado del indignante ataque Atreides a Beakkal, y la sorprendente reacción solidaria del Landsraad. Los malditos nobles habían apoyado a Leto y aplaudido su brutal desquite. Y ahora, el emperador había arrasado Zanovar.

La situación se estaba caldeando.

—Son tiempos inestables, mi barón, y se producen muchas acciones agresivas. Recordad Grumman y Ecaz.

—Este duque Atreides —el barón estrujó el mensaje entre sus gordos dedos, llenos de anillos— no respeta la ley ni el orden. Si lanzara las fuerzas Harkonnen contra otra familia, Shaddam enviaría a los Sardaukar en un abrir y cerrar de ojos. No obstante, Leto sale bien librado de sus matanzas.

—Desde un punto de vista técnico, el duque no ha violado ninguna ley, mi barón. —De Vries hizo una pausa para llevar a cabo detalladas proyecciones mentales—. Leto está bien considerado por las demás Casas, y cuenta con su apoyo tácito. No subestiméis la popularidad de Atreides, que parece aumentar a cada año que pasa. Muchas Casas respetan al duque. Lo consideran un héroe y...

El barón tragó el coñac y resopló con desdén.

—Todavía no sé por qué.

Se reclinó en el sofá con un gruñido, complacido al oír por fin el rugido de los motores. La fragata ascendió hacia la negrura de la noche.

—Pensad, mi barón. —De Vries pocas veces corría el riesgo de utilizar aquel tono con él—. Puede que la muerte del hijo de Leto haya sido una victoria a corto plazo para nosotros, pero ahora también se está convirtiendo en una victoria para la Casa Atreides. Los miembros del Landsraad le concederán inmunidad, y podrá embarcarse en empresas que nadie más osaría. Beakkal es un ejemplo.

Irritado por el éxito de su némesis, el barón exhaló aire entre sus gruesos labios. Por las ventanillas de la fragata, vio que la atmósfera daba paso a un telón añil iluminado por las estrellas. Exasperado, se volvió hacia De Vries.

—¿Por qué les gusta tanto Leto, Piter? ¿Por qué él, y no yo? ¿Qué ha hecho un Atreides por ellos?

El mentat frunció el entrecejo.

—La popularidad puede ser una moneda importante, si se gasta como es debido. Leto Atreides intenta cortejar al Landsraad. Vos, mi barón, preferís someter a vuestros rivales. Utilizáis ácido en lugar de miel, no los cortejáis como deberíais.

—Siempre me ha resultado difícil. —Entornó sus ojillos negros e hinchó el pecho—. Pero si Leto Atreides puede hacerlo, yo también lo haré, por todos los demonios del cosmos.

De Vries sonrió.

—Permitidme aconsejaros que consultéis con un asesor, mi barón, tal vez incluso que contratéis a un experto en etiqueta que encauce vuestras acciones y estados de ánimo.

—No necesito que ningún hombre me diga cómo sostener el tenedor de una manera elegante.

De Vries le interrumpió antes de que su irritación aumentara.

—Existen toda clase de aptitudes, mi barón. La etiqueta, como la política, es una compleja trama de hilos muy finos. Es difícil para una persona no experimentada dominarlos todos. Sois el líder de una Gran Casa. Por consiguiente, debéis conduciros mejor que cualquier plebeyo.

El barón Harkonnen guardó silencio, mientras el piloto de la fragata les conducía hacia el gigantesco crucero que aguardaba. Terminó su potente y aromático coñac. No le gustaba admitirlo, pero sabía que su mentat tenía razón.

—¿Y dónde encontraríamos a ese... asesor de etiqueta?

—Recomiendo obtener uno de Chusuk, muy famoso por su

cortesía y modales. Fabrican balisets, escriben sonetos y son considerados personas de altísimo refinamiento y cultura.

—Muy bien. —Un destello de humor alumbró el rostro del barón—. Ordenaré a Rabban que se someta al mismo aprendizaje.

De Vries procuró contener una sonrisa.

—Temo que vuestro sobrino es un caso perdido.

—Muy probable. De todos modos, quiero que lo pruebe.

—Me encargaré de todo, mi barón, en cuanto lleguemos a Giedi Prime.

El mentat tomó un sorbo de zumo de safo, en tanto su amo se servía otra dosis de coñac kirana y la apuraba.

Los mentat acumulan preguntas, del mismo modo que otros acumulan respuestas.

Enseñanza mentat

Cuando se supo la noticia de que Gurney y Thufir habían regresado al fin de Ix e iban a descender en una lanzadera desde el crucero en órbita, Rhombur insistió en ir a recibirles al espaciopuerto en persona. Estaba ansioso y angustiado al mismo tiempo por saber qué habían descubierto en su planeta.

—Estad preparado para cualquier noticia que traigan, príncipe —dijo Duncan Idaho. Inmaculado con su uniforme verde y negro Atreides, el joven maestro espadachín adoptaba una expresión decidida en su cara redonda—. Ellos nos dirán la verdad.

La expresión de Rhombur no se alteró, pero desvió la vista hacia Duncan.

—Hace años que no recibo un informe detallado sobre Ix, y estoy ansioso por recibir noticias, las que sean. No pueden ser peores de lo que ya imagino.

El príncipe caminaba con exagerada cautela, pero conservaba el equilibrio y no aceptaba ayuda. En lugar de elegir actividades más propias de la luna de miel, su esposa Tessia había trabajado con él sin cesar en el dominio de su cuerpo cyborg. El doctor Yueh, como un padre hiperprotector, se preocupaba por su paciente, probaba funciones y transmisores de impulsos nerviosos, hasta que Rhombur le expulsó de sus aposentos.

Las miradas curiosas o compasivas no afectaban a Rhombur. Combatía el instintivo rechazo a su apariencia extraña con una sonrisa como respuesta. Su carácter bondadoso conseguía que los demás se avergonzaran y le aceptaran.

Desde el espaciopuerto municipal de Caladan, bajo un cielo cargado de nubes, los dos observaron la estela de la lanzadera que descendía. Cuando empezó a llover, Rhombur y Duncan aspiraron profundas bocanadas de aire salado, agradecidos de sentir la humedad en su piel y cabello.

La lanzadera de la Cofradía aterrizó en la pista correspondiente. La gente se precipitó hacia delante para recibir a los pasajeros.

Gurney Halleck y Thufir Hawat, vestidos con las capas descoloridas de comerciantes poco afortunados, siguieron a los pasajeros que desembarcaban. Su aspecto no era diferente del de millones de otros habitantes del Imperio, pero ellos habían desafiado a la suerte, se habían infiltrado en Ix ante las narices de los tleilaxu. Cuando los reconoció, Rhombur corrió hacia ellos con movimientos espasmódicos, pero no le importó.

—¿Traes información, Gurney? —Rhombur hablaba en el lenguaje de batalla codificado de los Atreides—. Thufir, ¿qué has descubierto?

Gurney, que había padecido tantos horrores en los pozos de esclavos de los Harkonnen, parecía muy afectado. Thufir caminaba sobre unas piernas tan rígidas y pesadas como las de Rhombur. El mentat respiró hondo para serenar sus pensamientos, y eligió sus palabras con sumo cuidado.

—Mi príncipe, hemos visto muchas cosas. Ay, lo que estos ojos han presenciado... Como mentat, nunca podré olvidarlo.

Leto Atreides convocó un consejo de guerra privado en una de las habitaciones de la torre. Estos aposentos habían sido utilizados por su madre, lady Helena, como sala de estar personal antes de ser exiliada al continente oriental, y hacía tiempo que no se utilizaban. Hasta ahora.

Los criados sacaron el polvo de los rincones y los antepechos de la ventana, y luego encendieron un buen fuego en la chimenea. Rhombur tenía poca necesidad física de descanso, y se quedó de pie como un mueble.

Al principio, Leto se sentó en una de las butacas de su madre, provista de almohadones bordados, donde la mujer solía aovillarse y leer pasajes de la Biblia Católica Naranja; pero la desechó y se decantó por una silla de madera de respaldo alto. No corrían tiempos propicios para las comodidades.

Thufir Hawat presentó un detallado resumen de lo que habían visto y hecho. Mientras el mentat desgranaba la cruel realidad, su acompañante introducía frecuentes comentarios emocionados, con los que expresaba su asco y desagrado.

—Por desgracia, mi duque —dijo Hawat—, hemos sobrestimado las capacidades y logros de C'tair Pilru y sus supuestos luchadores de la libertad. Hemos encontrado escasa resistencia organizada. El pueblo ixiano está destrozado. Las fuerzas Sardaukar, dos legiones, y los espías tleilaxu pululan por doquier.

—Enviaron Danzarines Rostro para hacerse pasar por ixianos e infiltrarse en las células rebeldes —añadió Gurney—. Los resistentes han sido masacrados varias veces.

—Hemos observado un gran descontento, pero sin organización —continuó Hawat—. No obstante, con el catalizador adecuado, proyecto que el pueblo ixiano se alzará y derrotará a los tleilaxu.

—En tal caso, hemos de proporcionar ese catalizador. —Rhombur dio un paso adelante—. Yo.

Duncan se removió inquieto en la silla.

—Preveo dificultades tácticas. Los invasores se han hecho fuertes. A estas alturas, no esperarán un ataque sorpresa, por supuesto, pero incluso con el apoyo de numerosas fuerzas militares Atreides, sería un suicidio. Sobre todo contra los Sardaukar.

—¿Por qué Shaddam ha enviado soldados imperiales a Ix? —preguntó Gurney—. Por lo que yo sé, el Landsraad no lo ha autorizado.

Leto no estaba convencido.

—El emperador dicta sus propias normas. Acuérdate de Zanovar.

Enarcó las cejas.

—Tenemos el derecho moral, Leto —insistió Rhombur—, como en Beakkal.

Tras haber aguardado la venganza tanto tiempo, el príncipe estaba inflamado de ardor. En parte gracias a los esfuerzos de Tessia, pero más por voluntad propia, algo nuevo se había desarrollado en su interior. Rhombur recorrió la sala con pasos precisos, como si tuviera que quemar la energía sobrante.

—Yo estaba destinado a ser el conde de la Casa Vernius, como mi padre antes que yo.

Alzó un brazo, con el puño cerrado, y luego lo bajó. Los servomotores y la musculatura artificial aumentaban su fuerza de una manera radical. Rhombur ya había demostrado que podía desmenuzar piedras con la palma de la mano. Volvió su rostro surcado de cicatrices hacia el duque, que seguía con aspecto meditabundo.

—Leto, he observado que tu pueblo te trata con amor, respeto y lealtad. Tessia me ha ayudado a ver que, durante todos estos años, he intentado reconquistar Ix por motivos equivocados. No lo hacía de corazón, porque no comprendía lo importante que era. Estaba indignado con los tleilaxu por los crímenes cometidos contra mí y mi familia. Pero ¿y el pueblo ixiano, incluidos los pobres suboides que creyeron en las promesas de una vida mejor?

—Sí, promesas que les llevaron al abismo —dijo Gurney—. «Cuando el pastor es un lobo, el rebaño solo es carne.»

Aunque Rhombur estaba cerca de las llamas de la chimenea, no sentía el calor.

—Quiero reconquistar mi planeta, no por mí, sino porque es lo que el pueblo de Ix necesita. Si he de ser el conde Vernius, debo servirles, y no al revés.

Una sonrisa suavizó la expresión preocupada de Hawat.

—Habéis aprendido una lección importante, príncipe.

—Sí, pero llevarla a la práctica exigirá mucho trabajo —dijo Duncan—. A menos que contemos con alguna ventaja ignota o arma secreta, nuestras fuerzas militares correrán un gran peligro. Recordad contra qué nos enfrentamos.

Leto pensó en el compromiso de Rhombur, y reconoció que el linaje Vernius moriría con él, pese a lo que lograra en Ix. Sentía un calor en su interior solo de pensar en el embarazo de Jessica. Iba a tener otro hijo, un varón, esperaba, aunque no lo decía. Sintió una punzada de dolor, porque Jessica partiría pronto hacia Kaitain...

El duque jamás había imaginado cuánto llegaría a querer a Jessica, después de haber rechazado su presencia al principio. Las Bene Gesserit le habían obligado a alojarla en el castillo de Caladan. Irritado por sus evidentes manipulaciones, había jurado que nunca la tomaría como amante..., pero había sido un juguete en las manos de la Hermandad. Le habían sobornado con información sobre las maquinaciones Harkonnen, una nueva clase de nave de guerra...

Leto se incorporó de repente, y una lenta sonrisa iluminó su cara.

—¡Esperad! —Los demás guardaron silencio, mientras organizaba sus pensamientos. En la sala solo se oía el chisporroteo del fuego—. Thufir, tú estabas presente cuando las brujas Bene Gesserit me ofrecieron un trato por quedarme a Jessica.

Hawat, confuso, intentó seguir los pensamientos del duque. Después, enarcó las cejas.

—Os proporcionaron información. Había una nave invisible, provista de nueva tecnología que la hacía invisible incluso para los escáneres.

Leto dio un puñetazo sobre la mesa y se inclinó hacia delante.

—El prototipo de la nave Harkonnen que se estrelló en Wallach IX. Las hermanas tienen la nave en su poder. ¿No nos sería de ayuda si las convenciéramos para que nos cedieran esa tecnología...?

Duncan se puso en pie de un salto.

—Con naves indetectables, podríamos infiltrar toda una fuerza en Ix antes de que los Sardaukar acudieran en ayuda de los tleilaxu.

Leto se incorporó poco a poco, con una expresión decidida en el rostro.

—¡Me lo deben, por todos los demonios! Thufir, envía un mensaje a la Escuela Materna, solicitando colaboración de la Bene Gesserit. Más que cualquier otra Casa, tenemos derecho a esa información, puesto que la tecnología fue utilizada contra nosotros.

Miró a Rhombur con una sonrisa depredadora.

—Y después, amigo mío, no escatimaremos esfuerzos en reconquistar Ix.

Cuanto menos sabemos, más larga es la explicación.

Libro Azhar de la Bene Gesserit (copia apócrifa)

Con una memoria colectiva que se extendía hasta las profundidades de la historia, la anciana madre superiora Harishka no necesitaba el consejo de sus hermanas. Sin embargo, los recuerdos de un pasado lejano no siempre eran aplicables al futuro o a la situación actual de la política imperial.

Harishka se encontraba en una sala de reuniones privada, de paredes de estuco. Sus asesoras de más confianza, duchas en sutilezas y consecuencias, se movían por la estancia, sus hábitos crujían como alas de cuervos. La inesperada petición del duque Leto había provocado la repentina e indeseada reunión.

Las acólitas trajeron una selección de zumos, té y café de especia. Las hermanas reflexionaban, bebían, pero un extraño silencio reinaba en la sala. Tales asuntos exigían una profunda meditación.

Harishka se acercó a un banco de piedra y tomó asiento. Frío y duro, no era el tipo de trono que un líder poderoso habría elegido, pero la Bene Gesserit sabía soportar las incomodidades. Su mente era despierta, sus recuerdos vivos. Era todo cuanto necesitaba una madre superiora.

Las hermanas convocadas se sentaron con un rumor de faldas. Mientras la luz del sol grisácea se filtraba por las claraboyas prismáticas, todos los ojos se volvieron hacia Harishka. Había llegado el momento de que la madre superiora hablara.

—Nos hemos permitido el lujo de hacer caso omiso de este asunto durante años, y ahora nos vemos obligadas a tomar una decisión.

Habló del mensaje que acababa de llegar de Caladan.

—No tendríamos que haber hablado al duque Atreides de la existencia de la no nave, para empezar —dijo la reverenda madre Lanali, quien dirigía la sala de planos y archivos geográficos de la Hermandad.

—Era necesario —dijo Harishka—. No habría aceptado a Jessica si no le hubiéramos arrojado un hueso sustancioso. Hay que reconocer que el duque no ha abusado de la información.

—Ahora lo está haciendo —dijo la reverenda madre Thora, quien se encargaba de los huertos y era experta en criptografía. Al principio de su carrera, había desarrollado una técnica para implantar mensajes en las hojas de las plantas.

Harishka la contradijo.

—El duque podría haber utilizado la información de muchas maneras, pero en cambio optó por respetar nuestro secreto. Hasta el momento, no ha traicionado nuestra confianza. Además, debo recordaros que Jessica está embarazada de él, tal como esperábamos.

—Pero ¿por qué tardó tanto en quedar embarazada? —preguntó otra mujer—. Tendría que haber sucedido mucho más pronto.

Harishka no la miró.

—Da igual. Vayamos al grano.

—Estoy de acuerdo —dijo la reverenda madre Cienna, cuyo rostro en forma de corazón todavía conservaba el aura de belleza inocente que había engañado a tantos hombres cuando era joven—. Si alguien tiene derecho a fabricar naves invisibles, es el duque Atreides. Al igual que su padre y su abuelo antes que él, es un hombre de credenciales impecables, un hombre de honor.

Lanali emitió un sonido de incredulidad.

—¿Has olvidado lo que hizo en Beakkal? Destruyó todo un memorial de guerra.

—Era de él —replicó Cienna—. Además, le provocaron.

—Aunque el duque Leto sea digno de confianza, ¿qué pasará con los futuros duques Atreides? —preguntó Lanali en tono mesurado—. Esto introduce un factor desconocido significativo, y lo desconocido es peligroso.

—Pero también hay factores significativos conocidos —puntualizó Cienna—. Te preocupas demasiado.

El miembro más joven del grupo, la esbelta hermana Cristane, interrumpió.

—La decisión no tiene nada que ver con el carácter moral de Atreides. Un arma así, aun utilizada para la defensa pasiva, cambiaría la textura de la guerra en el Imperio. La tecnología de la invisibilidad ofrece una enorme ventaja táctica a cualquier Casa que la posea. Tanto si tienes debilidad por él como si no, Cienna, Leto Atreides no es más que un peón en nuestro plan definitivo, como lo fue el barón Harkonnen.

—Fueron los Harkonnen los que desarrollaron esa terrible arma —dijo Thora. Terminó su café de especia y se levantó para servirse otra taza—. Por suerte, perdieron el secreto y no han sido capaces de recuperarlo.

En los últimos tiempos, Harishka había observado que la cuidadora de los huertos consumía cada vez más melange. Las Bene Gesserit podían controlar la química de su cuerpo, pero tenían prohibido alargar la duración de su vida más allá de ciertos límites. Exhibir su longevidad podría volver la opinión popular contra la Hermandad.

Harishka decidió concluir aquella fase de la discusión. Ya había oído bastante.

—No nos queda otra alternativa. Hemos de rechazar la petición de Leto. Enviaremos nuestra respuesta con la reverenda madre Mohiam cuando acompañe a Jessica a Kaitain.

Alzó la cabeza. Su cerebro estaba tan lleno de recuerdos y asociaciones libres, que le pesaba sobre los hombros.

Thora exhaló un suspiro, recordó lo mucho que habían trabajado las acólitas para diseccionar y analizar la nave estrellada.

—De todos modos, no sé qué le vamos a decir a Leto. Podríamos entregarle los restos de la nave, pero ni siquiera nosotras comprendemos cómo funciona el generador de campo.

Paseó la vista por la sala y bebió más café especiado.

La hermana Cristane volvió a hablar.

—Ese arma podría desencadenar una catástrofe si cayera en manos del Imperio, puesto que ni siquiera nosotras comprendemos su funcionamiento. Hemos de averiguar todo lo que podamos y conservar el secreto.

Había sido adiestrada como comando para llevar a cabo acciones agresivas si planes más sutiles no alcanzaban el éxito deseado. Debido a su juventud, Cristane carecía de la paciencia de una reverenda madre, aunque en ocasiones Harishka consideraba útil tal impetuosidad.

—Absolutamente cierto. —La reverenda madre se removió en el banco de piedra—. Ciertas marcas en los restos indican que alguien llamado Chobyn estaba implicado. Desde entonces, hemos averiguado que un inventor con ese nombre desertó de Richese y fue a Giedi Prime en la época en que se desarrolló este sistema de invisibilidad.

Thora terminó su tercera taza de café especiado, sin hacer caso de la expresión desaprobadora de Harishka.

—Los Harkonnen debieron de matar también a ese hombre, de lo contrario no habrían tenido tantas dificultades en reproducir el generador de invisibilidad.

Harishka enlazó sus manos sobre el regazo.

—Como es lógico, empezaremos nuestras investigaciones en Richese.

La superstición y las necesidades del desierto contaminan la vida fremen, en que la religión y la ley se entrelazan.

Las costumbres de Arrakis,
un videolibro imperial para niños

El día que sentenciaría el futuro de su pueblo, Liet-Kynes despertó pensando en el pasado. Estaba sentado en el borde de la cama que compartía con Faroula, una estera acolchada sobre el suelo rocoso de una habitación pequeña pero confortable del sietch de la Muralla Roja.

La gran asamblea fremen empezaba hoy, un encuentro de todos los líderes de sietches de la que saldría una respuesta común contra los Harkonnen. Muy a menudo, el pueblo del desierto había vivido disperso, independiente e ineficaz. Permitían que se interpusieran entre ellos rivalidades de clan, enemistades y distracciones. Liet tendría que esforzarse en hacerles comprender.

Su padre habría sido capaz de provocar semejante cambio con un simple comentario casual. Pardot Kynes, el profeta ecológico, nunca había sido consciente de su poder, sino que lo había aceptado como un medio de conseguir su objetivo de crear un edén en Dune. Su hijo Liet era joven e inexperto.

Liet oía el zumbido casi imperceptible de la maquinaria que reciclaba el aire del sietch. A su lado, Faroula respiraba con suavidad, despierta, sin la menor duda, pero silenciosa y pensativa. Le gustaba mirar a su marido con sus ojos de un azul profundo.

—Mis problemas te han impedido descansar, amor mío —dijo Liet.

Faroula le masajeó los hombros.

—Tus pensamientos son mis pensamientos, queridísimo. Mi corazón intuye tu preocupación y tu pasión.

Liet le besó la mano. Ella le acarició con los nudillos la corta barba que se había dejado crecer.

—No te preocupes. La sangre de Umma Kynes corre por tus venas, al igual que su sueño.

—Pero ¿se darán cuenta los fremen?

—Nuestro pueblo puede ser necio en ocasiones, pero no ciego.

Hacía años que Liet-Kynes la amaba. Faroula era una mujer fremen, la hija del anciano Heinar, el naib tuerto. Sabía cuál era su lugar. Era la mejor curandera de la tribu, y su mejor trabajo había sido curar el alma dolorida de Liet. Sabía conmover a su marido, y amarle.

Liet, todavía preocupado por el desafío que representaba la asamblea, la abrazó sobre la estera, pero ella desvaneció sus vacilaciones con besos, le acarició hasta acabar con su angustia, le insufló energía.

—Estaré contigo, amor mío —dijo Faroula, aunque las mujeres tenían prohibida la entrada en la sala de discursos, donde los naibs de los sietches dispersos se reunirían para escuchar sus palabras. En cuanto abandonaran sus aposentos, Liet y su esposa se comportarían como extraños. No obstante, él sabía a qué se refería Faroula. Estaría con él en espíritu, y su corazón se regocijó.

Sobre la puerta colgaba un tapiz de fibra de especia, en el que las mujeres del sietch habían tejido un inspirado dibujo de la Depresión de Yeso, donde su padre había fundado un invernadero experimental. El tapiz representaba una corriente de agua, colibrís, árboles frutales y flores de alegres colores. Liet cerró los ojos e imaginó la ambrosía de las plantas y el polen, sintió las mejillas húmedas.

—Espero hacer algo hoy de lo que te sientas orgulloso, padre —murmuró para sí, en una especie de oración.

Por desgracia, un techo henchido de humedad se había derrumbado sobre Pardot y varios de sus colaboradores. Había transcurrido menos de un año desde aquel trágico día, pero a Liet se le antojaba mucho más. Tenía que seguir los pasos del gran visionario.

Lo viejo ha de dejar paso a lo nuevo.

Heinar, el anciano naib, pronto cedería su liderazgo del sietch de la Muralla Roja, y muchos fremen daban por sentado que Liet le sustituiría. La palabra fremen poseía un antiguo significado Chakobsa: «Servidor del sietch». Liet no albergaba ambiciones personales de ningún tipo. Solo deseaba servir a su pueblo, luchar contra los Harkonnen y continuar transformando el desierto en un vergel.

Liet solo era medio fremen, pero desde el momento en que su corazón había latido en el útero de su madre, su alma había sido fremen. Como nuevo planetólogo imperial, sucesor del gran soñador Pardot Kynes, Liet no podía limitar su trabajo a una sola tribu.

Antes de que llegaran los primeros líderes y empezara la gran asamblea, Liet necesitaba concluir sus tareas diarias de planetólogo. Si bien no tenía el menor aprecio por Shaddam IV como hombre o emperador, el trabajo científico de Liet constituía una parte importante de su existencia. Cada momento de su vida era tan precioso como el agua, y no podía desperdiciarlo.

Se vistió a toda prisa, despierto por completo. Cuando la aurora desplegó su manto anaranjado sobre el paisaje, ya había salido al exterior con su destiltraje nuevo. Incluso a una hora tan temprana, la arena y las rocas ya estaban calientes, y el calor se adueñaba de la tierra. Recorrió un afloramiento rocoso situado a tan solo unos cientos de metros de la entrada del sietch.

Inspeccionó una pequeña estación de experimentos biológicos cobijada en una hoquedad, así como una serie de sensores y aparatos de recogida de datos empotrados en la roca. Hacía años que Pardot Kynes había renovado la maquinaria olvidada, y los miembros del sietch de Liet continuaban cuidando del panel de instrumentos, los cuales medían la velocidad del viento, la temperatura y la aridez. Un sensor mostraba una lectura infinitesimal de humedad del aire, un rastro de rocío captado por el colector en forma de huevo.

Oyó un chillido y un frenético batir de alas, y se volvió al instante. Un pequeño ratón del desierto, llamado muad'dib en el idioma de los fremen, había sido acorralado por un halcón en el reluciente cuenco de metalplaz del escáner solar.

El ratoncito intentaba escalar las resbaladizas paredes del cuenco, pero se veía obligado a retroceder cuando la poderosa garra del halcón intentaba capturarlo. Daba la impresión de que el muad'dib estaba condenado.

Liet no intervino. *Que la naturaleza siga su curso.*

Ante su sorpresa, vio que el colector empezaba a moverse cuando el ratón pisó un botón desbloqueador del cuenco, y que el cambio de ángulo provocaba que los rayos del sol se reflejaran en los ojos del halcón. El ave, deslumbrada, no pudo apoderarse de su presa, y el ratón del desierto se escurrió por una diminuta grieta entre las rocas.

Liet contempló la escena divertido, y murmuró los versos del antiguo himno fremen que Faroula le había enseñado:

Arrastré los pies a través de un desierto
cuyo espejismo oscilaba como un fantasma.
Hambriento de gloria, ansioso de peligro,
vagué por los horizontes de al-Kulab,
vi que el tiempo allanaba las montañas
mientras me perseguía.
Y vi que los gorriones se acercaban a toda prisa,
más audaces que el feroz lobo.
Se posaron en el árbol de mi juventud.
Oí la bandada en mis ramas,
y sus picos y garras me atraparon.

¿Qué había dicho su amigo Warrick, agonizante tras consumir el Agua de Vida? *El halcón y el ratón son lo mismo.* ¿Una visión auténtica, o solo desvaríos?

Mientras veía alejarse al frustrado halcón, que alzaba el vuelo para poder vigilar el desierto, Liet-Kynes se preguntó si el muad'dib había escapado por accidente, o si había sido lo bastante hábil para aprovechar las circunstancias.

Los fremen veían signos y presagios por todas partes. Creían que la aparición de un muad'dib antes de tomar una decisión importante era de mal agüero. Y la importantísima asamblea de líderes de sietch estaba a punto de iniciarse.

No obstante, como planetólogo, Liet estaba preocupado por otra cosa. El escáner solar, instalado por el hombre, había interferido en la cadena de la vida del desierto, depredador y presa. Si bien se trataba de un incidente aislado, Liet lo interpretó en un contexto mucho mayor, como habría hecho su padre. Incluso la interferencia humana más nimia, cuando el tiempo la multiplicaba, podía dar lugar a cambios desastrosos y monumentales.

Liet, preocupado, regresó al sietch.

Los líderes fremen, curtidos por la intemperie, llegaron de todos los poblados ocultos a lo largo y ancho del desierto. El sietch de la Muralla Roja constituía un lugar ideal para reunirse. Con su extensa red de cavernas y pasadizos naturales, podía alojar con facilidad a los visitantes, que traían su propia agua, comida y ropa de cama.

Los visitantes se quedarían varios días, semanas en caso necesario, hasta que se alcanzara un acuerdo. Liet no les dejaría marchar, aunque tuviera que lograr su colaboración por la fuerza bruta. Los hombres del desierto debían coordinar su lucha, decidir objetivos a corto y largo plazo. Un recuperado pero aún debilitado Turok les explicaría que el barón estaba dispuesto a sacrificar cuadrillas de especia enteras con el fin de robar una carga de melange no acreditada. Después, Stilgar describiría lo que él y sus comandos habían descubierto en las cuevas sagradas del sietch Hadith.

Los delegados habían recorrido larguísimas distancias en gusano de arena o a pie. Otros habían volado de noche en ornitópteros robados, que habían sido camuflados a toda prisa nada más llegar, o trasladados a cuevas. Liet-Kynes, vestido con una nueva capa jubba, dio la bienvenida a todos, a medida que entraban al sietch.

Le acompañaba su esposa de cabello oscuro, con su hija recién nacida y el pequeño Liet-chih. Faroula llevaba en el pelo aros de agua, que representaban la riqueza y la posición social de Liet en la tribu. Estaría a su lado todo el rato que se lo permitiera.

En el exterior, el sol era una llamarada anaranjada, y el atardecer se estaba aposentando sobre las dunas. Las mujeres sirvieron a los hombres una generosa cena en la sala de reuniones del sietch, un rito tradicional al principio de tales sesiones. Liet estaba sentado a una mesa baja junto al naib Heinar. En compañía de los demás líderes, Liet ofreció un brindis a la salud del anciano. En respuesta, Heinar meneó su cabeza de pelo cano y declinó el honor de pronunciar un discurso.

—No, Liet. Este es tu momento. El mío pasó hace mucho tiempo.

Aferró el brazo de su yerno, con su mano a la que faltaban dos dedos, consecuencia de un duelo ocurrido mucho tiempo atrás.

Después de la cena, mientras los hombres ocupaban sus lugares en la sala de reuniones, Liet pensó en muchas cosas. Había preparado bien su discurso, pero ¿se decantarían por colaborar y presentar resistencia a los Harkonnen, movilizarían sus fuerzas, o bien huirían a las regiones más profundas del planeta, y cada tribu lucharía por su cuenta? Peor aún, ¿preferirían los fremen luchar entre sí antes que atacar al verdadero enemigo, como ya habían hecho tantas veces en el pasado?

Liet había forjado un plan. Por fin, se puso en pie en una galería elevada que dominaba el suelo de la sala. Ramallo, la anciana Sayyadina, se irguió a su lado. Sus ojos oscuros escrutaron los rostros de los presentes.

Había cientos de personas, guerreros avezados, líderes surgidos de entre las filas de cada tribu. Todos compartían la visión de un Dune verde, todos reverenciaban la memoria de Umma Kynes. Había espectadores en los balcones y galerías practicados en las paredes. El olor a sudor de los hombres impregnaba el aire, junto con el penetrante aroma de la especia.

La Sayyadina Ramallo extendió las manos frente a sí, con las palmas hacia arriba, como a punto de impartir una bendición. La multitud enmudeció, con la cabeza gacha. En una galería contigua, un muchacho fremen cubierto con un hábito blanco entonó un lamento tradicional con voz de soprano. La canción describía, en Chakobsa antiguo, los arduos recorridos de los antepasados zensunni, que habían arribado a Dune después de huir de Poritrin, tantos milenios antes.

Cuando el muchacho terminó, Ramallo se retiró a las sombras, y dejó solo a Liet en la galería. Todos los ojos le miraron. Había llegado su momento.

La acústica perfecta de la sala transmitió la voz de Liet.

—Hermanos, grandes desafíos nos aguardan en los tiempos venideros. En el lejano Kaitain, informé al emperador Corrino de las atrocidades que los Harkonnen cometen en Dune. Le hablé de la destrucción del desierto, de los escuadrones Harkonnen que cazan a Shai-Hulud por deporte.

Un murmullo recorrió la sala, pero solo les había recordado algo que todos sabían.

—En mi calidad de planetólogo imperial, he solicitado botánicos, químicos y ecólogos. He suplicado equipo vital. He pedido que se trace un plan a gran escala para proteger nuestro planeta. He exigido que obligue a los Harkonnen a cesar en sus crímenes y atrocidades. —Hizo una pausa—. Pero me despidieron sumariamente. El emperador Shaddam IV no quiso escucharme.

Los gritos indignados de la multitud provocaron que retemblara el suelo bajo los pies de Leto. Los fremen no se consideraban súbditos imperiales. Opinaban que los Harkonnen eran unos intrusos, unos ocupantes temporales que algún día serían apartados en favor de otra Casa importante. Con el tiempo, los fremen gobernarían Dune. Eso predecían sus leyendas.

—En esta magna asamblea hemos de discutir nuestras alternativas, como hombres libres. Hemos de tomar medidas para proteger nuestro modo de vida, sin pensar en el Imperio y en su nefasta política.

Mientras hablaba, sintiendo la llama de la pasión en su corazón, intuyó que Faroula estaba cerca, agazapada en las sombras, y escuchaba cada palabra, le insuflaba energía.

Los despojos de los repetidos intentos del hombre por controlar el universo se hallan diseminados a lo largo de las sórdidas playas de la historia.

Pintada en Ichan City, Jongleur

El bien iluminado y excesivamente adornado salón de pasajeros de la nave de tránsito wayku le recordó el escenario surrealista de una obra, con decorados demasiados chillones y colores demasiado brillantes. Tyros Reffa, un pasajero anónimo en un asiento de clase media, estaba sentado solo, con el convencimiento de que su vida nunca volvería a ser la misma. Los muebles viejos, los letreros llamativos y los refrescos picantes le consolaban de una manera peculiar, un viento de distracción y ruido blanco.

Se había distanciado de Zanovar y la Casa Taligari, lejos de su pasado.

Nadie se fijó en el nombre de Reffa, nadie se interesó por su destino. A juzgar por la forma en que su propiedad había sido destruida, y por los espías imperiales que habían seguido su rastro, hasta el criminal Shaddam Corrino debía creer que su hermanastro había sido desintegrado en Zanovar.

¿Por qué no me deja en paz?

Reffa intentó aislarse del ruido que hacían los omnipresentes vendedores, gente insistente, y en ocasiones sarcástica, que utilizaba gafas oscuras y vendía de todo, desde azúcar hilado especiado hasta bacer frito al curry. Aún oía la atronadora música atonal que surgía de sus auriculares. No les hizo el menor caso, y después de haber sido rechazados durante horas, los vendedores wayku le dejaron en paz por fin.

Las manos de Reffa estaban ásperas y agrietadas. Las había frotado repetidas veces con el jabón más fuerte, pero aún no se había quitado el olor a sangre y humo adherido a ellas, la sensación de llevar hollín bajo las uñas.

Nunca tendría que haber intentado volver a casa...

Había sobrevolado en su nave particular, con los ojos enrojecidos y llorosos, la cicatriz chamuscada de su propiedad. Había penetrado ilegalmente en las zonas afectadas por los ataques, sobornado funcionarios, burlado a vigilantes agotados.

No quedaba nada de su hermosa casa ni de los jardines. Nada en absoluto.

Algunos fragmentos de columnas de piedra, el cuenco volcado de una fuente rota, pero ni la menor señal de su majestuosa mansión y los jardines de helechos. El fiel Charence había quedado reducido a cenizas, y solo quedaba de él una sombra similar a la de un espantapájaros en el suelo, la huella de lo que había sido un ser humano querido.

Reffa había aterrizado, pisado el suelo maloliente, y un silencio estrangulado le había rodeado. Piedras carbonizadas y cristal ennegrecido habían crujido bajo sus botas. Se agachó para recoger polvo con los dedos, como si confiara en descubrir un mensaje secreto en las cenizas. Hundió más los dedos, pero no encontró ni una hoja de hierba viva, ni el insecto más diminuto. Un penoso silencio se había adueñado de la zona, desprovista de brisa y trinar de pájaros.

Tyros Reffa nunca había molestado a nadie, satisfecho con sus intereses personales. No obstante, su hermanastro había intentado asesinarle para eliminar una supuesta amenaza contra el trono. Catorce millones de personas asesinadas en un intento frustrado de matar a un hombre. Parecía imposible, incluso viniendo de un monstruo semejante, pero Reffa sabía que era verdad. El Trono del León Dorado estaba manchado con la sangre de la injusticia, y Reffa recordó los solemnes soliloquios trágicos que había representado en Jongleur. Los chillidos de Zanovar resonaban en las paredes del palacio imperial.

Reffa aulló el nombre del emperador, pero su voz se desvaneció como un trueno lejano...

Reservó un pasaje en el siguiente crucero de Taligari a Jongleur, donde había vivido los felices años de su juventud. Ansiaba estar de vuelta entre los estudiantes de arte dramático, los actores apasionados y creativos en cuya compañía había disfrutado de paz.

Viajó sin llamar la atención, utilizando documentos falsos que el Docente le había proporcionado mucho tiempo atrás para un caso de emergencia. Mientras meditaba sobre todo lo que había perdido, oía las conversaciones de los pasajeros: un gemólogo de piedras soo discutía con su mujer sobre tipos de fractura; cuatro jóvenes ruidosos disentían a voz en grito acerca de una carrera de piraguas que habían presenciado hacía poco en Perrin XIV; un comerciante reía con su competidor sobre la humillación que alguien llamado duque Leto Atreides había infligido a Beakkal.

Reffa solo deseaba que le dejaran pensar en lo que debía hacer. Si bien nunca había sido agresivo o violento, el ataque a Zanovar le había cambiado. No tenía experiencia en exigir justicia. Un odio inmenso hacia Shaddam crecía en su interior, y también se odiaba a sí mismo. *Yo también soy un Corrino. Lo llevo en la sangre.* Exhaló un profundo suspiro, se hundió más en su asiento, y después se levantó para lavarse las manos una vez más...

Antes del brutal ataque, Reffa había estudiado la historia de su familia, se había remontado siglos hasta llegar a la época en que los Corrino eran el modelo ético del Imperio, hasta el reinado preclaro del príncipe heredero Raphael Corrino, tal como se le retrataba en el drama *La sombra de mi padre*. Glax Othn había convertido a Reffa en el hombre que era. Ahora, sin embargo, no tenía alternativa, pasado ni identidad.

«La ley es la ciencia definitiva.» Este gran concepto de justicia, verbalizado hacía mucho tiempo, resonaba con amargura en su mente. Se decía que estaba escrito sobre la puerta del estudio del emperador en Kaitain, pero se preguntó si Shaddam lo había leído alguna vez.

En manos del actual ocupante del trono, la ley cambiaba como las arenas movedizas. Reffa estaba enterado de las misteriosas muertes ocurridas en su familia. El hermano mayor de Shaddam, Fafnir, el mismísimo Elrood IX, y hasta la propia madre de Reffa, Shando, abatida como un animal en Bela Tegeuse. Nunca podría olvidar tampoco los rostros de Charence, el Docente o las víctimas inocentes de Zanovar.

Tenía la intención de reintegrarse a su antigua compañía de teatro, bajo la tutela del brillante maestro Holden Wong. Pero si el emperador descubría que Reffa seguía con vida, ¿correría también peligro todo Jongleur? No osaba revelar su secreto.

Un leve cambio en el zumbido de los motores Holtzmann reveló a Reffa que el crucero había salido del espacio plegado. Al cabo de poco rato, una voz femenina wayku anunció la llegada y recordó a los pasajeros que compraran recuerdos.

Reffa extrajo todas sus posesiones de cinco compartimentos situados sobre su cabeza. Todas. Había pagado mucho por el espacio suplementario, pero desconfiaba de enviar directamente los objetos especiales que había comprado antes de abandonar Taligari.

Seguido por una hilera de maletas ingrávidas, se encaminó hacia la salida. Incluso mientras los pasajeros esperaban a la lanzadera, los vendedores wayku seguían intentando endosarles sus mercancías, sin mucho éxito.

Cuando Reffa entró en la terminal del espaciopuerto de Jongleur, su humor cambió. El lugar estaba lleno de gente alegre y sonriente. La atmósfera era relajante.

Rezó para no poner en peligro a otro planeta.

Paseó la vista a su alrededor, pero no vio al maestro Holden Wong, que había prometido ir a recibirle. Era muy probable que la antigua compañía de Reffa actuara aquella noche, y Wong siempre insistía en supervisarlo todo personalmente. Como vivía inmerso en su mundo de la farándula, el maestro prestaba escasa atención a los acontecimientos del mundo real, y lo más seguro era que ni siquiera se hubiera enterado del ataque a Zanovar. Daba la impresión de que se había olvidado de su invitado.

Reffa conocía bien la ciudad. Había un muelle contiguo al espaciopuerto, desde el cual un taxi acuático transportaba pasajeros hasta Ichan City, atravesando un ancho río cubierto por una alfombra de algas lavanda. Reffa se quedó en el puente, llenó sus pulmones de aire fresco y húmedo. Tan diferente del humo acre y la tierra chamuscada de Zanovar.

Ichan City apareció entre la bruma del río. Era un batiburrillo de edificios destartalados y modernos rascacielos, atestado de rickshaws y peatones. Oyó risas y la música de un cuarteto de cuerda (baliset, rebec, violín y rebaba) en el camarote de abajo.

El taxi acuático aminoró la velocidad y atracó. Reffa bajó con los demás pasajeros al viejo muelle de la ciudad, una robusta estructura de madera cuya superficie de tablas estaba sembrada de escamas de pescado, conchas aplastadas y patas de crustáceo. Entre puestos de marisco y pastelerías, joviales grupos de contadores de cuentos trabajaban junto con músicos y malabaristas, daban muestras de su talento y entregaban invitaciones para actuaciones nocturnas.

Reffa observó a un mimo que interpretaba el papel de un dios barbudo que surgía del mar. El mimo se acercó más, efectuó extrañas contorsiones faciales. Su sonrisa pintada se ensanchó todavía más.

—Hola, Tyros. A pesar de todo, he venido a recibirte.

Reffa se recuperó de la sorpresa.

—Holden Wong, cuando un mimo habla, ¿imparte sabiduría, o revela su locura?

—Bien dicho, amigo mío.

Wong había alcanzado el rango de Actor Supremo, por encima de todos los Maestros Jongleurs. De pómulos protuberantes, ojos rasgados y barba apenas esbozada, tenía más de ochenta años, pero se movía como un hombre mucho más joven. Ignoraba los orígenes de Reffa, así como el precio que había puesto Shaddam a su cabeza.

El anciano rodeó con el brazo a Reffa, y dejó marcas de pintura blanca en su ropa.

—¿Asistirás a nuestra representación de esta noche? Verás todo lo que te has perdido estos años.

—Sí, y además, espero volver a encontrar un sitio en vuestra compañía, maestro.

Los profundos ojos castaños de Wong bailaron.

—¡Vaya, volver a contar con un actor de talento! ¿Para la comedia? ¿El folletín?

—Yo preferiría tragedia y drama. Mi corazón está demasiado resentido para la comedia o el folletín.

—Bueno, estoy seguro de que encontraremos algo para ti. —Wong golpeteó la cabeza de Reffa, y esta vez dejó en broma una marca de pintura en el cabello teñido de negro—. Me alegro de que hayas vuelto con los Jongleurs, Tyros.

Reffa se puso más serio.

—He oído decir que estás preparando una nueva producción de *La sombra de mi padre*.

—¡En efecto! Estoy fijando las fechas de los ensayos para una representación importante. Aún no hemos completado el reparto, pese a que partimos hacia Kaitain dentro de pocas semanas para actuar ante el mismísimo emperador.

El mimo parecía encantado con su buena suerte.

Reffa entornó los ojos.

—Daría mi alma por interpretar el papel de Raphael Corrino.

El maestro estudió al hombre y detectó un profundo fuego en su interior.

—Ha sido seleccionado otro actor..., aunque carece de la chispa que exige el papel. Sí, tú podrías hacerlo mejor.

—Tengo la sensación de que... nací para encarnarlo. —Reffa respiró hondo, pero disimuló la expresión de odio con el talento de un actor consumado—. Shaddam IV me ha proporcionado toda la inspiración que necesito.

¿Qué puedo decir sobre Jessica? Si le dieran la oportunidad, intentaría utilizar la Voz con Dios.

Reverenda madre GAIUS HELEN MOHIAM

No parecía muy apropiado que un duque respetado y su concubina hicieran el amor en una despensa atestada, pero el tiempo volaba y Leto sabía que la echaría de menos con desesperación. Jessica partiría hacia Kaitain en el crucero que se encontraba en órbita alrededor de Caladan. Se iría a la mañana siguiente.

A pocos pasos, los cocineros trabajaban en la cocina, movían sartenes, abrían mejillones, cortaban hierbas. Uno de ellos podía aparecer en cualquier momento en busca de especias o un paquete de sal. No obstante, después de que Jessica y él entraran subrepticiamente en la habitación, cada uno con una copa de clarete seco, requisado previa incursión en la bodega, Leto había atrancado la puerta con varias cajas de latas de bayas amargas importadas. También consiguió llevarse la botella, que descansaba sobre una caja en un rincón.

Dos semanas antes, después de la boda de Rhombur, esos insólitos encuentros habían empezado como un capricho, una idea sugerida por su inminente partida a Kaitain. De hecho, Leto quería hacer el amor con Jessica en todas las habitaciones del castillo, excepto en los roperos. Aunque estaba embarazada, Jessica se mostraba a la altura de las circunstancias, y parecía divertida y complacida al mismo tiempo.

La joven dejó su copa sobre un estante, y sus ojos verdes centellearon.

—¿Te citas aquí con las criadas, Leto?

—Apenas me quedan energías para ti. ¿Para qué voy a agotarme más? —Apartó tres tarros polvorientos de limones en conserva de lo alto de una caja—. Necesitaré unos cuantos meses de soledad para recuperar las fuerzas.

—Ya me gustaría, pero creo que esta será la última vez por hoy. —El tono de Jessica era suave, casi de reprimenda—. Aún no he terminado de hacer las maletas.

Besó su mejilla y le quitó la chaqueta negra que llevaba. Dobló la prenda con cuidado y la dejó con la insignia del halcón hacia arriba. Después, le despojó de la camisa, que deslizó sobre sus hombros para dejar su pecho al descubierto.

—Permitid que os prepare una cama adecuada, mi señora.

Leto abrió la caja y sacó una hoja de plaz de burbujas usado para envolver objetos frágiles. La extendió sobre el suelo.

—Me ofreces todas las comodidades que necesito.

Jessica apartó la copa de vino a una distancia prudencial y le demostró de lo que era capaz incluso en una despensa reducida, sin nada más que plaz de burbujas debajo de ellos...

—Las cosas serían diferentes si yo no fuera duque —dijo Leto después—. A veces, me gustaría que tú y yo pudiéramos...

No terminó la frase.

Jessica escudriñó sus ojos grises y leyó en ellos el amor que sentía por ella, una grieta en su armadura de orgullo y hosquedad. Le tendió su copa de clarete y bebió del suyo.

—Yo no te pido nada.

Recordaba el resentimiento que había consumido a Kailea, su primera concubina, que nunca parecía agradecer lo que el duque hacía por ella.

Leto empezó a vestirse con desgana.

—Quiero decirte tantas cosas, Jessica... Siento haber apretado un cuchillo contra tu garganta el día de nuestro primer encuentro. Solo fue para demostrar a la Hermandad que no podían manipularme. Nunca lo habría utilizado contra ti.

—Lo sé. —Le besó los labios. Aun con la punta afilada apretada contra su yugular, no se había sentido amenazada por Leto Atreides—. Tus disculpas son más valiosas que cualquier chuchería o joya que pudieras regalarme.

Leto acarició su pelo de color bronce. Estudió la perfección de su diminuta nariz, boca sensual y figura elegante, y apenas pudo creer que no fuera de origen noble.

Suspiró, pues sabía que nunca podría casarse con aquella mujer. Su padre lo había dejado muy claro. *Nunca te cases por amor, muchacho. Piensa primero en tu Casa y en su posición en el Imperio. Piensa en tu pueblo. Se elevará o caerá contigo.*

Aun así, Jessica llevaba un hijo de él en sus entrañas, y se había prometido que ese niño llevaría el apellido y la herencia Atreides, pese a otras consideraciones dinásticas. Un varón, esperaba.

Como si leyera sus pensamientos, Jessica apoyó un dedo sobre sus labios. Comprendía que, pese a su dolor y preocupaciones, Leto no estaba preparado para el compromiso, pero la confortaba verlo luchar con sus emociones, como le pasaba a ella. Un axioma Bene Gesserit se inmiscuyó en sus pensamientos: *La pasión nubla la razón.*

Odiaba las limitaciones que imponían admoniciones. Su maestra Mohiam, leal y severa, la había educado bajo la estricta guía de la Hermandad, y a veces se había portado con dureza, no obstante, Jessica sentía cierto afecto por la anciana, y respetaba lo que la reverenda madre había logrado con ella. Más que cualquier otra cosa, Jessica no quería decepcionar a Mohiam..., pero también tenía que ser sincera consigo misma. Había hecho cosas por amor, por Leto.

El duque acarició la piel de su abdomen, todavía liso, sin que se notara todavía la curva de la preñez. Sonrió, bajó sus defensas, lleno de amor. Reveló sus esperanzas.

—Antes de irte, Jessica, dime una cosa... ¿Es un varón?

Jessica jugueteó con su cabello oscuro, pero apartó la vista. Tenía miedo de hablar demasiado.

—No he permitido al doctor Yueh que me sometiera a ningún análisis, mi duque. Tales interferencias desagradan a la Hermandad.

Leto la miró con ojos apremiantes, y la regañó.

—Venga, eres una Bene Gesserit. Permitiste un embarazo después de la muerte de Victor, y nunca sabré expresarte mi agradecimiento. —Su expresión se suavizó y transparentó el evidente amor que sentía por ella, un sentimiento que pocas veces mostraba ante los demás. Jessica avanzó con paso vacilante hacia él, con el deseo de estrecharle en sus brazos, pero Leto quería respuestas—. ¿Es un varón? Lo sabes, ¿verdad?

Jessica sintió que le fallaban las piernas y se sentó sobre una caja. Su mirada la atemorizaba, pero no quería mentirle.

—No puedo decíroslo, mi duque.

Leto se quedó desconcertado, y su buen humor desapareció.

—¿No me lo puedes decir porque no sabes la respuesta..., o no me lo quieres decir por motivos solo conocidos por ti?

Jessica no quería disgustarse, y le miró con sus límpidos ojos verdes.

—No puedo decíroslo, mi duque, y os ruego que no hagáis más preguntas.

Cogió la botella de vino y le sirvió una copa, pero él la rechazó.

Leto se volvió hacia ella, tirante.

—Bien, he estado pensando. Si es un hijo, he decidido llamarle Paul en honor a mi padre.

Jessica tomó un sorbo de vino. Pese a la vergüenza que sentiría, deseaba que un criado entrara en la despensa y les interrumpiera. *¿Por qué tiene que hablar de esas cosas ahora?*

—Vuestra es la decisión, mi duque. No conocí a Paulus Atreides, y solo sé de él lo que vos me habéis contado.

—Mi padre era un gran hombre. El pueblo de Caladan le amaba.

—No me cabe la menor duda. —Desvió la mirada, mientras recogía sus ropas—. Pero era... rudo. No estoy de acuerdo con muchas cosas que vuestro padre os enseñó. Personalmente, yo preferiría... otro nombre.

Leto alzó su nariz aguileña, y su orgullo y dolor se impusieron a cualquier deseo de hacerle concesiones. Con independencia de lo que deseara, había dominado el arte de erigir murallas alrededor de su corazón.

—Olvidas tu posición.

Jessica dejó la copa sobre la caja con tal violencia que el delicado cristal estuvo a punto de romperse. Se balanceó sobre la caja y derramó su contenido. Jessica se volvió con brusquedad hacia la puerta de la despensa, lo cual sorprendió a Leto.

—Ojalá supierais lo que he hecho por vuestro amor.

Se marchó, al tiempo que alisaba sus ropas.

Leto la amaba, aunque no siempre la comprendía. La siguió por los corredores del castillo, sin hacer caso de las miradas curiosas de los criados, deseando su aceptación.

Jessica atravesó a toda prisa los charcos de luz que arrojaban globos luminosos y entró en su habitación. Sabía que él la seguía, sabía que debía estar todavía más irritado porque le había obligado a perseguirla.

Leto se detuvo en el umbral de los aposentos. Ella giró en redondo, temblorosa. En aquel momento, no quería disimular su ira, quería sentirla y desahogarse. Pero las cicatrices de la angustia estaban escritas sobre la cara de Leto, no solo la pena por las muertes de Victor y Kailea, sino también por su padre asesinado. No le correspondía a ella herirle más..., ni tampoco amarle, como Bene Gesserit.

Sintió que la ira se desvanecía.

Leto había querido al viejo duque. Paulus Atreides le había dado lecciones sobre política y matrimonio, rígidas normas que no permitían el amor entre un hombre y una mujer. Su obediencia a las enseñanzas de su padre habían transformado la devoción de su primera concubina en traición asesina.

Pero Leto también había visto morir a su padre, destripado por un toro salusano drogado, y había tenido que suceder al duque Atreides a una edad temprana. ¿Qué había de malo en que quisiera dar el nombre de su padre a su hijo? Jessica partía al día siguiente para Kaitain, y tal vez pasarían meses sin que le viera. De hecho, como hermana Bene Gesserit, no tenía ninguna garantía de que le permitieran volver a Caladan. Sobre todo cuando descubrieran el sexo del hijo que esperaba, un desafío evidente a las órdenes de la Hermandad.

No pienso abandonarle así.

Antes de que el duque pudiera hablar, dijo:

—Sí, Leto. Si el bebé es un varón, Paul será su nombre. No hace falta que discutamos más.

Al amanecer del día siguiente, a la hora en que las barcas de pesca zarpaban de Cala City camino de alejados bancos de kelpo, Jessica esperaba la hora de su partida.

Oyó palabras airadas procedentes del estudio privado del duque. La puerta estaba entreabierta, y Gaius Helen Mohiam, con su hábito negro, estaba sentada en una silla de respaldo alto. Reconoció la voz de la mujer por los años que había pasado bajo su tutela en la Escuela Materna.

—La Hermandad ha tomado la única decisión posible, duque

Leto —dijo Mohiam—. No comprendemos la nave ni el proceso de fabricación, y no tenemos la menor intención de facilitar pistas a ninguna familia noble, ni siquiera a la Casa Atreides. Con todo el respeto, señor, vuestra solicitud ha sido denegada.

Jessica se acercó un poco más. Había otras personas en el estudio. Identificó las voces de Thufir Hawat, Duncan Idaho y Gurney Halleck.

—¿Cómo vais a impedir que los Harkonnen la utilicen otra vez contra nosotros? —rugió Gurney.

—Son incapaces de reproducir el arma, de modo que el inventor no debe estar en su poder..., sino muerto, lo más probable.

—Fue la Bene Gesserit quien nos informó, reverenda madre —ladró Leto—. Vos me hablasteis del complot de los Harkonnen contra mí. Durante años he dejado de lado mi orgullo, no he utilizado la información para limpiar mi nombre, pero mi propósito actual es más importante. ¿Dudáis de mi capacidad para utilizar el arma de una manera sensata?

—Vuestro buen nombre no admite dudas. Mis hermanas lo saben. No obstante, hemos decidido que esa tecnología es demasiado peligrosa para caer en manos de cualquier hombre, o Casa.

Jessica oyó que algo caía en el estudio, y Leto habló con voz airada.

—También os lleváis a mi dama. Una afrenta tras otra. Insisto en que Gurney Halleck acompañe a Jessica como guardaespaldas. Para protegerla. No quiero que corra el menor peligro.

El tono de Mohiam era excesivamente racional. ¿Un indicio de la Voz?

—El emperador ha prometido su protección durante el viaje y en palacio. No temáis, vuestra concubina estará bien cuidada. Lo demás no os compete.

La anciana se levantó, como para indicar que la reunión había concluido.

—Jessica será pronto la madre de mi hijo —dijo Leto en un tono estremecedor—. Procurad que no le pase nada, de lo contrario os haré personalmente responsable, reverenda madre.

Jessica vio que Mohiam efectuaba un sutil movimiento corporal y adoptaba una postura de combate apenas perceptible.

—La Hermandad está mucho más capacitada para proteger a la muchacha que cualquier ex contrabandista.

Jessica entró con descaro en la habitación para interrumpir la creciente tensión.

—Reverenda madre, estoy preparada para partir a Kaitain, si permitís que me despida del duque.

Los hombres vacilaron y guardaron un incómodo silencio. Mohiam miró a Jessica, y expresó con claridad que había sabido desde el primer momento que Jessica estaba escuchando.

—Sí, hija mía, ya es hora.

El duque Leto contemplaba las luces de la lanzadera que se alejaba, rodeado de Gurney, Thufir, Rhombur y Duncan..., cuatro hombres que hubieran dado la vida por él, en caso de haberlo pedido.

Se sentía solo y vacío, y pensó en todas las cosas que habría querido decir a Jessica, de haber tenido valor. Pero había perdido la oportunidad, y lo lamentaría hasta que estuvieran abrazados de nuevo.

No es posible ocultarse de la historia..., ni de la naturaleza humana.

Libro Azhar de la Bene Gesserit

La antigua cantera de roca era una profunda cuenca con altas paredes de piedra cortada. Durante los siglos anteriores, se habían extraído bloques de mármol veteado para construir nuevos edificios destinados a la Escuela Materna.

La hermana Cristane, seria y profesional, guió a los tres inventores richesianos hasta el fondo de la cantera. Con el cabello oscuro y corto, y un rostro más anguloso que suave y femenino, daba la impresión de que no reparaba en la brisa fría, y entró con los tres científicos extraplanetarios en un ascensor ingrávido que descendió como una campana de buzo entre franjas coloreadas de impurezas minerales.

Los inventores eran muy diferentes. Uno era parlanchín y más político que inventor; había alcanzado la notoriedad gracias a escribir excelentes informes, en lugar de realizar importantes investigaciones. Sus dos acompañantes eran más callados y pensativos, pero sus momentos de inspiración habían producido hallazgos tecnológicos que dieron mucho dinero a Richese.

La Hermandad había tardado semanas en localizarles, en inventar una excusa creíble para atraerles a su planeta. En teoría, los tres hombres habían sido llamados para comentar la reorganización de los sistemas electrónicos de la Escuela Materna, y para desarrollar comunicaciones por satélite directas que no interfirieran en los escudos defensivos que rodeaban Wallach IX. El gobierno richesiano se había apresurado a ofrecer sus talentos creativos a la poderosa Bene Gesserit.

El pretexto había logrado su propósito. En realidad, Harishka había solicitado a aquellos tres investigadores en concreto debido a su relación con el desaparecido Chobyn. Tal vez tenían acceso a la documentación sobre sus trabajos, o sabían algo importante acerca de lo que había hecho.

—Nos hemos alejado mucho del complejo principal —dijo el tímido inventor llamado Haloa Rund. Miró a su alrededor mientras el ascensor descendía y observó el aislamiento de la cantera. Había pocos edificios y ninguna tecnología destinada a trabajar la roca—. ¿Qué necesidades energéticas tenéis tan lejos del complejo principal?

Rund, que había estudiado en la Escuela Mentat y fracasado, todavía se enorgullecía de su mente analítica. También era sobrino del conde Ilban Richese, y había utilizado sus relaciones familiares para recibir fondos con los que llevar a cabo excéntricos proyectos que hubieran sido negados a cualquier otro. Su tío protegía a todos sus parientes.

—La madre superiora está esperando abajo —contestó Cristane, como si eso disipara las dudas—. Tenéis que ayudarnos a solucionar un problema.

Antes, en los alrededores de la Escuela Materna, los dos compañeros de Rund se habían quedado maravillados con el paisaje, los huertos y los edificios de estuco con tejados de terracota. Pocos hombres recibían permiso para visitar Wallach IX, y absorbieron todos los detalles como turistas, contentos de ir a donde las hermanas les llevaran.

El ascensor ingrávido llegó al fondo de la cantera, donde los hombres salieron y pasearon la vista a su alrededor. La brisa era fría y cortante. Las paredes de roca se alzaban sobre sus cabezas como un estadio cerrado.

Los restos de la extraña nave estaban cubiertos con electrotelas alquitranadas, y el casco aún era visible a la luz sesgada. La madre superiora Harishka y varias hermanas aguardaban junto a la nave. Los inventores richesianos avanzaron, intrigados.

—¿Qué es esto? ¿Un patrullero pequeño? —Talis Balt era un

hombre calvo y erudito, capaz de calcular complejas ecuaciones mentalmente—. Me dieron a entender que la Hermandad carecía de capacidad militar. ¿Por qué...?

—No es nuestra —replicó Cristane—. Fuimos atacadas, pero logramos destruir la nave. Por lo visto, iba equipada con una nueva forma de escudo defensivo que la hace invisible a los ojos humanos o a los aparatos de detección.

—Imposible —dijo Flinto Kinnis, el burócrata del grupo. Aunque era un científico de nivel medio, había supervisado grupos tecnológicos que habían alcanzado muchos éxitos.

—Nada es imposible, director —contestó Haloa Rund con voz severa—. El primer paso de toda innovación es saber que algo puede ser creado. El resto es una cuestión de detalles.

La reverenda madre Cienna tocó un transmisor que apartó una esquina de la electrotela, y dejó al descubierto el fuselaje arañado de una pequeña nave de guerra.

—Tenemos motivos para creer que esta tecnología fue desarrollada por un richesiano llamado Tenu Chobyn, una persona a la que conocisteis. La Bene Gesserit quiere averiguar si poseéis más información sobre sus experimentos.

Haloa Rund y Talis Balt avanzaron hacia la nave siniestrada, fascinados por el misterio tecnológico. Flinto Kinnis, por su parte, seguía suspicaz.

—Chobyn desertó de nuestro laboratorio orbital en Korona. Cayó en desgracia, y se llevó información secreta consigo. ¿Por qué no le preguntáis a él?

—Creemos que está muerto —dijo Cristane.

Kinnis se quedó sorprendido y confuso.

Haloa Rund se volvió hacia la madre superiora.

—Debe de ser un secreto muy peligroso. ¿Por qué nos lo reveláis?

Frunció el ceño, intrigado por la idea de los avanzados detalles tecnológicos que podría arrebatar a los restos de la nave, pero sintió también un escalofrío de inquietud. No había testigos, y las hermanas eran impredecibles. No obstante, Rund era sobrino del conde Richese, y la noticia de su viaje era conocida. La Bene Gesserit no se atrevería a atentar contra él o sus compañeros..., al menos, eso esperaba.

Harishka le interrumpió con todo el poder de la Voz.

—Contestad a nuestras preguntas.

Los inventores se quedaron petrificados.

La reverenda madre Lanali habló a continuación, y utilizó también la implacable Voz. Su cara en forma de corazón parecía una tormenta.

—Erais amigos de Chobyn. Decidnos lo que sepáis de su invención. ¿Cómo podemos recrearla?

Cienna levantó el resto de la electrotela, y dejó al descubierto el casco roto. Las reverendas madres interrogaron a los richesianos utilizando el Método Bene Gesserit, una técnica que les permitía detectar los detalles más ínfimos. Observaban los menores matices de duda, falsedad o exageración.

Bajo el frío cielo de Wallach IX, enmarcado por los farallones, las hermanas acosaron a los tres hombres indefensos con todas las preguntas posibles de todas las maneras concebibles, con el fin de determinar si existían suficientes pistas para reconstruir la tecnología secreta de Chobyn. Tenían que averiguarlo.

Si bien el grupo de richesianos no dudaba de las afirmaciones de las hermanas sobre las prestaciones de la nave, quedó claro que su anterior compañero había sido un pillastre que había trabajado sin ayuda, seguramente a instancias de la Casa Harkonnen. Chobyn no había consultado con ninguno de sus colegas, ni había dejado documentación alguna.

—Muy bien —dijo Harishka—. El secreto está a salvo. Se disipará y morirá.

Aunque paralizados e incapaces de oponer resistencia, los inventores cautivos aún estaban atemorizados por la posibilidad de que las brujas los torturaran hasta la muerte de alguna forma atroz. Cristane había sido partidaria de tal solución.

No obstante, si los tres hombres desaparecían o sufrían un sospechoso accidente, el primer ministro Ein Calimar y el viejo conde Ilban Richese harían demasiadas preguntas. La Bene Gesserit no podía permitirse el lujo de despertar sospechas.

Las hermanas, con expresión severa y ominosa, rodearon a los tres richesianos. Sus hábitos negros les daban aspecto de aves rapaces.

Las Bene Gesserit empezaron a hablar casi al unísono.

—Olvidaréis.

—No haréis preguntas.

—No recordaréis.

En circunstancias concretas, las hermanas eran capaces de practicar esta «hipnosis resonante», que implantaba recuerdos falsos y alteraba las percepciones sensoriales. Habían tomado medidas similares contra el barón Harkonnen, cuando había ido a la Escuela Materna impulsado por su rabia vengativa.

Cristane colaboraba en el coro, concentraba sus poderes mentales con los de las reverendas madres. Entre todas crearon un nuevo tapiz de recuerdos, una historia que Haloa Rund y sus dos compañeros repetirían a sus superiores.

Los tres hombres solo recordarían una conversación muy poco interesante en Wallach IX, una discusión intrascendente sobre planes a medio concebir para remozar la Escuela Materna. No se había llegado a ninguna conclusión. Las hermanas no estaban muy interesadas. Nadie insistiría en el tema.

La Bene Gesserit había averiguado todo cuanto necesitaba saber.

En una sociedad en que los datos son, como mínimo, inciertos, hay que ser cuidadoso a la hora de manipular la verdad. La apariencia se transforma en realidad. La percepción se transforma en hecho. Utiliza estos principios en beneficio propio.

Emperatriz HERADE, *Libro de texto sobre los principios más refinados de la cultura en el Imperio*

El asesor de etiqueta de Chusuk paseó la vista alrededor de la inmensa fortaleza Harkonnen y suspiró.

—Supongo que no tendremos tiempo para cambiar la decoración.

Piter de Vries guió al hombre, delgado y presuntuoso, hasta la Sala de los Espejos, donde le presentó al barón y a la Bestia Rabban.

—Mephistis Cru viene muy recomendado por la Academia Chusuk, pues ha asesorado a las hijas e hijos de muchas casas nobles.

Cru, acompañado por un ejército de imágenes distorsionadas de los espejos, se movía como si fuera un bailarín de ballet. El cabello castaño, largo hasta los hombros, estaba rizado y le caía sobre un manto abultado (sin duda el súmmum de la moda en algún planeta lejano). Los pantalones estaban hechos de una tela brillante estampada con motivos florales. Llevaba la piel cubierta de una fina capa de polvos, demasiado perfumada para el gusto del barón.

El hombre hizo una reverencia elegante y se detuvo al pie de la inmensa butaca del barón.

—Os agradezco la confianza que habéis depositado en mí, señor. —La voz del hombre era como seda húmeda. Los labios gruesos y los ojos de Cru sonreían, como si imaginara que el Imperio pudiera ser un lugar rutilante y alegre, con tal de que todo el mundo se comportara con el decoro apropiado—. He leído todos los comentarios sobre vos, y estoy de acuerdo en que debéis retocar vuestra imagen.

El barón, sentado en la butaca con patas en forma de grifo, ya se arrepentía de haber escuchado el consejo de su mentat. Rabban se erguía a un lado, tirante. Feyd-Rautha, de dos años de edad, dio unos pasos vacilantes y resbaló en el suelo de mármol pulido. Aterrizó con fuerza sobre su trasero y empezó a llorar.

Cru respiró hondo.

—Creo que soy capaz de superar el reto de convertiros en un ser agradable y honorable.

—Más te conviene —dijo Rabban—. Ya hemos enviado las invitaciones para el banquete.

El asesor de etiqueta reaccionó con alarma.

—¿Con cuánto tiempo contamos? Tendríais que haber consultado conmigo antes.

—No tengo por qué consultar con vos mis decisiones.

La voz del barón era tan dura como la roca de Arrakis.

En lugar de acobardarse por la cólera del hombre, Cru contestó con pedantería.

—¡Eso es! Vuestro tono de voz cortante, la furibunda expresión de vuestro rostro. —Extendió un largo y pálido dedo—. Esas cosas disgustan a vuestros iguales.

—Tú no eres uno de sus iguales —gruñó Rabban.

El asesor de etiqueta continuó como si no hubiera oído el comentario.

—Es mucho mejor formular vuestra respuesta con sinceridad y verdadero arrepentimiento. Por ejemplo, «Siento muchísimo no haber examinado el problema desde vuestro punto de vista. Sin embargo, he tomado la decisión que me ha parecido mejor. Tal vez si colaboramos, encontremos una solución satisfactoria para ambos». —Cru extendió sus delicadas manos de una forma teatral, como si esperara aplausos del público—. ¿Os dais cuenta de lo eficaz que puede resultar?

El Harkonnen no estaba de acuerdo, y estaba a punto de expresarlo así, cuando el mentat intervino.

—Mi barón, accedisteis a tomarlo como un experimento. Siempre podéis volver a vuestras antiguas costumbres si no funciona.

Mephistis Cru observó que el gordo asentía sin convicción, y empezó a pasear de un lado a otro de la sala, absorto en sus pensamientos.

—Relajaos, relajaos. Estoy seguro de que tendremos tiempo suficiente. Haremos lo que podamos. Nadie es perfecto. —Miró al patriarca Harkonnen y volvió a sonreír—. Vamos a ver qué se puede hacer, incluso en estas circunstancias tan difíciles.

En el solario de la torre, el barón se erguía sostenido por su cinturón ingrávido, mientras Mephistis Cru daba inicio a la primera lección. El sucio sol del atardecer se filtraba por las ventanas manchadas de grasa, e iluminaba el amplio suelo de lo que había sido un gimnasio cuando el barón era delgado y tenía buena salud.

El asesor de etiqueta caminaba a su alrededor, tocaba las mangas del barón, pellizcaba la tela púrpura y negra.

—Relajaos, os lo ruego. —Contempló el enorme y fofo corpachón con el ceño fruncido—. Las ropas ceñidas no os convienen, mi señor. Os irían mejor prendas holgadas, mantos amplios. Una capa de magistrado os dotaría de un aspecto... aterrador.

De Vries se adelantó.

—Ordenaremos a los sastres que diseñen nuevas prendas de inmediato.

A continuación, Mephistis Cru estudió al corpulento Rabban, con su chaleco de cuero con adornos de piel, las botas con suelas de hierro y el ancho cinturón que ceñía su látigo de tintaparra. El pelo de Rabban estaba desordenado. Cru apenas logró disimular su expresión de desaliento, pero se obligó a mirar al barón.

—Bien, nos concentraremos en vos primero.

El hombre recordó un detalle y llamó a De Vries con un chasquido de dedos.

—Haced el favor de conseguirme la lista de invitados al banquete. Pienso estudiar su historia familiar y elaborar lisonjas concretas que el barón pueda utilizar para ganarse su beneplácito.

—¿Lisonjas?

Rabban reprimió una carcajada, al tiempo que el barón lo atravesaba con la mirada.

Por lo visto, una de las habilidades de Cru era la de hacer caso omiso de los insultos. Sacó una varilla calibrada larga como su antebrazo y empezó a tomar nota de las medidas del barón.

—Relajaos, relajaos. Estoy tan emocionado con este banquete como vos. Seleccionaremos solo los vinos más selectos...

—Pero de Caladan, no —intervino Rabban, y el barón se mostró de acuerdo.

Cru apretó los labios un momento.

—Los segundos mejores vinos, pues. Encargaremos la música más sublime y los manjares más exquisitos que estos señores hayan disfrutado en su vida. Y en cuanto a las diversiones, hemos de decidir las que os beneficien más.

—Ya hemos preparado un combate de gladiadores —dijo el barón—. Es una tradición de Giedi Prime.

El asesor se mostró horrorizado.

—De ninguna manera, mi barón. He de insistir. Nada de combates de gladiadores. Un derramamiento de sangre causará la impresión que no deseamos. Queremos que le caigáis bien al Landsraad.

Daba la impresión de que Rabban deseaba partir en dos sobre su rodilla a Cru, como si fuera una rama de árbol.

—Un experimento, mi barón —recordó De Vries en voz baja.

Durante varias incómodas horas, el asesor de etiqueta paseó de un lado a otro de la sala, regocijándose de los numerosos detalles que debía resolver. Enseñó al barón cómo debía comer. Hizo una demostración de la manera correcta de sujetar los cubiertos, a la altura adecuada y sin apoyar los codos sobre la mesa. Cru utilizaba su vara de medir para golpear los nudillos del barón cada vez que cometía un error.

Más tarde, De Vries llevó al solario a Feyd-Rautha, que estaba hecho una furia. Al principio, Cru se quedó complacido al ver al niño.

—Hemos de esforzarnos en educar bien al niño, tal como corresponde a su posición. Los modales refinados reflejarán su noble cuna.

El barón frunció el ceño, cuando recordó a su debilucho hermanastro Abulurd, el padre de la criatura.

—Estamos intentando enmendar las deficiencias de la educación de Feyd.

A continuación, Cru insistió en ver andar al barón. Obligó al hombre a caminar de un extremo a otro del solario, con la ayuda del cinturón ingrávido, al tiempo que estudiaba cada paso y hacía observaciones. Por fin, se dio unos golpecitos en los labios con un largo dedo.

—No está mal. Trabajaremos con eso.

Cru se volvió hacia Rabban, con la expresión severa de un maestro de escuela.

—Pero vos tenéis que aprender los conceptos básicos. Os enseñaremos a caminar con elegancia. —Su voz se aflautó—. Deslizaos por la vida, como si cada paso fuera una leve intrusión en el aire que os rodea. Debéis abandonar el vicio de bambolearos. Es esencial que no deis la impresión de un zoquete.

Rabban parecía a punto de estallar. El asesor de etiqueta se acercó a un maletín que había traído con él. Extrajo dos bolas gelatinosas y las sostuvo en las palmas, como pompas de jabón. Una esfera era roja, y la otra de un verde intenso.

—No os mováis, mi señor. —Depositó una bola sobre cada hombro de Rabban, donde se mantuvieron en precario equilibrio—. Unos sencillos juguetes de Chusuk. Los niños los utilizan para gastar bromas, pero son unas herramientas de aprendizaje muy útiles. Se rompen con mucha facilidad..., y creedme, el resultado no os gustará.

Cru emitió un resoplido arrogante y llenó los pulmones de los perfumes que flotaban alrededor de sus ropas.

—Permitidme que os haga una demostración —dijo—. Caminad por la sala con toda la gracia de que seáis capaz, pero con pasos suaves, para que las bolas hediondas no se caigan.

—Haz lo que este hombre dice, Rabban —dijo el barón—. Es un experimento.

La Bestia atravesó la sala con su paso cansino habitual. Aún no había recorrido la mitad de la distancia, cuando la bola roja rodó y estalló sobre su chaleco de cuero. Sobresaltado por el movimiento, saltó hacia atrás y perdió la bola verde, que se rompió a sus pies. Ambas esferas soltaron vapores amarillentos que le rodearon con un hedor nauseabundo.

El asesor de etiqueta se puso a reír.

—¿Comprendéis ahora... lo que quería decir?

Cru no tuvo ni tiempo de respirar. Rabban se precipitó sobre él y rodeó su garganta con el brazo en una presa mortal. Estrujó el cuello del hombre con furia incontrolada, tal como había estrangulado a su propio padre.

El hombre chilló y se debatió, pero no era rival para la Bestia. El barón permitió que la refriega se prolongara unos segundos más, pero no estaba dispuesto a conceder al asesor de etiqueta una muerte tan rápida y sencilla. Por fin, De Vries asestó dos golpes precisos y demoledores a la Bestia con el canto de la mano, hasta que Rabban soltó al hombre.

La cara de Rabban estaba púrpura de ira, y el hedor que exhalaba provocó que el barón tosiera.

—¡Fuera de aquí, sobrino! —Feyd-Rautha había empezado a llorar—. Y llévate a tu hermanito. —El barón meneó la cabeza, de forma que sus mofletes se agitaron—. Este hombre tiene toda la razón. Eres un patán. Te agradeceré que no aparezcas por el banquete.

Rabban, que no cesaba de abrir y cerrar los puños, estaba furioso.

—Quiero que utilices aparatos de escucha para espiar las conversaciones de nuestros invitados. Lo más probable es que te diviertas mucho más que yo.

Rabban se permitió una sonrisa de satisfacción cuando comprendió que no estaría obligado a seguir el cursillo acelerado de etiqueta. Agarró al niño, que se puso a llorar con renovados bríos cuando le invadió el hedor que rodeaba a su hermano mayor.

El mentat ayudó a levantarse a Mephistis Cru, que tenía el rostro congestionado y marcas rojas en su delgada garganta.

—Ahora..., me encargaré del menú, mi señor barón.

El asesor semiestrangulado salió del solario por una puerta lateral, con pasos vacilantes y expresión asustada.

El barón fulminó con la mirada a Piter de Vries, lo cual provocó que el mentat se encogiera.

—Paciencia, mi barón. Está claro que nos queda un largo camino por delante.

El poder es la más inestable de todas las consecuciones humanas. La fe y el poder se excluyen mutuamente.

Axioma Bene Gesserit

Hidar Fen Ajidica, cargado con una bolsa negra de gran tamaño, pasó a toda prisa ante dos guardias Sardaukar. Los soldados imperiales se pusieron firmes y apenas parpadearon cuando el investigador jefe se alejó, como si no hubieran reparado en él.

Ahora que había aprendido a aumentar drásticamente la producción de ajidamal, Ajidica consumía con regularidad enormes dosis de la especia sintética. Vivía en un agradable estado de hiperconciencia. Su intuición era más aguzada que nunca. La droga superaba todas las expectativas. El ajidamal no era solo un sustituto de la melange. Era mejor que la melange.

Con su conciencia optimizada, Ajidica reparó en un diminuto reptil que se deslizaba sobre la pared rocosa. *Draco volans*, uno de los lagartos llamados «dragones voladores» que habían penetrado desde la superficie después de la conquista tleilaxu. El animal desapareció de su vista con un centelleo dc la piel escamosa.

Hormigas, escarabajos y cucarachas también habían encontrado la forma de introducirse en el mundo subterráneo. Ajidica había establecido una serie de procedimientos para evitar que los insectos invadieran sus laboratorios asépticos, pero sin éxito.

Ajidica, henchido de entusiasmo, atravesó la pálida luz anaranjada de un bioescáner y pasó al corazón de la base militar Sardaukar. Entró sin llamar en la oficina interior y se dejó caer en un pequeño perrosilla, con la bolsa sobre el regazo. Después de un inusual gemido de protesta, el sedentario animal se adaptó al cuerpo del investigador jefe. Ajidica entrecerró los ojos cuando una nueva descarga de droga impregnó su cerebro.

Un hombretón vestido con uniforme gris y negro, que estaba comiendo en su escritorio, alzó la vista. El comandante Cando Garon (hijo del Supremo Bashar del emperador, Zum Garon) comía con frecuencia solo. Aunque no había cumplido aún los cuarenta, Cando parecía mayor, pues su cabello castaño empezaba a encanecer en las sienes. Tenía la piel pálida, debido a los muchos años que llevaba destinado en las cavernas por orden del emperador. La misión secreta del joven Garon, custodiar los experimentos, llenaba de orgullo a su padre.

El comandante examinó a Ajidica y se metió en la boca una buena ración de arroz pundi con carne, procedente de las raciones Sardaukar.

—¿Habéis solicitado verme, investigador jefe? ¿Algún problema que mis hombres deban resolver?

—Ningún problema, comandante. De hecho, he venido a recompensaros. —El hombrecito se levantó del reticente perrosilla y dejó la bolsa sobre el escritorio—. El comportamiento de vuestros hombres ha sido ejemplar, y nuestros dilatados esfuerzos han dado fruto por fin. —Los cumplidos sabían raro en la boca de Ajidica—. Enviaré mis felicitaciones a vuestro padre, el Supremo Bashar. En el ínterin, no obstante, el emperador me ha permitido ofreceros una pequeña recompensa.

Sacó un paquete cerrado de la bolsa. Garon lo miró como si estuviera a punto de estallar en su cara. Lo olió, y percibió un inconfundible aroma a canela.

—¿Melange? —Garon extrajo varios paquetes de la bolsa—. Esto es excesivo para mi uso personal.

—¿Tal vez suficiente para compartirlo con vuestros hombres? Si lo deseáis, me encargaré de que vos y vuestros Sardaukar recibáis tanto como necesitéis.

El hombre miró sin pestañear a Ajidica.

—¿Me estáis sobornando, señor?

—No pido nada a cambio, comandante. Ya conocéis nuestra misión aquí, convertir en realidad los planes del emperador. —Ajidica sonrió—. Esta sustancia procede de nuestros laboratorios, no de Arrakis. Nosotros la hemos fabricado, convertido la esencia líquida en forma sólida. Nuestros tanques de axlotl están funcionando a pleno rendimiento. Pronto, la especia correrá como el agua... para quien lo merezca. No solo para la Cofradía, la CHOAM o los inmensamente ricos.

Ajidica se apoderó de un paquete, lo abrió y engulló la muestra.

—De esta forma, os demostraré que la sustancia es pura.

—Jamás he dudado de vos, señor.

El comandante Garon abrió una de las muestras y olfateó con cautela el material quebradizo procesado del destilado líquido original. Lo tocó con la lengua, y después comió. Un estremecimiento recorrió sus nervios, y su piel pálida enrojeció. Era evidente que le apetecía más, pero se contuvo.

—Después de que haya sido analizado a conciencia, me encargaré de que sea distribuido equitativamente entre mis hombres.

Cuando Ajidica salió del complejo de oficinas, satisfecho, se preguntó si aquel joven comandante Sardaukar le sería de utilidad en el nuevo régimen. Era delicado confiar en un extranjero infiel, un *powindah*. De todos modos, a Ajidica le caía bien el sensato soldado, siempre que pudiera ser controlado. Control. Tal vez la especia artificial le permitiera alcanzarlo.

Satisfecho con sus grandiosas visiones, Ajidica entró en un coche cápsula. Pronto huiría a un planeta prometido en el que se haría fuerte, siempre que pudiera mantener a distancia al emperador y a Fenring, su perro de presa.

A la larga, tendría que enfrentarse al depuesto Shaddam, y a los corruptores tleilaxu que habían distorsionado la Suprema Creencia. Para retos tan vitales, Ajidica necesitaría sus propios guerreros santos, además de los leales espías y servidores Danzarines Rostro. Sí, tal vez estas legiones imperiales le fueran útiles..., una vez las convirtiera en adictas.

Entre los seres sensibles, solo los humanos se esfuerzan por obtener lo que está fuera de su alcance, aun a sabiendas. Pese a los repetidos fracasos, continúan insistiendo. Esta característica facilita que algunos miembros de la especie alcancen grandes logros, pero puede provocar graves problemas a aquellos que no alcanzan su propósito.

Conclusiones de la Comisión Bene Gesserit,
«¿Qué significa ser humano?»

Jessica no había visto nunca una residencia más grande que el palacio imperial, el hogar del tamaño de una ciudad del emperador de un Millón de Planetas. Permanecería meses aquí, al lado de lady Anirul Corrino, en teoría como nueva dama de compañía..., aunque sospechaba que la Bene Gesserit tenía otros planes en mente.

Generaciones de la familia imperial habían acumulado los prodigios materiales del universo, y alquilado el talento de los mejores artesanos y constructores. El resultado era un país de hadas hecho realidad, un único, inmenso edificio con tejados de dos aguas, vertiginosas alturas y chapiteles enjoyados que se alzaban hacia las estrellas. Ni siquiera el Castillo de Cristal de Balut podía acercarse a tal nivel de ostentación. Un emperador anterior, arrogante en su agnosticismo, afirmaba que ni tan solo Dios habría podido residir en una morada más placentera.

Jessica se sentía inclinada a darle la razón. En compañía de la reverenda madre Mohiam, se esforzaba más de lo habitual en controlar sus emociones.

Mohiam y ella, vestidas con prendas conservadoras, entraron en un majestuoso salón cuyas paredes estaban incrustadas de piedras soo de valor incalculable. Tonos arcoirisados bailaban sobre sus superficies lechosas. El roce de un dedo provocaba que las piedras cambiaran temporalmente de color.

Una mujer alta salió a recibirlas, acompañada por guardias Sardaukar. Vestía un traje elegante con un collar de perlas negras, y se movía con la gracia fluida de una Bene Gesserit. Cuando sonrió con afecto a la joven visitante, diminutas arrugas se formaron alrededor de sus grandes ojos de cierva.

—No se parece en nada a la Escuela Materna, ni es frío y húmedo como Caladan, ¿verdad? —Mientras hablaba, lady Anirul paseó la vista por la extravagancia imperial, como si reparara en ella por primera vez—. Dentro de una o dos semanas, no querrás marcharte. —Avanzó y apoyó la mano sobre el vientre de Jessica sin la menor vacilación—. Tu hijo no podría nacer en un lugar mejor.

Daba la impresión de que Anirul estaba intentando comprobar la colocación o el sexo del feto mediante su tacto.

Jessica retrocedió. Mohiam la miró de una forma extraña, y Jessica se sintió desnuda, como si su preceptora, a la que amaba y detestaba al mismo tiempo, pudiera leer sus pensamientos. Disimuló su rechazo con una apresurada cortesía.

—Estoy segura de que disfrutaré de mi visita y de vuestra generosidad, lady Anirul. Me complacerá serviros en las tareas que consideréis adecuadas para mí, pero en cuanto nazca mi hijo debo regresar a Caladan. Mi duque me espera.

Se reprendió por dentro. *No debo demostrar que le quiero.*

—Por supuesto —dijo Anirul—. La Hermandad os lo puede conceder, durante un tiempo.

En cuanto la Bene Gesserit se apoderara del bebé Harkonnen-Atreides, tanto tiempo esperado, ya no se preocuparía más por los asuntos o deseos del duque Leto Atreides.

Con Mohiam a su lado, Anirul guió a Jessica por un laberinto mareante de salas cavernosas, hasta que llegaron al apartamento del segundo piso que le habían asignado. Jessica caminaba con el mentón erguido y una enorme dignidad, aunque una sonrisa errática iluminaba su rostro. *Si voy a ser una dama de compañía más, ¿por qué recibo un tratamiento tan espléndido?* Sus habitaciones estaban cerca de los aposentos ocupados por la esposa del emperador y la Decidora de Verdad imperial.

—Has de descansar, Jessica —dijo Anirul, y miró de nuevo su estómago—. Cuida de tu hija. Es muy importante para la Hermandad. —La consorte de Shaddam sonrió—. Las hijas son tesoros incomparables.

El tema incomodaba a Jessica.

—Tal vez por eso habéis tenido cinco.

Mohiam miró a Jessica. Todas sabían que Anirul solo había dado a luz niñas siguiendo las instrucciones de la Hermandad. Jessica fingió cansancio a causa del largo viaje, el espectáculo prodigioso del palacio y las asombrosas experiencias. Anirul y Mohiam se marcharon, absortas en su conversación.

En lugar de descansar, Jessica se encerró en sus aposentos y escribió una larga carta a Leto.

Aquella noche asistió a una suntuosa cena en la Casa de Té de la Contemplación. El edificio, situado en los jardines ornamentales, era amplio, con grabados en boj de flores, ciruelos y animales míticos en las paredes. Los camareros llevaban peculiares uniformes, de corte largo y angular, con puños grandes como bolsillos y campanillas colgadas de cada botón. Los pájaros volaban en libertad dentro del edificio, y pavos reales bien alimentados se contoneaban bajo las ventanas, lastrados por sus largas y coloridas plumas.

Como pavos reales, el emperador y su esposa Bene Gesserit exhibían su propio plumaje. Shaddam vestía una chaqueta escarlata y oro con una banda roja en diagonal sobre la pechera, adornada con cordoncillos dorados y el león dorado Corrino. Anirul llevaba una banda similar, aunque más estrecha, sobre un reluciente vestido de fibra de platino.

Jessica lucía un vestido de noche de gasa amarillo que le había regalado Anirul, parte de todo un guardarropa nuevo, junto con un collar de zafiros azules de incalculable valor y pendientes a juego. Tres de las hijas de Shaddam (Chalice, Wensicia y Josifa) tomaron asiento al lado de Anirul, en tanto la pequeña Rugi se quedaba con su nodriza. La hermana mayor, Irulan, no había acudido a la cena.

—Lady Anirul, me siento más como una invitada de honor que como una simple dama de compañía —dijo Jessica, mientras tocaba sus joyas.

—Tonterías. En realidad, eres nuestra invitada, de momento. Ya habrá tiempo para tareas tediosas más adelante.

Anirul sonrió. El emperador no les hacía caso.

Shaddam estuvo silencioso durante toda la cena y bebió una buena cantidad de vino tinto inimaginablemente caro. Como resultado, los demás comensales hablaron poco, y la cena fue breve. Anirul habló con sus hijas, comentó temas interesantes que sus maestros les habían enseñado, o juegos que habían practicado con sus niñeras en diversos parques.

Anirul se inclinó hacia la joven Josifa, con los ojos abiertos de par en par, aunque sus labios conservaban la diminuta curva de una sonrisa para demostrar que estaba bromeando.

—Cuidado con tus juegos, Josifa. Me han dicho que, hace tiempo, una niña, una niña de tu edad, según creo, quiso jugar al escondite en el palacio. La niñera dijo que el palacio era demasiado grande para eso, pero la niña insistió. Corrió por los pasillos, en busca de un lugar donde esconderse. —Anirul se secó la boca con la servilleta—. Nunca más se supo de ella. Supongo que algún día nuestros guardianes encontrarán un diminuto esqueleto.

Josifa se quedó asombrada, pero Chalice protestó.

—¡Eso no es verdad! No puede ser verdad.

Wensicia, la mayor después de Irulan, hizo preguntas a Jessica sobre Caladan, el castillo ducal, la riqueza que el planeta podía generar. El tono de la muchacha era seguro e incisivo, casi desafiante.

—El duque Leto posee todas las comodidades que necesita, así como el amor de su pueblo. —Jessica escudriñó el rostro de Wensicia y descubrió una enorme ambición—. La Casa Atreides es muy rica.

El emperador no prestaba atención a sus hijas ni a su esposa. Ni siquiera se había dignado reparar en la presencia de Jessica, excepto cuando habló de Leto, si bien dio la impresión de que su opinión no le importaba.

Después, Anirul condujo a todos hacia un pequeño auditorio situado en otra ala del palacio.

—Venid, venid todos. Irulan ha estado ensayando durante semanas. Hemos de ser un público atento para ella.

Shaddam les siguió, como si se tratara de otra fastidiosa obligación de su cargo.

El auditorio tenía columnas de Taniran talladas a mano y adornos con volutas, así como techos altos con filigranas de oro y paredes cubiertas de cuadros que representaban cielos nublados. Sobre el escenario descansaba un inmenso piano de cuarzo color rubí procedente de Hagal, provisto de cuerdas de cristal monofilamentosas.

Criados con uniforme guiaron a los invitados hasta una fila de asientos privados que ofrecían la mejor vista del escenario, en tanto un pequeño grupo de elegantes dignatarios desfilaban hacia asientos no tan bien situados, orgullosos de haber sido incluidos en una reunión tan selecta.

Después, la hija mayor del emperador, la princesa Irulan, de once años, atravesó el escenario con la espalda muy recta, una visión encantadora con su vestido azul de seda merh. Era una chica alta de largo pelo rubio y rostro de belleza clásica. Miró a sus padres, sentados en el palco imperial, y les dedicó una breve reverencia.

Jessica estudió a la hija de Shaddam y Anirul. Todos los movimientos de la muchacha eran precisos, como si planeara cada uno con mucha antelación. Al haber sido educada por Mohiam con los métodos Bene Gesserit, Jessica descubrió la impronta de la Hermandad en Irulan. Anirul debía estar adiestrándola en los principios de la Hermandad. Se decía que la niña poseía un intelecto superior, con talento para la literatura y la poesía, lo cual le permitía componer sonetos complejos. Su aptitud para la música la había convertido en un prodigio desde la edad de cuatro años.

—Me siento muy orgullosa de ella —susurró Anirul a Jessica, sentada a su lado—. Irulan llegará muy lejos, como princesa y como Bene Gesserit.

La princesa sonrió a su padre, como si esperara provocar una reacción en su rostro impenetrable, y después se volvió hacia el público. Se sentó con delicadeza en el banco de cuarzo color rubí, y su vestido resplandeciente descendió aleteando hacia el suelo del escenario. Se quedó inmóvil un segundo, y por fin sus dedos bailaron sobre las teclas incrustadas de piedras soo, produjeron notas melodiosas que danzaron en el aire. La acústica perfecta del auditorio transmitió una selección de grandes compositores.

Mientras los magníficos sonidos fluían a su alrededor, Jessica experimentó una oleada de tristeza. Tal vez la música estaba manipulando sus sentimientos de manera visceral. Era irónico estar en Kaitain, donde nada la llamaba, mientras que la primera concubina de Leto, Kailea, tan ansiosa siempre de lujo y espectáculos, nunca había podido pisar el palacio.

Jessica ya añoraba al duque con un dolor que henchía su pecho y pesaba sobre sus hombros.

Vio que la cabeza del emperador se inclinaba cuando se adormeció, y observó la mirada de desaprobación de Anirul.

No todo reluce en Kaitain, pensó Jessica.

La Hermandad no necesita arqueólogos. Como reverendas madres, nosotras encarnamos la historia.

Doctrina Bene Gesserit

El calor al rojo vivo de una fundición bañaba el rostro apergaminado de la madre superiora Harishka. Los olores acres de aleaciones metálicas, impurezas y componentes eléctricos se revolvían en el interior de la masa fundida contenida en el enorme crisol.

Una procesión de hermanas se acercó al horno, cada una cargada con un componente de la nave Harkonnen siniestrada. Como isleñas de la antigüedad que llevaran ofrendas al dios de un volcán, arrojaron piezas rotas al iracundo crisol.

La nave secreta se estaba transformando poco a poco en una sopa viscosa que parecía lava. Los generadores térmicos industriales vaporizaban el material orgánico, destrozaban polímeros y fundían metales, incluso las planchas del casco, templadas por el espacio. Hasta el último fragmento debía ser destruido.

Las hermanas habían trabajado como hormigas vestidas de negro. Desmontaron la nave pieza por pieza, plancha por plancha, utilizando cortadores láser para convertir las secciones en piezas manejables. La madre superiora estaba convencida de que sería imposible descubrir pistas en aquellos fragmentos, pero insistió en terminar el trabajo.

La destrucción tenía que ser total.

La hermana Cristane se adentró en el humo acre del crisol,

sosteniendo un generador de energía de diseño desconocido. Por lo que ella sabía, era una pieza fundamental del proyector del campo de invisibilidad.

La fuerte e implacable joven contempló el fuego, indiferente al calor que enrojecía sus mejillas y amenazaba con chamuscar sus cejas. Murmuró una oración silenciosa, arrojó el componente a las llamas y se quedó donde estaba, mientras lo veía fundirse.

Al observar la escena, Harishka sintió que algo se removía en la Otra Memoria, los susurros de una vida pretérita, una experiencia similar en su pasado genético. Emergió el nombre de su antepasada... *Lata.*

Si bien el lenguaje era tosco en aquella época, incapaz de transmitir sutilezas, había vivido bien. Lata había visto a los hombres trabajar con fuelles para bombear aire, y así aumentar la temperatura en el interior de un tosco fundidor de piedra que habían construido cerca de la orilla de un lago. Harishka carecía de nombres en sus archivos internos para el lago, incluso para el país. Había visto a los hombres fundir mineral de hierro, tal vez de un meteorito que habían encontrado, utilizado el metal para forjar toscas herramientas de trabajo y armas.

Harishka buceó en los recuerdos colectivos y observó otros ejemplos de metalurgia, cuando sus antepasadas habían participado en el desarrollo del bronce, el cobre y el acero, mucho más sofisticados. Tales innovaciones habían convertido en reyes a simples guerreros, y las armas superiores les habían permitido conquistar a las tribus vecinas. La Otra Memoria comunicaba solo con la línea genética femenina, y Harishka recordó haber visto guerras y la fabricación de espadas desde lejos, mientras ella almacenaba comida, fabricaba prendas de vestir, paría hijos y los enterraba...

Las hermanas y ella estaban utilizando una antigua tecnología para destruir una innovación aterradora. Al contrario que aquellos señores de la guerra a los que había visto en sus pasadas vidas, Harishka había decidido no utilizar la nueva arma, e impedir que otros la utilizaran.

Más hermanas arrojaron piezas de la nave a la fundición. El humo se espesó, pero Harishka no se movió de su sitio. Después de retirar la capa de impurezas flotantes, utilizarían la mezcla de metales fundidos para fabricar objetos útiles a la Escuela Materna. Como espadas proverbiales transformadas en rejas de arado.

Si bien la Bene Gesserit había eliminado toda posibilidad de que el generador de invisibilidad fuera reconstruido por otros, Harishka aún se sentía inquieta. Sus hermanas habían estudiado a fondo la nave siniestrada, y aunque no sabían cómo montar las piezas, guardaban un registro mental preciso de cada fragmento. Algún día, trasladarían la información a la Otra Memoria. Allí, encerrada en la conciencia colectiva de la Bene Gesserit, permanecería a salvo para siempre.

Las últimas hermanas de la procesión arrojaron piezas al crisol, y la única no nave existente se desvaneció para siempre.

Es difícil que el poder inspire amor: es el dilema de todos los gobernantes.

Emperador PADISHAH HASSIK III,
diarios secretos de Kaitain

El banquete Harkonnen era el más extravagante que se había celebrado en Giedi Prime. Después de sobrevivir a la severa tutela de Mephistis Cru, el barón ignoraba si deseaba pasar de nuevo por tal prueba.

—Esto cambiará la opinión que se tiene de vos en el Landsraad, mi barón —le recordó Piter de Vries con voz tranquilizadora—. No olvidéis el respeto que despierta Leto Atreides, cómo le aplaudieron por su drástica acción en Beakkal. Utilizadlo en vuestro provecho.

Tras examinar los nombres de la lista, el asesor de etiqueta se quedó horrorizado al ver que habían sido invitados los enemigos irreconciliables de Grumman y Ecaz. Era como una granada sónica preparada para estallar. Después de múltiples discusiones, el barón accedió por fin a eliminar de la lista al archiduque Armand Ecaz, y De Vries se apresuró a realizar los cambios, para que el banquete transcurriera sin sobresaltos.

Al mentat todavía le preocupaba la posibilidad de ser ejecutado después de la fiesta. Al notar la evidente inquietud del hombre, el barón sonrió para sí. Le gustaba mantener a la gente en precario equilibrio, temerosa de su posición y su vida.

Los invitados de la velada, seleccionados con el mayor de los cuidados, fueron trasladados a tierra en una lanzadera Harkonnen. El barón, resplandeciente en sus ropajes amplios que ocultaban tanto su tamaño como el cinturón ingrávido, esperaba bajo el rastrillo ornamental de su fortaleza. Centelleantes en el ocaso anaranjado y humeante de Harko City, las afiladas púas de hierro de la puerta colgaban como colmillos de dragones, dispuestos a ensartar a los visitantes.

Cuando los nobles invitados salieron de la barcaza de transporte ingrávida, el barón sonrió cortésmente y dio la bienvenida a cada uno de ellos con frases ensayadas. Cuando les dio las gracias en persona por venir, varios hombres le miraron con suspicacia, como si estuviera hablando en un idioma extranjero.

El barón se había visto obligado a permitir a los representantes un guardaespaldas armado, uno por cada noble. Mephistis Cru se había opuesto a tal concesión, pero los nobles se habían negado a ir en caso contrario. La verdad era que no confiaban en los Harkonnen.

Incluso ahora, mientras los distinguidos visitantes aguardaban reunidos en el vestíbulo de recepción, hablaban con cautela, intrigados por lo que la Casa Harkonnen deseaba en realidad de ellos.

—Bienvenidos, bienvenidos, estimados invitados. —El barón levantó las manos, erizadas de anillos—. Nuestras familias han estado relacionadas durante generaciones, pero pocos de nosotros podemos llamarnos amigos. Tengo la intención de añadir un poco más de cortesía a las interacciones entre las Casas del Landsraad.

Sonrió, con la sensación de que se le iban a romper los labios, pues sabía que muchos de los presentes habrían prorrumpido en vítores si el duque Leto Atreides hubiera dicho lo mismo. Observó a su alrededor ceños arrugados, labios fruncidos, ojos llenos de preguntas.

Cru le había escrito los comentarios, y las palabras arañaron la garganta del barón.

—Veo que esta noticia os sorprende, pero os prometo, por mi honor —se apresuró a añadir, antes de que nadie pudiera mofarse del comentario—, que no pienso pediros nada. Solo deseo compartir una velada de alegría y camaradería, para que volváis a casa con una opinión mejor de la Casa Harkonnen.

El viejo conde Ilban Richese levantó las manos y aplaudió. Sus ojos azules centelleaban de gozo.

—¡Escuchad, escuchad, barón Harkonnen! Respaldo de todo

corazón vuestros sentimientos. Sabía que, en el fondo, erais bondadoso.

El barón asintió en señal de agradecimiento, aunque siempre había considerado a Ilban Richese un hombre insulso que se preocupaba por asuntos sin importancia, como las estúpidas aficiones de sus hijos adultos. Como consecuencia, la Casa Richese no había explotado de manera adecuada el declive de la Casa Vernius y el imperio industrial ixiano. De todos modos, un aliado era un aliado.

Por suerte para la Casa Richese, su primer ministro, Ein Calimar, era muy competente y mantenía ocupadas las instalaciones tecnológicas incluso en épocas de adversidad. No obstante, pensar en Calimar provocó que el barón frunciera el ceño. Los dos habían hecho negocios en diversas ocasiones, pero en los últimos tiempos el político no hacía más que importunarle acerca del dinero que la Casa Harkonnen debía por los servicios del médico Suk Wellington Yueh, dinero que el barón no pensaba pagar.

—Paz y camaradería... Un sentimiento muy agradable, barón —añadió el vizconde Hundro Moritani, cuya espesa mata de pelo negro remolineaba alrededor de su cabeza—. Es algo que ninguno de nosotros esperábamos de la Casa Harkonnen.

El barón intentó mantener su sonrisa.

—Bien, he pasado página.

El vizconde siempre añadía un tono inquietante a sus comentarios, como si un perro rabioso estuviera encadenado a su alma. Hundro Moritani, por lo general mal aconsejado, tenía la costumbre de conducir al pueblo grumman a fanáticas campañas. Se mofaba de las leyes del Imperio y atacaba a cualquiera que osara desafiarle. El barón le habría considerado un aliado si las acciones de Grumman no fueran tan impredecibles.

Un maestro espadachín pelirrojo, con el distintivo oficial de los graduados de Ginaz, estaba al lado del vizconde. Los demás nobles habían traído fornidos guardaespaldas, pero Hundro Moritani había preferido que le acompañara su maestro espadachín personal. Hiih Resser había sido el único grumman que había terminado sus estudios en Ginaz. El pelirrojo parecía intranquilo, y se aferraba a su deber como a un salvavidas.

El barón consideró las ventajas. La Casa Harkonnen no tenía un maestro espadachín devoto. Se preguntó si debería enviar sus propios candidatos a Ginaz...

Impulsado por su cinturón ingrávido, el barón condujo a sus invitados a los niveles principales de la fortaleza. Habían adornado el edificio con ramos de fragantes flores extraplanetarias, pues los arreglos florales de Giedi Prime eran «decepcionantes», según el asesor de etiqueta. Como consecuencia, el barón apenas podía respirar en sus pasillos.

El hombretón hizo un gesto, y agitó las anchas mangas como haría un caballero desocupado. Abrió la marcha hacia la sala de recepciones, adonde los criados llevaron bandejas con bebidas en vasos de cristal de Balut. Tres maestros de música de Chusuk (amigos de Mephistis Cru) interpretaban delicadas melodías con sus balisets sobre una plataforma baja. El barón deambulaba entre los invitados, mantenía aburridas conversaciones con algunos, fingía cortesía.

Y odiaba cada momento de la farsa.

Al cabo de varias copas aderezadas con melange, los invitados empezaron a relajarse y charlaron sobre los directorios de la CHOAM, la captura de animales en planetas apartados, o las detestadas tarifas y regulaciones de la Cofradía Espacial. El barón consumió dos copas de coñac kirana, el doble del límite que Cru había intentado imponerle, pero no le importó. Aquel paripé era interminable. La sonrisa le estaba haciendo daño en la cara.

En cuanto anunciaron la comida, el barón guió a los invitados hasta la sala de banquetes, ansioso por huir de aquella estéril e interminable conversación. El conde Richese hablaba sin cesar de sus hijos y nietos, como si alguien pudiera conocerlos a todos. Daba la impresión de que no guardaba rencor a la Casa Harkonnen por haberles sustituido en el negocio de la especia en Arrakis años antes. El badulaque había perdido gran parte de su riqueza debido a su incompetencia, y el hecho ni siquiera le molestaba.

Los invitados ocuparon los asientos designados después de que los guardaespaldas comprobaran que no había trampas ocultas. La mesa del banquete era una superficie elevada de madera de elacca oscura sobre la que resplandecían islas de finísima porcelana y copas de vino. La exhibición de comida era impresionante, y los olores azuzaban el apetito de los presentes.

Muchachos beatíficos de piel lechosa aguardaban detrás de las sillas, uno para cada invitado. El barón había elegido en persona a aquellos criados, pilluelos de la calle arrebatados por la fuerza y después refinados.

El inmenso anfitrión avanzó hacia una amplia silla situada en la presidencia de la mesa y ordenó que trajeran el primer plato de aperitivos. Había dispuesto cronómetros en todo el salón de banquetes, para poder ver cada segundo transcurrir. Ardía en deseos de que todo acabara...

Rabban escuchaba las conversaciones desde una habitación preparada a tal efecto. Había movido el micrófono parabólico de una boca a otra, con la esperanza de descubrir habladurías embarazosas, secretos divulgados por casualidad. El aburrimiento le daba ganas de vomitar.

Todo el mundo hablaba con mucha cautela. No averiguó nada. Rabban estaba frustrado.

—Esto es aún más aburrido que participar en la fiesta —gritó al mentat, que estaba a su lado y estudiaba los aparatos de escucha.

De Vries le miró ceñudo.

—Como mentat, no tengo otra alternativa que memorizar hasta el último tedioso momento, cada frase, mientras que vuestro pobre cerebro lo olvidará todo en cuestión de días.

—Me doy por afortunado —replicó Rabban con una sonrisa.

Vieron que servían el primer plato a través de los monitores de alta resolución. A Rabban se le hizo la boca agua, aun sabiendo que solo recibiría las sobras..., pero si ese era el precio que debía pagar por no participar en aquel parloteo irritante, sufriría con gusto. Hasta la comida fría era preferible a comportarse como un ser civilizado.

Mephistis Cru, que atendía miles de detalles sin que nadie se diera cuenta, entró en la habitación, pensando que era una despensa. Se detuvo, sorprendido al ver a Rabban y De Vries. Tragó saliva y se llevó la mano al cuello, donde gruesas capas de polvos ocultaban las marcas de los dedos de Rabban.

—Oh, perdonad —dijo, recobrando la compostura—. No era mi intención interrumpiros. —Cabeceó en dirección a De Vries, a quien consideraba erróneamente un aliado—. Creo que el banquete se está desarrollando a las mil maravillas. El barón está haciendo un excelente trabajo.

La Bestia Rabban gruñó, y Mephistis Cru salió corriendo.

De Vries y Rabban reanudaron su tarea de espionaje, con el deseo de que sucediera algo antes de que terminara la velada.

—¡Qué niño más rico! —exclamó el conde Richese al ver a Feyd-Rautha. El niño rubio conocía muchas palabras y ya sabía cómo conseguir lo que deseaba. El conde extendió los brazos—. ¿Puedo cogerlo?

A un asentimiento del barón, un criado llevó a Feyd-Rautha al anciano richesiano, que le hizo saltar sobre su rodilla. Feyd no rió, lo cual sorprendió a Ilban.

El conde alzó la copa de vino, mientras sostenía a Feyd con un brazo.

—Propongo un brindis por los niños.

Los invitados brindaron. El barón gruñó para sí y se preguntó si sería necesario cambiar los pañales a Feyd, y si al viejo idiota le haría gracia ocuparse de aquella tarea innoble.

En aquel momento, Feyd lanzó un torrente de palabras sin sentido. El barón sabía que eran nombres con los cuales designaba sus excrementos. Pero Ilban lo ignoraba, de modo que sonrió y repitió las palabras al niño. Hizo saltar a Feyd de nuevo.

—¡Mira, pequeño! —exclamó con voz infantil—. Ya traen el postre. Te gusta, ¿verdad?

El barón se inclinó hacia delante, contento de que la comida estuviera a punto de terminar, y porque había planeado en persona esta parte del banquete. Había tomado sus decisiones sin escuchar los consejos del asesor de etiqueta. Era una idea muy inteligente que tal vez los invitados considerarían divertida.

Seis criados entraron con un pastel de dos metros de largo, sobre una plataforma capaz de albergar un cuerpo humano, y lo dejaron en mitad de la mesa. El pastel era curvo y estrecho, en forma de gusano de arena y adornado con remolinos de potente melange.

—Este elemento simboliza las propiedades Harkonnen en Arrakis. Celebrad conmigo nuestros años de provechoso trabajo en el desierto.

El barón sonrió, y el conde Richese aplaudió con los demás, aunque ni siquiera él tenía que haber pasado por alto el insulto dirigido a los fracasos anteriores de su familia.

La capa de clara de huevo y azúcar parecía brillar, y el barón aguardó con ansia el momento de revelar la sorpresa que se ocultaba en el interior del pastel.

—¡Mira el pastel, pequeño!

Ilban dejó a Feyd sobre la mesa delante de él, una acción que hubiera horrorizado a Mephistis Cru.

Uno de los ayudantes del chef utilizó un cuchillo para abrir en canal el gusano de arena, como si estuviera practicando una autopsia. Los invitados se arremolinaron alrededor para ver mejor, y el conde Richese inclinó a Feyd hacia delante.

Cuando se abrió el pastel, unas formas se retorcieron en el interior, seres parecidos a serpientes que representaban los gusanos de arena de Arrakis. Las inofensivas serpientes habían sido drogadas y embutidas dentro del pastel, para que parecieran un nido de tentáculos. Una broma maravillosa.

Feyd parecía fascinado, pero el conde Richese ahogó un chillido. La tensión de la noche y las suspicacias de los invitados con respecto al barón habían puesto nervioso a todo el mundo. El conde, con la intención de comportarse como un héroe, se apoderó de Feyd-Rautha, pero volcó su silla.

Feyd, a quien las serpientes no habían asustado, cogió una rabieta. Cuando lloró, los guardaespaldas agarraron a sus señores y se prepararon para defenderles.

Al otro lado de la mesa, el vizconde Moritani se levantó. En sus ojos negros brillaba una extraña mezcla de alegría y furia. El maestro espadachín Hiih Resser se había preparado para proteger a su señor, lo cual no parecía impresionar a Moritani. El vizconde ajustó con frialdad un brazalete de su muñeca, y un rayo calórico disparado por una pistola oculta vaporizó a las serpientes, hasta convertirlas en briznas de carne escamosa y pedazos de carne chamuscada.

Los invitados gritaron. La mayoría corrió hacia las puertas de la sala de banquetes. Mephistis Cru entró y agitó los brazos para pedir calma.

A partir de aquel momento, el griterío no hizo más que aumentar.

Cuanto más compacto es el grupo, más necesidad tiene de rangos y normas sociales estrictos.

Doctrina Bene Gesserit

Liet-Kynes, vestido con la capa jubba tradicional, la capucha echada hacia atrás, se irguió una vez más en el alto balcón que dominaba la cámara del sietch. Se sentía más en casa aquí que en los pasillos de Kaitain, y mucho más intimidado. Hablaría de asuntos que afectarían al futuro de todos los hombres libres del planeta Dune.

Las sesiones habían transcurrido sin problemas, con la excepción de la oposición manifestada por Pemaq, el anciano naib del sietch del Agujero-en-la-Roca. El líder conservador rechazaba todo lo que Leto propugnaba, se resistía a toda forma de cambio, pero sin aportar alternativas racionales. Otros fremen le gritaban repetidamente que callara, hasta que al final el obstinado hombre desapareció en las sombras, gruñendo.

Durante días, el número de visitantes había fluctuado, pues algunos miembros habían abandonado la asamblea indignados, aunque más tarde habían regresado. Cada noche, después de la asamblea, Faroula abrazaba a Liet, le susurraba consejos, ayudaba en lo que podía, le amaba. Pese a la creciente desazón de Liet, ella conseguía que se mantuviera fuerte y equilibrado.

Los observadores fremen informaban de los sutiles progresos de su batalla por domar el desierto. En tan solo una generación, el desierto estaba dando muestras tenues, pero definitivas, de ir mejorando. Veinte años antes, Umma Kynes les había aconsejado paciencia, había dicho que el esfuerzo se prolongaría durante siglos. Pero sus sueños ya estaban empezando a convertirse en realidad.

En los profundos arroyos de las regiones del sur florecían plantaciones disimuladas con inteligencia, alimentadas por espejos solares y lentes de aumento que calentaban el aire y fundían la escarcha del suelo. Palmeras achaparradas crecían en pequeño número, junto con girasoles del desierto, calabazas y tubérculos. Algunos días, hilillos de agua corrían en libertad. ¡Agua en la superficie de Dune! Era algo asombroso.

Hasta el momento, los Harkonnen no habían advertido los cambios, pues su atención estaba concentrada en la recolección de la especia. El planeta se iba recuperando, de hectárea en hectárea. Una buena noticia, en conjunto.

Liet exhaló un suspiro de impaciencia. Pese al amplio apoyo que había recibido en la convocatoria (mucho más del que esperaba), esta tarde podía aparecer alguna disidencia significativa..., una vez escucharan su propuesta.

En los balcones y plataformas que zigzagueaban sobre las paredes, más de un millar de fremen regresaron del descanso de mediodía y ocuparon sus puestos. Llevaban ropajes manchados por el desierto y botas *temag*. Algunos fumaban fibras mezcladas con melange en pipas de arcilla, tal como era la costumbre a primera hora de la tarde. Liet Kynes empezó a hablar, perfumado por el agradable aroma de la especia quemada.

—Umma Kynes, mi padre, fue un gran visionario. Lanzó a nuestro pueblo hacia la ambiciosa y ardua tarea de despertar Dune. Nos enseñó que el ecosistema es complejo, que cada forma de vida necesita relacionarse con su medio ambiente. En muchas ocasiones habló de las consecuencias ecológicas de nuestros actos. Umma Kynes consideraba el entorno un sistema interactivo, con estabilidad y orden.

Liet carraspeó.

—Hemos traído de otros planetas insectos que oxigenan el suelo, lo cual permite que las plantas crezcan con más facilidad. Tenemos ciempiés, escorpiones y abejas. Animales grandes y pequeños se están diseminando por la arena y las rocas, zorros, liebres, halcones del desierto, búhos enanos.

»Dune es como un gran motor que estamos lubricando y reparando. Un día, este planeta nos servirá de nuevas y prodigiosas maneras, del mismo modo que nosotros continuaremos honrándolo y sirviéndole. Hermanos fremen, nosotros somos parte del ecosistema, una parte integral. Ocupamos un lugar esencial.

El público escuchaba con atención, con una reverencia especial siempre que Liet mencionaba el nombre y la obra de su legendario padre.

—Pero ¿cuál es nuestro papel? ¿Somos simples planetólogos, que recuperamos la flora y la fauna? Yo digo que hemos de hacer mucho más que eso. Hemos de luchar contra los agresores Harkonnen a una escala jamás imaginada hasta ahora. Durante años, nuestros comandos les han acosado, pero no lo suficiente para afectar a sus rapaces operaciones. Hoy, el barón roba más especia que nunca.

Gritos de descontento resonaron en la cámara, acompañados por nerviosos susurros que criticaban el sacrilegio.

Liet alzó la voz.

—Mi padre no intuyó que fuerzas poderosas del Imperio, el emperador, la Casa Harkonnen, el Landsraad, no compartirían su visión. Estamos solos en esto, y hemos de impedir que la situación continúe así.

Los murmullos aumentaron de intensidad. Liet confiaba en despertar a su pueblo, en convencerles de que dejaran a un lado sus diferencias y trabajaran unidos por un objetivo común.

—¿De qué sirve construir un hogar si no lo defiendes? Somos millones. ¡Luchemos por el nuevo mundo que mi padre soñó, el mundo que nuestros nietos deberían heredar!

Los aplausos resonaron en la enorme caverna, así como los pateos que indicaban aprobación, procedentes en especial de los jóvenes, siempre dispuestos a guerrear contra los opresores.

Entonces, Kynes detectó un cambio en el ruido. La gente señalaba hacia un balcón opuesto, donde un anciano nervudo blandía su cuchillo en el aire. Pelo correoso se agitaba a su alrededor, lo cual le daba el aspecto de un loco de las profundidades del desierto. Pemaq otra vez.

—¡Taqwa! —gritó desde su balcón, un antiguo grito de batalla fremen que significaba «El precio de la libertad».

La multitud guardó silencio. Todos los ojos se clavaron en el naib del sietch del Agujero-en-la-Roca y en la hoja de un blanco lechoso. La tradición fremen sostenía que un criscuchillo desenvainado no podía enfundarse hasta que probara la sangre. Pemaq había elegido un rumbo peligroso.

Liet tocó el mango del cuchillo ceñido a su cinturón. Vio que Stilgar y Turok empezaban a subir una escalera de piedra, en dirección al último nivel.

—¡Liet-Kynes, te desafío a responderme! —aulló Pemaq—. ¡Si no considero satisfactoria tu respuesta, el tiempo de las palabras habrá terminado y la sangre decidirá! ¿Aceptas mi reto?

Aquel loco podía destruir todos los progresos políticos realizados por Liet.

—Si eso va a hacer que te calles, Pemaq —contestó Liet, pues no tenía otra elección, ya que su honor y capacidad estaban en juego—, acepto. «No hay hombre más ciego que el que ha tomado una decisión.»

Carcajadas ahogadas recorrieron a los reunidos, al escuchar el hábil empleo de un viejo adagio fremen.

Pemaq, airado por la réplica, señaló con la punta del cuchillo.

—Tú solo eres medio fremen, Liet-Kynes, y tu sangre extraplanetaria te ha infundido ideas diabólicas. Has pasado demasiado tiempo en Salusa Secundus y en Kaitain. Te has corrompido, y ahora intentas contaminar a los demás con ilusiones dañinas.

El corazón de Liet martilleaba en su pecho. Una justa ira le invadía, y tenía ganas de silenciar al hombre. Vio que Stilgar tomaba posiciones a la entrada del balcón de Liet.

El disidente continuó.

—Durante años, Heinar, el naib del sietch de la Muralla Roja, ha sido mi amigo. Luché a su lado contra los Harkonnen cuando llegaron a Dune, después de la partida de la Casa Richese. Le cargué a mis espaldas después del ataque en que perdió el ojo. Heinar aumentó la prosperidad del pueblo bajo su gobierno, pero es viejo, como yo.

»Ahora, consigues el apoyo de otros líderes fremen, y los traes aquí para cimentar tu posición. Hablas de los logros de tu padre, Liet-Kynes, pero no citas ninguno que te pertenezca. —El hombre temblaba de furia—. Tus motivos son transparentes: deseas ser el naib.

Liet parpadeó sorprendido al escuchar la ridícula afirmación.

—Se dice que, si mil hombres se reúnen en una sala, uno de

ellos será un loco. Creo que aquí hay mil hombres, Pemaq... Ya hemos encontrado a nuestro loco.

Algunas risitas disminuyeron la tensión, pero Pemaq no se arredró.

—Tú no eres un fremen, Liet-Kynes. No eres uno de los nuestros. Primero te casaste con la hija de Heinar, y ahora intentas sustituirle.

—Te arrojaré la verdad a la cara, Pemaq, y ojalá atraviese tu corazón mentiroso. Mi sangre extraplanetaria procede del mismísimo Umma Kynes, ¿y llamas a eso una debilidad? Más aún, la historia de mi hermano de sangre Warrick y de su muerte es conocida en todos los sietches. Le juré que me casaría con Faroula y adoptaría a su hijo.

Pemaq replicó en tono sombrío.

—Tal vez invocaste al viento del demonio en el desierto para asesinar a tu rival. No pretendo conocer los poderes de los demonios extraplanetarios.

Cansado de tantas tonterías, Liet volvió la vista hacia los delegados reunidos en la cámara.

—He aceptado este desafío, pero él solo hace juegos de palabras. Si nos enzarzamos en un duelo, ¿seré yo el primero en derramar sangre, o será él? Pemaq es un viejo, y si le mato me deshonraré. Aun en el caso de que muera, consigue su propósito. ¿Es esta tu intención, viejo loco?

En aquel momento, el naib Heinar entró en el balcón y se quedó al lado de Pemaq. El disidente reaccionó con sorpresa, y luego con incredulidad cuando el naib tuerto habló.

—Conozco a Liet desde que nació, y no ha conspirado a mis espaldas. Ha heredado la verdadera visión de su padre, y es tan fremen como cualquiera de nosotros.

Se volvió hacia el hombre de cabello alborotado, que aún blandía en alto su cuchillo.

—Mi viejo amigo Pemaq cree que habla en mi nombre, pero yo le digo que ha de pensar más allá de las preocupaciones de un solo sietch, en todo Dune. Preferiría ver sangre Harkonnen derramada antes que la de mi camarada, o la de mi yerno.

—Me adentraré en el desierto y me enfrentaré solo a Shai-Hulud antes que luchar contigo —gritó Liet en el silencio que siguió—. Debéis creerme o desterrarme.

Un cántico, iniciado por Stilgar y Turok, llenó la cámara, coreado por los jóvenes fremen sedientos de sangre. Más de mil hombres del desierto repitieron su nombre una y otra vez.

—¡Liet! ¡Liet!

Se produjo un repentino movimiento en el balcón de enfrente, una refriega entre Pemaq y Heinar. Sin decir palabra, el tozudo anciano intentó caer sobre su cuchillo, pero Heinar se lo impidió. Arrebató la hoja de la mano sudorosa de su camarada. Pemaq cayó sobre el suelo del balcón, vivo pero derrotado.

Heinar retrocedió, sujetando el cuchillo, y efectuó un corte en la frente de Pemaq, que le dejaría una cicatriz durante el resto de su vida. La sangre exigida había sido derramada. Pemaq alzó la vista, con la furia aplacada. Una línea de sangre resbalaba sobre sus cejas y ojos. Heinar dio la vuelta al cuchillo y lo entregó a su propietario, sosteniéndolo por la hoja.

—Todos los aquí reunidos, considerad esto un buen presagio —gritó Heinar—, porque une a los fremen bajo las órdenes de Liet-Kynes.

Pemaq se puso en pie de un salto, se secó la sangre de los ojos y manchó con ella sus mejillas, como pintura de guerra. Respiró hondo para hablar, tal como era su derecho. Liet se preparó, todavía estupefacto por la velocidad a la que se habían desarrollado los acontecimientos. El fremen de pelo alborotado miró a Heinar con el ceño fruncido, y después habló.

—Propongo que elijamos a Liet-Kynes nuestro Abu Naib, el padre y líder de todos los sietches.

Liet se quedó aturdido un momento, pero enseguida recobró la compostura.

—Nos encontramos en un momento crítico de nuestra historia. Nuestros descendientes pensarán en este instante y dirán, o bien que tomamos la decisión correcta, o bien que fracasamos por completo. —Hizo una pausa, y después continuó—. Cuando el despertar de Dune se haga más evidente, será más difícil ocultar nuestro trabajo a los Harkonnen. El soborno en especia a la Cofradía será más cuantioso que nunca, para asegurar que todos los satélites meteorológicos y sistemas de observación pasen por alto nuestros tejemanejes.

Un murmullo recorrió la asamblea. Las semanas de discusión habían desembocado en esto.

Liet-Kynes intentó controlar sus emociones.

—Después de la traición que dio como resultado la destrucción de la base de contrabandistas situada en el polo sur, ya no confío en el intermediario que hemos utilizado durante años, el mercader de agua Rondo Tuek. Aunque ha abandonado el polo, aún sigue siendo nuestro contacto. Pero Tuek traicionó a Dominic Vernius, y podría vendernos con igual facilidad. No podemos seguir confiando en él. Exigiré una reunión personal con un representante de la Cofradía Espacial. Los fremen ya no confiarán en un intermediario. A partir de ahora, los acuerdos se establecerán entre nosotros y la Cofradía.

Liet siempre había considerado a Dominic Vernius un amigo y un mentor. El conde renegado merecía un sino mejor que el sufrido por culpa del mercader de agua. Hacía poco que Tuek había vendido sus minas de hielo a Lingar Bewt, su antiguo hombre de confianza, y regresado a Carthag. Al pensar en el problema de Tuek, Liet-Kynes ideó un plan para solucionar el asunto.

El planetólogo observó a lo largo y ancho de la cámara expresiones de fe absoluta que nunca había visto desde los días de su famoso padre. Había pasado mucho tiempo, y el joven Kynes había recorrido su propio camino. Sus aspiraciones coincidían con las de su predecesor, pero iban mucho más allá. Mientras que su padre había imaginado el florecimiento del planeta desierto, Liet consideraba que los fremen eran los administradores de Dune.

No obstante, para alcanzar la grandeza, antes debían liberarse de las cadenas Harkonnen.

El cuerpo humano es un almacén de reliquias del pasado: el apéndice, el timo y (en el embrión) una estructura de agallas. Pero la mente inconsciente es todavía más desconocida. Se ha ido construyendo a lo largo de millones de años y representa una historia a lo largo de sus huellas sinápticas, algunas de las cuales no parecen ser útiles en los tiempos modernos. Es difícil descubrir todo lo que reside ahí.

De un simposio secreto Bene Gesserit
sobre la Otra Memoria

Ya entrada la noche, mientras las auroras todavía ardían en el cielo, una insomne Anirul entró en los aposentos austeros y gélidos que había utilizado la anterior Decidora de Verdad del emperador, Lobia. Habían transcurrido casi dos meses desde el fallecimiento de la anciana, y sus habitaciones seguían sin vida y lóbregas, como una tumba.

Aunque Lobia debía estar ahora en la Otra Memoria, tras haberse unido a las multitudes que habitaban en su mente, el espíritu de la anciana Decidora de Verdad aún no había emergido. Anirul se sentía agotada por el esfuerzo de intentar localizarla, pero algo la impulsaba a seguir adelante.

Anirul necesitaba una amiga y una confidente, y no se atrevía a hablar con nadie más, y mucho menos con Jessica, que no sabía nada de su destino. Anirul tenía a sus hijas, y aunque estaba orgullosa de la inteligencia y las aptitudes de Irulan, no se atrevía a abrumar con tal conocimiento a la niña. Irulan no estaba preparada. No, el programa de reproducción del Kwisatz Haderach era demasiado secreto.

Pero Lobia, si al menos pudiera localizarla en la Otra Memoria, sería de gran ayuda.

¿Dónde estás, vieja amiga? ¿He de gritar y despertar a todas las que hay en mi interior? Temía dar ese paso, pero tal vez valía la pena correr el riesgo. Lobia, háblame.

Había cajas vacías amontonadas a lo largo de una pared de la gélida habitación, pero Anirul aún no había empaquetado las escasas posesiones de la Decidora de Verdad fallecida para luego enviarlas a Wallach IX. Como Gaius Helen Mohiam había preferido otros aposentos donde instalarse, estas habitaciones podrían seguir vacías durante años en la inmensidad del palacio sin que nadie se diera cuenta.

Anirul recorrió las austeras habitaciones, respiró el frío aire como si esperara sentir espíritus a su alrededor. Después, tomó asiento ante un pequeño escritorio de tapa corrediza y activó su diario sensorial-conceptual con el anillo de piedras soo de su mano. El diario flotó en el aire, visible tan solo para ella. Parecía un lugar apropiado para que Anirul organizara sus pensamientos.

Estaba segura de que Lobia daría su aprobación.

—¿Verdad, vieja amiga?

El sonido de su voz la sobresaltó, y Anirul guardó silencio de nuevo, sorprendida de haber empezado a hablar consigo misma.

El diario virtual estaba abierto delante de ella, a la espera de más palabras. Se calmó, abrió su mente, utilizó técnicas Prana-Bindu para estimular sus pensamientos. Exhaló lentamente aire por la nariz.

Un escalofrío recorrió su espina dorsal. Anirul, temblorosa, ajustó su metabolismo hasta que no sintió frío. Cuatro globos luminosos sin adornos, cercanos al techo, se apagaron y volvieron a encenderse, como si una misteriosa corriente de energía hubiera surcado el aire. Cerró los ojos.

La habitación aún olía a Lobia, un reconfortante olor a moho. También persistía la energía psíquica de la difunta Decidora de Verdad.

Anirul cogió una pluma estilográfica de aspecto inocuo de su receptáculo, la sujetó con ambas manos y se concentró. Lobia había utilizado con frecuencia este instrumento cuando enviaba transmisiones codificadas a la Escuela Materna, donde había sido profesora durante años. Las huellas dactilares de la anciana seguían en la pluma, junto con células de la piel desprendidas y aceites corporales.

Pero la pluma estilográfica era un método de escribir primitivo, y no servía para su diario sensorial-conceptual. Anirul convocó una pluma sensorial y la alzó ante las páginas etéreas.

En el silencio de la noche, en el lugar donde Lobia había pasado tantas horas de su vida, Anirul quiso describir su amistad con la Decidora de Verdad, documentar la sabiduría que le había transmitido. Entró una fecha codificada en las páginas sin papel con trazos vigorosos.

Después, su mano titubeó. Sus turbulentos pensamientos adoptaron un tono sombrío, bloquearon el flujo de palabras que deseaba escribir. Se sentía como una niña en la Escuela Materna, enfrentada a un trabajo difícil pero incapaz de dominar sus pensamientos porque la censora superiora la estaba mirando, escudriñaba hasta el último de sus movimientos.

Los globos luminosos se atenuaron de nuevo, como si pasaran sombras ante ellos. Anirul se volvió con brusquedad, pero no vio nada.

Volvió a concentrar su mente cansada en el diario y se dispuso a terminar lo que había venido a hacer. Solo logró completar dos frases, antes de que sus pensamientos volvieran a derivar como cometas mecidas por el viento.

Tenues susurros fantasmales invadieron el aposento.

Imaginó a Lobia sentada a su lado, impartiendo sabiduría, dándole consejos. En una de sus numerosas conversaciones, la anciana había explicado cómo la habían elegido para ser Decidora de Verdad, cómo había demostrado más capacidad que cientos de otras hermanas. Sin embargo, en el fondo de su corazón, Lobia habría preferido continuar en la Escuela Materna, cuidar de los huertos, una tarea de la que ahora se encargaba la reverenda madre Thora. Una Bene Gesserit realizaba las tareas que le encomendaban, pese a sus deseos personales. *Como casarse con un emperador.*

Lobia había encontrado tiempo para reprender a las hermanas destinadas en palacio, incluso a la propia Anirul. La mujer agitaba el dedo índice para subrayar cada punto. Anirul, con los ojos cerrados, recordó la risa de Lobia, una mezcla entre un cloqueo y un resoplido que sonaba de improviso.

Las dos mujeres no habían sido íntimas al principio de su relación, y habían tenido algunas fricciones en lo tocante al acceso al emperador. Anirul se sentía intranquila y frustrada cada vez que veía a su marido y a Lobia enfrascados en una larga conversación privada. Al darse cuenta, Lobia le había dicho con una sonrisa, «Shaddam ama las riendas de su poder mucho más que a cualquier mujer, mi señora. No está interesado en mí, sino en lo que le digo. El emperador siempre está preocupado por sus enemigos y quiere saber si le están mintiendo, conspirando para arrebatarle el poder, la salud, incluso la vida».

A medida que pasaban los años y Anirul no le daba ningún heredero varón, Shaddam se había distanciado más y más de ella. No tardaría mucho en deshacerse de ella y conseguir otra esposa que le diera un hijo varón. Su padre, Elrood, lo había hecho muchas veces.

Pero, sin que Shaddam lo supiera, Anirul ya había introducido un agente indetectable en su marido, durante una de sus infrecuentes sesiones sexuales. Después de cinco hijas, nunca engendraría otro hijo; el emperador era estéril, ahora que Anirul y él habían servido a los propósitos de la Hermandad. Shaddam IV se había acostado con suficientes mujeres para haber adivinado lo que sucedía, pero jamás pensaría que era él quien fallaba, cuando podía arrojar las culpas a otra persona...

Anirul abrió los ojos y escribió furiosamente con la pluma virtual, pero se detuvo de nuevo, pues creyó haber oído algo. ¿Alguien que hablaba en el pasillo? ¿Pasos sigilosos? Escuchó con atención, pero no oyó nada más.

Dio vueltas en la mano al instrumento virtual..., y oyó los ruidos de nuevo, esta vez más fuertes, como si hubiera gente dentro de la habitación. Los susurros compusieron fragmentos de frases incomprensibles, y después enmudecieron. Anirul registró los armarios vacíos, los baúles, cualquier lugar donde pudiera haber alguien escondido.

Nada, una vez más.

Las voces aumentaron de intensidad, y Anirul reconoció por fin sobresaltada un nuevo clamor de la Otra Memoria, una oleada ingobernable. Jamás había experimentado algo semejante, y se preguntó qué la había desencadenado. ¿Su propia búsqueda? ¿El torbellino de sus pensamientos preocupados? Esta vez, daba la impresión de que las voces la rodeaban, al tiempo que parecían brotar de su interior.

Los ecos aumentaron de volumen, como si estuviera en una habitación llena de hermanas enfurecidas, pero no vio a ninguna ni pudo entender sus conversaciones superpuestas. Cada una tenía algo que decir, pero las palabras eran confusas, contradictorias.

Anirul pensó por un momento en huir de la habitación vacía de Lobia, pero desechó la idea. Si la multitud de su interior intentaba ponerse en contacto con ella, o trataba de decir algo importante, necesitaba averiguar qué era.

—¿Lobia? ¿Estás ahí?

En respuesta, la tormenta de palabras derivó como una nube fantasmal. Las voces se apagaron y alzaron otra vez, como señales mal sintonizadas que pugnaran por abrirse paso entre una descarga de estática. Algunas de las mujeres muertas chillaban para hacerse oír por encima de las demás, pero Anirul no entendía nada. Daba la impresión de que gritaban los diversos nombres del Kwisatz Haderach en muchos idiomas.

De pronto, todos los sonidos se apaciguaron, un silencio inquietante resonó en la cabeza de Anirul, y notó un nudo en el estómago.

Contempló el diario sensorial-conceptual que aún flotaba sobre el escritorio. La vez anterior que había detectado agitación en la Otra Memoria, también estaba escribiendo en su diario. En esa ocasión, se había zambullido en la vorágine, pero una neblina remolineante le había impedido avanzar.

Las dos experiencias eran diferentes, pero había recibido el mismo mensaje. Algo inquietante anunciaban las voces clamorosas de sus antepasadas. Esta vez, las voces incomprensibles sonaban más angustiadas todavía.

Si no descubría por qué, su vida, o peor aún, el programa del Kwisatz Haderach, que era todo el motivo de su existencia, podía correr un grave peligro.

En cuanto has explorado un miedo, resulta menos aterrador. Parte de la valentía procede de ampliar nuestro conocimiento.

Duque LETO ATREIDES

Mientras el viento del atardecer arreciaba sobre el mar de Caladan, Leto apoyó los codos en una mesa del balcón. Le gustaba sentarse fuera y respirar el aire salado, contemplar los bancos de nubes de tormenta que corrían sobre las olas encrespadas. Las grandes tormentas marinas eran aterradoras y gloriosas al mismo tiempo, recordaban los torbellinos del Imperio, y los que azotaban su corazón. Le recordaban lo insignificante que era un simple duque enfrentado a fuerzas más poderosas que él.

Al otro lado de la mesa, de cara a la pared de piedra, el príncipe Rhombur no sentía el frío con su cuerpo de cyborg. Estudiaba un adornado tablero de keops, un juego de estrategia en forma de ajedrez piramidal que Leto había jugado a menudo con su padre.

—Te toca mover, Leto.

El tazón de té del duque se había enfriado, pero tomó un sorbo. Movió su pieza de vanguardia, un guerrero cymek que iba a detener el avance del sacerdote negro de su oponente.

—También lo digo en otro sentido. —Rhombur tenía la vista clavada en las antiguas paredes de piedra—. La Bene Gesserit se ha negado a entregarte la nave invisible, pero no podemos quedarnos de brazos cruzados. Ahora que Thufir y Gurney han vuelto con su informe, contamos con todos los datos que necesitamos. Ha llegado el momento de pasar a la acción y reconquistar mi planeta. —Una sonrisa infantil apareció en su cara surcada de cicatrices—. Y ahora que Jessica se ha ido, necesitas algo útil en qué ocuparte.

—Puede que tengas razón.

Leto miró hacia el mar, sin sonreír por la broma. Desde la explosión del dirigible, había buscado un objetivo que le mantuviera ocupado. El ataque de castigo a Beakkal había sido un buen primer paso, pero no era suficiente. Aún se sentía tan solo una fracción de hombre..., como Rhombur.

—De todos modos, debo pensar en el bienestar de mi pueblo —dijo Leto con aire pensativo—. Muchos de mis soldados morirían en un ataque contra Ix, y también hemos de tener en mente la seguridad de Caladan. Si el ataque fracasara, los Sardaukar se nos lanzarían al cuello. Quiero salvar tu planeta, no perder el mío.

—Sé que será peligroso. Los grandes hombres corren grandes peligros, Leto. —Rhombur descargó su puño sobre la mesa, con más fuerza de lo que pretendía. Las piezas del tablero saltaron como si un terremoto hubiera sacudido su diminuto mundo. Miró su mano protésica y la levantó con cautela de la mesa—. Lo siento. —Sus expresiones eran más dramáticas que antes, más cargadas de emociones—. Mi padre, madre y hermana han muerto. Soy más máquina que carne, nunca podré tener hijos. ¿Qué puedo perder?

Leto esperó a que terminara. El príncipe se estaba encolerizando, como siempre que salía el tema de Ix. Lo único positivo de la terrible tragedia del dirigible era que parecía haber galvanizado su mente y aclarado sus ideas. Ahora era mucho más enérgico, tenía objetivos definidos. Era un hombre, un hombre nuevo, con una misión.

—La amnistía condicional del emperador Shaddam fue un gesto vacío, al aceptarlo me volví acomodaticio. ¡Durante años! Me convencí de que la situación podía mejorar si me limitaba a esperar. ¡Pues bien, mi pueblo no puede esperar más! —Hizo ademán de golpear otra vez la mesa con el puño, pero cuando Leto se encogió, se contuvo. Su rostro se suavizó y adoptó una expresión suplicante—. Ha pasado demasiado tiempo, Leto, y quiero ir. Aunque lo único que haga sea entrar de tapadillo y localizar a C'tair. Juntos, podríamos inducir a la rebelión al populacho.

Rhombur contempló el tablero, sus múltiples niveles y complejidades reflejaban la vida en muchos sentidos. Extendió la mano protésica, apretó los dedos y alzó la pieza de una hechicera, que movió por el tablero.

—Ix te devolverá hasta el último solari invertido en la campaña militar, más un generoso interés. Además, enviaría técnicos ixianos a Caladan para que revisaran todos vuestros sistemas, industria, gobierno, transportes, pesca, agricultura, y asesoraran a tu pueblo sobre cómo potenciarlos. Los sistemas son la clave, amigo mío, junto con la ultimísima tecnología, por supuesto. Proporcionaríamos las máquinas ixianas necesarias, gratis durante el período de tiempo que acordáramos. Digamos diez años, o veinte. Llegaríamos a un acuerdo.

Leto frunció el ceño, estudió el tablero y efectuó su movimiento. Subió un nivel la pieza de un crucero para capturar al Navegante de su contrincante.

—Todas las Casas del Landsraad —dijo Rhombur, con una mirada indiferente al tablero—, incluida la Casa Atreides, se beneficiarán de la caída de los tleilaxu. Los productos ixianos, que en otro tiempo eran considerados los más seguros e ingeniosos del universo, ahora siempre se averían, debido a que el control de calidad de las fábricas tleilaxu es inexistente. Además, ¿quién puede confiar en los productos tleilaxu, aunque funcionen?

Desde el regreso de sus espías, Leto había seguido reflexionando sobre las numerosas preguntas que la información había suscitado en él. Si los tleilaxu no eran expulsados, no cabía duda de que aprovecharían su conquista para crear problemas a lo largo y ancho del Imperio. ¿Qué estaban haciendo con las fábricas de armamento ixianas? Los tleilaxu eran capaces de formar nuevos ejércitos y equiparlos con la última tecnología militar.

¿Por qué estaban los Sardaukar en el planeta? Leto concibió una terrible idea. Teniendo en cuenta el tradicional equilibrio de poder que reinaba en el Imperio, la Casa Corrino y sus Sardaukar contrarrestaban, más o menos, la fuerza militar del conjunto de Grandes Casas del Landsraad. ¿Y si Shaddam intentaba inclinar ese equilibrio en su favor, aliándose con los tleilaxu? ¿Era eso lo que estaban haciendo en Ix?

Leto desvió la vista del tablero.

—Tienes razón, Rhombur. Basta de jueguecitos. —Adoptó una expresión seria—. Ya me he cansado de la política cortesana y de las apariencias, y me da igual cómo me juzgue la historia. La justicia es mi principal preocupación, y el futuro del Landsraad, incluida la Casa Atreides.

Capturó otra pieza de Rhombur, pero dio la impresión de que el príncipe no se daba cuenta.

—No obstante —continuó Leto—, quiero asegurarme de que no deseas hacer un gesto extravagante pero inútil, como tu padre. Su fallido ataque con armas atómicas contra Kaitain habría causado graves problemas en todo el Imperio, y la Casa Vernius no habría logrado nada.

Rhombur asintió con su pesada cabeza.

—Habría desencadenado toda clase de espantosas venganzas sobre mí, y, de rebote, sobre ti, Leto.

Hizo un veloz movimiento estratégico en el tablero, lo cual permitió que Leto ascendiera otro nivel de la pirámide.

—Un buen líder debe prestar atención a los detalles, Rhombur. —El duque dio unos golpecitos sobre el tablero para reprenderle—. Los grandes planes no sirven de nada si los cabos no están bien atados.

Rhombur se ruborizó.

—Soy más experto con el baliset que con los juegos.

Leto tomó otro sorbo de té frío, y después tiró el líquido restante por encima de la balaustrada del balcón.

—Esto no será sencillo. Sí, creo que la rebelión ha de empezar desde dentro, pero tiene que producirse un ataque fulminante desde fuera. Hay que coordinarlo todo con precisión.

El viento arreció. Barcos de pesca y botes volvían a puerto, para esquivar la inminente lluvia. En el pueblo, los hombres empezaron a guardar piezas sueltas, recoger velas y anclar las embarcaciones.

Una criada se apresuró a retirar la taza de té vacía y la bandeja de bocadillos que había llevado una hora antes. Se trataba de una mujer entrada en carnes, de pelo pajizo, que frunció el ceño al observar las nubes de tormenta.

—Debéis entrar ya, mi duque.

—Hoy tengo ganas de quedarme hasta el último momento.

—Además —añadió Rhombur—, aún no le he ganado.

Leto emitió un gemido exagerado.

—En ese caso, nos quedaremos aquí toda la noche.

Cuando la criada se retiró, tras lanzar una mirada de desaprobación por encima del hombro, Leto miró fijamente a Rhombur.

—Mientras trabajas con la resistencia clandestina ixiana, yo movilizaré fuerzas militares y me prepararé para un ataque a gran escala. No te dejaré ir solo, amigo mío. Gurney Halleck te acompañará. Es un gran guerrero y contrabandista..., y ya ha estado en el corazón de Ix.

La grisácea luz del día se reflejó en el cráneo metálico de Rhombur cuando este asintió.

—No rechazaré su ayuda. —Gurney y él solían tocar el baliset y cantar juntos. El noble ixiano ensayaba durante horas para dominar la coordinación, utilizaba sus dedos de cyborg para pulsar las cuerdas con delicadeza, aunque su voz no mejoraba—. Gurney también era amigo de mi padre. Querrá vengarse tanto como yo.

El viento azotó el pelo negro de Leto.

—Duncan te proporcionará material y armas. Un módulo de ataque camuflado, oculto en los páramos ixianos, puede producir muchos daños, si se utiliza bien. Antes de que vayas, decidiremos una fecha y una hora precisas para nuestro ataque desde el exterior, coordinado con la revuelta interior. Tú golpeas al enemigo en el estómago, y cuando se doble en dos, mis tropas asestarán el golpe definitivo.

Rhombur cambió de lugar otra pieza, mientras hablaban de los movimientos de tropas y las armas que iban a utilizar. Después de tanto tiempo, los tleilaxu no esperarían un ataque frontal, pero sus aliados Sardaukar eran otra historia.

Leto se inclinó hacia delante para levantar un capitán Sardaukar, perfecto en todos sus detalles, y moverlo desde la base de la pirámide hasta el vértice superior.

—Me encanta que te concentres en los planes, Rhombur. Ocupa tu mente, concentra tus pensamientos.

Derribó la pieza más importante de Rhombur, el emperador Corrino sentado en una diminuta representación del Trono del León Dorado.

—Y cuando no prestas atención al juego, me resulta más fácil ganarte.

El príncipe sonrió.

—Eres un enemigo formidable, la verdad. Es un honor para mí, y una gran suerte, que seamos aliados en el campo de batalla.

> El hombre participa en todos los acontecimientos cósmicos.
>
> Emperador IDRISS I, *Legados de Kaitain*

Para cada día que Jessica pasaba en la corte imperial, lady Anirul encontraba una diversión más extravagante. En teoría, la joven era una simple dama de compañía, pero la esposa del emperador la trataba como si fuera una invitada, y rara vez le encargaba tareas importantes.

Una noche, Jessica fue con el emperador y su mujer al Centro de Artes Interpretativas Hassik III en una carroza privada. Enormes leones de Harmonthep tiraban del exquisito vehículo esmaltado. Su piel de color crema y enormes patas eran más adecuadas para viajar por montañas escarpadas que para recorrer las calles de la ciudad más gloriosa del Imperio. Los animales domesticados avanzaban con paso majestuoso, entre las multitudes que llenaban las aceras, y sus músculos ondulaban a la luz del crepúsculo. Para acontecimientos públicos como este, equipos de especialistas les hacían la manicura en las garras, lavaban con champú su pelaje y cepillaban sus melenas.

Shaddam, ataviado con una chaqueta escarlata y pantalones dorados, iba sentado con expresión imperturbable en la parte delantera del carruaje. Jessica no creía que tuviera debilidad por el teatro o la ópera, pero sus asesores debían de haberle señalado las ventajas de hacerse pasar por un gobernante culto. Anirul y Jessica, en un papel secundario, iban en el asiento posterior.

Durante el tiempo que llevaba Jessica en Kaitain, el emperador no le había dirigido más que unas pocas frases. Dudaba incluso de que recordara su nombre. Al fin y al cabo, era una simple dama de compañía, embarazada, y de escaso interés. Las tres princesas mayores (Irulan, Chalice y Wensicia) iban detrás de ellos, en una carroza menos adornada y sin escudo protector. Josifa y Rugi se habían quedado con las niñeras.

Las carrozas imperiales frenaron ante el edificio del Centro Hassik III, un edificio cavernoso provisto de una excelente acústica y ventanas prismáticas. Los espectadores podían ver y oír las representaciones de los talentos más creativos del Imperio, sin perderse un susurro o un matiz, incluso desde los asientos más alejados.

Arcos veteados de mármol, flanqueados de fuentes luminosas, señalaban la entrada reservada al emperador y su séquito. Las fuentes despedían arcos de aceites perfumados. Las llamas azules consumían casi todo el combustible, antes de que las gotas cayeran en los estanques de forma romboidal.

Hassik III, uno de los primeros gobernantes que se habían establecido en Kaitain después de la destrucción de Salusa Secundus, abrumó de impuestos a sus súbditos, casi hasta arruinarlos, con el fin de reconstruir la infraestructura gubernamental. Los miembros del Landsraad, que habían jurado no dejarse superar por la Casa Corrino, habían construido sus propios monumentos en la floreciente ciudad. Al cabo de una generación, la vulgar Kaitain se había transformado en un asombroso espectáculo de arquitectura imperial, museos y una desenfrenada autocomplacencia burocrática. El Centro de Artes Interpretativas era solo un ejemplo.

Anirul, preocupada, contempló el imponente edificio, y después volvió sus ojos redondos hacia Jessica.

—Cuando te conviertas en reverenda madre, experimentarás los prodigios de la Otra Memoria. En mi pasado colectivo —alzó una mano esbelta, desprovista de anillos o joyas, con un gesto elegante que abarcaba todo cuanto las rodeaba—, recuerdo cuando construyeron esto. La primera representación fue una obra antigua, bastante divertida: *Don Quijote*.

Jessica enarcó las cejas. En clase, Mohiam le había enseñado durante años cultura y literatura, política y psicología.

—*Don Quijote* se me antoja una elección muy curiosa, mi señora, sobre todo después de la tragedia de Salusa Secundus.

Anirul estudió el perfil de su marido, mientras miraba por la ventanilla de la carroza. Shaddam estaba ensimismado en la fanfarria metálica y las multitudes que agitaban banderas en su honor.

—En aquel entonces, los emperadores se permitían tener sentido del humor —contestó.

El séquito imperial bajó de las carrozas y atravesó el arco de entrada, seguido por una fila de criados que llevaban una capa de piel de ballena para el emperador. Las damas de compañía cubrieron los hombros de Anirul con un chal forrado de piel, aunque menos impresionante. El séquito entró en el Centro de Artes Interpretativas con lenta precisión, para que los espectadores y reporteros gráficos captaran hasta el último detalle.

Shaddam subió una cascada de peldaños relucientes hasta el espacioso palco imperial, lo bastante cerca del escenario para que pudiera distinguir los poros de los rostros de los actores, si se molestaba en prestar atención. Tomó asiento en una butaca almohadillada, de menor tamaño para que el emperador pareciera más grande y dominante.

Anirul se sentó a su izquierda, sin dirigirle la palabra, y continuó su conversación con Jessica.

—¿Has visto alguna representación de una compañía oficial de Jongleur?

Jessica negó con la cabeza.

—¿Es verdad que los Maestros Jongleurs poseen poderes sobrenaturales, que les permiten despertar emociones incluso en la gente de corazón más duro?

—Por lo visto, los Jongleurs utilizan una técnica de resonancia hipnótica similar a la usada por la Hermandad, aunque solo para optimizar sus representaciones.

—En ese caso, ardo ya en deseos de ver la obra —dijo Jessica, al tiempo que movía a un lado su cabello rojo.

Esta noche, iban a ver *La sombra de mi padre*, una de las mejores piezas de la literatura posbutleriana, una obra que había procurado un lugar destacado en la historia al príncipe heredero Raphael Corrino, como héroe reverenciado y erudito respetado.

Varios camareros, escoltados por guardias Sardaukar, entraron en el palco imperial y ofrecieron copas de vino espumoso al emperador, su mujer y la invitada de esta. Anirul pasó una copa a Jessica.

—Una excelente cosecha de Caladan, parte del envío que tu

duque mandó como obsequio, para darnos las gracias por cuidarte. —Tocó el estómago redondeado de Jessica—. Aunque yo diría que no está muy contento de que hayas venido, según lo que Mohiam me dijo.

Jessica se ruborizó.

—Estoy segura de que el duque Atreides tiene problemas más serios de qué ocuparse para pensar en una simple concubina. —Adoptó una expresión plácida, para disimular el dolor que le causaba su ausencia—. Estoy segura de que está tramando algo grande.

Los camareros desaparecieron con su vino justo cuando la orquesta atacaba la obertura y empezaba la obra. Focos amarillos bañaron el escenario, para simular el ocaso. El escenario carecía de marcas, decorados y telón. La compañía avanzó y ocupó sus puestos. Jessica estudió los lujosos ropajes, la tela embellecida con espléndidos dibujos mitológicos.

Shaddam no parecía aburrido, pero Jessica imaginó que eso duraría poco. Siguiendo la tradición, los actores esperaron a que el emperador asintiera para iniciar la función.

Detrás del escenario, un técnico activó una hilera de hologeneradores sólidos, y de repente, los decorados se hicieron visibles, la alta pared de un castillo, un trono, una espesa arboleda en la distancia.

—¡Ay, Imperio, glorioso Imperio! —exclamó el protagonista, que encarnaba a Raphael. Portaba un largo cetro coronado por un globo luminoso facetado, y su largo y espeso cabello oscuro colgaba hasta el centro de la espalda. Su cuerpo robusto y musculoso le daba un aspecto autoritario. El rostro poseía una belleza como de porcelana que conmovió a Jessica—. Mis ojos no son lo bastante penetrantes, y mi cerebro no es lo bastante espacioso, para ver y descubrir todas las maravillas que mi padre gobierna.

El actor bajó la cabeza.

—Ojalá pudiera dedicar mi vida al estudio, para poder morir con un punto de comprensión. De esa forma, podría honrar a Dios y a mis antepasados, que han hecho grande el Imperio, que han erradicado la plaga de las máquinas pensantes. —Alzó la cabeza y miró sin pestañear a Shaddam—. Ser un Corrino es más de lo que cualquier hombre merece.

Jessica sintió un escalofrío. El actor hablaba con voz modulada y sonora, pero había alterado levemente las palabras tradicionales. Estaba segura de recordar hasta la última línea del clásico. Si Anirul reparó en la modificación del soliloquio, no lo demostró.

La protagonista, una hermosa mujer llamada Herade, apareció en el escenario para interrumpir las divagaciones del príncipe heredero e informarle de que habían intentado asesinar a su padre, el emperador Padishah Idriss I. El joven Raphael, conmocionado, se postró de hinojos y empezó a llorar, pero Herade aferró su mano.

—No, no, mi príncipe. Aún no ha muerto. Vuestro padre sobrevive, si bien ha sufrido una grave herida en la cabeza.

—Idriss es la luz que hace resplandecer el Trono del León Dorado a lo largo y ancho del universo. He de verle. He de reavivar esa brasa y mantenerle con vida.

—Entonces, démonos prisa —dijo Herade—. El médico Suk ya está con él.

Abandonaron el escenario con solemnidad. Al cabo de pocos momentos, el holoescenario cambió a una habitación interior.

Shaddam se reclinó en la butaca con un profundo suspiro.

En la obra, el emperador Idriss no conseguía recuperarse de la herida o despertar del coma, aunque estaba conectado a una máquina que mantenía sus constantes vitales. Idriss yacía en la cama imperial, atendido día y noche. Raphael Corrino, gobernante de facto y heredero legítimo del trono, lloraba a su padre, pero nunca ocupaba oficialmente su lugar. Raphael nunca se sentó en el trono imperial, sino que siempre ocupó una silla más pequeña. Aunque gobernó el Imperio durante años, nunca se hizo llamar otra cosa que príncipe heredero.

—No usurparé el trono de mi padre, y ¡ay! del parásito que ose pensarlo siquiera.

El actor se acercó más al palco imperial. El globo de luz facetado que coronaba su cetro brillaba como una antorcha geológica fría.

Jessica parpadeó, intentó determinar qué líneas había alterado, y por qué. Vio algo extraño en sus movimientos, cierta tensión. ¿Eran solo nervios? Tal vez había olvidado los diálogos. Pero un Jongleur nunca olvidaba los diálogos...

—La Casa Corrino es más poderosa que la ambición de cualquier individuo. Ningún hombre puede reclamar esa herencia para sí. —El actor golpeó el escenario con el cetro—. Tal arrogancia sería una locura.

Anirul empezó a fijarse en los errores y miró de soslayo a Jessica. Shaddam parecía medio dormido.

El actor que encarnaba a Raphael avanzó un segundo paso, justo bajo el palco del emperador, mientras los demás Jongleurs le cedían todo el protagonismo.

—Todos hemos de interpretar papeles en la gran representación del Imperio.

Entonces, se apartó por completo del texto y recitó un fragmento de una obra de Shakespeare, palabras todavía más antiguas que *La sombra de mi padre*.

—Todo el mundo es un escenario, y todos los hombres y mujeres simples actores. Tienen sus mutis y sus entradas, un hombre interpreta muchos papeles en su vida.

Raphael se llevó la mano al pecho y arrancó un broche con un rubí. Habían pulido la joya, de modo que parecía una lente.

—Y, Shaddam, yo soy mucho más que un actor —dijo, y el emperador se despertó al instante.

El Jongleur encajó el rubí facetado en un hueco del cetro, y Jessica comprendió que era una fuente de energía.

—Un emperador debería amar a su pueblo, servirle y trabajar para protegerle. En cambio, tú has preferido ser el Verdugo de Zanovar. —El globo de luz adquirió un brillo intensísimo—. Si querías matarme, Shaddam, habría dado gustoso mi vida por toda la gente de Zanovar.

Los Sardaukar avanzaron hacia el borde del escenario, sin saber qué hacer.

—Soy tu hermanastro Tyros Reffa, hijo de Elrood IX y lady Shando Balut. Soy el hombre al que intentaste asesinar cuando destruiste un planeta, matando a millones de inocentes, ¡y pongo en entredicho tu derecho a la Casa Corrino!

El cetro brilló como un sol.

—¡Es un arma! —aulló Shaddam, al tiempo que se levantaba—. ¡Detenedle, pero cogedle con vida!

Los Sardaukar corrieron hacia delante, con las armas desenfundadas. Reffa pareció sorprenderse.

—¡No, no quería que sucediera así! —Los Sardaukar estaban a punto de apoderarse de él, y dio la impresión de que Reffa tomaba una repentina decisión. Ajustó la joya—. Solo quería expresar mi opinión.

Un rayo surgió del cetro, y Jessica se lanzó a un lado. Lady Anirul derribó su butaca y se arrojó al suelo. El globo de luz había emitido un rayo láser mortífero. Un guardia Sardaukar se precipitó hacia la butaca del emperador, apartó a Shaddam de un empujón y recibió el impacto en pleno pecho, que se desintegró al instante.

El público chilló. Los actores huyeron hacia la parte posterior del escenario, mientras miraban a Reffa estupefactos.

Tyros Reffa se agachó detrás del decorado para esquivar el fuego Sardaukar e hizo girar el globo de luz de múltiples facetas, utilizando el láser como si fuera un cuchillo. De pronto, la luz cegadora se apagó, cuando la fuente de energía se agotó.

Los guardias Sardaukar rodearon al hombre que había afirmado ser hijo de Elrood. Los criados arrastraron al tembloroso aunque ileso emperador hasta la parte posterior del destruido palco. Un joven portero del teatro ayudó a Anirul, sus hijas y Jessica. Equipos de emergencia se apresuraron a apagar los diversos incendios.

Un Sardaukar se acercó a Shaddam con rostro sombrío.

—Le hemos capturado, señor.

Shaddam parecía atónito y descompuesto. Un par de camareros cepillaron su capa imperial, mientras otro le alisaba el pelo. Los ojos del emperador adquirieron un brillo gélido, más irritado que asustado por su roce con la muerte.

—Bien.

Shaddam se ajustó las diversas medallas que se había concedido por pasadas hazañas.

—Ocúpate de detener a todos los cómplices. Alguien cometió un tremendo error con estos Jongleurs.

—Así se hará, señor.

El emperador miró por fin a su esposa y a Jessica, que estaban cerca de sus hijas, todas ilesas. No demostró alivio, sino que procesó la información.

—Bien... En cierta forma, debería recompensar a ese hombre —musitó el emperador, con la esperanza de aliviar la tensión—. Al menos, ya no tendremos que seguir viendo ese aburrimiento de obra.

En una cultura tecnológica, el progreso puede ser considerado un intento de avanzar con más rapidez hacia el futuro, con el fin de conocer lo desconocido.

Madre superiora HARISHKA

La misteriosa Escuela Materna Bene Gesserit había constituido una experiencia peculiar para los tres inventores richesianos, pero Haloa Rund no sabía muy bien por qué. Por algún motivo, el viaje a Wallach IX se le antojaba irreal.

La lanzadera de regreso se acercó al satélite laboratorio de Korona. Rund estaba sentado mansamente en su asiento, mientras se preguntaba si la Bene Gesserit encargaría el proyecto a su tío, el conde Ilban Richese. No cabía duda de que la Hermandad podía permitirse pagar la ayuda técnica para sus sistemas de energía. El trabajo sería un alivio para la economía richesiana.

Sin embargo, Rund no podía recordar qué habían hecho sus compañeros y él en Wallach IX. Había sido un viaje agotador, con muchas reuniones. Habían trazado detallados planos para las hermanas..., ¿o no? El director Kinnis y el pedante Talis Balt debían guardar todavía los planos en sus tableros de cristal. Kinnis, siempre obsesionado por los horarios, controlaba las actividades de todos sus empleados al nanosegundo, y utilizaba las tarjetas de dictado que siempre llevaba en el bolsillo. Lo que el burócrata no conservara en sus tableros de cristal, Talis Balt lo recordaría.

Pero había algo escurridizo en la mente de Rund. Cada vez que intentaba recordar una conversación concreta o una propuesta en particular, se le escapaban. Nunca le había sucedido. De hecho, su mente siempre estaba concentrada, gracias en parte a una mínima formación mentat.

Mientras la nave amarraba en el satélite, recuperó un vago recuerdo de haber visto instalaciones en Wallach IX. Sus colegas y él habían entrado en la famosa escuela, y tenía que haber prestado atención. Recordaba un suntuoso banquete que las hermanas le habían ofrecido, la mejor comida que había probado en su vida. Pero no recordaba los platos del menú.

Ni Balt ni Kinnis parecían preocupados, y ya estaban hablando de un trabajo muy diferente. Los hombres no habían mencionado a la Bene Gesserit en ningún momento, y se habían concentrado en mejorar las técnicas de fabricación de los valiosos espejos richesianos en el laboratorio orbital.

Cuando sus colegas y él desembarcaron en la zona de investigaciones de Korona, Rund experimentó la sensación de que estaba despertando de un mal sueño. Miró a su alrededor, desorientado, y se dio cuenta de que ninguno llevaba maletas o artículos personales. Ahora no, al menos. ¿Se habían llevado equipaje?

Contento de estar de vuelta en el satélite, y ansioso por sumergirse en su trabajo, sintió la tentación de olvidar todo lo relacionado con la Hermandad. Lamentaba el tiempo perdido..., pero no sabía cuánto. Tendría que comprobarlo.

Flinto Kinnis y Talis Balt, que recorrían los pasillos metálicos al lado de Rund, parpadearon debido a la luz cegadora. Rund se esforzó por volver a pensar en el banquete, percibió fragmentos de pensamientos que se filtraban en el borde de su conciencia, como agua que se escapara por la grieta de un dique. Procuró utilizar algunas técnicas mentat que había intentado aprender, mucho tiempo antes, pero cada vez era como aferrar una piedra cubierta de musgo. Quería saber más. Si la grieta se ensanchaba, tal vez el dique que obstruía sus recuerdos se desmoronaría.

Una fría sensación de miedo se apoderó de él, y empezó a sentirse mareado. Era absurdo. Le zumbaban los oídos. *¿Nos han hecho algo las brujas?*

Empezó a perder el equilibrio, como si sus piernas fueran de goma. Antes de que sus compañeros pudieran ayudarle, Rund cayó sobre el frío suelo de metal. Sus oídos seguían zumbando.

Talis Balt se agachó sobre el hombre caído y arrugó su frente lisa.

—¿Qué te pasa, Haloa? ¿Quieres que llame a un médico?

Kinnis se humedeció los labios.

—¿Tal vez unas vacaciones, Rund? Estoy seguro de que tu tío te daría permiso. —Daba la impresión de que estaba repasando horarios en su mente—. En cualquier caso, dudo que las Bene Gesserit hablaran en serio sobre lo de contratar nuestros servicios.

Rund, confuso y alarmado, se aferró al comentario.

—Nuestros servicios ¿para qué, director? —Los días pasados eran sombras neblinosas. ¿Cómo podía haber olvidado tantas cosas en tan poco tiempo—. ¿Os acordáis?

El burócrata resopló.

—Pues para su... proyecto, por supuesto. ¿Qué más da? Un esfuerzo vano, créeme.

Rund tuvo la impresión de que sus ojos se habían vuelto hacia dentro, revelaban destellos de una mujer Bene Gesserit, cuyos labios formulaban enérgicas preguntas que resonaban en su cabeza. Vio que la boca de la mujer se abría y cerraba con lentitud, pronunciaba palabras extrañas, mientras sus largos dedos se movían de una manera hipnótica.

Utilizó técnicas de memorización mentat. Por momentos, la grieta del dique mental se iba ensanchando. Recordó un precipicio, una cantera de roca..., una nave accidentada, un comentario concreto. *Eran amigos de Chobyn.*

De pronto, el bloque mental se desmoronó y lo reveló todo. *Decidnos lo que sepáis de este invento. ¿Cómo podemos recrearlo?* Todavía sentado en el pasillo, Rund empezó a gritar órdenes.

—Traedme una holograbadora, ya. Necesito tomar nota de estos detalles.

—Se ha vuelto loco —gimió el director Kinnis—. Ha perdido el juicio.

Pero Talis Balt le arrebató una tarjeta de dictado del bolsillo y la tendió a su colega. Rund la cogió.

—¡Esto es importante! No hay tiempo para preguntas, antes de que pierda el contacto.

Sin mirar a sus compañeros, activó el micrófono y habló sin aliento.

—Tenu Chobyn... Sus proyectos secretos interesaban mucho

al primer ministro Calimar. Desapareció... Se pasó a la Casa Harkonnen. Demasiadas lagunas en la documentación que abandonó. ¡Ah, ahora sabemos en lo que estaba trabajando! Un generador de un campo de invisibilidad.

Balt se arrodilló a su lado con el ceño fruncido. A juzgar por su expresión, Kinnis parecía dispuesto a pedir un médico y fármacos, hasta una nave hospital que trasladara al inventor a Richese. A Kinnis no le gustaban los problemas que inquietaban a los trabajadores, pero debía tratar con guante blanco al sobrino del conde.

Más imágenes desfilaron por la mente de Rund, y escupió a toda prisa las palabras.

—Utilizó su generador de campo para hacer invisible una nave de guerra... Los Harkonnen la estrellaron en la Escuela Materna. Por eso nos llamaron a Wallach IX, para ayudarlas a comprender aquella increíble tecnología...

Flinto Kinnis ya había oído bastante.

—Tonterías, nos llamaron para consultar...

—Estoy seguro de que todo está en mis notas —añadió Balt, pero luego frunció el ceño.

—¿Recuerdas la cantera? —preguntó Rund—. ¿Las mujeres que nos interrogaron? Intentaron borrarnos los recuerdos.

El impaciente inventor contó todo lo que podía recordar, sin soltar la tarjeta de dictado. Una multitud de curiosos empezó a congregarse en el pasillo, y mientras Rund recreaba imágenes de su memoria recuperada, Kinnis y Balt no podían dejar de escuchar. Cada detalle hacía mella en sus dudas, pero aún no podían recordar.

Rund, obsesionado, pedía más tarjetas de dictado. Habló durante horas, se negó a tomar comida o agua, hasta que al final se desplomó en el suelo del pasillo, exhausto. Su trabajo solo acababa de empezar.

El que ríe de noche a solas lo hace sumido en la contemplación de su propia maldad.

Sabiduría fremen

Como el agua era el bien más preciado de Arrakis, las fábricas de extracción de humedad de Rondo Tuek en el casquete antártico le habían convertido en un rico mercader de agua. Contaba con los medios necesarios para comprar todo cuanto un hombre pudiera desear.

Pero vivía sumido en el terror, y dudaba que alguna vez volviera a sentirse seguro, fuera a donde fuese.

Tuek se había refugiado en su mansión de Carthag, una casa elegante llena de objetos de arte que había ido adquiriendo poco a poco. Había gastado una gran cantidad de dinero en instalar un sistema de seguridad de alta tecnología, y en comprar una amplia gama de armas defensivas personales. Como guardias, había contratado a mercenarios extraplanetarios sin vínculos familiares con las víctimas de su traición.

Tendría que haberse sentido seguro.

Después de revelar el emplazamiento de la base de contrabandistas, la vida de Tuek había dado un brusco giro. Durante muchos años había guardado el secreto de Dominic Vernius, aceptado sobornos y ayudado a sus contrabandistas a adquirir objetos que necesitaban. No se había sentido culpable en ningún momento por jugar a dos bandas, siempre que los beneficios se fueran acumulando. Más tarde, al ver la oportunidad de ganar un montón de solaris, Tuek había denunciado al fugitivo ante el conde Hasimir Fenring. Tropas Sardaukar armadas hasta los dientes habían atacado la base de los contrabandistas.

Jamás había sospechado que los renegados hubieran acumulado armas atómicas. Dominic Vernius, acorralado, había activado un quemapiedras, vaporizado su base, a sus hombres y a todo un regimiento de soldados del emperador…

Tras considerar la posibilidad de que enviaran tras él a una bella asesina, Tuek se había desprendido de sus concubinas y dormía solo. Siempre alerta a los venenos, se preparaba la comida él mismo y analizaba cada bocado con los mejores detectores de venenos de Kronin. Ya no andaba sin protección por la ciudad, pues temía un ataque por sorpresa.

Ahora, los impredecibles fremen, sin más explicaciones, habían concluido su relación comercial con él, y ya no le utilizarían como intermediario con la Cofradía Espacial. Durante años, había trabajado como mensajero, y entregado los sobornos de especia de los fremen a la Cofradía.

¿Sospechaban los fremen lo que había hecho? Por otra parte, ¿por qué iban a preocuparse por una banda de contrabandistas? De todos modos, si insistían en acabar con su participación, Tuek denunciaría sus actividades ilegales a Kaitain sin el menor remordimiento. Tal vez Shaddam IV le recompensaría con generosidad, como había hecho el conde Fenring.

Pero el miedo mantenía al mercader acorralado en su casa. *Me he ganado demasiados enemigos.*

Intentaba encontrar consuelo en los mullidos almohadones y sedas que le rodeaban. El hipnótico zumbido de las costosas fuentes tendría que haberle adormilado, pero no era así. Se dijo por milésima vez que sus preocupaciones eran infundadas.

Liet-Kynes y Stilgar, junto con otros tres guerreros fremen, burlaron con facilidad los sistemas de seguridad. Eran capaces de atravesar grandes extensiones de arena sin dejar el menor rastro. Esto no suponía ninguna dificultad para ellos.

Después de degollar a dos de los guardias mercenarios, los fremen entraron en la mansión del mercader de agua y recorrieron los pasillos bien iluminados.

—Tuek tendría que haber contratado a hombres mejores —susurró Stilgar.

Liet había desenfundado su criscuchillo, pero la hoja de color lechoso todavía no había probado la sangre aquella noche. Intentaba reservarla para el hombre que más merecía su caricia.

Años antes, el joven Liet se había unido a Dominic Vernius y sus contrabandistas en el polo sur. Dominic había sido un gran amigo y maestro, muy querido por sus hombres. Pero después de que Liet regresara al sietch, Rondo Tuek había traicionado a los renegados. El mercader de agua era un hombre sin honor.

Corrieron en silencio por los pasillos de piedra, fundidos con las sombras, y se acercaron a los aposentos del mercader. Había sido tarea fácil obtener planos detallados de la mansión gracias a antiguos criados fremen de la ciudad, que seguían siendo leales a sus sietches.

Aunque no había conocido a Dominic Vernius, Stilgar seguía a Liet, que ahora era el Abu Naib de todos los fremen. Cualquier fremen habría participado de buen grado en esta misión. Los fremen estaban muy familiarizados con el concepto de venganza.

En la oscuridad, irrumpieron en el dormitorio de Tuek y cerraron la puerta a su espalda. Llevaban los cuchillos desenvainados, sus pasos eran tan silenciosos como aceite resbalando sobre una roca. Liet podría haber traído su pistola maula y liquidado al traidor en su cama, pero su intención no era asesinar al hombre. En absoluto.

Tuek despertó sobresaltado y respiró hondo para chillar, pero Stilgar saltó sobre él como un lobo. Los dos se debatieron sobre las delicadas sábanas. Stilgar apretó la garganta y los labios del hombre para impedir que pidiera auxilio.

Los ojos del mercader se movían de un lado a otro, llenos de terror. Se resistió, pero los guerreros inmovilizaron sus piernas y manos, para impedir que disparara alarmas o buscara armas escondidas.

—No tenemos mucho tiempo, Liet —susurró Stilgar.

Liet-Kynes miró al cautivo. Años antes, enviado como emisario de los fremen, Liet había viajado a las instalaciones mineras para entregar el soborno mensual de especia, pero estaba claro que Tuek no lo reconocía.

Para facilitar las cosas, Stilgar cortó simbólicamente la lengua de Tuek, con el fin de que la sangre que se acumulaba en su boca redujera sus chillidos a sonidos gorgoteantes.

Cuando el hombre tuvo náuseas y escupió gotas escarlata, Liet pronunció la sentencia fremen.

—Rondo Tuek, tomamos tu lengua por las palabras de traición que pronunciaste.

Con la hoja de su cuchillo, Liet le sacó los ojos, uno a uno, y dejó las órbitas sobre la mesilla de noche.

—Tomamos tus ojos por presenciar cosas que no deberías haber visto.

Tuek se retorció, presa del horror y la agonía más atroces, intentó chillar, pero solo consiguió escupir más sangre. Dos guerreros fremen fruncieron el ceño al ver tanta humedad desperdiciada.

Con la hoja del cuchillo, Liet cortó la oreja izquierda del traidor, y después la derecha, que depositó junto a la lengua y los globos oculares sobre la mesilla de noche.

—Tomamos tus orejas por escuchar secretos que no te concernían.

Todos los guerreros participaron en la fase final: cercenar las manos de Tuek con un ruido hueco de huesos rotos.

—Tomamos tus manos, con las que recogiste sobornos y vendiste a un hombre que confiaba en ti.

Por fin, dejaron al mercader que se desangrara sobre su cama, vivo, pero tal vez habría estado mejor muerto...

Antes de partir, los fremen bebieron del agua que manaba de la fuente decorativa instalada en el dormitorio de Tuek. Después, salieron en silencio a las calles tenebrosas de Carthag.

Desde aquel momento, Liet-Kynes trataría con la Cofradía Espacial sin intermediarios, e impondría sus condiciones.

> Un pensamiento derivado de la intensidad de los sentimientos se localiza en el corazón. El pensamiento abstracto ha de localizarse en el cerebro.
>
> Aforismo Bene Gesserit, *Los principios del control*

Rhombur vestía un uniforme hecho a medida y una capa púrpura espectacular forrada de seda mehr rojiza. Ya había conseguido controlar sus movimientos, y las prendas estaban tan bien confeccionadas que solo una detenida inspección habría podido descubrir su cuerpo cyborg. Tessia, orgullosa de ir a su lado, le tomó del brazo y le acompañó a los hangares militares situados en la zona periférica del espaciopuerto municipal de Cala.

Allí se encontraron con Leto y Thufir. El ruido producido por las cuadrillas de mantenimiento resonaba en todo el edificio.

—El primer paso está casi concluido, príncipe Rhombur —anunció Hawat—. Hemos comprado pasaje en un crucero para vos y Gurney, pero seguiréis una ruta tan larga y tortuosa que nadie podrá averiguar vuestro punto de partida.

Duncan corrió a su encuentro, al tiempo que se secaba la grasa de las manos y guardaba un tablero de datos en el bolsillo.

—Leto, nuestra flota está casi lista para la inspección. Hemos llevado a cabo una verificación total de veintiséis fragatas de guerra, diecinueve transportes de tropas, cien tópteros de combate y cincuenta y ocho cazas individuales.

Thufir Hawat tomó nota mental de las cifras, calculó el número de solaris que la Cofradía Espacial cobraría por transportar a todas las fuerzas, y lo comparó con las reservas disponibles de la Casa Atreides.

—Para una operación de tal trascendencia, será necesario solicitar un préstamo al Banco de la Cofradía, mi duque.

Leto desechó sus preocupaciones con un ademán.

—Mi solvencia es sólida, Thufir. Hace tiempo que tendríamos que haber llevado a cabo esta inversión.

—Y yo te devolveré hasta el último solari, Leto..., a menos que no consiga recuperar Ix para la Casa Vernius, en cuyo caso estaré arruinado o muerto. —Al observar el destello en los ojos sepia de Tessia, se apresuró a añadir—: Temo que aún es difícil desprenderme de mi antigua manera de pensar, pero ya he esperado bastante. Ojalá Gurney y yo pudiéramos irnos mañana. Nos espera mucho trabajo en la ciudad subterránea.

Leto solo tenía ojos para las formas esbeltas de sus naves militares. Pasaron junto a cuadrillas que estaban probando motores, repostando, comprobando paneles de control. Los hombres de la guardia se pusieron firmes y saludaron a su duque.

—¿Por qué tantos tópteros y cazas individuales, Duncan? No vamos a librar batalla en el suelo o en el aire. Tendremos que llegar a la ciudad subterránea por los túneles.

Duncan señaló las diversas naves.

—Nuestro ataque depende en gran medida de que las fragatas y transportes de tropas desplieguen casi una legión de hombres con la mayor rapidez posible. Sin embargo, los tópteros y cazas individuales serán los primeros en atacar, para neutralizar las torres sensoras Sardaukar y abrir las compuertas que les permitirán abrirse paso a través de las paredes de los riscos. —Examinó el grupo de veloces cazas en forma de dardo—. Si nuestras tropas son incapaces de neutralizar las defensas de la superficie con celeridad, la rebelión en el subsuelo está condenada al fracaso.

Leto asintió. Thufir Hawat llevó a cabo un cuidadoso inventario mental de los escudos, explosivos, fusiles láser, armas manuales, víveres, combustible y uniformes. Este tipo de ataque por sorpresa planteaba tantos problemas logísticos como tácticos. Tal como estaban las cosas, requeriría la mayor parte de las fuerzas que defendían Caladan. Era preciso alcanzar un equilibrio.

No obstante, si el emperador decidía desquitarse de los Atreides y enviar a sus Sardaukar, ninguna defensa sería suficiente. Desde la advertencia del emperador sobre las reservas ilegales de especia y su desalmado ataque contra Zanovar, muchas Casas estaban aumentando su seguridad. Algunas familias nobles habían entregado de manera voluntaria sus reservas de especia, mientras otras negaban con vehemencia su implicación en el contrabando de especia.

Leto había enviado un mensaje a Kaitain para anunciar que estaba dispuesto a someterse a una auditoría de la CHOAM, pero la oferta no había recibido respuesta. La inocencia no era una garantía de seguridad, puesto que la documentación (e incluso las mismas reservas) podían falsificarse. Thufir citaba el ejemplo de la Casa Ecaz, a la que consideraba inocente de las acusaciones que pesaban sobre ella a raíz de un reciente enfrentamiento. Después de que un infiltrado destruyera un almacén clandestino de especia en Grumman, el vizconde Hundro Moritani había acusado a Ecaz, su archienemigo. Poco después, se descubrió otro depósito de especia, esta vez en Ecaz. El archiduque Armand Ecaz, indignado, afirmaba que había sido introducido subrepticiamente por la Casa Moritani para perjudicar a los ecazi. Como prueba, ofrecía varios «saboteadores» grumman ya ejecutados. El emperador estaba investigando, mientras ambas partes se lanzaban acusaciones e insultos.

Una Correo con librea asomó la cabeza en el hangar. Entró corriendo, casi sin aliento, y preguntó a un mecánico, que señaló al duque y sus acompañantes. Leto se puso tenso, al recordar momentos del pasado en que Correos agotados le habían entregado mensajes urgentes. Nunca le habían entregado buenas noticias.

La mujer se acercó a Leto a toda prisa, hizo una reverencia y le pidió ver su sello ducal para verificar su identidad. Satisfecha, le entregó el mensaje, tras lo cual el duque la despidió con el mínimo de cortesía obligado. Rhombur y Tessia retrocedieron, para que el duque pudiera leer el comunicado con tranquilidad. Duncan y Thufir le miraron fijamente.

—Es un aviso oficial de Kaitain. Han intentado asesinar al emperador —dijo Leto en voz baja, y luego palideció—. ¡Y Jessica se encontraba en la línea de fuego! —Sus nudillos se pusieron blancos cuando apretó el cilindro. Sus ojos grises se movieron de un lado a otro mientras asimilaba los detalles—. Según esto, un demente enloqueció durante una representación.

Rhombur miró a Tessia, desolado.

—¡Infiernos carmesíes! En teoría, Jessica fue a Kaitain para estar protegida.

—¿Ha resultado herida? —preguntó Duncan.

—Jessica escribió esta segunda nota —dijo Leto, aliviado, al tiempo que sacaba otra hoja de papel. La leyó y entregó a Thufir, indiferente a que el mentat leyera los pensamientos privados de su concubina.

Leto sentía un nudo en el estómago. El sudor perló su frente. Contra toda razón, había llegado a quererla, y había depositado grandes esperanzas en su nuevo hijo.

—Estoy seguro de que hay gato encerrado, pero es evidente que Jessica no era el objetivo del atentado, mi duque —indicó Hawat—. Si algún asesino hubiera querido matarla, habría tenido muchas más oportunidades. La seguridad era mucho mayor con el emperador presente... No, vuestra dama estaba allí... por pura casualidad.

—Pero no estaría menos muerta si hubiera recibido una descarga de una pistola láser. —Leto estaba enfermo de dolor y furia—. Lady Anirul solicitó..., no, exigió, que Jessica residiera en Kaitain durante el resto de su embarazo. ¿Tendría que haberme preocupado por su vida si se hubiera quedado en el castillo de Caladan?

—No lo creo —dijo Duncan, como si prometiera su propia protección.

El trabajo se reanudó en el hangar. Leto se sentía impotente, a punto de estallar. *¡Jessica podría haber muerto!* Lucharía con ferocidad para defenderla. *Perderla me destrozaría.*

Su primer instinto fue ir de inmediato al Crucero que esperaba en órbita, y subir al primer transporte disponible a Kaitain. Solo por estar a su lado, abandonaría estos preparativos militares, dejando que los demás se encargaran de terminarlos, con la intención de liquidar a todos los asesinos que se interpusieran en su camino.

Pero cuando se dio cuenta de que Rhombur le estaba mirando, Leto recordó el complejo entramado de sus planes secretos, así como lo que Thufir y Gurney le habían contado sobre los horrores de Ix. Sí, Leto era un ser humano, un hombre, pero antes que nada era el duque. Pese a la angustia y añoranza que Jessica despertaba en él, no podía olvidar su deber y abandonar a su amigo Rhombur, así como a los millones de habitantes de Ix.

—El emperador Padishah tiene muchos enemigos, y se gana

nuevos cada día. Aprieta las clavijas, se apodera de depósitos de especia, amenaza con destruir otros planetas, tal como hizo con Zanovar —dijo Rhombur—. Continúa oprimiendo a sus súbditos.

Tessia adoptó una expresión pensativa.

—El poder de Shaddam procede de su linaje. Tiene el trono, pero… ¿es merecedor de él?

Leto meneó la cabeza, pensó en todas las víctimas inocentes que ya sembraban el retorcido camino del emperador.

—Creo que su Gran Guerra de la Especia se va a volver contra él.

> Las leyes son peligrosas para todo el mundo, inocentes y culpables por igual, porque su texto y lo que de él se desprende quedan fuera de la comprensión humana. Han de ser interpretadas.
>
> Opinión Bene Gesserit sobre los estados

Bajo el habitual cielo azul despejado, otra fiesta tenía lugar en los jardines del palacio imperial. La brisa transportaba los chillidos de los niños y la charla plácida de los cortesanos.

Jessica pensaba que aquella gente vivía una existencia irreal. Su mayor peligro parecía ser el aburrimiento. Hasta la decadencia debía ser insulsa al cabo de un tiempo. Se preguntó cómo era posible gobernar así. Como dama de compañía, no tenía nada que hacer, si bien daba la impresión de que las Bene Gesserit de la corte siempre la estaban vigilando.

De haber estado en Caladan con Leto, Jessica podría haberse dedicado a controlar las finanzas de la Casa, observar los preparativos de las flotas pesqueras, seguir la evolución de las condiciones meteorológicas que se formaban al otro lado de los inmensos océanos.

Mientras Jessica caminaba por un sendero de gravilla que serpenteaba entre buganvillas escarlata y dondiegos en forma de trompeta, los delicados perfumes le recordaron Caladan. En el planeta Atreides, espesos prados de azucenas se extendían al norte del castillo. Un día caluroso, lejos de los ojos de Thufir Hawat, Leto la había llevado a un claro aislado, elevado sobre la abrupta costa. Allí, sobre una almohada de azucenas, le había hecho el amor, y después habían pasado media hora mirando las nubes. Cuánto añoraba al duque...

Pero debía esperar otros cuatro meses y medio a que el niño naciera. Jessica no estaba autorizada a cuestionar tales cosas, pero podía hacerse preguntas...

Mohiam, la profesora que la conocía tan bien, se llevaría una gran decepción cuando descubriera el secreto de la rebelión de la joven. Jessica temía ver el rostro de la reverenda madre cuando ayudara a nacer al niño varón. ¿Matarían al hijo del duque, por puro afán de desquite?

Pero enderezó los hombros y continuó andando. *Siempre puedo tener una hija después, tantas como la Hermandad desee.*

Jessica vio a la joven princesa Irulan, vestida con un elegante traje negro que destacaba su largo cabello rubio. Estaba sentada en un banco de piedra pulida, absorta en un videolibro abierto sobre su regazo. Irulan alzó los ojos y la vio.

—Buenas tardes, lady Jessica. ¿Os han eliminado de los torneos?

—Temo que no soy muy aficionada a los juegos.

—Yo tampoco. —Irulan hizo un gesto elegante con la mano—. ¿Queréis sentaros?

Anirul, pese a su retraimiento Bene Gesserit, prestaba mucha atención a su hija mayor. La princesa era seria e inteligente, aun más que sus hermanas pequeñas.

Irulan levantó el libro.

—¿Habéis leído *Vidas de los héroes de la Jihad*?

Parecía mayor de lo que era, ávida de saber. Se decía que la princesa aspiraba a ser escritora algún día.

—Por supuesto. La reverenda madre Mohiam fue mi maestra. Me obligó a aprender de memoria todo el libro. Hay una estatua de Raquella Berto-Anirul en los terrenos de la Escuela Materna.

Irulan enarcó las cejas.

—Serena Butler siempre fue mi favorita.

Jessica se sentó en el banco, recalentado por el sol. Pasaron unos niños que daban patadas a una pelota roja. La princesa dejó a un lado el libro y cambió de tema.

—Debéis encontrar Kaitain muy diferente de Caladan.

Jessica sonrió.

—Kaitain es hermoso y fascinante. Cada día aprendo cosas

nuevas, veo cosas asombrosas. —Hizo una pausa—. Pero no es mi hogar —admitió.

La belleza clásica de Irulan recordaba a Jessica el aspecto que tenía a su edad. Solo era once años mayor que la princesa. Las dos habrían podido pasar por hermanas. *Es el tipo de mujer con el que mi duque debería casarse, con el fin de elevar la categoría social de su Casa. Debería odiarla, pero no puedo.*

La esposa del emperador, ataviada con un vestido largo de tela malva, un collar de oro y mangas adornadas con filigranas, apareció en el sendero que había detrás de Jessica.

—Ah, estás ahí, Jessica. ¿Qué estáis conspirando las dos?

—Estábamos hablando de lo asombroso que es Kaitain —contestó Irulan.

Anirul se permitió un momentáneo destello de orgullo. Observó el videolibro, y comprendió que Irulan había estado estudiando mientras los demás jugaban.

—Irulan parece más interesada que mi marido en estudiar los entresijos del liderazgo —dijo a Jessica en tono conspiratorio—. Ven, hemos de hablar.

Jessica siguió a la esposa del emperador a través de un jardín ornamental, cuyos matorrales habían sido esculpidos en forma de soldados. Anirul sacudió una ramita del uniforme de un soldado.

—Jessica, tú eres diferente de los gorrones habituales de la corte, que no paran de cuchichear y buscarse una posición social. Te considero estimulante.

—Rodeada de tanto esplendor, debo parecer bastante sencilla.

Anirul lanzó una risita.

—Tu belleza no necesita más aditamentos. De mí, se espera que vista de una manera determinada. —Exhibió los anillos de sus dedos—. Sin embargo, esta piedra soo azul es algo más que un anillo.

Apretó la joya y un diario resplandeciente apareció ante ella, con páginas de apretada escritura. Antes de que Jessica pudiera leer una palabra, Anirul desactivó la proyección.

—Como la privacidad es algo que no abunda en la corte, he descubierto que mi diario es una herramienta utilísima para la contemplación. Me permite analizar mis pensamientos y ahondar en la Otra Memoria. Cuando seas reverenda madre, Jessica, te darás cuenta.

Jessica la siguió por senderos que cruzaban un pequeño jardín acuático, donde flotaban lirios de gran tamaño y nenúfares. Anirul continuó.

—Considero mi diario una responsabilidad, en caso de que ocurriera algo que impidiera mi transferencia de memoria al final de mi vida.

Sus palabras no lo decían todo. En estos críticos últimos días del programa secreto de reproducción, ella, como madre Kwisatz, necesitaba una crónica escrita que legar a aquellos que la seguirían. No quería correr el peligro de que su vida y experiencias cayeran en un abismo de historia no documentada.

Anirul acarició su anillo.

—Me gustaría regalarte un diario, Jessica. Un libro encuadernado, como en los viejos tiempos. En él podrás plasmar tus pensamientos y observaciones, tus sentimientos más personales. Llegarás a comprenderte mejor, y también a los que te rodean.

Mientras caminaban alrededor de una fuente, Jessica sintió una neblina sobre su piel, como el aliento de un niño. Se tocó el estómago de manera inconsciente, y notó la vida que crecía en su interior.

—Mi regalo ya está en tu apartamento. Encontrarás un viejo libro en blanco dentro del pequeño escritorio de tapa corredera que perteneció a mi querida amiga Lobia. Escribe en tu diario. Podría ser un nuevo amigo para ti en nuestro solitario y concurrido palacio.

Jessica no supo qué contestar.

—Gracias, mi señora. Esta noche escribiré mi primera anotación.

> Algunos hombres se niegan a reconocer la derrota, sean cuales sean las circunstancias. ¿La historia les juzgará como héroes, o como locos?
>
> Emperador SHADDAM IV,
> *Historia imperial oficial revisada* (borrador)

En los gloriosos días del pasado, Cammar Pilru había sido el embajador ixiano en Kaitain, un hombre importante cuyos deberes le conducían desde las ciudades subterráneas hasta la sede del Landsraad y la corte imperial. Pilru, un hombre distinguido y en ocasiones seductor, había buscado sin descanso concesiones que favorecieran a los productos industriales ixianos, a base de sobornos a uno u otro funcionario.

Después, los tleilaxu habían invadido su planeta. La Casa Corrino había hecho caso omiso de sus súplicas de auxilio, y el Landsraad no quiso escuchar sus quejas. Su mujer había muerto en el ataque. Su mundo y su vida quedaron destruidos.

En lo que se le antojaba otra existencia, el embajador había ejercido una considerable influencia en círculos financieros, comerciales y políticos. Cammar Pilru había hecho amistades que ocupaban altos cargos, y guardaba muchos secretos. Aunque no era propenso a servirse del chantaje, la mera suposición de que podía utilizar determinada información contra otra persona le proporcionaba un considerable poder. Incluso después de tantos años, recordaba cada detalle; otros también se acordaban. Ahora, había llegado el momento de usar tal información.

La alcaide de la prisión imperial de Kaitain, Nanee McGarr, era una ex contrabandista y bribona. A juzgar por su apariencia, algunos deducían que era un hombre, y muy feo. Nacida en un planeta de alta gravedad del sistema Unsidor, era achaparrada y tan musculosa como un luchador de anbus. McGarr había cumplido condena durante casi un año en una prisión ixiana, antes de sobornar a un guardia para que la dejara escapar. Oficialmente, continuaba fugada.

Años más tarde, tras ver fugazmente a McGarr en la ciudad imperial, el embajador Pilru la había reconocido gracias a un informe confidencial ixiano. Después de que le revelara en privado lo que sabía, se puso a la alcaide en el bolsillo. Durante veinte largos años, Pilru había vivido en Kaitain, un embajador exiliado de una Casa renegada, y no había necesitado pedir que le devolvieran el favor.

Entonces, un actor había intentado asesinar al emperador, tras lanzar sorprendentes afirmaciones acerca de su linaje. Dichas aseveraciones habían sembrado la semilla de la duda en la mente del embajador Pilru. Necesitaba desesperadamente ver al prisionero, que tal vez fuera hijo de Elrood IX y la concubina imperial Shando Balut, una mujer que más tarde se había convertido en la esposa del conde Dominic Vernius.

De ser cierto, Tyros Reffa no solo era el hermanastro de Shaddam IV, sino también del príncipe Rhombur Vernius. Era un pensamiento estremecedor, una doble revelación. ¡Un príncipe Corrino y Vernius encerrado en una prisión, aquí en Kaitain! Rhombur pensaba que era el último superviviente de su Gran Casa, y creía que su linaje terminaría con él.

Ahora, existía una mínima posibilidad, al menos por línea materna...

Shaddam jamás le permitiría ver a Reffa, de modo que el embajador se decantó por otra opción. Pese al declive de la Casa Vernius, la alcaide McGarr no querría que sus antiguos delitos fueran aireados. Solo podía conducir a investigaciones más minuciosas. Al final, el embajador ni siquiera tuvo que insinuar esa amenaza, ella se encargó de allanarle el camino...

Cuando la oscuridad empezó a caer sobre la metrópoli de Corrinth, Pilru se internó por una pista forestal que seguía el perímetro occidental de los terrenos del palacio. Cruzó un puente de marfil que salvaba un riachuelo y desapareció en las sombras del otro lado. Llevaba en los bolsillos cierto instrumental médico, frascos para recoger muestras y una pequeña holograbadora, todo escondido en una bolsa de nulentropía sujeta con una cuerda sobre su estómago.

—Por aquí —dijo una voz cavernosa desde el riachuelo.

En la penumbra, Pilru vio al barquero con quien debía encontrarse, una figura encorvada de ojos claros y brillantes. El motor emitía un tenue zumbido, para que la barca resistiera el empuje de la corriente.

Después de que Pilru subiera a bordo, la barca surcó el agua. El barquero utilizaba un timón alto para guiar la embarcación por el laberinto de canales fluviales. A su alrededor, se alzaban altos setos, que al recortarse contra el cielo oscurecido formaban ominosas siluetas. Había muchos callejones sin salida en aquellos canales laberínticos, trampas para los incautos. Pero el piloto encorvado conocía la ruta.

La barca dobló una curva, donde los setos parecían más altos, y los afilados espinos más largos. Más adelante, Pilru vio débiles luces en la base de un enorme edificio de piedra gris. Una doble puerta metálica que dominaba un canal acuático permitía el acceso al penal. Brillaban luces al otro lado.

En el extremo de altos postes que flanqueaban la puerta había las cabezas de cuatro prisioneros ejecutados, tres hombres y una mujer. Habían vaciado sus cráneos, todavía envueltos en carne sanguinolenta, que luego habían cubierto de un polímero conservante, para a continuación colocar en su interior globos de luz, de manera que una luz espectral brillaba a través de las cavidades oculares, la boca y la nariz.

—La Puerta de los Traidores —anunció el barquero, mientras las puertas de metal se abrían con un chirrido y la embarcación pasaba—. Un montón de prisioneros famosos entran por aquí, pero muy pocos vuelven a salir.

Un guardia apostado en el muelle les hizo señales, y Pilru bajó del bote. Sin pedirle sus credenciales, el hombre le guió por un pasillo siniestro que olía a moho y podredumbre. Pilru oyó gritos. Tal vez eran ecos procedentes de las temidas cámaras de tortura imperiales..., o simples grabaciones destinadas a perpetuar la angustia de los prisioneros.

Pilru fue conducido hasta una pequeña celda rodeada por un campo de contención anaranjado.

—Nuestra suite real —anunció el guardia. Apagó el campo de contención y permitió que el embajador pasara. La celda hedía.

Riachuelos de humedad resbalaban por una pared de roca situada al fondo de la celda, y caían sobre la cama y el suelo de piedra, donde crecían hongos. Un hombre vestido con una raída chaqueta negra y pantalones mugrientos yacía en un catre. El prisionero se incorporó con cautela cuando Pilru se acercó.

—¿Quién sois? ¿Mi experto en leyes, tal vez?

—La alcaide McGarr os concede una hora —dijo el guardia al embajador—. Después, podéis marchar..., o quedaros.

Tyros Reffa pasó sus pies calzados con botas por encima de la cama.

—He estudiado los principios del sistema judicial. Conozco el Código de la Ley Imperial al dedillo, y hasta Shaddam está obligado por él. No está siguiendo...

—Los Corrino siguen la ley que más les conviene.

Pilru meneó la cabeza. Lo había vivido en sus carnes, cuando había condenado las injusticias recaídas sobre Ix.

—Yo soy un Corrino.

—Eso decís vos. ¿Aún no tenéis representación legal?

—Han pasado casi tres semanas, y nadie ha hablado conmigo todavía. —Parecía agitado—. ¿Qué ha pasado con el resto de la compañía? No saben nada de esto...

—También han sido detenidos.

Reffa inclinó la cabeza.

—Lo lamento muchísimo. Y también la muerte del guardia. No era mi intención matar a nadie, sino tan solo dar a conocer al público mi opinión. —Miró a su visitante—. ¿Quién sois?

Pilru se identificó en voz baja.

—Por desgracia, soy un servidor gubernamental sin gobierno. Cuando Ix fue conquistado por los invasores, el emperador se lavó las manos.

—¿Ix? —Reffa le miró con cierto orgullo—. Mi madre era Shando Balut, que más tarde contrajo matrimonio con Dominic Vernius de Ix.

El embajador se acuclilló, procurando que sus ropas no rozaran nada ofensivo.

—Si en verdad sois quien decís, Tyros Reffa, sois legalmente un príncipe de la Casa Vernius, junto con vuestro hermanastro Rhombur. Sois los dos únicos miembros de vuestra familia todavía vivos.

—También soy el único heredero varón Corrino.

Reffa no parecía asustado de su posible destino, solo indignado con el tratamiento que recibía.

—Eso decís vos.

El prisionero cruzó los brazos sobre el pecho.

—Análisis genéticos detallados probarán mis aseveraciones.

—Exacto. —El embajador extrajo un maletín médico de la bolsa de nulentropía ceñida a su estómago—. He traído un extractor genético. El emperador Shaddam quiere mantener oculta vuestra verdadera identidad, y he venido sin su conocimiento. Hemos de ser extremadamente cautelosos.

—Él no se ha sometido a ningún análisis. O ya sabe la verdad, o no le interesa. —Reffa parecía disgustado—. ¿Intenta Shaddam mantenerme oculto aquí durante años, o ejecutarme con sigilo? ¿Sabéis que el auténtico motivo de su ataque contra Zanovar era eliminarme? Tanta gente muerta..., y yo ni siquiera estaba allí.

Pilru, que había empleado sus habilidades diplomáticas durante años, consiguió reprimir la sorpresa ante aquella afirmación asombrosa. ¿Todo un planeta arrasado para eliminar a una sola persona? No obstante, estaba convencido de que Shaddam habría sido capaz de acabar con una supuesta amenaza de esta manera.

—Todo es posible. Sin embargo, negar vuestra existencia sirve a los propósitos del emperador. Por eso debo tomar muestras, con el fin de llevar a cabo un análisis exhaustivo..., lejos de Kaitain. Necesito vuestra colaboración.

Distinguió una expresión esperanzada en el rostro de Reffa. Los ojos verdegrisáceos se iluminaron, y se puso muy tieso.

—Desde luego.

Por suerte, no pidió más detalles.

Pilru abrió una caja negra, en la que había un autoescalpelo reluciente y una jeringa, así como varios frascos y tubos.

—Necesitaré suficiente material para varios análisis genéticos.

El prisionero accedió. El embajador recogió a toda prisa sangre, semen, partículas de piel, uñas y células epiteliales del interior de la boca de Reffa. Todo lo necesario para procurar pruebas definitivas sobre el parentesco de Reffa, aunque Shaddam intentara negarlo.

Siempre que Pilru lograra sacar las muestras del planeta, por supuesto. Se llevaba entre manos un juego muy peligroso.

Después de tomar todas las muestras, los anchos hombros de Reffa se hundieron, como si por fin hubiera aceptado que jamás saldría vivo del planeta.

—Supongo que nunca me permitirán ir a juicio, ¿verdad?

Parecía un muchacho inocente.

El amado Docente Glax Othn siempre le había enseñado que la justicia era algo sagrado. Pero Shaddam, el Verdugo de Zanovar, se creía por encima de la ley imperial.

—Lo dudo —dijo el embajador con brutal sinceridad.

El prisionero suspiró.

—Escribí un discurso para el tribunal, una majestuosa declaración en la tradición del príncipe Raphael Corrino, el personaje que encarné en mi última representación. Iba a utilizar todo mi talento para hacer llorar a la gente por la época dorada del Imperio, y obligar a mi hermanastro a reconocer el error de su proceder.

Pilru calló, después sacó una diminuta holograbadora de su bolsa de nulentropía.

—Pronunciad vuestro discurso ahora, Tyros Reffa. Yo me encargaré de que otros lo escuchen.

Reffa se sentó muy erguido, y una magnífica capa de dignidad le arropó.

—Me habría gustado hablar para un público.

La grabadora empezó a zumbar.

Después, cuando el guardia regresó, el embajador Pilru estaba impresionado, resbalaban lágrimas sobre su rostro.

—¿Y bien? —preguntó el guardia, cuando el campo de contención se abrió por un lado—. ¿Os vais a quedar con nosotros? ¿Queréis que os busque una celda vacía?

—Me voy.

El embajador Pilru lanzó una mirada de despedida a Tyros Reffa y se apresuró a salir. Tenía la garganta seca, las mejillas húmedas, las rodillas débiles. Nunca había experimentado el tremendo poder de un Jongleur adiestrado.

El hijo bastardo de Elrood, erguido con todo el orgullo de un emperador, miró a Pilru a través de la neblina anaranjada del campo.

—Saludad de mi parte a Rhombur. Ojalá… hubiéramos podido conocernos.

La clave del descubrimiento no reside en las matemáticas, sino en la imaginación.

HALOA RUND, primeros diarios de laboratorio

Con el cuerpo todavía desasosegado e inquieto, Rund se inclinó sobre una mesa de dibujo electrónica, contempló los garabatos y líneas magnéticas de la pantalla plana. Mientras repasaba la lista de sus notas, utilizando algunos trucos mentat para recobrar la memoria utilizada mucho tiempo atrás, había reconstruido en el orden exacto todas las preguntas que las Bene Gesserit habían formulado, todos los detalles que había observado en la nave siniestrada.

Ahora que sabía que el campo de invisibilidad podía existir, solo tenía que encontrar la forma de recrearlo. El desafío era formidable.

Talis Balt y el director Kinnis esperaban en un rincón del austero laboratorio.

—Director, he estado reflexionando durante horas —dijo Balt—. Las afirmaciones de Haloa me parecen... correctas, aunque no sé por qué.

—Yo no recuerdo nada —contestó el director.

—Mi mente ha sido sometida a los rigores del adiestramiento mentat —dijo Rund sin levantar la vista—. Tal vez poseo cierta capacidad de resistencia a los trucos mentales Bene Gesserit.

—Pero fracasaste como mentat —le recordó Kinnis en tono escéptico.

—No obstante, cambió los senderos neuronales de mi cerebro. —Recordó un adagio de la escuela: las pautas tienden a repetirse, tanto para el éxito como para el fracaso—. Mi mente desarrolló bolsas de resistencia, músculos mentales, zonas de almacenamiento auxiliares. Tal vez por eso su coacción no obró un efecto absoluto.

Su viejo tío se sentiría orgulloso de él.

Balt se rascó la cabeza, como si intentara desenterrar raíces de pelo.

—Propongo que registremos de nuevo el laboratorio de Chobyn.

—Ya lo hicimos cuando desertó —replicó el director, impaciente—. Chobyn no era más que un investigador de poca monta, hijo de una familia sin importancia, de modo que no gozaba de un espacio muy grande. Lo hemos utilizado como almacén desde su desaparición.

Rund borró los dibujos de su pantalla. Sin pedir permiso a Kinnis, corrió hacia la antigua zona de trabajo...

En el laboratorio abandonado, examinó una lista de piezas solicitadas y fragmentos de notas. Revisó holofotos de vigilancia tomadas de Chobyn, pero no descubrió nada importante.

El inventor renegado se había dedicado a alterar las ecuaciones clásicas de Holtzmann, desarrolladas milenios antes. Los más brillantes científicos modernos no comprendían cómo funcionaban las fórmulas esotéricas de Tio Holtzmann, pero funcionaban. Rund tampoco podía comprender lo que Chobyn había hecho.

Su cerebro estaba inflamado, trabajaba con una eficacia mayor de lo que había imaginado. Flinto Kinnis hacía lo posible por supervisar, mientras Rund registraba todo el laboratorio, sin hacer caso de los demás. Daba golpecitos en las planchas del suelo, en las paredes y en los techos. Inspeccionaba cada centímetro cuadrado.

Se arrodilló ante una juntura situada entre el suelo y el casco exterior de la estación orbital, y reparó en una grieta que destellaba regularmente, apenas una mota de polvo en el ojo. Rund miró hasta que le dolieron los ojos, y recordó cómo un severo maestro mentat le había enseñado a observar. Aceleró sus percepciones, aminoró el paso del tiempo y captó el siguiente destello.

En el momento preciso, Rund pasó a través de la pared.

Se encontró dentro de un cubículo claustrofóbico, que olía a metal y aire viciado. La pared se cerró detrás de él con otro destello. Apenas podía dar media vuelta en la diminuta habitación. La oscuridad cayó sobre él, como si se hubiera quedado ciego. Le costaba respirar. Todas las superficies estaban heladas.

Tanteó en la oscuridad y encontró delgadas hojas de cristal riduliano, pantallas de proyectos, carretes de hilo shiga repletos de datos. Gritó, pero sus palabras rebotaron en las paredes. No podía ver ni oír nada procedente de la habitación principal.

Cuando la pared destelló de nuevo, Rund salió, sereno pero entusiasmado. El director Kinnis le miró.

—Es una habitación secreta, protegida por un campo, pero parece que el campo está fallando. Chobyn dejó mucha información ahí dentro.

Kinnis se frotó las manos.

—Excelente, hemos de recuperarla. Quiero llegar al fondo del asunto. —Se volvió hacia uno de los técnicos—. En cuanto se produzca otro destello, entre y saque todo lo que encuentre.

El técnico se agachó como un gato al acecho, eligió el momento con precisión y desapareció a través de la pared. La habitación se desvaneció de nuevo.

Rund y Kinnis esperaron minutos que se convirtieron después en media hora, pero el hombre no apareció. No oyeron el menor ruido, ni pudieron abrir de nuevo el cubículo, pese a que golpearon repetidas veces las planchas.

Vino una cuadrilla con herramientas cortantes y abrieron un boquete en la pared, pero solo encontraron la acostumbrada cámara de aire entre las paredes de la estación. Ni siquiera los escáneres captaron algo inusual en la zona.

Mientras la desesperación de los técnicos aumentaba, Haloa Rund contemplaba la lejanía, con la mente perdida en una proyección casi mentat. Basándose en una variación de las ecuaciones Holtzmann, supuso que el campo de invisibilidad había creado un pliegue espacial alrededor del cubículo secreto.

Cuando la abertura volvió a destellar y se abrió, el técnico se derrumbó a través de ella, con la cara pálida y la mirada perdida, las uñas rotas y ensangrentadas, como si hubiera intentado salir a fuerza de arañar las paredes. Dos hombres se precipitaron a ayudarle, pero el técnico estaba muerto, al parecer asfixiado o congelado a raíz de su extraño viaje. ¿Adónde le había transportado el «destello»?

Nadie se movió, temeroso de recuperar los datos almacenados en el cubículo todavía abierto, hasta que Rund avanzó como en trance. Kinnis emitió débiles protestas, ansioso por obtener la información.

Rund, a sabiendas de que la barrera podría cerrarse de un momento a otro, lanzó pantallas de proyectos, carretes de hilo shiga, hojas de cristal riduliano, que los técnicos corrían a recuperar. Como si su mente estuviera sintonizada con el extraño generador de campo, Rund regresó a la seguridad del laboratorio tan solo segundos antes de que la pared se cerrara de nuevo, tan sólida como antes.

Talis Balt contempló las notas.

—Será necesaria una completa investigación para descubrir los secretos de estas anotaciones.

Olvidado ya el técnico muerto, la expresión del director Kinnis parecía indicar que estaba intentando decidir cómo iba a ponerse las medallas del descubrimiento.

—Convenceré al primer ministro Calimar de que necesitamos abundantes fondos. Muy abundantes. Rund, habla con el conde Ilban. Juntos, deberían ser capaces de encontrar una manera de obtener una gran cantidad de dinero.

«Venganza.» ¿Ha creado alguna vez el lenguaje una palabra más deliciosa? Me la repito cuando voy a dormir por la noche, confiado en que me proporcionará sueños agradables.

Barón Vladimir Harkonnen

El gobierno de Richese necesitaba una enorme cantidad de solaris, aunque de forma extraoficial, para financiar el desarrollo del campo de invisibilidad de Chobyn. Y el primer ministro Ein Calimar sabía dónde encontrar los fondos que quería.

Llegó a Giedi Prime, irritado por tener que insistir en que la Casa Harkonnen pagara su deuda, largo tiempo dilatada. En lugar de ser conducido a la fortaleza donde siempre se reunía con el barón, el capitán de la guardia Kryubi le guió hasta el opresivo corazón de Harko City.

Calimar, un hombre delgado, vestido con suma elegancia, se preparó para lo peor y procuró no perder los nervios. El barón era muy aficionado a los juegos psicológicos. Por algún motivo desconocido, el Harkonnen había decidido aquella mañana inspeccionar sus plantas de reciclaje de residuos, y el primer ministro estaba informado de que la entrevista tendría lugar allí, de lo contrario habría perdido el tiempo. Calimar arrugó la nariz al pensar en ello.

La atmósfera que reinaba en el interior del enorme edificio industrial era bochornosa, permeada de olores que habría preferido no experimentar jamás. Los ojos le picaban tras las gafas de montura dorada. Notaba que el hedor impregnaba su traje de tela sintética, que debería quemar después de regresar a sus lujosas oficinas de Centro Tríada. Pero no regresaría sin el dinero que el barón debía a la Casa Richese.

—Por aquí —dijo Kryubi, sus labios firmes adornados con un fino bigote.

Precedió a Calimar por una serie interminable de escaleras metálicas, que subían hasta una red de pasarelas, elevadas sobre cubas de aguas negras hediondas, como siniestros acuarios para necrófagos. *¿Cómo consigue llegar hasta aquí un hombre tan gordo como el barón?*

Calimar jadeó durante casi todo el trayecto, en su esfuerzo por no alejarse del capitán, y por fin se fijó en plataformas elevadoras situadas en lugares estratégicos. *Está intentando ponerme en mi lugar.* Frunció la nariz y apretó los dientes para infundirse confianza. Necesitaba ser duro y tratar al barón con determinación.

La primera vez que el remilgado Calimar había ido a Giedi Prime, el barón había dejado que se sentara en una habitación cerca de la cual yacía un cadáver. Cuando el embajador había formulado la embarazosa petición de ayuda económica, el olor a podrido transmitió una amenaza no verbalizada.

Esta vez, Calimar se tomaría la revancha. Años antes, el barón había ofrecido ayuda a las titubeantes industrias de Richese, con la condición de ser tratado en secreto por un médico Suk. Más adelante, el barón solo había pagado una parte de lo pactado, para luego hacer caso omiso de las repetidas demandas de Richese. El médico, Wellington Yueh, había logrado identificar la enfermedad de su paciente, pero no así la manera de curarla. Nadie podía hacerlo.

Así, el barón había esgrimido dicha justificación para no pagar el resto de los honorarios. Pero ahora, después de que el director Flinto Kinnis hubiera asegurado que iban a desarrollar un generador de invisibilidad, Calimar necesitaba enormes cantidades de dinero. El trabajo de investigación inicial sería costoso, pero como su rival, Ix, funcionaba muy por debajo de su capacidad óptima, Richese tenía la oportunidad de recuperar su antigua posición económica.

El barón debía pagar lo que debía, aunque Calimar tuviera que chantajearle para que cumpliera con sus obligaciones...

El primer ministro avanzó por la pasarela hacia el obeso hombre. Kryubi le dijo que continuara solo, lo cual preocupó a Calimar. *¿Pretende el barón matarme?* Tal acción causaría un escándalo en el Landsraad. No, la Casa Richese poseía demasiada información perjudicial para los Harkonnen, y su señor lo sabía.

Calimar observó que el barón utilizaba filtros y tapones nasales, especialmente diseñados para defenderse del hedor. Sin una protección similar, el primer ministro no quería ni saber cuántas toxinas inhalaba cada vez que respiraba. Se quitó las gafas y limpió los cristales, pero persistió una capa aceitosa.

—Barón Harkonnen, habéis elegido un lugar... poco ortodoxo para nuestra reunión.

El barón contemplaba las corrientes remolineantes de cieno como si estuviera mirando por un caleidoscopio.

—Estoy muy ocupado, Calimar. Hablaremos aquí o en ningún sitio.

El primer ministro captó el mensaje no verbalizado, una grosera falta de respeto muestra de un hombre grosero. En respuesta, procuró hablar con el tono más rudo posible.

—Desde luego, barón. Como adultos, así como líderes de nuestros respectivos planetas, tenemos obligaciones que cumplir. Vos, señor, no habéis respetado las vuestras. Richese os proporcionó los servicios que solicitasteis. Estáis obligado a pagar el resto de lo acordado.

El barón frunció el ceño.

—Yo no os debo nada. Vuestro médico Suk no me curó.

—Eso no constó nunca en nuestro acuerdo. Os examinó y diagnosticó vuestra enfermedad. Debéis pagar.

—Me niego —replicó el barón, como dando el asunto por zanjado—. Podéis marcharos.

El primer ministro respiró hondo, lo cual le provocó náuseas, e insistió.

—Señor, he intentado en repetidas ocasiones ser razonable, pero teniendo en cuenta vuestra criminal negativa a pagar, me siento justificado por completo si altero las condiciones de nuestro acuerdo. Por lo tanto, subo el precio. —Calimar dio una cifra exorbitante—. Richese está dispuesta a llevar el asunto al tribunal del Landsraad, donde nuestros expertos legales y abogados demostrarán que tenemos razón. Revelaremos el origen de vuestra enfermedad y describiremos vuestra continuada degeneración y debilidad.

Hasta es posible que presentemos pruebas de una creciente inestabilidad mental.

El rostro del barón se tiñó de púrpura, pero antes de que pudiera estallar, fueron interrumpidos por la llegada de tres guardias. Escoltaban a un hombre larguirucho, vestido con ropas exquisitas hechas a medida.

Mephistis Cru se esforzó por hacer caso omiso de los olores alarmantes que le rodeaban y avanzó.

—¿Me habéis hecho llamar, mi señor?

Miró a un lado y a otro y frunció el ceño. Después, lanzó una mirada de desaprobación a la cuba.

El barón miró de reojo a Calimar, y después se volvió hacia Cru.

—He de haceros una pregunta delicada, una cuestión de protocolo. —Su cara mofletuda adoptó una expresión de ira mortífera—. Confío en que podáis proporcionarme una respuesta satisfactoria.

El asesor se irguió en toda su estatura con orgullo.

—Por supuesto, mi barón. Para eso estoy aquí.

—Desde el desastre de mi banquete, me he estado preguntando qué sería más cortés, si arrojaros a esta trampa mortal yo mismo, u ordenarlo a un guardia, para no ensuciarme las manos.

Cru retrocedió un paso, alarmado, y Kryubi indicó con un ademán a sus guardias que le cortaran la retirada.

—Mi... No comprendo, mi señor. Solo os di los mejores...

—No tenéis una respuesta clara, ¿eh? Muy bien, creo que se lo ordenaré a los guardias. —El barón agitó su mano morcilluda—. Debe de ser la alternativa más cortés, en cualquier caso.

De repente, al asesor de etiqueta no se le ocurrió nada educado que decir. Profirió a voz en grito una sarta de palabrotas que hasta el barón consideró ofensivas. Guardias uniformados agarraron al hombre por los brazos y le arrojaron por encima de la barandilla, con un gesto fluido y mecánico. Las elegantes prendas de Cru aletearon mientras caía. Consiguió retorcerse en el aire antes de zambullirse en la inmensa cuba de desechos humanos.

Mientras Cru pataleaba y se revolvía, el barón se volvió hacia su escandalizado visitante.

—Perdonad, primer ministro. Deseo contemplar el espectáculo y disfrutar cada segundo.

Mephistis Cru logró llegar hasta el perímetro de la cuba. Se aferró al borde y vomitó sobre el suelo limpio. Guardias provistos de guantes de polímero le inmovilizaron los brazos.

Cuando izaron a Cru por encima del borde, el hombre lloró de alivio y terror. El asesor estaba cubierto de cieno marrón y heces. Alzó los ojos hacia la pasarela e imploró perdón.

Los guardias ataron pequeñas pesas a sus tobillos y le arrojaron de nuevo a la cuba hedionda.

Calimar contemplaba estos hechos con horror, pero no se dejó intimidar.

—Siempre he considerado esclarecedor presenciar los abismos de vuestra crueldad, barón Harkonnen. —Imprimió firmeza a su voz, mientras la desgraciada víctima continuaba manoteando en el lodo—. Quizá podríamos continuar hablando de asuntos importantes.

—Oh, guardad silencio un momento.

El barón señaló a la figura gimoteante, sorprendido de que Cru aún tuviera fuerzas para mantener la cabeza fuera de los excrementos.

Calimar no cedió.

—Hace muchos años, el emperador Elrood expulsó a mi amo, el conde Ilban Richese, de Arrakis porque parecía débil. Cuando vuestro hermanastro Abulur dio muestras de debilidad, vos le expulsasteis y asumisteis el control de las operaciones de especia, antes de que Elrood interviniera. El Landsraad y el emperador desprecian a los líderes impotentes. En cuanto se enteren de vuestra enfermedad debilitadora, y que os fue transmitida por una bruja, seréis el hazmerreír del Imperio.

Los ojos negros del barón adquirieron un brillo de obsidiana. Abajo, el asesor de etiqueta se hundió bajo las aguas fecales, pero logró emerger de nuevo. Escupió, tosió y chapoteó.

El barón conocía muy bien los recientes cambios de humor del emperador Corrino. Calimar tenía cogido a su rival por los testículos, y ambos lo sabían. Por más que protestara el barón, no le cabía duda de que los richesianos cumplirían sus amenazas.

—No puedo pagar tanto —dijo en tono conciliador—. Estoy seguro de que podremos llegar a un acuerdo razonable.

—Convinimos un precio, barón, y habríais podido pagarlo en cualquier momento. Pero ya no. Ahora, vuestra propia estupidez ha aumentado el coste.

El barón se atragantó con su respuesta.

—¡No podría entregaros tantos solaris ni aunque vaciara todas las tesorerías de Giedi Prime!

Calimar se encogió de hombros. La cabeza de Mephistis Cru se había sumergido, pero aún agitaba los brazos. Incluso con las pesas en los tobillos, consiguió mantenerse a flote durante unos cuantos minutos más.

El primer ministro hizo su última contraoferta.

—Ya hemos presentado nuestra querella ante el tribunal del Landsraad. Dentro de dos semanas se celebrará una audiencia. Nos será muy fácil retirar la denuncia, pero solo si pagáis antes.

El barón se devanó los sesos en busca de una solución, pero sabía que no tenía alternativa..., de momento.

—¡Especia, puedo pagaros en especia! Tengo suficiente melange acumulada para pagar vuestro desorbitado precio, y os la puedo proporcionar de inmediato. Debería ser una moneda lo bastante sólida para un repugnante chantajista como vos.

—Vuestros insultos me resbalan. El grifo Harkonnen se ha quedado sin dientes. —Calimar emitió una risita, y luego se puso serio de nuevo—. No obstante, después del derramamiento de sangre en Zanovar, y considerando las continuadas amenazas de Shaddam contra las reservas ilegales de especia, dudo en aceptar el pago en esa forma.

—Solo cobraréis así. Podéis aceptar la melange ahora, o esperar a que encuentre financiación suficiente. —El barón esbozó una sonrisa insidiosa—. Tal vez tarde meses.

—Muy bien. —Calimar consideró que era lo máximo que podía obtener, puesto que su adversario necesitaba salvar la cara de alguna manera—. Nos encargaremos de transportar en secreto vuestra reserva a nuestra luna laboratorio de Korona, donde será guardada y custodiada. —El primer ministro se mostró indulgente—. Me alegro de haber solucionado el asunto, aunque lamento haber tenido que hacer esto.

—No, no lo lamentáis —replicó el barón—. Salid de aquí, y no intentéis chantajearme otra vez.

Calimar se esforzó por ocultar su nerviosismo mientras recorría la pasarela y bajaba las escaleras...

El barón, rabioso, se concentró en la contemplación de Mephistis Cru. Este lechuguino, tan preocupado por las formalidades y los perfumes elegantes, poseía una fuerza sorprendente. En cierta manera, era admirable. Incluso con las pesas en los tobillos, todavía no se había ahogado.

Por fin, cansado del espectáculo, el barón ordenó al capitán Kryubi que conectara las cuchillas rotatorias de la cuba. Cuando el turbio y espeso líquido empezó a remolinear, Mephistis Cru intentó nadar aún con más frenesí.

El barón solo deseaba haber podido añadir el primer ministro Calimar a la mezcla.

Hay más tragedias que triunfos en la historia. Pocos eruditos desean estudiar una larga letanía de acontecimientos que terminaron bien. Los Atreides hemos dejado más huella en la historia de lo que pretendíamos.

Duque Paulus Atreides

Duncan Idaho, armado con un cuchillo de aspecto peligroso en la mano izquierda y una espada corta en la derecha, se lanzó hacia Leto.

El duque retrocedió hasta entrar en el salón de banquetes y giró en redondo para proteger sus puntos vulnerables con un semiescudo centelleante. La velocidad de reflejos del maestro espadachín ya había disminuido, y había ajustado la celeridad de la hoja para que la punta pudiera atravesar la barrera.

Leto sorprendió a Duncan con un movimiento poco ortodoxo. Se precipitó sin vacilar hacia su joven contrincante. Esto aumentó la velocidad relativa del cuchillo de Duncan con respecto al escudo de Leto, y la hoja rebotó en el muro protector.

Leto desenvainó su espada corta, pero el joven maestro espadachín saltó sobre la mesa de banquetes y corrió hacia atrás con la agilidad de un gato.

Daba la impresión de que los ojos de múltiples facetas del toro salusano disecado y el retrato del duque Paulus, vestido de matador, contemplaban el duelo con interés.

—Esos candelabros fueron un regalo de bodas de mis padres —dijo Leto con una carcajada—. Si los rompes, me los cobraré con tu pellejo.

—No podrás tocar mi pellejo, Leto.

Duncan saltó hacia atrás sobre la mesa.

Mientras el maestro espadachín estaba en el aire, Leto derribó uno de los candelabros con la mano que empuñaba el cuchillo y rodó bajo los pies de Duncan. Este perdió el equilibrio y cayó de espaldas. Leto saltó sobre la mesa, corrió hacia delante, con la espada corta en la mano, dispuesto a concluir el duelo de práctica. Sería su primera victoria.

Pero Duncan ya no estaba allí.

El maestro espadachín siguió rodando y bajó por el extremo opuesto de la mesa, gateó bajo el pesado mueble y saltó detrás de Leto. El duque retrocedió, sin dejar de plantar cara a su contrincante, los dos sonreían.

Duncan atacó con sus cuchillos, siempre en el perímetro del semiescudo, pero Leto paró sus estocadas con la espada corta y el cuchillo.

—Estás distraído, duque Atreides. Echas demasiado de menos a tu mujer.

Ya lo creo. Pero nunca lo demostraré. Sus espadas entrechocaron. Ni siquiera ante ti, Duncan.

Leto hizo una finta con la espada corta, y después atravesó el escudo con su mano desnuda y agarró la túnica verde de Duncan, solo para demostrar que podía tocar a su oponente. El maestro espadachín, sorprendido, lanzó una cuchillada a los ojos de Leto para soltarse y saltó sobre una silla. El pesado asiento se tambaleó, pero Duncan mantuvo el equilibrio de puntillas.

Un criado de expresión ingenua entró en el salón con una bandeja de aperitivos. Leto le indicó con un ademán que les dejara en paz, y Duncan eligió aquel momento para lanzarse hacia él. Esta vez no utilizó cuchillos, sino que golpeó el escudo del duque con el suyo para derribarle sobre la mesa. El sirviente salió corriendo, pero consiguió no tirar la bandeja.

—Nunca te permitas distracciones, Leto. —Duncan recuperó el aliento y retrocedió—. Tus enemigos intentarán distraerte para desviar tu atención. Entonces, atacarán.

Leto, jadeante, sintió que el sudor corría entre su pelo.

—¡Basta! Me has vuelto a ganar.

Desconectó el semiescudo, y el maestro espadachín envainó con orgullo sus dos armas, y luego ayudó al duque a levantarse.

—Pues claro que te he ganado —dijo Duncan—. Pero me has engañado varias veces. Una táctica muy interesante. Estáis aprendiendo, señor.

—Algunos no podemos permitirnos el lujo de pasar ocho años en Ginaz. Todavía sigue en pie mi oferta de que tu compañero Hiih Resser venga a Caladan. Si lucha la mitad de bien que tú, sería un complemento estupendo para la guardia de la Casa Atreides.

Duncan adoptó una expresión preocupada.

—He sabido muy poco de él desde que volvió a la Casa Moritani. Yo temía que los grumman le matarían cuando regresara, pero parece que ha sobrevivido. Creo que forma parte de la guardia personal del vizconde.

Leto se secó el sudor de la frente.

—Parece evidente que es más fuerte y listo que antes. Solo espero que no se haya corrompido.

—No es fácil corromper a un maestro espadachín, Leto.

Thufir Hawat estaba de pie en la puerta del salón, observando. Ahora que la sesión de entrenamiento había terminado, el mentat entró y dedicó a su señor una breve reverencia. Su forma nervuda proyectaba reflejos distorsionados sobre las paredes de obsidiana azul.

—Estoy de acuerdo con vuestro maestro espadachín, mi duque, en que lucháis mejor. Sin embargo, me gustaría aportar mi experiencia en tácticas y recordaros que distracciones y diversiones son armas de doble filo.

Leto se dejó caer sobre una silla, mientras Duncan devolvía el candelabro caído a la mesa.

—¿Qué quieres decir, Thufir?

—Soy vuestro jefe de seguridad, mi duque. Mi principal preocupación es manteneros con vida y proteger a la Casa Atreides. Os fallé cuando no impedí la explosión del dirigible, al igual que fallé a vuestro padre en la plaza de toros.

Leto se volvió para mirar la cabeza del monstruoso animal que había matado al viejo duque.

—Ya sé lo que vas a decir, Thufir. No quieres que vaya a pelear a Ix. Preferirías que hiciera algo menos peligroso.

—Quiero que ejerzáis de duque, mi señor.

—Estoy completamente de acuerdo —dijo Duncan—. Rhombur ha de estar presente en la batalla para que su pueblo le vea, pero tú has de plantar cara al Landsraad. Creo que esa batalla puede ser aún más dura.

Leto miró a sus dos asesores militares.

—Mi padre estuvo en primera línea cuando la revuelta ecazi, y también Dominic Vernius.

—Eran otros tiempos, mi duque. Y Paulus Atreides no siempre escuchaba los consejos. —Hawat lanzó una mirada significativa hacia la cabeza del toro salusano—. Tenéis que lograr una victoria a vuestra manera.

Leto alzó la espada corta sobre un hombro, sosteniendo la empuñadura como si fuera un cuchillo, y la lanzó. La hoja giró en el aire.

El mentat abrió los ojos de par en par, y Duncan lanzó una exclamación ahogada cuando la espada se hundió en la garganta escamosa del toro. El arma vibró en el aire.

—Tienes razón, Thufir. Me interesan más los resultados que las apariencias. —Complacido consigo mismo, Leto se volvió hacia sus consejeros—. Debemos asegurarnos de que todo el Imperio aprenda la lección que dieron los Atreides en Beakkal. Sin advertencias. Sin piedad. Sin ambigüedades. No soy un hombre con el que se pueda jugar.

No existen hechos, solo postulados de observación en un eterno batiburrillo regenerativo de predicciones. La realidad del consenso exige un marco inamovible de referencia. En un universo infinito, de múltiples niveles, no puede existir estabilidad, y por tanto, ninguna realidad de consenso absoluta. En un universo relativista, parece imposible poner a prueba la fiabilidad de un experto pidiéndole que se ponga de acuerdo con otro experto. Ambos pueden estar en lo cierto, cada uno en su propio sistema de inercia.

Libro Azhar de la Bene Gesserit

En el ala de lady Anirul del palacio imperial, la reverenda madre Mohiam entró en el apartamento de Jessica sin llamar.

Al presentir la presencia de la anciana, Jessica alzó la vista del escritorio de tapa corredera, donde había estado escribiendo en el diario encuadernado con pergamino que Anirul le había regalado. Dejó la pluma sobre la mesa y cerró el volumen.

—¿Sí, reverenda madre?

—Nuestra agente Tessia acaba de llamar mi atención sobre un hecho —dijo Mohiam, con el tono de una maestra de escuela disgustada.

Era un tono que Jessica había oído muchas veces en los labios de la censora superior. Mohiam podía demostrar compasión y bondad cuando estaba complacida con su estudiante, pero también era implacable.

—Esperábamos que concibieras una hija Atreides, obedeciendo

las órdenes. ¿Tengo entendido que has sido la amante del duque durante tres años? ¡Tres años te daban muchas oportunidades de quedar embarazada! Solo puedo suponer que te has negado de manera intencionada a seguir nuestras instrucciones. Me gustaría saber por qué.

Aunque su corazón dio un vuelco, Jessica sostuvo la mirada de Mohiam sin pestañear. Se lo esperaba, pero aun así volvió a sentirse como una niña pequeña, destrozada por la decepción que su maestra siempre era capaz de demostrar.

—Lo siento, reverenda madre.

Mientras Jessica veía moverse los labios arrugados, recordó cómo Mohiam la había observado, estudiado todos sus movimientos mientras la sometía a la prueba del gom jabbar. La aguja envenenada, la caja de dolor. Con aquella aguja apoyada en el cuello de Jessica, Mohiam habría podido matarla en una fracción de segundo.

—Te ordenaron que concibieras una niña. Tendrías que haberte quedado embarazada la primera vez que te acostaste con él.

Jessica consiguió mantener la voz firme, sin tartamudeos ni vacilaciones.

—Existen motivos, reverenda madre. El duque estaba amargado por su concubina Kailea, y sufría muchos problemas políticos. Un hijo inesperado en aquel momento habría supuesto una gran carga para él. Más tarde, la muerte de su hijo Victor le destrozó.

La anciana no demostró la menor compasión.

—¿Lo bastante para alterar la calidad de su esperma? Eres una Bene Gesserit. Creo que te he enseñado bastante bien. ¿En qué estabas pensando, hija?

Mohiam siempre ha sido una experta en manipular mis sentimientos. Ahora lo está haciendo. Jessica se acordó que la Hermandad se enorgullecía de comprender lo que significaba ser humano. *¿Qué acto más humano habría podido llevar a cabo que dar un hijo al hombre que amo?*

Se negó a ceder, y habló de una forma que sin duda pillaría por sorpresa a su antigua maestra.

—Ya no soy vuestra estudiante, reverenda madre, de manera que haced el favor de no hablarme de una forma tan condescendiente.

La respuesta hizo enmudecer a Mohiam.

—El duque no estaba preparado para otro hijo, y tenía acceso a sus propios métodos anticonceptivos. —*No es una mentira, solo una distracción*—. Ahora estoy embarazada. ¿A qué viene reprenderme? Puedo tener tantas hijas como queráis.

La reverenda madre lanzó una áspera carcajada, pero su expresión se suavizó.

—¡Testaruda muchacha!

Salió al pasillo, presa de una mezcla de emociones. Respiró hondo para calmarse y se alejó. Su hija secreta tenía una vena rebelde y desafiante. Mohiam decidió que debía de ser la sangre Harkonnen que corría por sus venas...

En la residencia de Arrakeen, lady Margot Fenring observaba con los ojos penetrantes de una Bene Gesserit a la criada fremen, mientras hacía las maletas metódicamente para el largo viaje a Kaitain. La mujer, Mapes, carecía de sentido del humor y de personalidad, pero trabajaba con ahínco y obedecía las instrucciones.

—Trae mis vestidos rosa immiano, los conjuntos melocotón y azafrán, y el vestido lavanda para las apariciones diarias en la corte —ordenó Margot—. Y también esas prendas de sedafilm cambiante para las noches, cuando el conde Fenring vuelva de su viaje de negocios.

Mientras hablaba, escondió una hoja de pergamino imperial a los ojos de la criada.

—Sí, mi señora.

Sin una sonrisa o un fruncimiento de ceño, la mujer seca y enjuta dobló la delicada ropa interior y la guardó con los demás objetos de Margot.

Casi con toda seguridad, esta mujer endurecida del desierto sabía más sobre lady Fenring de lo que parecía. Años antes, al anochecer, Mapes la había guiado hasta un sietch oculto en las montañas, para que viera a la Sayyadina, el equivalente fremen de una reverenda madre. Después, todo el sietch había desaparecido. Mapes no había vuelto a decir ni una palabra sobre el incidente, y había esquivado las preguntas.

El conde Fenring había vuelto a marchar, y Margot sabía que su marido había ido en secreto al planeta prohibido de Ix, aunque él estaba convencido de que le ocultaba todos sus movimientos furtivos. Ella dejaba que lo creyera, porque fortalecía su matrimonio. En un universo de secretos, Margot también guardaba los suyos.

—Prepara la cena pronto —ordenó Margot—. Y prepárate a partir conmigo dentro de dos horas.

Mapes cerró las abultadas maletas y las llevó hacia la puerta sin usar el sistema de flotación ingrávida.

—Preferiría quedarme aquí, mi señora, en lugar de hacer un viaje a través del espacio.

Margot frunció el ceño, y no le dio pie a seguir discutiendo.

—Sin embargo, me acompañarás. Muchas damas de la corte sentirán curiosidad al ver a una mujer que ha vivido siempre en un contacto tan íntimo y continuado con la especia. Verán tus ojos azules sobre fondo azul y pensarán que son bonitos.

Mapes dio media vuelta.

—Tengo trabajo aquí. ¿Para qué perder el tiempo con idiotas pretenciosos?

Margot rió.

—Porque será beneficioso para los cortesanos ver a una mujer que sabe trabajar. ¡Eso sí que será un espectáculo exótico para ellos!

La criada salió con las dos maletas, ceñuda.

Cuando Mapes desapareció de su vista, Margot volvió a tocar la hoja de pergamino imperial que un correo le había entregado. Recorrió las protuberancias codificadas con las yemas de los dedos, en busca de más sutilezas en el breve mensaje de lady Anirul.

«Necesitamos tus ojos aquí, en el palacio. Jessica y su hija casi resultaron muertas en un intento de asesinato contra el emperador. Hemos de velar por su seguridad. Da cualquier excusa, pero ven pronto.»

Margot deslizó la nota en un bolsillo de su vestido, y después se ocupó de los últimos detalles.

La política es el arte de aparentar sinceridad y franqueza, al tiempo que se oculta todo lo posible.

La opinión Bene Gesserit sobre los estados

Desde su nombramiento como ministro imperial de la Especia, el conde Hasimir Fenring había pasado más tiempo a bordo de cruceros que nunca. Había dejado a Margot en Arrakeen aquella misma mañana, haciendo las maletas para pasar unas vacaciones en Kaitain. Consentía de buen grado que su hermosa esposa hiciera viajes de placer.

Pero Fenring tenía un trabajo importante que hacer, ocuparse de los negocios del emperador. En Ix, Hidar Fen Ajidica tendría que tenerlo todo terminado, preparado para la prueba más importante de todas.

Durante aquellos tediosos viajes, con todas las paradas y retrasos, Fenring no descuidaba sus artes asesinas. Tan solo unos momentos antes, en la sala de abluciones privada de la fragata, Fenring se había calzado guantes negros de caballero, cerrado con llave la puerta y estrangulado a uno de los irritantes vendedores wayku.

«Ocultar la hostilidad requiere una gran habilidad», había dicho un antiguo sabio. ¡Cuán ciertas eran sus palabras!

Fenring había dejado el cadáver en un lavabo cerrado, rodeado de sus mediocres y carísimos productos. Cuando otro usuario descubriera el cuerpo, sin duda se apoderaría de ellos e intentaría venderlos a algún pasajero desprevenido...

Calmadas sus frustraciones de momento, el conde descendió en una lanzadera hasta Ix, acompañado de algunos comerciantes y suministradores autorizados de recursos industriales. La pequeña nave aterrizó en el nuevo espaciopuerto de Xuttuh, fuertemente custodiado, un amplio saliente situado en el borde de un cañón.

De pie sobre las losas de un amarillo bilioso, Fenring percibió el olor inconfundible de muchos tleilaxu juntos. Meneó la cabeza, asqueado. La capacidad constructora de los hombrecillos era penosa, y abundaban las pruebas de su ineptitud. Un sistema de megafonía anunciaba la llegada y partida de las lanzaderas. Algunos forasteros, mucho más altos, entregaban suministros y regateaban con los gerentes. No había ningún Sardaukar a la vista.

Fenring se encaminó hacia las barreras de seguridad, apartó a codazos a dos amos tleilaxu, sin hacer caso de sus protestas, y después esquivó un charco de agua que caía del techo.

Después de teclear sus códigos de alto nivel y demostrar su identidad, enviaron de inmediato mensajeros al complejo de investigaciones. Fenring no se apresuró. Hidar Fen Ajidica no tendría tiempo de esconderlo todo.

Ya en los túneles de acceso, dedicó una amplia sonrisa a un oficial Sardaukar que corría hacia él, con su uniforme negro y gris de comandante desaliñado.

—No os esperábamos, conde Fenring.

El joven comandante de las legiones imperiales, Cando Garon, levantó un brazo como para saludar al ministro de la Especia. Sin embargo, Fenring aferró la gruesa mano del oficial y la sacudió con la mano enguantada que había utilizado para estrangular al buhonero.

—Nunca deberíais esperarme, comandante Garon, pero siempre deberíais estar preparado para recibirme, ¿ummm?

El soldado aceptó la leve reprimenda con elegancia y se volvió para acompañar al agente del emperador hasta las instalaciones de investigación.

—Por cierto, comandante, vuestro padre se encuentra bien. El Supremo Bashar está llevando a cabo el trabajo más importante de su carrera.

El joven Garon enarcó las cejas.

—¿De veras? Aquí estamos aislados, y rara vez recibo noticias de él.

—Sí, ummm, el emperador le mantiene ocupado destruyendo planetas. Zanovar ha sido su última obra. No queda ni un alma viviente.

Fenring esperaba alguna reacción, pero el joven comandante se limitó a asentir.

—Mi padre siempre es minucioso. Tal como ordena Shaddam. Haced el favor de darle recuerdos de mi parte cuando regreséis a Kaitain.

Un vehículo sobre raíles privado les condujo a través de la metrópoli subterránea.

—He venido para asistir a una nueva serie de pruebas. ¿El investigador jefe está preparado para empezar? Tenía que tomar ciertas, ummm, medidas.

Garon iba sentado muy tieso en su asiento.

—Tendremos que preguntarle. Hasta el momento, señor, la producción de especia sintética marcha muy bien. El investigador jefe parece muy entusiasmado y satisfecho. —Garon mantenía la vista clavada en el frente, y muy pocas veces miraba a su acompañante—. Con extrema generosidad, ha proporcionado muestras de especia sintética a mí y a mis hombres. Da la impresión de que es un éxito completo.

Esto sorprendió a Fenring. ¿Qué estaba haciendo Ajidica, probando amal con las legiones Sardaukar sin autorización?

—La sustancia aún no ha recibido la aprobación definitiva, comandante.

—No se han observado secuelas negativas, señor. —Estaba claro que el comandante Sardaukar no estaba dispuesto a rechazar posteriores suministros de la droga para él y sus hombres—. Ya he enviado un mensaje al emperador, y creo que está complacido con nuestros logros. El amal potencia en gran medida nuestro vigor y eficacia. Mis soldados están muy satisfechos.

—La satisfacción no está incluida en vuestra misión, ¿verdad, ummm?

Cuando el vehículo se detuvo en el complejo de investigaciones, un silencioso Garon le acompañó al interior, aunque Fenring lo había visitado muchas veces. Era como si hubieran ordenado al oficial Sardaukar que le vigilara.

Pero cuando Fenring entró en la oficina principal, se detuvo sorprendido. El comandante Cando Garon estaba al lado de un sonriente Ajidica. Fenring miró al hombre que le escoltaba: eran idénticos, hasta el último detalle.

—Garon, os presento a Garon —dijo el investigador jefe.

El oficial que había al lado de Ajidica se adelantó para estrechar la mano de su duplicado, pero el Sardaukar que había acompañado a Fenring (el verdadero Garon, sin duda), no quiso participar en la charada. Retrocedió para evitar todo contacto con el impostor.

—Un simple Danzarín Rostro. —Ajidica exhibió la dentadura cuando sonrió—. Podéis retiraros, comandante. Gracias por acompañar al conde Fenring.

El soldado se marchó, con el ceño fruncido.

Ajidica enlazó las manos, pero no invitó al conde a sentarse en el perrosilla que había junto al escritorio. De todos modos, Fenring tomó asiento, mientras miraba con suspicacia al falso Sardaukar.

—Hemos estado trabajando día y noche, conde Fenring, con tal de producir cantidades industriales de amal. Todas las dificultades se han solucionado, y la nueva sustancia funciona a las mil maravillas.

—Así que vos también consumís, ¿ummm? Y también habéis repartido a los Sardaukar del emperador. Habéis rebasado los límites de vuestra autoridad, investigador jefe.

—Es un privilegio de mi autoridad como jefe de las investigaciones sobre el amal —replicó Ajidica, con un brillo en los ojos—. El emperador me encargó la misión de desarrollar un sustituto de la melange perfecto. Lo cual no puede lograrse sin hacer pruebas.

—Pero no con los hombres del emperador.

—Están más despiertos que nunca. Más fuertes, más enérgicos. Debéis de conocer el viejo dicho, «las tropas felices son tropas leales». ¿Verdad, comandante Garon?

El replicante, sin hacer apenas ruido, adoptó la apariencia de Ajidica, pero vestido con un uniforme Sardaukar que le venía grande. Después, se metamorfoseó en el emperador Shaddam Corrino, con lo cual las prendas se ajustaron a su forma. El movimiento de músculos y piel era desconcertante, y el parecido asombroso. El cabello rojizo y los ojos verde oscuro eran perfectos, así como la expresión facial de desagrado apenas contenido. Hasta la voz del emperador, cuando anunció en tono autoritario:

—Llamad a mis Sardaukar. ¡Que maten a toda la gente del laboratorio!

A continuación, la nariz del emperador creció, hasta semejar una zanahoria de Poritrin. Mientras Ajidica sonreía a su creación, el Danzarín Rostro cambió de nuevo, y esta vez adoptó la forma de un cofrade mutado. Partes de su cuerpo deforme se tensaron y rasgaron las ropas.

—Conde Fenring, os presento a Zoal, el acompañante que pedisteis para una prueba de navegación de un crucero. Con él, podréis burlar la seguridad de la Cofradía Espacial en Empalme.

Fenring, fascinado y ansioso, dejó a un lado sus preocupaciones.

—¿Y este Danzarín Rostro tiene claro que yo estoy al mando de la misión? ¿Que mis órdenes no pueden ser discutidas?

—Zoal es muy inteligente y posee muchas aptitudes —dijo Ajidica—. No está adiestrado para matar, pero seguirá todas las demás instrucciones, sin la menor vacilación.

—¿Cuántos idiomas hablas? —preguntó Fenring.

—¿Cuántos deseáis, señor? —preguntó Zoal, con un acento que Fenring fue incapaz de identificar. ¿Tal vez el leve tono nasal de Buzzell?—. Asimilaré todo lo que necesitemos, pero tengo prohibido llevar armas.

—Así está programado en los Danzarines Rostro —añadió el jefe de investigaciones.

Fenring frunció el ceño, sin creerlo del todo.

—En tal caso, yo en persona me encargaré de la violencia, ¿ummm? —Contempló al ser artificial de arriba abajo, y después se volvió hacia el investigador jefe—. Parece que es justo lo que yo necesitaba. Hasta el momento, las pruebas son muy positivas, y el emperador arde en deseos de proceder. En cuanto comprobemos que los Navegantes pueden utilizar amal, nuestro sustituto de especia estará preparado para ser distribuido a lo largo y ancho del Imperio.

Ajidica tamborileó con los dedos sobre una mesa.

—Tal prueba es una pura formalidad, conde. El amal ya ha sido probado a mi entera satisfacción.

Secretos y más secretos. En privado, Ajidica había continuado experimentando visiones mesiánicas en las que conducía a inmensas fuerzas militares contra las Grandes Casas infieles.

Zoal tenía muchos hermanos, Danzarines Rostro que se cultivaban en tanques de axlotl, seres mutantes leales solo a él y a su grandioso plan secreto. Ya había enviado a más de cincuenta Danzarines Rostro a planetas inexplorados y establecido cabezas de playa para su futuro imperio. Algunas de estas naves habían atravesado los límites del universo conocido, con el fin de descubrir otras formas de diseminar la influencia de Ajidica. El proceso sería largo...

El conde Fenring empezó a describir su complicado plan para entrar en Empalme subrepticiamente. Zoal escuchaba, concentrado en los detalles. A Ajidica le daba igual.

El Danzarín Rostro tenía órdenes superiores. Cuando llegara el momento, sabría muy bien lo que debía hacer.

Afirma tus principios con agresividad.

SHADDAM CORRINO IV,
Infundiendo vigor al nuevo Imperio

De todos los deberes de estado que el emperador Shaddam tenía que soportar, las ejecuciones eran el menos desagradable, al menos en su estado de ánimo actual.

En el centro de la plaza de las Peticiones, estaba sentado en su trono incrustado de joyas, tan elevado que parecía un sacerdote posado sobre un zigurat ceremonial. El sol brillaba en el cielo azul, un tiempo perfecto para el emperador, días soleados para todo el Imperio.

La siguiente víctima fue arrastrada cubierta de cadenas hasta la base de un cubo negro de granito rugoso, junto a varios cadáveres. Los guardias del emperador habían empleado diversos métodos de ejecución: garrote vil, decapitación con láser, acuchillamiento de precisión, desmembración, destripación, y hasta un puño envuelto en un guante de púas que se hundía bajo las costillas para arrancar un corazón palpitante. A cada muerte, el gentío aplaudía, como era de rigor.

Guardias uniformados flanqueaban los peldaños del estrado. El emperador había querido apostar todo un regimiento alrededor de la plaza, pero al final no se había decidido. Incluso después del audaz intento de asesinato de Tyros Reffa, no deseaba demostrar el menor nerviosismo. Shaddam IV no necesitaba más que una guardia de honor y escudos centelleantes alrededor de su trono.

Soy el emperador legítimo, y mi pueblo me ama.

Lady Anirul estaba sentada a su izquierda en una silla de respaldo alto, sobre un peldaño más bajo, una posición claramente inferior. Había insistido en que la vieran con su marido, pero él había descubierto cómo dar al traste con sus intenciones, colocando las sillas de modo que subrayaran la escasa importancia de su esposa en el orden imperial. Ella se había dado cuenta, pero no protestaba.

Como símbolo mortífero del estado, Shaddam sostenía el bastón coronado con el globo de luz de múltiples facetas, la misma arma asesina que Reffa había empleado durante la obra. Los especialistas de armamento del emperador se habían quedado muy intrigados por el ingenioso artefacto. Su gente había recargado la fuente de energía, y tenía la intención de utilizarlo para ver el efecto que causaba.

Mientras Shaddam estudiaba su nuevo juguete, el siguiente delincuente fue ejecutado por un soldado. El emperador alzó la vista justo cuando la víctima se desplomaba sobre el suelo de piedra. Frunció el ceño, decepcionado, y se reprendió por no prestar más atención. A juzgar por la sangre que manaba de la garganta del hombre, Shaddam supuso que le habían cortado la laringe y la tráquea, una especialidad Sardaukar.

La multitud se impacientó, presintiendo que se avecinaba algo más interesante. Ya habían presenciado veintiocho ejecuciones en cuatro horas. Algunos actores de la compañía teatral Jongleur habían demostrado su talento con súplicas de compasión y alegaciones de inocencia. De hecho, les había creído, pero daba igual. Había sido un espléndido drama, antes de que los Sardaukar acabaran con ellos con métodos diabólicos.

Durante las últimas semanas, después de la conmoción provocada por el ataque de Reffa contra el palco imperial, Shaddam había aprovechado su oportunidad. Había ordenado la detención de cinco políticos enemigos, ministros y embajadores poco colaboradores que habían traído noticias desagradables, o no habían convencido a sus líderes de que se plegaran a los edictos imperiales, y les había implicado a todos en la conspiración para asesinarle.

Hasimir Fenring habría admirado las complejidades de los planes de Shaddam, las retorcidas maquinaciones políticas. Pero el conde se hallaba en Ix, preparando los detalles de la producción a gran escala y distribución del amal. Fenring había insistido en participar en la prueba definitiva, con el fin de comprobar que los efectos de la sustancia artificial eran idénticos a los de la melange auténtica. Shaddam prestaba escasa atención a los detalles, solo se preocupaba de los resultados. Hasta el momento, todo parecía ir sobre ruedas.

En su opinión, había aprendido a tomar decisiones sin la colaboración, o la intromisión, de Fenring.

Al recordar que, años antes, el vizconde Moritani había hecho caso omiso de la orden imperial de hacer las paces con Ecaz, Shaddam había añadido el embajador grumman a la lista de criminales condenados (para sorpresa del embajador). Había sido fácil falsificar pruebas «concluyentes», y todo acabó antes de que la Casa Moritani pudiera protestar.

Sería difícil domeñar la destructiva influencia del vizconde, pese a las tropas de pacificación Sardaukar que el emperador había apostado en Grumman para atajar la inminente disputa con la Casa Ecaz. El vizconde aún se rebelaba de vez en cuando, pero tal vez este mensaje le contendría un tiempo más.

Un par de Sardaukar condujeron al embajador grumman hasta el centro de la plaza. El prisionero llevaba los brazos atados a la espalda, y le habían inmovilizado las rodillas para que no las pudiera doblar. El condenado pronunció su último discurso ante el cubo negro de granito, muy poco inspirado, pensó Shaddam. El emperador, impaciente, alzó una mano, y un soldado abrió fuego con un fusil láser, que partió el cuerpo en dos desde la ingle hasta la coronilla.

Shaddam, complacido hasta el momento con la siniestra diversión, se reclinó en el trono, a la espera del espectáculo más importante del día. El rumor procedente de la muchedumbre se intensificó.

Como emperador Padishah, el «sha de todos los shas», esperaba que le trataran como a un líder reverenciado. Su palabra era ley, pero cuando sorpresas como Tyros Reffa se interponían en su camino, no se tranquilizaba con facilidad. Había llegado el momento de apretar más los tornillos, para dar ejemplo.

Shaddam giró el bastón para que la luz del sol se reflejara en el globo luminoso facetado. Golpeó con el extremo inferior el peldaño de delante. Lady Anirul no se inmutó, con la vista clavada en el frente como perdida en sus pensamientos.

El público vio que el Supremo Bashar Zum Garon entraba en la plaza con Tyros Reffa, el hombre que afirmaba ser hijo de Elrood. Dentro de unos momentos, ese problema también estaría solucionado.

Lady Anirul habló desde su silla con un susurro, de forma que sus palabras llegaran a Shaddam sin necesidad de alzar la voz.

—Esposo, niegas que este hombre es tu hermanastro, pero su afirmación ha sido oída por mucha gente. Ha sembrado semillas de duda, y corren murmullos de descontento.

Shaddam frunció el ceño.

—Nadie le creerá, si yo les digo que su afirmación es falsa.

Anirul miró al emperador con expresión escéptica.

—Si su afirmación es falsa, ¿por qué te niegas a llevar a cabo pruebas genéticas? El populacho dirá que has asesinado a alguien de tu propia sangre.

No será la primera vez, pensó Shaddam.

—Que hablen, les escucharemos con atención. No tardaremos mucho en silenciar las voces disidentes.

Anirul no hizo más comentarios. Se volvió y vio que conducían a Reffa hacia el bloque de granito. Su cuerpo musculoso se movía con rigidez. Le habían cortado al cero su abundante cabello.

Obligaron a Reffa a detenerse cerca de los cuerpos de las demás víctimas, a todas se les había concedido la oportunidad de pronunciar sus últimas palabras. No obstante, Shaddam se había encargado de que su supuesto hermanastro no gozara de tal privilegio. Los médicos de la corte le habían cosido los labios. Aunque movía la mandíbula, Reffa no podía articular palabras, únicamente unos lastimeros sonidos similares a maullidos. Sus ojos destellaban de furia.

Con una expresión de supremo desdén, el emperador se puso en pie y ordenó con un gesto que desconectaran los escudos que protegían su trono. Sostenía el cetro ante él.

—Tyros Reffa, impostor y asesino, tu crimen es peor que cualquiera.

Amplificadores ocultos en el medallón que colgaba de su cuello potenciaban su voz resonante.

Reffa se revolvió, chilló por dentro, pero no tenía boca. Dio la impresión de que la piel rojiza de sus labios enmudecidos iba a desgarrarse.

—Debido a la audacia de tu afirmación, te concedemos un

honor que no mereces. —Shaddam extrajo la fuente de energía y la insertó en el hueco del bastón. La energía ascendió hacia el extremo e iluminó el globo de luz facetado—. Me encargaré de ti personalmente.

Un rayo púrpura alcanzó a Reffa en el pecho, desintegró su torso y dejó un enorme hueco sanguinolento. Shaddam, con la mandíbula apretada en un rictus de ira imperial, bajó el bastón para que el rayo continuara quemando el cuerpo, incluso después de que cayera al pie del granito negro.

—¡Cuando nos desafías, hablas contra todo el Imperio! Por lo tanto, todo el Imperio ha de contemplar las consecuencias de tu locura.

El rayo se apagó cuando la fuente de energía del bastón se agotó. El emperador indicó con un ademán a sus Sardaukar que continuaran. Dispararon sobre el cadáver al mismo tiempo, hasta incinerar el cuerpo del hijo bastardo de Elrood. Los rayos láser desintegraron el tejido orgánico y el hueso, y solo quedó una mancha de cenizas negras que el viento dispersó.

Shaddam permaneció imperturbable, aunque estaba encantado por dentro. Todas las pruebas habían sido eliminadas. Nadie podría demostrar el vínculo genético de Reffa con Elrood y Shaddam. El problema estaba solucionado. Por completo.

Adiós, hermano.

El hombre más poderoso del universo levantó las manos para hacerse con la atención del público.

—¡Esto es un motivo de celebración! Decretamos un día de fiesta en todo el Imperio.

Shaddam, de mucho mejor humor, tomó el brazo de su esposa y bajó de la plataforma. Filas interminables de soldados Sardaukar les escoltaron hasta el interior del palacio imperial.

Paga bien a tus espías. Un buen infiltrado vale más que legiones de Sardaukar.

FONDIL CORRINO III, El Cazador

Rhombur estaba sentado en una mesa de examen, bañado por el sol que se filtraba por una ventana elevada. Detectaba calor en sus miembros cyborg, pero era una sensación diferente de cuando era humano. Muchas cosas eran diferentes ahora...

El doctor Yueh, con su pelo largo sujeto con un aro de plata Suk, sostenía un escáner sobre las articulaciones de la rodilla artificial. Su rostro enjuto estaba concentrado.

—Flexionad la derecha ahora.

Rhombur suspiró.

—Pienso ir con Gurney tanto si me dais autorización como si no.

El médico no demostró diversión ni irritación.

—Que los cielos me salven de pacientes ingratos.

Mientras Rhombur doblaba su pierna protésica, una luz verde se encendió en el escáner.

—Me siento fuerte físicamente, doctor Yueh. A veces, ni siquiera pienso en mis partes artificiales. Ya se ha convertido en algo natural para mí.

De hecho, con su rostro surcado de cicatrices y la piel de polímero, la broma que circulaba por el palacio (promovida por Duncan Idaho) consistía en que el príncipe era todavía más agraciado físicamente que Gurney Halleck.

Yueh comprobó visualmente los mecanismos cyborg mientras Rhombur andaba por la habitación, alzaba la barbilla y daba volteretas. Cuando habló, un músculo se disparó en el lado izquierdo de la mandíbula del médico.

—Creo que la terapia agresiva de vuestra esposa os ha sido de gran ayuda.

—¿Terapia agresiva? —dijo Rhombur—. Ella lo llama «amor».

Yueh cerró los escáneres.

—Contáis con mi aprobación para partir con Gurney Halleck en esta difícil misión. —Los rasgos afilados del doctor Yueh expresaron preocupación, y el diamante tatuado en su frente se arrugó—. De todos modos, sería difícil para cualquiera entrar en Ix. Sobre todo por ser vos quien sois. No me gustaría ver destruida mi hermosa obra de arte.

—Procuraré que eso no suceda —dijo Rhombur, con expresión decidida—. Pero Ix es mi hogar, doctor. No tengo otra alternativa. Estoy dispuesto a hacer lo que sea necesario para mi pueblo, aunque el linaje Vernius haya de... terminar conmigo.

Rhombur vio que un profundo dolor aparecía en los ojos del médico, aunque no derramó lágrimas.

—Tal vez no me creáis, pero lo comprendo. Hace mucho tiempo, mi esposa Wanna resultó gravemente herida en un accidente industrial. Localicé a un especialista en funciones de control de seres humanos artificiales, muy primitivas comparadas con las que tenéis vos, mi príncipe. Sustituyó las caderas, bazo y útero de Wanna por partes sintéticas, pero ya no pudo tener hijos. Habíamos planeado esperar..., pero esperamos demasiado. Wanna ya ha superado la edad fértil a estas alturas, pero en aquellos días fue muy traumático para nosotros.

Se dedicó a guardar sus instrumentos.

—De forma similar, príncipe Rhombur, sois el último de la Casa Vernius. Lo siento.

Cuando Leto le llamó a su estudio privado, Rhombur no sospechó nada. Al entrar en la estancia, se detuvo y miró estupefacto al hombre que se hallaba de pie junto a una ventana enmarcada en piedra.

—¡Embajador Pilru!

Rhombur siempre experimentaba una oleada de afecto cuando

veía a este funcionario que tanto había luchado, si bien infructuosamente, por la causa ixiana durante las dos últimas décadas. No obstante, le había visto en su reciente boda con Tessia. El corazón le dio un vuelco.

—¿Alguna noticia?

—Sí, mi príncipe. Noticias sorprendentes y preocupantes.

Rhombur se preguntó si estaban relacionadas con el hijo del embajador, C'tair, que continuaba su lucha clandestina en Ix.

Rhombur permaneció inmóvil, y el diplomático empezó a pasear por la habitación, incómodo. Activó un holoproyector en el centro de la estancia, y apareció la imagen de un hombre sucio y maltrecho.

Leto habló con voz acerada.

—Este es el hombre que intentó asesinar a Shaddam. El que casi mató a Jessica en el palco imperial.

Pilru le dirigió una rápida mirada.

—Fue un accidente, duque Leto. Muchos aspectos de su plan eran... ingenuos y mal concebidos.

—Y ahora parece que ciertos aspectos de su «ataque maníaco» fueron exagerados por el informe oficial imperial —añadió Leto.

Rhombur estaba confuso.

—Pero ¿quién es?

El embajador detuvo la imagen y se volvió hacia él.

—Mi príncipe, este hombre es, o era, Tyros Reffa. El hermanastro del emperador. Fue ejecutado hace cuatro días, por decreto imperial. Por lo visto, no hubo necesidad de juicio.

Rhombur desplazó su peso de un pie al otro.

—Pero ¿qué tiene que ver eso con...?

—Muy poca gente sabe la verdad, pero la afirmación de Reffa era cierta. Era en verdad el hijo bastardo de Elrood, criado con discreción por la Casa Taligari. Por lo visto, Shaddam le consideraba una amenaza para el trono, e inventó una excusa para que sus Sardaukar destruyeran el hogar de Reffa en Zanovar. Shaddam, de paso, también mató a catorce millones de personas en las ciudades de Zanovar, por si acaso.

Tanto Rhombur como Leto se quedaron sobrecogidos.

El embajador entregó una serie de documentos impresos a Rhombur y continuó.

—Esto son los análisis genéticos que demuestran la identidad de Reffa. Yo mismo tomé las muestras, en la celda de la prisión. No cabe la menor duda. Este hombre era un Corrino.

Rhombur examinó los papeles, pero aún se seguía preguntando para qué le habían llamado.

—Interesante —comentó.

—Todavía hay más, príncipe Vernius. —Pilru le miró fijamente—. La madre de Reffa era la concubina de Elrood, Shando Balut.

Rhombur levantó la vista al instante.

—¡Shando!

—Tyros Reffa era también vuestro hermanastro, mi príncipe.

—No puede ser —protestó Rhombur—. Nunca me hablaron de un hermano. Nunca conocí a ese hombre. —Seguía estudiando el informe de los análisis, en busca de algo que le librara de aquella terrible realidad—. ¿Ejecutado? ¿Estáis seguro?

—Sí, por desgracia. —El embajador Pilru se mordisqueó el labio inferior—. ¿Por qué no nombró Elrood a Tyros Reffa oficial de la guardia imperial, como la mayoría de emperadores han hecho con los hijos de sus concubinas? Pero no, Elrood tuvo que esconder al niño como si fuera algo especial, y provocó todos estos problemas.

—Mi hermano... Ojalá hubiera podido ayudarle.

Rhombur tiró los documentos al suelo. Se balanceó sobre sus piernas cyborg, con el rostro convertido en una máscara de angustia. El príncipe de la Casa Vernius paseó por la estancia.

—Esto solo fortalece todavía más mi decisión de oponerme al emperador —anunció con serenidad—. Ahora, se ha convertido en algo personal entre nosotros.

El dinero no puede comprar el honor.

Dicho fremen

Un pájaro negro que aullaba surgió del cielo y descendió a toda velocidad, un tóptero a chorro con un feroz gusano de arena pintado en el morro, con las fauces abiertas que revelaban afilados dientes de cristal.

En el lecho reseco de un lago, rodeado de estribaciones rocosas que mantenían alejado a Shai-Hulud, cuatro fremen cayeron de rodillas y gritaron de terror. Las parihuelas que cargaban volcaron.

Liet-Kynes permaneció inmóvil, con los brazos cruzados sobre el pecho. La brisa provocada por la nave agitó su pelo rubio y la capa.

—¡Levantaos! —gritó a sus hombres—. ¿Queréis que piensen que somos viejas cobardes?

El representante de la Cofradía había llegado con extrema puntualidad.

Los fremen enderezaron las parihuelas, dolidos. Alisaron sus túnicas y ajustaron los accesorios de sus destiltrajes. Incluso a aquella hora de la mañana, el desierto era como un horno.

Tal vez la Cofradía había pintado el gusano de arena con un propósito específico, a sabiendas de que los fremen reverenciaban a los gusanos, pero Liet sabía algo sobre la Cofradía, lo cual le facilitaba superar el miedo. *La información es poder, sobre todo cuando se trata de información sobre un enemigo.*

Vio que el tóptero describía un círculo, con las alas pegadas al casco. Habían practicado troneras en el fuselaje, debajo de las portillas. Los motores emitieron un gemido ensordecedor cuando el aparato se posó sobre una duna situada a un centenar de metros. A juzgar por las siluetas que se veían a través de las ventanillas, contó cuatro hombres a bordo. Pero uno de ellos no era del todo un hombre.

La parte delantera del aparato se abrió, y un vehículo descapotable descendió por una rampa, pilotado por un hombre calvo que no utilizaba destiltraje, una locura en pleno desierto. El sudor resbalaba sobre su rostro, bañado de agua. Llevaba encajada en la garganta una caja negra cuadrada.

De cintura para abajo, su cuerpo era una masa desnuda de carne amorfa y cérea, como si se hubiera fundido y vuelto a formar de una manera espantosa. Tenía las manos palmeadas. Sus ojos amarillos y protuberantes parecían alienígenas, como trasplantados de un ser exótico y peligroso.

Algunos de los supersticiosos fremen murmuraron e hicieron gestos defensivos, pero Liet les silenció con una mirada fulminante. Se preguntó por qué el forastero exhibía su cuerpo repulsivo. *Para impresionarnos, quizá.* Juzgó que el representante buscaba provocar alguna reacción, con la esperanza de aterrar e intimidar para jugar con mayor ventaja.

El representante miró a Liet e hizo caso omiso de los demás fremen. Su voz metálica surgió del sintetizador que llevaba en la garganta.

—No demuestras temor hacia nosotros, ni siquiera del gusano de arena de nuestra nave.

—Hasta los niños saben que Shai-Hulud no vuela —replicó Liet—. Y cualquiera puede hacer un dibujo.

El hombre deforme sonrió.

—¿Y mi cuerpo? ¿No lo consideras repulsivo?

—Mis ojos han sido adiestrados para mirar otras cosas. Una persona hermosa puede ser repugnante por dentro, y un cuerpo deforme puede albergar un corazón perfecto. —Se acercó más al vehículo descapotable—. ¿Qué clase de ser eres?

El cofrade sonrió, una reverberación metálica procedente de su garganta.

—Soy Ailric. ¿Tú eres el problemático Liet-Kynes, hijo del planetólogo imperial?

—Ahora soy el planetólogo imperial.

—Vaya, vaya. —Los ojos amarillos de Ailric examinaron las parihuelas. Liet observó que sus pupilas eran casi rectangulares—. Explícame, medio fremen, por qué un servidor imperial quiere impedir la vigilancia mediante satélites del desierto. ¿Por qué es tan importante para vosotros?

Liet hizo caso omiso del insulto.

—Nuestro acuerdo con la Cofradía ha estado vigente durante siglos, y no veo motivos para interrumpirlo. —Movió un brazo, y sus hombres destaparon las parihuelas, hasta dejar al descubierto bolsas marrones de esencia de melange concentrada amontonadas—. Sin embargo, los fremen preferirían tratar sin intermediarios. Hemos descubierto que esos hombres no son... de fiar.

Ailric alzó la barbilla y arrugó la nariz.

—En tal caso, Rondo Tuek es una amenaza, pues puede revelar el soborno a las autoridades. No cabe duda de que ya ha hecho planes para traicionaros. ¿No estás preocupado?

Liet no pudo disimular el orgullo de su voz.

—Ese problema ya ha sido solucionado. No hay de qué preocuparse.

Ailric reflexionó durante un largo momento, mientras intentaba distinguir algún matiz en el rostro bronceado de Liet.

—Muy bien. Me fío de tus palabras.

Mientras el representante de la Cofradía estudiaba la especia desplegada ante él, Liet le imaginó contando bolsas, calculando el valor. Era una cantidad enorme, pero los fremen no tenían otra opción que tener contenta a la Cofradía. Era especialmente importante mantener el secreto ahora, pues estaban replantando muchas regiones de Dune, para cumplir el sueño ecológico de Pardot Kynes. Los Harkonnen no debían enterarse.

—Aceptaré esto como pago a cuenta de nuestra colaboración continuada —dijo Ailric. Escudriñó a Liet—. Pero nuestro precio se ha doblado.

—Esto es inaceptable. —Liet alzó su mandíbula barbuda—. Ahora no tenéis que pagar a ningún intermediario.

El cofrade entornó sus ojos amarillos, como si ocultara una mentira.

—Me cuesta más reunirme contigo directamente. Además, la presión de los Harkonnen ha aumentado. Se quejan de nuestros actuales satélites, y exigen una vigilancia mejor por parte de la Cofradía. Hemos de buscar excusas cada vez más complejas. Cuesta dinero mantener a raya a los grifos Harkonnen.

Liet lo miró con indiferencia.

—Dos veces es mucho.

—Una vez y media, pues. Tenéis diez días para pagar la cantidad adicional, o nuestros servicios se interrumpirán.

Los compañeros de Liet refunfuñaron, pero él se limitó a mirar al extraño hombre, mientras meditaba sobre el dilema. No se permitió demostrar ira o sorpresa. Tendría que haber sabido que la Cofradía no era más honorable que cualquier otro forastero.

—Encontraremos la especia.

Ningún otro pueblo ha dominado tan bien el lenguaje genético como los Bene Tleilax. Estamos en lo cierto al llamarlo «el lenguaje de Dios», pues es Dios quien nos ha infundido tan gran poder.

Escritos apócrifos tleilaxu

Hasimir Fenring había crecido en Kaitain, en el interior del palacio imperial y los ciclópeos edificios gubernamentales. Había visto las ciudades cavernosas de Ix y los monstruosos gusanos de arena de Arrakis, pero nunca había contemplado nada más majestuoso que los talleres de mantenimiento de cruceros en Empalme.

Fenring, cargado con una caja de herramientas y vestido con un mono manchado de grasa, parecía un simple operario de mantenimiento. Si interpretaba bien su papel, nadie se fijaría en él.

La Cofradía Espacial empleaba a miles de millones de personas. Algunas de ellas se encargaban de las monumentales operaciones del Banco de la Cofradía, cuya influencia se extendía a todos los planetas del Imperio. Los inmensos complejos industriales como el taller de cruceros exigían cientos de miles de trabajadores.

Los grandes ojos de Fenring absorbían todos los detalles, mientras el Danzarín Rostro y él caminaban a buen paso por la sala principal entre hordas de obreros, con abarrotadas pasarelas en lo alto y ascensores que subían y bajaban. Zoal había elegido facciones vulgares, lo cual le dotaba de la insípida apariencia de un hombre ordinario, de cara fofa y cejas pobladas.

Pocas personas ajenas a la Cofradía veían alguna vez las entrañas de Empalme. Grúas de acoplamiento se alzaban hacia el cielo, tachonadas de luces esmeralda y ámbar, como estrellas en un cielo nocturno. Las manzanas cuadriculadas de la ciudad se extendían de forma geométrica, un jirón de civilización en mitad de un paisaje carente de todo interés. Antenas cóncavas, que se aferraban como enredaderas a los edificios, captaban las señales electromagnéticas del espacio. Malecones metálicos rozaban los cielos, con vigas maestras rematadas con pinzas dispuestas a sujetar las lanzaderas que llegaban.

Los dos infiltrados se acercaron a una alta arcada que delimitaba una de las zonas de trabajo. Entraron en el complejo, mezclados con los demás obreros. En lo alto colgaba la inmensa forma de uno de los cruceros más grandes jamás construidos, que se remontaba a los últimos días de los Vernius en Ix. Este y un segundo, que también se estaba reparando en órbita, eran las dos únicas naves de Clase Dominic que quedaban, un diseño controvertido que contaba con mayor capacidad de carga, lo cual disminuía los impuestos imperiales.

Pero después de que los tleilaxu conquistaran el planeta, la construcción de nuevos cruceros había caído de manera drástica, debido a los problemas de producción y control de calidad. Como consecuencia, su mantenimiento exigía a la Cofradía cuidados mucho mayores.

Fenring y el Danzarín Rostro subieron a diversos ascensores situados en el casco curvo de la nave, del tamaño de una metrópoli. Ejércitos de trabajadores hormigueaban como parásitos sobre las planchas, precintaban, limpiaban, inspeccionaban el metal. Micrometeoritos y tormentas radiactivas producían diminutas grietas en la estructura de un casco. Cada cinco años, todos los cruceros pasaban la revisión en los talleres de mantenimiento de Empalme.

Los dos hombres accedieron por un túnel al casco interior de la nave, y por fin a la cavernosa bodega. Nadie les prestó atención. Miles de obreros inspeccionaban y reparaban las abrazaderas de amarre utilizadas por fragatas familiares, transportadores de carga y lanzaderas de pasajeros.

Un ascensor condujo a Fenring y Zoal hasta la zona superior restringida, donde se encontraban los tanques del Navegante. No tardarían en topar con los hombres de seguridad del crucero, y el auténtico reto empezaría.

El Danzarín Rostro miró a Fenring con expresión inescrutable.

—Puedo adoptar la cara de cualquier víctima que elijáis, pero recordad que vos os ocuparéis de matarla.

Fenring llevaba varios cuchillos escondidos en el mono, y sabía utilizarlos muy bien.

—Un simple reparto de responsabilidades, ¿ummm?

Zoal caminaba a buen paso, seguido de Fenring. El Danzarín Rostro se movía con seguridad por los pasillos de techo bajo, escasamente iluminados.

—Los planos indican que la cámara del Navegante está por aquí. Seguidme, y terminaremos enseguida.

Habían estudiado los holoplanos del crucero abandonados en las instalaciones de montaje de Ix, donde las naves habían sido construidas. Como esta gigantesca nave no estaría preparada para despegar hasta dentro de algunas semanas, ningún Navegante ocupaba el tanque, y aún no habían introducido el suministro de especia. La seguridad era mínima todavía.

—Doblemos esa esquina.

Zoal hablaba en voz baja. Extrajo una tablilla riduliana y pasó las páginas de cristal destellante. Un tosco diagrama de los niveles superiores del crucero se iluminó.

Cuando se acercaron a un guardia apostado al final del pasillo, Zoal adoptó una expresión de perplejidad y señaló unas líneas de la tablilla. Fenring meneó la cabeza y fingió disconformidad. Caminaron hacia el guardia, que se puso firmes, con el aturdidor en la cadera.

Fenring alzó la voz cuando se aproximaron más.

—Te repito que no estamos en el nivel correcto. Nos hemos equivocado de sección. Mira aquí.

Dio unos golpecitos sobre las hojas de cristal.

Zoal enrojeció, como si fuera un consumado Jongleur.

—Escúchame, hemos seguido las instrucciones paso a paso. —Alzó la vista, fingió reparar por primera vez en la presencia del guardia—. Vamos a preguntarle.

Avanzó hacia el hombre.

El guardia apuntó el pulgar hacia Fenring.

—Los dos os habéis equivocado de sección. El acceso está prohibido.

Con un suspiro de disgusto, Zoal alzó el dibujo del crucero ante la cara del guardia.

—Bien, ¿puedes orientarnos?

Fenring se acercó por el otro lado.

El guardia estudió la tablilla.

—Ya sé cuál es vuestro problema. Esto no es...

Fenring clavó su largo y delgado puñal entre las costillas del guardia, hasta hundirlo en el hígado. Después, giró la hoja hacia arriba y le perforó los pulmones. Evitó las arterias principales para minimizar la hemorragia, pero la herida era letal.

El guardia jadeó y dio una sacudida. Zoal dejó caer la tablilla y agarró a la víctima. Fenring extrajo el cuchillo y volvió a clavarlo, esta vez bajo el esternón hasta hundirlo en el corazón.

Zoal contempló la cara del guardia cuando acompañó el cuerpo hasta depositarlo en el suelo. Entonces, el Danzarín Rostro se contorsionó. Sus facciones se hicieron líquidas, como si estuvieran hechas de arcilla blanda, y adoptó una nueva cara. Su apariencia era ahora idéntica a la del guardia. Zoal respiró hondo, ladeó la cabeza y miró el rostro del guardia muerto.

—He terminado.

Ocultaron el cuerpo en un cuarto vacío y cerraron la puerta. Fenring esperó a que el Danzarín Rostro se cambiara la ropa por la del guardia asesinado, y a que aplicara esponjas de encimas para disolver las manchas de sangre. A continuación, utilizaron la tablilla riduliana para consultar un plano minucioso de los niveles superiores del crucero, y localizaron un conducto de eliminación de basuras, que desembocaba en la cámara del reactor. Jamás encontrarían las cenizas ionizadas del guardia.

Entraron en la zona de seguridad. El conde llevaba su caja de herramientas, y esta vez adoptó una expresión de profundo desagrado, como si le hubieran asignado una tarea imposible. El impostor saludó a los guardias de los niveles superiores. Consiguieron encontrar una cámara de operaciones situada detrás del tanque del Navegante.

Tal como suponían, el compartimiento de la especia estaba vacío. Fenring sacó a toda prisa los botes de píldoras de amal supercomprimido, tabletas compactas de especia sintética iguales a las de la melange. Bajo esa forma tan potente, la especia se vaporizaría y produciría un fuerte gas, lo bastante espeso para que un Navegante experimentara todo su efecto y encontrara senderos seguros a través del espacio plegado.

Fenring introdujo el contenedor en el compartimiento de la especia, y después pegó una etiqueta de aprobación falsa. Cuando los encargados de la especia vieran que el compartimiento ya estaba cargado, se sorprenderían, pero no se preocuparían demasiado por un exceso de melange. Con suerte, nadie se quejaría.

Los conspiradores salieron con sigilo. Al cabo de una hora, abandonaron los talleres de los cruceros y se dispusieron a llevar a cabo la segunda fase de su plan.

—Espero que sea igual de fácil entrar en la nave que hay en órbita, ¿ummm? —dijo Fenring—. Necesitamos dos naves de prueba para estar absolutamente seguros.

El Danzarín Rostro le miró. La habilidad de Zoal para imitar las facciones del guardia era sobrecogedora.

—Puede que sea necesario algo más que astucia, pero lo lograremos.

Después, agotados pero satisfechos por haber completado la segunda mitad de su misión, se detuvieron bajo el cielo nublado y las luces parpadeantes del espaciopuerto de Empalme. Se escondieron entre cajas de basura amontonadas en el perímetro de la zona de carga. Fenring quería evitar cualquier conversación con obreros de la Cofradía, no fuera que hicieran demasiadas preguntas.

Habría podido contratar a un mercenario o a un comando profesional para llevar a cabo la misión, pero a Fenring le gustaba encargarse del trabajo sucio cuando le interesaba. Así ejercitaba sus habilidades y extraía cierto placer.

Durante un momento de tranquilidad, el conde pensó en su adorable esposa para tranquilizarse. Estaba ansioso por regresar al palacio imperial y enterarse de lo que había hecho. Margot habría llegado a Kaitain días antes.

Zoal interrumpió sus pensamientos.

—Conde Fenring, debo felicitaros por vuestra habilidad. Lo habéis hecho muy bien.

—Una felicitación de un Danzarín Rostro, ¿ummm? —Fenring fingió relajarse, y se apoyó contra una caja metálica oxidada que pronto sería cargada en el crucero—. Gracias.

Vio una mancha borrosa y se lanzó a un lado, justo cuando un destello volaba hacia él, un cuchillo arrojado con mortífera precisión. Antes de que la punta de la primera arma errara el blanco y rebotara contra la caja metálica, el Danzarín Rostro extrajo otro cuchillo oculto de su uniforme.

Pero el conde Hasimir Fenring estaba más que a la altura de su enemigo. Sacó sus cuchillos y adoptó una postura de combate, con expresión feroz, los sentidos y reflejos aguzados al máximo.

—Vaya, pensaba que no estabas adiestrado para luchar.

La expresión del Danzarín Rostro era dura y depredadora.

—También me han adiestrado para mentir, pero parece que no lo bastante bien.

Fenring agarró su cuchillo. Tenía más experiencia en el arte del asesinato de lo que el Danzarín Rostro imaginaba. *Los tleilaxu me han subestimado. Otro error.*

A la luz pálida del espaciopuerto, las facciones de Zoal se alteraron una vez más. Sus hombros se ensancharon, su cara se estrechó, sus ojos aumentaron de tamaño, y Fenring vio una aterradora imagen de sí mismo, pero vestido como el Danzarín Rostro.

—Pronto asumiré un nuevo papel como ministro imperial de la Especia y amigo de la infancia de Shaddam IV.

Fenring comprendió la magnitud de la conspiración. El ser se haría pasar por él como confidente del emperador. Aunque Fenring dudaba de que Zoal pudiera engañar mucho tiempo a Shaddam, el Danzarín Rostro solo necesitaba acercarse unos momentos al emperador en privado, para matarle y apoderarse del Trono del León Dorado, siguiendo las órdenes de Ajidica.

Fenring admiró la audacia. Considerando las desastrosas decisiones que Shaddam había tomado en los últimos tiempos, tal vez este replicante no sería una alternativa despreciable.

—Nunca engañarías a mi esposa Bene Gesserit. Margot capta los detalles más sutiles.

Zoal sonrió, un gesto poco habitual de las facciones de Fenring.

—Creo que estoy a la altura de la tarea, ahora que os he observado de cerca.

El Danzarín Rostro atacó, y Fenring paró con uno de sus cuchillos. Las armas entrechocaron de nuevo, y los combatientes utilizaron sus cuerpos como armas, yendo a parar contra las cajas de basura.

Fenring lanzó una patada, con la intención de alcanzar el tobillo de Zoal, pero el impostor la esquivó y asestó una puñalada hacia arriba. Fenring hizo girar su brazo derecho, desvió el cuchillo de su ojo, y después se alejó con celeridad de las cajas.

Ambos luchadores sudaban. Zoal tenía un corte bajo la barbilla, que sangraba. El mono del conde había recibido tajos en diferentes sitios, pero el Danzarín Rostro aún no había logrado herirle. Ni siquiera un rasguño.

De todos modos, Fenring casi había subestimado al Danzarín Rostro, quien luchaba con renovada energía. Sus ataques con el cuchillo eran rapidísimos. Se trataba de un peligro que Fenring no había tenido en cuenta: el ser estaba imitando las formidables habilidades del conde, aprendía de él y repetía sus trucos.

El conde reflexionó en lo que debía hacer y cuándo, pero sin bajar la guardia. Necesitaba encontrar un movimiento nuevo, algo inesperado para aquel ser de laboratorio. Pensó en intentar capturar al Danzarín Rostro con vida, para luego interrogarle, pero sería demasiado peligroso. No podía permitir que la misión fracasara.

Oyó el zumbido de una lanzadera a lo lejos, pero no se volvió. El mínimo descuido sería fatal. Fenring fingió que tropezaba y cayó hacia atrás, arrastrando con él al Danzarín Rostro. El conde gimió como presa del dolor y dejó caer el cuchillo, que fue a parar bajo una caja.

Zoal, que estaba de rodillas, creyó haber herido a su enemigo, y levantó el cuchillo para asestar el golpe definitivo.

Pero Fenring había examinado el terreno y caído cerca del lugar donde se hallaba el primer cuchillo arrojado por el ser. Se apoderó con un veloz movimiento del arma olvidada antes de que Zoal pudiera apuñalarle con la suya. Fenring clavó la punta en la garganta del Danzarín Rostro. Alejó a Zoal de una patada antes de que la sangre que manaba de la yugular seccionada le manchara el mono.

El cuerpo del Danzarín Rostro se desplomó entre las cajas. Fenring miró a su alrededor para asegurarse de que nadie había visto u oído nada. No quería contestar preguntas. Solo quería alejarse de aquel lugar.

Dio la impresión de que Zoal se derretía, sus facciones perdieron definición hasta convertirse en un maniquí sin pelo de cara lisa, sin cualidades distintivas, piel cérea y dedos lisos sin huellas dactilares.

El complot tleilaxu era muy intrigante. Fenring guardaría este descubrimiento como oro en paño. Pensaría en la mejor forma de utilizarlo contra Hidar Fen Ajidica.

Fenring tiró el cuerpo del Danzarín Rostro, que todavía respiraba, en una de las cajas y la cerró herméticamente. Al cabo de algunas semanas, el insólito cadáver llegaría a algún planeta distante, para sorpresa del destinatario de la carga...

Fenring echó un vistazo a las luces del espaciopuerto y vio que la lanzadera orbital estaba aterrizando. Tomaría un pasaje indirecto a Kaitain, sin dejar la menor huella de su paso. No debía viajar en ninguno de los dos cruceros de Clase Dominic, por si los Navegantes reaccionaban negativamente a la especia sintética. Fenring no tenía la menor intención de ser protagonista de la prueba.

Regocijado, corrió al espaciopuerto y se unió a una muchedumbre de obreros y pasajeros de tercera clase que abordaban la lanzadera. Mientras ascendía hacia el crucero en órbita alrededor de Empalme, se mantuvo apartado y no contestó a preguntas, aunque dos de sus compañeros se interesaron por el motivo de su amplia sonrisa.

Un secreto es más valioso cuando permanece secreto. En tales circunstancias, no hacen falta pruebas para explotar la información.

Aforismo Bene Gesserit

Poco después de llegar a Kaitain, tal como había ordenado el barón, Piter de Vries recorría los pasillos del complejo de oficinas imperiales. Su mente mentat se orientaba con total facilidad en el laberinto de edificios gubernamentales.

Era media mañana, y su boca todavía conservaba el sabor de la fruta importada que había desayunado a bordo de la fragata diplomática. Más sabrosa aún era la información acusadora que le habían ordenado entregar de manera anónima. Shaddam se ensuciaría los pantalones imperiales cuando la leyera.

Sacó un cubo de mensajes de debajo de su ropa y lo ocultó en un pequeño hueco que había detrás de un busto idealizado del emperador, uno de los muchos distribuidos por el palacio.

Se abrió una puerta lateral del complejo, y un hombre de cara rubicunda salió al pasillo. De Vries reconoció al embajador Harkonnen Kalo Whylls. Entrado en la treintena, parecía que Whylls aún no tuviera edad de afeitarse. Había logrado el cargo gracias a la influencia de su familia. Ninguna información que Whylls enviaba a Giedi Prime tenía algún valor. Era un hombre ineficaz, incapaz de utilizar su cargo para convertirse en un espía competente.

—¡Caramba, Piter de Vries! —saludó Whylls con voz untuosa—. No sabía que estabais en el palacio. El barón no me ha avisado. ¿Una visita de cortesía?

El mentat fingió sorpresa.

—Quizá pronto, señor embajador, pero de momento tengo una cita importante. Asuntos del barón.

—Sí, el tiempo vuela, ¿verdad? —admitió Whylls con una amplia sonrisa—. Bien, yo también he de darme prisa. Los dos tenemos muchas cosas vitales que hacer. Avisadme más tarde si puedo seros de alguna ayuda.

El embajador se alejó por el pasillo a buen paso en dirección contraria, dándose aires de importancia.

En un trozo de papel *instroy*, el mentat dibujó un mapa y escribió instrucciones. Un correo imperial recogería el cubo escondido y lo entregaría a Shaddam en persona. Una bomba de relojería.

Una venganza adecuada por el chantaje richesiano.

Tiene que funcionar.

Haloa Rund supervisaba mientras los obreros del laboratorio terminaban la cubierta de un prototipo del generador de invisibilidad, basado en los dibujos y ecuaciones que el inventor renegado Chobyn había abandonado.

En uno de sus carretes de hilo shiga, Chobyn lo había llamado un «no campo», el cual conseguía que un objeto estuviera y no estuviera en un determinado lugar al mismo tiempo. Rund no paraba de pensar en el asombroso concepto.

Aún no había descifrado el mecanismo de invisibilidad intermitente colocado en la cámara secreta del viejo laboratorio del inventor huido. Basándose en los fragmentos de los esquemas, había determinado que el diámetro mínimo necesario para proyectar el no campo era de ciento cincuenta metros. Con esto en mente, Rund no comprendía cómo el aparato podía ocultar un pequeño cubículo de laboratorio, hasta que descubrió que la mayor parte del campo se extendía de manera asimétrica hasta el espacio exterior a la estación de Korona.

Tras ser informado del proyecto, y después de que el gobierno richesiano hubiera aportado los fondos, el conde Ilban Richese había enviado un mensaje a su sobrino, en el cual le felicitaba por su ingenio y sagacidad. El anciano prometía que algún día iría a

Korona para echar un vistazo a los trabajos, aunque dudaba que entendiera algo. El primer ministro Calimar también había enviado un mensaje de aliento a los investigadores.

Durante décadas, la luna artificial había ocultado la tecnología que permitía fabricar los misteriosos y valiosos cristales richesianos. Ninguna otra Casa había sido capaz de reproducir la ciencia de los espejos, pese a los numerosos intentos de espionaje industrial. De todos modos, si lograban descubrir el misterio del no campo, las instalaciones de Korona podrían empezar a producir una tecnología aún más valiosa.

La investigación era muy cara y exigía el intelecto de los mejores científicos, que habían sido dispensados de otras tareas. Hacía poco, el primer ministro Calimar había entregado fondos en forma de una enorme reserva de melange, que sería almacenada en el satélite, donde sería cambiada por dinero en metálico cuando fuera necesario. La melange acumulada representaba el 6 por ciento del volumen utilizable por Korona.

La influencia política del director Flinto Kinnis había aumentado a causa del ambicioso proyecto, pero a Haloa Rund no le importaba. El generador de Chobyn era un problema complicadísimo, que exigía toda su atención.

Al inventor no le preocupaba nada más.

Cuando Shaddam abrió el cubo, canceló todas sus demás citas y se encerró en su estudio privado, echando chispas. Una hora después, mandó llamar al Supremo Bashar Zum Garon.

—Parece que mis Sardaukar van a tener más trabajo.

Apenas podía contener la ira.

El veterano Garon, resplandeciente en su uniforme, se puso firmes, a la espera de las instrucciones.

—Estamos a vuestras órdenes, señor.

Después de las advertencias explícitas y el severo ejemplo que Shaddam había dado en Zanovar, ¿la Casa Richese tenía la temeridad de hacer esto? ¿El primer ministro Calimar pensaba que podía hacer caso omiso del decreto imperial y conservar su reserva ilegal de especia? El mensaje anónimo aportaba pruebas indiscutibles de que una cantidad ilegal de especia estaba oculta en la luna artificial de Korona.

Al principio, tales afirmaciones habían despertado su desconfianza. Ecaz y Grumman habían hecho lo posible por acusarse mutuamente, pero las pruebas habían sido endebles y los motivos transparentes.

—Ha llegado el momento de dar otro ejemplo, para demostrar a los ciudadanos del Imperio que no pueden hacer caso omiso de las leyes Corrino.

Shaddam paseaba de un lado a otro del estudio.

Aunque la rabia le consumía, el emperador procuró pensar con la cabeza. El principal motivo de su ataque contra Zanovar había sido borrar del mapa a Tyros Reffa. Sin embargo, su propósito a largo plazo era dejar a toda la economía imperial vulnerable a su inminente monopolio de especia sintética. Tenía que dar el siguiente paso, arriesgar más. Richese sería el segundo chivo expiatorio.

Comunicaría a los auditores de la Cofradía y de la CHOAM la nueva medida. Después de que la supuesta reserva fuera sacada de Korona (y utilizada para pagar el apoyo de la Cofradía y la CHOAM), otras facciones políticas se congregarían detrás del trono.

Como Hasimir Fenring aún no había regresado de Ix, Shaddam debería tomar solo otra decisión importante. Daba igual. El emperador sabía lo que debía hacer, y la respuesta no podía esperar. Dio las órdenes al comandante Sardaukar.

La Gran Guerra de la Especia estaba a punto de entrar en otra fase.

> Se ha demostrado en cada época de la historia que si quieres beneficios has de gobernar. Y para gobernar, has de mantener sosegados a los ciudadanos.
>
> Emperador SHADDAM CORRINO IV

Hidar Fen Ajidica, inflamado por el ajidamal que permeaba sus pensamientos, veía por el ojo de un lagarto los cadáveres que sembraban el comedor. Veintidós de los más entrometidos Amos tleilaxu yacían sobre las mesas, envenenados. *Muertos.*

Inspirado por las revelaciones recibidas de Dios, estaba a punto de redibujar las líneas de poder del Imperio.

Y entre los cuerpos, un premio especial: el Amo Zaaf en persona, que había llegado el día antes inopinadamente para inspeccionar los trabajos. Cubierto de bacer desparramado, Zaaf estaba echado hacia atrás en la silla, con los ojos saltones y la boca abierta, una postura muy poco digna del Amo de Amos. La toxina de efectos casi instantáneos introducida en la comida por los Danzarines Rostro cocineros había provocado convulsiones en Zaaf y sus compañeros de mesa al cabo de pocos minutos, y su piel gris había adquirido un tono escarlata, como si se hubiera abrasado por dentro.

Cuando el investigador jefe se paró en la puerta, admirando su hazaña, había observado un *Draco volans* en las alfardas, uno de los pequeños lagartos que parecían inmunes a las medidas de control de plagas. De apenas unos centímetros de largo, tenía apéndices escamosos a cada lado del cuerpo, lo cual le permitía surcar el aire como una ardilla voladora terrestre.

Al ver el lagarto, Ajidica había decidido ejercer los nuevos poderes que le habían sobrevenido después de consumir tanto ajidamal. El ojo de su mente parecía estar dentro del diminuto dragón. Desde su posición privilegiada, miró los resultados de la matanza con ojos reptilianos. Uno de los cuerpos se agitó, y luego se quedó tan inmóvil como los demás.

Casi dos docenas de Amos muertos... Era un buen comienzo, en su opinión. Los herejes tleilaxu debían ser eliminados antes de que la Gran Fe resucitara bajo la firme guía de Ajidica.

Sonrió, mientras su mente repasaba la miríada de posibilidades que podía depararle este notable nivel de conciencia. Ajidica casi no dormía ya, pasaba casi todo el día explorando su mente maravillosa, como si fuera un parque de atracciones, con nuevas experiencias y placeres. Podía compaginar noventa y siete líneas de pensamiento a la vez, desde temas mundanos a complejos. Poseía la capacidad de estudiar cada mosaico de información como si fuera un videolibro.

El ajidamal era mucho mejor que la melange, aún más intenso. Con él, los Navegantes de la Cofradía podrían plegar el espacio y adentrarse en otros universos, ya no estarían restringidos a uno solo. Una de sus noventa y siete líneas de pensamiento se impuso a las demás. A estas alturas, el conde Fenring y Zoal ya habrían sustituido la melange por ajidamal en al menos dos cruceros, y los Navegantes estarían a punto de utilizarlo. El propio Fenring estaría muerto, como las víctimas de aquí. El Danzarín Rostro habría cumplido su misión, y pronto regresaría para comunicarle los detalles...

Con sus ojos de lagarto imaginarios, el investigador jefe inspeccionó los cuerpos derrumbados. Ya no había vuelta atrás. Sus demás Danzarines Rostro sustituirían a los Amos, y todo parecería normal. Después, podría enviarles a Kaitain...

Desde aquí, el replicante del Amo Zaaf avisaría a Bandalong de que había decidido quedarse en Xuttuh varios meses, justo el tiempo que Ajidica necesitaba para completar sus planes. Los que se interpusieran en su camino serían eliminados, como insectos atrapados en la lengua de un lagarto volador.

Ajidica parpadeó y devolvió la conciencia a su cuerpo, que seguía en el umbral de la puerta. Notaba un sabor amargo en la boca, y la lengua áspera y dolorida.

Llamó a sus Danzarines Rostro con voz chillona. Llegaron enseguida, dispuestos a recibir órdenes.

—Deshaceos de los cuerpos. Después, preparaos para un viaje.

Mientras los replicantes marchaban a cumplir las instrucciones, Ajidica buscó el pequeño lagarto. Sin embargo, el escurridizo animal había desaparecido.

Estupefacto, un C'tair Pilru de ojos hundidos descubrió los cuerpos en el vertedero. La basura no cubría del todo a los odiados invasores.

C'tair había llegado justo cuando el camión partía. Nadie le había visto. Solía frecuentar la zona de los vertederos, en busca de objetos desechados que pudiera adaptar a sus necesidades.

¡Pero esto! Amos tleilaxu muertos, más de veinte. Sus pieles pálidas eran de un color rojizo. Extrajo la única conclusión posible que su mente cansada pudo encontrar. Era la prueba de que la resistencia continuaba en Ix.

Alguien más está matando tleilaxu.

C'tair se rascó la cabeza. Miró a su alrededor, a la tenue luz de las estrellas procedente del cielo proyectado, sin saber qué hacer, mientras se preguntaba quiénes eran los misteriosos aliados.

Hacía poco tiempo, un par de hombres Atreides habían prometido que pronto llegarían rescatadores, como caballeros a lomos de caballos blancos. Mientras tanto, otros grupos de resistencia debían movilizarse. Solo esperaba vivir lo suficiente para ver la gloriosa liberación de Ix.

¡Rhombur llegaba! ¡Por fin!

C'tair se internó en las cámaras subterráneas en busca de tleilaxu solitarios. Los largos años de desesperación le habían endurecido. Al final de la noche, siete tleilaxu más se unieron a los cadáveres del vertedero.

Todo camino seguido exactamente hasta su final conduce exactamente a ninguna parte. Has de subir la montaña un poco..., lo justo para comprobar que es una montaña, lo justo para ver dónde están las demás montañas. Desde la cima de cualquier montaña, no puedes ver esa montaña.

Emperatriz HERADE,
consorte del príncipe heredero Raphael Corrino

Había evitado esta tarea durante la mitad de su vida, pero ahora, el príncipe Rhombur Vernius ardía en deseos de partir. No hacía el menor intento por ocultar su cuerpo de cyborg. Teniendo en cuenta la misión que le aguardaba en Ix, lo consideraba una medalla al honor.

Siguiendo las concisas descripciones de la mente perfecta de Thufir Hawat, el doctor Yueh había realizado modificaciones cosméticas para disfrazar las sofisticadas mejoras mecánicas, de modo que parecieran aparatos primitivos. Rhombur confiaba en poder hacerse pasar por las monstruosidades, en parte humanas y en parte mecánicas, que los tleilaxu llamaban «bi-ixianos».

Durante semanas, Gurney y Rhombur habían discutido de estrategia con el duque y sus militares de mayor rango.

—Al final, el éxito o el fracaso de esta misión recaerá sobre mis hombros —dijo Rhombur, mientras esperaba la lanzadera que les conduciría a él y a Gurney Halleck al crucero—. Ya no soy un niño que colecciona piedras. He de recordar todo lo que mi padre me enseñó. A la edad de siete años, ya me sabía de memoria todos los códigos militares, y había estudiado todas las batallas libradas por la Casa Vernius.

—Sobre esta batalla compondremos canciones, será algo que tus hijos recordarán —dijo Gurney Halleck con una sonrisa de aliento. Después, a juzgar por su expresión contrita, resultó evidente que lamentaba el comentario.

—Sí —dijo Rhombur, para romper el incómodo silencio—, será algo que todos los ixianos contarán a sus hijos y nietos.

Se habían pagado los sobornos necesarios: la Cofradía Espacial volvería a interferir en los escáneres de defensa tleilaxu el tiempo suficiente para que su módulo de combate camuflado aterrizara en un puerto de acceso secreto. Este módulo en particular había sido diseñado de manera que pudiera ser desmontado, y muchas de sus piezas servían también como armas. El módulo descansaba sobre puntales en un muelle de carga, mientras los operarios de la Casa Atreides se apresuraban a realizar las conexiones que lo acoplarían a la lanzadera.

Thufir y Duncan llegaron para despedirse de los dos hombres. El duque Leto aún no había aparecido, y Rhombur se negó a subir a la lanzadera hasta poder abrazar a su amigo. La liberación de Ix no podía empezar sin la bendición Atreides.

La noche anterior, Rhombur había recargado sus componentes cyborg, pero su mente estaba agotada por la falta de verdadero sueño. Sus pensamientos continuaban formulando preguntas. Tessia había hecho maravillas, masajeando los músculos tensos de la carne restante de su cuerpo, y le había calmado milagrosamente. Sus ojos oscuros parecían henchidos de orgullo e impaciencia.

—Amor mío, marido mío, te prometo que la próxima noche que pasemos juntos será en el gran palacio.

—Pero no en mis antiguos aposentos —contestó Rhombur con una risita—. Tú y yo merecemos algo más que un dormitorio juvenil.

Hinchó el pecho, temeroso y ansioso al mismo tiempo por ver Ix.

Toda la misión dependía de un horario estricto, porque las distintas fuerzas que participaban en el ataque no podrían comunicarse mientras estuvieran en ruta. No quedaba espacio para el error, o para un retraso..., ni para dudas. El duque Leto contaba con

Gurney y Rhombur para debilitar a los tleilaxu desde dentro, para dejar al descubierto su parte más vulnerable, después de lo cual la fuerza militar Atreides descargaría un mazazo desde fuera.

Se volvió y vio a Leto. La chaqueta negra del duque estaba arrugada, algo poco usual; una barba incipiente le cubría las mejillas y la barbilla. Sostenía un paquete grande, envuelto en papel dorado con una cinta que lo rodeaba, mal escondido a la espalda.

—No puedes marcharte sin esto, Rhombur.

El príncipe aceptó el paquete. Según los sensores de su brazo, era sorprendentemente ligero.

—Leto, el módulo de combate va tan cargado que apenas hay sitio para Gurney y para mí.

—De todos modos, querrás llevártelo.

Una peculiar sonrisa iluminó el rostro sombrío del duque.

Rhombur abrió el paquete con sus dedos mecánicos. Dentro de la caja encontró otra mucho más pequeña. La tapa se abrió con facilidad.

—¡Infiernos carmesíes!

El anillo de joyafuego era igual que el que llevaba antes de la explosión del dirigible, un anillo que había representado su autoridad como legítimo conde de la Casa Vernius.

—Las joyafuegos no son fáciles de encontrar, Leto. Cada piedra posee su propia personalidad, una apariencia única. ¿De dónde la has sacado? Parece igual que la mía, aunque no puede ser.

Los ojos grises de Leto centellearon, mientras pasaba un brazo sobre los hombros de Rhombur.

—Es tu anillo, amigo mío, regenerado a partir de un diminuto fragmento de la joya que fue encontrada fundida con la piel de tu mano.

El ojo orgánico de Rhombur parpadeó como si quisiera reprimir las lágrimas. Este anillo simbolizaba las glorias de Ix, así como las terribles pérdidas padecidas por su pueblo y él. Pero sus lágrimas imaginarias se secaron, y su rostro se endureció. Deslizó el anillo en el dedo medio de su mano derecha.

—Encaja a la perfección.

—Y más buenas noticias —añadió Duncan Idaho—. Según el centro del espaciopuerto, el crucero que sigue esta ruta es la última nave de Clase Dominic fabricada en Ix, recién restaurada en Empalme. A mí me parece un buen presagio.

—Así lo tomaré.

Rhombur abrazó a cada uno de sus amigos antes de encaminarse a la lanzadera particular, acompañado por Gurney Halleck.

—¡Victoria en Ix! —gritaron al unísono Leto, Duncan y Thufir.

A los oídos de Rhombur, sonó como un hecho consumado. Juró triunfar..., o morir en el intento.

> Podríamos estar soñando siempre, pero no percibimos estos sueños mientras estamos despiertos, porque la conciencia (como el sol que oculta las estrellas durante el día) es demasiado brillante para permitir que el inconsciente conserve tanta definición.
>
> Diarios personales de la madre
> KWISATZ ANIRUL SADOW-TONKIN

Anirul no podía dormir, acosada desde el interior de su mente. Una vez despertadas, las voces de incontables generaciones no la dejaban descansar. Las intrusas de la Otra Memoria exigían su atención, suplicaban que echara un vistazo a los precedentes históricos, insistían en que sus vidas fueran recordadas. Cada una tenía algo que decir, una advertencia, un grito de atención. Todo dentro de su cabeza.

Tenía ganas de chillar.

Como consorte del emperador, Anirul vivía en un ambiente más lujoso que la inmensa mayoría de vidas interiores que había experimentado. Tenía a su disposición criados, la mejor música, las drogas más caras. Sus aposentos combinados, llenos de hermosos muebles, eran lo bastante grandes para abarcar un pequeño pueblo.

En un tiempo, Anirul había pensado que ser la madre Kwisatz era una bendición, pero el hecho de que su mente estuviera poseída por una multitud surgida de los abismos del tiempo la iba consumiendo en exceso, a medida que se acercaba el parto de Jessica.

Las voces interiores sabían que el largo camino del programa de reproducción tocaba a su fin.

Inquieta en su enorme cama, Anirul apartó las sábanas, que se deslizaron al suelo como un invertebrado vivo. Desnuda, Anirul se acercó a las puertas incrustadas de oro. Su piel era suave y delicada, masajeada cada día con lociones y ungüentos. Una dieta de recetas de melange, así como algunos trucos bioquímicos aprendidos gracias a su adiestramiento Bene Gesserit, mantenían sus músculos tonificados y su cuerpo atractivo, aunque su marido ya no reparara en ella.

En esta habitación había permitido que Shaddam la dejara embarazada cinco veces, pero apenas frecuentaba ya su cama. El emperador había abandonado toda esperanza, y estaba en lo cierto, de engendrar un heredero masculino. Estéril, ya no tendría más hijos, ni de ella ni de ninguna de sus concubinas.

Aunque su marido sospechaba que había tenido amantes durante sus años de matrimonio, Anirul no necesitaba relaciones personales para satisfacer sus necesidades. Como Bene Gesserit experta, tenía acceso a medios de placer que le proporcionaban toda la intensidad que deseaba.

Ahora, lo que más necesitaba era un sueño profundo y reparador.

Decidió salir a la noche silenciosa. Pasearía por el palacio, y tal vez por la capital, con la vana esperanza de que sus piernas pudieran alejarla de las voces.

Aferró el pomo de la puerta, pero se dio cuenta de que no llevaba ropa. Durante las últimas semanas, Anirul había escuchado, sin que la vieran, habladurías de los cortesanos, en el sentido de que tenía una personalidad inestable, rumores probablemente propagados por el propio Shaddam. Si paseara desnuda por los pasillos, eso alimentaría aún más los chismorreos.

Se envolvió en una bata azul turquesa, y la sujetó con un nudo que nadie, excepto una Bene Gesserit, podría desenredar sin un cuchillo. Salió al pasillo descalza y se alejó de sus aposentos.

Había caminado descalza a menudo en la Escuela Materna de Wallach IX. El clima frío permitía que las jóvenes acólitas recibieran una educación rigurosa, para descubrir cómo controlar el calor corporal, el sudor y las respuestas nerviosas. En cierta ocasión, Harishka (que aún no era la madre superiora, sino la censora superiora), había conducido a sus jóvenes pupilas a las montañas nevadas, donde les ordenó que se despojaran de todas sus ropas y recorrieran cuatro kilómetros sobre nieve cubierta de hielo, hasta lo alto de un pico azotado por los vientos. Una vez allí, habían meditado desnudas durante una hora, antes de bajar en busca de sus ropas y un poco de calor.

Anirul casi había muerto congelada aquel día, pero la crisis la había llevado a una mejor comprensión de su metabolismo y de su mente. Antes de vestirse ya, notaba calor, sin necesidad de nada más. Cuatro de sus compañeras de clase no habían sobrevivido (fracasos), y Harishka había abandonado sus cadáveres en la nieve, como siniestro recordatorio para posteriores estudiantes...

Mientras Anirul vagaba por los pasillos del palacio, las damas de compañía salieron de sus habitaciones y corrieron a su lado. Jessica no. Mantenía a la joven embarazada protegida, aislada, ajena a su agitación.

Anirul vio por el rabillo del ojo que un guardia salía de la habitación de una dama de compañía, y le irritó que sus mujeres perdieran el tiempo copulando durante sus horas de vigilia, sobre todo porque estaban enteradas de sus ataques de insomnio.

—Voy al zoo —anunció, sin mirar a las mujeres que la seguían—. Id a avisar al director para que me abra la puerta.

—¿A esta hora, mi señora? —dijo una atractiva criada, mientras se abrochaba el corpiño. Tenía el cabello rubio rizado y facciones delicadas.

Anirul la fulminó con la mirada, y dio la impresión de que la criada se encogía. La despediría por la mañana. La esposa del emperador no podía permitir que nadie discutiera sus caprichos. Debido a las numerosas responsabilidades que recaían sobre sus hombros, Anirul era cada vez menos tolerante, menos paciente. Un poco como Shaddam.

El cielo nocturno era un torbellino de auroras boreales, pero Anirul apenas se dio cuenta. Su creciente séquito la siguió por los jardines colgantes y avenidas elevadas, hasta llegar al recinto de selvas artificiales que constituía el zoo imperial.

Monarcas anteriores habían utilizado el zoo para su disfrute personal, pero nada importaba menos a Shaddam que los especímenes biológicos de planetas lejanos. En un «gracioso gesto», había abierto el parque al público en general, para que pudiera experimentar «la magnificencia de todos los seres que se hallaban bajo el dominio de los Corrino». La otra alternativa, que había confesado en privado a su esposa, era matar a los animales para ahorrar el modesto gasto de alimentarlos.

Anirul se detuvo a la entrada del zoo, un esbelto arco cristalino. Vio que las luces se encendían, pesados globos luminosos que arrojaban un resplandor intenso y molestaban a los animales. El director debía de estar corriendo de un panel de control a otro, preparando el zoo para su llegada.

Anirul se volvió hacia sus damas de compañía.

—Quedaos aquí. Quiero estar sola.

—¿Es eso prudente, mi señora? —preguntó la criada rubia, lo cual irritó una vez más a su ama. Shaddam habría ejecutado a la muchacha en el acto, sin la menor duda.

Anirul volvió a fulminarla con la mirada.

—He lidiado con la política imperial, jovencita. He conocido a los miembros más desagradables del Landsraad, y llevo casada veinte años con el emperador Shaddam. —Frunció el ceño—. Puedo ocuparme sin problemas de animales inferiores.

Entró en la falsa selva. El zoo siempre obraba un efecto balsámico en ella. Vio jaulas con barrotes de campo de fuerza que albergaban osos dientes de sable, ecadroghes y lobos D. Tigres de Laza estaban tumbados sobre rocas calentadas con electricidad. Una leona masticaba con pereza tiras sanguinolentas de carne cruda. Cerca, los tigres alzaron sus ojos entornados y miraron a Anirul adormilados, demasiado bien alimentados para conservar su ferocidad.

Delfines de Buzzell nadaban en una enorme pecera. Gracias a sus cerebros de tamaño mayor de lo normal, eran lo bastante inteligentes para realizar sencillas tareas submarinas. Los delfines se deslizaban como cuchillos de un azul plateado. Uno regresó para mirar a través del cristal, como si reconociera a una persona importante.

Mientras paseaba entre los animales, Anirul experimentó un raro momento de paz interior. El caos no la asediaba en el silencio del zoo imperial. Solo oía sus pensamientos íntimos. Anirul exhaló un largo suspiro, y después respiró hondo, como para absorber la deliciosa soledad.

Sabía que su cordura no sobreviviría a la creciente tormenta interior que la afligía. Como madre Kwisatz y esposa del emperador, tenía tareas vitales. Necesitaba concentrarse. Sobre todo, debía cuidar de Jessica y de su bebé nonato.

¿Ha provocado Jessica esta agitación? ¿Saben algo las voces que yo no sepa? ¿Qué depara el futuro?

Al contrario que la mayoría de las hermanas, Anirul tenía acceso a todas sus memorias. Sin embargo, después de la muerte de su buena amiga Lobia, había profundizado en exceso, había ido demasiado lejos en busca de la anciana Decidora de Verdad dentro de su cabeza. Al hacerlo, había desencadenado una avalancha de vidas.

En el silencio del zoo, Anirul pensó de nuevo en Lobia, quien le había dado tantos consejos en vida. Anirul deseaba oír la voz de la anciana por encima de las demás, una voz portadora de razón. Gritó a su vieja amiga, pero Lobia no emergió.

De repente, al oír la llamada, las voces fantasmales la asaltaron de nuevo, con tal simultaneidad que despertaron ecos en el aire que la rodeaba. El tumulto de los recuerdos, de las vidas y pensamientos, de opiniones y discusiones, se intensificó. Diversas voces gritaron su nombre.

Suplicó que callaran...

Los delfines de Buzzell se revolvieron en su acuario, golpearon sus hocicos en forma de botella contra el grueso cristal de plaz. Los tigres de Laza emitieron un coro de rugidos. El oso dientes de sable rugió y se precipitó sobre su compañero del recinto, y una feroz lucha de dientes y garras se entabló. Aves cautivas empezaron a chillar. Otros animales lanzaron aullidos de pánico.

Anirul cayó de rodillas, sin dejar de gritar a las voces interiores. Los guardias y criadas corrieron en su ayuda. La habían estado observando desde una distancia prudencial, desobedeciendo su petición de privacidad.

Pero cuando intentaron ponerla en pie, la esposa del emperador sufrió espasmos y agitó los brazos. Uno de sus anillos golpeó la cara de la doncella rubia, y le hizo un corte en la mejilla. Anirul tenía los ojos desorbitados, como los de un animal salvaje.

—Al emperador no le va a gustar esto —dijo uno de los guardias, pero Anirul ya no oía nada.

Los diplomáticos son elegidos por su capacidad para mentir.

Dicho Bene Gesserit

En la zona diplomática de Kaitain, Piter de Vries estaba ante su escritorio escribiendo una nota.

Goteaba sangre del techo, que formaba un espeso charco en el suelo, pero el mentat no prestaba atención. La cadencia regular de gotas sonaba como un reloj. Lavaría la mancha más tarde.

Desde que había entregado el mensaje en el que informaba de la reserva de especia ilegal de Richese, De Vries había permanecido en la corte imperial, ideando complejos planes para fortalecer la posición de la Casa Harkonnen. Ya había oído rumores sobre el propósito de Shaddam de castigar a Richese. La idea de una venganza apropiada deleitaba a De Vries.

También albergaba la intención de recoger toda la información posible, para luego transmitirla al barón en pequeñas dosis. De esta manera, demostraría su valía y continuaría con vida.

Mientras espiaba en la corte, había llegado a sus oídos un chisme importante que el barón agradecería, mucho más importante que los movimientos políticos y militares contra la Casa Richese. Por primera vez, Piter de Vries había visto a Jessica al fondo de una sala abarrotada, una mujer encantadora embarazada de seis meses de otro heredero Atreides. Eso ofrecía muchas posibilidades...

«Mi querido barón —escribió, utilizando un código cifrado

Harkonnen—, he descubierto que la concubina de vuestro enemigo Leto Atreides reside actualmente en el palacio imperial. Está bajo la protección de la esposa del emperador, en teoría como dama de compañía, aunque desconozco el motivo. Da la impresión de que no se dedica a nada. Tal vez porque esta puta y Anirul son brujas Bene Gesserit.»

«Me gustaría proponeros un plan que podría tener muchas repercusiones: orgullo y satisfacción para la Casa Harkonnen, dolor y desdicha para la Casa Atreides. ¿Qué más podríamos desear?»

Reflexionó de nuevo, mientras miraba la sangre que caía del techo. Un cilindro de mensajes estaba abierto sobre el escritorio. Escribió de nuevo.

«He logrado mantenerme escondido de ella. Esta Jessica me intriga.»

Recordó con una sonrisa que Kailea, la concubina de Leto, y su hijo Victor habían muerto el año anterior. Los Harkonnen habían confiado en que esa doble tragedia enloquecería al duque y destruiría la firmeza moral de la Casa Atreides para siempre. Por desgracia, contra toda lógica, daba la impresión de que Leto se había recuperado. Su reciente ataque contra Beakkal indicaba que estaba más agresivo y decidido que nunca.

Pero ¿cuánto más podía aguantar aquel hombre amargado y herido?

«Jessica tiene la intención de quedarse aquí y dar a luz en el palacio. Aunque las demás brujas la vigilan sin cesar, creo que encontraremos la oportunidad de matar al recién nacido, y si vos lo deseáis, a su madre también. ¡Pensad en el daño que infligiríais a vuestro mortal enemigo, mi barón! Pero debo proceder con suma cautela.»

Terminó de escribir con letra menuda, para que todo el mensaje cupiera en una sola hoja de papel *instroy*. «He inventado un motivo creíble para quedarme en Kaitain, y así continuar vigilando a esta mujer misteriosa. Os enviaré informes regularmente.»

Firmó la nota con rúbrica y la introdujo en el cilindro, para que fuera enviada por mediación del siguiente crucero a Giedi Prime.

Contempló con indiferencia el techo, donde había ocultado un cadáver detrás de los paneles. El inepto embajador Harkonnen, Kalo Whylls, había ofrecido más resistencia de la esperada, de manera que De Vries le había apuñalado más veces de las necesarias, hasta terminar con su vida.

De Vries bajó la vista y examinó un documento obtenido del ministerio imperial de Formularios, un simple trámite para la burocracia de Kaitain. Nadie lo pondría en duda. El mentat sonrió con sus labios manchados de safo y terminó de escribir un decreto imperial, el cual entregaría al chambelán del emperador, informándole de que el anterior embajador Harkonnen había sido llamado «de manera permanente» a Giedi Prime. Piter de Vries escribió su nombre en el lugar destinado al hombre que ocuparía temporalmente su cargo.

Cuando todo estuvo acabado, estampó en el documento el sello oficial del barón. Después, se dispuso a dar el siguiente paso...

En el fondo, todos somos viajeros..., o fugitivos.

Conde Dominic Vernius

En el interior del tanque situado en el último nivel del enorme crucero de Clase Dominic, el piloto D'murr nadaba en gas de especia anaranjado.

Muy preocupado, y a la espera de que la tripulación de la Cofradía terminara de cargar y descargar, notó que el tiempo fluía de una manera diferente para él. Su crucero había estado en órbita estacionaria sobre Caladan más tiempo del acostumbrado, debido a un artículo que exigía ser manipulado con gran secreto.

Un módulo de combate. Interesante.

Por lo general, D'murr solo se preocupaba de conducir la enorme nave de un sistema a otro. Hacía caso omiso de detalles triviales, o aspiraciones humanas, puesto que todo el universo estaba a su alcance.

Se permitió un momento de curiosidad, conectó el sistema de comunicaciones, examinó grabaciones y transmisiones, y escuchó la conversación de dos auditores de vuelo que viajaban en una cubierta inferior. El duque Leto Atreides había pagado una tarifa exorbitante por esta carga, que debía ser entregada en secreto en Ix.

La ruta de D'murr a través del espacio plegado le conducía de planeta en planeta, a lo largo y ancho del Imperio. En este viaje, una de sus escalas era Ix, en otros tiempos una parada rutinaria para los viajeros de Caladan que visitaban a sus aliados del planeta industrial. Ahora, sin embargo, muchas cosas habían cambiado.

¿Por qué van los Atreides a Ix? ¿Y por qué ahora?

Escuchó las conversaciones susurradas en los niveles restringidos de la Cofradía, y obtuvo información adicional que los supervisores de ruta jamás revelarían a los forasteros, debido a los estrictos acuerdos de neutralidad. Para la Cofradía Espacial, era una cuestión de negocios, como de costumbre. Dos hombres Atreides, que viajaban con documentación falsa, acompañarían a la pequeña nave a Ix. Uno era el príncipe Rhombur Vernius, disfrazado.

D'murr asimiló la nueva información y descubrió que sus reacciones eran extrañas y radicales, incluso desequilibradas. ¿Júbilo? ¿Miedo? *Rhombur.* Inquieto, consumió más melange, pero en lugar de la habitual sensación de serenidad, experimentó la sensación de que el universo era un espeso bosque de árboles oscuros y caminos indistintos.

Desde que se había convertido en Navegante, D'murr nunca había reaccionado de esta manera a los recuerdos, los detritos de su pasado humano. El gas de especia provocó que su cabeza zumbara y su cerebro chisporroteara. Se sentía desorientado. Intuyó que fuerzas opuestas se enfrentaban en un conflicto a gran escala, las cuales amenazaban con desgarrar el tejido del espacio. Desesperado, consumió más melange.

D'murr decidió que el siguiente salto en el espacio plegado alisaría las arrugas inquietantes que le rodeaban. El viaje siempre le tranquilizaba, recuperaba su lugar en el cosmos. Inhaló más gas de especia, sintió que quemaba en su interior, con más intensidad de la acostumbrada.

Tras enviar una impaciente pregunta a la tripulación de la Cofradía, recibió por fin el aviso de que las operaciones de carga habían terminado. *Ya era hora.* Las puertas de la bodega y del muelle de carga se cerraron.

D'murr, angustiado, inició los preparativos y cálculos de alto nivel. Preparar una ruta segura solo le tomó unos segundos, y el salto Holtzmann tomaría menos que eso.

D'murr nunca dormía, pasaba casi todo el tiempo abismado en una profunda contemplación interior, flotando en su tanque. Pensando en su juventud, cuando era humano.

En teoría, los Navegantes no debían conservar dichos recuerdos.

El piloto Grodin, su superior en Empalme, decía que algunos candidatos tardaban más en despojarse de sus trabas atávicas. D'murr no quería que nada afectara a sus prestaciones. Ya había alcanzado el rango de piloto, y aguardaba con impaciencia cada nuevo viaje a través del espacio plegado. Y ahora, con cierta preocupación.

Le preocupaba que el continuo flujo de recuerdos y nostalgia le transformara en algo diferente, algo espantoso e inútil, algo primitivo y humano. Pero ya lo había superado. Todos los demás estados de existencia, incluido el humano, habían quedado muy atrás.

Pero ¿acaso estaba sufriendo una regresión? ¿Podía explicar eso las inquietantes sensaciones? Nunca se había sentido tan... extraño. El gas de especia que le rodeaba solo parecía potenciar sus dormidos recuerdos de Ix y el Gran Palacio, de sus padres, del examen de Navegante que había superado, y que su hermano gemelo había fallado.

Sonó un timbre en la cámara de navegación, y D'murr vio un anillo de luces azules encendidas. La señal de proceder.

Pero ahora ya no estoy preparado.

D'murr experimentó una oleada de energía interna, como si intentara levantarse con desesperación de un lecho de enfermo. Era una llamada lejana.

—C'tair —susurró.

C'tair Pilru, oculto bajo una escuela ixiana abandonada, contemplaba las piezas ennegrecidas de su máquina de transmisión rogo. Desde que se había averiado, hacía más de dos años, cuando había establecido el último contacto con su hermano, había encontrado algunas piezas de repuesto y reparado el aparato en lo posible. Pero las restantes varillas de cristal de silicato eran de calidad dudosa, arrebatadas de los vertederos tecnológicos.

En aquella última transmisión, C'tair había suplicado a su hermano que encontrara ayuda para Ix. Aquella débil esperanza se había disipado, hasta ahora. Rhombur debía estar en camino. El príncipe lo había prometido. La ayuda llegaría pronto.

Un pequeño lagarto correteó de un rincón oscuro a otro, y desapareció dentro de una pila de piezas descartadas. C'tair vio que el cuerpo verdegrisáceo del diminuto reptil desaparecía. Antes de la llegada de los tleilaxu, no había plagas (insectos, lagartos o ratas) en el Ix subterráneo.

Los tleilaxu trajeron a otras sabandijas con ellos.

C'tair localizó la varilla de un blanco lechoso que había apartado antes. La última. Le dio vueltas entre las manos, notó su tacto frío, y contempló la grieta del grosor de un cabello que recorría su costado. Algún día, si la Casa Vernius resucitaba y él todavía estaba vivo, C'tair tendría acceso a nuevos componentes, y reanudaría el contacto con su hermano. De niños, los gemelos habían estado muy unidos. Uno solía terminar las frases del otro.

Pero ahora estaban muy alejados, en el tiempo, en la distancia, en forma física. D'murr debía encontrarse a parsecs de distancia, surcando el espacio plegado. Aunque C'tair lograra reconstruir el transmisor poco ortodoxo, quizá no sería posible ponerse en contacto con él.

Aferró la varilla de cristal como si fuera un filamento de esperanza, y ante su sorpresa, empezó a brillar en sus manos con una cálida incandescencia. La grieta se iluminó y pareció apagarse por completo.

Una voz, muy parecida a la de D'murr, le envolvió.

—C'tair...

Pero no era posible. Miró a su alrededor y no vio a nadie. Estaba solo en aquel escondite deprimente. Un estremecimiento recorrió su cuerpo, pero el calor de la varilla de cristal aumentó. Y oyó más cosas.

—Estoy a punto de plegar el espacio, hermano mío. —Parecía que D'murr estuviera hablando dentro de un líquido espeso—. Ix está en mi ruta, y el príncipe Rhombur viaja a bordo. Va a reunirse contigo.

C'tair no entendía cómo le llegaba la voz de su hermano. *¡No soy un transmisor rogo! Solo soy una persona.*

Pero no obstante..., ¡el príncipe Rhombur venía!

En el recuerdo, D'murr se encontraba dentro de la mente de su gemelo desde mucho tiempo antes, cuando C'tair se abrió paso entre los escombros de un edificio ixiano destruido en el ataque inicial de los tleilaxu. ¿Cuánto tiempo había pasado? ¿Veintiún años? De aquellos restos había surgido una alucinación de Davee

Rogo, el genio tullido que había hecho amistad con los dos gemelos, para luego enseñarles sus prodigiosas invenciones. En aquellos tiempos pacíficos y felices...

Pero aquella imagen fantasmal había sido transmitida por la parte humana incontrolada de D'murr, una fuerza poderosa que se había negado a sucumbir a los cambios sufridos en su mente y cuerpo. D'murr no había sido plenamente consciente de sus actos, ni de qué conceptos había desarrollado su inconsciente al ponerse en contacto con su gemelo. C'tair, utilizando la información proporcionada por la aparición, había sido capaz de construir el aparato de conexión transdimensional, que permitía la conversación entre un par de formas de vida muy diferentes, pero vinculadas por los genes.

Incluso entonces, la mente inconsciente de D'murr había querido permanecer en contacto con su hogar y sus recuerdos.

Dentro de su tanque, dejó de mover sus brazos y piernas atrofiados. En la fracción de segundo que se asomó al precipicio del espacio plegado, recordó el intolerable dolor físico provocado por cada transmisión con C'tair, como si su parte de Navegante se hubiera enfrentado a su parte humana, con la intención de someterla.

Pero ahora, activó el generador Holtzmann y se precipitó ciegamente entre las dimensiones, arrastrando al crucero con él.

C'tair sujetó la varilla de cristal hasta que la notó helada contra sus dedos, y la voz de D'murr se desvaneció. Se sacudió de su parálisis y llamó a su hermano. No obtuvo ninguna respuesta, solo ruido de estática. D'murr le había parecido raro, casi enfermo.

De pronto, C'tair oyó en las profundidades de su cráneo un chillido primigenio, sin palabras. El grito de su hermano.

Y después, nada.

Un momento de incompetencia puede ser fatal.

Maestro espadachín FRIEDRE GINAZ

El crucero emergió del espacio plegado donde no debía y se precipitó hacia la atmósfera de Wallach IX.

Error del Navegante.

Grande como un cometa, la nave se estrelló contra la capa de aire. La fricción fundió el casco exterior. Los pasajeros ni siquiera tuvieron tiempo de gritar.

Durante siglos, el planeta Bene Gesserit había estado protegido por escudos de seguridad capaces de desintegrar cualquier nave no autorizada. La inmensa nave ya estaba condenada cuando golpeó el primer escudo.

El crucero ardió en la atmósfera, y su piel metálica se desprendió como las capas de una cebolla. Los restos se esparcieron en un radio de mil kilómetros.

El Navegante no había tenido la menor posibilidad de enviar una señal de socorro, ni de ofrecer alguna explicación, antes de que la nave se desintegrara.

Mientras llegaban los datos del escudo defensivo, que identificaron la nave siniestrada, la madre superiora Harishka redactó un mensaje de alta prioridad para que fuera enviado a Empalme. Por desgracia, deberían esperar al siguiente crucero, pero para entonces la Cofradía Espacial ya estaría enterada del desastre.

En el ínterin, a las pocas horas del accidente, la hermana Cristane fue enviada con un grupo de acólitas al lugar del accidente. Las hermanas se concentraron en la región montañosa donde la sección más grande del crucero había hecho impacto.

Cristane entornó los ojos para protegerlos de la gélida blancura, y examinó las cicatrices de la colisión que presentaba la ladera. Hielo y nieve se habían fundido alrededor de los fragmentos. Aún se elevaban nubecillas de vapor de las masas metálicas principales. Las acólitas, utilizando soldadores y cortadores láser, tal vez encontrarían restos de cadáveres fundidos con el metal, pero Cristane no sabía si el esfuerzo valía la pena. Era imposible que hubiera supervivientes.

Había sido adiestrada durante toda su vida para reaccionar en caso de emergencias, pero ahora no podía hacer más que observar.

Cristane aún no era una reverenda madre, de modo que carecía de las memorias multigeneracionales que sus superioras experimentaban. Sin embargo, durante la reunión celebrada para hacer frente al desastre, la madre superiora había afirmado que en mil años ninguna de las hermanas había presenciado un accidente semejante.

A lo largo de su historia, los Navegantes habían cometido algunos errores de cálculo, pero solo se tenía noticia de muy pocos accidentes graves desde la formación de la Cofradía, más de diez mil años antes. Durante la batalla final de la Jihad Butleriana, era muy peligroso utilizar las primeras naves que plegaban el espacio, antes de que se descubrieran las cualidades prescientes de la melange. Pero desde aquella época, la Cofradía poseía un récord de seguridad inmejorable.

Las implicaciones de esta tragedia tendrían repercusiones en todo el Imperio durante los siglos venideros.

Cuando el equipo de inspección y recuperación de la Cofradía llegó dos días después, enjambres de hombres descendieron sobre Wallach IX. Miles de trabajadores llegaron con equipo pesado. Los obreros cortaron muestras para analizarlas. Las hermanas querían guardar sus secretos, y también la Cofradía, que no dejó ni un resto de la nave.

Cristane buscó al hombre que dirigía las operaciones. Tenía los ojos juntos y labios gruesos. Mientras le estudiaba, comprendió que estaba sobrecogido por la tragedia.

—¿Tenéis alguna sospecha, señor? ¿Alguna explicación?

El hombre meneó la cabeza.

—Aún no. Tardaremos tiempo en analizar todo.

—¿Qué más?

Pese a su juventud, la actitud de la hermana era autoritaria. Habló con suficiente inflexión de Voz para que el hombre contestara instintivamente.

—Era una de las dos únicas naves de Clase Dominic, construidas durante los últimos días de la Casa Vernius, con un récord de seguridad impecable.

Cristane le miró con sus grandes ojos.

—¿Existe algún motivo para que el diseño de este crucero haya dejado de ser seguro?

El hombre sacudió la cabeza, pero no pudo resistir la orden de la Voz. Su rostro se contorsionó cuando se resistió a contestar, pero no pudo evitarlo.

—Aún no hemos tenido tiempo de analizar los detalles... De momento, prefiero reservarme los comentarios.

Cuando los efectos de la Voz se disiparon, pareció nervioso por sus revelaciones. Rehuyó la presencia de Cristane.

La hermana repasó las posibilidades en su mente. Vio que ejércitos de obreros desmontaban el crucero pieza por pieza. Pronto, todos los restos habrían desaparecido, y solo dejarían feas cicatrices en Wallach IX.

El Destino y la Esperanza no suelen hablar el mismo idioma.

Biblia Católica Naranja

En la sala de demostraciones, Hidar Fen Ajidica estaba de pie ante el recinto en forma de cúpula. Su mente rebosaba energía, las posibilidades se desplegaban a su alrededor como arco iris.

Cada día examinaba la cámara de muestras para controlar los progresos de un nuevo gusano de arena cautivo, el cual había sobrevivido durante meses. Le gustaba alimentarlo con ajidamal, que el gusano devoraba con ferocidad. Durante los años de experimentación, los diminutos especímenes habían muerto al poco tiempo de sacarlos de Arrakis. No obstante, este había sobrevivido hasta el momento, incluso medraba. Ajidica lo atribuía a la especia sintética.

Irónicamente, había llamado al gusano como el difunto líder tleilaxu.

—Vamos a echarte un vistazo, amo Zaaf —dijo con una cruel sonrisa. Aquella misma mañana había consumido una dosis todavía mayor de ajidamal, extraída directamente del tanque que contenía el cuerpo prisionero de Miral Alechem. Notaba que la droga estaba haciendo efecto, expandía su conciencia y potenciaba sus funciones mentales.

¡Espléndido!

El eufórico investigador jefe apretó un botón situado en la base de la cúpula del gusano y vio que el plaz brumoso se aclaraba. El gusano se hizo visible. Los lados de la cúpula estaban cubiertos de polvo, como si el gusano se hubiera agitado con frenesí.

El gusano yacía inmóvil sobre la arena, con los segmentos separados y la boca abierta. Un líquido rosado rezumaba entre los anillos.

Ajidica abrió un panel exterior de la cúpula y leyó las cifras de las constantes vitales. Abrió los ojos de par en par con incredulidad. Pese a las dosis regulares de ajidamal, el gusano había muerto.

Indiferente al peligro, introdujo la mano para apoderarse de la forma flácida del animal. Los anillos se desprendieron entre sus dedos como pedazos de fruta podrida, desgajados del cuerpo. Era como si un estudiante inexperto hubiera diseccionado al gusano.

Pero Ajidica lo había alimentado con la misma droga que él tomaba, en diversas formas. De pronto, ya no se sintió tan eufórico. Tuvo la impresión de que se precipitaba en un abismo oscuro.

Cada hombre es una pequeña guerra.

Karrben Fethr, *La insensatez de la política imperial*

¿Qué fremen no encontraría especia, en caso necesario? La Cofradía había exigido más melange, y el pueblo del desierto tenía que pagar el precio, o abandonar sus sueños.

Stilgar, tumbado sobre el estómago tras la cumbre de una alta duna, miraba con los prismáticos el pueblo abandonado de Bilar Camp. Había chozas destrozadas y manchadas de sangre en la base de una montaña de arena deslizante, contenida desde atrás por una pequeña meseta que albergaba una cisterna escondida, llena ahora de contenedores que almacenaban especia de contrabando. La especia del barón.

Stilgar ajustó las lentes de aceite, y las imágenes adquirieron más definición en el amanecer cristalino. Un escuadrón de soldados Harkonnen uniformados de azul trabajaban confiados en que nadie osaría espiarlos. Todos los fremen consideraban maldito aquel lugar.

Mientras Stilgar miraba, un enorme transportador se posó cerca de la aldea abandonada. Reconoció la nave, con sus alas retráctiles pegadas contra el cuerpo, el vehículo utilizado para transportar recolectores de especia hasta las arenas ricas en melange, y llevársela cuando el inevitable gusano se acercaba.

Contó treinta soldados Harkonnen, más del doble que sus hombres. No obstante, la diferencia era aceptable. El equipo de Stilgar contaría con la ventaja de la sorpresa. Al estilo fremen.

Dos soldados utilizaron un aparato en forma de arco luminoso para reparar la parte inferior del transportador. En el aire inmóvil de la mañana, el ruido de la actividad trepaba por la cara de la duna. Cerca, los muros bajos de roca y ladrillo de la aldea maldita parecían redondeados, con los bordes suavizados por años de exposición a la intemperie.

Nueve años antes, los habitantes de Bilar Camp habían muerto envenenados por exploradores Harkonnen aburridos. Los vientos del desierto habían borrado las huellas de la tragedia, pero no todas. Arañazos de uñas y marcas de manos ensangrentadas todavía podían verse en paredes protegidas.

Los Harkonnen creían que los supersticiosos habitantes del desierto nunca volverían a un lugar maldito. Sin embargo, los fremen sabían que aquel acto horrible no había sido cometido por demonios del desierto, sino por hombres. El propio Liet-Kynes había presenciado los horrores, en compañía de su reverenciado padre. Ahora, como Abu Naib de todas las tribus fremen, Liet había enviado a Stilgar y sus hombres a esta misión.

Los comandos de Stilgar estaban acuclillados a lo largo de la otra cara de la duna, y cada uno sostenía una tabla de arena. Vestidos con ropas cubiertas con arena del desierto, para no exponer al sol la tela gris del destiltraje que llevaban debajo, los atacantes se pusieron las mascarillas. Bebieron de los tubos sujetos a las bocas para darse energía. Llevaban al cinto pistolas maula y criscuchillos. Rifles láser robados iban sujetos a las tablas de arena.

Preparados.

La ineptitud de los Harkonnen divirtió a Stilgar. Había espiado sus actividades durante semanas, y sabía exactamente lo que iban a hacer esta mañana. *La rutina es la muerte*, como afirmaba un viejo dicho fremen.

Liet-Kynes pagaría el soborno exigido por la Cofradía con la especia ilegal del barón. Y el barón no podría presentar la menor queja.

Habían terminado de reparar el transportador. Los soldados trabajaban en hilera para apartar las rocas que cubrían la cisterna. Charlaban tranquilamente, de espaldas a la duna. Ni siquiera habían apostado guardias. ¡Qué arrogancia!

Cuando los Harkonnen casi habían terminado de destapar la cisterna, dentro de la cual ocultarían la especia robada que contenía la bodega del transportador, Stilgar hizo un gesto brusco con la mano, como si cortara el aire. Los comandos subieron a sus tablas de arena y se deslizaron ladera abajo como una manada de lobos. Al frente, Stilgar soltó el rifle láser. Los demás fremen le imitaron.

Los soldados Harkonnen se volvieron al oír el ruido de la fricción bajo las tablas, pero era demasiado tarde. Cuchillos púrpura de luz cortaron sus piernas, fundieron carne y hueso.

Los hombres de Stilgar saltaron de sus tablas y se desplegaron para apoderarse del transportador. A su alrededor, los soldados mutilados chillaban y gemían, mientras agitaban sus muñones cauterizados. Gracias a la buena puntería fremen, todos los hombres conservaban todavía sus órganos vitales y la vida.

Un joven soldado con una sombra de barba miró aterrorizado a los hombres del desierto y trató de retroceder sobre la arena ensangrentada, pero no podía moverse sin piernas. Los fremen parecían llenar de miedo su corazón más que la visión de los muñones ennegrecidos de sus piernas.

Stilgar ordenó a sus hombres que ataran a los Harkonnen y envolvieran sus heridas con esponjas para guardar el líquido y llevarlo a los necrodestiladores del sietch.

—Amordazadles, para no tener que escuchar sus llantos infantiles.

Las voces no tardaron en ser silenciadas.

Dos hombres inspeccionaron el transportador, y después alzaron las manos. Stilgar subió por una rampa hasta una estrecha plataforma interior que circundaba la bodega de carga modificada. El espacioso recinto estaba forrado de gruesas planchas. Cuatro ganchos colgaban del techo.

Habían quitado del transportador las cubiertas y la maquinaria, para luego blindarlo. Olía a canela. La bodega superior ya estaba llena de contenedores de especia, que los soldados se disponían a esconder en la cisterna. La bodega inferior estaba vacía.

—Mira esto, Stil.

Turok señaló la parte inferior de la nave, sus vigas transversales sin pintar y los accesorios de nueva construcción. Tocó una palanca que había a su lado y la panza blindada se abrió al desierto. Turok subió por una escalerilla metálica hasta la cabina del piloto y encendió los grandes motores, que cobraron vida con un poderoso rugido.

Stilgar aferró una barandilla y sintió una tenue vibración, la señal de una nave bien mantenida. El vehículo sería un buen complemento para la flota fremen.

—¡Arriba! —gritó.

Turok había trabajado en cuadrillas de especia durante años, y sabía utilizar toda clase de maquinarias. Tecleó la secuencia de ignición. El transportador se elevó con un poderoso impulso, y Stilgar se sujetó a la barandilla para no perder el equilibrio. Las cadenas y los ganchos matraquearon sobre las puertas de carga abiertas. Stilgar no tardó en ver la cisterna descubierta.

Mientras Turok pilotaba el transportador, Stilgar liberó las cadenas y dejó caer los pesados ganchos. Abajo, los comandos treparon por las paredes lisas de la cisterna reforzada y sujetaron los ganchos a las barras de elevación. Las cadenas se tensaron, los motores gruñeron, y toda la cisterna llena de especia se desgajó de la plataforma rocosa, hasta penetrar en la bodega de carga. Las puertas del transportador se cerraron como la boca de una serpiente glotona.

—Creo que el emperador considera un delito acumular tanta especia. —Stilgar sonrió mientras gritaba a su compañero—. ¿No es estupendo ayudar a los Corrino a hacer justicia? Tal vez Liet debería pedir a Shaddam que nos felicitara.

Turok lanzó una risita, hizo dar media vuelta a la nave y la mantuvo a escasa distancia del suelo. Los demás fremen subieron a bordo, arrastrando a los mutilados cautivos Harkonnen.

La nave voló a baja altura, pero aceleró cuando salió al desierto, en dirección al sietch más cercano. Stilgar, sentado contra un mamparo que vibraba, examinó a sus cansados hombres, y a los prisioneros condenados que pronto serían arrojados a los necrodestiladores. Intercambió sonrisas satisfechas con sus hombres, que se habían quitado las mascarillas. Sus ojos azules brillaban a la luz tenue del interior del transportador.

—Especia y agua para la tribu —dijo Stilgar—. Buen botín por un solo día.

A su lado, un Harkonnen gimió y abrió los ojos. Era el joven que le había mirado antes. En un momento de clemencia, tras decidir que este ya había sufrido demasiado, Stilgar extrajo su cuchillo y le degolló. Después, cubrió la herida para que absorbiera la sangre.

Los demás Harkonnen no tuvieron tanta suerte.

Es asombroso lo estúpidos que son los humanos en grupo, sobre todo cuando siguen a sus líderes sin rechistar.

Opinión Bene Gesserit sobre los estados:
«Todos los estados son una abstracción»

La flota imperial llegó a Korona sin previo aviso, el siguiente golpe en la Gran Guerra de la Especia de Shaddam. Con ocho cruceros de batalla y fragatas armadas hasta los dientes, constituía una demostración de fuerza aún más temible que la que había reducido a cenizas las ciudades más populosas de Zanovar.

Las naves militares convergieron sobre la luna artificial para una investigación in situ. El Supremo Bashar Zum Garon lanzó su ultimátum por el sistema de comunicaciones.

—Estamos aquí por orden del emperador Padishah. Vosotros, la Casa Richese, estáis acusados de posesión de una reserva de melange indocumentada, lo cual vulnera las leyes del Imperio y el Landsraad.

El comandante esperó la respuesta. *Vamos a ver el grado de culpabilidad que revela su reacción.*

Súplicas desesperadas surgieron de las salas de control de Korona, coreadas momentos después por llamadas procedentes del gobierno richesiano.

El Supremo Bashar, que miraba desde el puente de la nave insignia, no aceptó ninguna transmisión. Habló por el sistema de megafonía.

—Por orden de su Imponente Majestad Shaddam IV, registraremos el satélite en busca de melange de contrabando. Si la encontramos, la especia será confiscada, y la estación de Korona sumariamente destruida. Así lo ha ordenado el emperador.

Dos fragatas de batalla se posaron en las radas de recibimiento de la luna artificial. Los ingenuos richesianos intentaron volver a cerrar las antecámaras de compresión, de modo que dos cruceros dispararon sobre otros desembarcaderos y volaron las puertas. Aire, carga y cuerpos salieron disparados al espacio.

Mientras aros de amarre se cerraban y tenazas gigantescas abrían por la fuerza el casco de la luna, Garon transmitió una nueva advertencia.

—Se emplearán medidas de excepción contra todo tipo de resistencia. Tenéis dos horas exactas para evacuar Korona. Si encontramos pruebas suficientes para justificar la aniquilación de esta instalación, cualquier persona que permanezca en la estación en ese momento morirá.

Garon entró en un ascensor que le condujo hasta el nivel de desembarco. Korona no tenía defensas suficientes para resistir a los Sardaukar. Nadie las tenía.

El veterano comandante entró con un regimiento en el laboratorio orbital. En los pasillos metálicos resonaban alarmas, destellaban luces, aullaban sirenas. Inventores, técnicos y trabajadores de los laboratorios corrían hacia las naves de evacuación. Al llegar al centro de un sistema de pasarelas, el Supremo Bashar indicó a sus hombres que se dividieran en grupos y empezaran el registro. Daban por sentado que tal vez sería necesario torturar a algunos empleados para localizar el almacén de especia.

Un hombre de rostro congestionado salió como una tromba de un ascensor y se topó con la vanguardia Sardaukar. Agitó las manos como un poseso.

—¡No podéis hacer esto, señor! Soy el director Flinto Kinnis, y os aseguro que dos horas no es tiempo suficiente. No tenemos bastantes naves. Hemos de solicitar naves a Richese solo para la gente, y no hablemos ya de los materiales de investigación. La evacuación durará un día, como mínimo.

El rostro de Garon no mostró la menor compasión.

—Las órdenes del emperador no se discuten.

Cabeceó en dirección a sus hombres, los cuales abrieron fuego al punto y abatieron al burócrata.

Las tropas se internaron en la gigantesca estación.

Durante una de sus cenas en privado, Shaddam había explicado a Zum Garon sus intenciones. El emperador asumía que muchos civiles podrían morir durante la invasión, y estaba dispuesto a dar otro ejemplo radical como en Zanovar, y otro más, los necesarios para que sus órdenes quedaran claras.

—Lo único que exijo —había dicho Shaddam, al tiempo que alzaba un dedo— es que te apoderes de toda la especia de contrabando que encuentres. Una recompensa generosa de especia apaciguará las protestas de la Cofradía y la CHOAM. —Sonrió, complacido con su plan—. Después, utiliza armas atómicas para destruir la estación.

—Señor, el uso de armas atómicas infringe...

—Tonterías. Les concederemos la oportunidad de evacuar la luna artificial, y solo voy a desintegrar una estructura metálica. Tengo entendido que Korona es algo que ofende a la vista. —Shaddam, frustrado, se dio cuenta de que Garon no estaba del todo convencido—. No te preocupes por los matices legales, Bashar. Los explosivos nucleares explicarán mejor mi opinión. Aterrará más al Landsraad que mil tímidas advertencias.

Zum Garon había vivido muchos años en Salusa Secundus, y había combatido en la Revuelta Ecazi. Sabía que las órdenes imperiales debían obedecerse, sin cuestionarlas jamás, y había educado a su hijo Cando en la misma creencia.

Al cabo de media hora, el primer grupo de naves de evacuación descendió hasta la superficie. Los científicos se esforzaban por recuperar documentos y notas irremplazables de los proyectos de investigación, pero muchos de los que perdieron tiempo en dicha tarea se encontraron abandonados a su suerte cuando todas las lanzaderas disponibles hubieron partido.

En el Centro Tríada del planeta, el primer ministro Ein Calimar vociferaba sin resultado por el sistema de comunicaciones, y exigía que le concedieran tiempo para ponerse en contacto con el tribunal del Landsraad. A su lado, el conde Richese se retorcía las manos y suplicaba, pero sin éxito. Al mismo tiempo, los richesianos pugnaban por enviar naves de rescate, aunque el tiempo iba en su contra.

Las tropas Sardaukar invadieron el laboratorio, en busca de la supuesta reserva ilegal de especia. Cerca del núcleo blindado de

Korona, encontraron a dos inventores frenéticos, un científico calvo de hombros caídos y un hombre vehemente cuyos ojos se movían de un lado a otro, como si su mente estuviera funcionando a toda velocidad.

El hombre vehemente se adelantó, y trató de razonar con los invasores.

—Señor, estoy trabajando en un proyecto de vital importancia, y debo llevarme todas las notas y prototipos. Este trabajo no puede ser reproducido en otra parte, y tiene repercusiones para el futuro del Imperio.

—Denegado.

El inventor parpadeó, como si no hubiera escuchado bien.

El hombre calvo entornó la mirada.

—Dejadme hablar. —Indicó una pirámide de cajas cerradas, frente a las cuales esperaban trabajadores con camiones ingrávidos, pero sin lugar a donde ir—. Supremo Bashar, me llamo Talis Balt. Mi colega Haloa Rund no exagera la importancia de nuestro trabajo. Además, fijaos en esta valiosa reserva. No podéis permitir que sea destruida.

—¿Es melange? —preguntó Garon—. Tengo órdenes de llevarme toda la especia.

—No, señor. Cristales richesianos, casi tan valiosos como la especia.

El oficial se humedeció los labios. Fragmentos diminutos de cristales richesianos proporcionaban energía para alimentar aparatos de barrido informático. La cantidad de unidades almacenadas en la estación bastarían para alimentar un sol pequeño.

—Talis Balt, lamento informaros que vuestro director ha sido una víctima de esta operación. Por lo tanto, os pongo al frente de Korona.

Balt se quedó boquiabierto, mientras asimilaba la importancia de las palabras del Bashar.

—¿El director Kinnis ha muerto? —preguntó con voz débil.

Garon asintió.

—Tenéis mi permiso para transportar todos los cristales richesianos que podáis a bordo de mis naves..., siempre que me digáis dónde está la reserva de especia ilegal.

Haloa Rund se quedó consternado.

—¿Y mi investigación?

—No puedo vender ecuaciones.

Balt se debatió entre mentir o decir la verdad.

—Supongo que vuestros hombres saquearán los laboratorios y destruirán las cámaras herméticas hasta que la encontréis. En consecuencia, nos ahorraré tal desdicha.

Confesó al Bashar dónde debía buscar.

—Me complace que hayáis tomado la decisión correcta, y que hayáis verificado la presencia de la melange. —Garon tocó un botón de su uniforme y envió un mensaje a su nave. Momentos después, soldados Sardaukar subieron a bordo, cargados con plataformas ingrávidas sobre las que descansaban contenedores de armas atómicas. Se volvió hacia el científico calvo—. Podéis trasladar lo que podáis a nuestros cruceros de guerra, y permitiré que os quedéis la mitad de lo que carguéis.

Apesadumbrado por la situación, pero lo bastante listo para no discutir, Balt puso manos a la obra. Garon, pensativo, contempló los esfuerzos de los obreros que cargaban cajas llenas de frágiles cristales. No iban a rescatar ni la décima parte de aquel tesoro. Haloa Rund volvió corriendo a su laboratorio, pero el Bashar dejó instrucciones de que no le permitieran llenar las naves de «prototipos» inútiles.

Garon condujo a sus hombres hacia la zona donde estaba almacenada la especia. Soldados provistos de holograbadoras documentaron la reserva ilegal, y tomaron pruebas antes de llevarse la especia, por si el emperador las necesitaba. Shaddam no había mencionado esta precaución, pero el Bashar sabía que las pruebas eran importantes.

Mientras Zum Garon vigilaba las operaciones, la infantería Sardaukar entró en el núcleo de la luna, con el primer cargamento de cabezas nucleares. Consultó su cronómetro. Quedaba menos de una hora.

Talis Balt corría de un lado a otro, al borde del agotamiento. El sudor perlaba su cabeza calva. Su cuadrilla y él ya habían cargado una cantidad sorprendente de espejos en la nave insignia Sardaukar.

En un muelle de carga de Korona, Haloa Rund lloraba sentado junto a una pila de cajas que habían sido abiertas con armas manuales. Cuando había insistido en transportarlas hasta la nave insignia, dos soldados habían abierto fuego, y destruido la maquinaria del no campo interior.

Cuando el Supremo Bashar ordenó la retirada del satélite condenado, Talis Balt se quedó esperando en el muelle de carga.

Garon le informó con calma de que debería quedarse.

—Lo lamento, pero es ilegal que los pasajeros civiles suban a bordo de naves de guerra imperiales. Os las tendréis que ingeniar para salir de aquí.

Teniendo en cuenta el escaso tiempo que quedaba, la relación familiar de Rund con el conde Ilban Richese serviría de poco. Y las armas atómicas no podían desactivarse.

Diez minutos antes de la hora, todos los cruceros de batalla y naves de apoyo imperiales se alejaron del satélite. A bordo de la nave insignia, el Supremo Bashar Garon vio que sus tropas llevaban a cabo la operación con precisión militar.

Si bien el cargamento de especia no era tan enorme como habían hecho creer al emperador, las bodegas contenían muchas cajas de cristales richesianos, así como la reserva de especia. Los Sardaukar entregarían de inmediato la melange confiscada a los representantes de la Cofradía, que aguardaban a bordo del crucero. Un soborno desvergonzado, pero eficaz.

En la superficie del planeta, el primer ministro Calimar escudriñaba la luna artificial, tan grande que empequeñecía la flota de naves Sardaukar que se alejaban de ella. Sentía un nudo en el estómago, y estaba enfurecido por la injusticia del emperador.

¿Cómo se había enterado Shaddam de la especia escondida en Korona? Después de que el barón Harkonnen le pagara bajo mano, Calimar había ocultado la especia en el más absoluto secreto. Los Harkonnen no habían podido filtrar la información, porque eso habría desviado las dudas hacia ellos...

Cuando las armas atómicas estallaron en Korona, una luz brillante iluminó el cielo richesiano. Sin embargo, en lugar de apagarse a medida que transcurría el tiempo, la bola de fuego provocó una reacción en cadena que inflamó los restantes cristales richesianos, y una nube de fragmentos atravesó la atmósfera como restos de una supernova.

Los richesianos de todo el continente contemplaron la cascada de fuego que caía del cielo. Espejos de incalculable valor llovían como diminutos asteroides.

Calimar reprimió un sollozo, pero no pudo dejar de mirar. La luz aumentó de intensidad. Muchos richesianos miraban también horrorizados, incapaces de creer lo que estaba sucediendo.

Durante los días siguientes, a medida que progresaban las lesiones retinianas, un cuarto de la población richesiana perdió la vista.

Siento la invulnerable y resbaladiza embestida del espacio, donde una estrella envía rayos persistentes a través de la no distancia llamada parsecs.

Los apócrifos de Muad'dib,
«Todo está permitido, todo es posible»

Perdido en el vacío, el crucero giró fuera de control.

Gurney Halleck supo que algo iba mal en cuanto salieron del espacio plegado. La gigantesca nave se tambaleó como si hubiera topado con una potente turbulencia.

Gurney apoyó una mano sobre el cuchillo que llevaba oculto dentro de sus ropas y miró a su lado, para comprobar que el príncipe estaba sano y salvo. Rhombur se sujetaba a una pared, convertida de repente en el suelo.

—¿Nos atacan?

Vestía una capa con capucha, como si fuera un peregrino. Tela de lana cubría la mayor parte de su cuerpo artificial, para que nadie advirtiera las extraordinarias diferencias de su anatomía.

La puerta de su compartimiento privado se entreabrió, y luego se atoró. En el pasillo principal, un panel de servicio destelló cuando una sobrecarga de energía recorrió los sistemas de la fragata. Las cubiertas se ladearon cuando los generadores de gravedad se averiaron y cambiaron el centro de la masa. Las luces parpadearon. Luego, con un estremecimiento, la fragata de pasajeros se enderezó al tiempo que el crucero giraba.

Gurney y Rhombur se esforzaron por abrir del todo la puerta

de la cabina. Rhombur lo logró gracias a un violento codazo.

Los dos hombres salieron al pasillo, donde los pasajeros, presa del pánico, corrían de un lado a otro, algunos heridos y ensangrentados. Por las portillas vieron el desastre ocurrido en la bodega de carga del crucero, donde las naves estaban ladeadas y aplastadas. Algunas derivaban sin sujeciones.

En cada cubierta, tableros de comunicaciones se iluminaban, mientras cientos de pasajeros exigían explicaciones. Azafatas wayku uniformadas de negro corrían de salón en salón, y pedían con calma a todo el mundo que esperaran a recibir más instrucciones. Se comportaban con amabilidad y reserva, pero no podían disimular el nerviosismo que les producía aquella situación sin precedentes.

Gurney y Rhombur se encaminaron al abarrotado salón principal, donde se estaban congregando los atemorizados pasajeros. A juzgar por la expresión que veía en la cara encapuchada de Rhombur, Gurney dedujo que deseaba calmar a aquella gente, hacerse cargo de la situación. Con el fin de impedirlo, hizo un ademán sutil para advertir al príncipe de que debían conservar su identidad en secreto y no atraer la atención. El príncipe intentó descubrir qué había pasado, pero los sistemas de la nave ofrecían escasa información.

La cara cérea de Rhombur mostraba una profunda concentración.

—No podemos retrasarnos. Trabajamos con un horario muy rígido. Todo el plan podría venirse abajo si no cumplimos nuestra parte.

Tras una hora de preguntas sin respuesta y pánico creciente, un representante de la Cofradía envió por fin un holoemisario al salón de la fragata. Su imagen apareció en los puntos de encuentro de todas las naves de la bodega.

Por su uniforme, Rhombur dedujo que el rango del representante era el de auditor de vuelo, un funcionario de relativa importancia, responsable de documentos de contabilidad, así como de manifiestos de carga y pasajeros, y que actuaba de intermediario con el Banco de la Cofradía en lo relativo al pago de pasajes interestelares. El auditor de vuelo tenía los ojos muy separados, la frente despejada y el cuello grueso. Los brazos parecían demasiado cortos para su torso, como si hubieran confundido las extremidades durante su montaje genético.

Habló con voz inexpresiva, acompañada de un irritante tic que recordaba el zumbido de un insecto.

—Hemos, nnnn, experimentado dificultades en la transposición de esta nave, y estamos tratando de reestablecer, nnnn, el contacto con nuestro Navegante en su cámara. La Cofradía está investigando el problema. No disponemos de, nnnn, más información en este momento.

Los pasajeros empezaron a gritar preguntas, pero la proyección no les oyó o no se dignó contestar. El auditor permaneció muy tieso e inexpresivo.

—Todas las tareas de mantenimiento y las reparaciones importantes han de llevarse a cabo, nnnn, en Empalme. No disponemos de instalaciones para efectuar reparaciones importantes aquí. Aún no hemos podido determinar nuestra posición precisa, nnnn, aunque los primeros datos demuestran que nos hallamos en una zona del espacio inexplorada, muy lejos de los límites del Imperio.

Los pasajeros lanzaron al unísono una exclamación ahogada. Gurney miró a Rhombur con el ceño fruncido.

—Puede que los representantes de la Cofradía sean unos expertos en estudios matemáticos, pero no han aprendido nada de tacto.

Rhombur asintió.

—¿Un crucero extraviado? Jamás había oído nada semejante. ¡Infiernos carmesíes! Esta nave es uno de los mejores diseños ixianos.

Gurney le dedicó una sonrisa irónica.

—Sin embargo, ha ocurrido. —Citó la Biblia Católica Naranja—. «Pues la humanidad está perdida, incluso cuando se extiende ante ella el camino recto.»

Rhombur le sorprendió cuando replicó con la segunda mitad del verso.

—«Pero por más que nos extraviemos, Dios sabe dónde encontrarnos, porque Él puede ver todo el universo.»

El príncipe ixiano bajó la voz y guió a Gurney lejos de las conversaciones y el hedor a miedo y sudor que se respiraba en el atestado salón.

—Este diseño fue construido bajo la dirección de mi padre, y sé cómo funciona la nave. Uno de mis deberes como príncipe de la Casa Vernius era aprender todo lo relacionado con la fabricación de naves. Los controles de calidad y las medidas de seguridad eran extraordinarios, y los motores Holtzmann nunca fallaban. Esta tecnología ha demostrado su eficacia durante diez mil años.

—Hasta hoy.

Rhombur meneó la cabeza.

—No, esa no es la respuesta. Solo puede tratarse de un problema relacionado con el propio Navegante.

—¿Un error del piloto? —Gurney bajó la voz para que nadie pudiera escucharle, aunque los pasajeros no hacían otra cosa que alimentar su propio pánico—. Si nos encontramos tan lejos de las fronteras del Imperio, y si nuestro Navegante ha fallado, es posible que jamás logremos regresar a casa.

La Otra Memoria es un océano ancho y profundo. Presta ayuda a los miembros de nuestra orden, pero bajo sus propias condiciones. Una hermana invita a los problemas cuando intenta manipular las voces internas para satisfacer sus necesidades. Es como intentar convertir el mar en su piscina particular, algo imposible, ni siquiera durante unos momentos.

La Coda Bene Gesserit

De vuelta al fin en sus aposentos de Kaitain, después de dejar las muestras en dos cruceros, el conde Hasimir Fenring bajó de la cama y paseó la vista a su alrededor. Se preguntó cuándo se enteraría de los resultados. No podía preguntar a la Cofradía, de modo que debería investigar con mucha discreción.

Vio filigranas de oro en las paredes y el techo, reproducciones de cuadros antiguos y exóticas tallas chin-do. Era un lugar mucho más estimulante que el reseco Arrakis, el escabroso Ix o el utilitario Empalme. La única belleza que deseaba ver era el exquisito rostro de la encantadora Margot. Pero ya se había levantado y abandonado la cama.

Después de su viaje de crucero en crucero, Fenring había llegado después de medianoche, agotado. Pese a lo avanzado de la hora, Margot había utilizado sus técnicas de seducción para excitarle y relajarle. Después, había caído dormido, arrullado por el consuelo de sus brazos...

Hacía casi tres semanas que el conde no mantenía contacto con el Imperio, y se preguntó cuántos disparates habría cometido Shaddam durante ese período de tiempo. Tendría que concertar una cita en privado con su amigo de la infancia, aunque mantendría en secreto la historia del Danzarín Rostro asesino, de momento. El ministro de la Especia albergaba la intención de vengarse de Ajidica, para así saborearla con mayor placer. Solo después se lo contaría a Shaddam, y ambos reirían complacidos.

No obstante, primero tenía que averiguar si el trabajo del investigador jefe había sido coronado con éxito. Todo dependía del amal. Si las pruebas demostraban que las afirmaciones de Ajidica eran falsas, Fenring no tendría piedad. Si el amal funcionaba como le habían prometido, tendría que aprender cada aspecto del procedimiento antes de proceder a la tortura.

Dos de sus maletas ingrávidas descansaban todavía sobre un enorme tocador. Las bolsas estaban abiertas. Suspiró, se estiró, bostezó y entró en el cuarto de baño contiguo, donde la marchita criada Manes hizo una reverencia, aunque breve. La mujer fremen llevaba una bata blanca que dejaba al descubierto sus brazos bronceados, surcados de cicatrices. Su personalidad no agradaba mucho a Fenring, pero era una buena trabajadora y atendía a sus necesidades, si bien sin el menor sentido del humor.

Se quitó los pantalones cortos y los tiró al suelo. Mapes los recogió con el ceño fruncido y los dejó caer en una trituradora de pared. Fenring se puso las gafas protectoras, utilizó la voz para ordenar que funcionaran los chorros de agua caliente, que rodearon su cuerpo, le alzaron en el aire, y le masajearon por todas partes. En Arrakis, esos lujos eran impensables, incluso para el ministro imperial de la Especia. Cerró los ojos. Tan relajante...

De pronto, tomó conciencia de la importancia de ciertos detalles. La noche antes había dejado el equipaje ingrávido en el suelo, con la intención de deshacer las maletas por la mañana. Ahora, las bolsas estaban abiertas sobre un tocador.

Había ocultado una muestra de amal en una maleta.

Corrió al dormitorio, todavía desnudo y mojado, y vio que la mujer fremen estaba sacando ropa y objetos de aseo de las bolsas.

—Déjalo para más tarde. Ummm. Te llamaré cuando te necesite.

—Como gustéis.

La mujer tenía una voz ronca, como si granos de arena impulsados por una tormenta hubieran desgarrado sus cuerdas vocales.

Miró con desaprobación el agua que caía en el suelo, disgustada por el desperdicio más que por la suciedad.

Pero el compartimiento secreto estaba vacío. Fenring, alarmado, la llamó.

—¿Dónde está la bolsa que guardaba aquí?

—No he visto ninguna bolsa, señor.

Rebuscó frenéticamente en el resto del equipaje, diseminó objetos por el suelo. Y empezó a sudar.

En aquel momento, Margot entró, cargada con la bandeja del desayuno. Examinó su forma desnuda con las cejas enarcadas y una sonrisa de aprobación.

—Buenos días, querido. ¿O debería decir buenas tardes? —Echó un vistazo al cronómetro de pared—. No, todavía falta un minuto.

Llevaba un vestido de paraseda con rosas immian amarillas bordadas, diminutas flores que permanecían vivas en la tela y despedían un delicado perfume.

—¿Has sacado la bolsa verde de mi equipaje?

Margot, una Bene Gesserit muy competente, habría localizado con facilidad el compartimiento secreto.

—Supuse que lo habías traído para mí, querido.

Sonrió y depositó la bandeja sobre una mesa auxiliar.

—Bien, ummm, ha sido un viaje difícil y...

Fingió hacer un puchero. Margot había observado un diminuto símbolo en un pliegue de la bolsa, un carácter que había identificado como la letra «A» del alfabeto tleilaxu.

—¿Dónde la has puesto, ummm?

Pese a las explicaciones de Ajidica, Fenring no estaba convencido de que la melange sintética tleilaxu fuera inofensiva o venenosa. Prefería utilizar a otros como conejillos de Indias, pero no a su esposa o a él mismo.

—No te preocupes por eso ahora, querido. —Los ojos verdegrisáceos de Margot bailaron de una forma seductora. Empezó a servir el café—. ¿Quieres desayunar antes o después de reanudar lo que interrumpimos anoche?

Fenring fingió despreocupación, aunque Margot tomaba nota de cada movimiento inquieto de su cuerpo; cogió un traje negro informal del vestidor.

—Dime dónde has puesto la bolsa, iré a buscarla.

Salió del vestidor y vio que Margot se llevaba una taza a los labios.

Café especiado... La bolsa oculta... ¡El amal!

—¡Para!

Corrió hacia ella y tiró la taza al suelo. El líquido cayó sobre la alfombra tejida a mano, y manchó el vestido amarillo de Margot. Las rosas se encogieron.

—Qué desperdicio de especia, querido —dijo la mujer, sobresaltada, pero intentó recobrar la compostura.

—No la habrás tirado toda en el café, ¿ummm? ¿Dónde está el resto de la especia que encontraste?

Se tranquilizó, pero sabía que ya había hablado demasiado.

—Está en nuestra cocina. —Margot le escudriñó al estilo Bene Gesserit—. ¿Por qué te comportas así, cariño?

Sin más explicaciones, Fenring devolvió el café de la otra taza a la cafetera y salió corriendo de la habitación con ella.

Shaddam se hallaba ante la entrada de los aposentos de Anirul, ceñudo, con los brazos cruzados sobre el pecho. Un médico Suk con cola de caballo estaba a su lado. La Decidora de Verdad Mohiam se negaba a dejarles entrar en el dormitorio.

—Solo las practicantes de la medicina Bene Gesserit pueden ocuparse de ciertas enfermedades, señor.

El médico de espaldas encorvadas escupió sus palabras a Mohiam.

—No deis por sentado que la Hermandad sabe más que un graduado del círculo interno Suk.

Tenía facciones rubicundas y nariz chata.

Shaddam frunció el ceño.

—Esto es absurdo. Después del extravagante comportamiento de mi esposa en el zoo, necesita atenciones especiales.

Fingía preocupación, pero estaba más interesado en oír el informe de su Supremo Bashar, en cuanto la flota imperial regresara a Kaitain. ¡Oh, qué maravilloso sería!

Mohiam no se arredró.

—Solo una hermana Galena cualificada puede tratarla, señor. —Suavizó el tono de su voz—. Y la Hermandad proporcionará dichos servicios sin cobrar a la Casa Corrino.

El médico Suk se dispuso a replicar, pero el emperador le mandó callar. Los servicios Suk eran muy caros, más de lo que Shaddam deseaba gastar en Anirul.

—A fin de cuentas, tal vez sería mejor que mi querida esposa fuera atendida por una de las suyas.

Tras las altas puertas, Anirul dormía un sueño inquieto, y de vez en cuando emitía largas series de palabras sin sentido y sonidos extraños. Aunque no pensaba admitirlo ante nadie, Shaddam estaba complacido de que se estuviera volviendo loca.

La hermana Galena Aver Yohsa, una mujer menuda vestida con hábito negro, solo llevaba una pequeña bolsa colgada al hombro cuando entró en el dormitorio, indiferente a los guardias Sardaukar y al protocolo.

Lady Margot Fenring cerró la habitación con llave para impedir que les interrumpieran y miró a Mohiam, la cual cabeceó. Yohsa puso una inyección en la base del cuello a la madre Kwisatz.

—Está abrumada por las voces interiores. Esto amortiguará la Otra Memoria, para que pueda descansar.

Yohsa estaba de pie junto a la cabecera de la cama, y meneó la cabeza. Extrajo conclusiones con celeridad y absoluta seguridad.

—Tal vez Anirul ha sondeado demasiado sin el apoyo y la guía de otra hermana. He visto casos parecidos antes, y son muy graves. Una forma de posesión.

—¿Se recuperará? —preguntó Mohiam—. Anirul es una Bene Gesserit de rango oculto, y su misión se encuentra en un momento muy delicado.

Yohsa no ahorró palabras.

—No sé nada de rangos o misiones. En asuntos médicos, sobre todo en cuestiones relacionadas con el complicado funcionamiento de la mente, no existen respuestas sencillas. Ha sufrido un ataque, y la continua presencia de estas voces ha tenido un… efecto… perturbador en ella.

—Mirad qué bien duerme ahora —dijo Margot en voz baja—. Deberíamos dejarla. Que sueñe.

La soñadora soñaba con el desierto. Un gusano de arena solitario huía a través de las dunas, intentaba escapar de un perseguidor incansable, algo tan silencioso e implacable como la muerte. El gusano, aunque inmenso, parecía minúsculo en el inmenso mar de arena, vulnerable a fuerzas mucho mayores que él.

En el sueño, Anirul sentía la arena caliente contra su piel desnuda. Se agitó en la cama y apartó las sábanas de seda. Anhelaba el frescor de un oasis.

De repente, se encontró dentro de la mente del sinuoso animal, sus pensamientos recorrieron senderos neuronales y sinapsis no humanas. Ella era el gusano. Sintió la fricción de la sílice bajo su cuerpo segmentado, hogueras en el estómago cuando efectuó un frenético intento de escapar.

El perseguidor desconocido se acercaba. Anirul quiso zambullirse en las profundidades de la arena, pero no pudo. En su pesadilla no había sonidos, ni siquiera el ruido de sus propios pasos. Emitió un largo chillido por la garganta flanqueada de dientes de cristal.

¿Por qué estoy huyendo? ¿Qué temo?

Se incorporó de súbito, con los ojos enrojecidos, poseída por el terror. Había caído al frío suelo de la habitación. Su cuerpo estaba magullado y contusionado, empapado en sudor. El misterioso desastre continuaba al acecho, se acercaba, pero ella no podía comprender qué era.

> Los humanos son más diferentes en privado que en presencia de los demás. Si bien la persona privada se funde con la persona social en diversos grados, la unión nunca es total. Siempre se reprime algo.
>
> Doctrina Bene Gesserit

Mientras el sol se ponía tras él, el duque Leto aguardaba flanqueado por Thufir Hawat y Duncan Idaho ante la multitud expectante que se estaba congregando en una zona rocosa paralela a la playa. Otro espectáculo para impresionar al populacho antes de que sus tropas partieran a la guerra.

Durante la ausencia de Rhombur y Gurney, la espera era lo peor.

Acompañado por guardias con librea y representantes de las principales ciudades de Caladan, miró hacia atrás y alzó la vista hacia el magnífico monumento que había encargado, el cual serviría de faro y algo más. En una lengua de tierra que limitaba una estrecha cala, la imponente imagen de Paulus Atreides se erguía como un guardián de la costa, un coloso visible para todos los barcos que se acercaran a los muelles. La estatua, resplandeciente en su atavío de matador, apoyaba una mano paternal sobre el hombro de un Victor de ojos abiertos de par en par. La otra mano de Paulus sostenía un pebetero autónomo lleno de aceites inflamables.

El viejo duque había muerto en la plaza de toros años antes de que Victor naciera, de modo que nunca se habían conocido. Aun así, habían ejercido una tremenda influencia sobre Leto. El liderazgo inflexible de su padre había forjado su filosofía política, y el amor de su hijo lo había dotado de compasión.

El corazón de Leto se sentía desconsolado. Cada día, mientras se ocupaba de los asuntos de la Casa Atreides, se sentía solo sin Jessica. Ojalá pudiera estar con él ahora, para participar en la dedicatoria oficial de este monumento espectacular, aunque suponía que ella no aprobaría aquella extravagancia en memoria de su padre...

Hasta el momento, no había recibido ningún mensaje de Rhombur y Gurney, pero a estas alturas solo podía esperar que hubieran llegado sanos y salvos a Ix y estuvieran dando inicio a su peligrosa misión. La Casa Atreides pronto se dedicaría a cosas mucho más importantes que descubrir estatuas.

Un andamio provisional se elevaba detrás de las estatuas. Dos jóvenes musculosos treparon a lo alto de la plataforma y esperaron sobre el pebetero, con antorchas preparadas. Elegidos entre los pescadores locales, los acrobáticos muchachos solían pasar sus días encaramados en el aparejo como cangrejos voladores. Los orgullosos padres, así como los capitanes de sus barcos, esperaban abajo con una guardia de honor Atreides.

Leto respiró hondo.

—Todo el pueblo de Caladan está en deuda de gratitud con los aquí inmortalizados: mi padre, el amado duque Paulus, y mi hijo Victor, cuya vida fue truncada de una manera tan trágica. He ordenado la creación de este memorial para que todos los barcos que entren y salgan de nuestro puerto recuerden a estos héroes reverenciados.

El asunto de ser duque...

Leto alzó una mano, y el sol del ocaso destelló en el anillo de sello. Desde su precaria posición, los jóvenes inclinaron sus antorchas hacia el pebetero y encendieron los aceites. Llamas azules se elevaron sin chisporrotear ni desprender humo, una antorcha silenciosa en la palma de la gigantesca mano de la estatua.

Duncan sostenía la espada del viejo duque delante de él, como si fuera un cetro real. Thufir le miraba, sombrío e indiferente.

—Que esta llama eterna no se extinga jamás. Que su recuerdo queme para siempre.

La multitud vitoreó, pero los aplausos no confortaron el corazón de Leto cuando recordó la disputa que había sostenido con Jessica sobre el nombre que quería para su futuro hijo. Ojalá hubiera podido la joven conocer al duque, tal vez incluso discutir de filosofía con él. Entonces, tal vez tendría una opinión mejor de Paulus, en lugar de concentrar su ira en la política del viejo, que Leto se negaba a cambiar.

Alzó la vista hacia el rostro idealizado de Paulus Atreides, al lado de la hermosa estatua del niño. El brillo de la antorcha eterna arrojaba un halo alrededor de sus facciones gigantes. Oh, cómo echaba de menos Leto a su padre, y a su hijo. Y sobre todo, a Jessica.

Por favor, que mi segundo hijo goce de una vida larga y plena de significado, pensó, sin saber muy bien a quién rezaba.

Al otro lado del Imperio, en otro balcón, contemplando otro ocaso, Jessica pensaba en su duque. Miró la gloriosa arquitectura de la ciudad imperial, y después alzó la vista hacia los colores del crepúsculo.

Cuánto deseaba estar con Leto. Todo su cuerpo lo deseaba.

Por la mañana, la reverenda madre Mohiam y la hermana Galena recién llegada, Yohsa, la habían sometido a diversas pruebas, y luego anunciaron a Jessica que su embarazo transcurría con normalidad a las puertas del último trimestre. Con el fin de asegurarse de que el niño se desarrollaba bien, Yohsa había querido hacer un sonograma, utilizando máquinas que enviarían pulsaciones inofensivas al útero de Jessica y tomarían holoimágenes del feto. En teoría, dichos procedimientos no violaban la prohibición Bene Gesserit de manipular niños *in utero*, pero Jessica se había negado de plano a la prueba, asustada de lo que revelaría.

Al ver la expresión sorprendida e irritada de la hermana Galena, Mohiam se llevó a Jessica aparte y demostró una bondad poco usual.

—No habrá sonogramas, Yohsa. Como todas nosotras, Jessica posee la capacidad de determinar por sí misma si algo ha ido mal durante el período de gestación. Confiamos en ella.

Jessica había mirado a su mentora y reprimido un escozor en los ojos.

—Gracias, reverenda madre.

La mirada de Mohiam había buscado respuestas, aunque Jessica no las dio...

Ahora, la concubina del duque estaba sentada sola en el balcón, bañada por el ocaso imperial. Pensó en los cielos de Caladan, en las tormentas que descargaban procedentes del mar. Durante los últimos meses estándar, Leto y ella habían intercambiado numerosas cartas y regalos, pero eso no era suficiente para ninguno los dos.

Aunque Kaitain albergaba muchos tesoros que asombraban a los visitantes, Jessica quería volver a su planeta oceánico con el hombre al que amaba, en paz, y seguir su vida anterior. *¿Y si la Hermandad me exilia después de que nuestro hijo haya nacido? ¿Y si matan al bebé?*

Jessica continuaba escribiendo en el diario que lady Anirul le había obsequiado. Plasmaba impresiones e ideas, utilizando un lenguaje codificado que había inventado. Apuntaba sus pensamientos más íntimos, llenaba página tras página con sus planes para el niño y para su relación con Leto.

Sin embargo, evitaba escribir sobre una sensación cada vez más inquietante que no comprendía, y de la que deseaba librarse. ¿Y si había tomado una decisión terriblemente equivocada?

> Dependemos por completo de la benévola cooperación del inconsciente. El inconsciente, en cierto sentido, inventa nuestro siguiente momento.
>
> Precepto Bene Gesserit

Cuando Anirul despertó, descubrió que la hermana Galena había estado controlando y ajustando su medicación para mantener a raya al clamor de la Otra Memoria.

—Buen color de piel, mirada despierta. Excelente, lady Anirul.

Yohsa sonrió para tranquilizarla.

Anirul logró incorporarse en la cama, para lo que tuvo que superar una oleada de debilidad. Se sentía casi recuperada, casi sana. De momento.

Margot Fenring y Mohiam entraron en el dormitorio, con expresiones angustiadas que les hubieran acarreado una reprimenda si se hubiera sentido mejor.

Margot cambió la polaridad del campo de filtrado situado en una puerta que daba al patio, para dejar entrar el sol en la habitación. Anirul se protegió los ojos y se sentó muy tiesa en la cama para que la luz del sol bañara su piel.

—No puedo pasarme la vida a oscuras.

Explicó a sus interesadas oyentes la pesadilla del gusano de arena que huía de un perseguidor invisible y desconocido.

—He de saber qué significa ese sueño, ahora que el terror sigue fresco en mi mente.

La piel de su cara empezaba a sentir el calor del sol, como si su visión la hubiera quemado.

La hermana Galena intentó interrumpirla, pero Anirul la despidió. Yohsa, con expresión desaprobadora, la dejó sola con las otras dos mujeres, y cerró la puerta a su espalda con más fuerza de la necesaria.

Anirul salió descalza a la terraza para recibir la caricia del sol. En lugar de huir del calor, se quedó desnuda, absorta en sus pensamientos.

—He viajado hasta el borde de la locura, y he regresado.

Experimentó un extraño deseo de rodar sobre... arena caliente.

Las tres hermanas se detuvieron ante un rosal immian.

—Los sueños siempre son espoleados por acontecimientos conscientes —dijo Mohiam, parafraseando un dicho Bene Gesserit.

Anirul cogió una diminuta rosa. Cuando la sensible flor se encogió, la alzó hasta su nariz para oler el delicado perfume.

—Creo que está relacionado con el emperador, la especia... y Arrakis... ¿Habéis oído hablar del Proyecto Amal? Un día, entré en el estudio de mi marido cuando estaba hablando de ese proyecto con el conde Fenring. Discutían acerca de los tleilaxu. Los dos guardaron un incómodo silencio, como hacen siempre los hombres culpables. Shaddam me dijo que no me entrometiera en asuntos de estado.

—Todos los hombres se comportan de una forma extraña —observó la reverenda madre Mohiam—. Siempre lo hemos sabido.

Margot frunció el ceño.

—Hasimir intenta ocultar el hecho de que pasa mucho tiempo en Ix, y me pregunto a menudo por qué. Hace tan solo una hora, estropeó un vestido que me había puesto para él, tiró de un manotazo una taza de café especiado que yo sostenía antes de que pudiera beberlo, como si fuera veneno. Utilicé una melange que encontré en un compartimiento secreto del equipaje. —Entornó los ojos—. Era una bolsa con una marca, el símbolo tleilaxu de la «A». ¿Amal, tal vez?

—El emperador ha enviado en secreto refuerzos militares a Ix, y ha ocultado esta información al Landsraad. Fenring..., Ix..., los tleilaxu..., melange —dijo Anirul—. Nada bueno puede salir de esto.

—Y Shaddam ha declarado una guerra abierta a los acaparadores de especia —dijo Mohiam. Pese a la luminosidad del día, dio la impresión de que su piel arrugada absorbía sombras nuevas—. Todos los caminos conducen a la melange.

—Tal vez el gusano de arena de mi sueño huía de una tormenta de cataclismos que se abatirán sobre el Imperio. —Todavía desnuda a la luz del sol, Anirul miró hacia el palacio—. Hemos de ponernos en contacto con la madre superiora ahora mismo.

La sencillez es el más difícil de todos los conceptos.

Acertijo mentat

El emperador estaba sentado a solas en uno de sus salones de banquetes privados, por suerte sin su esposa. Sonrió con impaciencia cuando pensó en el sabroso menú de seis platos que le aguardaba. En aquel momento no quería oír hablar de problemas, ni de política, ni siquiera que el Supremo Bashar le refiriera hazañas bélicas. Tan solo una lujosa celebración en privado. El informe sobre Korona, y las detalladas holoimágenes de la explosión, habían bastado para abrirle el apetito.

Un par de jovencitas entraron con una bandeja de plata adornada con volutas. Sonó una fanfarria para anunciar las tres brochetas de cubos de bacer levemente especiados, guisados a la perfección, que contenía la bandeja. Las camareras levantaron una brocheta al mismo tiempo, extrajeron cada cubo de carne y los fueron depositando a intervalos sobre la lengua imperial de Shaddam. La sabrosa carne era tan tierna como queso cremoso, con sabores sensuales que despertaban sus papilas gustativas.

Soldados Sardaukar tenían las armas a punto, preparados para reaccionar al instante si una de las mujeres intentaba utilizar la brocheta como arma asesina.

Un joven de piel dorada, vestido con una toga blanca, sirvió una copa de clarete. Shaddam sorbió el vino entre dos pedazos de carne, mientras las muchachas esperaban con más cubos. Respiró hondo, percibió los olores elegidos con sumo cuidado que aleteaban alrededor de los criados. *Decadente.* Esto era lo que significaba ser emperador. Suspiró y pidió con un ademán el siguiente plato.

Consistía en suculentos crustáceos al vapor, animales de muchas patas pero ciegos que solo se encontraban en corrientes subterráneas de Bela Tegeuse. La salsa estaba hecha a base de mantequilla, sal y ajo, nada más, pero era deliciosa. Dos criadas utilizaron diminutos tenedores de platino para extraer la carne de los crustáceos y darla al emperador.

Antes de que pudieran traer el siguiente plato, el conde Hasimir Fenring entró como una tromba en el salón, apartando a codazos a los guardias como si fuera inmune a sus armas.

Shaddam se secó la boca con una servilleta.

—¡Ah, Hasimir! ¿Cuándo has regresado de tus viajes? Has estado ausente mucho tiempo.

Fenring apenas podía controlar su voz.

—Has destruido Korona, ¿ummm? ¿Cómo has podido hacer eso sin consultarme antes?

—Por más que se quejen los miembros del Landsraad, pillamos a los richesianos con las manos en la masa.

Shaddam nunca había visto a su amigo tan enfurecido. Cambió al código privado que habían inventado de niños, para que los criados no se enteraran de nada.

—Cálmate, ¿o prefieres que no te vuelva a llamar a Kaitain? Tal como hablamos, necesitábamos potenciar la ventaja mercantil del amal a base de eliminar la melange. Nos hemos librado de otra reserva importante.

Fenring avanzó como un tigre al acecho, cogió una silla y se sentó al lado del emperador.

—Pero utilizaste armas atómicas, Shaddam. ¡No solo atacaste a una Gran Casa, sino que utilizaste armas atómicas prohibidas!

Golpeó la mesa con fuerza.

Shaddam hizo un gesto con los dedos, y las camareras se llevaron los crustáceos. Un muchacho se precipitó demasiado tarde con una jarra de hidromiel, pero Shaddam le rechazó con un ademán y pidió el tercer plato.

El emperador decidió que no alzaría la voz.

—La Gran Convención prohíbe el uso de armas atómicas solo

contra gente, Hasimir. Yo utilicé armas atómicas para destruir una estructura hecha por el hombre, una luna artificial donde los richesianos habían guardado una reserva ilegal de especia. Estaba en mi derecho.

—Pero murieron cientos de personas, tal vez miles.

Shaddam se encogió de hombros.

—Estaban avisados. Si prefirieron no evacuar a tiempo, yo no tengo la culpa. Lo que pasa, Hasimir, es que no te gusta que emprenda acciones sin consultarte antes. —Fenring echaba chispas, pero el emperador sonreía de una manera exasperante—. Ah, mira, aquí viene el siguiente plato.

Dos hombres robustos entraron cargados con una delgada losa de piedra sobre la cual había un pavo imperial asado a las hierbas. Su piel amarronada todavía crujía a causa del calor.

Los criados se apresuraron a llevar cubiertos y una copa al conde Fenring.

—¿Solicitaste asesoramiento legal antes del ataque, ummm? ¿Para asegurarte de que tus explicaciones darían el pego ante el tribunal del Landsraad?

—A mí me parece de lo más evidente. El Supremo Bashar Garon tomó holoimágenes de toda la escena ocurrida en Korona. Las pruebas son definitivas.

—¿Deseáis que solicite opinión legal, señor? —preguntó a Shaddam, con un suspiro exagerado de paciencia—. ¿Queréis que consulte a vuestros técnicos en leyes y mentats?

—Ah, supongo... Adelante —Shaddam pinchó un pedazo de carne, y se lamió los labios después de saborearla—. Prueba un poco, Hasimir.

El conde pinchó el ave, pero no probó nada.

—Te preocupas demasiado. Además, soy el emperador, y puedo hacer lo que me dé la gana.

Fenring le miró con sus grandes ojos.

—Eres el emperador gracias al apoyo del Landsraad, la CHOAM, la Cofradía Espacial, la Bene Gesserit y otras fuerzas poderosas, ¿ummm? Si disgustas a todas, te quedarás sin nada.

—No se atreverían —dijo Shaddam, y luego bajó la voz—. Ahora soy el único varón Corrino.

—¡Pero hay muchos nobles disponibles que estarían encantados de casarse con tus hijas y continuar la dinastía! —Fenring volvió a golpear la mesa—. Deja que busque una forma de solucionar esto, Shaddam. Creo que tendrás que presentarte ante el Landsraad dentro de, ummm, dos días. Estarán enfurecidos. Tendrás que explicar tus motivos, y hemos de recabar todo el apoyo posible. De lo contrario, y no olvides mis palabras, estallará una revuelta.

—Sí, sí. —Shaddam estaba concentrado en su comida. Después, chasqueó los dedos—. ¿Te quedas para el siguiente plato, Fenring? Son filetes de jabalí de Canidar marinados. Han llegado esta mañana en un crucero, frescos.

Fenring apartó su plato y se puso en pie.

—Me estás dando mucho trabajo. He de empezar de inmediato.

> La ley siempre tiende a proteger a los fuertes y oprimir a los débiles. La dependencia de la fuerza desgasta la justicia.
>
> Príncipe heredero RAPHAEL CORRINO,
> *Preceptos de civilización*

Si bien detestaba al arrogante primer ministro Calimar, el barón Harkonnen jamás había esperado que Shaddam utilizara armas atómicas contra la Casa Richese. ¡Armas atómicas! Cuando la noticia llegó a Arrakis, experimentó sentimientos encontrados, y una buena dosis de miedo por su seguridad. Ante el apabullante celo del emperador, nadie estaba seguro, en especial la Casa Harkonnen, que tanto tenía que ocultar.

El barón paseaba arriba y abajo de su sala de estrategia de la residencia de Carthag, mientras miraba por una pared convexa de ventanas de plaz blindado. El sol del desierto entraba a raudales, suavizado por películas filtrantes colocadas en las ventanas de dos centímetros de espesor.

Oyó los preparativos para el desfile militar que pronto tendría lugar en la plaza principal. Había soldados congregados pese al calor de la tarde, cada hombre armado hasta los dientes y vestido con uniforme azul.

El barón había regresado al planeta acompañado por su sobrino. El brutal Rabban, en uno de sus escasos momentos de inteligencia, había sugerido que no se alejaran de las operaciones de especia hasta que se resolvieran los «preocupantes problemas imperiales».

El barón descargó el puño contra una ventana, y el plaz vibró. ¿Hasta dónde pensaba llegar Shaddam? ¡Era una locura! Una docena de familias del Landsraad había entregado voluntariamente fortunas en especia acumulada, con el fin de evitar más demostraciones de ira imperial.

Nadie está a salvo.

Solo era cuestión de tiempo que auditores de la CHOAM vinieran a husmear en las operaciones de especia de Arrakis..., lo cual podría significar el fin del barón y su Gran Casa. A menos que consiguiera esconder todo.

Para agravar todavía más sus problemas, los malditos fremen seguían atacando sus reservas secretas, y habían localizado muchos escondites. Las ratas del desierto eran unos oportunistas, explotaban la situación a sabiendas de que el barón no podría informar de dichos ataques, pues sería como admitir sus delitos.

Gigantescas banderas con el emblema azul Harkonnen se descolgaron por los costados de altos edificios, océanos de tela que pendían en el aire caliente. Habían erigido estatuas de grifos alrededor de la residencia de Carthag, enormes monstruos que parecían dispuestos a desafiar incluso a los gigantescos gusanos de arena. La población estaba congregada en la plaza, tal como había sido ordenado, infelices expulsados de donde solían mendigar y de casas improvisadas para vitorear a su amo.

Por lo general, el barón prefería gastar su riqueza en diversiones personales, pero ahora imitaba al emperador. Con fiestas y espectáculos intimidaría a la población indigente. Se sentía un poco mejor después de la debacle del banquete. En consecuencia, no tenía la menor intención de seguir el modelo Atreides para inspirar amor. El barón Vladimir Harkonnen no quería que sus súbditos le amaran, sino que le temieran.

Una correo de la Cofradía se revolvió en la puerta abierta de la sala de estrategia, una demostración de que su paciencia se estaba agotando.

—Barón, mi crucero partirá en menos de dos horas. Si tenéis un paquete para el emperador, dádmelo cuanto antes.

El hombretón, encolerizado, giró en redondo sobre su dispositivo ingrávido, lo cual le hizo perder el equilibrio. Se apoyó contra una pared.

—Esperarás. Una parte importante de mi mensaje consistirá en imágenes del desfile que está a punto de empezar.

El pelo de la correo era corto y de color vino, y sus facciones carecían de todo atractivo.

—Solo me quedaré el tiempo indispensable.

El barón flotó con un gruñido de disgusto hasta su escritorio, con una actitud exagerada de dignidad ofendida. No sabía cómo redactar el resto del mensaje, y Piter de Vries estaba en Kaitain, espiando, de manera que nadie podía ayudarle.

Tal vez tendría que haber conservado con vida al asesor de etiqueta. Pese a sus ridículos modales, Mephistis Cru habría sabido encontrar una frase afortunada.

El barón garrapateó otra frase, y después se reclinó en el asiento, mientras pensaba cómo iba a explicar la reciente racha de «accidentes» y la maquinaria de excavación perdida en Arrakis. En una reciente transmisión imperial, Shaddam había expresado su preocupación por el problema.

Por una vez, el barón se alegraba de que la Cofradía Espacial nunca hubiera logrado establecer una red eficaz de satélites meteorológicos alrededor del planeta. Eso le permitía dar como excusa que se habían desatado breves pero feroces tormentas, lo cual era falso. Pero tal vez había ido demasiado lejos..., y demasiadas pistas apuntaban a sus actividades.

Corren tiempos peligrosos.

«Como ya os he informado antes, señor, los fremen nos acosan —escribió—. Los terroristas destruyen maquinaria, roban nuestros cargamentos de melange y desaparecen en el desierto antes de que se pueda organizar una respuesta militar contundente.» El barón se humedeció los labios, mientras intentaba encontrar el tono de arrepentimiento adecuado. «Admito que tal vez hemos sido demasiado benevolentes con ellos, pero ahora que he regresado a Arrakis, me encargaré personalmente de las operaciones de represalia. Aplastaremos a los nativos rebeldes y les obligaremos a inclinarse bajo la férula Harkonnen, en el glorioso nombre de vuestra Majestad Imperial.»

Pensó que sus palabras eran quizá un poco exageradas, pero decidió dejar el escrito como estaba. Shaddam no era hombre que se quejara de los cumplidos excesivos.

Los bandoleros fremen habían robado hacía poco un transporte blindado de especia y otra reserva oculta en un pueblo abandonado del desierto. ¿Cómo se habrían enterado esos asquerosos guerrilleros?

La correo continuaba revolviéndose en la puerta, pero el barón no le hizo caso.

«Os prometo que los disturbios no serán tolerados, señor —escribió—. Enviaré informes regulares de nuestros éxitos en la lucha contra los traidores.»

Firmó la carta con una rúbrica rebuscada, la introdujo en el cilindro de mensajes y depositó el tubo en la palma de la correo. La mujer de pelo color vino giró en redondo sin decir palabra y se dirigió hacia el espaciopuerto de Carthag.

—Esperad en el crucero las imágenes que acompañarán a ese mensaje —gritó el barón—. Mi desfile está a punto de empezar.

A continuación, hizo llamar a su sobrino para que se reuniera con él en la sala de estrategia. Pese a los numerosos defectos de Rabban, el barón tenía en mente un trabajo que la Bestia podría hacer bien. El corpulento hombre entró, provisto de su inseparable látigo de tintaparra. Con su uniforme azul eléctrico, cargado de medallas y borlas doradas, iba vestido como si fuera a ser el centro de la parada militar que iba a celebrarse en la plaza principal, en lugar de un simple observador.

—Rabban, hemos de demostrar al emperador que estamos muy irritados por las recientes actividades de los fremen.

Los gruesos labios sonrieron con crueldad, como si la Bestia ya anticipara lo que le iban a pedir.

—¿Quieres que capture a algunos sospechosos y los interrogue? Les obligaré a confesar lo que quieras.

Las trompetas resonaron en el exterior, anunciando la llegada de las tropas Harkonnen.

—Eso no es suficiente, Rabban. Quiero que elijas tres pueblos. Me da igual cuáles. Señala con un dedo en el mapa, si quieres. Ve con un comando y arrásalos. Destruye todos los edificios, mata a todos los habitantes, deja solo manchas negras en el desierto. A lo mejor redactaré un edicto explicando sus presuntos crímenes, y tú distribuirás copias entre las ruinas, para que el resto de los fremen pueda leerlas.

Volvieron a sonar trompetas en la plaza. El barón acompañó a su sobrino a la plataforma de observación. Una hosca multitud llenaba la plaza, cuerpos sin lavar cuyo hedor llegaba incluso hasta ellos, que estaban a tres pisos de altura. El barón solo podía imaginar lo insufrible que sería el olor allá abajo, con aquel calor.

—Diviértete —dijo el barón, mientras agitaba sus dedos cargados de anillos—. Un día, tu hermano Feyd será lo bastante mayor para acompañarte en estos... ejercicios de instrucción.

Rabban asintió.

—Enseñaremos a estos bandidos quién tiene el poder real aquí.

El barón contestó en tono distraído.

—Sí, lo sé.

Los soldados se alinearon con sus uniformes ceremoniales, hombres musculosos encantadores, una visión que nunca dejaba de estimular al barón. El desfile empezó.

El mismo destino aguarda a todos los hombres: la muerte al final del camino de la vida. Pero en el camino que seguimos estriba la diferencia. Algunos tenemos mapas y objetivos. Otros, están extraviados.

Príncipe RHOMBUR VERNIUS,
Meditaciones en una encrucijada del camino

Atrapado en el crucero varado, Gurney Halleck miró la bodega de carga a través de la portilla de la fragata. Cientos de naves colgaban precariamente de sus anclajes, apelotonadas, algunas aplastadas y volcadas. A bordo de esas naves, debía de haber muchas personas heridas o muertas.

A su lado, cubierto todavía con la capa y la capucha, Rhombur examinaba el armazón del crucero, extraía detalles de un plano que recordaba.

Dos horas antes, había aparecido otra holoproyección del auditor de vuelo en el interior de cada nave.

—Carecemos de, nnnn, información adicional. Permanezcan en sus puestos.

Después, las imágenes se habían desvanecido.

El crucero albergaba numerosas naves de carga y fragatas de transporte, algunas de las cuales iban llenas de alimentos, medicinas y artículos comerciales, suficientes para mantener con vida a decenas de miles de pasajeros durante meses. Gurney se preguntó si permanecerían varados aquí hasta que la gente hambrienta empezara a atacarse entre sí. Algunos pasajeros, presa de los nervios, ya estaban atiborrándose de provisiones personales.

Sin embargo, Gurney no estaba desesperado. En sus días de juventud había sobrevivido a los pozos de esclavos Harkonnen, y escapado de Giedi Prime escondido en un embarque de obsidiana azul. Después de eso, podía tolerar encontrarse a bordo de una nave que había extraviado su rumbo...

De pronto, Rhombur se puso en pie con su baliset y se volvió hacia su compañero.

—Esto me está volviendo loco. —Los tendones del cuello del príncipe se destacaban hasta el punto de que Gurney distinguió las conexiones de polímero donde partes protésicas se habían injertado en músculos humanos—. La Cofradía está llena de administradores, burócratas y banqueros. El equipo de mantenimiento que viaja a bordo de un crucero solo realiza tareas menores. Ninguno de ellos tiene experiencia en estas naves ni en motores Holtzmann.

—¿Qué me intentas decir? —Gurney miró a su alrededor—. ¿En qué puedo ayudar?

La mirada de Rhombur adquirió la expresión decidida de un líder, muy parecida a la de Dominic Vernius, al que Gurney recordaba tan bien.

—He vivido como los pasajeros de esta nave, a la espera de que alguien solucionara mis problemas, de que la situación se resolviera por sí sola. No volveré a hacerlo. He de intentarlo, pase lo que pase.

—Hemos de mantener nuestras identidades en secreto para llevar a cabo nuestra misión.

—Sí, pero no podremos ayudar a Ix si no llegamos al planeta. —Rhombur se acercó a una portilla de observación y contempló las demás naves atrapadas—. Apostaría a que sé más de las complejidades de esta nave que cualquier persona a bordo. Las situaciones de emergencia exigen un liderazgo enérgico, y la Cofradía Espacial no provee sus naves de pasajeros con líderes enérgicos.

Gurney guardó sus balisets en una taquilla, pero no se molestó en cerrarla con llave.

—En ese caso, estoy a tu lado. He jurado ayudarte y protegerte en todo momento.

Rhombur miró a través de una ventanilla las pasarelas y vigas que formaban la estructura de la gigantesca nave. Su mirada se desenfocó, como si intentara recordar detalles sutiles.

—Acompáñame. Sé cómo llegar a la cámara del Navegante.

Gracias a los recuerdos que había recuperado después del trágico accidente, Rhombur se acordaba de muchos códigos de acceso y el emplazamiento de escotillas disimuladas que estaban distribuidas por las cubiertas del casco interior del crucero. Si bien la programación se había instalado años atrás, durante la construcción de la nave, Dominic Vernius siempre había dejado puntos de acceso secretos para la familia, una precaución rutinaria.

Los hombres de seguridad de la Cofradía hacían lo posible por mantener a los pasajeros a bordo de sus naves, aunque permitían a un número limitado de gente vagar por las galerías y zonas de reunión. No obstante, debido a la agitación y el miedo de los pasajeros, la seguridad no podía vigilar todos los caminos.

Las piernas cyborg de Rhombur no se cansaban, y Gurney le seguía con su paso oscilante. El príncipe se internó por una pasarela que aún estaba en servicio. Incluso utilizando plataformas elevadoras y cintas transportadoras, tardaron horas en llegar a las cubiertas superiores de alta seguridad.

Cuando activó una escotilla y entró en una cámara donde reinaba una luz casi cegadora, Rhombur sobresaltó a siete representantes de la Cofradía, que conferenciaban alrededor de una pesada mesa. Los hombres se levantaron, y sus ojos, por lo general apagados, lanzaron destellos plateados. La mayoría presentaban alteraciones sutiles de la forma humana. Un hombre tenía orejas abultadas y cara estrecha, otro tenía manos y ojos diminutos, y un tercero los miembros rígidos, como si careciera de rodillas y codos. A tenor de las placas que llevaban en la solapa, el príncipe ixiano identificó a administradores de ruta, un banquero de la Cofradía gordinflón, un delegado de la CHOAM, un anciano mentat de la Cofradía y el auditor de vuelo que había ejercido de holoportavoz.

—¿Cómo habéis llegado hasta aquí? —preguntó el banquero—. Estamos en plena crisis. Debéis volver a vuestra...

Un montón de guardias se precipitaron hacia ellos, con las espadas desenvainadas. Un hombre portaba un aturdidor.

Rhombur avanzó, con Gurney a su lado.

—Debo deciros..., y hacer..., algo importante. —Tras haber tomado una decisión crucial, el príncipe se llevó una mano a la capucha que ocultaba su rostro—. Como noble, invoco el código de secretismo de la Cofradía.

Los guardias se acercaron unos pasos más.

Poco a poco, Rhombur tiró hacia atrás la capucha y reveló la placa metálica que cubría su cráneo, las marcas de quemaduras y las cicatrices de su rostro. Cuando se abrió la túnica, los hombres de la Cofradía pudieron ver sus brazos blindados, las piernas protésicas, los sistemas de apoyo vital entrelazados en sus prendas.

—Dejadme ver al Navegante. Tal vez pueda seros de ayuda.

Los siete representantes de la Cofradía se miraron entre sí y hablaron en un lenguaje cifrado. El príncipe se acercó al borde de la mesa. Sus miembros zumbaban con un sonido eléctrico, y las bombas de su pecho aspiraban aire, lo filtraban y metabolizaban el oxígeno, inyectaban energía química en las pilas que alimentaban sus órganos artificiales.

El mentat contempló al intruso cyborg, sin apenas dirigir una mirada a Gurney Halleck. El mentat alzó una mano con la palma hacia fuera, e indicó a los hombres de seguridad que salieran.

—Necesitamos privacidad.

Cuando se fueron, habló al cyborg.

—Vos sois el príncipe Rhombur Vernius de Ix. Nos enteramos de vuestra presencia en esta nave, y de la... tarifa... que pagasteis para mantenerla en secreto.

Sus ojos estudiaron los componentes mecánicos del cuerpo de Rhombur.

—Vuestro secreto está a salvo —dijo el auditor de vuelo. Apoyó sus brazos demasiado cortos sobre la mesa—. Vuestra identidad se halla, nnnn, a salvo con nosotros.

—Sé cómo fue construido este crucero —contestó Rhombur—. De hecho, en su viaje de inauguración vi cómo un Navegante lo dirigía a través del espacio plegado, desde las cavernas de Ix. —Hizo una pausa, para que captaran la importancia de sus palabras—. Pero sospecho que nuestro problema no tiene nada que ver con los motores Holtzmann. Lo sabéis tan bien como yo.

Los hombres de la Cofradía se sentaron muy tiesos, al tiempo que relacionaban la identidad de Rhombur, su disfraz y su punto de destino.

—Sabed, príncipe —añadió el banquero—, que la Cofradía no se opone a que la Casa Vernius reconquiste Ix. Los Bene Tleilax desconocen lo que es la eficacia. La producción y la calidad de los cruceros han caído en picado, y nos hemos visto obligados a rechazar algunas naves debido a su fabricación defectuosa. Esto ha perjudicado nuestros ingresos. La Cofradía Espacial se beneficiaría de vuestro regreso al poder. De hecho, todo el Imperio saldría beneficiado si vos...

Gurney le interrumpió.

—Nadie ha dicho nada al respecto. Somos simples pasajeros normales. —Miró a Rhombur—. Y en este momento, la nave no va a ninguna parte.

Rhombur asintió.

—He de ver al Navegante.

La cámara era un enorme acuario de paredes redondas, rodeada de cristal blindado, e invadida por la neblina anaranjada del gas de melange. El Navegante mutante, de manos palmeadas y pies atrofiados, habría debido flotar sin gravedad dentro de la cámara. Sin embargo, la forma deforme del ser yacía inmóvil entre la niebla, con los ojos vidriosos y desenfocados.

—El Navegante perdió el conocimiento mientras plegaba el espacio —explicó el auditor de vuelo—. No sabemos, nnnn, dónde estamos. No podemos reanimarle.

El mentat tosió.

—Las técnicas de navegación tradicionales son incapaces de precisar nuestra posición. Estamos muy lejos de los límites del espacio conocido.

Uno de los administradores de ruta gritó por el sistema de comunicaciones.

—¡Contesta, Navegante! ¡Piloto!

El ser se retorció en el suelo, demostrando que todavía estaba vivo, pero no salieron palabras de la boca fruncida y carnosa.

Gurney paseó la vista entre los siete hombres de la Cofradía.

—¿Cómo vamos a ayudarle? ¿Hay instalaciones médicas para estos... seres?

—Los Navegantes no precisan atención médica. —El auditor de vuelo parpadeó—. La melange les proporciona vida y salud. Nnnn. La melange les convierte en más que humanos.

Gurney se encogió de hombros.

—La melange no funciona en este momento. Necesitamos que el Navegante se recupere para regresar al Imperio.

—Quiero entrar en la cámara —dijo Rhombur—. Tal vez pueda reanimarle. Quizá nos diga qué ha pasado.

Los hombres de la Cofradía se miraron entre sí.

—Imposible. —El rechoncho banquero señaló con una mano morcilluda la niebla de especia—. Esa concentración de melange resultaría fatal para cualquiera no adaptado a ella. No podéis respirar el aire.

Rhombur apoyó una mano protésica sobre su pecho, donde los fuelles cyborg de su diafragma mecánico le permitían inhalar y exhalar con un ritmo perfecto.

—No tengo pulmones humanos.

Gurney rió, asombrado. Aunque la melange concentrada dañara los tejidos orgánicos, los metabolizadores artificiales del doctor Yueh deberían proteger a Rhombur, al menos durante un breve espacio de tiempo.

El Navegante se agitó de nuevo, al borde de la muerte. Por fin, los hombres de la Cofradía accedieron.

El auditor de vuelo evacuó el pasillo umbilical aislado situado tras el tanque del Navegante, consciente de que parte del potente gas se escaparía cuando abrieran la escotilla. Rhombur aferró la mano de Gurney, con cuidado de no romper los huesos de su amigo.

—Gracias por tu fe en mí, Gurney Halleck.

Pensó en Tessia, y luego se volvió hacia la compuerta.

—Cuando todo esto haya acabado, tendremos que añadir algunos versos más a nuestra canción épica.

El guerrero trovador palmeó al ixiano en el hombro, y después se internó en el pasillo protegido con los hombres de la Cofradía, que cerraron la entrada.

Rhombur se acercó al panel de acceso posterior por el que la forma hinchada del Navegante ya no podía pasar. Antes de proceder, aumentó los niveles de filtrado de su mecanismo de respiración cyborg y minimizó sus necesidades respiratorias. Confiaba en funcionar durante un rato sin tener que inhalar el gas de melange, gracias a las células energéticas de su cuerpo.

La compuerta de acceso se abrió con un siseo. Tiró de la puerta redonda, se metió dentro y cerró enseguida. Notó que su ojo orgánico le picaba, y los receptores olfatorios, que todavía funcionaban en su nariz, protestaron a gritos contra el potente hedor a esteres aromáticos acres.

El príncipe avanzó un paso, vacilante, como inmerso en un sueño provocado por las drogas. Distinguió la forma desnuda y carnosa del Navegante, que ya no era un ser humano, sino una especie de error atávico, un ser que jamás podría reproducirse.

Rhombur se inclinó para tocar la piel fofa. El Navegante volvió su enorme cabeza y los diminutos ojos de insecto hacia él. La boca arrugada se abrió para exhalar nubes de gas sin emitir sonidos. Parpadeó cuando miró a Rhombur, como si analizara posibilidades, seleccionara recuerdos y buscara palabras primitivas con las que comunicarse.

—Príncipe... Rhombur... Vernius.

—¿Sabes cómo me llamo?

Rhombur se quedó sorprendido, pero recordó que los Navegantes poseían poderes prescientes.

—D'murr —dijo el ser con un largo suspiro—. Yo era... D'murr Pilru.

—¿D'murr? ¡Te conocí de joven!

No reconocía las facciones del Navegante.

—No hay tiempo... Amenaza... Fuerza exterior... Maligna... Se está acercando... Desde fuera del Imperio.

—¿Una amenaza? ¿Qué clase de amenaza? ¿Viene hacia aquí?

—Enemigo antiguo... Enemigo futuro... No me acuerdo. El tiempo se pliega... El espacio se pliega... La memoria falla.

—¿Sabes qué te ha pasado? —Las palabras de Rhombur zumbaron cuando obligó a su laringe potenciada a emitirlas sin aspirar aire—. ¿Cómo podemos ayudarte?

—Gas de especia... contaminado... en el tanque —se esforzó por decir D'murr—. La presciencia falla... Error de navegación. Hemos de escapar..., volver al espacio conocido. El enemigo nos ha visto.

Rhombur no tenía ni idea de a qué enemigo se refería, o si el agonizante D'murr sufría alucinaciones.

—Dime qué podemos hacer. Quiero ayudar.

—Puedo... guiar. Primero, hay que cambiar... el gas de especia. Eliminar veneno. Traer especia fresca.

Rhombur se incorporó, preocupado por la extraña amenaza no

identificada. No comprendía qué le había pasado al gas de melange, pero al menos sabía cómo solucionar el problema. No tenía tiempo que perder.

—Ordenaré a los hombres de la Cofradía que cambien la especia de tu tanque, y pronto te sentirás mejor. ¿Dónde está la provisión de reserva?

—No hay.

Rhombur se quedó petrificado. Si la Cofradía no llevaba una reserva suplementaria de especia a bordo del crucero naufragado, no existía la menor esperanza de encontrar melange en el espacio desconocido que les rodeaba.

—No hay... provisión de reserva a bordo.

¿Hasta cuándo puede un hombre luchar solo? No obstante, lo peor es dejar de luchar por completo.

C'TAIR PILRU, diarios personales (fragmento)

La hermana Cristane, sentada sobre una almohadilla orgánica dentro de su refugio de nieve, meditaba sobre su situación. Un globo de luz azul fría flotaba bajo el techo. Vestía una chaqueta sintética naranja con capucha, pantalones ceñidos y botas gruesas.

Era tan solo su primer día en la montaña, lejos del lugar donde se había estrellado el crucero..., lejos de todo. Para mantenerse en plena forma física y mental, debía someterse con regularidad a excursiones en las condiciones más extremas, para poner a prueba su capacidad de sobrevivir a los elementos.

Antes del amanecer, había empezado a ascender el monte Laojin, de seis mil metros de altitud. Llevaba consigo una mochila pequeña, provisiones mínimas y su ingenio. Una típica prueba Bene Gesserit.

Un inesperado cambio de tiempo la había sorprendido en una morena sembrada de rocas, sobre la cual se elevaban riscos cubiertos de nieve, en los que podía producirse una avalancha de un momento a otro. Cristane había excavado una cueva de nieve, para luego refugiarse en su interior con el equipo que llevaba. Podía manipular su metabolismo para conservar el calor, incluso aquí.

Llevó a cabo una serie de ejercicios de relajación, y dejó que una capa de sudor cubriera su piel. Chasqueó los dedos dos veces y la luz se apagó, de manera que se sumió en una oscuridad espectral, blanca como la luna. La ventisca rugía en el exterior y arañaba su refugio.

Había tenido la intención de sumirse en un trance de meditación, pero de repente el estruendo de la ventisca se apaciguó, y oyó la inesperada vibración de un ornitóptero. Al cabo de escasos momentos, sonaron voces agitadas de mujeres, y alguien empezó a demoler la cueva.

El refugio quedó expuesto al gélido viento. Caras conocidas se asomaron.

—Deja tus cosas aquí —dijo una hermana—. La madre superiora quiere verte de inmediato.

La joven Bene Gesserit salió del refugio. El pico rocoso del monte Laojin estaba cubierto por una gruesa capa de nieve fresca. Un ornitóptero de grandes dimensiones aguardaba sobre una zona lisa, y caminó hacia él.

La madre superiora Harishka se asomó por la escotilla del tóptero y agitó los brazos a modo de saludo.

—Corre, pequeña. Te llevaremos al espaciopuerto a tiempo de que abordes el siguiente crucero.

Cristane subió, y el ornitóptero se elevó inmediatamente.

—¿Qué sucede, madre superiora?

—Una misión importante. —La mujer la miró con sus ojos almendrados—. Te enviamos a Ix. Ya hemos perdido a una agente allí, y ahora hemos recibido noticias preocupantes de Kaitain. Has de averiguar todo lo que puedas sobre las operaciones secretas de los tleilaxu y el emperador.

Harishka apoyó una mano reseca y arrugada sobre la rodilla de la joven.

—Descubre la naturaleza del Proyecto Amal, sea lo que sea.

La hermana Cristane, arropada por un trance protector que reducía su metabolismo al mínimo, iba acurrucada en el interior de un contenedor de vertidos que atravesó la atmósfera de Ix en dirección a la superficie, acompañado por un desfile de explosiones sónicas. Todo había sucedido muy rápido.

Una especialista en maquillaje Bene Gesserit la había seguido hasta el crucero, donde la disfrazaron de hombre, pues nadie había visto una hembra tleilaxu. Además, antes de sumirse en un ominoso silencio, la espía Miral Alechem había informado de la desaparición de mujeres ixianas en el planeta industrial controlado por los tleilaxu.

La joven, gracias a un aparato electrónico, desvió el contenedor de su ruta varios kilómetros. Después de resbalar sobre un prado alpino y detenerse por fin, salió, cerró el vehículo y se colgó a la espalda la mochila, que contenía armas, comida y equipo de supervivencia para climas cálidos.

Gracias a lentillas infrarrojas, consiguió entrar por un pozo de ventilación. Ciñó el mecanismo ingrávido a su cinturón, se introdujo y cayó, sin saber adónde conducía el pozo. En la oscuridad, se fue internando en las entrañas de la corteza planetaria.

Por fin, con los nervios y los reflejos al límite de su resistencia, aterrizó en el mundo subterráneo. Estaba abandonada a su suerte.

Distinguió con facilidad a los ixianos, antes tan orgullosos, de los suboides entre la población sometida, los amos tleilaxu y los soldados Sardaukar. Los verdaderos ixianos hablaban poco entre sí, mantenían la vista gacha y arrastraban los pies.

Durante dos días, exploró los angostos túneles de comunicación y reunió información. Al cabo de poco, la eficiente Cristane había trazado un plano mental del sistema de circulación de aire de la ciudad, al tiempo que descubría antiguos sistemas de seguridad, la mayoría de los cuales ya no eran operativos. Se preguntó dónde estaría la hermana Miral Alechem. ¿Habrían matado a la anterior espía Bene Gesserit?

Una noche, Cristane vio que un hombre de pelo negro robaba paquetes en un muelle de carga que no estaba iluminado, y los ocultaba en un respiradero obturado. Si bien utilizaba lentes infrarrojas, a Cristane se le antojó extraordinario que pudiera moverse sin luz. El hombre conocía muy bien la zona, lo cual daba a entender que había pasado mucho tiempo allí.

Mientras la furtiva figura apilaba paquetes, Cristane la estudió con detenimiento y detectó sutilezas. El ixiano caminaba con aire decidido, aunque cauteloso. Cuando se acercó a donde ella estaba escondida, Cristane utilizó el poder de la Voz y susurró desde la oscuridad.

—No te muevas. Dime quién eres.

Paralizado por el tono, C'tair Pilru no pudo escapar. Aunque se esforzó por mantener la boca cerrada, sus labios se movieron como si poseyeran voluntad propia. Dijo su nombre en voz baja y nerviosa.

Su mente daba vueltas mientras analizaba las posibilidades. ¿Era un guardia Sardaukar, o un investigador de seguridad tleilaxu? Lo ignoraba.

Oyó una voz suave, y notó el aliento cálido de alguien en su oído.

—No me tengas miedo. Aún no.

Una mujer.

La hermana le obligó a revelar la verdad. C'tair habló de los años dedicados a la resistencia, de su amor por Miral Alechem, de su captura por los malvados tleilaxu..., y de la inminente llegada del príncipe Rhombur. Cristane intuyó que C'tair tenía más cosas que decir, pero sus palabras concluyeron en un largo silencio.

Por su parte, el ixiano notó que una mujer desconocida deambulaba a su alrededor, pero no podía verla, y él era incapaz de moverse. ¿Hablaría de nuevo, o sentiría que un cuchillo atravesaba sus costillas y su corazón?

—Soy la hermana Cristane, de la Bene Gesserit —dijo por fin la mujer.

C'tair percibió que se liberaba de las esposas mentales. A la luz de un vehículo de superficie que pasaba, se quedó sorprendido al ver a un hombre esbelto de pelo oscuro corto. Un disfraz.

—¿Desde cuándo se preocupa la Hermandad por Ix? —preguntó.

—Has hablado con elocuencia de Miral Alechem. Ella también era una hermana.

C'tair apenas pudo creerlo. En la oscuridad, tocó su brazo.

—Ven conmigo. Te llevaré a un sitio seguro.

La guió por la ciudad, tan hermosa en otro tiempo. A la tenue luz de la noche artificial, el cuerpo nervudo de Cristane exhibía pocas curvas femeninas. Podría pasar por un hombre si era cauta.

—Me alegro de que hayas venido —dijo C'tair—, pero temo por tu vida.

Un amigo ignorante es peor que un enemigo ilustrado.

ABU HAMID AL GHAZALI, *Incoherencia de los filósofos*

Lady Anirul, que caminaba sola por el pasillo, en un intento de escapar a las persistentes atenciones de la hermana Galena Yohsa, se topó con el conde Hasimir Fenring cuando este dobló la esquina a paso vivo.

—Mmmm, perdonad, mi señora. —Cuando miró a la esposa del emperador, advirtió su estado de debilidad—. Me alegro de veros recuperada. Estupendo, estupendo. Me enteré de vuestra enfermedad, ummm, y de que vuestro marido estaba muy preocupado.

A Anirul nunca le había caído bien aquel hombrecillo untuoso. De pronto, un coro de voces mentales la alentó, y ya no pudo reprimir más sus sentimientos.

—Tal vez podría tener un marido de verdad si no os entrometierais tanto, conde Fenring.

El hombre se encogió, sorprendido.

—¿Qué queréis decir, ummm? Paso casi todo el tiempo alejado de Kaitain, por asuntos de negocios. ¿Cómo podría entrometerme?

Sus grandes ojos se entornaron, y la analizó a fondo.

Anirul, guiada por un impulso, decidió continuar la esgrima verbal, para ver su reacción y averiguar más sobre él.

—En tal caso, habladme del Proyecto Amal y los tleilaxu. Y de Ix.

La cara de Fenring enrojeció apenas.

—Temo que debéis de haber sufrido una recaída. ¿Queréis que llame a un médico Suk?

La mujer lo fulminó con la mirada.

—Shaddam carece de la previsión y la intuición para trazar ese plan por sí mismo, de modo que ha de ser idea vuestra. Decidme, ¿por qué lo hacéis?

Aunque el conde parecía a punto de abofetearla, hizo un esfuerzo visible por contenerse. Al instante, Anirul adoptó una postura de combate sutil, un cambio apenas perceptible de sus músculos. Una patada bien dirigida podría destriparle.

Fenring sonrió, al tiempo que la estudiaba con más detenimiento. Por su convivencia con Margot, había aprendido a observar detalles sin importancia.

—Temo que vuestra información es incorrecta, señora, ¿ummm? —Si bien portaba un neurocuchillo en el bolsillo, Fenring deseó contar con un arma más poderosa. Retrocedió medio paso—. Con el debido respeto —añadió con el más sereno de los tonos—, tal vez mi señora imagina cosas.

Hizo una tensa reverencia y se alejó a toda prisa.

Mientras Anirul lo seguía con la mirada, el clamor de las voces aumentó dentro de su cráneo. Por fin, a través de una neblina de drogas, después de buscar durante tanto tiempo, la voz conocida de Lobia se impuso a las demás para reprenderla.

—Ha sido una reacción muy humana —dijo la Decidora de Verdad muerta—. Muy humana, y muy imprudente.

Mientras desaparecía en el laberinto de pasillos, Fenring valoró los daños. En estos tiempos inestables, la Hermandad podía minar de manera significativa la base del poder de Shaddam si se volvía en su contra.

Si el emperador cae, yo caeré con él.

Por primera vez, Fenring consideró que tal vez sería necesario asesinar a la esposa del emperador. Un lamentable accidente, por supuesto.

En la Sala de Oratoria del Landsraad, nobles y embajadores habían empezado a hablar sin ambages de revuelta. Representantes de las Casas Grandes y Menores hacían cola ante el estrado, donde gritaban con la cara congestionada o hablaban con frío rencor. La sesión de urgencia se prolongaba desde hacía una noche y casi todo el día siguiente, sin respiro.

Sin embargo, el emperador Shaddam no estaba preocupado en absoluto. Continuaba sentado impertérrito en el trabajado asiento reservado para él en la Gran Sala. Los nobles echaban chispas y hablaban entre ellos, malhumorados y alborotados. Aquel comportamiento grosero molestaba a Shaddam.

Estaba repantigado a sus anchas en la inmensa silla, con las manos bien cuidadas enlazadas sobre el regazo. Si la asamblea continuaba como había planeado, el emperador no tendría que pronunciar ni una palabra. Ya había ordenado la llegada de más tropas Sardaukar de Salusa Secundus, aunque dudaba que fueran necesarias para controlar aquella débil agitación civil.

Lady Anirul, algo recuperada de sus recientes episodios, pero todavía con aspecto aturdido, estaba sentada en una silla de menor dignidad, vestida con un hábito aba negro, tal como su marido le había exigido. A su lado se erguía la Decidora de Verdad imperial Gaius Helen Mohiam, con un hábito idéntico. Su presencia implicaba con elocuencia que la poderosa Hermandad todavía prestaba su apoyo a Shaddam. Ya era hora de que las brujas cumplieran sus deberes y promesas.

Antes de que se escucharan las protestas del Landsraad, los abogados de Shaddam intervinieron y argumentaron su caso, citaron precedentes y tecnicismos apropiados.

A continuación, un enviado de la Cofradía Espacial subió al estrado. La Cofradía había transportado las naves de guerra de Shaddam a Richese para que atacaran Korona, y defendían su decisión con precedentes legales. Gracias a la benevolencia de Shaddam, la Cofradía había recibido la mitad de la reserva de especia recuperada en Korona, y apoyaba a la Casa Corrino.

Shaddam escuchó el discurso con majestuoso aplomo.

El presidente de la CHOAM, un hombre encorvado y de barba gris, habló en segundo lugar con voz potente.

—La CHOAM apoya el derecho del emperador a defender el orden en el Imperio. La ley contra la acumulación de melange forma parte desde tiempo inmemorial del código imperial. Aunque muchos de vosotros os quejáis a voz en grito, todas las Casas lo saben.

Paseó la mirada por la sala, a la espera de alguna voz disidente, y después prosiguió.

—El emperador anunció en repetidas ocasiones que su intención era hacer cumplir la ley. No obstante, incluso después de la acción emprendida contra Zanovar por el mismo delito, Richese fue tan imprudente como para hacer caso omiso de la norma.

El presidente de la CHOAM señaló con un dedo a los delegados.

—¿Qué pruebas hay contra la Casa Richese? —gritó un noble.

—Tenemos la palabra de un emperador Corrino. Eso es suficiente. —El presidente de la CHOAM hizo una pausa significativa—. Además, en sesión privada, hemos visto imágenes de las reservas de Richese antes de que fueran confiscadas.

El presidente se dispuso a abandonar el estrado, pero luego retrocedió y añadió:

—La base legal del emperador es sólida, y no podéis censurarle para encubrir vuestros propios delitos. Si alguno de vosotros viola el edicto, tentáis la suerte. Es prerrogativa imperial utilizar cualquier medio necesario para mantener la estabilidad política y económica, apoyada por la ley.

Shaddam reprimió una sonrisa. Anirul le miró, y después desvió la vista hacia los levantiscos representantes del Landsraad.

Por fin, el chambelán Beely Ridondo hizo retumbar su vara sónica para pedir orden.

—Se abre oficialmente la sesión —anunció, mirando a los nobles—. Bien, ¿quién osa hablar contra las acciones del emperador?

Funcionarios de Shaddam se levantaron con rollos de pergamino y plumas, dispuestos a apuntar nombres. La implicación era clara.

El descontento se fue reduciendo a un rumor, y nadie quiso ser el primero en hablar. El emperador palmeó la mano de su esposa, convencido de que había ganado. De momento.

Nunca intentes comprender la presciencia, de lo contrario no te servirá.

Manual de instrucciones para Navegantes

Rhombur salió dando tumbos del gas de especia remolineante, tosiendo y atragantándose. Sus pulmones artificiales sonaban como si estuvieran averiados, demasiado forzados para procesar la enorme exposición a la melange. Residuos de especia flotaban en su mente, le dificultaban interpretar los impulsos visuales combinados de su ojo orgánico y su compañero protésico. Dio dos pasos y se apoyó contra una pared.

Gurney Halleck, provisto de una mascarilla, corrió a ayudarle. Guió al príncipe hasta un pasillo donde el aire estaba limpio. Un nervioso auditor de vuelo utilizó un chorro de aire compacto para limpiar de melange la ropa del príncipe. El príncipe cyborg tocó un control situado en un lado del cuello y activó un mecanismo interno que purificó los filtros de sus pulmones.

Un administrador de rutas le agarró por los hombros.

—¿El Navegante puede trabajar todavía? ¿Puede sacarnos de aquí?

Rhombur intentó hablar, pero en su estado de aturdimiento mental no sabía si sus palabras sonarían coherentes.

—El Navegante está vivo, pero muy debilitado. Dice que el gas de especia está contaminado. —Respiró hondo—. Hemos de sustituir la melange de su tanque por otra nueva.

Al oír esto, los hombres de la Cofradía se pusieron a hablar entre sí. El banquero gordinflón era el que parecía más alarmado.

—La concentración de melange en la cámara del Navegante es elevada. Carecemos de reservas.

Daba la impresión de que el anciano mentat estuviera en trance, mientras analizaba datos en su mente.

—Este crucero transporta más de mil naves, pero no hay ninguna que conste como transporte de especia.

—Aun así, tiene que haber una gran cantidad de melange dispersa en pequeñas cantidades en las naves de la bodega —dijo Gurney—. Pensad en las posesiones personales de los pasajeros, en las cocinas. Hemos de mirar en todas partes.

El banquero se mostró de acuerdo.

—Muchas familias nobles consumen especia a diario para conservar la salud.

—Esas cantidades no se consignan en los manifiestos de pasajeros, de modo que no podemos estar seguros de la melange disponible —dijo el mentat—. En cualquier caso, tardaremos días en hablar con todos los pasajeros.

—Encontraremos una forma de proceder con mayor rapidez. El Navegante está muy asustado —dijo Rhombur—. Insiste en que un gran enemigo se está acercando. Estamos en peligro.

—Pero ¿cuál es? —preguntó el auditor de vuelo—. Nnnn, no se me ocurre qué podría amenazarnos aquí.

—Tal vez otra inteligencia —intervino el mentat—, algo... ¿no humano?

—Quizá el Navegante sufra alucinaciones —dijo otro administrador de rutas en tono esperanzado—. Su mente se ha trastornado.

El banquero protestó.

—No podemos jugar con esto. El Navegante tiene presciencia. Tal vez nos encontramos en el camino de un gran acontecimiento cósmico, una supernova o algo por el estilo, que nos engullirá. La única alternativa es exigir a todas las naves de pasajeros privadas que entreguen su melange. Ordenaremos a los wayku y a los hombres de seguridad que empiecen de inmediato.

—No será suficiente —dijo el viejo mentat.

Rhombur, harto de discusiones estériles, habló en tono autoritario.

—Sin embargo, tendrá que serlo.

El trabajo procedió con lentitud. Pese a la evidente necesidad del crucero, los pasajeros se mostraban reticentes a entregar su preciosa melange, sin saber cuánto tiempo estarían varados en aquella zona inexplorada del espacio. Para forzar la situación, los hombres de la Cofradía mandaron fuerzas de seguridad a registrar nave tras nave.

Pero estaban tardando demasiado.

Gurney Halleck fue solo a la cubierta superior del crucero, y entró en una zona aislada con paredes de plaz. Había ido de cubierta en cubierta, registrando, escuchando, intentando localizar algo que los demás no pensarían en buscar.

Mientras contemplaba las naves congregadas en el hangar, escudriñó cada plancha de casco, cada configuración de nave, cada número de serie e insignia. El mentat de la Cofradía había revisado mentalmente todos los manifiestos de carga, y los demás funcionarios habían aceptado su análisis con decepción y resignación.

Pero no habían contestado a la pregunta de Gurney: ¿y si había un cargamento de especia no declarado?

No era un experto en naves, pero había estudiado las fragatas aerodinámicas, las naves militares de ángulos afilados, las cajas de vertido orbitales en forma de cubo. Algunas naves exhibían con orgullo en sus cascos los colores de familias nobles. Otras naves vulgares estaban baqueteadas y sucias debido a la edad y el exceso de utilización. Gurney se concentró en estas, mientras recordaba su pasado de contrabandista, cuando también había viajado sin llamar la atención en bodegas de cruceros.

Se trasladó a otra cubierta de observación con creciente impaciencia, para gozar de una perspectiva mejor. Por fin, localizó una pequeña nave apretujada tras una fragata mucho más grande con el blasón de la Casa Mutelli. Se trataba de una pinaza anticuada, una nave comercial utilizada para transportar mercaderías de poca importancia.

Gurney estudió las manchas del casco, examinó los compartimientos de los motores ampliados y las reparaciones efectuadas en la superestructura. Conocía aquella nave peculiar. La había visto antes.

Era justo lo que andaba buscando.

Gurney y Rhombur, acompañados por fuerzas de seguridad de la Cofradía, se dirigieron hacia la vieja pinaza. Cuando el grupo pidió entrar, el capitán y la tripulación se negaron a obedecer. Sin embargo, antes de subir a bordo de un crucero, cada nave tenía que entregar ciertos códigos de paso al personal que controlaba los manifiestos.

La escotilla de la pinaza se abrió por fin y los hombres de seguridad entraron en tropel, con Gurney al frente. La tripulación estaba armada y apostada, dispuesta a disparar contra los intrusos, pero Gurney levantó los brazos y se interpuso entre ambos bandos.

—¡No! ¡Que nadie dispare!

Miró a los hombres zaparrastrosos. Se internó en el pasillo, paseó la vista de una cara a otra, hasta que por fin reconoció a un hombre rechoncho y mal afeitado que masticaba una ramita de planta aromática.

—Pen Barlowe, conmigo no necesitas armas.

La expresión desafiante del hombre dio paso a una mirada de asombro. Escupió la ramita y se quedó boquiabierto.

—Esa cicatriz de tintaparra... ¿Eres Gurney Halleck?

Los hombres de la Cofradía esperaban con nerviosismo, sin saber muy bien qué estaba pasando.

—Sabía que si me esforzaba en buscar entre las naves, descubriría a algún viejo camarada.

Avanzó para saludar a su compañero de fechorías.

Pen Barlowe estalló en carcajadas y le palmeó con fuerza la espalda.

—¡Gurney, Gurney!

Gurney Halleck señaló al príncipe cyborg, que se acercaba con la capa y la capucha.

—Hay alguien a quien debes conocer. Permíteme que te presente... al hijo de Dominic.

Varios contrabandistas lanzaron una exclamación ahogada, pues hasta los que no habían servido a las órdenes de Dominic Vernius conocían sus legendarias hazañas. Rhombur extendió su brazo sintético y estrechó la mano libre de Pen Barlowe en el semiapretón del Imperio.

—Necesitamos tu ayuda, si eres amigo de Gurney.

Barlowe se volvió hacia sus hombres.

—¡Bajad las armas, idiotas! ¿No veis que es una emergencia?

—He de saber cuál es tu verdadera carga, amigo mío —dijo Gurney con semblante serio—. ¿Transporta esta nave lo que yo pienso? A menos que hayas cambiado tus costumbres desde que abandoné la profesión, puede que tengas en tus manos la llave que nos salvará a todos.

El hombre bajó la vista, como si pensara en la posibilidad de recuperar la ramita caída en el suelo y volver a masticarla.

—Oímos el aviso, pero pensamos que era un truco. —Miró a Gurney y se revolvió, nervioso—. Sí, llevamos un cargamento no declarado, y es ilegal..., incluso peligroso, ahora que el emperador va a por todas...

—Todos confiamos en la confidencialidad de la Cofradía, yo incluido —dijo Rhombur—. Se trata de unas circunstancias poco usuales, y estamos muy lejos del alcance de la ley imperial.

Gurney estudió a su camarada sin pestañear.

—Llevas melange a bordo, Barlowe, que venderás en el mercado negro y te reportará pingües beneficios. —Entornó los ojos—. Pero hoy no. Hoy, vas a comprar las vidas de todos nosotros.

Barlowe sonrió.

—Sí, llevamos suficiente especia a bordo para pagar el rescate de un emperador.

Rhombur sonrió a su vez.

—Eso podría ser suficiente.

Los contrabandistas miraban con expresión afligida mientras los hombres de seguridad transportaban contenedor tras contenedor de especia comprimida hasta los niveles superiores. Gurney negoció alguna compensación para ellos con los hombres de la Cofradía. La Cofradía tenía fama de tacaña, y la cantidad que accedieron a pagar no equivalía a todo el valor, pero los contrabandistas no estaban en posición de discutir.

En el ínterin, Rhombur se dirigió al tanque del Navegante y trató de llamar su atención. El mutante seguía derrumbado en el suelo, y apenas respiraba.

—¡Hemos de apresurarnos! —gritó a los demás.

Los tripulantes vaciaron el tanque de especia contaminada. A continuación, otros hombres convirtieron los contenedores de melange comprimida en aerosol e introdujeron gas nuevo en la cámara. Confiaban en que aquella remesa de especia pura bastaría para reanimar al Navegante y proporcionarle la capacidad de guiar el crucero hasta el espacio conocido.

—Hace más de una hora que no se mueve —dijo el auditor de vuelo.

Rhombur despejó la zona de nuevo y entró en la cámara. El gas de especia entraba por conductos situados en lo alto de la cámara. La visibilidad iba disminuyendo poco a poco, pero el príncipe ixiano avanzó hacia el centro del tanque, hasta el bulto de lo que había sido un apuesto joven de pelo oscuro, como su gemelo C'tair. Los dos habían flirteado con la hermana de Rhombur, Kailea Vernius.

Recordó a los gemelos, hijos del embajador Pilru. Todos habían sido felices en aquellos días gloriosos de Ix. Todo parecía un sueño, aún más ahora porque la especia estaba nublando su conciencia.

D'murr se había sentido muy orgulloso de aprobar su examen para convertirse en Navegante de la Cofradía, en tanto que su fracaso había desolado a C'tair, que se quedó en Ix. Siempre en Ix...

Un pasado tan lejano que parecía imaginario...

Rhombur habló en tono tranquilizador, como si fuera un médico.

—Estamos sustituyendo tu especia, D'murr. —Se arrodilló y vio los ojos vidriosos del Navegante—. Hemos encontrado melange pura. Todo se ha solucionado.

El ser ya no parecía ni remotamente humano. Deforme y atrofiado, su cuerpo parecía una obra de carne de un escultor sádico. Se removió y volvió a caer, tan indefenso como un pez fuera del agua. La boca de D'murr formó una extraña expresión. Aspiró bocanadas del potente gas de especia.

Los pensamientos de Rhombur flotaban, y los movimientos de sus brazos y piernas mecánicos se le antojaban lentos, como inhibidos por un líquido espeso. Los pulmones artificiales trabajaban con dificultad. Tenía que salir pronto del tanque.

—¿Te ayudará esto? ¿Podrás devolvernos a casa con esta nueva especia?

—Debo —dijo D'murr, al tiempo que exhalaba hilos de humo—. Estamos en peligro... El enemigo... nos ha visto. Se acerca. Quiere destruirnos.

—¿Quién es el enemigo?

—El odio... nos extingue... por lo que... somos. —D'murr

consiguió enderezar un poco su cuerpo—. Huid... lo más lejos posible... —Se volvió, con los diminutos ojos rodeados por pliegues de carne cerúlea—. Ahora veo el camino... que nos conducirá... a casa.

Daba la impresión de que el Navegante estaba reservando toda su energía para un gesto final. D'murr se arrastró hasta los conductos que liberaban el espeso gas de especia. Aspiró con todas sus fuerzas.

—¡Hemos de darnos prisa!

En lugar de escapar hacia la escotilla, Rhombur le ayudó a sujetar los controles. El Navegante encendió los motores Holtzmann, y con una repentina sacudida, el crucero se enderezó en el espacio.

—El enemigo... está cerca.

Y la enorme nave se movió..., o esa impresión dio.

Rhombur sintió un vacío en el estómago, se sujetó a la pared del tanque y percibió la transición cuando el poderoso campo holtzmann plegó el espacio y lo arrolló alrededor del crucero con exacta precisión.

El Navegante había cumplido su sagrada misión.

El crucero se materializó sobre el planeta Empalme. D'murr les había devuelto por instinto al Imperio, de regreso al cuartel general de la Cofradía, su único hogar desde que había abandonado Ix de joven.

—Salvados —anunció con voz débil D'murr.

Conmovido por el tremendo esfuerzo del Navegante, Rhombur volvió con él, indiferente de momento a su necesidad de escapar. D'murr había utilizado sus últimas fuerzas para rescatar a todos los pasajeros.

—C'tair...

Con un suspiro largo y siseante, que sonó como si todo su cuerpo se estuviera desinflando, el Navegante cayó al suelo de la cámara y no se movió. D'murr murió, con el príncipe cyborg arrodillado a su lado, rodeado del potente gas de melange.

Rhombur ya no podía despedirse, y sabía que debía salir de la cámara antes de que la melange le saturara. Con la visión borrosa, y una sensación abrasadora en las partes orgánicas de su cuerpo, Rhombur se tambaleó hacia la escotilla. El cuerpo de D'murr se disolvió en la niebla anaranjada y desapareció.

> ¿Justicia? ¿Quién pide justicia en un mundo plagado de desigualdades?
>
> Lady HELENA ATREIDES, *Meditaciones privadas sobre la necesidad y el remordimiento*

Como sombras, cuatro hermanas del aislamiento se acercaban por mar al castillo de Caladan. Iban a bordo de un jabeguero, en lugar de una barcaza procesional. Empezaba a anochecer, y un manto de luz agonizante persistía bajo el cielo nublado.

Las hermanas, de pie en la cubierta del barco, con la vista clavada en el acantilado y el castillo que lo coronaba, vestían capas y justillos holgados hechos de la tela más negra. Guantes flexibles, pantalones y botas cubrían hasta el último centímetro de su piel. Una fina malla de fibras color ébano, cosida alrededor de los bordes de las capuchas, ocultaba sus rostros.

Durante el largo viaje a través del océano, las hermanas se habían mantenido apartadas. El capitán del barco había recibido una paga desmesurada por ellas, una compensación parcial por los susurros y el miedo que las mujeres despertaban entre la supersticiosa tripulación. El capitán viró al sur y siguió la costa, en dirección a un muelle desde el que sus pasajeras pudieran subir con más comodidad al castillo.

Una de las mujeres contempló la estatua gigantesca del duque Paulus Atreides, erigida sobre una lengua de tierra, el cual sostenía en su palma un pebetero del que se elevaban llamas brillantes. Dio la impresión de que la mujer también se había convertido en una estatua, perfilada contra el cielo rojizo del anochecer.

Sin una palabra de agradecimiento al capitán, las hermanas desembarcaron en el muelle y atravesaron la ciudad vieja. Los aldeanos remendaban redes, hervían ollas con crustáceos y alimentaban hogueras de madera verde en ahumaderos, mientras contemplaban a las visitantes con curiosidad. Las hermanas del aislamiento, exóticas y misteriosas, en pocas ocasiones se las veía fuera de sus conventos amurallados, situados en el continente oriental de Caladan.

La hermana que encabezaba el grupo llevaba telarañas de ideogramas bordados en plata en el borde de su hábito, tatuajes de tela que remolineaban en el velo de seda. Avanzó con paso decidido por el sendero que conducía al castillo de Caladan.

Cuando las cuatro hermanas llegaron al rastrillo, el ocaso invadía el cielo con un resplandor púrpura. Inquietos guardias Atreides les cortaron el paso. Sin decir palabra, la mujer del bordado plateado se separó de las demás y se acercó a los hombres.

Un joven soldado corrió al castillo en busca de Thufir Hawat. Cuando el mentat salió del patio, alisó su uniforme oficial para conseguir una presencia intimidatoria. Estudió a las mujeres, pero no extrajo la menor información de sus figuras embozadas.

—El duque ya se ha retirado, pero abrirá sus puertas al populacho durante dos horas mañana por la mañana.

La mujer que precedía a las demás se llevó la mano al velo. Hawat analizó sus movimientos, observó que las hebras plateadas de su hábito negro no eran un simple adorno, sino una especie de red sensora que envolvía a la persona... Tecnología richesiana. El mentat retrocedió un paso, apoyó la mano sobre el cuchillo que llevaba al cinto, pero no lo desenvainó.

La mujer tiró de los puntos que cosían el velo de seda a su capucha, rasgó la tela y se arrancó la máscara que había alterado sus facciones.

—Thufir Hawat, ¿me negarás el acceso a mi hogar legítimo? —Una vez revelada su identidad, parpadeó a la tenue luz y sostuvo la mirada del hombre sin pestañear—. ¿Me vas a prohibir que vea a mi propio hijo?

Hasta el imperturbable mentat se quedó sorprendido. Hizo una leve reverencia, y después indicó con un gesto que le acompañara hasta el patio, pero no le dio la bienvenida.

—Por supuesto que no, lady Helena. Podéis entrar.

Ordenó a los guardias con un ademán que dejaran entrar a las demás hermanas.

Cuando estuvieron en el patio, Hawat les dijo que esperaran.

—Comprobad que no llevan armas, mientras yo aviso al duque —ordenó a los guardias.

Leto Atreides estaba sentado en una silla de madera oscura de su sala de audiencias. Iba vestido con una chaqueta de gala, además de la cadena de oro y el medallón que le identificaba como duque del Landsraad. Solo utilizaba tales distintivos en ocasiones funestas. Como esta.

Sin haber recibido la confirmación de Rhombur y Gurney, no podía retrasar sus planes. Había dedicado el día a preparativos militares, y pese a la temeraria confianza de Duncan Idaho, Leto sabía que la conquista de Ix iba a ser una empresa impredecible y peligrosa.

No le quedaban reservas de tiempo, paciencia ni amor para su madre exiliada.

Estaba rodeado de globos luminosos, pero no expulsaban las sombras de su corazón. Leto sintió un escalofrío que no tenía nada que ver con la neblina nocturna. No había visto a Helena desde hacía veintiún años, desde que había conspirado para asesinar a su propio esposo, el viejo duque.

Cuando entró, Leto no se levantó.

—Cierra las puertas —dijo con voz acerada—. La privacidad es imprescindible. Que las demás mujeres esperen en el pasillo.

El cabello rojizo de lady Helena estaba veteado de gris, y su piel se había tensado sobre los huesos de la cara.

—Son mis acompañantes, Leto. Han venido conmigo desde el continente oriental. No me cabe la menor duda de que les ofrecerás tu hospitalidad.

—No estoy de humor hospitalario, madre. Duncan y Thufir, quedaos conmigo.

Duncan Idaho, que aún blandía con orgullo la espada del viejo duque, esperaba en el peldaño inferior del estrado ducal. Paseó la mirada, con expresión preocupada, entre Leto y su madre, y después desvió la vista hacia el rostro imperturbable de Hawat, que apenas podía contener la ira.

El guerrero mentat acompañó a las hermanas hasta el pasillo, y después cerró las pesadas puertas con un sonido que resonó en toda la estancia. Se quedó dentro, al lado de la puerta.

—Bien, veo que todavía no me has perdonado, hijo mío.

Helena frunció el ceño. Thufir avanzó, un arma en forma humana. Duncan se puso en tensión.

—¿Cómo eres capaz de insinuar que hay algo que perdonar, madre, si afirmas que jamás se cometió delito alguno?

Leto se revolvió en su asiento.

Los ojos oscuros de Helena se clavaron en los de su hijo, pero no contestó.

Duncan estaba preocupado y perplejo. Apenas recordaba a la esposa del viejo duque. Había sido una presencia severa y dominante cuando era apenas un muchacho que había escapado de los Harkonnen.

—Confiaba en que permanecieras en tu convento —dijo Leto, pálido de ira—, fingiendo dolor mientras meditabas sobre tu culpabilidad. Pensaba haber dejado claro que ya no eras bienvenida en el castillo de Caladan.

—Muy claro. Pero como sigues sin tener un heredero, soy la última miembro de tu estirpe.

Leto se inclinó hacia delante, con los ojos brillantes de furia.

—La dinastía Atreides perdurará, madre, no temas. Mi concubina Jessica se encuentra ahora en Kaitain, y pronto dará a luz a mi hijo. Por consiguiente, puedes regresar a tu convento amurallado. Thufir se encargará con mucho gusto de buscarte pasaje.

—Aún no sabes por qué he venido —dijo la mujer—. Me vas a escuchar.

Era un tono de autoridad materna que Leto recordaba de su infancia, y despertó antiguos recuerdos de esta mujer.

Duncan, confuso, paseaba la mirada de una cara a otra. Nunca le habían explicado por qué lady Helena se había marchado, pese a sus repetidas preguntas.

Leto estaba inmóvil como una estatua.

—¿Más excusas, más negativas?

—Una petición. No para mí, sino para tu familia lejana, Richese. Durante el odioso ataque del emperador contra Korona, cientos de richesianos murieron, y muchos miles quedaron ciegos. El conde Ilban es mi padre. Solicito que ofrezcas tu ayuda, por una cuestión de pura humanidad. Teniendo en cuenta la riqueza de nuestra —su rostro enrojeció—, tu Casa, podrás aportar auxilio médico y demás.

Leto se quedó sorprendido al escuchar la petición.

—Me he enterado de la tragedia. ¿Me estás pidiendo que desafíe al emperador, que considera a Richese culpable de quebrantar la ley imperial?

La mujer cerró el puño y alzó la barbilla.

—Te pido que ayudes a la gente que más lo necesita. ¿Acaso no es la tradición Atreides, la tradición del honor? ¿No es lo que Paulus te enseñó?

—¡Cómo osas darme lecciones!

—¿O bien la Casa Atreides solo será recordada por actos agresivos, como el brutal ataque contra Beakkal? ¿Por destruir a cualquiera que la ofende? —Helena lanzó una risita burlona—. Me recuerdas al vizconde de Grumman. ¿Es esa la herencia de la Casa Atreides?

Sus palabras dieron en el blanco, y Leto se reclinó contra el duro respaldo de la silla, mientras intentaba disimular su incomodidad.

—Como duque, hago lo que debo.

—En tal caso, ayuda a Richese.

Seguir discutiendo era inútil.

—Lo pensaré.

—Me darás tu palabra —replicó Helena.

—Vuelve con las hermanas del aislamiento, madre.

Leto se levantó de la silla, y Thufir Hawat avanzó. Duncan aferró la espada del viejo duque y se acercó a la mujer desde el lado contrario. Helena reconoció la espada, y después estudió la cara de Duncan, sin saber quién era. No se parecía en nada al niño de nueve años que había conocido antes de su exilio.

Tras un momento de tensión, Leto indicó con un ademán que retrocedieran.

—Me sorprende que intentes enseñarme compasión, madre. Sin embargo, por más que te deteste, estoy de acuerdo en que es necesario actuar. La Casa Atreides enviará ayuda a Richese, pero con la condición de que te marches ahora mismo. —Su expresión se endureció todavía más—. Y de que no hables a nadie de esto.

—Muy bien. Ni una palabra más, hijo mío.

Helena giró en redondo y caminó hacia la puerta con tal celeridad que Hawat apenas tuvo tiempo de abrirla. Después de que la mujer y sus tres acompañantes salieran a la noche, Leto musitó una despedida, apenas un susurro...

Duncan se acercó al duque, que seguía sentado, inmóvil. El maestro espadachín estaba pálido, y tenía los ojos desorbitados.

—Leto, ¿qué ha sucedido? ¿Por qué no me has hablado nunca de este abismo entre vosotros? Lady Helena es tu madre. La gente hablará.

—La gente siempre habla —dijo Thufir.

Duncan subió los escalones que conducían hasta el trono ducal. Leto aferraba los apoyabrazos de madera tallada con tal fuerza que tenía blancos los nudillos. Su anillo de sello hizo una marca en la madera.

Cuando miró por fin a su maestro espadachín, tenía los ojos apagados.

—Hay muchos secretos y tragedias en la Casa Atreides, Duncan. Ya sabes que ocultamos el papel de Kailea en la explosión del dirigible. Tú mismo sustituiste a Swain Goire al frente de la Guardia, cuando le enviamos al exilio. Mi pueblo jamás ha de saber la verdad sobre eso..., o sobre mi madre.

Duncan no sabía muy bien a qué se refería el duque.

—¿De qué verdad hablas, Leto?

El mentat avanzó con expresión preocupada.

—Mi duque, no es prudente...

Leto alzó una mano.

—Thufir, Duncan merece saberlo. Debido a las acusaciones de que había manipulado a los toros salusanos cuando era un niño, ha de saber esto.

Hawat inclinó la cabeza.

—Si lo creéis así, proceded, pese a que lo desaconsejo. Los secretos dejan de serlo cuando pasan de oído a oído.

Leto describió con minuciosidad la participación de lady Helena en la muerte de Paulus.

Duncan lanzó una exclamación ahogada, pero no dijo nada.

—Estuve a punto de ordenar su ejecución, pero es mi madre, a pesar de todo. Es culpable de asesinato, pero yo no seré responsable de un parricidio. Por consiguiente, permanecerá con las hermanas del aislamiento hasta el fin de sus días. —Apoyó el mentón sobre los puños—. Además, Swain Goire me dijo, el día que le sentencié a vigilarla, que un día yo sería recordado como Leto el Justo.

Duncan se sentó en el escalón, y sostuvo la reverenciada espada entre las rodillas. El generoso duque Paulus había aceptado al muchacho en el seno de la Casa Atreides, y le había dado trabajo en los establos. En aquel tiempo, Duncan, que apenas era un niño, había sido acusado de complicidad en el asesinato por Yresk, el responsable de los establos, quien era en realidad el implicado en la tragedia de la plaza de toros.

Ahora, el secreto se desvelaba, los motivos salían a la luz, y era como si se abrieran las compuertas de una presa. Por primera vez en muchos años, Duncan Idaho lloró.

Muchas criaturas tienen la forma externa del hombre, pero no te dejes engañar por las apariencias. No todas esas formas de vida pueden ser consideradas humanas.

Libro Azhar de la Bene Gesserit

Puesto que su tío el barón ya casi nunca le dejaba plena libertad para actuar, la Bestia Rabban decidió aprovechar la oportunidad que le daba y hacer una gran carnicería.

Estudió los rudimentarios e incompletos mapas de los alrededores de la Muralla Escudo. Gente miserable vivía en esas zonas, gente que, aprovechando la oscuridad de la noche, hurgaba y robaba a los Harkonnen. Como castigo por sus incursiones en las reservas de especia, el barón había encargado a su sobrino que arrasara tres aldeas. Rabban las escogió, no exactamente al azar, sino porque sus nombres no le gustaban: Licksand, Thinfare y Wormson.

Para él no había ninguna diferencia; los gritos de dolor siempre sonaban igual.

La primera aldea simplemente la bombardeó desde el aire. Con una escuadrilla de tópteros de ataque, sus hombres lanzaron sin piedad bombas incendiarias sobre viviendas, escuelas y mercados. Mucha gente murió en ese ataque, y los que seguían vivos corrían despavoridos, como furiosos insectos sobre una ardiente roca. Un hombre tuvo incluso la osadía de disparar a los tópteros con una vieja pistola maula; los hombres de Rabban utilizaron a los habitantes para hacer prácticas de tiro.

La devastación fue rápida y completa, pero Rabban no quedó del todo satisfecho. Decidió recrearse un poco más con las demás aldeas...

Solo en los cuarteles de la residencia de Carthag, horas antes de los ataques, Rabban había estado redactando una escueta proclama en la que explicaba que las aldeas y sus habitantes serían destruidos como represalia por los crímenes de los fremen. Orgulloso de su trabajo fue a enseñárselo a su tío, este frunció el ceño y rompió la nota; después escribió una proclama él mismo utilizando muchas de las palabras y frases de su sobrino.

Después de cada ataque, sembraban los humeantes restos de la aldea con la proclama del barón, impresa en papeles resistentes al fuego. Los fremen que acudirían como buitres a las ruinas para despojar de sus baratijas a los cadáveres, sabrían por qué el barón había ordenado el brutal castigo. Se sentirían culpables...

En la segunda aldea, Thinfare, Rabban utilizó fuerzas de tierra, que portaban escudos y armas de mano. Algunos de sus hombres se quedaron a las afueras, junto a cañones de llamas por si era necesaria una intervención rápida y fulminante, pero las tropas Harkonnen cayeron sobre los desventurados aldeanos matando a diestra y siniestra con espadas y dagas. La Bestia Rabban se unió a la matanza con una sonrisa de satisfacción.

En Giedi Prime, la gigantesca ciudad-prisión del barón, Rabban había entrenado a niños para convertirlos en víctimas de sus cacerías; seleccionaba a los más ingeniosos y valientes como sus presas personales en las salidas que organizaba en la aislada Forest Guard Station.

En realidad encontraba más satisfacción matando a adultos: eran más creativos y dramáticos cuando pedían clemencia. Los niños no tenían la suficiente imaginación para comprender el destino que les aguardaba, y pocas veces demostraban un terror tan real como sus mayores. Además, la mayoría de niños tenían una ingenua fe en Dios, la insólita creencia de que un protector los salvaría; seguían creyendo y rezando hasta el último instante.

Sin embargo, en la segunda aldea Rabban descubrió una nueva técnica con los niños que le producía un gran placer, era muy emotiva y satisfactoria. Disfrutaba viendo el suplicio en las caras de los padres mientras torturaba y asesinaba a los niños delante de ellos...

En la tercera aldea, Wormson, Rabban se dio cuenta de que podía aumentar el terror de sus víctimas si distribuía antes del ataque la proclama del barón. De esta forma, los prisioneros sabían exactamente lo que les esperaba.

En esos momentos, la Bestia Rabban se sentía orgulloso de ser un Harkonnen.

No nos hace falta la categoría de Gran Casa, pues hemos puesto los cimientos del Imperio. Todas las estructuras de poder han de inclinarse ante nosotros, con el fin de lograr sus objetivos.

Carta Constitucional del Comité Asesor
de la Cofradía Espacial

El hombre de la Cofradía yacía en la cama improvisada, presa de las náuseas. Se retorcía de dolor, con el rostro contraído. Envenenado por especia. Cuatro especialistas de Empalme rodeaban al paciente, consultaban entre sí, pero ninguno sabía cómo tratarle. El hombre se agitaba y escupía, con la cara cubierta de sudor.

Habían aislado al coordinador de cruceros en una sala estéril, que era más un laboratorio médico que un hospital. Los funcionarios de alto nivel de la Cofradía consumían tanta melange que pocas veces necesitaban médicos, de modo que las instalaciones hospitalarias eran mínimas. Aunque la Cofradía Espacial se hubiera tomado la molestia de llamar a un médico Suk, era muy probable que este hubiera sido incapaz de tratar a un ser humano con un metabolismo tan torturado como este.

—Preguntas, pero ningún dato —dijo uno de los cuatro especialistas—. ¿Alguien sabe lo que ha sucedido?

—Su cuerpo ha reaccionado a la melange —dijo otro hombre, que tenía mechones de pelo azul en la cabeza y cejas tan pobladas que casi cubrían sus ojos.

—¿Cómo es posible que el metabolismo de un funcionario de

la Cofradía resulte de repente incompatible con la melange que ingiere a diario? Esto es absurdo —dijo un tercero. Aunque todos tenían un aspecto diferente, los especialistas hablaban de manera idéntica, como si se tratara de una entidad cuatripartita que conversara entre sí.

Una súbita y violenta convulsión estremeció al paciente. Los especialistas se miraron entre sí.

Destellaron unas luces que indicaban información inminente, y una pantalla mural se iluminó con el resultado de nuevos análisis.

—Confirmado —dijo uno de los especialistas—. La melange estaba contaminada. —Siguió leyendo los datos—. La composición química de la especia que consumió es incorrecta, y su bioquímica la ha rechazado.

—¿Cómo puede contaminarse la melange? ¿Ha sido un envenenamiento intencionado?

Los especialistas consultaron entre sí, estudiaron más información. Las luces brillaban a su alrededor, se reflejaban en las paredes blancas y les daban una apariencia fantasmal. Los cuatro se mantenían a distancia del coordinador, que se retorcía y agitaba. Daba la impresión de que no era consciente de su presencia.

—¿Vivirá? —preguntó uno.

—Quién sabe.

—Puede que sea el segundo incidente —dijo el especialista de pelo azul—. Sabemos que el Navegante del crucero que se extravió hace poco también estuvo expuesto a los efectos de una especia contaminada.

—El interrogatorio de los pasajeros todavía prosigue. La noticia aún no se ha propagado por el Imperio.

—Es el tercer incidente —corrigió otro especialista—. Esto también explica el accidente de Wallach IX. La melange del Imperio debe de sufrir una grave deficiencia.

—Pero no hemos encontrado una explicación común al problema. Este hombre consumió una cantidad significativa de especia, cuyo rastro condujo a un mercader de Beakkal. El primer magistrado debió sacarse de encima su reserva ilegal, debido al ultimátum del emperador. Sin embargo, los dos Navegantes recibieron su especia de orígenes diferentes, reservas habituales de la Cofradía.

—Esto es muy misterioso.

—La especia ha de circular.

—La cosecha y procesamiento de toda la melange está bajo el control del emperador. Hemos de solicitar la ayuda de la Casa Corrino.

Los especialistas se volvieron al mismo tiempo hacia la ventana y miraron hacia el campo del Navegante. Una grúa mecánica estaba erigiendo una placa conmemorativa en honor a los dos Navegantes muertos en los recientes accidentes de cruceros. Otro Navegante volaba sobre el campo en su tanque hermético, en dirección a un crucero que se disponía a partir. El Navegante estaba en comunicación con el antiquísimo corazón de la Cofradía Espacial, el Oráculo del Infinito.

El funcionario de la Cofradía envenenado chilló con tal fuerza que brotó sangre de su boca. Las convulsiones le retorcieron como una víctima medieval en el potro. Los cuatro especialistas oyeron que sus músculos se rasgaban, sus vértebras se partían..., y le vieron morir.

—Hemos de informar a Shaddam IV —dijeron al unísono los especialistas—. No nos queda otra alternativa.

El modo en que formulas una pregunta traiciona tus límites: las respuestas que aceptarás, y las que rechazarás o confundirás con malentendidos.

KARRBEN FETHR, *La insensatez de la política imperial*

Después de la lección de Zanovar, y la posterior de Korona, Shaddam IV dejó que las cosas siguieran su rumbo habitual. Ojalá pudiera encontrar una forma de cortar el flujo regular de especia procedente de Arrakis, tendría el Imperio en la palma de la mano...

El investigador jefe Ajidica había enviado otro entusiasta informe, en el cual confirmaba que su amal había superado con éxito todos los análisis. Acompañaba al comunicado un mensaje del comandante Sardaukar Cando Garon, el diligente hijo del Supremo Bashar, en el cual confirmaba todo lo que Ajidica había dicho. El emperador no podía haber deseado mejores noticias...

Shaddam quería que la melange sintética se fabricara a pleno rendimiento. Ya. No veía motivos para esperar.

Ataviado con pantalones bombachos sardaukar y una camisa militar con charreteras, estaba sentado ante su extravagante escritorio y contemplaba un holo en directo del Consejo del Landsraad, que continuaba sus aburridas audiencias sobre la legalidad del ataque atómico contra Richese. Estaba claro, no obstante, que la oposición carecía de suficiente apoyo para emitir un voto de censura o falta de confianza. ¿Por qué no desistían de una vez por todas?

El conde Fenring se había mostrado disgustado desde su regreso de Ix y Empalme, pero se preocupaba demasiado por los miembros del Landsraad. Shaddam estaba muy tranquilo. Todo iba a pedir de boca.

En su mensaje, el investigador jefe Ajidica se interesaba por la salud del ministro de la Especia. Tal vez Hasimir estaba sometido a demasiada tensión. Tal vez necesitaba volver a Arrakis...

Shaddam alzó los ojos y vio que el chambelán Ridondo entraba en el estudio privado presa de una agitación inusual. A Ridondo solo le ponían nervioso los asuntos más complicados de la política imperial.

—Señor, un emisario de la Cofradía Espacial insiste en veros.

Aunque irritado, Shaddam sabía que no podía rechazar al emisario. En los asuntos concernientes a la Cofradía, el emperador debía andar con pies de plomo.

—¿Por qué no han solicitado una entrevista por anticipado? ¿Es que la Cofradía no tiene acceso a los correos imperiales?

Resopló para disimular su incomodidad.

—No..., no lo sé, señor. Sin embargo, el enviado está justo detrás de mí.

Un hombre alto y albino de enormes patillas entró en el estudio. No se presentó ni anunció su rango. El hombre eligió una cómoda silla ingrávida (cuando se sentó, pareció más alto aún, debido a la longitud de su torso) y miró al emperador.

Shaddam sacó un palillo de madera de elacca y empezó a hurgarse los dientes. La madera tenía un sabor dulce natural.

—¿Cuál es vuestro título, señor? ¿Sois el líder de la Cofradía Espacial, o alguien que saca brillo a los tubos de escape de las naves? ¿Sois primer ministro, presidente, jefe de estado? ¿Cómo preferís llamaros? ¿Cuál es vuestro rango?

—¿A qué viene la pregunta?

—Soy el emperador de un Millón de Planetas —dijo Shaddam, mientras hurgaba en sus dientes con absoluta grosería—. Deseo saber por qué pierdo el tiempo con un subordinado.

—No estáis perdiendo el tiempo, señor. —El rostro del hombre de la Cofradía, estrecho en la frente y más ancho en la barbilla, daba la impresión de haber sido forjado a golpes y perdido todo el color—. La noticia no se ha divulgado, señor, pero dos cruceros de la Cofradía han sufrido hace poco graves accidentes. Uno se estrelló en Wallach IX, y perecieron todos los pasajeros y la tripulación.

Shaddam se incorporó, sorprendido.

—¿Y... resultó dañada la escuela de la Bene Gesserit?

—No, señor. El crucero se estrelló en una zona muy remota.

Shaddam no disimuló su decepción.

—¿Habéis dicho que hubo dos accidentes?

—Otro crucero se perdió en el espacio, pero el Navegante consiguió devolverlo a Empalme. Nuestro análisis preliminar indica que ambos desastres fueron provocados por contaminación de la especia contenida en los tanques de los Navegantes. Además, existe un tercer dato: uno de nuestros funcionarios consumió una gran cantidad de melange, cuyo rastro conduce hasta Beakkal, a consecuencia de la cual murió envenenado. Hemos confiscado los restos de la melange que compramos en Beakkal, y también está contaminada. La estructura química es ligeramente distinta, lo suficiente para causar estos accidentes.

Shaddam tiró el mondadientes a un lado. ¿Cómo había conseguido un planeta remoto especia «defectuosa»? ¿La habían contaminado in situ? Entonces, se incorporó de súbito.

—En teoría, Beakkal no tiene especia que vender. ¿Habéis descubierto otra reserva ilegal? ¿Era muy grande?

—Lo estamos investigando, señor. —El hombre de la Cofradía se humedeció los labios con una lengua completamente blanca—. Mientras buscábamos anomalías fiscales, descubrimos que el primer magistrado de Beakkal ha consumido en los últimos tiempos más melange de la que podía poseer. Ha de tener una reserva ilegal.

Shaddam experimentó una oleada de cólera, mientras consideraba la posibilidad de lanzar otro ataque de castigo. ¿Cuándo aprenderían las Grandes Casas?

—Continuad vuestras investigaciones, señor, y yo resolveré el problema de Beakkal a mi manera.

De hecho, lo estaba deseando.

Esta vez, no obstante, preparaba una respuesta diferente. Pensó en discutir antes la idea con Hasimir Fenring, pero decidió que sería una sorpresa. Para todo el mundo.

Anirul consiguió llegar a duras penas a la cama después de una agradable cena con sus hijas y Jessica. Había pensado en que Irulan se estaba convirtiendo en una mujer bellísima, inteligente y culta, la princesa perfecta..., y después, el universo se había rebelado contra ella.

Las voces interiores habían regresado, y hasta la presencia compasiva de Lobia no pudo mantenerlas a raya. Anirul cayó de rodillas y entró a gatas en su dormitorio. Jessica la había acompañado hasta su habitación, y luego había llamado a la hermana Galena Yohsa, alarmada. Margot Fenring y Mohiam también acudieron en su ayuda.

Después de examinar a lady Anirul, Yohsa le dio un potente sedante. La madre Kwisatz, medio dormida, resollaba y sudaba como si hubiera corrido un largo trecho. Yohsa meneó la cabeza. Jessica la observaba con ojos desorbitados, hasta que Mohiam la sacó de la habitación.

—Sé que su pesadilla del gusano de arena se ha repetido varias veces —dijo Margot Fenring—. Tal vez crea que, en este momento, está en el desierto.

Mohiam miró a la enferma, quien daba la impresión de luchar para no dormirse. Los ojos de Anirul se abrían y cerraban.

—No conseguí reprimir a tiempo el flujo de la Otra Memoria —dijo la hermana Galena—. Las puertas mentales de las vidas anteriores de Anirul se han abierto de par en par. Tal vez se vea empujada al suicidio, o a otra forma de violencia. Podría significar una amenaza para cualquiera de nosotras. Hemos de vigilarla sin cesar.

> La regla fundamental del universo es que no existe la neutralidad, la objetividad ni la verdad absolutas, divorciadas de las lecciones pragmáticas aprendidas con la práctica. Antes de que Ix se convirtiera en una gran potencia dedicada a la invención y fabricación de tecnología, los científicos ocultaban de manera sistemática sus prejuicios personales tras una fachada de objetividad y dedicación a la investigación.
>
> DOMINIC VERNIUS, *El funcionamiento secreto de Ix*

El primer magistrado de Beakkal había cometido una equivocación. Muy grave.

Seis meses antes, los investigadores tleilaxu, desesperados por obtener muestras genéticas de los Atreides y los Vernius a partir de un antiguo memorial de guerra, habían pagado un soborno con una cantidad enorme de especia que no se reflejaba en los documentos oficiales. En aquel momento, había parecido una buena idea para reactivar la economía de Beakkal.

Después del ataque del duque Leto, el primer magistrado había utilizado dicha especia para pagar las deudas de Beakkal. Después de pasar por varias manos, llegó hasta la Cofradía Espacial..., y envenenó a un coordinador de cruceros, lo cual provocó una investigación que fue comunicada al emperador.

Cuando envió su flota Sardaukar, Shaddam no comprendió la ironía de que Beakkal ya no tenía en su posesión la melange que le habían acusado de almacenar. Aún más irónico, el primer magistrado jamás supo que los tleilaxu no habían pagado con melange auténtica, sino con especia sintética aún no sometida a pruebas...

Un crucero depositó la flota imperial en la estación de tránsito de Sansin, un centro de asteroides próximo y nudo comercial del sistema estelar de Liabic, que incluía a Beakkal en su sol primario azul.

A las órdenes del Supremo Bashar Zum Garon, las naves de guerra permanecieron en la estación de tránsito: cruceros de batalla, naves de observación, trituradores y transportes de tropas, todos destinados a converger sobre Beakkal en un aterrador despliegue de poder. Shaddam había ordenado que los Sardaukar dejaran claras sus intenciones..., sin darse la menor prisa.

Cuando la red defensiva de satélites del planeta detectó su acercamiento, las alarmas planetarias se dispararon. Los habitantes de Beakkal fueron presa del pánico. Muchos se dirigieron a los refugios subterráneos, mientras otros huían a la selva profunda.

En un esfuerzo inútil, el primer magistrado ordenó a su fuerza militar particular que lanzara naves de guerra y formara una red defensiva orbital. Las naves despegaron a toda prisa con el personal disponible. Más tropas se reagruparon en las guarniciones planetarias, una segunda ola defensiva.

—Cuando el duque Leto Atreides atacó, nos pilló desprevenidos —dijo el primer magistrado en una alocución pública—. Ya sabemos que el emperador Shaddam arrasó Zanovar y destruyó la luna richesiana. —Intuía el miedo de su pueblo—. ¡Pero nosotros no permitiremos que nos lleven como ovejas al matadero! Es posible que nuestro planeta no pueda resistir un ataque Sardaukar, pero lo pagarán caro.

Todavía estacionada en Sansin, la flota imperial procedió con ominosa determinación.

—Por orden del emperador Shaddam IV —retransmitió el Supremo Bashar, con su típica concisión—, este planeta se halla bajo asedio por el delito de acumulación ilegal de melange. Este bloqueo se prolongará hasta que vuestro gobernante confiese sus delitos o demuestre su inocencia.

No transmitió más advertencias ni ultimátums.

La flota Sardaukar concedió a la población más de un día para alimentar su terror. Durante ese tiempo, el primer magistrado pronunció cinco discursos, algunos indignados, otros en los que suplicaba clemencia a Shaddam.

El líder beakkali y sus ministros discutieron el problema a puerta cerrada. El primer magistrado, un hombre corpulento de bigote rojo y barba rubia frondosa, estaba sentado en el centro ahuecado de una mesa redonda de conferencias, con los ministros sentados a su alrededor. Ataviado con la toga verde oscuro propia de su cargo, giraba la silla para poder ver a toda la gente que hablaba, pero casi todo el rato tenía la vista clavada en la lejanía, abrumado por un presagio funesto.

Los ministros vestían pantalones ajustados y túnicas blancas con símbolos rúnicos en los cuellos, que daban cuenta de su rango e identidad.

—¡Pero no tenemos una reserva de melange ilegal! Se ha gastado toda —dijo una ministra, una mujer de voz ronca—. Nos han... acusado, pero el emperador no puede demostrar lo que afirma. ¿Cuáles son sus pruebas?

—¿Qué más da? —dijo otro—. Sabe que lo hicimos. Además, tendríamos que haber pagado impuestos al emperador. Un soborno todavía equivale a ingresos.

Los ministros discutieron alrededor de la mesa a voz en grito.

—Si lo que busca en realidad la Casa Corrino son impuestos, ¿no podemos calcular el valor de la melange y ofrecernos a pagar una generosa multa? A plazos, por supuesto.

—Pero los edictos contra la acumulación ilegal de especia abarcan más que el impago de impuestos. Atacan el corazón de la colaboración entre las Casas Grandes y Menores, impiden que cualquier Casa se haga demasiado independiente de las demás, algo excesivamente peligroso para la estabilidad de la CHOAM.

—En cuanto los Sardaukar nos aíslen, quedaremos atrapados aquí y moriremos de hambre. Nuestro planeta no es autosuficiente.

El primer magistrado percibió el olor de su miedo y echó un vistazo a una pantalla que mostraba la posición de la flota imperial.

—Señor, dos naves grandes de suministro han llegado a la estación de tránsito de Sansin, cargadas de alimentos —informó un ministro detrás de él—. Tal vez deberíamos requisarlas. Pertenecen a una Casa Menor poco conocida, nada de qué preocuparse. Podría ser nuestra última oportunidad durante mucho tiempo.

—Hacedlo —dijo el primer magistrado, al tiempo que se levantaba para indicar el fin de la reunión—. Algo es algo. Vamos a ver qué podemos hacer para aumentar nuestras posibilidades.

Justo antes de la llegada de la flota amenazadora, tropas beakkali abordaron y confiscaron las dos naves de suministros.

Cuando las fuerzas Sardaukar entraron en órbita alrededor de Beakkal, no atacaron a las fuerzas defensivas. El Supremo Bashar ordenó a sus naves que mantuvieran la distancia, como guardianes ominosos que rechazarían el acceso a Beakkal, o a los asteroides cercanos, a cualquier nave.

El éxito de la operación animó al primer magistrado, un hombre de altibajos emocionales.

—Les esperaremos —declaró en otro discurso, pronunciado en un estrado al aire libre. Ataviado con su toga verde habitual, se había afeitado la barba como símbolo de austeridad—. Tenemos provisiones, tenemos trabajadores, tenemos recursos propios. ¡Las acusaciones son falsas!

La multitud le vitoreó, pero sumida en una gran angustia.

—El emperador yacerá en su tumba mucho antes de que nos rindamos.

El líder beakkali alzó un puño en el aire, y su pueblo aplaudió.

Las fuerzas Sardaukar aguardaban, un nudo que se iba apretando alrededor del ecuador planetario.

Error, accidente y caos son los principios persistentes del universo.

Anales históricos imperiales

—Hace años que no jugamos a bola-escudo, Hasimir —dijo Shaddam mientras se inclinaba sobre el aparato, complacido de haber acumulado más puntos que Fenring. Estaban en los aposentos privados del emperador, en el nivel superior del palacio imperial.

El conde, distraído, se alejó de la mesa de juego y caminó hacia el balcón. En el pasado, Shaddam y él habían planeado muchas conspiraciones juntos, mientras practicaban este mismo juego..., como la idea de fabricar un sustituto de la especia. Ahora, conocedor de la traición del investigador jefe tleilaxu y su ascsino Danzarín Rostro, Fenring se arrepentía de todo el plan. Por otra parte, las pruebas de los cruceros se le antojaban un desastre total.

Pero el emperador no quería saber nada de eso.

—Imaginas cosas —dijo—. He recibido un informe de la Cofradía, y han descubierto especia contaminada procedente de una reserva ilegal de Beakkal. Están convencidos de que este insidioso envenenamiento ha sido la causa de los accidentes recientes. No ha sido tu amal.

—Pero no podemos estar seguros, señor, ¿ummm? La Cofradía no entregará las descripciones de los cruceros perdidos. Considero sospechoso que dos naves grandes sufrieran fatales accidentes después de que yo...

—¿Qué relación puede existir entre Beakkal y las investigaciones de Ajidica? —El emperador parecía exasperado—. ¡Ninguna! —Los optimistas informes del investigador jefe, junto con las repetidas garantías del comandante Cando Garon, le habían convencido por completo sobre la viabilidad de la especia sintética—. ¿Has visto alguna vez, en tus inspecciones del trabajo de los tleilaxu, pruebas concretas de que el amal no funciona como Ajidica afirma?

—No..., señor.

—Pues deja de buscar excusas, Hasimir, y déjame jugar. —El mecanismo del juego zumbó, y el emperador retiró una varilla de guía. La bola rebotó y chisporroteó cuando atravesó el complicado laberinto de componentes. Shaddam logró otro tanto y rió—. Te reto a superar esto.

Los ojos de Fenring destellaron.

—Habéis estado practicando, Shaddam, ¿ummm? ¿Los asuntos imperiales no os tienen bastante ocupado?

—Hasimir, no seas mal perdedor.

—Aún no he perdido, señor.

Auroras color pastel brillaban en los cielos nocturnos de Kaitain. El emperador Padishah había ordenado hacía poco lanzar satélites que contenían gases extraños, los cuales eran ionizados por partículas del viento solar, para así potenciar los colores de las constelaciones. Le gustaba iluminar el cielo.

Fenring volvió al aparato.

—Me alegro de que no decidierais aplastar Beakkal como hicisteis en Zanovar. Un asedio es mucho más apropiado, puesto que las pruebas no son lo bastante, ummm, abrumadoras para dar una respuesta más enfática. Lo más probable es que Beakkal haya gastado su reserva en otras cosas.

—Las pruebas son suficientes, sobre todo si tenemos en cuenta la contaminación que provocó los accidentes de los cruceros. —Shaddam indicó el aparato, pero Fenring no hizo uso de su turno—. El que hayan gastado toda su reserva ilegal no significa que no violaran los preceptos imperiales.

—Ummm, pero si no obtenéis una generosa recompensa en forma de melange, no podréis sobornar a la Cofradía y la CHOAM para que apoyen vuestra política. Una mala inversión en violencia, ¿ummm?

Shaddam sonrió.

—Ahora comprenderás por qué he tenido que ser mucho más sutil en este caso.

Los ojos de Fenring se dilataron de preocupación, pero se abstuvo de comentar el alcance de la sutileza de Shaddam.

—¿Hasta cuándo se va a prolongar este bloqueo? Habéis dejado claras vuestras intenciones, les habéis dado un susto de muerte. ¿Qué más necesitáis?

—Ay, Hasimir, mira y aprende. —Shaddam paseó alrededor de la mesa como un niño entusiasmado—. Pronto quedará claro que el bloqueo es fundamental. No hago esto solo para impedir que la Casa Beakkal obtenga suministros del exterior. No, la cuestión es mucho más complicada. Yo no destruiré su planeta..., ellos lo harán.

Fenring estaba cada vez más alarmado.

—Tal vez, ummm, tendríais que haberme consultado antes de llevar a la práctica vuestros planes, señor.

—Soy capaz de trazar planes magníficos sin tu ayuda.

Aunque Fenring no estaba de acuerdo con la afirmación, decidió que no valía la pena discutir. Volvió al juego, pensativo, lanzó otra bola, manipuló las varillas con dedos hábiles, y obtuvo una puntuación baja a propósito. No era el momento de demostrar sus habilidades al emperador.

Shaddam continuó, con creciente entusiasmo.

—Cuando mis Sardaukar informaron a Beakkal del inminente asedio, el primer magistrado envió naves a Sansin con el fin de proveerse de alimentos. Como un pirata, requisó dos naves cargadas de provisiones que estaban esperando allí. Tal como yo esperaba.

—Sí, sí. —Fenring tamborileó con los dedos sobre la mesa, sorprendido de que Shaddam no se apresurara a aprovechar su turno—. Y vuestras naves permitieron que se apoderaran de cargamento suficiente para alimentar a Beakkal durante unos seis meses. Una forma bastante inepta de imponer un asedio, ¿ummm?

—Cayeron en mi trampa —dijo Shaddam—. El primer magistrado comprenderá muy pronto el verdadero plan. Oh, sí. Muy pronto.

Fenring se sentó, a la espera.

—Por desgracia, las dos naves de provisiones que robó iban cargadas de cereales y productos deshidratados contaminados.

Golpe por golpe, considerando lo que hicieron con la especia que vendieron a la Cofradía.

Fenring parpadeó.

—¿Contaminados? ¿Con qué?

—Pues con un terrible agente biológico que mandé estudiar bajo condiciones controladas a un planeta lejano. Por razones de seguridad, las provisiones contaminadas fueron cargadas y transportadas con la mayor discreción para no provocar la alarma.

Fenring sintió un escalofrío, pero Shaddam se sentía muy orgulloso de su inteligencia.

—Ahora que el primer magistrado ha robado este cargamento para Beakkal, con él viaja un agente biológico que destruirá el cinturón selvático. Las cosechas se mustiarán y morirán, las selvas se convertirán en esqueletos. Dentro de pocos días, empezaremos a ver los efectos. Ts, ts. Qué tragedia.

Fenring había pensado que el uso de armas atómicas en Korona y la inesperada ceguera de muchos richesianos ya había sobrepasado todos los límites. Pero ahora, ¡todo un ecosistema planetario!

—Supongo que no hay forma de dar marcha atrás a esta decisión.

—No. Y por suerte, dada la presencia de mis Sardaukar, se impondrá una estricta cuarentena. No podemos permitir que esta desdichada plaga se extienda a planetas inocentes, ¿verdad? —Shaddam lanzó una victoriosa carcajada—. He sido más listo que tú, Hasimir.

Fenring reprimió un gruñido. Daba la impresión de que el emperador se estaba acelerando, pero en dirección contraria.

El primer ministro richesiano Ein Calimar vio que las naves de auxilio del duque Leto aterrizaban en el espaciopuerto de Centro Tríada, con la ayuda tan necesaria para las víctimas de la explosión de Korona. Había creído que ya no le quedaban lágrimas.

Las naves Atreides transportaban medicinas costosas, productos de pesca y arroz pundi. Richese no era un planeta pobre, pero la destrucción del laboratorio lunar, por no hablar de la desaparición del proyecto secreto de Holtzmann y casi toda la reserva de espejos, constituía un mazazo para su economía.

El viejo conde Richese, rodeado por su tribu de hijos y nietos, acudió a la galería de visitantes del espaciopuerto para dar la bienvenida oficial a las tripulaciones. Cuatro de sus hijas y un nieto habían quedado ciegos a consecuencia de la lluvia de cristales activados, y su sobrino Haloa Rund había muerto en Korona. Como miembros de la familia Richese, serían los primeros en recibir ayuda.

El conde estaba resplandeciente con sus galas oficiales, el pecho cubierto por docenas de medallas (muchas de ellas baratijas hechas a mano que le habían regalado sus familiares). El anciano alzó las dos manos.

—Aceptamos con profunda gratitud esta ayuda de mi nieto Leto Atreides. Es un noble de excelsas virtudes, con un gran corazón. Su madre siempre lo ha dicho.

Una sonrisa de gratitud se formó en el rostro arrugado de Ilban, y brillaron lágrimas en sus ojos enrojecidos.

En cuestión de horas, se montaron centros de distribución prefabricados alrededor de Centro Tríada. Soldados Atreides se encargaron de poner orden en las colas de ciudadanos y elegir a las personas que más necesitaban la ayuda. El primer ministro Calimar lo observaba todo desde el tejado de un jardín, para que nadie le interrumpiera y evitar así el contacto con las fuerzas humanitarias.

El duque Leto estaba haciendo todo lo posible, y sería felicitado por ello. Pero en opinión de Calimar, los Atreides habían llegado demasiado tarde para ser tratados como auténticos salvadores. Los tleilaxu se les habían adelantado.

Muy poco después de que las multitudes hubieran quedado quemadas y cegadas por los restos de la explosión, mercaderes de órganos tleilaxu habían descendido sobre Richese con cargamentos de ojos artificiales. Aunque oportunistas, los magos genéticos habían sido bienvenidos, pues ofrecían algo más que esperanza, algo más que consuelo. Traían curas tangibles.

Por pura costumbre, Calimar se caló las gafas doradas sobre la nariz. Ya no necesitaba gafas, pero su presencia le consolaba. Miró hacia la pista de aterrizaje donde tropas Atreides descargaban provisiones. No parpadeó, sino que se limitó a absorber los detalles con sus nuevos ojos metálicos tleilaxu...

La vida cotidiana genera muchos escombros. Aun así, es necesario entrever la magnificencia que existía antes.

Lady SHANDO VERNIUS

Oculto con sus hombres en las grietas de una formación rocosa, Liet-Kynes observaba una depresión salina con los prismáticos. El intenso calor y la luz brillante creaban espejismos. Tendió los prismáticos al fremen tendido a su lado, y después escrutó la distancia sin ayuda de aparatos.

A la hora exacta, un ornitóptero negro apareció en el cielo, a tal altitud que no se oyó el zumbido de las alas articuladas hasta el último momento. La nave aterrizó entre una nube de polvo y arena. Esta vez, el vehículo no llevaba un gusano de arena pintado en el morro.

Liet sonrió. *Ailric ha decidido que la Cofradía no practicará más juegos. Al menos, los más descarados.*

Los motores del tóptero se apagaron, y los aguzados ojos de Liet no detectaron nada anormal. Miró a sus compañeros, y todos asintieron.

Después de que la parte delantera del tóptero se abriera y una rampa cayera sobre el suelo, Liet guió a sus hombres fuera del escondite. Avanzaron, mientras sacudían el polvo de sus destiltrajes y se alisaban las ropas de camuflaje. Como la vez anterior, cuatro fremen cargaban una pesada litera de especia, melange que había sido procesada y condensada a partir del *ghanima*, o despojos de guerra, capturados durante el ataque contra la reserva ilegal de Bilar Camp.

Habían satisfecho las extravagantes exigencias de la Cofradía.

Esta vez, cuando el vehículo de ruedas descendió la rampa, el deforme representante llevaba un destiltraje modificado, de deficiente confección y peor entallado.

El hombre de la Cofradía no era consciente de su ridículo aspecto. Rodó hasta los fremen como si fuera un experto hombre del desierto. Ailric abrió su mascarilla con un gesto pretendidamente elegante.

—Me han ordenado que permanezca en Arrakis durante cierto tiempo —dijo con su voz sintética—, puesto que los viajes en crucero son cada vez más... inseguros.

Liet no contestó. Los fremen despreciaban las conversaciones superficiales. Ailric adoptó una postura más tiesa, más oficial.

—No esperaba verte de nuevo, medio fremen. Pensaba que elegiríais a un hombre del desierto más puro para actuar como intermediario en adelante.

Liet sonrió.

—Tal vez debería llevar tu agua a mi tribu, y dejar que la Cofradía envíe a otro representante. Uno que no me agobie con insultos.

La mirada alienígena del hombre de la Cofradía se posó en la litera, que los fremen habían depositado cerca del ornitóptero.

—¿Lo tenéis todo?

—Hasta el último gramo.

Ailric acercó su vehículo.

—Dime, medio fremen, ¿cómo es posible que la sencilla gente del desierto pueda disponer de tanta especia?

Liet-Kynes jamás confesaría a un forastero que los fremen cultivaban melange y robaban a los dominadores Harkonnen.

—Llámalo una bendición de Shai-Hulud.

La carcajada del hombre fue una reverberación metálica desde la caja de voz. *Estos fremen poseen recursos ocultos que nunca habíamos sospechado.*

—¿Y cómo pagaréis la próxima vez?

—Shai-Hulud proveerá. Siempre lo hace. —Como sabía que la Cofradía no quería perder su lucrativo negocio, presionó un poco más—. Sé consciente de que no toleraremos más aumentos del soborno.

—Estamos satisfechos con el acuerdo actual, medio fremen.

Liet se frotó la barbilla con aire pensativo.

—Bien. En tal caso, te diré algo de gran importancia para la Cofradía Espacial, y no te costará nada. Utiliza la información como te plazca.

Las pupilas rectangulares de los ojos del hombre brillaron de curiosidad e impaciencia.

Liet dejó pasar unos segundos. En un intento equivocado de castigar a los fremen, la Bestia Rabban había arrasado tres aldeas situadas al borde de la Muralla Escudo. Si bien los fremen despreciaban a la gente de las zonas limítrofes, los hombres de honor no podían tolerar tales ultrajes. Las víctimas no habían sido fremen, pero eran inocentes. Liet-Kynes, Abu Naib de todas las tribus del desierto, pondría en marcha un plan de venganza muy especial contra el barón.

Con la colaboración de la Cofradía Espacial.

—Los Harkonnen han amasado varias reservas enormes de especia en Arrakis —anunció, sabiendo cómo reaccionaría Ailric—. El emperador no sabe nada de ellas, ni tampoco la Cofradía.

Ailric respiró hondo.

—Muy interesante. ¿Cómo obtiene el barón la especia? Controlamos sus exportaciones con minuciosidad. Sabemos cuánta melange cosechan los Harkonnen, y cuánta se envía fuera del planeta. La CHOAM no ha observado la menor discrepancia.

Kynes le dedicó una sonrisa burlona.

—Entonces, los Harkonnen deben de ser más listos que la Cofradía o la CHOAM.

—¿Dónde están esas reservas? —replicó con brusquedad Ailric—. Hemos de denunciarlas de inmediato.

—Los Harkonnen cambian de lugar con frecuencia, para despistar a los investigadores. Sin embargo, esas reservas podrían localizarse con muy poco esfuerzo.

Bajo el sol abrasador del desierto, el hombre de la Cofradía meditó durante un largo momento. Toda la especia procedía de Arrakis. ¿Y si los Harkonnen eran los culpables de la contaminación que había provocado los accidentes de los dos cruceros, y envenenado a varios funcionarios de la Cofradía en Empalme?

—Investigaremos el asunto.

Aunque nunca había sido afable, Ailric estaba más quisquilloso de lo habitual. Observó a sus hombres mientras cargaban la especia en el ornitóptero negro, consciente de que valía la pena correr riesgos debido al valor del cargamento. Analizaría la melange con todas las precauciones y más, con el fin de certificar su pureza. La comisión que recibía del enorme soborno de los fremen compensaba las incomodidades de permanecer en un lugar tan espantoso.

Liet-Kynes no se molestó en prolongar la conversación. Dio media vuelta y se marchó. Sus hombres le siguieron.

Hay quienes envidian a sus señores, quienes anhelan posiciones de poder, miembros del Landsraad, con fácil acceso a la melange. Esa gente no comprende cuánto le cuesta a un gobernante tomar decisiones sencillas.

Emperador SHADDAM CORRINO IV, *Autobiografía* (inacabada)

Pocas veces se había mostrado tan preocupado Thufir Hawat, en todos sus años de servicio a la Casa Atreides. El mentat paseaba la vista de un lado a otro, mientras los criados y los cocineros preparaban la cena.

—La situación es muy grave, mi duque. Tal vez deberíamos buscar un lugar más reservado para discutir la estrategia a seguir.

Se encontraban en las cocinas del castillo de Caladan. Leto aspiró el aroma de las especias, el pan que se cocía en el horno, las salsas y otros platos en diversos estados de preparación. El fuego de la chimenea expulsaba el frío con su fulgor anaranjado.

—Thufir, si he de pensar que hay espías Harkonnen en mi propia cocina, no deberíamos ni probar la comida.

Los cocineros y panaderos trabajaban en mangas de camisa, con delantales ceñidos alrededor de sus opulentas cinturas, mientras se concentraban en la cena, indiferentes al consejo de guerra que se celebraba en la cocina.

El mentat asintió, con el ceño fruncido, como si Leto le hubiera hecho una propuesta muy seria.

—Mi duque, siempre he dicho que deberíais utilizar un detector de venenos en cada plato.

Como de costumbre, Leto desechó el consejo con un ademán. Se detuvo ante una mesa metálica larga, rodeada de canalillos de drenaje donde jóvenes pinches limpiaban una docena de pescados llegados de los muelles aquella mañana. Leto dedicó a los pescados una breve inspección, y asintió en señal de aprobación. Observó a una joven mientras elegía hierbas y setas. La joven le dedicó una sonrisa breve y seductora, y cuando él sonrió a su vez, ella enrojeció y prosiguió sus tareas.

Duncan Idaho seguía a los dos hombres.

—Hemos de considerar todas las posibilidades del plan, Leto. Si tomamos la decisión equivocada, condenaremos a nuestra gente a una muerte segura.

Leto miró al mentat y al maestro espadachín.

—Entonces, no podemos tomar la decisión equivocada. ¿Nuestro correo todavía no ha regresado de Empalme? ¿Tenemos más información?

Duncan negó con la cabeza.

—Lo único que sabemos con seguridad es que el crucero en el que viajaban Gurney y el príncipe Rhombur se extravió durante un tiempo, pero luego regresó al cuartel general de la Cofradía. Todos los pasajeros desembarcaron y fueron retenidos para ser interrogados. La Cofradía no ha explicado si han sido enviados a sus lugares de destino.

Hawat emitió un gruñido.

—Por lo tanto, todavía podrían seguir retenidos en Empalme, aunque tendrían que haber llegado a Ix hace más de un mes. Como mínimo, Gurney y Rhombur han sufrido un retraso. El plan no transcurre tal como esperábamos.

—Suele pasar, Thufir —dijo Leto—, pero si desistimos cada vez que algo sale mal, no lograríamos nada.

Duncan sonrió.

—Un maestro espadachín me dijo algo muy parecido en Ginaz.

Thufir se humedeció sus labios manchados de safo.

—Es cierto, pero no podemos confiar en tópicos. Hay demasiadas vidas en juego. Hemos de tomar la decisión correcta.

Los panaderos dieron forma de trenza a la masa recién hecha, la untaron de mantequilla y añadieron semillas de una en una, como si depositaran joyas sobre una corona real. Leto dudaba de que los cocineros prestaran una atención especial a sus tareas porque él estuviera presente. Siempre eran muy meticulosos.

Teniendo en cuenta que Jessica, Rhombur y Gurney estaban ausentes, Leto consideraba necesario fingir que llevaba una vida normal. Se había dedicado a pasar más horas de la cuenta en el patio con sus súbditos, a concentrarse en sus deberes ducales, incluso había enviado ayuda para las víctimas de Richese. Pese a los planes secretos que se extendían como un nudo alrededor del Imperio, intentaba convencer a su personal del castillo de que la vida en Caladan continuaría como de costumbre.

—Repasemos las posibilidades, mi duque —dijo el mentat. No adelantó su opinión en aquel momento. Lo haría más tarde, cuando se iniciaran las discusiones—. Supongamos que Rhombur y Gurney no llegan a Ix, y son incapaces de atizar la rebelión interna que habíamos esperado. En tal caso, si las tropas Atreides lanzan de forma prematura un ataque frontal, sin que las defensas tleilaxu hayan sido debilitadas, se podría producir una matanza entre nuestros hombres.

Leto asintió.

—¿Crees que no lo sé, Thufir?

—Por otra parte, ¿qué pasará si aplazamos nuestro ataque? Es posible que, en este momento, Rhombur y Gurney estén soliviantando al pueblo oprimido. Como saben el momento exacto de nuestra llegada, suponed que los ixianos se alzan en armas e intentan acabar con los invasores, a la espera de nuestros refuerzos..., pero las tropas de la Casa Atreides no llegan como estaba previsto.

Duncan parecía nervioso.

—Serán masacrados, y también Rhombur y Gurney. No podemos abandonarlos, Leto.

El duque, absorto en sus pensamientos, estudió a sus dos asesores. Sus hombres leales le seguirían en cualquier circunstancia. Pero ¿qué decisión debía tomar? Vio que una oronda cocinera preparaba un pastel, uno de los postres favoritos de Rhombur, cuando su cuerpo funcionaba con normalidad. Leto sintió que las lágrimas se agolpaban en sus ojos, y dio media vuelta, sabiendo cuál era la respuesta.

—Mi padre me enseñó esto: siempre que me enfrente a una decisión difícil, he de seguir el camino del honor, dejando de lado toda otra consideración.

Permaneció inmóvil, mientras observaba a los diligentes trabajadores de la cocina. Muchas cosas dependían de su decisión. Pero para un duque Atreides no existía otra alternativa.

—Me he comprometido con el príncipe Rhombur, y por tanto, con el pueblo de Ix. He de seguir con el plan. Hemos de hacer todo lo posible por conseguir el éxito.

Se volvió y salió de la cocina, seguido del mentat y el maestro espadachín, en dirección a un lugar donde pudieran continuar su trabajo.

> La supervivencia exige vigor y buenas condiciones físicas, además de tener conciencia de las limitaciones. Has de averiguar lo que tu mundo te pide, lo que necesita de ti. Cada organismo tiene su papel en la conservación del ecosistema. Cada uno tiene su nicho.
>
> Planetólogo Imperial LIET-KYNES

Si bien era el cuartel general de la Cofradía, Empalme no era un planeta muy apetecible para vivir.

—No sé cuánto más podré esperar —gruñó Rhombur—. ¡Quiero estar en Ix!

Restringidos a una zona para esparcimiento de pasajeros, alejada de los talleres de cruceros y muelles de mantenimiento, Gurney Halleck y él paseaban por un campo de hierbanegra. Rhombur pensaba que debía ser el emplazamiento de una escuela de Navegantes abandonada, pero nadie respondía a sus preguntas. El sol del mediodía arrojaba una luz apagada y brumosa.

Pese a las repetidas súplicas e intentos de soborno, no habían podido enviar un mensaje a Caladan. La Cofradía había aislado por completo a todos los pasajeros del crucero extraviado, les mantenía prisioneros en Empalme, como si intentara ocultar las noticias del crucero accidentado y el Navegante muerto. El duque Leto no sabía nada al respecto. A estas alturas, debía suponer que sus dos agentes habían llegado a Ix, y ya estaban soliviantando a la población oprimida. La Casa Atreides contaba con ellos.

Pero a menos que Rhombur lograra algo pronto, esa suposición se convertiría en un grave peligro para las fuerzas Atreides.

Debido a ese torbellino mental, el príncipe cyborg andaba con paso espasmódico. Gurney oía los crujidos de las piezas mecánicas. Cientos de pasajeros del crucero rescatado hormigueaban por los campos de hierbanegra. Ahora que estaban a salvo, no ahorraban los gruñidos y las protestas, enfurecidos por los inconvenientes. No podrían salir del planeta hasta que la Cofradía diera su permiso.

—«Solo se llega a conocer a Dios gracias a la paciencia» —citó Gurney, un pasaje que su madre solía leer de la Biblia Católica Naranja—. No tienen motivos para retenernos por más tiempo. La investigación ya habrá concluido.

—¿Qué esperan descubrir de pasajeros aislados? ¿Por qué no permiten que nos pongamos en contacto con Leto? ¡Malditos sean!

Rhombur bajó la voz.

—Si pudieras enviar un mensaje al duque, ¿le aconsejarías que retrasara el ataque? —preguntó Gurney, aunque ya sabía la respuesta de Rhombur.

—Nunca, Gurney. Nunca. —Miró hacia la lejanía—. Pero quiero estar allí cuando suceda. Hemos de hacer este trabajo.

Si bien el príncipe había sido el héroe no reconocido del desastre, los representantes de la Cofradía trataban a los dos hombres como cargamento humano vulgar, que sería transferido a otra nave encargada de conducirlos a su destino previo (en teoría, con el módulo de combate intacto). Habían sido retenidos durante un mes en el austero planeta, interrogados sobre cada acontecimiento, cada momento pasado en el crucero extraviado. La Cofradía parecía muy preocupada por el origen de la melange envenenada, pero Rhombur y Gurney no tenían respuestas para ese interrogante.

Como pequeña muestra de protesta, los dos hombres se negaron a afeitarse. La barba de Gurney cubría a duras penas la cicatriz de tintaparra, mientras que la del príncipe ixiano era más espesa y un poco más larga sobre el lado cubierto de piel de su cara.

El edificio gris que albergaba a los visitantes incluía una curiosa mezcla de celdas con barrotes metálicos, oficinas y apartamentos. Había cámaras de vigilancia por todas partes, más o menos disimuladas. Los hombres de la Cofradía no perdían de vista a los pasajeros en ningún momento.

Todos los edificios de esta zona parecían antiguos, y mostraban señales de múltiples reparaciones y alteraciones. Carentes de todo adorno, eran edificios prácticos y funcionales.

Una voz estentórea habló por altavoces ocultos, como si surgiera de todas partes a la vez.

—Todos los pasajeros se hallan en libertad. Dirigíos a la terminal de procesamiento central para disponer el traslado a vuestro destino de origen. —Después de una pausa, la voz añadió, como si leyera un guión—: Lamentamos los trastornos que hayáis padecido.

—Me ocuparé de que carguen nuestro módulo de combate, aunque tenga que llevarlo a hombros —dijo Gurney.

—Creo que yo estoy mejor preparado para esas tareas, amigo mío, en caso necesario.

Rhombur avanzó a grandes zancadas mecánicas hacia la terminal de procesamiento central, dispuesto a volver a casa, al campo de batalla, por fin.

La guerra de liberación de Ix estaba a punto de empezar.

Los tleilaxu son seres malvados que salieron reptando de las profundidades más oscuras del charco primigenio. No sabemos lo que hacen en privado. No sabemos qué les motiva.

Informe privado al emperador (anónimo)

Durante semanas, C'tair Pilru y la Bene Gesserit Cristane trabajaron juntos en los subterráneos de Ix. La determinación y entusiasmo de la hermana solo eran comparables al odio que C'tair sentía por los tleilaxu.

C'tair la enseñó a orientarse por caminos secretos para conseguir refugio y comida. Sabía cómo desaparecer en el laberinto de callejones donde no se aventuraban ni los tleilaxu ni los Sardaukar.

Por su parte, Cristane aprendía con rapidez y sus manos eran mortíferas. Aunque su misión consistía en obtener información sobre las actividades investigadoras de los tleilaxu (en especial cualquier mención al misterioso Proyecto Amal y su relación con la especia), aprovechó la oportunidad para ayudar a C'tair en su labor de sabotaje.

—Viste algo en el pabellón de investigaciones —dijo la mujer—. Debo entrar en él y descubrir qué experimentos están realizando los tleilaxu. Esa es mi misión.

Una noche, en un túnel oscuro, capturaron a uno de los invasores para averiguar qué estaba ocurriendo en el complejo de laboratorios, pero el cautivo no reveló nada, pese a las técnicas de interrogación Bene Gesserit más despiadadas y sofisticadas..., tal vez porque no lo sabía. Cristane lo mató con su eficacia acostumbrada.

Más adelante, C'tair asesinó a un burócrata. Se preguntó si su nueva camarada y él tendrían que empezar a apuntar sus respectivos tantos. Con su ayuda, y sabiendo que el príncipe Rhombur llegaba por fin, C'tair no se reprimía. Las llamas de su venganza ardían al máximo.

También sabía que su hermano D'murr había muerto.

Cristane le habló del crucero estrellado en Wallach IX, y también de la segunda nave que había desaparecido en el espacio inexplorado. Estremecido, recordó el último contacto con su hermano, el grito inhumano de desesperación y angustia de D'murr, y después nada. Teniendo en cuenta el dolor que había sentido en el corazón, ya había presentido la pérdida de su hermano gemelo...

Una noche, tendido en su jergón, C'tair se revolvió, incapaz de dormir, herido por todos y por todo lo que había perdido.

Cristane, que respiraba profundamente en la cama contigua, parecía estar meditando. De repente, oyó su voz en la oscuridad.

—Las Bene Gesserit estamos adiestradas para no demostrar emociones, pero comprendo tu sufrimiento, C'tair. Cada uno de nosotros ha sufrido pérdidas.

Sus palabras llenaron las sombras que les separaban.

—De niña me crié en Hagal, huérfana en muchos sentidos. Mi padrastro abusó de mí, me hizo daño..., y la Hermandad dedicó muchos años a curar mis heridas, a cerrar mis cicatrices, a convertirme en lo que soy.

Hablaba con voz tensa. Jamás había hablado de esas cosas con un hombre. Cristane ignoraba por qué, pero por una vez en su vida, deseaba que alguien la conociera.

Cuando C'tair se acostó en su cama, permitió que pasara un brazo alrededor de sus hombros rígidos. C'tair no estaba seguro de sus propias intenciones, pero había pasado mucho tiempo desde que había bajado la guardia, incluso por un momento. Cristane permaneció inmóvil. Su piel era sensual, pero intentó no pensar en ello. La mujer podría haberle seducido con facilidad, pero no lo hizo.

—Si descubrimos una manera de entrar en el pabellón de investigaciones, ¿existe alguna posibilidad de que podamos ayudar a Miral? —preguntó C'tair en la penumbra—. Aunque solo sea para acabar con su sufrimiento.

—Sí..., siempre que podamos entrar.

Le dio un beso breve y seco, pero la mente de C'tair ya estaba concentrada en Miral y en la efímera relación que habían tenido antes de que se la arrebataran con tanta crueldad...

La hermana se detuvo ante la puerta protegida. Al otro lado de las barreras de bioescáneres se extendía la galería central del complejo de laboratorios, con su techo alto en el que se entrecruzaban pasarelas y las interminables hileras de tanques en el suelo. Si conseguía infiltrarse en el pabellón, Cristane sabía que debería matar a la Bene Gesserit cautiva para liberarla de sus padecimientos.

C'tair había vestido a Cristane con ropas tleilaxu robadas, y tratado su rostro y manos con productos químicos que habían teñido de gris su piel.

—Ahora eres tan horrible como ellos.

Por suerte, nadie les hizo preguntas en los pasillos. Ella podía imitar su acento gutural, pero solo sabía unas pocas palabras de su idioma secreto.

Cristane empleó sus más sofisticadas habilidades Bene Gesserit para adoptar su química interna corporal, de manera que el rudimentario bioescáner la identificara como un tleilaxu. Respiró hondo y penetró en la estática anaranjada del campo de energía, con el fin de intentar acceder al laboratorio.

Su piel hormigueó cuando sondas celulares la examinaron. Al cabo de poco, se sintió liberada y avanzó. Se encaminó hacia un lado con pasos rápidos. Sus ojos absorbieron los horripilantes detalles de los extraños tanques, experimentos que los tleilaxu estaban llevando a cabo con cuerpos femeninos. La atmósfera estaba impregnada del olor a la melange agria procedente de la carne torturada.

De repente, una alarma retumbó en las paredes. La puerta del bioescáner lanzó destellos anaranjados. Cristane había confundido al aparato el tiempo suficiente para entrar, pero ahora estaba atrapada dentro del laboratorio.

Corrió a toda velocidad, mientras paseaba la vista de un rostro femenino a otro. Cristane descubrió por fin la forma abotargada, los restos espantosos de Miral Alechem. Oyó voces tleilaxu nerviosas a su espalda, chillidos agudos, y pasos escurridizos. También había oído los pasos más contundentes de botas Sardaukar y gritos militares.

—Perdóname, hermana.

Cristane colocó un disco explosivo bajo un omóplato de Miral, oculto entre los tubos que la mantenían con vida. Después, la Bene Gesserit pasó entre dos tanques de axlotl, llegó a otro pasillo y corrió a toda velocidad.

Tantas mujeres, tantos rostros sin alma...

Guardias Sardaukar le cortaron el paso. Cristane huyó en otra dirección, al tiempo que arrojaba más discos explosivos de acción retardada. Sabía que era una táctica desesperada para ganar tiempo. Se preparó para luchar hasta la muerte, incluso con los Sardaukar. Quizá podría matar a unos cuantos.

C'tair se habría sentido orgulloso de ella.

Un aturdidor alcanzó a Cristane en la columna vertebral. Cayó de espaldas, sin poder moverse...

Cuando los soldados del emperador se acercaron, una explosión estremeció el aire, desintegró a Miral Alechem y toda la sección de tanques de axlotl que la rodeaban. Después de que los incendios se multiplicaran y el humo se espesara, los sistemas de extinción de incendios lanzaron productos químicos secos, como una niebla siniestra. Cristane, paralizada, apenas veía nada.

Los ojos oscuros y penetrantes de un amo tleilaxu la escudriñaron. El ser se estremecía de rabia.

—Has destruido mi mejor tanque de axlotl, el que más necesitaba.

La Hermandad había adiestrado a Cristane, lo suficiente para comprender algo del idioma gutural. Las tonalidades, las expresiones de sus rostros grisáceos, proporcionaban los datos restantes.

—Cuatro tanques han sido destruidos, amo Ajidica —dijo otro tleilaxu con voz aflautada.

Cristane se estremeció, incapaz de hablar. Al menos, había liberado a una hermana y a varias mujeres más de la degradación.

El amo se inclinó y tocó la piel maquillada de Cristane.

—No es uno de los nuestros.

Los guardias rasgaron sus vestiduras, y revelaron la forma esbelta de Cristane.

—¡Una hembra!

Ajidica manoseó sus firmes pechos, mientras pensaba en someterla de inmediato a torturas horrísonas por haber destruido su tanque de axlotl especial, el único que había producido ajidamal. Pero ahora ya tenía más.

—Una hembra fuerte en edad fértil, investigador jefe —dijo uno de sus ayudantes—. ¿La colgamos?

Ajidica pensó en los poderosos agentes biológicos y productos químicos destructores de la personalidad que podía utilizar.

—De entrada procederemos a interrogarla, antes de lastimar en exceso su mente. —Se inclinó sobre Cristane y susurró—: Sufrirás lo indecible por esto.

Cristane sintió que alguien la levantaba y movía. La atmósfera hedía a especia agria. Mientras yacía indefensa, ordenó a su cuerpo que descompusiera y analizara los componentes gaseosos del aire del laboratorio.

La especia... No, no es melange auténtica... Es otra cosa...

Manos fuertes la conectaron a un aparato bombeador sobre una mesa vacía. Se preguntó durante cuánto tiempo permanecería consciente. Como Bene Gesserit, era capaz de resistir a drogas y venenos, al menos durante un tiempo. *¡Victoria en Ix!* Se aferró a las palabras que C'tair le había transmitido, deseó gritarlas en voz alta, pero no podía hablar.

Cristane sintió que se disolvía en el diabólico mecanismo tleilaxu, y aprendía secretos que jamás habría querido descubrir...

En la Vieja Tierra, la monarquía murió debido a que la velocidad del transporte aumentó y, en consecuencia, el globo se hizo más pequeño. La exploración espacial aceleró el proceso. Para la gente solitaria, un emperador es como un faro y un símbolo de unidad. Se vuelven hacia él y dicen, «Fijaos: Él nos convierte en uno. Nos pertenece a todos, y todos le pertenecemos a Él».

Comentarios tleilaxu, autor desconocido

Los dedos de Fenring se crisparon cuando pensó en el traicionero Ajidica y en su Danzarín Rostro asesino, pero antes de regresar a Ix, tenía que solucionar otros desastres en Kaitain.

Los causados por Shaddam.

La biblioteca legal privada del emperador no contenía videolibros, textos, rollos ni opiniones escritas. Sin embargo, con siete mentats y cinco técnicos legales, Fenring y Shaddam tenían acceso instantáneo a más información de la que podría encontrarse en un edificio que tuviera diez veces su tamaño. Solo tenían que clasificar todos los datos para espigar los temas relevantes.

Shaddam IV había formulado su pregunta con actitud arrogante, y ahora los mentats estaban en silencio ante él, mientras consultaban volúmenes de conocimiento en sus mentes. Sus labios brillaban debido a las generosas dosis de zumo de safo. Sus ojos estaban clavados en la lejanía. Los técnicos legales estaban preparados para grabar cualquier cláusula o precedente que citaran.

En un rincón de la habitación, una estatua de alabastro gigantesca que representaba a un caballo de mar retorcido escupía un chorro de agua desde su boca de piedra. El ruido de la fuente era lo único que se oía en la estancia.

Fenring empezó a pasear con impaciencia ante el hipocampo.

—Por lo general, el procedimiento habitual consiste en obtener una opinión legal antes de hacer algo susceptible de provocar una rebelión en todo el Imperio, ¿ummm? Esta vez, no disponéis de una recompensa en forma de melange que entregar a la Cofradía y la CHOAM.

—Encontramos una excusa perfecta para la utilización de armas atómicas, Hasimir. También encontraremos una manera de explicar lo de Beakkal.

—Ah, de modo que no estáis obligado por la Gran Convención porque vuestra plaga ataca a las plantas en lugar de a las personas ¿ummm? ¡Absurdo!

Shaddam miró al instante a sus siete mentats, como si ese comentario fuera una auténtica posibilidad. Los hombres negaron con la cabeza y siguieron en su trance.

—Muchas Casas apoyan mi postura —dijo el emperador, mientras se humedecía los labios—. Beakkal se lo ha buscado, sin que la Casa Corrino haya intervenido de manera directa. ¿Cómo puedes hablar de revuelta?

—¿Estáis ciego y sordo, Shaddam? Se habla de guerra contra vos, de derrocar vuestro régimen.

—¿En la Sala del Landsraad?

—Susurros en los pasillos.

—Consígueme los nombres y yo me ocuparé de ellos. —El emperador respiró hondo y exhaló un largo suspiro—. Si tuviera grandes héroes, hombres leales como los que ayudaron a mi padre hace años...

Los ojos de Fenring brillaron con ironía.

—Ummm, ¿como en la Revuelta Ecazi? Tengo entendido que Dominic Vernius y Paulus Atreides participaron en ella.

Shaddam frunció el ceño.

—Y hombres mejores, como Zum Garon.

Los mentats compartieron su información entre murmullos, pues cada uno contaba con reservas de datos que los demás no poseían. Aun así, no obtuvieron respuestas.

Shaddam bajó la voz y clavó la vista en el agua que manaba de la estatua.

—En cuanto tengamos amal, estas discusiones serán irrelevantes. Quiero que regreses a Ix y supervises en persona la producción a gran escala. Ha llegado el momento de actuar, para liquidar este asunto de una vez.

Fenring palideció.

—Señor, preferiría esperar a los análisis definitivos de la Cofradía sobre la especia contaminada de los cruceros. Aún no estoy convencido...

—¡Basta de retrasos! Por los infiernos, creo que nunca te convencerás, Hasimir. He recibido informes del investigador jefe, que no osaría mentirme, y de los Sardaukar apostados allí. Tu emperador está satisfecho con los resultados. Es lo único que necesitas saber. —Adoptó un tono más conciliador y dirigió a Fenring una sonrisa paternal—. Tendremos mucho tiempo para manipular la fórmula después, de modo que deja de preocuparte. Todo saldrá bien. —Palmeó en la espalda a su amigo de la infancia—. Ahora, soluciona este problema.

—Sí..., señor. Partiré hacia Ix de inmediato. —Pese a su inquietud, estaba ansioso por interrogar al investigador jefe acerca de Zoal—. He de solventar un, ummm, asunto personal con Ajidica.

Dos nuevos regimientos Sardaukar llegados de Salusa Secundus desfilaron por la ancha avenida que había ante el palacio. El emperador consideró impresionante y tranquilizador el despliegue. Estos soldados, conducidos por veteranos curtidos en la batalla, fortalecerían sus defensas e intimidarían al Landsraad.

Ante las tropas, Shaddam se encaminó de nuevo a la Sala de Oratoria vestido de gala. Había invocado su privilegio soberano de convocar una sesión de emergencia del Landsraad. Sus asesores le dirían qué miembros de las Casas nobles no se habían molestado en enviar representantes.

Se sentó en su carroza acolchada, tirada por leones de Harmonthep. Delante, la Gran Sala se alzaba como una montaña, sobrepasada en tamaño tan solo por el palacio que había detrás. Bajo los cielos siempre perfectos de Kaitain, ensayó su discurso. Como tiburones que hubieran probado una gota de sangre diluida, el Consejo del Landsraad olfatearía la menor huella de debilidad.

Soy el emperador de un Millón de Planetas. ¡No tengo nada que temer!

Cuando el desfile llegó al arcoiris de banderas que ondeaban sobre la Sala del Landsraad, los leones domesticados se arrodillaron y doblaron las patas bajo el cuerpo. Guardias Sardaukar formaron una barrera uniformada para que el emperador pudiera pasar a través de las altas puertas. Esta vez no había llevado a su esposa enferma, ni tampoco necesitaba el apoyo moral de sus asesores, la Cofradía o la CHOAM. *Soy el líder. Puedo hacerlo solo.*

Con la fanfarria apropiada, su presencia fue anunciada a gritos. La cámara cavernosa estaba llena de palcos privados, sillas elevadas y bancos largos, algunos adornados con exceso, otros eran austeros y se habían utilizado pocas veces. La concubina del duque Leto estaba sentada al lado del embajador de Caladan, para reforzar la presencia de la Casa Atreides. Shaddam intentó localizar asientos vacíos que indicaran las Casas ausentes.

Los aplausos resonaron en la sala, pero la recepción pareció un poco forzada. Mientras recitaban sus numerosos títulos, además del de «Protector del Imperio», Shaddam aprovechó el tiempo para ensayar de nuevo. Por fin, subió al estrado.

—He venido para informar a mis súbditos de un asunto grave. —Había ordenado que amplificaran el sistema de altavoces solo durante su discurso, para que sus palabras retumbaran en la sala—. Como emperador, es mi deber y responsabilidad hacer cumplir las leyes del Imperio con imparcialidad y firmeza.

—¡Pero sin ceñirse a los procedimientos legales! —gritó un disidente, una voz apenas audible en la inmensidad de la sala. Guardias Sardaukar, en especial los nuevos reclutas, ya estaban avanzando entre las filas para identificar al hombre, quien intentaba sin éxito confundirse entre el mar de caras.

Shaddam frunció el ceño, una pausa lo bastante larga para que el público notara que vacilaba. *Muy mal.*

—Como dijo en una ocasión el príncipe heredero Raphael Corrino, mi estimado antepasado, «La ley es la ciencia definitiva». Enteraos bien —cerró el puño, pero siguiendo el consejo de Fenring procuró contener su agresividad, con la esperanza de mantener una apariencia paternal—, yo soy la ley del Imperio. Yo apruebo los códigos. Míos son el derecho y la responsabilidad.

Otros representantes se apartaron del disidente, y los Sardaukar se abalanzaron sobre él. Shaddam había dado órdenes explícitas de evitar el derramamiento de sangre..., al menos durante su discurso.

—Algunas familias nobles han sido castigadas porque prefirieron hacer caso omiso de la ley imperial. Nadie puede afirmar que Zanovar o Richese no eran conscientes de sus acciones ilegales.

Descargó un puñetazo sobre el atril. El micrófono transportó las vibraciones como un trueno a todo la sala. Se elevaron murmullos del público, pero nadie se atrevió a hablar.

—Si las leyes no fueran cumplidas, si los culpables no sufrieran las consecuencias de sus delitos, el Imperio se desintegraría en el caos y la anarquía. —Antes de encolerizarse más, ordenó que empezaran las holoproyecciones—. Observad Beakkal. Todos.

Imágenes tridimensionales llenaron la cámara gubernamental, un ominoso montaje de selvas desertizadas y bosques agostados. Módulos de vigilancia no tripulados, lanzados por la flota Sardaukar en órbita, habían enviado cámaras teledirigidas sobre las espesas selvas para captar la extensión de la plaga biológica.

—Como podéis ver, este planeta desleal ha sufrido las consecuencias de una terrible plaga botánica. Como emperador, para protegeros a todos, no permitiré que violen la cuarentena que he impuesto.

Hermosas hojas verdes viraron a marrón y después a un negro purpúreo. Los animales morían de hambre. Los troncos de los árboles adquirían un aspecto gelatinoso y se derrumbaban.

—No podemos correr el riesgo de que la plaga se extienda a otros planetas. Planetas leales. Por lo tanto, y pensando únicamente en la seguridad de mis súbditos, he situado un cordón militar alrededor del planeta rebelde. Incluso después de que la plaga se desvanezca, el ecosistema de Beakkal tardará siglos en recuperarse.

No intentó fingir pesar por la perspectiva.

Desde el asedio, el pueblo de Beakkal había tomado drásticas medidas, quemado selvas o arrojado ácidos corrosivos en un intento de aislar la plaga, pero nada funcionaba. Continuaba esparciéndose por todo el planeta. El humo se elevaba hasta el cielo. Brotaban incendios por doquier.

A continuación, se proyectaron holograbaciones del primer magistrado, suplicando ayuda, pronunciando discurso tras discurso a los Sardaukar, que caían en el vacío. El Supremo Bashar Garon no permitiría que nadie escapara.

Después de que Shaddam terminara su deleznable exhibición, con el público sumido en un aturdido silencio, el archiduque Armand Ecaz pidió permiso para hablar. Considerando el duro tratamiento que había recibido el réprobo, Shaddam se sorprendió al ver que el admirado duque tenía todavía valor para dar la cara.

Entonces, el emperador recordó un informe reciente, en el que se informaba de que la Casa Ecaz había capturado y ejecutado en público a veinte «saboteadores» grumman, guerrilleros enviados supuestamente al planeta para dejar reservas de especia que acusaran a sus rivales. Quizá el desalmado vizconde Moritani había aprovechado la preocupación de Shaddam para atacar de nuevo con impunidad. Pensó que le gustaría escuchar al archiduque.

—Con el debido respeto, Vuestra Majestad Imperial —dijo el hombre de pelo plateado con voz fuerte desde el hemiciclo—, acepto que hagáis cumplir las leyes imperiales y la cuarentena de Beakkal. Sois la encarnación de la justicia en el Universo Conocido. Vos mismo prestasteis un gran servicio a la Casa Ecaz cuando nos defendisteis de la agresión grumman, hace diez años.

»Pero formulo esta pregunta para que podáis contestarla sin ambages, de modo que mis estimados colegas de esta asamblea no sigan en la ignorancia.

Shaddam se puso rígido cuando el archiduque hizo un ademán que abarcó la sala.

—Debido a los horrores que nos infligieron las máquinas pensantes durante la Jihad Butleriana, la Gran Convención prohíbe todo tipo de armas biológicas, así como restringe el uso de armas atómicas. Tal vez deberíais hablar al respecto, Majestad, porque algunos de los presentes no entienden cómo es posible que hayáis desatado semejante plaga sobre Beakkal sin violar las normas.

Shaddam consideró que el archiduque había formulado la pregunta de una manera aceptable. En el Imperio existía una larga tradición de discusiones y desavenencias corteses entre las familias nobles, incluida la todopoderosa Casa Corrino.

—Habéis comprendido mal los acontecimientos relativos a Beakkal, archiduque. Yo no he desatado ninguna plaga sobre Beakkal. Yo no soy el responsable.

Más murmullos, pero Shaddam fingió no oírlos.

—Pero ¿cuál es la explicación, señor? —insistió Armand Ecaz—. Solo deseo aumentar mis conocimientos sobre la ley del Imperio, para servir mejor a la Casa Corrino.

—Un objetivo admirable —dijo Shaddam en tono desenvuelto, admirado por la astuta diplomacia de las frases—. Después de recibir pruebas inquietantes de una reserva de especia ilegal en Beakkal, mi flota Sardaukar se acercó con la intención de imponer un bloqueo, hasta el momento en que el primer magistrado contestara a las acusaciones lanzadas contra él. Sin embargo, la población beakkali atemorizada cometió un acto de piratería, y secuestró dos naves de suministros que llevaban a bordo un cargamento contaminado, el cual iba a ser enviado a una estación de investigaciones biológicas aislada. Yo no participé en el robo de las dos naves. Yo no diseminé la plaga. Los propios beakkali llevaron la muerte a su planeta.

Los murmullos crecieron de intensidad, preñados de incertidumbre.

—Gracias, señor —dijo el archiduque Ecaz, y volvió a su asiento.

Más tarde, cuando salió de la Sala de Oratoria del Landsraad, Shaddam se sintió muy complacido consigo mismo, y caminó con paso más juvenil.

Los conquistadores desprecian a los conquistados por dejarse aplastar.

Emperador FONDIL III, El Cazador

Ix, por fin.

Oculto a los sensores, el módulo de combate Atreides parecía otro meteoro más en su descenso. Gurney Halleck, que pilotaba la nave, confiado en que la Cofradía cumpliría el acuerdo de guardar el secreto, dirigió la nave hacia las regiones polares del planeta tecnológico. A su lado, el príncipe Rhombur iba sentado en silencio, mientras recordaba.

De nuevo en casa, al cabo de veintiún años. Ojalá Tessia estuviera con él.

Antes de abandonar el crucero, cuando los dos hombres se encerraron en el pequeño módulo de combate, el auditor de vuelo de los ojos separados les había despedido.

—La Cofradía os observa, príncipe Rhombur, pero no podemos ofreceros ayuda, nnnn, ni apoyo explícito.

Rhombur había sonreído.

—Lo comprendo. Pero podéis desearnos suerte.

El auditor de vuelo se había quedado sorprendido.

—Si eso significa algo para vos, nnnn, lo haré.

Mientras el módulo atravesaba el océano de aire, Gurney se quejó de que demasiados miembros de la Cofradía conocían su identidad y sospechaban su misión clandestina. Que él supiera, el compromiso de secretismo de la Cofradía nunca había sido violado, pero aceptaban sobornos.

—Piensa en lo que ha sufrido el comercio interestelar desde que la Casa Vernius perdió el control de Ix —dijo Rhombur, más orgulloso y fuerte que nunca—. ¿Crees que la Cofradía preferiría mantener a los tleilaxu en el poder?

La cicatriz de tintaparra de Gurney adquirió un tono rojizo. Mientras el casco del módulo empezaba a recalentarse, continuó el descenso, aferrando la barra de control con ambas manos.

—La Cofradía Espacial no es aliada de nadie.

El rostro céreo de Rhombur no expresó la menor emoción.

—Si empezaran a revelar los secretos de sus pasajeros, su credibilidad se vendría abajo. —Meneó la cabeza—. La Cofradía sabrá lo que tramamos en cuanto empiecen a transportar fuerzas Atreides hacia Ix.

—Lo sé, pero sigo preocupado. Demasiadas cosas se han torcido. Hemos permanecido incomunicados en Empalme durante un mes, sin poder ponernos en contacto con el duque Leto. No sabemos si el plan sigue el calendario previsto. Es como precipitarnos de cabeza en la oscuridad. «El hombre sin preocupaciones es el hombre sin aspiraciones.»

Rhombur se sujetó cuando la nave esférica se inclinó.

—Leto cumplirá su promesa. Y nosotros también.

Aterrizaron con violencia en una zona desértica del norte de Ix. El módulo se posó sobre capas de nieve, rodeada de hielo y rocas. Sin que nadie los detectara. El túnel secreto practicado en las cercanías había sido proyectado para que la familia Vernius pudiera escapar de un desastre subterráneo. Ahora se había convertido en la oportunidad de Rhombur de infiltrarse en el planeta que le habían arrebatado.

Los dos hombres trabajaron en la fría noche, desmontaron y volvieron a ensamblar las piezas del módulo. Había partes desmontables del casco diseñadas para readaptarse en formas diferentes. Numerosas armas podían quitarse y distribuirse entre los aliados. Compartimientos de plasacero estaban llenos de alimentos empaquetados.

Los hombres aguardaron en la oscuridad dentro de un refugio improvisado de paredes delgadas, mientras Gurney planeaba el largo camino hacia las profundidades. Estaba ansioso por entrar en acción. Si bien le gustaba discutir de estrategia y tocar el baliset en el castillo de Caladan, el ex contrabandista era un guerrero nato, y no se sentía por completo feliz si no podía hacer algo por su señor, ya fuera Dominic Vernius, el duque Leto o el príncipe Rhombur...

—Puedo ser feo, pero al menos me reconocerán como humano si nos someten a inspección. En cambio, tú... —Gurney meneó la cabeza, mientras echaba un vistazo a las partes mecánicas del príncipe—. Tendremos que inventar una buena historia si nos hacen preguntas.

—Tengo aspecto de bi-ixiano. —Rhombur alzó su brazo izquierdo artificial y movió los dedos mecánicos—. Pero preferiría que me dieran la bienvenida como legítimo conde Vernius.

Todo el tiempo que Rhombur había pasado en el exilio, y las recientes tragedias que había sufrido, le habían convertido en un líder mejor. Se sentía solidario con su pueblo, pero deseaba además ganarse su respeto y lealtad, como había hecho el duque Leto con el pueblo de Caladan.

Durante sus años de infancia y adolescencia en el Gran Palacio, cuando coleccionaba rocas y tamborileaba con los dedos sobre el pupitre, aburrido por las clases, había esperado ser el siguiente líder de la Casa Vernius, pero jamás había soñado que debería luchar por el cargo. Él, al igual que su hermana, había aceptado el papel que le había tocado al nacer.

Pero ser líder significaba muchas más cosas. Y había sufrido mucho para aprender esta difícil lección.

Primero, el asesinato de su madre, Shando, que también había dado a luz a otro hijo, como ahora sabía, el hijo bastardo del emperador Elrood. Después, tras muchos años de esconderse, Dominic Vernius se había inmolado con armas atómicas, y matado a muchos Sardaukar con él. Y Kailea..., empujada a la locura y la traición, intentando aferrarse a lo que consideraba suyo por derecho.

Pronto habría más derramamiento de sangre, cuando Gurney y él desencadenaran una revolución subterránea y las fuerzas Atreides llegaran para acabar con los invasores. El pueblo ixiano tendría que luchar de nuevo, y muchos morirían.

Pero cada gota de sangre, juró Rhombur, sería bien invertida, y su amado planeta volvería a ser libre.

El universo siempre va un paso por delante de la lógica.

Lady ANIRUL CORRINO, diario personal

Una frenética actividad reinaba en el castillo de Caladan y en los barracones militares cercanos. Soldados Atreides se preparaban para la gran expedición, ansiosos por partir. Limpiaban sus armas, hacían inventario de explosivos y máquinas de asedio, en vistas a la inminente batalla.

Los preparativos para una operación tan compleja se prolongaban desde hacía meses, y el duque Leto había ordenado a la Guardia de la Casa que no regateara esfuerzos. Estaba en deuda con Rhombur, y arriesgaría todo cuanto fuera necesario.

Rhombur y Gurney podrían estar muertos en este momento. Leto no había recibido ni un mensaje de ellos, ninguna petición de ayuda, ninguna noticia de su éxito. *O podrían estar calentando los motores de la revolución.* Después del percance del crucero, los dos se habían desvanecido en un absoluto silencio. *Pese a ello, haremos todo cuanto podamos. Y esperaremos.*

Pero si Rhombur no lograba sus propósitos, y las tropas Atreides eran derrotadas por los tleilaxu y los Sardaukar del emperador, las consecuencias serían imprevisibles. Caladan podría recibir un severo castigo. Thufir Hawat estaba muy nervioso, algo insólito en él.

No obstante, Leto estaba entregado por completo a la causa. Ya no había vuelta atrás. Dedicaría todos sus esfuerzos a la batalla, aunque el pacífico Caladan quedara vulnerable un tiempo. Era la única manera de restaurar a Rhombur en el poder.

Los planes se desarrollaban de manera inexorable.

Entre las mil decisiones que debía tomar, Leto no quiso ser testigo de las fases finales y bajó a los muelles principales. Como líder de su Gran Casa, tenía otros deberes, más agradables, aunque deseaba que Jessica pudiera compartirlos con él.

La flota de pesca estaba regresando. Las barcas habían faenado en los alrededores de los arrecifes durante las dos últimas semanas de calor. Una vez al año, la flota volvía cargada de grund, pececillos plateados que se capturaban con red. Como parte de las festividades tradicionales, limpiaban y salaban el delicioso grund, y después lo hervían. Servían los pescados sobre mesas improvisadas y el pueblo acudía a devorarlos. Al duque le gustaba tanto aquel manjar como a los rudos pescadores.

A Rhombur todavía le gustaba más que a Leto, y esta sería la primera celebración que el príncipe ixiano se perdería en años. Leto intentó alejar su presentimiento agorero. La espera había minado su paciencia.

Alejado de los preparativos bélicos, veía acercarse a las primeras embarcaciones desde el extremo de un muelle. La multitud ya se había congregado en la playa de ripias, mientras mercaderes y cocineros disponían mesas, calderos y puestos ambulantes en la plaza del pueblo.

Leto oyó juglares que tocaban en la orilla. La música le hizo sonreír, y le recordó las numerosas ocasiones que Gurney y Rhombur habían practicado con el baliset codo con codo, intentando superarse mutuamente con letras extravagantes y canciones satíricas.

Pero aunque el duque intentaba disfrutar de un momento de paz, Duncan Idaho y Thufir Hawat le localizaron y se acercaron entre la apretada y ruidosa multitud.

—Deberíais llevar guardias personales en todo momento, mi duque —le advirtió el mentat.

—Tienes que contestar a preguntas y tomar decisiones sobre el armamento —añadió Duncan—. La flota partirá muy pronto.

Como maestro espadachín, sería el jefe de las fuerzas militares que irían a Ix, del mismo modo que había liderado el ataque contra Beakkal.

El jefe de la Casa Atreides debía evitar la batalla, por más que deseara marchar al frente de sus tropas. Siguiendo el consejo de Thufir, Leto actuaría como cabeza de lanza política en Kaitain, donde explicaría oficialmente los motivos de su acción. «Ese es el trabajo de un duque», había insistido el mentat.

Leto miró hacia los empinados escalones que conducían a lo alto del acantilado. Desde esta posición, podía ver los niveles superiores del castillo.

—Es un buen momento para un ataque en toda regla. Mientras Beakkal padece esa espantosa plaga, el emperador Shaddam está distraído con sus intrigas. Aplastaremos a los tleilaxu antes de que tengan tiempo de enterarse.

—He visto imágenes de esas selvas —dijo Duncan—. Por más excusas que dé Shaddam, no me cabe la menor duda de que él ha sido el responsable de lo sucedido.

Leto asintió.

—Destruir el ecosistema de Beakkal es una venganza desproporcionada en comparación con sus delitos. Aun así..., la situación en Beakkal nos proporciona otra oportunidad.

Vio que las primeras barcas amarraban en los muelles. Mucha gente corrió a ayudar a los pescadores.

—Envié una generosa ayuda médica a Richese después de que mi primo les atacara. Ahora ha llegado el momento de demostrar al Landsraad que la Casa Atreides puede ser benévola con los que no son mis parientes. —Sonrió—. Thufir, antes de que el grueso de nuestras fuerzas parta en secreto hacia Ix, quiero que reúnas una flota de naves de carga. La acompañarás con una escolta militar. Yo, el duque Atreides, enviaré provisiones a Beakkal sin pedir nada a cambio.

El anuncio consternó a Duncan.

—¡Pero Leto! Intentaron vender tus antepasados a los tleilaxu.

—Y es preciso que la Guardia de la Casa se quede aquí para defender Caladan mientras nuestras fuerzas atacan Ix —añadió el mentat—. Esta campaña ya ha agotado nuestros recursos.

—Envía una escolta militar mínima, Thufir, lo suficiente para demostrar que no bromeamos. En cuanto a los beakkali, ya les hemos castigado por su insensatez. No ganaremos nada guardando rencor a toda una población. Los beakkali ya han comprobado que podemos ser implacables cuando queremos. Ahora es el momento de mostrar nuestro lado benévolo. Mi madre, que no siempre se equivoca, me recordó que un líder ha de ser tan compasivo como firme.

Apretó los labios y recordó las conversaciones que había sostenido con Rhombur sobre liderazgo y las consideraciones políticas, que pese a su importancia, debían equilibrarse con las necesidades de los ciudadanos de a pie.

—No olvidéis mis palabras —dijo Leto—. Hago esto por el pueblo de Beakkal, no por sus políticos. No es una recompensa por los actos del primer magistrado, ni debe ser interpretado como un perdón oficial o una aceptación de disculpas.

Thufir Hawat frunció el ceño.

—¿Significa eso que no deseáis que acompañe a nuestras tropas a Ix, mi duque?

Leto dedicó una sonrisa astuta a su viejo consejero.

—Necesitaré todas tus habilidades diplomáticas en Beakkal, Thufir. Habrá momentos tensos cuando llegues al bloqueo imperial. El planeta se halla bajo una cuarentena estricta, pero apuesto a que el emperador no ha dado órdenes explícitas de destruir a cualquiera que intente aterrizar. Explora esa zona intermedia.

Tanto el mentat como el maestro espadachín le miraron como si hubiera perdido el juicio.

—Procura atraer la atención de los Sardaukar, y tal vez del propio Shaddam. De hecho, podría ser un espectáculo magnífico.

Duncan sonrió cuando comprendió el plan.

—¡Una maniobra de distracción! El emperador no dejará de enterarse de una crisis semejante. Mientras Thufir desafía el bloqueo imperial, nadie pensará en prestar atención a otra parte, y todos los Sardaukar se desplazarán hasta Beakkal. Tendremos a nuestras fuerzas posicionadas en Ix antes de que alguien avise a Kaitain. Los Sardaukar de Ix actuarán sin órdenes. La misión humanitaria no es más que una distracción.

—Exacto, pero además podría beneficiar al pueblo de Beakkal, al tiempo que aumenta mi prestigio en el Landsraad. Después de que preste apoyo a la operación militar en Ix, necesitaré a todos los aliados que pueda reunir.

En los muelles abarrotados, enormes grúas chirriaron cuando sacaron redes llenas de peces de las bodegas. En el puerto, una fila de barcas esperaban su turno. Las instalaciones portuarias no podían albergar a todas a la vez.

Mientras Duncan subía corriendo a los barracones de la Guardia de la Casa, Leto se dispuso a participar de la fiesta. Hawat insistió en quedarse con su duque como guardaespaldas.

Una tras otra, las redes en las que bullían millones de pececillos plateados, fueron alzadas hasta la orilla. El olor a pescado impregnaba el aire. Musculosos trabajadores depositaron la pesca en cubas y tinas llenas de agua y sal, después los cocineros recogían los pescados con palas y los pasaban de las cubas a los calderos humeantes de caldo sazonado.

Leto hundió los brazos hasta los codos en una de las cubas, se apoderó de un montón de pececillos y los pasó al siguiente hombre de la fila. Todo el mundo vitoreó su participación. Esta parte del trabajo le encantaba.

Thufir Hawat paseaba con paso tenso entre la muchedumbre, por si algún asesino acechaba.

Leto se sentó a una mesa para disfrutar de un buen plato de grund. La gente aplaudió cuando se metió un puñado en la boca, y todo el mundo participó en el festín.

Era el último momento de paz que disfrutaría en mucho tiempo.

¿Quién sabe qué restos de hoy sobrevivirán a los eones de historia humana? Podría ser algo insignificante, un objeto en apariencia intrascendente. No obstante, es evocador, y sobrevive durante miles de años.

Madre superiora RAQUELLA BERTO-ANIRUL,
fundadora de la Bene Gesserit

Tras una noche inquieta en su cuarta suite de aposentos desconocidos, lady Anirul saltó de la cama y se encaminó hacia la puerta. Las voces la siguieron, como sombras en su cráneo. Incluso el fantasma de Lobia se había unido al clamor, pero no le ofrecía ayuda ni refugio.

¿Qué intentáis decirme?

La hermana Galena Yohsa, siempre vigilante, se acercó, con las manos caídas a los costados, y adoptó una postura de combate para impedir que Anirul pasara.

—Debéis regresar a la cama y descansar, mi señora.

—¡Aquí no hay descanso!

Anirul llevaba un camisón holgado que se pegaba a su piel sudada; tenía el cabello desordenado. Arrugas y sombras rodeaban sus ojos inyectados en sangre.

Antes, siguiendo las frenéticas órdenes de Anirul, sus criadas habían trasladado su inmensa cama y pesados muebles de una habitación a otra, en busca de un lugar silencioso. Pero nada la aliviaba.

Yohsa habló con voz pausada.

—De acuerdo, mi señora. Encontraremos otro lugar para vos…

Anirul fingió que iba a desmayarse, efectuó un movimiento veloz y agresivo, y empujó a la hermana Galena. La menuda mujer cayó sobre una mesa y derribó un costoso jarrón. Anirul huyó por el pasillo, y tiró la bandeja del desayuno que sostenía una criada.

Dobló una esquina y tropezó con Mohiam, que dejó caer un montón de papeles y hojas de cristal riduliano. Mohiam reaccionó con rapidez, abandonó los documentos y salió en su persecución. Al cabo de unos momentos, una jadeante Yohsa la alcanzó.

Anirul, con los ojos desorbitados, abrió una puerta de acceso a una escalera de servicio, pero pisó el borde del camisón con uno de sus pies descalzos. Dio un grito y cayó rodando por la escalera.

Las Bene Gesserit que la perseguían llegaron a lo alto de la escalera, en el momento que Anirul, magullada y ensangrentada, intentaba incorporarse en el rellano de abajo. Mohiam corrió a arrodillarse junto a la esposa del emperador. Con el pretexto de ayudarla a levantarse, la reverenda madre inmovilizó el brazo de Anirul y pasó la otra mano alrededor de su cintura, para impedir que volviera a escapar.

Yohsa se inclinó para examinar las lesiones.

—Hace tiempo que sus nervios están resentidos, y temo que su estado no hará más que empeorar.

La hermana Galena ya le había administrado dosis cada vez más elevadas de fármacos psicotrópicos, en un intento infructuoso de eliminar los estallidos de la Otra Memoria.

Mohiam ayudó a Anirul a ponerse en pie. Anirul paseó la vista a su alrededor, como un animal acorralado.

—Las voces de dentro no pueden silenciarse. Quieren que me reúna con ellas.

—No digáis eso, mi señora.

Mohiam habló con una forma calmante de Voz, pero no surtió efecto en Anirul. La hermana Galena aplicó un parche de acción rápida sobre la frente herida de Anirul. Las dos alzaron a la esposa del emperador y volvieron poco a poco hacia sus aposentos.

—Oigo su clamor en mi cabeza, pero solo emiten fragmentos de frases en diversos idiomas, unos conocidos y otros extraños. No entiendo lo que intentan decirme, por qué están tan alarmadas. —La voz de Anirul temblaba de angustia—. Lobia también participa, pero no puede alzar su voz por encima de las demás y ayudarme.

Ya en el dormitorio, la hermana Galena le sirvió té de especia.

Después de derrumbarse sobre un antiguo sofá rafaelesco de su recibidor, Anirul volvió sus ojos de cierva hacia la figura oscura de Mohiam.

—Déjanos, Yohsa. He de hablar con la Decidora de Verdad imperial. A solas.

La hermana Galena se molestó, pero al final accedió a la petición, de mala gana. Anirul exhaló un largo suspiro estremecido.

—Los secretos pueden llegar a convertirse en una carga abrumadora.

Mohiam la estudió con atención, bebió un sorbo de té y sintió que la melange reavivaba su conciencia.

—Nunca lo había pensado de esa manera, mi señora. Considero un gran honor que se me confíe una información importante.

Lady Anirul tomó un sorbo de té tibio y frunció el ceño, como si contuviera una medicina de sabor repugnante.

—Pronto, Jessica dará a luz a la hija que será la madre de nuestro tanto tiempo esperado Kwisatz Haderach.

—Ojalá vivamos para verlo —dijo Mohiam, como si murmurara una oración.

Anirul parecía razonar de nuevo, y habló en tono conspiratorio.

—Pero como madre Kwisatz me asaltan graves preocupaciones. Solo yo veo y recuerdo todos los aspectos de nuestro programa de reproducción. ¿Por qué está tan inquieta la Otra Memoria, y por qué ahora, cuando estamos tan cerca de lograr nuestro objetivo? ¿Intenta advertirnos de algún peligro inminente para la hija de Jessica? ¿Va a ocurrir algún desastre? ¿La madre del Kwisatz Haderach va a decepcionarnos? ¿O se trata de algo relacionado con el propio Kwisatz Haderach?

—Solo faltan dos semanas —dijo Mohiam—. Jessica no tardará en parir.

—He decidido que ha de saber al menos una parte de la verdad, para proteger mejor a su hija, y a ella misma. Jessica ha de comprender su destino, y su importancia para todas nosotras.

Mohiam bebió más té, mientras intentaba disimular su sorpresa. Sentía un gran afecto por su hija secreta, que también había sido su estudiante durante los años pasados en Wallach IX. El futuro de Jessica, su destino, eran más grandes que los de Mohiam o Anirul.

—Pero… ¿revelar tanto, lady Anirul? ¿Queréis que yo se lo diga?

—Al fin y al cabo, eres su madre biológica.

Sí, admitió Mohiam, la chica ha de saber parte de la verdad. Aun en su estado atormentado, lady Anirul estaba en lo cierto. *Pero Jessica no ha de saber la identidad de su padre. Sería demasiado cruel.*

> Existen presiones evidentes cuando se trabaja en un entorno donde no es probable sobrevivir al mínimo error.
>
> Conde HASIMIR FENRING,
> *Las recompensas del peligro,* escrito en el exilio

Durante su viaje de regreso a Ix, mientras dejaba que el emperador complicara todavía más los problemas políticos que él había intentado solucionar, el conde Hasimir Fenring pensó en las muertes sutiles, malignas e increíblemente dolorosas que le gustaría infligir a Hidar Fen Ajidica por su traición.

Pero ninguna le satisfacía.

Cuando hizo las señales prescritas a los guardias y descendió a los subterráneos de Ix, se reprendió por no haber reparado antes en los síntomas y emprendido acciones contra los tleilaxu. El investigador jefe había utilizado demasiadas excusas durante mucho tiempo, y había engañado por completo al emperador Shaddam. Era asombroso que varios amos tleilaxu hubieran aparecido de repente hacía poco en la corte de Kaitain, como si estuvieran en su derecho, y que Shaddam los tolerara.

Pero el conde sabía la amarga verdad. Pese a más de veinte años de planificación, investigaciones e inversiones excesivas, el Proyecto Amal era un fracaso total. Con independencia de lo que la Cofradía creyera, Fenring estaba convencido de que los dos Navegantes habían fallado por culpa de la especia artificial, no a consecuencia de un imaginario plan beakkali.

Shaddam había asumido que la especia sintética ya estaba en su poder, y había actuado en consecuencia. Era cierto que todas las pruebas entregadas al emperador apuntaban a un éxito, largo tiempo esperado, pero Fenring continuaba inquieto. Pese a sus burdas justificaciones legales, la Gran Guerra de la Especia de Shaddam había perjudicado sus relaciones políticas con las Casas nobles. Ahora, tardaría años en enmendar todos sus errores..., si es que lo lograba alguna vez.

Tal vez sería mejor que él y su amada Margot tomaran medidas para protegerse de la tormenta que se avecinaba, y dejaran al emperador a merced de los lobos. Shaddam Corrino pagaría las consecuencias de sus equivocaciones. No era preciso que el conde Fenring se hundiera en los abismos con él...

Hidar Fen Ajidica esperaba a Fenring con orgullo y arrogancia ante las puertas de su despacho privado, como si la elevada opinión de sí mismo no cupiera en su menudo cuerpo. Su bata blanca estaba cubierta de manchas marrones.

A un gesto brusco del investigador jefe, los guardias Sardaukar salieron, y le dejaron solo con Fenring en su despacho. El conde abrió y cerró los puños, hizo un gran esfuerzo por controlarse. No quería asesinar al hombrecillo con excesiva rapidez. Cuando entró, Fenring hizo ademán de cerrar la puerta a su espalda.

Ajidica avanzó, y sus ojos de roedor destellaron con altivez.

—¡Inclínate ante mí, Zoal! —Ladró más órdenes en su lenguaje gutural incomprensible, y después cambió al galach imperial—. No has enviado el menor mensaje, y serás castigado por tu desliz.

Fenring apenas pudo reprimir una carcajada, pero hizo una breve reverencia que pareció apaciguar a Ajidica. Entonces, agarró al investigador jefe por la pechera.

—¡Yo no soy tu Danzarín Rostro! Estás condenado a morir. La cuestión es cómo y cuándo, ¿ummm?

La piel grisácea de Ajidica palideció todavía más cuando comprendió su espantosa equivocación.

—¡Por supuesto, mi querido conde Fenring! —Su voz se estranguló cuando el ministro de la Especia aumentó la presión—. Habéis..., habéis superado mi prueba. Estoy muy complacido.

Fenring le empujó, asqueado. Ajidica cayó al suelo. Fenring se limpió la mano en el justillo, como si se hubiera ensuciado después de tocar al traicionero ser.

—Ha llegado el momento de salvar lo que se pueda de este desastre, Ajidica. Tal vez debería arrojarte desde el balcón del Gran Palacio, para que toda la gente pudiera verlo, ¿ummm?

El investigador jefe llamó a los guardias con voz ahogada. Fenring oyó pasos apresurados, pero no estaba preocupado. Era el ministro imperial de la Especia y amigo íntimo de Shaddam. Los Sardaukar obedecerían sus órdenes. Sonrió cuando una idea se formó en su mente.

—Sí, ummm, declararé Ix libre al fin y me convertiré en su gran libertador. Con la colaboración de los Sardaukar, borraré los años de opresión tleilaxu, ummm, destruiré todas las pruebas de tu investigación ilegal, y después, yo y Shaddam, por supuesto, seremos considerados unos héroes.

El investigador jefe se puso en pie, con el aspecto de una rata de dientes afilados acorralada.

—No podéis hacer eso, conde Fenring. Ya estamos muy cerca. El amal está preparado.

—¡El amal es un fracaso! Las pruebas con los dos cruceros acabaron en un desastre, y podéis dar gracias a que la Cofradía no haya descubierto aún lo que hemos hecho. Los Navegantes no pueden utilizar la especia sintética. ¿Quién sabe qué otras secuelas tendrá?

—Tonterías, mi amal es perfecto. —Ajidica introdujo la mano entre los pliegues de su manto, como si buscara un arma escondida. Fenring se acuclilló para atacar, pero el científico solo extrajo una tableta de color rojizo, que se metió en la boca—. Yo mismo he consumido dosis extraordinarias, y me siento magnífico. Soy más fuerte que nunca. Veo el universo con más claridad.

Se golpeó la frente con tal fuerza que dejó una marca en la piel.

La puerta se abrió con estrépito y entró un escuadrón de Sardaukar, al mando del joven comandante Garon. Los hombres se movían con agilidad felina, menos rígidos que de costumbre.

—He triplicado las raciones de todos los Sardaukar destinados aquí —dijo Ajidica—. Hace seis meses que consumen amal. Sus cuerpos están saturados. ¡Fijaos en su aspecto!

Fenring estudió los rostros de los soldados imperiales. Percibió una ferocidad, una dureza en sus ojos y un peligro agazapado en sus músculos. Garon le dedicó una breve reverencia, la mínima deferencia exigida.

—Tal vez el amal era demasiado potente para esos Navegantes, y tendrían que haber ajustado la mezcla —continuó Ajidica—. O tal vez deberían haberlos adiestrado de una manera diferente. No es preciso echar por la borda todos nuestros progresos por culpa de un pequeño error de pilotaje. Hemos invertido demasiado. El amal funciona. ¡Funciona!

Dio la impresión de que Ajidica iba a sufrir un ataque. Pasó junto a Fenring con movimientos espasmódicos y apartó a los Sardaukar a codazos.

—Tenéis que ver esto, conde. Dejadme convenceros. El emperador ha de probar el producto. Sí, hemos de enviar muestras a Kaitain. —Levantó las manos mientras andaba por el pasillo, un hombrecillo con delirios de grandeza—. No podéis comprender. Vuestra mente es... infinitamente pequeña.

Fenring corrió para alcanzar a Ajidica. Los soldados les siguieron en silencio.

La planta principal del pabellón de investigación siempre le desagradaba, si bien el conde comprendía la necesidad de los tanques de axlotl. Hembras descerebradas yacían como cadáveres, conectadas a máquinas que mantenían sus constantes vitales, seres que ya no eran humanos, de cuerpos hinchados y alimentados contra su voluntad. Úteros cautivos, eran poco más que fábricas biológicas, productoras de las sustancias orgánicas o las abominaciones que los magos genéticos programaban en sus sistemas reproductivos.

Cosa curiosa, los receptáculos conectados a sus cuerpos, que por lo general contenían el amal que producían, estaban vacíos. Aunque todavía vivos, los tanques parecían desconectados. Salvo uno.

Ajidica le guió hasta una joven desnuda a la que acababan de conectar a un sistema axlotl. Era andrógina, de pecho liso y cabello oscuro corto. Tenía los ojos cerrados y hundidos en el rostro.

—Observad esta, conde. Muy sana, muy adecuada. Nos será extremadamente útil, aunque todavía estamos reconfigurando su útero para producir los componentes químicos necesarios para el precursor de amal. Después, conectaremos los demás tanques a ella y produciremos más.

Fenring no encontró nada erótico en el pedazo de carne indefenso, tan diferente de su adorable esposa.

—¿Por qué es tan especial?

—Era una espía, conde. La capturamos fisgoneando, disfrazada de macho.

—Lo sorprendente es que todas las mujeres de Ix no se hayan disfrazado y escondido.

—Era una Bene Gesserit.

Fenring no pudo ocultar su estupor.

—¿La Hermandad está enterada de nuestras operaciones?

¡Maldita sea Anirul! Tendría que haberla matado.

—Las brujas tienen alguna idea de nuestras actividades. Por lo tanto, nos queda poco tiempo. —Ajidica se frotó las manos—. No podéis ejecutarme. No osaréis interrumpir nuestro trabajo. El emperador ha de conseguir su amal. Ya solucionaremos las pequeñas discrepancias más adelante.

Fenring enarcó las cejas.

—¿Llamáis «pequeña discrepancia» a la pérdida de un crucero con todos sus pasajeros? ¿Decís que debería olvidar el intento de asesinato de vuestro Danzarín Rostro, ummm?

—¡Sí! Sí, en efecto. En el esquema de todo el universo, tales acontecimientos son insignificantes. —La locura asomó a los ojos del hombrecillo—. No puedo permitir que causéis problemas ahora, conde Fenring. La importancia de mi trabajo es superior a vos, la Casa Corrino o el propio Imperio. Solo necesito un poco más de tiempo.

Fenring se volvió, con la intención de dar órdenes a los Sardaukar, pero percibió algo extraño en sus ojos cuando miraron a Ajidica, una devoción fanática que le sorprendió. Jamás había sospechado que la lealtad de los Sardaukar fuera cuestionable. Era evidente que aquellos hombres se habían hecho adictos a la especia sintética, y sus cuerpos reflejaban la potencia de la melange artificial. ¿Les habría lavado el cerebro también el investigador jefe?

—No dejaré que me detengáis. —La amenaza de Ajidica era clara—. Ahora no.

Los trabajadores tleilaxu repararon en lo que estaba sucediendo y se acercaron. Tal vez algunos serían Danzarines Rostro. Fenring sintió un nudo en el estómago, y por primera vez en su vida supo lo que era el miedo. Estaba solo.

Había subestimado las capacidades de Ajidica durante años, pero ahora comprendió que el investigador jefe había logrado poner en práctica un plan asombroso. Fenring, rodeado, se dio cuenta de que quizá nunca saldría vivo del planeta.

Esperar. El tiempo transcurre con lentitud, se me antoja una eternidad. ¿Cuándo terminará nuestra pesadilla? Cada día es un lento discurrir, aunque la esperanza perdure...

C'TAIR PILRU, diarios personales (fragmento)

El hombre máquina se detuvo ante los escombros de la fábrica de armas ixiana. Durante los años de ocupación tleilaxu, las cadenas de montaje que habían producido maquinaria compleja y prodigios tecnológicos habían sido abandonadas o utilizadas para otros propósitos. Los invasores carecían de los conocimientos suficientes para mantener los sofisticados sistemas, y los expertos trabajadores ixianos resistían de todas las maneras posibles.

Tan solo unos días antes, las últimas terminales de la cadena de producción se habían paralizado. Los motores echaron humo, los componentes rechinaron y se averiaron. Durante la emergencia, los trabajadores se limitaron a mirar.

El mundo subterráneo se había sumido poco a poco en la decadencia. Los técnicos de mantenimiento habían retirado los componentes averiados, pero los amos tleilaxu carecían de piezas de repuesto. Los obreros atareados en otras máquinas fingían estar ocupados, mientras guardias Sardaukar y amos tleilaxu les vigilaban. Módulos de vigilancia volaban en las alturas, siempre al acecho de algo inusual.

El príncipe Rhombur se ocultaba a plena vista. Estaba inmóvil como una estatua ante la instalación. Los trabajadores ixianos le miraban, pero enseguida apartaban la vista, sin reconocerle. Años de opresión habían abotargado sus mentes y sentidos.

Llevaba al descubierto su cara surcada de cicatrices y la placa metálica craneal, como medallas honoríficas. Había desprendido la piel protésica de sus extremidades artificiales para que quedaran al descubierto poleas, componentes electrónicos y piezas metálicas, con el fin de parecerse más a las monstruosidades bi-ixianas. Gurney le había cubierto de suciedad. Si bien Rhombur no podía fingir que era completamente humano, podía alterar aún más su apariencia.

El humo procedente de los productos químicos se elevaba hacia el techo de la caverna, donde purificadores de aire absorbían y filtraban las partículas, pero ni siquiera el mejor sistema de reciclaje podía eliminar el olor de la gente inocente que vivía presa del miedo.

Los ojos de Rhombur, tanto el real como el sintético, examinaban todo cuanto le rodeaba. Sintió asco, náuseas y cólera al ver las ruinas de su maravillosa ciudad, y apenas se pudo contener. Ahora que la flota Atreides estaba a punto de llegar, confiaba en sembrar la semilla de la revolución lo antes posible.

Cuando empezó a moverse, Rhombur lo hizo con paso lento y espasmódico, como cualquier bi-ixiano. Se internó bajo un saliente que se proyectaba junto a la fábrica abandonada.

Gurney Halleck, inadvertido entre los trabajadores y los guardias, le hizo señas. A su lado se erguía la sombra de alguien a quien Rhombur recordaba de su adolescencia.

—¡C'tair Pilru! —susurró, estupefacto por la apariencia fantasmagórica del hombre.

Había sido un joven vivaz, de ojos oscuros, menudo como su hermano gemelo D'murr. Sin embargo, los cambios que había sufrido C'tair le parecían más horribles que las alteraciones del Navegante. Tenía los ojos hundidos y preñados de cansancio, el pelo corto y sucio.

—¿Mi... príncipe? —murmuró con voz insegura. Había sufrido demasiadas alucinaciones y pesadillas. C'tair, consternado al ver los horripilantes cambios padecidos por el heredero de la Casa Vernius, parecía a punto de venirse abajo.

Gurney estrujó su brazo.

—Id con cuidado los dos. No debemos atraer la atención. No

podemos permanecer a la vista de todo el mundo durante mucho rato.

—Tengo… un lugar —dijo C'tair—. Varios lugares.

—Hemos de difundir la noticia —dijo Rhombur, en voz baja y decidida—. Informa a los que se han rendido y a los que han conservado una chispa de esperanza durante todos estos años. Incluso recabaremos la ayuda de los suboides. Di a todo el mundo que el príncipe de Ix ha vuelto. La libertad ya no es solo una esperanza. El momento ha llegado. Que no quepa la menor duda: estamos a punto de reconquistar Ix.

—Es muy peligroso para cualquiera decir esas cosas en voz alta, mi príncipe —dijo C'tair—. La gente vive aterrorizada.

—De todos modos, comunica la noticia, aunque eso provoque que los monstruos salgan en mi busca. Mi pueblo ha de saber que he regresado, y que la larga pesadilla de Ix pronto terminará. Diles que estén preparados. Las fuerzas del duque Leto no tardarán en llegar.

Rhombur extendió el fuerte brazo protésico y abrazó al demacrado resistente. Hasta los torpes sensores nerviosos del príncipe notaron que C'tair estaba en los huesos. Confió en que Leto llegaría a tiempo.

Convertir la guerra en un deporte supone un intento de sofisticación. Cuando gobiernas a hombres de temperamento militar, es preciso comprender su apasionada necesidad de la guerra.

Supremo Bashar Zum Garon,
Comandante Sardaukar Imperial

El día de la partida hacia Ix, las tropas Atreides se encaminaron a sus naves en un estado eufórico. Pero la realidad de la guerra pronto se impondría.

El maestro espadachín Duncan Idaho y el mentat Thufir Hawat acompañaron a Leto cuando se irguió en lo alto de una torre que dominaba la pista del espaciopuerto. Caladan no había presenciado semejante congregación de gente desde el desfile del dirigible. Los soldados Atreides se alineaban en filas, un mar de hombres preparados para subir a los transportes, destructores, monitores y cruceros de batalla.

Durante más de veinte años, los usurpadores tleilaxu y sus aliados Sardaukar se habían atrincherado en Ix. Muchos espías habían muerto al intentar penetrar en el planeta, y si Rhombur y Gurney habían sido capturados y torturados, el ataque Atreides quedaría desprovisto del elemento sorpresa. Leto sabía que podía perderlo todo con aquella maniobra, pero no pensó ni por un momento en suspender el ataque.

Bajo el mando de Hawat, dieciocho naves de suministros estaban preparadas para partir con una pequeña escolta armada. La audaz tarea del mentat sería una maniobra de distracción. Su flota aparecería entre Beakkal y la estación de tránsito de Sansin, desde donde transmitirían la oferta humanitaria del duque Leto. Era de suponer que los oficiales Sardaukar encargados del bloqueo enviarían mensajes al emperador, y a su vez, Shaddam concentraría su atención en el planeta sometido a cuarentena. El grueso del ejército imperial sería enviado allí. En el ínterin, los delegados del Landsraad loarían la generosidad del duque Atreides.

En ese momento, las tropas de Duncan Idaho atacarían Ix con la fuerza de un mazazo.

La muchedumbre se apretujaba contra las cintas que marcaban los límites de la pista de aterrizaje. La gente vitoreaba y agitaba las banderas verdinegras con la insignia del halcón, el antiguo sello de los Atreides.

Novias, esposas y madres animaban a voz en grito a los soldados. Muchos de los jóvenes retrocedían corriendo hasta el perímetro para el último beso de despedida. Muy a menudo, daba igual que no conocieran a las bonitas mujeres que habían ido a despedirles. Lo importante era saber que alguien se preocupaba por ellos y les deseaba buena suerte.

El duque Leto no pudo por menos que pensar en Jessica, alejada de él desde hacía meses. Muy pronto daría a luz a su hijo, y anhelaba estar con ella. Era lo mejor de ir a Kaitain...

Leto había tomado la precaución de vestirse con un traje de matador escarlata, muy parecido al que su padre había llevado con orgullo en las corridas de toros. Era un símbolo significativo, que los ciudadanos de Caladan reconocían con facilidad. Cuando Leto iba de rojo, el populacho no pensaba en derramamiento de sangre (debido a la cual los duques rojos Atreides habían recibido su apelativo mucho tiempo atrás), sino en boato y gloria.

Las rampas de abordaje se abrieron, y los subcomandantes ordenaron a sus hombres que se alinearan en filas. Un grupo entonó una popular canción de batalla Atreides. Otros soldados corearon el estribillo, y pronto se les unieron todos los hombres, un cántico de desafío, determinación y amor por su duque.

La canción concluyó, y justo antes de que las primeras filas subieran a las naves, Leto se acercó al borde de la torre. Las tropas guardaron silencio, a la espera del discurso de despedida.

—Hace muchos años, durante la Revuelta Ecazi, el duque Paulus Atreides luchó al lado del conde Dominic Vernius. Estos grandes hombres fueron héroes de guerra y amigos íntimos. Ha pasado mucho tiempo desde entonces, y muchas tragedias han ocurrido, pero jamás hemos de olvidar una cosa: la Casa Atreides no abandona a sus amigos.

La muchedumbre prorrumpió en vítores. En otras circunstancias, el populacho habría sentido una indiferencia absoluta por la Casa renegada. Para el pueblo de Caladan, Ix era un planeta lejano que jamás visitarían, pero habían tomado afecto al príncipe Rhombur.

—Nuestros soldados reconquistarán el hogar ancestral de la Casa Vernius. Mi amigo el príncipe Rhombur devolverá la libertad al pueblo ixiano.

En Caladan, y en otros muchos planetas, la gente había aprendido a odiar a los tleilaxu. Ix era el ejemplo más detestable de su maldad, pero existían otros muchos. Durante siglos, los enanos se habían salido demasiadas veces con la suya, y había llegado el momento de administrar la justicia Atreides.

Leto continuó.

—No elegimos al azar cuando debemos seguir el camino correcto y ayudar a quienes nos necesitan. Por eso, he enviado a mi mentat Thufir Hawat a otra misión.

Paseó la vista sobre la multitud.

—No hace mucho, tuvimos que tomar medidas severas contra el primer magistrado de Beakkal, pero ahora el pueblo de Beakkal padece una terrible plaga que está asolando su planeta. ¿Debería serme indiferente su suerte, solo porque mantuve una disputa con su gobierno? —Alzó el puño en el aire—. ¡Yo digo que no!

La gente volvió a aplaudir, pero con menos entusiasmo que antes.

—Otras Grandes Casas se contentan con ver morir a la población beakkali, pero la Casa Atreides desafiará el bloqueo imperial y entregará provisiones muy necesarias, tal como hicimos en Richese. —Bajó la voz—. Nos gustaría que los demás hicieran lo mismo por nosotros, ¿verdad?

Leto confiaba en que la gente comprendería el principio y la decisión. Después de lograr prestigio en el Landsraad con su agresiva respuesta al insulto beakkali, había demostrado su lado compasivo al ayudar a las víctimas de Richese. Ahora, demostraría la entereza de su corazón. Recordó una cita de la Biblia Católica Naranja: «Es fácil querer a un amigo, pero difícil querer a un enemigo».

—Viajaré a Kaitain solo, donde hablaré con mi primo el emperador y pronunciaré un discurso ante el Landsraad. —Hizo una pausa, y sintió que la emoción crecía en su interior—. También veré a mi amada lady Jessica, que está a punto de dar a luz a nuestro primer hijo.

Sonaron hurras y silbidos. Las banderas Atreides ondearon. Hacía mucho tiempo que el pueblo consideraba al duque un ser mítico y legendario, y lo mismo opinaba de sus actividades. La gente necesitaba esas imágenes.

Por fin, alzó una mano para bendecir a las tropas, y el rugido de soldados y civiles casi le ensordeció. Detrás de él, Duncan y Thufir observaron a los soldados subir a las naves en perfecta formación. Tal exhibición militar habría impresionado incluso al mismísimo emperador Shaddam.

Leto se sintió lleno de confianza y buenas expectativas al ver la reacción de su pueblo. Juró que no les decepcionaría.

La faz del Imperio estaba a punto de cambiar.

El hombre que ve una oportunidad y la deja escapar
está dormido con los ojos abiertos.

Sabiduría fremen

Era un placer para Glossu Rabban estar al mando de la fortaleza Harkonnen. Desde lo alto de las almenas podía dar órdenes a los criados, anunciar sus torneos de gladiadores y mantener a la población bajo un férreo control. Era su privilegio como noble del Landsraad.

Aún mejor, no había ningún mentat taimado que le pisara los talones o le criticara por todo. Piter de Vries estaba ejerciendo de espía en Kaitain. Y el tío de Rabban se había quedado en Arrakis para controlar los trabajos de recolección de especia, tras la amenaza de la CHOAM de enviar una auditoría.

Lo cual dejaba a la Bestia al mando.

En teoría, era el na-barón, el presunto heredero de la Casa Harkonnen, aunque el barón amenazaba a menudo con cambiar de idea y ceder el control al joven Feyd-Rautha. A menos que Rabban encontrara una manera de demostrar que era insustituible.

Se encontraba en el ala este de la fortaleza, sobre las jaulas de los animales. El hedor de los mastines invadía los pasillos. Pelo húmedo y sangre, saliva y heces se acumulaban en el cercado situado bajo la pasarela. Los perros, de relucientes ojos negros, se esforzaban por vislumbrar la luz del día o capturar un pedazo de carne fresca, intentaban despedazar entre sus fauces a enemigos imaginarios con sus largos colmillos. Como si fuera el líder de la jauría, Rabban gruñó a los mastines, y sonrió hasta exhibir sus dientes blancos irregulares.

Se acuclilló, introdujo la mano en una jaula situada al borde de la pasarela y atrapó un conejo simiesco. El animal tenía los ojos grandes y redondos, y las orejas colgantes. Su cola prensil se agitó, como si temiera por su vida, aunque anhelara afecto. Los fuertes dedos de Rabban aferraron los pliegues de piel y pelaje con tal fuerza que el animal tembló. Lo alzó para que los perros vieran aquel pedazo de comida.

Los animales empezaron a ladrar y aullar, saltando en el aire. Los garras arañaron las paredes de piedra, pero no llegaron al borde de la perrera. El conejo se debatió en la presa de Rabban, intentando escapar de aquellas fauces de pesadilla.

Una voz le interrumpió a su espalda, sorprendentemente cercana.

—¿Esforzándoos por mantener vuestra imagen, Bestia?

La interrupción le sobresaltó hasta tal punto que soltó sin querer al animal. El conejo cayó al pozo. Un enorme bruweiler gris saltó más que los demás e hizo trizas al roedor antes de que pudiera chillar.

Rabban giró en redondo y vio al vizconde Hundro Moritani, de cabello oscuro y ojos feroces. El hombre tenía los brazos en jarras. Vestía pantalones de montar y gabán de seda púrpura, adornado con anchas charreteras.

Antes de que Rabban pudiera tartamudear una respuesta, el capitán Kryubi, jefe de la guardia Harkonnen, acudió corriendo, seguido por un ayudante de aspecto agitado, que también llevaba charreteras y la insignia de la Casa Moritani en la solapa.

—Lo siento, mi señor Rabban —dijo Kryubi, sin aliento—. El vizconde ha entrado sin mi permiso. Mientras intentaba localizaros, él...

El líder grumman se limitó a sonreír.

Rabban silenció a Kryubi con un ademán.

—Hablaremos de eso más tarde, capitán, si esto resulta ser una pérdida de tiempo. —Se volvió y miró a Moritani a los ojos, algo desorientado—. ¿Qué deseáis?

En teoría, el vizconde poseía un rango más elevado que él en el Landsraad, y ya había demostrado su temperamento vengativo contra la Casa Ecaz, así como contra los maestros espadachines de Ginaz.

—Deseo ofreceros la oportunidad de uniros a mí en un juego de estrategia muy divertido.

Rabban intentó recobrar la compostura y sacó a otro conejo simiesco de la jaula. Sujetó al animal por la nuca, para que la cola prensil no pudiera enroscarse alrededor de su muñeca.

—Pensaba que a la Casa Harkonnen le agradaría la ironía tanto como a mí —continuó Moritani—. También pensé que querríais aprovechar la oportunidad que la torpeza del duque Leto nos ha presentado.

Rabban suspendió al conejo sobre la perrera. Los sabuesos gruñeron y cerraron las mandíbulas en el aire, pero Rabban mantuvo al animal lejos de su alcance. El aterrorizado conejo liberó su vejiga, y un chorro de orina cayó en la perrera, pero a los sabuesos no pareció importarles. Cuando Rabban pensó que el animal había llegado al límite de su miedo, lo arrojó con desgana a los perros.

—Explicaos. Estoy esperando. ¿Qué tiene que ver la Casa Atreides con esto?

El vizconde enarcó sus pobladas cejas.

—Creo que todavía sentís menos amor por el duque Leto Atreides que yo.

Rabban se encrespó.

—Hasta un idiota lo sabe.

—En este preciso momento, el duque va camino de Kaitain. Tiene previsto pronunciar un discurso en el Landsraad.

—¿Y qué? ¿Esperáis que vaya corriendo a Kaitain para conseguir un asiento en la primera fila?

El vizconde sonrió con paciencia, como un padre que intentara explicar algo a su hijo.

—Su mentat, Thufir Hawat, ha ido a entregar provisiones a Beakkal. Y —Moritani alzó el dedo índice—, con suma discreción, Leto ha enviado a casi todas las tropas y naves de la Casa Atreides en una misión militar secreta.

—¿Adónde? ¿Cómo lo habéis averiguado?

—Lo he averiguado, Bestia Rabban, porque nadie puede mover una flota de ese tamaño, y llenar tantas naves de la Cofradía, sin atraer la atención del más incompetente de los espías.

—De acuerdo —dijo Rabban. Las ruedas de su mente giraban,

pero sin la menor tracción—. Así que lo sabéis. ¿Hacia dónde se dirige ese ejército Atreides? ¿Está Giedi Prime en peligro?

—Oh, Giedi Prime no. La Casa Atreides es demasiado civilizada para emprender una acción bajo mano como esa. Su objetivo no me preocupa, siempre que no seamos vos o yo.

—Entonces, ¿de qué debo preocuparme?

—Rabban, si os aplicáis con diligencia a las matemáticas, os daréis cuenta de que estos movimientos cautelosos y coordinados de los Atreides dejan al querido Caladan de Leto protegido tan solo por una fuerza mínima. Si lanzamos un ataque militar masivo ahora, podríamos despojarle de su planeta ancestral.

Los conejos simiescos de la jaula chillaban y se revolvían, y Rabban dio una patada en la redecilla, pero eso solo sirvió para aumentar su agitación. Kryubi se mantenía apartado, y su fino bigote se arrugó cuando se humedeció los labios. El capitán de la guardia no ofrecería su consejo a menos que Rabban se lo pidiera.

El ayudante de Moritani corrió a su lado, nervioso.

—Vizconde, sabéis que no es prudente. Atacar a un planeta sin previa advertencia, sin presentar una queja formal ante el Landsraad, y sin desafiar de forma oficial a la Casa noble enemiga, atenta contra todas las normas. Las conocéis mejor que nadie, señor. Vos...

—Silencio —dijo el vizconde sin alzar la voz.

El ayudante cerró la boca con un chasquido audible. Pero Rabban quería oír las respuestas a las objeciones del ayudante, porque el agitado hombre estaba formulando preguntas que él no había querido hacer por temor a quedar como un cobarde.

—¿Me permitís? —preguntó Moritani, e introdujo la mano en la jaula. Agarró una temblorosa bola de piel y la sostuvo sobre la perrera—. Interesante. ¿Apostáis alguna vez a qué perro se hará con la presa?

Rabban meneó la cabeza.

—Solo es para alimentarlos.

El vizconde abrió la mano. Una vez más, el enorme bruweiler saltó más que sus compañeros y atrapó al conejo en el aire. Rabban decidió deshacerse de aquel perro tan agresivo y soltarlo en el siguiente torneo de gladiadores.

—Las normas son para ancianos que prefieren caminar por los surcos de la historia —dijo el vizconde.

Había atacado con brutalidad a su archirrival, la Casa Ecaz, y bombardeado toda la península donde se hallaba la capital, matando a la hija mayor del archiduque y reavivando una enemistad centenaria.

—Cierto, y os esperan años de sanciones imperiales por quebrantar las normas —dijo Rabban—. Tropas Sardaukar estacionadas en vuestro planeta, el comercio interrumpido...

El grumman parecía indiferente a las consecuencias.

—Sí, pero todo eso ha terminado.

Años atrás, cuando el duque Leto había intentado mediar entre Moritani y Ecaz, había demostrado simpatías por la Casa Ecaz, y en aquel tiempo hasta se habló de que iba a prometerse con una hija del archiduque, pero el propósito de Moritani no era tanto vengarse como aprovechar una oportunidad.

—De todos modos, tengo prohibido mover muchas tropas por culpa de las sanciones de Shaddam. He traído tantas como he podido hurtar a la vigilancia de los observadores...

—¿Aquí? ¿A Giedi Prime?

Rabban estaba alarmado.

—Una simple visita cordial. —Moritani se encogió de hombros—. No obstante, se me ocurrió que la Casa Harkonnen puede movilizar tantas fuerzas militares como se le antoje sin que a nadie le importe. Decidme, ¿os uniréis a mí en esta osada empresa?

Rabban respiró hondo y guardó silencio. Kryubi se revolvió inquieto, pero no dijo nada.

—¿Queréis que tropas Harkonnen se unan a las vuestras? Grumman y Harkonnen atacando Caladan...

—En este momento, Caladan carece casi por completo de defensas —le recordó Moritani—. Según nuestro informe de inteligencia, solo quedan unos cuantos niños y viejos con armas pequeñas. Pero hemos de actuar con celeridad, porque Leto no dejará sus puertas abiertas de par en par durante mucho tiempo. ¿Qué podéis perder? ¡Vamos!

—Puede que el duque Leto también se ciña a las normas que obligan a todas las Casas, señor —dijo Kryubi con voz seca—. «Hay que obedecer las normas.»

El nervioso ayudante enderezó la insignia de la solapa y suplicó a su amo:

—Mi señor, esta acción es demasiado imprudente. Os ruego que consideréis...

Hundro Moritani propinó un violento codazo al ayudante, que se precipitó por encima del borde hacia la perrera. Al contrario que los conejos, el hombre tuvo tiempo de chillar antes de que los perros le atacaran.

El Grumman sonrió a Rabban.

—A veces, hay que actuar de forma inesperada para conseguir el mayor beneficio.

El ayudante dejó de gritar, y los hambrientos animales le descuartizaron. Rabban oyó el sonido de la carne al rasgarse, los crujidos de los huesos de las piernas cuando se los partieron para devorar el sabroso tuétano.

Sonrió lenta y ominosamente.

—Caladan será nuestro. Me agrada la perspectiva.

—Bajo una ocupación conjunta —dijo Moritani.

—Sí, por supuesto. ¿Cómo proponéis que defendamos nuestro botín después de apoderarnos de él? En cuanto el duque regrese, lo hará con sus fuerzas, siempre que no las pierda por ahí.

Moritani sonrió.

—Para empezar, nos encargaremos de que no parta ningún mensaje de Caladan. Después del triunfo de nuestras fuerzas, impediremos el tránsito de lanzaderas entre el planeta y los cruceros que lleguen.

—¡Y prepararemos una fiesta sorpresa al duque cuando regrese! —dijo Rabban—. Le tenderemos una emboscada en cuanto aterrice.

—Exacto. Nos ocuparemos de los detalles conjuntamente. También es posible que necesitemos enviar refuerzos después de los hechos, una fuerza de ocupación que sojuzgue al populacho.

El heredero Harkonnen apretó sus gruesos labios. La última vez que había tomado decisiones sin consultar, había estrellado la única no nave existente en Wallach IX. Había intentado atacar a las presuntuosas brujas Bene Gesserit que habían transmitido su enfermedad al barón. En aquel tiempo, Rabban había pensado que su tío se sentiría orgulloso de él por actuar con independencia. En cambio, el plan había fracasado, y la inapreciable nave se había perdido...

Esta vez, sin embargo, sabía que su tío no vacilaría, gozando de una oportunidad semejante para atacar a los enemigos mortales de la Casa Harkonnen. Miró al vizconde con cautela. El capitán Kryubi asintió en silencio.

—Siempre que utilicemos naves sin señales distintivas, vizconde —dijo Rabban—. Fingiremos que se trata de una gran delegación comercial o algo por el estilo..., cualquier cosa menos una fuerza militar.

—Tenéis cerebro, conde Rabban. Creo que pensaremos bien juntos.

El cumplido halagó a Rabban. Con suerte, esta arrojada decisión demostraría a su tío lo lista que era la Bestia.

Se estrecharon la mano para cerrar el trato. Los sonidos procedentes de la perrera se habían apagado, y los mastines miraban expectantes hacia arriba, a la espera de más comida.

¿Qué aumenta más la carga de una persona, el conocimiento o la ignorancia? Todo maestro ha de reflexionar sobre esta cuestión antes de empezar a influir en un estudiante.

Lady Anirul Corrino, diario personal

Bajo otro glorioso ocaso imperial, Mohiam se deslizó tras Jessica, que estaba sentada junto a un pequeño estanque de un jardín ornamental. Observó a su hija secreta durante un largo momento. La joven llevaba con dignidad su embarazo, y se encontraba a gusto con la nueva torpeza de su cuerpo. La niña nacería pronto.

Jessica removió el agua con los dedos, y su reflejo se empañó. Habló por la comisura de la boca.

—Debo de ser muy divertida, reverenda madre, para que estéis tanto rato mirándome.

Una pequeña sonrisa arrugó los labios de Mohiam.

—Esperaba que intuirías mi presencia, hija mía. Al fin y al cabo, ¿quién te enseñó a observar el mundo que te rodea? —Se acercó al borde del estanque y extendió un cristal de memoria—. Lady Anirul me ha pedido que te dé esto. Hay ciertas cosas que deberías saber.

Jessica cogió el objeto reluciente y lo estudió.

—¿Se encuentra bien la señora?

—Creo que su estado mejorará de manera considerable en cuanto tu hija haya nacido —contestó Mohiam con cautela—. Está muy preocupada por el bebé, y esto le provoca una enorme desazón.

Jessica apartó la vista, temerosa de que Mohiam la viera enrojecer.

—No lo entiendo, reverenda madre. ¿Por qué tiene tanta importancia el hijo de la concubina de un duque?

—Acompáñame a un lugar donde podamos hablar. En privado.

Caminaron hacia un tiovivo impulsado por energía solar, que un emperador anterior había instalado para su diversión.

Jessica llevaba un vestido con los colores Atreides, que le recordaba a Leto. Los cambios corporales de su embarazo habían desatado muchos sentimientos contradictorios en su interior, cambios de humor que apenas podía controlar, incluso con su adiestramiento Bene Gesserit. Cada día había vertido sus pensamientos íntimos en el diario encuadernado que Anirul le había regalado. El duque era un hombre orgulloso, pero Jessica sabía en el fondo de su corazón que la echaba de menos.

Mohiam tomó asiento en la banqueta dorada del tiovivo, y Jessica la imitó. Todavía sostenía el cristal de memoria. Activado por el peso de ambas, el mecanismo empezó a girar poco a poco. Jessica vio que el jardín iba cambiando a medida que desfilaba frente a ella. Un globo luminoso colgado de un poste cercano destelló, aunque el sol aún no se había puesto tras el horizonte.

Desde su llegada a Kaitain, en especial después del sorprendente atentado frustrado de Tyros Reffa contra el palco imperial, guardianas Bene Gesserit vigilaban constantemente a Jessica. Aunque no daba muestras de fastidio, era imposible que no hubiera reparado en su escolta.

¿Por qué soy tan especial? ¿Por qué le interesa tanto mi hijo a la Hermandad?

Jessica dio vueltas entre sus manos al cristal de memoria. Era octogonal, de facetas color lavanda. Mohiam sacó un cristal parecido y lo sostuvo.

—Adelante, hija. Actívalo.

Jessica hizo girar el aparato destellante entre sus palmas, y después lo acunó en las manos, lo entibió con el calor de su cuerpo, lo humedeció con su sudor para activar los recuerdos contenidos en su interior.

Y mientras lo miraba con profunda atención, el cristal empezó a proyectar haces de imágenes que se cruzaron ante su retina. A su lado, Mohiam activó el otro cristal.

Jessica cerró los ojos y percibió un zumbido profundo, como el de una nave de la Cofradía cuando entraba en el espacio plegado. Cuando volvió a abrir los ojos, su visión había cambiado. Daba la impresión de que estaba dentro de los archivos de la Bene Gesserit, muy lejos de Kaitain. Enterrados en los riscos transparentes de Wallach IX, los muros y techos de la inmensa biblioteca reflejaban una iluminación prismática, proyectaban luz a través de miles de millones de superficies enjoyadas. Inmersas en una proyección sensorial, Mohiam y ella se detuvieron ante la entrada virtual. El espejismo parecía increíblemente real.

—Yo seré tu guía, Jessica —dijo Mohiam—, para que puedas comprender tu importancia.

Jessica guardó silencio, intrigada pero también intimidada.

—Cuando dejaste la Escuela Materna —empezó Mohiam—, ¿habías aprendido todo cuanto debías saber?

—No, reverenda madre. Pero había aprendido a obtener la información que necesitaba.

Cuando la imagen de Mohiam tomó a Jessica de la mano, notó el tacto de los fuertes dedos y la piel reseca de la anciana.

—En efecto, hija, y este es uno de los lugares importantes donde debes buscar. Ven, voy a enseñarte cosas asombrosas.

Cruzaron un túnel y se adentraron en una oscuridad que se extendió alrededor de Jessica. Intuía, pero no podía ver, una inmensa cámara negra de paredes y techos muy lejos de su alcance. Jessica quiso gritar. Su pulso se aceleró. Utilizó su adiestramiento para apaciguarlo, aunque demasiado tarde. La otra mujer se había dado cuenta.

La voz seca de Mohiam rompió el silencio.

—¿Estás asustada?

—«El miedo es el asesino de mentes», reverenda madre. «Permitiré que pase por encima y a través de mí.» ¿Qué es esta oscuridad, qué puedo aprender de ella?

—Esto representa lo que todavía ignoras. Es el universo que aún no has visto, que ni siquiera puedes imaginar. En el principio de los tiempos, reinaba la oscuridad. Al final, volverá a imponerse. Nuestras vidas son meros puntos de luz en el ínterin, como las estrellas más diminutas de los cielos. —La voz de Mohiam se acercó a su oído—. Kwisatz Haderach. Dime qué significa para ti este nombre.

La reverenda madre soltó su mano, y Jessica sintió que flotaba sobre el suelo, cegada por la negrura. Se estremeció, reprimió el pánico.

—Es uno de los programas de reproducción de la Hermandad. Es lo único que sé.

—Este pozo negro de conocimientos ocultos que te rodea contiene todos los secretos del universo. Los temores, esperanzas y sueños de la humanidad. Todo lo que hemos sido y todo lo que podemos lograr. Este es el potencial del Kwisatz Haderach. Es la culminación de nuestros más precisos programas de reproducción, el poderoso varón Bene Gesserit capaz de salvar los abismos del tiempo y el espacio. Es el humano de todos los humanos, un dios con forma humana.

Sin darse cuenta, Jessica apoyó las manos sobre su estómago hinchado, donde su hijo nonato, el hijo del duque Leto, se aovillaba en la seguridad de su útero, donde debía reinar la oscuridad de esta misma cámara.

La voz de su antigua maestra era seca y quebrada.

—Escúchame bien, Jessica: tras miles de años de cuidadosa planificación Bene Gesserit, la hija que llevas en tu seno está destinada a dar a luz al Kwisatz Haderach. Por eso nos hemos preocupado tanto por tu seguridad. Lady Anirul Sadow-Tonkin Corrino es la madre Kwisatz, tu protectora desde el instante de tu nacimiento. Ella ha ordenado que sepas el lugar que ocupas en los acontecimientos que se desarrollan a tu alrededor.

Jessica estaba demasiado abrumada para hablar. Sus rodillas flaquearon en la oscuridad. Por el amor de Leto, había desafiado a la Bene Gesserit. ¡Estaba embarazada de un niño, no de una niña! Y las hermanas no lo sabían.

—¿Comprendes lo que te ha sido revelado, hija? Te he enseñado muchas cosas. ¿Te das cuenta de su importancia?

Jessica habló con voz apenas audible.

—Lo comprendo, reverenda madre.

No se atrevió a confesar su transgresión en ese momento, no se le ocurrió nadie a quien confiar el terrible secreto, y mucho menos a su severa maestra. *¿Por qué no me lo dijeron antes?*

Jessica pensó en Leto, en la angustia que había padecido después de la muerte de Victor, por culpa de la traición de su concubina Kailea. *¡Lo hice por él!*

Pese a la prohibición de dejarse arrastrar por los sentimientos, Jessica había llegado a creer que sus superioras no tenían derecho a inmiscuirse en el amor de un hombre y una mujer. ¿Por qué le tenían tanto miedo? Todo su adiestramiento no servía para contestar a esa pregunta.

¿Había destruido Jessica el programa del Kwisatz Haderach, arruinado milenios de trabajo? Experimentó una mezcla de confusión, ira y miedo. *Puedo tener más hijas. Si tan importante era, ¿por qué no la habían advertido antes? ¡Malditas sean ellas y sus intrigas!*

Sintió la presencia de su profesora a su lado y recordó un día en Wallach IX, cuando habían sometido a prueba su humanidad. La reverenda madre Mohiam había apoyado un gom jabbar envenenado contra su cuello. Un desliz, y la aguja mortífera habría penetrado en su piel, matándola en el acto.

Cuando descubran que no es una niña...

La habitación negra giraba poco a poco, como si estuviera conectada con el tiovivo del jardín. Perdió todo sentido de la orientación, hasta que reparó en que estaba siguiendo a Mohiam hacia un túnel de luz. Las dos mujeres desembocaron en una habitación bien iluminada. El suelo era una pantalla en la que se proyectaba un bosque vertiginoso de palabras.

—Son los nombres y números que describen el programa genético de la Hermandad —dijo Mohiam—. ¿Ves que todos parten de una misma estirpe? Es el linaje que culmina, inexorablemente, en el Kwisatz Haderach, el pináculo.

El suelo brillaba. La reverenda madre hizo un ademán para enseñar a Jessica cuál era su lugar. La joven vio su nombre, y encima otro nombre que designaba a su madre biológica, *Tanidia Nerus*. Tal vez era el real, o quizá estaba en código. La Hermandad guardaba muchos secretos. Los vínculos entre los padres biológicos y los hijos no existían entre las Bene Gesserit.

Un nombre sorprendió a Jessica más que los demás: Hasimir Fenring. Le había visto en la corte imperial, un hombre extraño que siempre estaba susurrando en el oído del emperador. En el árbol genealógico, su linaje se acercaba al deseado pináculo, pero luego se desviaba hacia un callejón sin salida genético.

—Sí —dijo Mohiam, al observar su curiosidad—, con el conde Fenring estuvimos a punto de triunfar. Su madre era una de las nuestras, elegida con el máximo cuidado, pero su desarrollo fracasó. Fue un experimento valioso, pero inútil. Hasta el momento, ignora su papel entre nosotras.

Jessica suspiró, deseó que su vida fuera menos complicada, con respuestas directas en lugar de engaños y misterios. Quería dar a luz al hijo de Leto, pero ahora sabía que habían construido un castillo de naipes sobre este nacimiento. No era justo.

No podría soportar mucho más tiempo la proyección sensorial. Su carga era ya inmensa, y tan secreta que no podía hablar de ello con nadie. Necesitaba tiempo para pensar, una sensación desesperada. Quería huir del escrutinio de Mohiam.

Por fin, el cristal de memoria dejó de brillar, y Jessica se encontró de nuevo en la banqueta del tiovivo. El cielo nocturno estaba tachonado de estrellas. La reverenda madre Mohiam y ella estaban sentadas en un charco de luz.

Jessica sintió que el niño pataleaba dentro de su vientre, con más fuerza que nunca.

Mohiam extendió la mano, apoyó la mano sobre el protuberante estómago de la concubina y sonrió, como si ella sintiera también las patadas del feto. Sus ojos destellaron.

—Sí, es una niña fuerte..., y le aguarda un gran destino.

Nos preparan para creer, no para saber.

Aforismo zensunni

Piter de Vries, ataviado con una chaqueta de mangas anchas propia de su condición de embajador, se deslizó furtivamente por detrás de la multitud congregada en la sala de audiencias imperial. Un mentat podía aprender muchas cosas de estas actividades.

Se fue abriendo paso sin llamar la atención, hasta que tuvo frente a él a la concubina embarazada del duque Leto, acompañada de Margot Fenring, la princesa Irulan y otras dos hermanas Bene Gesserit. Casi podía oler a la puta Atreides, veía la luz dorada que se reflejaba en su pelo broncíneo. *Hermosa*. Aún embarazada del cachorro de Leto, seguía siendo deseable. De Vries había utilizado sus credenciales diplomáticas para colocarse de manera que pudiera observar a Jessica y captar cualquier fragmento de conversación que le resultara útil para planificar la audaz acción que tenía pensada.

Shaddam IV estaba sentado en el Trono del León Dorado, y escuchaba al señor de la Casa Novebruns, el cual había solicitado de forma oficial que el feudo de Zanovar fuera transferido a sus dominios. Aunque los Sardaukar del emperador habían convertido las principales ciudades de Zanovar en cicatrices ennegrecidas, lord Novebruns creía que podía extraer materiales en bruto de la zona. Para apoyar su petición, el noble sobrestimaba en gran medida los impuestos que sus nuevos ingresos depararían a la Casa Corrino.

A la Casa Taligari no se le había permitido ni enviar un emisario a la reunión.

De Vries lo encontraba todo muy divertido.

A la izquierda de Shaddam, el trono mucho más pequeño de lady Anirul seguía vacío. El chambelán Ridondo había dado la habitual excusa de que la esposa del emperador estaba indispuesta. Un eufemismo, y toda la corte lo sabía. Según los rumores, se había vuelto loca.

Eso le parecía a Piter de Vries todavía más divertido.

Si lady Anirul había sufrido una crisis nerviosa, si padecía accesos de violencia, resultaría muy eficaz (sin que nadie pudiera acusar a la Casa Harkonnen) que el mentat pervertido pudiera convencerla de atacar a la puta Atreides...

Desde hacía meses, tras el lamentable fallecimiento de su predecesor, Kalo Whylls, De Vries había ejercido las funciones de embajador provisional Harkonnen. Durante ese tiempo había acechado en las sombras del palacio, sin hablar casi con nadie, procurando pasar desapercibido. Observaba día tras día las actividades de la corte y analizaba las interacciones de las diferentes personalidades.

Era muy peculiar que Jessica siempre estuviera rodeada de otras hermanas, como gallinas cluecas, lo cual era absurdo. ¿Qué estaban tramando? ¿Por qué la protegían hasta tal punto?

No sería fácil deshacerse de ella ni del bebé del duque. Prefería acabar con Jessica antes de que diera a luz, para así matar dos pájaros de un tiro, pero hasta el momento no había gozado de la menor oportunidad. Además, el mentat no tenía la intención de sacrificar su vida por el barón. Su lealtad no llegaba a tanto.

De Vries miró por encima del hombro de un cortesano que tenía delante, y vio a Gaius Helen Mohiam, que ocupaba su lugar habitual a un lado del emperador, dispuesta a cumplir sus deberes de Decidora de Verdad cuando fuera requerida.

Aun desde lejos, pese a la gente y las actividades que se interponían entre ellos, Mohiam le fulminó con la mirada. Muchos años antes, De Vries había utilizado un aturdidor para que el barón pudiera dejarla embarazada de la hija que la Bene Gesserit le había exigido. El mentat se lo había pasado en grande, y no le cabía duda de que Mohiam le mataría si tenía ocasión.

De repente, sintió otros ojos clavados en él, y vio que otras brujas se movían en su dirección. Retrocedió entre la multitud y se alejó de Jessica.

Como todas las Decidoras de Verdad, Gaius Helen Mohiam consideraba que los intereses de la Bene Gesserit estaban por encima de todos los demás, incluidos los del emperador. Ahora, la principal prioridad de la Hermandad consistía en proteger a Jessica y a su hija.

La presencia furtiva del mentat Harkonnen preocupó sobremanera a Mohiam. ¿Por qué se interesaba tanto Piter de Vries en Jessica? Era evidente que la espiaba, siempre acechando. Era un momento muy delicado, pues el día del parto se acercaba...

Mohiam decidió dar otro paso para pillar desprevenido al mentat. Reprimió una sonrisa e hizo una seña a una hermana apostada al fondo de la sala de audiencias, la cual susurró a su vez en el oído de un guardia Sardaukar. Mohiam podía utilizar un oscuro precedente legal que aún constaba en los libros. Un verdadero mentat lo sabría de memoria, pero de Vries no era un verdadero mentat. Había sido creado, y pervertido, en los tanques tleilaxu.

El soldado se internó entre la multitud, mientras lord Novebruns continuaba explicando sus proyectos al emperador. El guardia agarró a De Vries por el cuello de la chaqueta cuando intentó retirarse hacia el fondo de la estancia. Tres guardias acudieron en su ayuda, y acallaron las protestas del mentat mientras le arrastraban hacia una entrada lateral. La escaramuza duró apenas unos momentos, pero casi nadie se dio cuenta. En su trono, el emperador parecía muy aburrido.

Mohiam accedió al pasillo a través de un gabinete.

—He solicitado una revisión en profundidad de vuestras credenciales diplomáticas, Piter de Vries. Hasta que no haya concluido la investigación, se os prohibirá entrar en la sala de audiencias cuando el emperador Padishah esté hablando de asuntos de estado.

De Vries se quedó petrificado. Su rostro enjuto adoptó una expresión de incredulidad.

—Eso es ridículo. Soy el embajador oficial de la Casa Harkonnen. Si no se me permite estar en presencia del emperador, ¿cómo voy a cumplir los deberes que el barón me ha encargado?

Mohiam se acercó más al hombre y entornó los ojos.

—Es muy poco frecuente que un mentat sea nombrado embajador.

De Vries la miró, mientras analizaba lo que en su opinión era un simple juego de poder.

—Sin embargo, la documentación oficial se ha tramitado y aprobado. Kalo Whylls fue cesado y el barón me ordenó que ocupara su lugar.

Intentó alisar sus ropas.

—Si vuestro predecesor fue «cesado», ¿cómo es que no se presentó la documentación del viaje? ¿Cómo es que Whylls jamás firmó la aceptación de su cese?

De Vries sonrió con sus labios manchados.

—¿Os dais cuenta de su incompetencia? No me extraña que el barón quisiera nombrar a una persona de más confianza para un puesto tan importante.

Mohiam hizo un gesto a los guardias.

—Hasta que este asunto no haya sido investigado a plena satisfacción, este hombre no puede aparecer en la sala de audiencias, ni en presencia del emperador Shaddam. —Dedicó un cabeceo condescendiente al mentat—. Por desgracia, los trámites pueden prolongarse durante meses.

Los guardias miraron a De Vries como si constituyera una amenaza. A una orden de Mohiam, dejaron a los dos solos en el pasillo.

—Siento la tentación de mataros —le espetó Mohiam—. Haced una proyección, mentat. Sin vuestro aturdidor oculto, no tenéis la menor posibilidad contra mis habilidades guerreras.

De Vries puso los ojos en blanco.

—¿Se supone que esas bravatas de colegiala han de impresionarme?

Mohiam fue directa al grano.

—Quiero saber por qué estáis en Kaitain, y por qué estáis siempre al acecho de lady Jessica.

—Es una mujer muy atractiva. Me fijo en todas las bellezas de la corte.

—Vuestro interés por ella es excesivo.

—Y vuestros juegos muy aburridos, bruja. Estoy en Kaitain para atender a asuntos importantes del barón Vladimir Harkonnen, como su legítimo emisario.

Mohiam no le creyó ni por un momento, pero el hombre había esquivado la pregunta sin decir ninguna mentira descarada.

—¿Cómo es que no habéis presentado peticiones, ni asistido a las reuniones del comité? Yo diría que como embajador valéis muy poco.

—Y yo diría que la Decidora de Verdad del emperador debería tener cosas más importantes que hacer que controlar las idas y venidas de un humilde representante del Landsraad. —De Vries se examinó las uñas de los dedos—. Pero tenéis razón: tengo responsabilidades vitales. Gracias por recordármelo.

Mohiam detectó sutilezas en su lenguaje corporal que demostraban su doblez. Le dirigió una mirada desdeñosa cuando el hombre se alejó con excesiva rapidez. Estaba convencida de que se proponía hacer daño a Jessica, y tal vez a la niña. No obstante, Mohiam le había puesto en guardia. Confiaba en que De Vries no cometería ninguna locura.

Si desoía su advertencia, empero, estaría muy satisfecha de tener una excusa para eliminarle.

Cuando estuvo fuera del alcance de la vista de la bruja, De Vries se quitó la chaqueta desgarrada y la arrojó a un criado que pasaba, vestido con bata y pantalones blancos. Cuando el hombre se agachó para recoger la prenda, el mentat le dio una patada en la nuca, lo bastante fuerte para dejarle inconsciente sin matarle. Había que mantenerse en forma.

Recuperó su chaqueta del suelo, para no dejar pistas, y se encaminó hacia su despacho. ¿Por qué, por qué consideraban las brujas a Jessica tan especial? ¿Por qué la esposa del emperador había llamado a la concubina de Leto a la corte imperial, solo para que pariera a un mocoso?

Los hechos encajaron en su mente. La propia Mohiam había oficiado de receptáculo cuando, veinte años antes, las brujas habían chantajeado a la Casa Harkonnen para que les diera una hija. El barón la había violado, con sumo placer. Piter de Vries había estado presente.

Esta hija tendría la misma edad de Jessica.

De Vries se detuvo ante la puerta de su despacho. Su mente se concentró en un análisis de primera aproximación. Se apoyó contra una pared de piedra.

Analizó las facciones de Jessica, en busca de los ecos más tenues de parentesco. Una gran cantidad de información le asaltó. El mentat pervertido cayó al suelo, con la espalda contra la pared, y efectuó una extraordinaria asociación en su mente:

¡Lady Jessica es la hija del barón! ¡Y Mohiam es su madre biológica!

Salió del trance y observó que un ayudante se acercaba con aspecto de preocupación, pero se puso en pie e indicó con un ademán que le dejara en paz. Entró dando tumbos en su despacho, pasó entre sus secretarias sin decir palabra y desapareció en la habitación principal. Su cerebro continuaba zumbando, analizando una probabilidad tras otra.

El emperador Shaddam practicaba sus juegos políticos particulares, pero no veía las intrigas que se desarrollaban ante sus propios ojos. Con una sonrisa satisfecha, el mentat comprendió que la nueva teoría podía convertirse en un arma extraordinaria. *Pero ¿cuál era la mejor forma de utilizarla?*

> Antes de permitirte celebrar algo, espera a comprobar si las buenas noticias son fidedignas o solo lo que deseas escuchar.
>
> Consejero de Fondil III (anónimo)

Después de una larga y tediosa sesión con lord Novebruns y otros suplicantes en el salón del trono, Shaddam estaba agotado, ansioso por volver a sus aposentos y tomar una copa en paz y tranquilidad, tal vez uno de los excelentes vinos de Caladan. Más tarde, quizá bajaría a los laberínticos estanques de agua caliente que había bajo el palacio, donde jugaría con sus concubinas..., aunque hoy no estaba de humor para retozar.

Se quedó estupefacto al ver a Hasimir Fenring esperándole en su despacho.

—¿Por qué no estás en Ix? ¿No te envié allí para supervisar la producción?

Fenring vaciló solo un momento, y luego sonrió.

—Ummm, er, tenía que hablar de cosas importantes con vos, en persona.

Shaddam paseó la vista a su alrededor con aire furtivo.

—¿Sucede algo? Insisto en que me digas la verdad. Mis decisiones dependen de ello.

—Ummm. —Fenring paseó por la habitación—. Os traigo buenas nuevas. Una vez revelado este, ya no guardaremos más secretos. De hecho, querremos que todo el Imperio lo sepa. —Sonrió, y sus ojos brillaron—. ¡Es perfecto, mi emperador! Ya no tengo dudas. El amal es todo cuanto habíamos esperado.

Sorprendido por el entusiasmo de Fenring, Shaddam se sentó ante su escritorio y sonrió.

—Entiendo. Muy bien. Todas tus dudas eran infundadas, tal como yo sospechaba.

Fenring inclinó su enorme cabeza.

—He investigado a fondo todas las instalaciones del investigador jefe Ajidica. Presencié el proceso de producción en los tanques de axlotl. He probado el amal, y he realizado toda una serie de análisis, y todos se vieron coronados por el éxito. —Rebuscó en el bolsillo de su levita y extrajo un pequeño paquete—. Mirad, he traído una muestra para vuestro uso privado, señor.

Shaddam, inquieto, cogió el paquete. Lo olió.

—Huele a melange.

—Sí, ummm. Probadlo, señor. Comprobaréis que es excelente.

Fenring parecía demasiado ansioso.

—¿Intentas envenenarme, Hasimir?

El ministro de la Especia retrocedió, sorprendido.

—¡Vuestra Majestad! ¿Cómo podéis pensar algo semejante? —Entornó los ojos—. Supongo que seréis consciente de que he gozado de amplias oportunidades de asesinaros durante todos estos años, ¿ummm?

—Eso es cierto.

Shaddam alzó la muestra a la luz.

—Yo mismo lo probaré, si eso os tranquiliza.

Fenring extendió la mano, pero Shaddam alejó el paquete.

—Basta, Hasimir. Con eso me has convencido.

El emperador se llevó a la lengua un poco de la sustancia polvorienta, después un poco más, y por fin vació toda la dosis en su boca. Presa de un éxtasis supremo, dejó que el amal se disolviera en su lengua, notó el familiar hormigueo de la melange, la energía, el estímulo. Una amplia sonrisa se dibujó en su rostro.

—Excelente. No noto la diferencia. Es... increíblemente bueno.

Fenring hizo una reverencia, como si todo el mérito fuera suyo.

—¿Tienes más? Me gustaría empezar a consumirlo, para sustituir mi especia diaria.

Shaddam miró en el paquete, como si buscara restos en el fondo.

Fenring retrocedió medio paso.

—Ay, señor, me fui a toda prisa y solo pude traer esta pequeña cantidad. No obstante, con vuestra bendición, diré al investigador jefe Ajidica que puede continuar la producción a gran escala sin más dudas de la corona, ¿ummm? Creo que eso acelerará el proceso considerablemente.

—Sí, sí —dijo Shaddam, al tiempo que agitaba las manos—. Vuelve a Ix y procura que no haya más retrasos. Ya he esperado bastante.

—Sí, señor.

Fenring parecía muy ansioso por marcharse, pero el emperador no se dio cuenta.

—Ojalá pudiera encontrar una forma de eliminar la especia de Arrakis —musitó Shaddam—. Entonces, el Imperio no tendría otro remedio que depender de mí para conseguir amal.

Tamborileó con los dedos sobre el escritorio, absorto de nuevo en sus pensamientos.

Fenring hizo una reverencia al llegar a la puerta de las oficinas privadas del emperador y salió.

Una vez en el pasillo, el Danzarín Rostro mantuvo la farsa hasta que estuvo lejos del palacio. Otros tleilaxu continuaban en la corte de Kaitain, infiltrados por Ajidica, pero el Danzarín Rostro se alegraba de volver a Xuttuh.

Shaddam había escuchado las noticias que deseaba oír, y el amo Ajidica podría continuar sus trabajos sin que nadie le molestara. El gran plan del investigador jefe estaba a punto de dar sus frutos.

Cuando sientes las presiones de las limitaciones, empiezas a morir..., en una cárcel que tú mismo has elegido.

DOMINIC VERNIUS, *Recuerdos de Ecaz*

En las madrigueras de los suboides, C'tair guió a Rhombur y Gurney hasta una amplia sala de piedra. En tiempos lejanos había sido un almacén rebosante, pero ahora que las provisiones habían disminuido, había muchas zonas vacías. Durante la primera noche, Rhombur y Gurney habían hablado de las diversas estrategias posibles. Debido al retraso del crucero, contaban con menos tiempo del que esperaban.

A la tenue luz de un mortecino globo luminoso, C'tair contó a Rhombur entre susurros los sabotajes que había cometido a lo largo de los años, la subrepticia ayuda Atreides que le había ayudado a asestar golpes puntuales a los invasores; pero la crueldad tleilaxu, así como el aumento de fuerzas Sardaukar destacadas en Ix, habían robado al pueblo ixiano toda esperanza de libertad.

Rhombur no tuvo otro remedio que darle la triste noticia de que su hermano Navegante, D'murr, había muerto por culpa de la especia contaminada, aunque había vivido lo suficiente para salvar a un crucero lleno de gente.

—Yo... sabía que algo había pasado —dijo C'tair con voz desolada, pero no quiso decir nada de Cristane—. Estuve hablando con él justo antes de que ocurriera.

Al oír las experiencias de C'tair, el príncipe ixiano no pudo comprender cómo aquel terrorista solitario, aquel súbdito tan leal, había sobrevivido a tanta desesperación. La tensión casi le había vuelto loco, pero el hombre continuaba su obra.

Pero las cosas cambiarían. En Ix, Rhombur se había zambullido en su nueva obsesión con feroz entusiasmo. Tessia se alegraría de verlo.

Antes de que rompiera el alba artificial, Gurney y él volvieron a la superficie, desmontaron el resto del módulo de combate camuflado y trasladaron al subterráneo las armas ocultas y los componentes blindados. Sería suficiente para una pequeña insurrección armada, siempre que el material se distribuyera con eficacia.

Y siempre que pudieran encontrar suficientes luchadores.

Rhombur se erguía como un caudillo en la cámara secreta. Durante días, había corrido el rumor de su regreso. Gente presa de un temor reverente, elegida con todo cuidado por Gurney y C'tair, había inventado excusas para abandonar su puesto de trabajo, y desfilaban ante él de uno en uno. La sola presencia del príncipe les daba esperanza. Habían oído promesas durante años, y ahora el legítimo conde Vernius había regresado.

Rhombur miró a los obreros que todavía esperaban a entrar en la cámara. Muchos tenían los ojos abiertos de par en par. Otros, lloraban a lágrima viva.

—Míralos, Gurney. Este es mi pueblo. No me traicionarán. —Esbozó una tenue sonrisa—. Y si se vuelven contra la Casa Vernius, incluso después de que los tleilaxu hayan sido expulsados, querrá decir que no habrán valido la pena tantos esfuerzos para recuperar mi hogar.

La gente continuaba llegando, con la esperanza de estrechar la mano mecánica del príncipe cyborg, como si hubiera resucitado. Algunos se postraron, otros le miraron a los ojos, como desafiándole a devolver la libertad al pueblo sojuzgado.

—Sé que os he decepcionado muchas veces —dijo Rhombur, con una voz que parecía mucho más madura, mucho más segura que antes—. Pero esta vez, triunfaremos.

La gente le escuchaba con atención. Rhombur se sintió asombrado, y también abrumado por la responsabilidad.

—Durante los siguientes días, tenéis que vigilar y esperar. Preparaos para aprovechar la oportunidad. No pido que pongáis en peligro vuestras vidas..., todavía. Pero cuando llegue el momento, lo sabréis. No puedo daros más detalles, porque los tleilaxu tienen muchos oídos.

Los congregados murmuraron entre sí, menos de cuarenta personas que miraban de reojo a sus compañeros, como si hubiera Danzarines Rostro entre ellos.

—Soy vuestro príncipe, el legítimo conde de la Casa Vernius. Confiad en mí. No os decepcionaré. Pronto seréis liberados. Ix volverá a ser como cuando mi padre Dominic gobernaba el planeta.

La gente le vitoreó en voz baja, y alguien gritó:

—¿Nos liberaremos de los tleilaxu y de los Sardaukar?

Rhombur se volvió hacia el hombre.

—Los soldados del emperador no tienen más derecho a estar aquí que los tleilaxu. —Adoptó una expresión sombría—. Además, la Casa Corrino ha cometido repetidos crímenes contra la familia Vernius. Observad.

Gurney se adelantó y activó un pequeño holoproyector. Apareció la imagen sólida de un hombre enjuto y abatido, sentado en las sombras.

—Antes de que se casara con mi padre, lady Shando Vernius era una concubina del emperador Elrood IX. Sin que lo supiéramos hasta hace poco, también dio al emperador un hijo ilegítimo. Bajo el nombre de Tyros Reffa, el muchacho fue criado en secreto por el bondadoso Docente de Taligari. Por consiguiente, Reffa era mi hermanastro, miembro de la Casa Vernius, aunque por la rama femenina.

Murmullos de sorpresa se elevaron en la cámara. Los ixianos estaban enterados de la muerte de Dominic, Shando y Kailea, pero ignoraban que existiera otro miembro de la familia.

—Estas palabras fueron grabadas en la prisión imperial por nuestro embajador en el exilio, Cammar Pilru. Fueron las últimas declaraciones de Tyros Reffa, antes de que el emperador Shaddam Corrino le ejecutara. Ni siquiera yo conocía a mi hermanastro.

Proyectó el apasionado discurso de Reffa, que provocó gritos de ira e indignación. Al parecer, el hombre ignoraba su relación con la Casa Vernius, pero eso no importó a la gente. Cuando la imagen se desvaneció, los congregados se abalanzaron hacia delante, como para abrazar la imagen proyectada.

A continuación, Rhombur aprovechó el efecto de las palabras de Reffa para pronunciar su propio discurso, con una pasión y energía de las que se habría sentido orgulloso un Maestro Jongleur. Hizo más que inflamar sentimientos revolucionarios. El príncipe Rhombur exigió justicia.

—Ahora, id y haced correr la noticia —les urgió. El tiempo se estaba acabando, y el príncipe corría más peligro a cada hora que transcurría—. Sed cautelosos, pero entusiastas. Procuremos no revelar nuestros planes a los tleilaxu y a los Sardaukar. Todavía no.

Al oír nombrar a los odiados enemigos, varios ixianos escupieron en el suelo.

—¡Victoria en Ix! —gritaron los rebeldes al unísono.

C'tair y Gurney se llevaron al príncipe por un túnel lateral, para esconderle antes de que algún espía reparara en el bullicio y fuera a investigar.

Días después, todavía inseguros, los dos infiltrados consultaron un cronómetro mientras esperaban un cambio de turno, para poder hablar con otros rebeldes en potencia. Un tenue globo de luz alumbraba en el techo de una pequeña estancia rocosa.

—Todo se desarrolla tal como esperábamos, teniendo en cuenta el calendario que habíamos acordado —dijo Rhombur.

—De todos modos, el duque Leto carece de toda información —repuso Gurney—. Ojalá pudiéramos ponernos en contacto con él, para decirle que todo va bien.

Rhombur respondió con una cita de la Biblia Católica Naranja, a sabiendas de que su compañero era un gran admirador de la obra.

—«Si no tienes fe en tus amigos, quiere decir que no tienes verdaderos amigos.» No te preocupes, Leto no nos abandonará.

Los hombres se pusieron en tensión cuando oyeron un alboroto en el pasillo, seguido de pasos furtivos. Entonces, apareció C'tair, con la camisa de trabajo y las manos ensangrentadas.

—He de cambiarme y lavarme a toda prisa. —Paseó la vista de un lado a otro—. Me he visto obligado a matar a otro tleilaxu. Era un trabajador de los laboratorios, pero había acorralado a un nuevo recluta y le estaba interrogando. Sé que habría revelado nuestro plan.

—¿Te vio alguien? —preguntó Gurney.

—No, pero nuestro recluta huyó, y me dejó abandonado a mi suerte. —C'tair inclinó la cabeza, la sacudió, alzó la barbilla de nuevo, con ojos orgullosos pero tristes—. Mataré a tantos como sea necesario. La sangre tleilaxu purifica mis manos.

Gurney estaba preocupado.

—Una mala noticia. Es la cuarta vez que están a punto de descubrirnos en solo tres días. Los tleilaxu son muy suspicaces.

—Por eso no podemos retrasarnos —dijo Rhombur—. Todo el mundo ha de ceñirse al horario establecido, y estar preparado. Yo les guiaré. Soy su príncipe.

La cicatriz de tintaparra de Gurney se enrojeció cuando frunció el ceño.

—Esto no me gusta.

C'tair empezó a lavarse las manos y a restregarse bajo las uñas. Parecía resignado al peligro.

—Los ixianos ya hemos sido masacrados en anteriores ocasiones, pero nuestra determinación prevalecerá. Nuestras oraciones prevalecerán.

> La búsqueda de una explicación definitiva y unificadora de todas las cosas es una empresa infructuosa, un paso en la dirección equivocada. Este es el motivo de que, en un universo caótico, debamos adaptarnos constantemente.
>
> *Libro Azhar* de la Bene Gesserit

El Palacio Ishaq de Documentos Magníficos estaba perdido entre los extravagantes monumentos de Kaitain. Durante su juventud, Shaddam había pasado mucho tiempo en los centros de diversión de la ciudad, pero había demostrado poco interés por documentos antiguos. De todos modos, una visita oficial del emperador al antiguo museo parecía una diversión apropiada en estos momentos.

¿Por qué está la Cofradía tan disgustada?

Antes de la llegada de Shaddam, el Palacio Ishaq había sido despojado de todos los artilugios de vigilancia. Aquel día, todos los profesores, historiadores y estudiantes tenían prohibida la entrada en el edificio, para que el emperador gozara de pleno acceso. Aun así, iba acompañado de su séquito de guardias y multitud de funcionarios, de manera que los pasillos parecían atestados.

Aunque la Cofradía había solicitado aquella reunión secreta, Shaddam había elegido el momento y el lugar más convenientes.

Mucho tiempo antes, cuando el emperador Ishaq XV diseñó y construyó el edificio, era una de las construcciones más espectaculares de la ciudad imperial. Pero en los milenios intermedios, el palacio de Documentos Magníficos había sido engullido por una arquitectura todavía más impresionante. Ahora, era difícil encontrarlo entre la congestión de edificios gubernamentales.

El Conservador recibió al emperador y su escolta con excesivo entusiasmo y extrema formalidad. Shaddam murmuró las respuestas adecuadas, mientras el obsequioso hombre exhibía diversos diarios escritos a mano, los diarios personales de antiguos emperadores Corrino.

Teniendo en cuenta todas las responsabilidades agobiantes que exigían su atención, Shaddam no podía imaginar a un gobernante experimentado que tuviera tiempo para escribir tales reflexiones para la posteridad.

Al igual que Ishaq XV, quien había intentado inscribir su nombre en las crónicas del Imperio mediante la construcción de este impresionante museo, todos los emperadores Padishah buscaban un lugar especial en la historia. Con el amal, Shaddam se juró que lograría la fama gracias a algo más grande que un diario escrito a mano o un viejo edificio polvoriento.

¿Qué querrá la Cofradía de mí? ¿Habrán averiguado algo más sobre la especia contaminada de Beakkal?

Aunque todavía no había decidido qué iba a hacer con Arrakis, en cuanto consiguiera monopolizar el comercio de la especia con su barato sustitutivo, Shaddam tenía la intención de poner los cimientos para generaciones futuras de la Casa Corrino.

Durante la visita, el Conservador le enseñó documentos constitucionales, juramentos de independencia condicional y declaraciones de lealtad planetaria que databan de cuando el creciente Imperio se estaba consolidando. Un pergamino conservado con todo esmero de la primera Carta de la Cofradía, en teoría una de las únicas once copias existente en el universo, descansaba bañada bajo luces filtrantes y un escudo protector. Una vitrina albergaba un ejemplar del *Libro Azhar*, el volumen de secretos Bene Gesserit escrito en un idioma ya olvidado.

Por fin, el Conservador se detuvo ante un par de puertas altas y se apartó a un lado.

—Aquí, Vuestra Majestad, guardamos nuestro mayor tesoro, la piedra angular de la civilización imperial —murmuró con reverencia—. Conservamos el documento original de la Gran Convención.

Shaddam fingió quedar impresionado. Conocía los legalismos de la Gran Convención, por supuesto, y había estudiado los precedentes, pero nunca se había tomado la molestia de leer el documento.

—¿Habéis tomado las medidas necesarias para que lo pueda examinar a solas?

—Desde luego, señor. En una cámara privada y segura.

Los ojos del Conservador mostraron preocupación. Shaddam se preguntó si el hombre temía algo de él. Si un emperador hacía trizas un documento, ¿no constituiría un acontecimiento histórico? Una sonrisa cruzó sus labios.

Shaddam sabía, aunque pocos más conocían la verdad, que la «sagrada reliquia» no era la original, sino una hábil falsificación, pues la auténtica se había perdido en la explosión atómica de Salusa. Pero era un símbolo, y la gente podía ser fanática con esas cosas. Shaddam reflexionó sobre esto mientras las puertas se abrían y entraba en la sala, caminando con orgullo imperial, pero sin prisa. Sentía un miedo cada vez mayor.

La Cofradía Espacial pocas veces me ha pedido algo, y ahora insisten en esta reunión secreta. ¿Qué quieren? La Cofradía había recibido exorbitantes sobornos después de cada ataque a los planetas que albergaban reservas ilegales de especia, y habían parecido satisfechos.

Contempló el atril sobre el que descansaba el documento fraudulento, aderezado con bordes chamuscados para alimentar la ficción de que había sido rescatado del holocausto de Salusa. Ojalá Hasimir Fenring estuviera con él. Debido a los problemas derivados de la Gran Guerra de la Especia, Shaddam necesitaba buenos consejos. Exhaló un profundo suspiro. *Estoy solo.*

A su debido tiempo, sobre todo ahora que Fenring había desechado todas sus reticencias, Shaddam pensaba anunciar el descubrimiento del amal a la CHOAM y a la Cofradía. No cabía duda de que la crisis económica sería caótica, pero el emperador era fuerte, y gracias al secreto de la especia sintética podría hacer frente a cualquier sanción. Pero tendría que bloquear los canales habituales de la melange.

Arrakis, ¿qué hacer con Arrakis...?

O bien destruiría el planeta desierto, o enviaría una fuerza Sardaukar permanente que impidiera a la Cofradía obtener su especia. Era algo esencial durante la transición, con el fin de obligar al Imperio a comprar su amal...

En cuanto las puertas se cerraron a sus espaldas, una entrada secreta se deslizó a un lado en la pared de la izquierda. Un hombre alto de ojos rosados y una mata de cabello blanco entró en la sala, pero vaciló y miró a su alrededor con suspicacia. Llevaba un traje protector de la Cofradía hecho de cueril polimerado, provisto de tubos y poleas conectados con un depósito presurizado que cargaba a la espalda. Gas de especia se filtraba por evaporadores que portaba alrededor del cuello del traje, de manera que su cara estaba envuelta en un halo de gas de melange anaranjado.

Avanzó y examinó las facciones del emperador con sus ojos albinos y penetrantes. Le seguían cinco hombres más de la Cofradía, de escasa estatura y vestidos con idénticos trajes, pero sin depósitos de melange. Eran enanos calvos y de piel pálida, con la estructura ósea deforme, como si alguien hubiera convertido sus esqueletos en arcilla y luego la hubiera estrujado. Portaban micrófonos y aparatos de grabación.

Shaddam se encrespó.

—Se supone que íbamos a estar solos, delegado. No he traído guardias.

El emperador captó el olor a canela de la especia.

—Ni yo —dijo el delegado de la Cofradía con voz ronca, suavizada por la espesa melange—. Estos hombres son extensiones de mí, partes de la Cofradía. Toda la Cofradía está estrechamente interconectada, mientras que vos solo representáis a la Casa Corrino.

—La Cofradía debería tener la prudencia de recordar cuál es mi cargo. —Se contuvo, pues no quería caer en excesos de fanfarronería que dieran lugar a repercusiones impredecibles—. La Cofradía ha solicitado esta reunión. Haced el favor de ir al grano, pues soy un hombre muy ocupado.

—Hemos llegado a conclusiones concernientes a la especia defectuosa que condujo a graves errores de dos Navegantes y a la muerte de un hombre de la Cofradía. Ahora sabemos el origen.

Shaddam frunció el entrecejo.

—Pensaba que habíais dicho que la melange contaminada procedía de Beakkal. El planeta ya ha sido puesto en cuarentena.

—Beakkal se limitó a vendérnosla. —El delegado de la Cofradía tenía el semblante sombrío—. La especia procede de Arrakis. La especia procede de los Harkonnen. —El albino aspiró otra bocanada de vapores—. Según nuestros agentes destinados en Arrakis, hemos averiguado que el barón ha acumulado grandes reservas de especia ilegal. Sabemos que es cierto, pero el volumen de sus envíos no ha decrecido.

Shaddam se inflamó de cólera. El hombre de la Cofradía debía saber que era muy sensible a este tema.

—Hemos terminado un estudio en profundidad sobre los expedientes Harkonnen. El barón ha documentado su producción de especia con particular minuciosidad. Al parecer, las cantidades son correctas.

A Shaddam le costaba seguir el discurso del hombre.

—Si los registros son correctos, ¿cómo pudo el barón acumular dicha reserva? ¿Qué tiene esto que ver con la especia contaminada?

Por algún motivo desconocido, los hombres de la Cofradía cambiaron de posición alrededor del albino.

—Reflexionad, señor. Si el barón roba un porcentaje de cada cosecha de especia, pero continúa enviando la cantidad correcta según los manifiestos, es evidente que estará «recortando» la exportación. Ha de diluir en la melange pura materiales en teoría inertes. El barón se guarda una parte importante de la melange auténtica, al tiempo que proporciona especia debilitada para uso de Navegantes. Dadas las pruebas, no puede haber otra conclusión.

El delegado ajustó los controles de su complicado traje y aspiró una profunda bocanada de gas.

—La Cofradía Espacial está dispuesta a acusar al barón Harkonnen en el tribunal del Landsraad de malversación, y de provocar los desastres de los cruceros. Si es condenado, se verá obligado a pagar tantas reparaciones que la Casa Harkonnen se arruinará.

Shaddam no pudo reprimir una sonrisa. Había estado buscando una solución al problema de Arrakis, y ahora aparecía como por arte de magia. Una idea se formó en su mente, una idea que lo solucionaría todo. Las acusaciones de la Cofradía eran una oportunidad de oro, tal vez algo prematuras, pero daba igual.

Por fin tenía la excusa que necesitaba para justificar su monopolio. Gracias al informe reciente de Hasimir Fenring, y a similares comunicados del investigador jefe Ajidica y el comandante Sardaukar Cando Garon, confiaba plenamente en la viabilidad de su especia sintética.

Basándose en las acusaciones del Landsraad, Shaddam podía

descargar la espada de la justicia imperial sobre Arrakis, con la plena colaboración de la Cofradía. Antes de que nadie se enterara de lo que estaba pasando, los Sardaukar borrarían toda la producción de especia en el desierto, y la Casa Corrino tomaría el control absoluto de la única fuente de especia existente: el amal. Esta revolución económica tendría lugar mucho antes de lo que él esperaba.

Los enanos mutantes se revolvieron, miraron a su superior, a la espera de sus órdenes.

Shaddam se volvió hacia el delegado de la Cofradía.

—Confiscaremos toda la especia de la Casa Harkonnen, empezando por Arrakis, y luego registraremos todos los demás planetas del barón. —Dibujó una sonrisa paternal—. Como siempre, mi primera preocupación es hacer cumplir la ley imperial. Y como siempre, la Cofradía y la CHOAM compartirán el botín de todas las reservas ilegales de especia que descubramos. Yo no me guardaré ni un gramo.

El delegado de la Cofradía inclinó la cabeza.

—Eso es muy satisfactorio, emperador Corrino.

Más para mí que para ti, pensó Shaddam. Había esperado tanto tiempo esta oportunidad... ¿Cómo la iba a dejar pasar? En cuanto destruyera la única fuente conocida de melange natural y lanzara la distribución a gran escala del amal, las escasas migajas de especia recuperada serían irrelevantes.

—Al tiempo que mantengo el bloqueo de Beakkal, enviaré una numerosa fuerza Sardaukar a Arrakis. —Enarcó las cejas. Si podía ahorrarse los gastos del transporte de una operación militar tan enorme, aún obtendría mayores beneficios—. Espero que la Cofradía aporte los cruceros necesarios para esta operación, por supuesto.

—Desde luego —prometió el delegado, que había caído en la trampa de Shaddam—. Tantos como necesitéis.

La vida potencia la capacidad del entorno para mantener la vida. La vida provoca que los alimentos necesarios sean más asequibles. Infunde más energía al sistema, mediante la tremenda interacción química de organismo a organismo.

Planetólogo Imperial PARDOT KYNES

Al mando de Thufir Hawat, las naves de auxilio Atreides se acercaron al bloqueo de Beakkal. El mentat no lanzó amenazas, pero tampoco desvió su curso. La flotilla solo contaba con defensas de escasa importancia, armas que no hubieran podido rechazar ni a una banda de piratas.

En cambio, las enormes naves de guerra Sardaukar iban armadas hasta los dientes, en una titánica demostración de poder imperial.

Cuando los cargueros de Hawat avanzaron hacia el cordón, dos corvetas Corrino volaron hacia ellos. Antes de que los capitanes Sardaukar profirieran amenazas, Hawat abrió una línea de comunicación.

—Nuestras naves vuelan bajo los colores del duque Leto Atreides, en misión humanitaria. Transportamos alimentos y ayuda humanitaria para Beakkal.

—Dad media vuelta —respondió un oficial.

Cualquiera de las corvetas habría podido diezmar la flotilla Atreides, pero el mentat no se arredró.

—Veo que vuestro rango es el de Levenbrech. Decidme vuestro nombre, para que quede grabado en mi memoria.

Ni siquiera parpadeó. Un oficial tan inferior jamás tomaría una decisión importante.

—Torynn, señor —dijo el Levenbrech con voz tensa—. Vuestra Casa no tiene nada que hacer aquí. Que vuestra flota dé media vuelta y regrese a Caladan.

—Levenbrench Torynn, podemos ayudar a los supervivientes del planeta, mientras vuelven a plantar sus cosechas con cepas más resistentes. ¿Negaréis comida y medicamentos a una población que muere de hambre? Ese no es el propósito oficial de este bloqueo.

—Ninguna nave puede pasar —insistió Torynn—. Se ha decretado la cuarentena.

—Lo entiendo, pero no lo comprendo. Ni vos tampoco, al parecer. Hablaré con vuestro oficial superior.

—El Supremo Bashar está ocupado en otros asuntos —dijo el Levenbrench, en tono implacable.

—En tal caso, procuraremos mantenerle aún más ocupado.

Hawat concluyó la transmisión y ordenó a sus naves que avanzaran, sin prisas, sin desviarse de su curso.

Las dos corvetas intentaron cortar el paso a la formación, pero el mentat envió veloces órdenes en el código de guerra Atreides. La flotilla se abrió en abanico alrededor de las naves de guerra. El Levenbrench continuó enviando señales, cada vez más frustrado cuando comprobó que el mentat hacía caso omiso de sus órdenes.

Por fin, Torynn pidió más refuerzos. Thufir sabía que los Sardaukar nunca perdonarían al oficial por ser incapaz de detener a un grupo de naves de carga desarmadas.

Siete naves de mayor tamaño se desgajaron de la red que rodeaba Beakkal, y se acercaron a las naves Atreides. El mentat sabía que era un momento peligroso, porque el Supremo Bashar Zum Garon, un veterano como el propio Hawat, estaría alerta, convencido de que se trataba de una trampa o una añagaza destinada a dejar el planeta indefenso. El rostro de Hawat no traicionaba la menor emoción. Era una treta, en efecto, pero no la que los Sardaukar esperaban.

Por fin, el sombrío Bashar le habló.

—Os han ordenado que deis media vuelta. Obedeced de inmediato, o seréis destruidos.

Thufir percibió que los miembros de su tripulación estaban inquietos, pero se mantuvo firme.

—En tal caso, no cabe duda de que seréis relevado de vuestro mando, señor, y el emperador tendrá que sufrir durante mucho tiempo las repercusiones políticas de disparar sobre naves pacíficas y desarmadas, que llevan ayuda humanitaria a una población afligida. Shaddam Corrino ha dado débiles excusas para justificar vuestras brutales agresiones. ¿Cuál será su justificación esta vez?

El veterano militar enarcó sus pobladas cejas.

—¿A qué jugáis, mentat?

—Yo no juego a nada, Supremo Bashar Garon. Pocas personas se toman la molestia de desafiarme, porque un mentat siempre gana.

Garon resopló.

—¿Queréis hacerme creer que la Casa Atreides envía ayuda a Beakkal? No hace ni ocho meses, vuestro duque bombardeó este planeta. ¿Se ha ablandado Leto?

—No comprendéis el sentido del honor Atreides, del mismo modo que vuestro Levenbrech no entiende los principios de la cuarentena —repuso Thufir con frialdad—. Leto el Justo castiga cuando es preceptivo, y ofrece ayuda cuando es necesario. ¿No son esos los principios por los que se rige la Casa Corrino desde la batalla de Corrin?

El Bashar no contestó. Lanzó una orden en código cifrado. Cinco naves más se desviaron de la órbita y rodearon a la flotilla Atreides.

—Os negamos el paso. Las órdenes del emperador son tajantes.

Thufir probó otra táctica.

—Estoy seguro de que su Majestad Imperial Shaddam IV no impediría a su primo reconciliarse con el pueblo de Beakkal. ¿Por qué no se lo preguntamos? Yo puedo esperar, mientras vos perdéis el tiempo..., y la gente continúa muriendo en ese planeta.

Ninguna otra familia del Landsraad osaría desafiar el bloqueo imperial, sobre todo en el actual estado de ánimo veleidoso de Shaddam. Pero si Thufir Hawat lograba su propósito, en nombre de Leto, tal vez otras familias se sentirían obligadas, aunque solo fuera por vergüenza, a proporcionar ayuda al pueblo de Beakkal, e infundirle energía para combatir la plaga botánica. Tal vez considerarían su iniciativa un acto de censura pasivo contra las recientes acciones del emperador.

El mentat continuó.

—Enviad un mensaje a Kaitain. Contad al emperador nuestras intenciones. No existe la menor posibilidad de que nos contaminemos si utilizamos cajas de vertido orbitales para entregar nuestra carga. Conceded al emperador Shaddam la oportunidad de demostrar la bondad y generosidad de la Casa Corrino.

—Os desviaréis hacia Sansin, Thufir Hawat —dijo el Supremo Bashar Garon, en tanto las naves de guerra Sardaukar estrechaban su cerco alrededor de la flotilla Atreides—. Esperaréis a recibir más instrucciones. En este preciso momento, un crucero se dispone a despegar de la estación de tránsito. Iré en persona al palacio imperial y transmitiré vuestra petición al emperador.

Las naves de guerra escoltaron a la flotilla de Hawat hasta el asteroide.

El mentat dirigió un postrer comentario al recalcitrante Bashar.

—No perdáis más tiempo, señor. El pueblo de Beakkal se está amotinando, y aquí tenemos comida. No posterguéis su entrega.

No obstante, la verdad era que Thufir estaba muy satisfecho de que su maniobra de distracción ocupara a las fuerzas imperiales.

La flotilla Atreides esperó en Sansin durante todo un día, después de que el Supremo Bashar partiera. Después, en el momento preciso, Hawat envió un mensaje codificado a sus naves de suministros, que despegaron de la estación de tránsito y se dirigieron con absoluta confianza hacia Beakkal, sin hacer caso de las renovadas protestas de la flota Sardaukar.

Otro oficial les conminó a detenerse.

—Cesad en vuestro avance, o lo consideraremos una amenaza. Os destruiremos.

Al parecer, el infortunado Levenbrech Torynn había sido relevado del mando.

El bloqueo militar reaccionó con un gran despliegue de actividad, pero Hawat sabía que si el Supremo Bashar no se atrevía a disparar contra ellos, ningún oficial de menor rango correría el riesgo.

—Nadie os ha dado esa orden. Nuestras provisiones son perecederas, y los habitantes de Beakkal están muriendo de hambre. Vuestro injusto aplazamiento ya ha costado miles, tal vez millones de vidas. No agravéis vuestro crimen, señor.

El oficial, presa del pánico, envió más mensajes y activó sus armas, pero Hawat guió sus naves a través de la red. Tardarían días en recibir una respuesta de Kaitain, aunque fuera con el correo más veloz.

Las naves Atreides orbitaron sobre los centros de población más afectados. Las compuertas de las bodegas se abrieron, y gigantescas cajas de vertido cayeron hacia la superficie. Al mismo tiempo, Thufir transmitió un mensaje a los ciudadanos, en el que ensalzaba la clemencia del duque Leto y les animaba a aceptar aquellos regalos en nombre de toda la humanidad.

Había esperado que un primer magistrado consternado le contestara, pero el mentat averiguó mediante una comunicación con tierra que los disturbios ya le habían costado al político la vida. Su aterrado sucesor insistía en que no existía ningún resentimiento contra la Casa Atreides, sobre todo ahora.

Era muy probable que las naves Sardaukar impidieran a la flotilla Atreides salir del sistema, pero Thufir afrontaría ese problema a su debido tiempo. Confiaba en haber hecho lo necesario, que consistía en suscitar preocupación en Kaitain.

Ahora, podía permitirse el lujo de esperar. Según el plan del duque Leto, las fuerzas de asalto Atreides estarían a punto de atacar Ix.

Cuando una nave correo recién llegada partió a toda prisa del complejo de Sansin y fue interceptada por la nave insignia Sardaukar, Hawat supuso que el Supremo Bashar Garon regresaba en ella.

Una hora después, el mentat se sorprendió al recibir la noticia de que el emperador no se había dignado dar una respuesta a lo que él llamaba «el problema sin importancia Atreides» en Beakkal. En cambio, había requerido la presencia de su Supremo Bashar. Cuando interceptó un mensaje por radio entre naves, Thufir averiguó que era para «un nuevo ataque en toda regla».

Las proyecciones mentales de Thufir Hawat no habían previsto esta eventualidad. Su mente dio vueltas, sin encontrar una solución. ¿Un nuevo ataque en toda regla? ¿Se refería a Ix, o a un desquite imperial contra Caladan? ¿El duque Leto ya había perdido la partida?

Todas las extrapolaciones que sugerían su compleja mente le alarmaban. La coincidencia era terrible.

Tal vez Leto había sido arrastrado hacia el desastre, a fin de cuentas.

Ser un buen hombre no siempre equivale a ser un buen ciudadano.

Aristóteles de la Vieja Tierra

Aunque el duque Leto no solía hacer viajes oficiales a Kaitain, su llegada al palacio imperial despertó poco interés. Una gran actividad política y diplomática tenía lugar en el edificio. Nadie prestaba atención a un duque más.

Acompañado por un pequeño séquito de criados, Leto se dirigió hacia el ala de recepciones del palacio en un transporte diplomático. El aire olía a jazmín y potenciadores aromáticos, que disimulaban los gases de escape de los vehículos. Si bien estaba abrumado por las preocupaciones (Duncan y los soldados Atreides, Thufir y su intento de burlar el bloqueo de Beakkal, el preocupante silencio de Rhombur y Gurney), conservaba el porte sereno de un diplomático y líder al frente de una misión importante.

Pese a las presiones, ardía en deseos de ver a Jessica. Su hijo nacería dentro de pocos días.

Guardias con librea corrían al lado del elegante vehículo ingrávido. Tenía al menos tres siglos de antigüedad, con asientos de velva rojos. El adorno del capó en forma de león dorado se movía a izquierda y derecha, abría las fauces, desnudaba los dientes, y hasta rugía cuando el chófer de bigote negro tocaba la bocina.

El artilugio no impresionaba en especial al duque. En cuanto pronunciara su discurso ante el Landsraad, añadiría más leña al fuego. El ataque contra Ix enfurecería a Shaddam, y Leto temía que los daños serían irreparables. Pero estaba dispuesto a sacrificarlo todo con tal de cumplir su deber. Hacía demasiado tiempo que perdonaba la injusticia. El Imperio jamás debía considerarle blando e indeciso.

A lo largo de la ruta de avenidas pavimentadas con cristales, banderas Corrino ondeaban. Inmensos edificios se alzaban hacia un cielo sin nubes, demasiado perfecto para el gusto de Leto. Prefería el clima cambiante de Caladan, incluso la belleza de las tormentas impredecibles. Kaitain estaba demasiado domesticado, lo habían transformado en una caricatura tomada prestada de un videolibro de fantasía.

El vehículo se detuvo ante la puerta de recepción del palacio, y los guardias Sardaukar les indicaron por señas que entraran. El león mecánico rugió de nuevo. Se veían armas por todas partes, pero Leto solo tenía ojos para la plataforma de llegada. Contuvo el aliento.

Lady Jessica le estaba esperando con un vestido de paraseda dorado ceñido a su cuerpo redondo y destacaba su abdomen, pero tanta elegancia no pudo hacer sombra a su belleza cuando le sonrió. Cuatro hermanas Bene Gesserit la rodeaban.

Cuando Leto bajó a la acera, lady Jessica vaciló, y después se precipitó hacia él, con paso todavía ágil pese a su tamaño. Jessica se detuvo, como preocupada por si abrazarle en público sería inconveniente. Sin embargo, las apariencias no importaban a Leto. Salvó el espacio que les seperaba y le dio un beso largo y apasionado.

—Deja que te mire. —La apartó un poco hacia atrás para admirarla—. Ay, eres tan adorable como una puesta de sol.

Su rostro ovalado estaba bronceado por el tiempo que había pasado en el solario. No llevaba joyas, ni tampoco las necesitaba.

Leto apoyó la mano sobre el estómago y la retuvo allí, como si intentara sentir los latidos del corazón del bebé.

—Parece que he llegado justo a tiempo. No se te notaba cuando me dejaste solo en Caladan.

—No has de parir un bebé, sino un discurso, mi duque. ¿Podremos estar juntos algún rato?

—Por supuesto. —Adoptó un tono más distante cuando reparó en la mirada de las Bene Gesserit, como si estuvieran tomando notas de su comportamiento. Una de ellas, al menos, daba muestras de desaprobación—. Después de mi discurso al Landsraad, quizá necesite esconderme. —Le dedicó una sonrisa irónica—. Por lo tanto, agradeceré muchísimo tu compañía, mi dama.

En aquel momento, el emperador Shaddam salió de la residencia imperial, mientras guardias, ayudantes y asesores revoloteaban a su alrededor como mosquitos: oficiales Sardaukar, caballeros con trajes hechos a medida, damas de peinados espectaculares, criados que llevaban maletines y baúles ingrávidos. Una impresionante barcaza procesional surgió del hangar, pilotada por un hombre alto oculto por completo bajo prendas holgadas, como si fuera una bandera viviente.

El emperador parecía preparado para la guerra. Había cambiado su capa de piel de ballena y la cadena de su rango por un uniforme gris Sardaukar adornado con galones dorados, charreteras y un yelmo negro de Burseg. Iba cepillado y limpio, desde la piel a las botas negras relucientes, pasando por las medallas que cubrían su pecho.

Al ver al duque, Shaddam se dirigió hacia él, complacido en exceso consigo mismo. Jessica hizo una reverencia, pero el emperador no le prestó atención. Al igual que Leto, Shaddam IV tenía facciones y nariz aguileñas. Y al igual que Leto, ocultaba secretos importantes.

—Lamento que asuntos importantes me impidan recibirte como te mereces, primo. Las fuerzas Sardaukar requieren mi presencia para una operación de suma importancia.

Una inmensa flota de guerra le esperaba en la zona de estacionamiento de tropas, tantas naves cargadas de soldados y material que habían necesitado tres cruceros de la guía para transportarlos, junto con dos cruceros más de escolta, en una exhibición de arrogancia y poderío de la propia Cofradía.

—¿Es algo de lo que deba preocuparme, señor?

Leto intentó disimular su angustia. ¿Estaría jugando Shaddam con él?

—Todo está controlado.

Leto trató de reprimir su alivio.

—Había confiado en que estaríais presente durante mi discurso ante el Landsraad, señor.

De hecho, había confiado en plantar cara al emperador, apoyado por otros nobles. *¿Una operación de suma importancia? ¿Dónde?*

—Sí, sí, estoy seguro de que tu anuncio será muy importante. ¿La inauguración de una nueva pesquería o algo por el estilo en Caladan? Por desgracia, el deber me llama.

Su voz de barítono era agradable, pero sus ojos verdes brillaban con fría crueldad.

El duque hizo una reverencia y retrocedió hacia Jessica.

—Cuando pronuncie mi discurso ante el Landsraad, señor, pensaré en vos. Os deseo suerte en vuestra misión. Cuando regreséis, podréis echar un vistazo a mis comentarios cuando tengáis tiempo.

—¿Cuando tenga tiempo? ¡He de gobernar un imperio! No me queda tiempo, duque Leto. —Antes de que pudiera contestar, Shaddam reparó en el cuchillo con el pomo cuajado de joyas que Leto llevaba al cinto—. Ah, ese es el cuchillo que te regalé cuando finalizó tu juicio por decomiso, ¿verdad?

—Me dijisteis que lo portara como recuerdo del servicio que os presté, señor. Nunca me he olvidado.

—Me acuerdo.

Concluida la conversación, Shaddam se volvió hacia la barcaza procesional que le conduciría hasta la flota de guerra.

Leto suspiró. Puesto que el emperador ya no le prestaba atención, la nueva operación militar no debía estar relacionada con Ix, Beakkal o Caladan. Por lo tanto, sería mejor para el duque que Shaddam no estuviera presente cuando anunciara y justificara el ataque Atreides contra Ix. Rhombur se habría apoderado del Gran Palacio antes de que el gobierno imperial pudiera reaccionar.

Sonrió a Jessica cuando le acompañó hasta el palacio. *Tal vez todo saldrá bien, al final.*

Cualquier escuela de ciudadanos libres ha de empezar enseñando a desconfiar, no a confiar. Ha de enseñar a preguntar, no a aceptar respuestas estereotipadas.

CAMMAR PILRU, embajador en el exilio de Ix

Nunca se había negado a correr riesgos, pero ahora, C'tair Pilru los aguardaba con ansia. Había llegado el momento de dar la cara.

Durante sus turnos de trabajo, susurraba en los oídos de los desconocidos que trabajaban a su lado, seleccionando a los que parecían más agobiados. Uno a uno, los más valientes pasaban la voz.

Hasta los obreros suboides, cuyas mentes eran demasiado obtusas para comprender las implicaciones políticas, llegaron a asumir que los tleilaxu les habían traicionado. Años antes, los invasores les habían seducido con promesas de una vida nueva y libertad, pero su suerte no había hecho más que empeorar.

Por fin, el pueblo oprimido contaba con algo más que una vaga esperanza. ¡Rhombur había regresado! Su pesadilla iba a terminar. Pronto.

El príncipe Rhombur, que esperaba en un diminuto escondite donde debía encontrarse con sus compañeros, oyó un forcejeo en el pasillo y activó sus miembros mecánicos, preparado para luchar.

Las tropas de Leto debían llegar dentro de escasas horas, y C'tair ya había ascendido a la superficie, con el fin de colocar los últimos discos explosivos que le quedaban en lugares estratégicos de las defensas Sardaukar. Unas pocas explosiones cronometradas dejarían el cañón del puerto de entrada desprotegido contra la invasión del ejército Atreides.

Pero todo su trabajo sería estéril si descubrían a Rhombur demasiado pronto. El ruido aumentó.

Entonces, Gurney Halleck entró en el escondite con un cuerpo descoyuntado. El cadáver apenas parecía humano. Tenía facciones lisas y céreas, ojos sin vida, una cabeza de muñeco que colgaba de un cuello partido.

—Un Danzarín Rostro, que se hacía pasar por un suboide. Pensé que mostraba excesiva curiosidad por mí. Me arriesgué, cuando decidí que era algo más que un obrero descerebrado.

Arrojó al suelo el cuerpo.

—Así que le partí el cuello. Una decisión correcta. «El enemigo secreto es la mayor amenaza.» —Miró a Rhombur y añadió—: Creo que tenemos un problema grave. Están enterados de nuestra llegada.

Ante la sorpresa del conde Fenring, el investigador jefe no se mostró agresivo con él, pero aun así experimentaba la sensación de ser un prisionero.

El conde estaba alerta en todo momento, y seguía la corriente al tleilaxu hasta que encontrara una oportunidad de escapar. Había visto muchos comportamientos y secuelas inquietantes entre la gente que había consumido demasiada melange sintética, incluidos los Sardaukar. Muy mal...

El diminuto científico tleilaxu, cuya conducta era cada vez más errática e impredecible, pasó toda una mañana en su despacho, enseñando cifras al ministro imperial de la Especia, las cuales demostraban el incremento de producción y las cantidades de amal que sus tanques de axlotl podían generar, con el fin de que su programa se prolongara un poco más.

—El emperador tendrá que racionarlo con cautela al principio, como recompensa para sus más leales. Tan solo unos pocos deberían recibir esta bendición. Tan solo unos pocos son dignos de ella.

—Sí, ummm.

Fenring todavía albergaba muchas dudas sobre la melange sintética, pero consideraba demasiado peligroso formular preguntas. Estaba sentado al otro lado del escritorio de Ajidica, mientras examinaba documentos y miniholos que el investigador jefe le pasaba.

Una energía nerviosa incontrolable dominaba a Ajidica. Su expresión era desafiante, combinada con una suprema altivez, como si se considerara un semidiós.

Todos los instintos de Fenring gritaban advertencias, y solo deseaba matar al hombre de una vez por todas. Aunque le vigilaran estrechamente, un asesino consumado como el conde Hasimir Fenring podía encontrar mil maneras de matar, pero nunca escaparía incólume. Veía la lealtad fanática, el control hipnótico que el investigador jefe tenía sobre sus guardias personales y trabajadores..., e incluso sobre las tropas Sardaukar, algo muy inquietante.

Otros cambios se iban sucediendo. En los últimos días, la población ixiana se mostraba cada vez más rebelde e insatisfecha. Los sabotajes se habían multiplicado por diez. Las pintadas habían florecido en las paredes como flores de Arrakeen en el rocío de la mañana. Nadie sabía quién las había instigado después de tanto tiempo.

La reacción de Ajidica había consistido en acentuar la represión, en restringir todavía más las libertades mínimas y recompensas que la gente recibía. Fenring nunca había aprobado las tácticas draconianas que los tleilaxu empleaban contra los ixianos. Consideraba que era una política miope. El desasosiego aumentaba día a día, como una olla a punto de estallar.

La puerta del despacho del investigador jefe se abrió con brusquedad, y el comandante Cando Garon entró. El joven líder Sardaukar tenía el cabello revuelto, el uniforme arrugado y los guantes sucios, como si el código militar ya no le importara. Arrastraba a un ser menudo y débil, uno de los obreros suboides.

Garon tenía los ojos oscuros y dilatados, que se movían a gran velocidad, la mandíbula tensa, los labios fruncidos en una mueca de desagrado y satisfacción a la vez. Parecía más un matón vulgar que un comandante de las tropas imperiales. Fenring experimentó una sensación de inquietud en el pecho.

—¿Qué es esto? —barbotó Ajidica.

—Creo que es un suboide —replicó con sequedad Fenring.

El investigador tleilaxu frunció el ceño, asqueado.
—Llevaos a este ser… repugnante de aquí.
—Antes, escuchadle.
Garon arrojó el obrero al suelo.
El suboide se puso de rodillas y paseó la vista de un lado a otro, sin comprender dónde estaba o en qué clase de lío se había metido.
—Ya te he dicho lo que debías hacer. —Garon propinó una patada en la cadera al hombre—. Repítelo.
El suboide se desplomó, gimiendo de dolor. El comandante Sardaukar le agarró de una oreja y la retorció hasta que sangró.
—¡Dilo!
—El príncipe ha vuelto —dijo el suboide, y después lo repitió una y otra vez, como un mantra—. El príncipe ha vuelto. El príncipe ha vuelto.
Fenring sintió que se le erizaba el vello de la nuca.
—¿De qué está hablando? —preguntó Ajidica.
—Del príncipe Rhombur Vernius.
Garon dio un codazo al suboide para obligarle a seguir hablando. El hombre se limitó a lloriquear y repetir la frase.
—Está hablando del último superviviente de la familia renegada Vernius, ¿ummm? —indicó Fenring—. Al fin y al cabo, todavía vive.
—¡Sé quién es Rhombur Vernius! Pero han pasado muchos años. ¿A quién le importa ahora?
Garon golpeó la cabeza del suboide contra el suelo, y el obrero chilló de dolor.
—¡Basta! —dijo Fenring—. Hemos de interrogarle más a fondo.
—No sabe nada más.
Garon descargó un puñetazo en la espalda del hombre indefenso. Fenring oyó el ruido de las costillas y las vértebras al romperse. El comandante golpeó de nuevo, como un martinete descontrolado.
El suboide se desangró en el suelo, se retorció y murió.
El comandante Sardaukar se enderezó, sudoroso y agitado. Tenía los ojos brillantes y feroces, como si quisiera matar algo más. La sangre había salpicado su informe, pero no pareció importarle.
—Un vulgar suboide —resopló Ajidica—. Tenéis razón, comandante, no le habríamos arrancado más información. —El inves-

tigador jefe introdujo una mano en su manto y extrajo una tableta de especia sintética comprimida—. Aquí tenéis.

La tiró a Garon, quien la atrapó en el aire con veloces reflejos y la engulló, como un perro amaestrado que recibiera una recompensa.

Los ojos desorbitados de Garon se clavaron en Fenring. Después, el oficial se encaminó hacia la puerta.

—Iré a buscar a otros para interrogarles.

Antes de que pudiera salir, las alarmas se dispararon. Fenring se puso en pie de un brinco, mientras el investigador jefe miraba a su alrededor, más irritado que atemorizado. No había oído esas sirenas durante los veintidós años que residía en Ix.

Al distinguir el ritmo de la alarma, el comandante Garon supo lo que ocurría.

—¡Nos atacan desde el exterior!

La flota militar Atreides atravesó la atmósfera y atacó la red defensiva Sardaukar. Las naves de guerra se internaron en el cañón del puerto de entrada, donde cientos de grutas estaban protegidas por pesadas puertas que se utilizaban para tareas de carga y descarga.

Las bombas de C'tair estallaron, sorprendieron a los tleilaxu y neutralizaron sus principales instalaciones y redes sensoras. Los cañones tierra-aire quedaron fuera de uso cuando los paneles de control fueron inutilizados. Los aburridos guardias tleilaxu no fueron capaces de reaccionar al asombroso ataque surgido de la nada.

Las naves Atreides lanzaron explosivos, fundieron planchas blindadas y desmenuzaron rocas. Los Sardaukar pugnaron por oponer resistencia, pero después de tantos años de molicie, sus puestos armados estaban dedicados casi exclusivamente a reprimir disturbios internos e intimidar a presuntos infiltrados.

Al mando de Duncan Idaho, la flota llegó con puntualidad. Los transportes aterrizaron y escupieron soldados, con las espadas desenvainadas para la lucha cuerpo a cuerpo, en que no podían utilizar fusiles láser. Lanzaron un grito de guerra por su duque y por el príncipe Rhombur.

La batalla por la reconquista de Ix había empezado.

No existe el menor misterio acerca de la fuente de la que el amor extrae su desenfrenado poder: procede del caudal de la Vida, un chorro salvaje y torrencial que tiene su origen en los tiempos más remotos...

Lady Jessica, anotación en su diario

Cuando empezó el parto de Jessica, las Bene Gesserit estaban preparadas. Pocas comprendían los verdaderos motivos, pero todas las hermanas sabían que aquel niño tan esperado era importante.

La soleada sala de partos había sido dispuesta en consonancia con las minuciosas especificaciones de Anirul. Se había prestado atención a las antiguas prácticas Feng Shui, así como a la iluminación y a las corrientes de aire. Sobre la cama flotaban macetas ingrávidas con filarosas, orquídeas plateadas y claveles de Poritrin. La sala, situada en el último piso del palacio imperial, estaba abierta a los ojos del universo, y casi tocaba las capas inferiores de las nubes controladas por los sistemas climáticos.

Jessica estaba concentrada en su cuerpo, en su entorno, y sobre todo en el niño ansioso por salir de su útero. Evitó el contacto visual con la reverenda madre Mohiam, temerosa de que la culpa se reflejara en su rostro. *Ya la he desafiado antes, me he resistido a sus dictados..., pero nunca en un asunto de tal envergadura.*

Pronto, las hermanas sabrían su secreto.

¿Me matará la reverenda madre por mi traición? Durante las horas posteriores al parto, Jessica sería completamente vulnerable.

A los ojos de su antigua maestra, el fracaso sería un delito mayor que la traición.

Entre espasmo y espasmo, Jessica inhalaba el dulce perfume de las flores y pensaba en la lejana Caladan, donde deseaba estar con el duque y su hijo.

—«No temeré...»

Mohiam estaba sentada muy cerca, y observaba a su pupila con atención.

Una lady Anirul de aspecto demacrado había insistido en ir a la sala de partos, pese a las advertencias de la hermana Galena Yohsa. ¿Quién podría desobedecer la orden de la madre Kwisatz en un momento semejante? Anirul, saturada de medicamentos, afirmaba haber hecho las paces con el clamor de su cabeza, al menos temporalmente.

Jessica intentó incorporarse en señal de deferencia, pero la esposa del emperador la amonestó con un dedo.

—Ponte la bata de parto que te hemos traído. Acuéstate y concéntrate en tus músculos. Prepara tu mente y tu cuerpo, tal como te hemos enseñado. No quiero que algo salga mal. ¡Sobre todo después de esperar durante noventa generaciones!

Yohsa se acercó y tocó el brazo de Anirul.

—Mi señora, acaba de empezar a dilatarse. Os llamaremos cuando se acerque la hora. Pasará cierto tiempo antes de que...

Anirul la interrumpió.

—Ya he dado cinco hijas al emperador. Esta joven necesitará mis consejos.

Jessica, obediente, se quitó la ropa y se puso la bata de raso que Anirul le había dado. Era tan ligera y suave que apenas la sentía sobre su piel. Cuando subió a la cama curva, experimentó una oleada de impaciencia que ahuyentó sus preocupaciones. *Cuando salga de esta cama, tendré un hijo, el hijo de Leto.*

Durante nueve meses había alimentado y protegido a su bebé. Hasta hacía doce días, cuando la reverenda madre Mohiam le había revelado la verdad sobre el programa del Kwisatz Haderach, solo había pensado en el amor que sentía por su duque, y en lo mucho que necesitaba otro hijo después de la trágica muerte de Victor.

Mohiam sonrió a Anirul.

—Jessica se portará bien, mi señora. Siempre ha sido mi mejor estudiante. Hoy, será digna de todo el adiestramiento recibido.

Jessica, abrumada por el temor a lo que pudieran hacer aquellas poderosas mujeres, deseó que Leto estuviera a su lado. Jamás permitiría que ella o su hijo sufrieran el menor daño. Habían pasado juntos la noche anterior, y ella se había sentido agradecida tan solo de abrazarle en la cama, piel contra piel. Para Jessica, aquel consuelo significaba más que momentos de pasión desenfrenada.

A la suave luz de los globos, Jessica había notado un cambio en el duque. Volvía a ser el de antes, el duro pero poderoso duque Leto Atreides al que amaba, más vivo que nunca.

Pero hoy debía hablar ante el Landsraad. El duque de una Gran Casa tenía responsabilidades mucho más importantes que estar al lado de su concubina.

En la sala de partos, rendida al proceso natural de su cuerpo, Jessica se tendió y cerró los ojos. No tenía otra alternativa que cooperar con las Bene Gesserit y confiar. *Puedo tener más hijos, una niña la próxima vez. Si me permiten vivir.*

Jessica sabía que había frustrado sus planes, al adelantar una generación el nacimiento de un varón, pero la genética era una ciencia incierta. *¿Podría ser mi hijo, pese a todo?* Era una posibilidad aterradora, estimulante.

Abrió los ojos y vio que dos hermanas Galenas se movían como cantilenas a cada lado de su cama. Susurraron entre sí en un idioma que Jessica no entendió y examinaron aparatos de diagnóstico, mientras aplicaban sondas y sensores a su piel. Al pie de la cama con Yohsa, lady Anirul lo miraba todo, con los ojos hundidos sobre sus mejillas. Como una persona que se hubiera levantado de su lecho de muerte, la esposa del emperador no paraba de dar instrucciones a las mujeres, lo cual las ponía nerviosas e irritables.

La preocupación de Yohsa estaba dividida entre Jessica y lady Anirul.

—Por favor, mi señora, se trata de un parto sencillo y corriente. No es necesario que os preocupéis. Volved a vuestros aposentos y descansad. Tengo una nueva receta para vos, que silenciará las voces de la Otra Memoria.

Yohsa introdujo la mano en el bolsillo.

Anirul indicó con un gesto a la mujer que se alejara.

—No entiendes nada. Ya me has dado demasiadas drogas. Mi amiga Lobia está intentando advertirme de algo..., desde dentro. He de escuchar, no cerrar mis oídos.

Yohsa habló en tono ofendido.

—No tendríais que haber profundizado tanto sin ayuda de vuestras hermanas.

—¿Olvidas quién soy? Es una cuestión que concierne a mi Rango Oculto. No me desafiarás. —Cogió un escalpelo láser quirúrgico de una bandeja y habló en tono amenazador—. Si te digo que hundas este cuchillo en tu corazón, lo harás.

Las otras hermanas Galenas retrocedieron, sin saber qué pensar.

Anirul fulminó con la mirada a Yohsa.

—Si decido que tu continuada presencia pone en peligro el éxito del proyecto, te mataré con mis propias manos. Ten cuidado, mucho cuidado.

Mohiam se acercó e intervino.

—¿Os han aconsejado las voces, mi señora? ¿Las oíais ahora?

—¡Sí!, y más fuertes que nunca.

Con un veloz movimiento, Mohiam empujó a la hermana Galena lejos del alcance de la agitada mujer.

—Lady Anirul, es vuestro deber y derecho dirigir este parto tan especial, pero no debéis molestar a estas mujeres.

Anirul, sin soltar el escalpelo, con el cuerpo agitado como si estuviera luchando con la Otra Memoria por el control de su mente y sus músculos, se sentó en una silla ingrávida al lado de Jessica. Las otras dos hermanas Galenas se mantuvieron alejadas, pero Mohiam les indicó con un ademán que reanudaran su trabajo.

En medio de este caos, Jessica hacía ejercicios respiratorios relajantes, técnicas que Mohiam le había enseñado...

Anirul intentó controlar su creciente angustia, con el fin de que emociones peligrosas no contaminaran la sala de partos. Pensamientos feroces recorrían la mente perturbada de la madre Kwisatz, se esforzaban por hacerse oír sobre el desorden interno y externo. Se mordió los nudillos de una mano. Si algo salía mal durante las horas siguientes, cabía la posibilidad de que el programa del Kwisatz Haderach se retrasara durante siglos, tal vez arruinado para siempre.

No debe suceder.

De repente, Anirul contempló el escalpelo, sorprendida, y después lo dejó sobre una mesa cercana, pero todavía al alcance de su mano.

—Lo siento, hija. No quería preocuparte —murmuró. Siguió hablando como si recitara una oración—. En este momento trascendental, has de utilizar técnicas Prana-Bindu para guiar al feto por el canal del parto. —Miró el escalpelo reluciente—. Yo misma cortaré el cordón umbilical de tu hija.

—Estoy preparada para empezar —anunció Jessica—. Aceleraré los trabajos de parto ahora.

Cómo me odiarán cuando lo vean.

Ejerció un estricto control Bene Gesserit sobre su cuerpo, sobre todos los músculos implicados. ¿Qué haría lady Anirul? Sus ojos eran heraldos de la locura, pero ¿la esposa del emperador era capaz de matar?

Jessica juró que estaría alerta y dispuesta a proteger al hijo de Leto cuanto fuera posible.

> El emperador todavía habla gracias a la autoridad del pueblo y su Landsraad elegido, pero el gran consejo se está convirtiendo cada vez más en un poder subordinado y el pueblo en un proletariado desarraigado, una turba fácilmente manipulada e incitada por demagogos. Estamos en el proceso de transformarnos en un imperio militar.
>
> Primer ministro EIN CALIMAR, de Richese,
> Discurso ante el Landsraad

Un despliegue de fuerza raudo e impresionante. El efecto satisfizo sobremanera a Shaddam. Arrakis, y el Imperio, nunca volverían a ser el mismo.

Sin previo aviso, de manera inesperada, una armada de naves de la Cofradía apareció en los cielos sobre el planeta desierto. Cinco cruceros, cada uno de los cuales medía más de veinte kilómetros de longitud, tomó posiciones en órbita, a plena vista de la capital Harkonnen, Carthag.

Un estupefacto barón Harkonnen estaba en el balcón de la residencia, con la vista clavada en el cielo nocturno. Un gran despliegue de descargas de ionización formaba configuraciones que le dieron escalofríos.

—¡Maldición! ¿Qué pasa ahí?

El barón se agarró para no derivar, suspendido gracias a su cinturón ingrávido. Lamentó con todas sus fuerzas no haber regresado a Giedi Prime la semana anterior, tal como estaba previsto.

Una brisa tórrida avanzaba como una plaga por las calles oscuras. En el cielo, las formas brillantes de los cruceros se desplegaron a baja altura, como joyas que flotaran sobre un mar negro. Sonaron las alarmas de la guardia de la ciudad. Las tropas salieron de los barracones e impusieron la ley marcial al populacho.

Un ayudante entró corriendo, todavía más asustado del espectáculo que de su amo.

—Mi señor barón, un delegado de la Cofradía ha enviado un mensaje desde los cruceros. Desea hablar con vos.

El obeso hombre, indignado, resopló.

—Siento una gran curiosidad por saber qué demonios creen que están haciendo sobre mi planeta.

La producción de melange había excedido las expectativas del emperador, pese a la cantidad cada vez mayor de especia que apartaba para sí. La Casa Harkonnen no debería temer nada, ni siquiera teniendo en cuenta la reciente petulancia y agresividad de Shaddam, por otra parte incomprensibles.

El ayudante conectó una pantalla de comunicaciones y ajustó los controles. Duras palabras sonaron en el altavoz.

—Barón Vladimir Harkonnen, vuestros delitos han sido descubiertos. La Cofradía y el emperador decidirán vuestro castigo. Seréis sometido a un juicio conjunto.

El barón estaba acostumbrado a negar su culpabilidad en asuntos delictivos, pero en este caso su asombro era tal que ni siquiera pudo imaginar una excusa.

—Pero..., pero..., no sé de qué...

—Esto no es un diálogo —dijo la voz, en tono aún más tajante—. Es un anuncio. Auditores de la CHOAM y representantes de la Cofradía van a descender para examinar todos los aspectos de vuestras operaciones relacionadas con la especia.

El barón apenas podía respirar.

—¿Por qué? ¡Exijo saber de qué se me acusa!

—Vuestros secretos serán aireados y vuestras transgresiones castigadas. Hasta que decretemos lo contrario, la circulación de especia por el Imperio será interrumpida. Vos, barón Harkonnen, debéis proporcionar las respuestas que buscamos.

El barón se sintió presa del pánico. No tenía ni idea de qué había provocado aquella absurda reacción.

—¿Quién me acusa? ¿Cuáles son las pruebas?

—La Cofradía interrumpirá ahora vuestras comunicaciones y

clausurará todos los espaciopuertos de Arrakis. Con efecto inmediato, suspenderemos todas las operaciones de recogida de especia. Todos los tópteros permanecerán en el suelo. —El sistema de comunicaciones empezó a echar humo y chispas—. Este mensaje ha concluido.

La armada de naves de la Cofradía retransmitió potentes impulsos que averiaron todos los circuitos y sistemas de navegación de todas las naves que había en el espaciopuerto de Carthag. En la residencia del barón, los globos de luz se apagaron y encendieron cuando resultaron afectados. Algunos estallaron en fragmentos que llovieron sobre la cabeza del barón.

Se cubrió la cara y gritó por el sistema de comunicaciones, pero no hubo respuesta. Hasta las comunicaciones locales se habían cortado. Ciego de rabia, se puso a chillar, pero solo le oyeron las personas presentes (que huyeron al instante).

El barón no pudo exigir más explicaciones, ni pedir ayuda a nadie.

Las panzas de tres cruceros se abrieron, y la flota principal Sardaukar descendió. Cruceros de batalla, corvetas, bombarderos, todas las naves militares que el emperador había podido reunir en tan breve plazo. Al montar esta operación, Shaddam sabía que dejaba vulnerables otras partes del Imperio, pero tenía demasiado que ganar con una sola jugada maestra. Ni siquiera la Cofradía conocía sus verdaderos propósitos.

El emperador, con un uniforme en el que destacaba el distintivo de comandante en jefe, estaba sentado en el puente de su nave insignia. Sería la culminación de años de planificación, un final rápido e inesperado para el Proyecto Amal. Por una vez, guiaría a sus tropas a la victoria en persona, para concluir la Gran Guerra de la Especia. Su Proyecto Amal estaba preparado, y ahora eliminaría a Arrakis de la ecuación.

Los Sardaukar debían obedecer sus órdenes directas, pese a que el Supremo Bashar Zum Garon supervisaría las maniobras. Shaddam necesitaba alguien de confianza que actuara sin hacer preguntas, porque habría muchas preguntas. El veterano Sardaukar desconocía el plan del emperador, así como el resultado deseado de esta operación. Pero obedecería las órdenes de su superior, como siempre.

Con la ayuda de las armas destructivas que habían probado en Zanovar, las naves de guerra Sardaukar se disponían a eliminar toda la especia de Arrakis, un paso necesario en la formación del nuevo Imperio de Shaddam. Después, solo él sabría la única respuesta restante. Amal. Con este ataque, Shaddam IV fortalecería el Trono del León Dorado y aplastaría los monopolios y conglomerados comerciales que habían interferido en su gobierno.

Ay, ojalá Hasimir pudiera ver mi victoria. El emperador recordó que había demostrado una y otra vez que no necesitaba a ningún asesor que le sermoneara, contradijera sus ideas y le robara los méritos.

Cuando la nave insignia se acercó al borde de la atmósfera, el emperador se inclinó hacia delante en la silla de mando y contempló el planeta. *Feo lugar.* ¿Se notaría un poco más de devastación? Vio un anillo incompleto de satélites, observadores meteorológicos ineficaces que la Cofradía había puesto en órbita a regañadientes tras años de insistencia del barón. Vigilaban tan solo las zonas controladas por los Harkonnen, pero no proporcionaban la menor información sobre el desierto y las regiones polares.

—Es hora de practicar el tiro al blanco —anunció—. Envía nuestros cazas a destruir esos satélites. Todos. —Tamborileó con los dedos sobre el brazo acolchado de la silla de mando. Siempre le había gustado jugar a la guerra—. Ceguemos todavía más al barón.

—Sí, Vuestra Majestad Imperial —dijo Zum Garon. Momentos después, naves de ataque pequeñas salieron de los cruceros y se desplegaron como hordas de langostas. Con disparos precisos, desintegraron los satélites uno tras otro. Shaddam saboreó cada diminuta explosión.

Desde el suelo, la flota debía resultar aterradora. La Cofradía suponía que solo deseaba establecer una firme presencia militar en el planeta y maniatar a las defensas Harkonnen, para que los Sardaukar pudieran confiscar las reservas ilegales de melange. Los nobles del Landsraad, los pocos enterados de la operación, ya estaban pidiendo favores y cambiando de bando, con la esperanza de convertirse en los futuros detentadores del feudo de Arrakis y su industria de especia.

Una industria que pronto no valdría nada.

Oh, con qué impaciencia aguardaba Shaddam el siguiente acto de su excelsa obra. Pensó en aquel aburrido y anticuado drama, *La sombra de mi padre*, que exaltaba las virtudes del príncipe heredero Raphael Corrino, un idiota que nunca había aceptado el trono imperial.

Shaddam había considerado la idea de convertirse en un mecenas de las artes, aunque sus logros no se limitarían a los culturales. Un biógrafo imperial documentaría sus victorias militares y económicas, y un equipo de escritores crearían obras literarias imperecederas que asombrarían a posteriores generaciones con la grandeza de Shaddam. Todo sería muy sencillo, en cuanto el emperador recibiera el poder absoluto que merecía.

Después de que el planeta desierto no fuera más que una bola carbonizada, tendría en su poder a la Cofradía Espacial y a todos los que habían dependido de la melange. Decidió llamar a esta campaña el Gambito de Arrakis.

Por un triunfo tan fabuloso, valía la pena correr riesgos extravagantes.

> La grandeza siempre ha de ir combinada con la vulnerabilidad.
>
> Príncipe heredero RAPHAEL CORRINO

Dispuesto a afrontar otro momento crucial de su vida, el duque Leto entró en la Sala de la Oratoria del Landsraad. Pese a que el emperador se hallaba ocupado en algún juego de guerra, Leto estaba preparado para pronunciar el que tal vez sería el discurso más importante de su carrera.

Recordó la última vez que había aparecido ante esta augusta asamblea. Era muy joven, recién nombrado duque de la Casa Atreides tras la muerte prematura de su padre. Después de la conquista de Ix por los tleilaxu, Leto se había mostrado impulsivo, insultado a los invasores y condenado al Landsraad por hacer caso omiso de las súplicas del conde Vernius. En lugar de quedar impresionados, los representantes se habían reído del joven noble inmaduro..., del mismo modo que habían rechazado las protestas del embajador Pilru durante muchos años.

Pero esta tarde, cuando Leto entró con su orgulloso séquito, los delegados le vitorearon y corearon su nombre. Los aplausos resonaron en la inmensa sala, y consiguieron que se sintiera más fuerte, más seguro de sí mismo.

Aunque carecían de medios para comunicarse entre sí, los distintos implicados en el plan tenían que actuar con una coordinación perfecta. Thufir Hawat ya había coronado con éxito su audaz maniobra contra el bloqueo de Beakkal, y el ataque sobre Ix se produciría de un momento a otro, aun sin la confirmación de los dos infiltrados. Leto sabía cuál era su papel en Kaitain. Si el plan proseguía como era de esperar, si Rhombur y Gurney seguían con vida, la liberación de Ix sería total y el nuevo conde Vernius se instalaría en su hogar ancestral antes de que nadie pudiera protestar...

Pero solo si todo sucedía al mismo tiempo.

Justo antes de entrar en la Sala de la Oratoria, Leto recibió una apresurada notificación de una de las anónimas hermanas Bene Gesserit que revoloteaban como cuervos alrededor de la corte imperial.

—Vuestra concubina Jessica ha iniciado las labores de parto. Dispone de la asistencia de las mejores hermanas Galenas. —La acólita le dedicó una leve sonrisa, junto con una breve reverencia cuando retrocedió—. Lady Anirul pensó que quizá os agradaría saberlo.

Leto, inquieto, avanzó hacia el estrado de los oradores. Jessica estaba a punto de dar a luz a su hijo. Debería estar con ella en la sala de partos. Las Bene Gesserit quizá no aprobarían la presencia de un hombre, pero en otras circunstancias, sin todos estos asuntos de estado tan agobiantes, las habría desafiado.

Pero esto era una cuestión de protocolo. Tenía que pronunciar el discurso ahora, mientras Duncan Idaho guiaba a sus tropas hacia las cavernas de Ix.

Cuando el pregonero de la corte gritó su nombre y títulos, Leto tamborileó con los dedos sobre el atril y esperó a que el clamor se apagara. Por fin, se hizo un silencio expectante en la sala, como si los delegados sospecharan que iba a anunciar algo interesante, incluso audaz.

Su popularidad y prestigio en el Landsraad había ido aumentando con los años. Ningún otro noble, incluidos los que eran más ricos que él, se habría arriesgado a llevar a cabo una maniobra tan impetuosa e inesperada.

—Todos estáis enterados de la desgracia que aflige a Beakkal, asolada por una plaga botánica que amenaza con destruir su ecosistema. Si bien tuve un pleito personal con el primer magistrado, resolví el asunto a mi entera satisfacción. No obstante, mi corazón sufre por el pueblo inocente de Beakkal. Por consiguiente, he enviado naves cargadas con provisiones, con la esperanza de que el emperador Shaddam nos dé permiso para romper el bloqueo y entregar ayuda vital.

Los aplausos resonaron en la sala, una demostración de admiración mezclada con sorpresa.

—Pero esa es solo una pequeña parte de mis actividades. Hace más de veinte años, aparecí ante vosotros para protestar por la conquista ilegal tleilaxu de Ix, el feudo legítimo de la Casa Vernius, amiga de la Casa Atreides y amiga de muchos de vosotros.

»Al no recibir ayuda del emperador, el conde Dominic Vernius decidió declararse renegado. Su esposa y él fueron perseguidos, en tanto los viles tleilaxu consolidaban la usurpación de Ix. Desde aquel tiempo, el príncipe Rhombur, heredero legítimo, ha vivido bajo mi protección en Caladan. Durante años, el embajador ixiano en el exilio ha implorado vuestra ayuda, pero ni uno solo de vosotros ha levantado un dedo en su ayuda.

Esperó, miró y escuchó la incómoda agitación que recorrió la sala.

—Hoy, he iniciado una acción unilateral para remediar esta injusticia.

Dejó que los asistentes asimilaran la noticia, y después continuó con voz estentórea.

—En este mismo momento, mientras os hablo, fuerzas militares Atreides están atacando Ix, con la intención de restaurar en el trono al príncipe Rhombur Vernius. Nuestro propósito es expulsar a los tleilaxu y liberar al pueblo ixiano.

Una exclamación ahogada se propagó entre los asistentes, seguida de murmullos frenéticos. Nadie había esperado esto.

Forzó una sonrisa valiente y enfocó el problema desde otro punto de vista.

—Bajo la tiranía inepta de los tleilaxu, la producción de la tecnología esencial ixiana ha caído en picado. El Landsraad, la CHOAM y la Cofradía Espacial lo saben. El Imperio necesita buenas máquinas ixianas. Todos los nobles presentes se beneficiarán de la restauración de la Casa Vernius. No creo que nadie se atreva a negarlo.

Paseó la vista por el mar de rostros, desafiante.

—He venido a Kaitain para hablar con el emperador Padishah, pero está ocupado en otra cuestión militar. —Leto vio una mayoría de caras atónitas y encogimientos de hombros, y algunos asentimientos de los que parecían saber algo—. No me cabe la menor duda de que mi querido primo Shaddam apoyará la restauración de la Casa Vernius. Como duque Atreides, he emprendido esta acción por la justicia, por el Imperio y por mi amigo, el príncipe de Ix.

Cuando Leto concluyó, diversas reacciones tuvieron lugar en la sala. Oyó vítores, algunos gritos de indignación, y sobre todo, confusión. Por fin, la marea se invirtió. Uno a uno, los delegados se pusieron en pie y aplaudieron. Una ovación ensordecedora resonó en las paredes de la sala.

Leto saludó y asintió en señal de agradecimiento, pero se detuvo al ver a un hombre de pelo cano y aire digno, que no llevaba uniforme impresionante ni distintivo de rango, ni tenía reservado asiento o palco especial: el embajador Cammar Pilru. El representante ixiano miró a Leto con algo parecido a la reverencia. Y se puso a llorar.

La expectativa del peligro conduce a la preparación.
Solo los que están preparados pueden esperar sobrevivir.

Maestro espadachín JOOL-NORET, Archivos

Fue un largo viaje de vuelta a Caladan. El crucero siguió la ruta habitual, y paró planeta tras planeta. La bodega de carga albergaba, entre otras naves, a la flotilla de auxilio Atreides, con Thufir Hawat a bordo de la nave insignia.

Después de terminar su misión humanitaria en Beakkal, Thufir quería volver a casa cuanto antes.

Su finta contra el bloqueo Sardaukar se vio coronada por el éxito. Había irritado al emperador, pero también entregado las provisiones. Después de que Shaddam ordenara a su comandante que se retirara, la flotilla Atreides había esperado cerca de Beakkal durante nueve días, hasta que otro crucero llegó para trasladarlos a Caladan.

Un puñado de naves Atreides descendieron entre los cielos nublados de Caladan y pronto fueron engullidas por las pautas meteorológicas que cubrían el océano. Detrás de la flotilla, naves mercantes y fragatas de pasajeros descendieron al espaciopuerto, escala en su ruta comercial acostumbrada.

Thufir pensaba que podría dormir tres días seguidos. No había descansado bien durante el viaje, debido a todo lo que debía llevar a cabo, y también a sus preocupaciones por el ataque contra Ix. Tendría que estar sucediendo en este preciso momento.

Pero no tomaría el tan merecido descanso. Aún no. Con el duque en Kaitain, y la mayor parte de las fuerzas militares Atreides enviadas a Ix, quería asegurarse por completo de que el restante personal y equipo militares estaban preparados para la defensa del planeta. Caladan era demasiado vulnerable.

Cuando sus escasas naves de escolta se posaron en la base militar contigua al espaciopuerto municipal de Cala, el mentat se quedó estupefacto al descubrir que no había ninguna nave, solo algunos hombres de edad avanzada y mujeres uniformados, poco más que un equipo de mantenimiento. Un teniente de la reserva le dijo que el duque Leto había decidido emplear todas las fuerzas en la lucha por Ix.

Al oír esto, una sensación de inquietud se apoderó de Thufir.

Mientras el crucero continuaba en órbita, más naves comerciales descendieron. Avanzado el día, cuando la inmensa nave de la Cofradía sobrevoló el continente Oriental, apenas poblado, un numeroso grupo de naves sin distintivos característicos desembarcaron en el último momento y tomaron posiciones en órbita, lejos de los ojos curiosos...

Incluso con un piloto tan avezado como Hiih Resser, las alas de la nave exploradora matraquearon y vibraron cuando cortaron las corrientes tormentosas de la atmósfera de Caladan. El pelirrojo maestro espadachín iba sentado tras los controles de la nave de reconocimiento.

Resser miró entre los huecos que dejaban las nubes, mientras se alejaba del lado nocturno del planeta en dirección a la luz diurna que se demoraba sobre el mar.

Su señor, el vizconde Moritani, estaba dispuesto a sacrificarlo todo en un ataque repentino. Glossu Rabban, aunque era un bruto, se decantaba por una táctica más conservadora, y quería saber dónde realizaría la fuerza conjunta su ataque sorpresa y cuáles eran las probabilidades de éxito. Si bien Resser había jurado lealtad al vizconde, tras muchos juramentos y pruebas rigurosos, prefería el punto de vista de Rabban. Resser solía mostrarse en desacuerdo con su señor, pero después de años de prepararse para ser maestro espadachín sabía cuál era su lugar. De su lealtad no podía dudarse. Se aferraba a su sentido del honor.

Al igual que Duncan Idaho.

Resser recordó los años que Duncan y él habían pasado en Ginaz. Trabaron amistad desde el principio, y habían luchado hasta obtener la victoria y convertirse en maestros espadachines.

Cuando los demás estudiantes de Grumman habían sido expulsados por culpa de un gravísimo deshonor cometido por el vizconde, Resser se había quedado, y fue el único miembro de su Casa que terminó el adiestramiento. Después de graduarse y regresar a Grumman, había dado por sentado que caería en desgracia y tal vez sería ejecutado. Duncan había implorado a Resser que fuera a Caladan, que prestara sus servicios a la Casa Atreides, pero el pelirrojo había rehusado. Había vuelto a su casa. Había conservado su honor y sobrevivido.

Debido a sus dotes para la lucha y el liderazgo, Resser había ascendido con rapidez, hasta alcanzar el rango de comandante de las fuerzas especiales. Para esta misión en Caladan, era el lugarteniente del vizconde, pero prefería la acción. El propio Resser pilotaba la nave de reconocimiento, y cuando llegara el momento de pelear, sería de los primeros en lanzarse al ataque.

No tenía ganas de enfrentarse con Duncan Idaho, pero no le quedaba otra alternativa. La política rompía relaciones. Cuando recordó todo lo que el joven Duncan le había contado de su amada y hermosa Caladan, Resser se zambulló bajo una capa de nubes grises hasta que pudo ver el paisaje, las ciudades y los puntos débiles del planeta.

Sobrevoló a toda velocidad Cala City, los deltas del río y las tierras bajas llenas de granjas de arroz pundi. Observó el turbio pantano lechoso de kelpo en las aguas poco profundas, y las negras muelas de arrecifes rodeados de rompeolas blancos. Resser reconocía lo que veía. Duncan se lo había descrito todo.

Cuando leían juntos las cartas recibidas de sus respectivos hogares, Duncan había compartido con él los platos delicados que enviaba la Casa Atreides. Había hablado de lo buen hombre que era el viejo duque, de que Paulus había tomado a Duncan bajo su protección cuando era un niño y le había educado en el castillo, donde el recién llegado había demostrado su lealtad.

Resser exhaló un profundo suspiro y continuó volando.

La nave de reconocimiento volaba a baja altura, mientras el pelirrojo absorbía los detalles con sus ojos entrenados. Vio lo que precisaba, y después volvió a la flota escondida para dar su informe, incapaz de llegar a otra conclusión...

Más tarde, cuando se puso firmes ante el vizconde, anunció:

—Son completamente vulnerables, mi señor. Caladan será una conquista fácil.

Thufir Hawat, solo y preocupado, estaba de pie ante las nuevas estatuas que Leto había erigido sobre el promontorio rocoso..., figuras gigantescas del viejo duque Paulus y el joven Victor Atreides, sosteniendo el pebetero de la llama eterna.

Muchas barcas trabajaban en las calmas aguas, derivaban entre el kelpo, arrastraban redes y pescaban peces más grandes. Todo parecía pacífico. Las nubes eran escasas, mientras el sol descendía hacia el horizonte.

El guerrero mentat vio también una nave solitaria que volaba a gran velocidad. Era una nave de reconocimiento. Sin señales distintivas.

Detalladas proyecciones, de primero y segundo orden. Thufir predijo lo que iba a ocurrir, sabía que poco podía hacer por defender Caladan contra un ataque directo. Aún contaba con algunas naves de guerra pertenecientes a la flotilla de escolta, pero no quedaba nada más en el planeta. Leto se lo había jugado todo en su campaña contra Ix..., tal vez demasiado.

La nave pasó sobre su cabeza, recogiendo toda la información que un espía necesitaría. El mentat de la Casa Atreides alzó la vista hacia el rostro impertérrito del duque Paulus, y después hacia la carita inocente de Victor, y recordó sus errores del pasado.

—No os fallaré de nuevo, mi duque —dijo en voz alta al coloso—. Tampoco puedo decepcionar a Leto. Pero ojalá tuviera alguna respuesta, alguna forma de proteger a este hermoso planeta.

Thufir miró hacia el océano, vio la flota destartalada de barcas de pesca diseminadas al azar en las aguas. Este difícil asunto necesitaría de toda su habilidad mentat, y esperó que eso fuera suficiente.

¡Me han acosado y perseguido por última vez con sus mentes pueblerinas! Hasta aquí hemos llegado.

Atribuido al renegado conde DOMINIC VERNIUS

Poco después de mediodía, a la hora exacta, las alarmas se dispararon en la ciudad subterránea. Fue un sonido gozoso para el príncipe Rhombur Vernius.

—¡Ha empezado! ¡Duncan ha llegado!

En las sombras de una guarida de suboides, el heredero ixiano miró a Gurney Halleck, cuyos ojos brillaban en su cara.

—«Ceñimos nuestros lomos, cantamos nuestras canciones y derramamos sangre en el nombre del Señor.» —Sonrió y empezó a moverse—. No hay tiempo que perder.

C'tair Pilru, demacrado y con los ojos enrojecidos, se puso en pie de un brinco. Hacía días que no dormía, y daba la impresión de que vivía más gracias a la adrenalina que a la alimentación. Sus explosivos habrían estallado segundos antes en el cañón del puerto de entrada, abriendo el camino a las tropas Atreides.

—Ha llegado el momento de sacar las armas y convocar a todos nuestros seguidores —gritó C'tair—. La gente está preparada para combatir, ¡por fin! —Su rostro enjuto poseía la apariencia angelical y etérea de un hombre que ha trascendido la necesidad de miedo o seguridad—. Os seguiremos a la batalla, príncipe Rhombur.

La cicatriz de tintaparra de Gurney tembló cuando frunció el ceño.

—Ten cuidado, Rhombur. No te conviertas en un blanco demasiado fácil para nuestros enemigos. Tu cabeza sería un gran premio para ellos.

El príncipe cyborg se encaminó a la puerta.

—No me esconderé mientras los demás combaten por mí, Gurney.

—Al menos, espera a que controlemos parte de la ciudad.

—Anunciaré mi regreso desde la escalinata del Gran Palacio. —El tono de Rhombur no invitaba a la discusión—. No me contentaré con menos.

Gurney gruñó pero guardó silencio, mientras pensaba en la mejor forma de proteger a este hombre orgulloso y testarudo.

C'tair les guió hasta una armería oculta, una pequeña habitación que contenía maquinaria de ventilación, y que habían habilitado para sus propósitos.

Rhombur y Gurney ya habían distribuido componentes desgajados del sofisticado módulo de combate Atreides. Habían entregado a los voluntarios armas, explosivos, escudos y aparatos de comunicación.

C'tair cogió lo primero que encontró, dos granadas y un garrote aturdidor. Rhombur ciñó a su cinto una serie de cuchillos, y después agarró una pesada espada de dos filos con una de sus poderosas manos. Gurney eligió un cuchillo de duelo y una espada larga. Los tres se proveyeron de escudos corporales y los activaron, hasta oír el zumbido familiar. Preparados.

No tocaron los fusiles láseres. En una lucha cuerpo a cuerpo, con los escudos activados, no querían correr el riesgo de desencadenar una mortífera interacción entre los escudos y los rayos láser, capaz de desintegrar la ciudad subterránea.

Mientras las alarmas continuaban sonando, algunas puertas de las instalaciones tleilaxu se cerraron automáticamente. Otras se quedaron atascadas. Durante los últimos días, los rumores habían alertado a los ixianos de lo que podía ocurrir, pero muchos todavía no creían que los salvadores Atreides habían llegado. Ahora, estaban ebrios de alegría.

C'tair pidió apoyo a gritos y corrió por los túneles.

—¡Adelante, ciudadanos! ¡Al Gran Palacio!

Muchos de los obreros tenían miedo. Algunos sentían una cauta esperanza. Las cuadrillas de suboides corrían de un lado a otro, confusas, y C'tair gritó hasta que corearon el lema.

—¡Por la Casa Vernius! ¡Por la Casa Vernius!

Arrojó su primera granada contra un grupo de aterrados administradores tleilaxu. Estalló en la caverna con un ensordecedor estampido. Después, utilizó el garrote para apartar de su camino a todos los hombrecillos grises que encontraba.

Cuando Rhombur cargó como una locomotora, un dardo voló hacia su cabeza, pero el escudo lo rechazó. El príncipe avistó a un amo tleilaxu acuclillado a un lado y le alcanzó en el pecho con un cuchillo, y después partió en dos a otro invasor con la espada. Siguió corriendo hacia delante.

Iba reclutando a todos los rebeldes que encontraba. Gurney y él entregaron armas a ansiosos luchadores y les indicaron dónde había más.

—¡Ahora es nuestra oportunidad de liberar a Ix de los invasores para siempre!

Gurney no paraba de lanzar órdenes mientras avanzaba hacia el centro de la caverna, preocupado por la idea de que estos revolucionarios mal organizados fueran presa fácil de los profesionales Sardaukar.

El holocielo destelló en el techo de la gruta cuando una serie de explosiones arrasaron las subestaciones de control de los edificios estalactita. El edificio más espléndido, la catedral invertida del Gran Palacio, era como el Santo Grial que Rhombur anhelaba conquistar. En los niveles superiores, tropas Atreides corrían por una pasarela elevada detrás de un maestro espadachín de cabello oscuro, con las espadas en alto.

—¡Allí está Duncan! —Gurney señaló hacia la pasarela—. Hemos de llegar ahí arriba.

Rhombur clavó su mirada en el Gran Palacio.

—Vamos.

La improvisada banda, que seguía a C'tair mientras gritaba y atacaba con ferocidad, se iba nutriendo de voluntarios que surgían de todas partes. Los rebeldes se apoderaron de una barcaza de carga vacía, una pesada plataforma ingrávida destinada a transportar materiales extraplanetarios desde el cañón del puerto de entrada hasta las instalaciones de construcción subterráneas.

Gurney trepó al puente de control de la barcaza y activó los motores de ingravidez. Emitieron un chirrido agudo.

—¡A bordo! ¡A bordo!

Los luchadores subieron a la plataforma, algunos desarmados pero dispuestos a combatir con uñas y dientes si era necesario. Cuando el vehículo empezó a elevarse en el aire, algunos rebeldes apretujados en el borde cayeron al suelo. Otros saltaron y se agarraron de la barandilla, y quedaron colgando hasta que sus compañeros les izaron a la cubierta.

La barcaza ascendió mientras los Sardaukar hormigueaban debajo, en un intento de formar regimientos. Una lluvia de dardos brotó de sus armas. Rebotaron en las paredes o alcanzaron a los espectadores del combate. Los escudos corporales pararon o desviaron algunos proyectiles, pero casi todos los ciudadanos inocentes iban sin protección.

Desde su posición privilegiada, los rebeldes abrieron fuego sobre los enemigos. Al contrario que los soldados del emperador, los amos tleilaxu no portaban escudos. C'tair descubrió un arma de proyectiles y la disparó.

Mientras la barcaza ascendía, los soldados imperiales dirigieron sus armas hacia arriba, sin saber siquiera quién se había apoderado del vehículo. Daba la impresión de que la visión de la sangre había enloquecido a los Sardaukar. Uno de los motores de ingravidez estalló, y la barcaza se ladeó. Cuatro rebeldes se estrellaron en el lejano suelo.

Gurney luchó con los controles, pero Rhombur le apartó de un codazo y transmitió más energía a los motores restantes. La barcaza se dirigió hacia los balcones del antiguo Gran Palacio. El príncipe alzó la vista, vio lugares de su juventud, recordó la vida plácida de su privilegiada familia.

Forcejeó con los controles de guía, y el vehículo sobrecargado se desvió hacia uno de los amplios ventanales, un balcón y una plataforma de observación donde se había celebrado la fiesta de aniversario de Dominic Vernius y su hermosa lady Shando.

La barcaza entró por el ventanal, como una estaca clavada en el corazón de un demonio, y destrozó el balcón. A su alrededor cayeron escombros y trozos de vidrio, y los chillidos se mezclaron con los vítores desafiantes. Los motores enmudecieron cuando Rhombur cortó la energía, y la barcaza se detuvo.

C'tair fue el primero en saltar al suelo, entre una confusión de aterrados tleilaxu y un puñado de guardias Sardaukar que se aprestaban a defenderse.

—¡Victoria en Ix!

Los luchadores adoptaron su grito y se lanzaron hacia delante con más entusiasmo que armas.

Acompañado por Gurney Halleck, Rhombur bajó de la barcaza para su regreso triunfal al Gran Palacio. Rodeado de escombros, gritos de batalla y disparos, experimentó la sensación de haber vuelto a casa por fin.

En los niveles del techo, Duncan Idaho condujo a los soldados Atreides al corazón del combate, y la élite Sardaukar respondió con ferocidad. Los soldados imperiales se introdujeron en la boca una especie de obleas (¿una sobredosis de especia?) y se lanzaron al combate.

Como animales enloquecidos, se enzarzaron en una ofensiva inútil contra fuerzas muy superiores en número. Descartaron sus armas de largo alcance e iniciaron una lucha cuerpo a cuerpo con las tropas Atreides, utilizando cuchillos, espadas y hasta las manos desnudas para penetrar en los escudos protectores. Cada vez que los Sardaukar reducían a un soldado del duque Leto, desactivaban su escudo y lo cortaban en pedazos.

El comandante Cando Garon, con el uniforme roto y ensangrentado, se lanzó contra las tropas de Duncan. Aunque llevaba al cinto una espada larga, no la utilizó, sino que prefirió un cuchillo. Reventó ojos, cortó yugulares, sin hacer caso de los Atreides que le rodeaban.

Un intrépido teniente de Caladan deslizó la punta de su espada a través del escudo del comandante y clavó la punta en el hombro de Garon. El comandante Sardaukar paró en seco, meneó la cabeza como para sacudirse el dolor y volvió a cargar con mayor ferocidad aún, indiferente a su atacante.

Los soldados Sardaukar avanzaron lanzando gritos bestiales, una oleada de uniformes que no respetaban la menor formación. Eran eficaces y mortíferos.

Las filas Atreides empezaron a retroceder ante el ataque, pero Duncan gritó a pleno pulmón. Alzó la espada del viejo duque para animarles. Era como si el espíritu de su anterior propietario infundiera poder a la espada. La había utilizado en Ginaz, y hoy conduciría a las fuerzas Atreides a la victoria. Si Paulus Atreides estuviera vivo, el viejo duque se habría sentido orgulloso del mozalbete que había tomado bajo su protección.

Al oír la potente voz del maestro espadachín, los hombres de Leto contraatacaron con renovadas energías. Teniendo en cuenta su superioridad numérica, deberían haber arrasado a sus enemigos, pero los desquiciados Sardaukar no cedían con facilidad. Tenían el rostro enrojecido, como si se hubieran inyectado potentes estimulantes. Se negaban a rendirse.

A medida que la furiosa batalla se prolongaba, Duncan no vio señales de una inminente victoria, ninguna esperanza de que la matanza terminara pronto. Pese a su desorganización, los Sardaukar volvieron a reagruparse.

Comprendió que aquel iba a ser el día más sangriento de su vida.

Mientras los combates se recrudecían en las cavernas subterráneas, Hidar Fen Ajidica corrió hacia el pabellón de investigaciones de alta seguridad, con la esperanza de que le serviría de refugio. A su lado, Hasimir Fenring pensaba si aquella sería su oportunidad de encontrar una salida secreta y escapar. Decidió que no tenía otra alternativa que seguir al tleilaxu y dejar que se destruyera, como parecía ser la intención del enloquecido hombrecillo.

En el interior del inmenso laboratorio, oculto a los ojos de los extraños, Fenring arrugó la nariz cuando percibió el hedor a cuerpos humanos descompuestos que surgía de las filas de tanques de axlotl. Cientos de trabajadores tleilaxu vigilaban los tanques, tomaban muestras y ajustaban mecanismos de control del metabolismo. La batalla que tenía lugar en el exterior les aterraba, pero atendían a sus tareas con dedicación impasible, temerosos por sus vidas si vacilaban un solo instante. La mínima fluctuación, el menor paso en falso, podía desviar todos los delicados tanques de los parámetros aceptables y arruinar el programa amal. Ajidica tenía sus prioridades.

Las tropas Sardaukar apostadas cerca del pabellón de investigaciones habían recibido más ajidamal, y habían sido apartadas de sus actividades habituales. Se lanzaron al combate entre gritos de rabia.

Fenring no comprendía lo que sucedía, y tampoco le gustaba. Daba la impresión de que nadie dirigía a las tropas.

Ajidica hizo una señal al conde.

—Venid conmigo. —Los ojos del hombrecillo habían adquirido un sorprendente tono escarlata. Los blancos habían virado a un rojo brillante, como consecuencia de las hemorragias sufridas en la esclerótica—. Sois el hombre del emperador y deberíais estar a mi derecha cuando haga una declaración concerniente a nuestro futuro. —Una sonrisa depredadora se formó en su rostro, y brotó sangre de sus encías, como si acabara de devorar carne cruda—. Pronto me adoraréis.

—Ummm, primero quiero saber lo que vais a decir —contestó Fenring con cautela, al reconocer el brillo oscuro de la locura en el comportamiento del hombre. Consideró la posibilidad de partirle el cuello en aquel mismo instante, pero había demasiados trabajadores cerca, que les estaban mirando, a la espera de noticias.

Los dos subieron por una escalera metálica hasta la pasarela que dominaba el laboratorio.

—¡Escuchadme! ¡Esto es una prueba de Dios! —gritó Ajidica a sus oyentes, y su voz resonó en el cavernoso espacio. Brotó sangre de su boca cuando habló—. Me han concedido una oportunidad maravillosa de mostraros vuestro futuro.

Los investigadores se congregaron para escucharle. Fenring ya había oído otras declaraciones ilusorias del hombrecillo, pero ahora parecía que Ajidica se había vuelto completamente loco.

Indiferente al combate que se desarrollaba en el exterior, el investigador jefe alzó las manos y cerró los puños. Manó sangre entre sus dedos y los pequeños nudillos, y chorros escarlata resbalaron sobre los tendones de sus antebrazos. Abrió las manos y reveló las flores de sangre que habían brotado en el centro de sus palmas.

¿Se supone que son estigmas? —pensó Fenring—. *Un espectáculo interesante, pero ¿es real?*

—Yo creé el ajidamal, la sustancia secreta que abrirá el Camino para los creyentes. He enviado Danzarines Rostro a rincones inexplorados de la galaxia para poner los cimientos de nuestro magnífico futuro. Otros amos tleilaxu se hallan ahora en la corte imperial de Kaitain, preparados para intervenir. Los que me sigan serán inmortales y todopoderosos, benditos para toda la eternidad.

Fenring reaccionó con sorpresa ante aquella información. Brotaba sangre de una herida abierta en el centro de la frente de Ajidica, y resbalaba sobre sus sienes. Hasta sus ojos lloraban sangre.

—¡Prestad atención! —Las palabras de Ajidica se habían convertido en un chillido—. Solo yo poseo la verdadera visión. Solo yo comprendo los deseos de Dios. Solo yo...

Y cuando gritó, un río de sangre surgió de su garganta. Sus gestos frenéticos dieron paso a un ataque, y su cuerpo se desplomó sobre la pasarela. Su piel, poros y aliento olían a canela y podredumbre.

Fenring, consternado, retrocedió y examinó al investigador jefe, presa de estertores. El cuerpo del hombrecillo estaba húmedo y rojo, y también sangraba por la nariz y los oídos.

Fenring frunció el ceño. No cabía duda de que el costoso proyecto era un miserable fracaso. Hasta los Sardaukar, que habían recibido dosis regulares de especia sintética, habían cambiado..., y no para mejor. El emperador ya no podía correr el peligro de continuar el programa.

Fenring miró con incredulidad la pantalla de comunicaciones. Fuerzas militares Atreides estaban aplastando a las defensas tleilaxu y los regimientos de enloquecidos Sardaukar. Fenring comprendió que todos los aspectos de su plan se venían abajo.

La única forma de salvar su futuro consistiría en tomar las medidas necesarias para que todas las culpas recayeran en el investigador jefe Hidar Fen Ajidica.

El hombre continuaba retorciéndose en la pasarela, maldecía a voz en grito, hasta que rodó y cayó por el borde, hasta estrellarse contra un tanque de axlotl..., sin más ayuda del conde Fenring que un levísimo empujón.

Todo el mundo es un enemigo en potencia, y todo lugar un campo de batalla en potencia.

Sabiduría zensunni

Llegó otro espasmo. Las contracciones se hicieron más dolorosas y potentes.

Jessica tuvo que hacer acopio de todo su adiestramiento Bene Gesserit para controlar su cuerpo, concentrarse en sus músculos y guiar al niño por el canal del parto. Ya no le importaba la decepción de Mohiam, ni que este niño inesperado arrojara al caos el programa de reproducción milenario de la Hermandad. Solo podía pensar en el proceso de dar a luz.

Junto a la cama de Jessica, lady Anirul estaba sentada en una silla ingrávida. Tenía el rostro pálido y demacrado, como si estuviera utilizando todas sus capacidades mentales para concentrarse y aferrarse a los últimos restos de cordura. Sujetaba en una mano de nuevo el escalpelo láser. Preparada. Vigilante, como un depredador.

Jessica se encerró en un capullo de meditación. Conservaría su secreto unos momentos más. El bebé nacería pronto. Un hijo, no una hija.

Tanto la reverenda madre Mohiam como lady Margot Fenring la habían acompañado durante las horas precedentes, y ahora estaban de pie al lado de Anirul, dispuestas a inmovilizarla si se ponía violenta. Aunque era la madre Kwisatz, no permitirían que hiciera daño al hijo de Jessica.

Jessica observó por el rabillo del ojo que Mohiam hacía un gesto casi imperceptible con la mano, una señal especial destinada a ella. *Dile a Anirul que quieres que sea yo quien corte el cordón umbilical. Deja que sea yo quien maneje el escalpelo.*

Jessica fingió un veloz espasmo para ganar tiempo y reflexionar. Durante años, la censora superiora Mohiam había sido su instructora en Wallach IX. Mohiam le había enseñado los principios de la Hermandad, le había dado órdenes explícitas de concebir una hija de Leto Atreides. Recordó a Mohiam cuando había apoyado el gom jabbar contra su cuello, la aguja envenenada que la mataría con un solo roce. El castigo del fracaso.

Me habría matado si no me hubiera adherido al concepto de humanidad esotérico de la Hermandad. Ahora, podría matarme con igual facilidad.

Pero ¿no era en sí un acto demasiado humano? La Bene Gesserit prohibía el sentimiento del amor, pero ¿no era humano sentir amor y compasión? En la actual situación, ¿sería Mohiam menos peligrosa que Anirul?

No, lo más probable es que maten a mi bebé.

Jessica pensaba que el amor era algo que una máquina no podía experimentar, y los humanos habían derrotado a las máquinas pensantes en la Jihad Butleriana, milenios antes. Pero si los humanos eran los vencedores, ¿por qué este resto de inhumanidad, la salvajada del gom jabbar, perduraba en una de las Grandes Escuelas? El salvajismo era tan propio de la psique humana como el amor. Uno no podía existir sin el otro.

¿He de confiar en ella? La alternativa es demasiado horripilante. ¿Existe otra alternativa?

Entre empujones, Jessica alzó su cabeza sudada de la almohada y dijo en voz baja:

—Lady Anirul, me gustaría... que Margot Fenring cortara el cordón umbilical del bebé. —Mohiam retrocedió, sorprendida—. ¿Queréis entregarle el escalpelo, por favor? —Jessica fingió no observar la agitación y el disgusto de su antigua mentora—. Así lo he decidido.

Anirul parecía distraída, como si estuviera escuchando sus voces internas y tratando todavía de entenderlas. Contempló el escalpelo que aferraba en las manos.

—Sí, por supuesto. —Miró hacia atrás y entregó el arma en

potencia a lady Fenring. La angustia que reflejaba su rostro se disipó un momento—. ¿Cuánto falta?

Se inclinó hacia la cama.

Jessica intentó ajustar la química de su cuerpo para dominar un espasmo de dolor, pero no lo logró.

—El bebé ya viene.

En lugar de mirar a las observadoras, estudió varias abejas domesticadas que se movían entre las macetas flotantes. Los insectos se deslizaban en el interior de los globos y polinizaban las flores. *Concéntrate... Concéntrate...*

Al cabo de unos momentos, el dolor se calmó. Cuando su visión se aclaró, vio con sorpresa que era Mohiam quien sujetaba el escalpelo. Por un momento, sintió terror por su bebé. De todos modos, el arma era irrelevante. *Son Bene Gesserit. No necesitan instrumentos cortantes para matar a un niño indefenso.*

Se acercaba el momento final. Unos dedos la tocaron, se deslizaron en el interior de su vagina. La rolliza hermana Galena asintió.

—Está dilatada por completo. Empuja —añadió, con un toque de Voz.

Jessica reaccionó instintivamente, pero su esfuerzo solo aumentó el dolor. Gritó. Sus músculos se tensaron. Oyó voces preocupadas como telón de fondo, y no entendió sus palabras.

—¡Sigue empujando!

Ahora era la segunda hermana Galena.

Algo en su interior luchaba contra Jessica, como si el bebé se estuviera haciendo con el control y se negara a salir. ¿Cómo era posible? ¿No desafiaba el orden natural de las cosas?

—¡Basta! Ahora, relájate.

No identificó a la mujer que había dado la orden, pero obedeció. El dolor se hizo insufrible, y reprimió un grito, utilizando todas las técnicas que Mohiam le había enseñado. Su cuerpo respondió con una programación biológica tan enraizada como su ADN.

—¡El bebé se está estrangulando con el cordón!

No, por favor, no. Jessica mantuvo los ojos cerrados, concentrada en su interior, intentando guiar a su precioso niño hasta la salvación. Leto debía tener su hijo. Pero no podía localizar los músculos adecuados, no sentía ningún cambio. Solo percibía oscuridad, inmensa y agobiante.

Notó que la mano suave de la hermana Galena tanteaba en su interior para desenredar al bebé. Intentó controlar su cuerpo, enviar órdenes a sus músculos, controlar cada célula con su mente. Una vez más, Jessica experimentó la sensación peculiar de que el niño estaba oponiendo resistencia, de que no quería nacer.

Al menos aquí no, en presencia de estas mujeres peligrosas.

Jessica se sentía pequeña y débil. El amor que había querido compartir con su duque y su hijo parecía insignificante en comparación con el universo infinito y todo lo que abarcaba. El Kwisatz Haderach. ¿Sería capaz de verlo todo antes de nacer?

¿Es mi hijo el Elegido?

—Empuja otra vez. ¡Empuja!

Jessica obedeció, y esta vez notó un cambio, un movimiento fluido. Tensó todo su cuerpo y volvió a empujar, una y otra vez. El dolor se apaciguó, pero recordó el peligro que la rodeaba.

El bebé salió. Notó que unas manos se apoderaban de él..., y después, sus fuerzas flaquearon un momento. *He de recuperarme enseguida. He de protegerle.* Después de respirar tres veces seguidas, Jessica hizo un esfuerzo por incorporarse. Se sentía débil, muy cansada, con todo el cuerpo dolorido.

Las mujeres agrupadas al pie de la cama no decían nada, apenas se movían. El silencio se había hecho en la habitación iluminada por el sol, como si hubiera dado a luz una monstruosa deformidad.

—Mi bebé —dijo Jessica, y rompió el ominoso silencio—. ¿Dónde está mi bebé?

—¿Cómo es posible? —La voz de Anirul era aguda, al borde de la histeria. Lanzó un grito desgarrador—. ¡No!

—¿Qué has hecho? —dijo Mohiam—. Jessica, ¿qué has hecho?

La reverenda madre no mostraba la ira que tanto había temido Jessica, sino una expresión de derrota y decepción infinitas.

Jessica intentó ver a su hijo, y esta vez vio pelo negro mojado, una frente pequeña y unos ojos inteligentes, abiertos de par en par. Pensó en su amado duque Leto. *Mi bebé ha de vivir.*

—Ahora comprendo la turbación de la Otra Memoria. —El rostro de Anirul se convirtió en una máscara de rabia desenfrenada cuando miró a Jessica—. Lo sabían, pero Lobia no me lo pudo decir a tiempo. ¡Soy la madre Kwisatz! Miles de hermanas han trabajado en nuestro programa durante milenios. ¿Por qué has atentado contra nuestro futuro?

—¡No lo matéis! Castigadme a mí por lo que he hecho, si es preciso, pero al hijo de Leto no.

Resbalaron lágrimas sobre sus mejillas.

Mohiam depositó al bebé en los brazos de Jessica, como si se desembarazara de una carga desagradable.

—Coge a tu hijo maldito —dijo con el más frío de los tonos—, y reza para que la Hermandad sobreviva a lo que has hecho.

> La humanidad conoce su mortalidad y teme el estancamiento de su herencia, pero desconoce el camino de la salvación. Este es el propósito principal del programa de reproducción del Kwisatz Haderach, cambiar la dirección de la humanidad de una manera que carece de precedentes.
>
> Lady ANIRUL CORRINO, de sus diarios personales

Ante la puerta de la sala de partos imperial, el hombre disfrazado de guardia Sardaukar se había aplicado maquillaje para disimular sus labios manchados de safo. En la parte posterior de sus pantalones arrugados, justo debajo de la chaqueta del uniforme, podía verse una tenue mancha de sangre. Apenas perceptible...

Piter de Vries había clavado un cuchillo por debajo de la chaqueta en el riñón izquierdo del guardia, mientras se dirigía a su puesto. Después, había procedido con celeridad para que el uniforme no se manchara. Estaba orgulloso de su trabajo.

Al cabo de pocos minutos, De Vries había arrastrado el cadáver hasta una habitación vacía, se había puesto el uniforme gris y negro, y aplicado encimas químicas para eliminar los rastros de sangre. Se serenó, y después ocupó su puesto ante la sala de partos.

El compañero del guardia muerto le miró con curiosidad.

—¿Dónde está Dankers?

—¿Quién sabe? Yo estaba de guardia en las jaulas de los leones, cuando me ordenaron que viniera aquí, mientras una dama de compañía daba a luz —dijo De Vries, en tono desabrido—. Me dijeron que le sustituyera.

El otro guardia gruñó como si le fuera indiferente, echó un vistazo a su cuchillo ceremonial y ajustó la correa de una porra aturdidora sobre el hombro.

De Vries llevaba otro cuchillo escondido bajo la manga de la chaqueta. Notó que la camisa ensangrentada se pegaba contra su piel, una sensación bastante agradable.

De pronto, oyeron un grito, voces sorprendidas y angustiadas en la habitación. Después, el llanto de un niño. De Vries y el guardia se miraron, y el mentat experimentó la sensación de que corría más peligro. Tal vez la bonita madre, la hija secreta del barón, había muerto durante el parto. Oh, pero eso sería demasiado estupendo, demasiado sencillo... Oyó conversaciones en voz baja..., y el llanto continuado del niño.

El hijo del duque Leto ofrecía tantas posibilidades... El nieto secreto del barón. Tal vez De Vries podría tomar como rehén al niño, utilizarlo para convertir a Jessica en su esclava sexual..., para después matar a ambos, antes de que se cansara de ella. Podría juguetear durante una temporada con la mujer del duque...

O quizá el niño sería más valioso que Jessica. El recién nacido era Atreides y Harkonnen. Quizá lo más seguro sería llevar al niño a Giedi Prime para que creciera al lado de Feyd-Rautha. ¡Qué fabulosa venganza contra la Casa Atreides! Un heredero Harkonnen alternativo, si Feyd salía tan corto de entendederas como su hermano mayor, Rabban. En función de cómo manipulara la situación, De Vries podía colocarse en una situación de poder sobre la Hermandad, dos Grandes Casas y la propia Jessica. Todo a la vez.

Se le hizo la boca agua mientras reflexionaba sobre unas posibilidades tan deliciosas.

Las voces de las mujeres aumentaron de intensidad, y la puerta de la sala de partos se deslizó a un lado sin hacer ruido. Tres brujas salieron al pasillo, la repugnante Mohiam, la inestable esposa del emperador y Margot Fenring, todas vestidas con el hábito aba negro y enfrascadas en una furiosa discusión.

De Vries contuvo el aliento. Si Mohiam le miraba, quizá le reconocería, pese al maquillaje y el uniforme robado. Por suerte, las mujeres estaban tan preocupadas por algo que no se fijaron en nada, mientras se alejaban por el pasillo.

Dejando a madre e hijo sin protección.

Cuando las brujas doblaron una esquina, De Vries se volvió hacia su compañero.

—Voy a comprobar que todo va bien —dijo.

Antes de que el otro guardia tuviera tiempo de contestar, el mentat entró en la sala de partos.

Los sollozos de un bebé procedían de la zona iluminada, así como más voces femeninas. Oyó que el guardia corría tras él, con las botas resonando sobre el suelo. La puerta se cerró a su espalda.

Con un movimiento veloz y silencioso, De Vries giró en redondo y degolló al Sardaukar antes de que pudiera emitir un sonido. Gotas de sangre salpicaron la pared.

Después de acompañar al cuerpo hasta el suelo para que no hiciera ruido, el mentat se internó con sigilo en la sala de partos. Apoyó la porra aturdidora contra su muñeca y activó el campo.

Vio a dos hermanas Galenas que atendían al bebé ante una terminal de trabajo apoyada contra la pared. Tomaban muestras de pelo y células, y estudiaban la pantalla de la máquina de diagnósticos. Le daban la espalda. La mujer más alta miraba al bebé con el ceño fruncido, como si un experimento hubiera salido mal.

Al oír un zumbido, la mujer de menor estatura dio media vuelta, pero De Vries saltó hacia delante y utilizó la porra como un bastón. La alcanzó en la cara y le rompió la nariz.

Antes de que cayera al suelo, su compañera protegió al bebé con el cuerpo y alzó los brazos en una postura defensiva. De Vries la golpeó con la porra. La mujer paró el golpe, pero sus dos brazos quedaron paralizados. El golpe que el mentat le propinó en el cuello fue tan violento que oyó las vértebras al romperse.

Apuñaló a las dos formas inertes, jadeante, excitado, solo para asegurarse. Era absurdo correr riesgos.

El bebé yacía sobre la mesa, pataleaba y lloraba. Tan vulnerable.

Al otro lado de la sala de partos, vio a Jessica acostada sobre una amplia cama, agotada después del parto, con los ojos vidriosos a causa de los analgésicos. Aún demacrada y cubierta de sudor, era hermosa y fascinante. Pensó en matarla, para que el duque ya no pudiera poseerla nunca más.

Tan solo habían transcurrido unos segundos, pero no podía perder más tiempo. Cuando extendió las manos hacia el bebé, los ojos de Jessica se abrieron de par en par, debido a la sorpresa. En su cara apareció una expresión de angustia y desdicha.

Oh, esto es mucho mejor que matarla.

La joven intentó incorporarse. ¡Se disponía a bajar de la cama y perseguirle! Cuánta devoción, cuánto dolor maternal. De Vries le dedicó una sonrisa, pero debido al maquillaje y el disfraz, sabía que nunca le reconocería.

El mentat decidió proceder antes de que le interrumpieran. Encajó la porra y el cuchillo en su cinturón. Mientras Jessica se levantaba de la cama, envolvió al niño en una manta, con movimientos serenos y eficaces. Ella nunca le alcanzaría a tiempo.

Vio que tenía el camisón manchado de sangre. La joven se tambaleó, cayó al suelo. De Vries sostuvo en alto al niño para burlarse de ella, y después salió corriendo al pasillo. Mientras bajaba una escalera, intentando ahogar el llanto del bebé, las posibilidades giraban en su mente.

Había tantas...

Después de su celebrado discurso, Leto salió de la Sala de la Oratoria con la cabeza bien alta. Su padre habría admirado su representación. Esta vez, le había salido a la perfección. No había pedido permiso a nadie para actuar. Les había avisado, y sus actos eran irrevocables.

Cuando nadie le vio, sus manos empezaron a temblar, aunque no le habían traicionado durante todo el discurso. A juzgar por los aplausos, sabía que la mayoría del Landsraad admiraba sus acciones. Sus hazañas se harían legendarias entre los nobles.

No obstante, la política daba extraños giros. Lo que se ganaba en un momento dado podía perderse al siguiente. Muchos delegados habrían aplaudido llevados por el entusiasmo. Después, se lo pensarían mejor. Aun así, Leto había conseguido nuevos aliados. Solo restaba determinar la cantidad de sus ganancias.

Pero había llegado el momento de ir a ver a Jessica.

Cruzó la elipse enlosada a paso rápido. Una vez dentro del palacio, desechó la escalinata y eligió un ascensor para subir a la sala de partos. ¡Quizá el niño ya había nacido!

Pero cuando salió al último piso, cuatro guardias Sardaukar le cortaron el paso con las armas desenfundadas. Una multitud alarmada se congregaba en el pasillo detrás de él, incluyendo cierto número de Bene Gesserit.

Vio a Jessica derrumbada en una butaca, envuelta en una bata blanca demasiado grande para ella. Al verla tan débil, tan acabada, se quedó consternado. Tenía la piel cubierta de sudor, y todos sus movimientos delataban miedo.

—Soy el duque Leto Atreides, primo del emperador. Lady Jessica es mi concubina. Dejadme pasar.

Se abrió paso, empleando movimientos que Duncan Idaho le había enseñado para apartar armas amenazantes.

Cuando Jessica le vio, se deshizo de los brazos de las Bene Gesserit que la rodeaban y trató de ponerse en pie.

—¡Leto!

La abrazó, temeroso de preguntar por el bebé. ¿Había nacido muerto? Y en tal caso, ¿qué hacía Jessica fuera de la sala de partos, y rodeada de tanta seguridad?

La reverenda madre Mohiam se acercó, con el rostro convertido en una máscara de cólera y desazón. Jessica intentó decir algo, pero se deshizo en lágrimas. Leto observó sangre en el suelo bajo ella. Las palabras de Leto fueron frías, pero tenía que verbalizar la pregunta.

—¿Mi hijo ha muerto?

—Tenéis un hijo, duque Leto, un hijo sano —dijo Mohiam—, pero ha sido secuestrado. Dos guardias y dos hermanas Galenas han muerto. Quien se llevó al niño lo deseaba con todas sus fuerzas.

Leto no pudo asimilar todas las terribles noticias a la vez. Solo consiguió abrazar a Jessica con más fuerza.

> Durante largas eras caracterizadas por los restos de planetas destruidos, el hombre fue una fuerza geológica y ecológica sin saberlo, apenas consciente de su propia fuerza.
>
> PARDOT KYNES, *El largo camino a Salusa Secundus*

El número de cruceros que se agrupaban sobre Arrakis fue aumentando, hasta que el barón fue incapaz de respirar. Durante toda la tarde, naves de guerra Sardaukar continuaron saliendo de las panzas de las naves de transporte de la Cofradía. Nunca había tenido tanto miedo.

El barón sabía que Shaddam nunca desintegraría Arrakis, como había hecho con Zanovar, pero no era impensable que el barón decidiera destruir Carthag. Con él dentro.

Tal vez debería huir en una de mis naves. Enseguida.

Pero ninguna nave podía despegar. Todas estaban inutilizadas. El barón no tenía forma de escapar, salvo a pic, al desierto. Y no estaba tan desesperado..., todavía.

Desde la burbuja de observación del espaciopuerto de Carthag, vio una estela anaranjada que se recortaba contra el cielo oscuro: una lanzadera que descendía de un crucero. Le habían ordenado que saliera a recibirla cuanto antes. Esta situación sin precedentes le ponía enfermo.

Al maldito Shaddam le gustaba jugar a los soldaditos, pavonearse en su uniforme, y ahora se estaba comportando como el mayor matón del universo. Los satélites de observación orbitales del barón habían sido destruidos como si tal cosa. *¿Qué demonios querrá el emperador de mí?*

El barón frunció el ceño, de pie bajo la luz mortecina del ocaso. Gracias a que había enviado mensajeros, contaba con una pequeña compañía de tropas, apostada en la zona de recibimiento del espaciopuerto. Del pavimento se desprendía el calor residual del día, el cual evaporaba productos químicos y aceites que impregnaban el campo. A su alrededor, las naves embargadas descansaban con los sistemas desconectados.

En el horizonte, donde los colores del anochecer llameaban como un fuego lejano sobre el borde arenoso del planeta, vio una mancha de polvo. Otro de aquellos malditos gusanos de arena.

La pequeña nave aterrizó. El barón se sintió como un animal acosado. Las tropas que había traído de Giedi Prime no podrían hacer frente a una invasión de tamaña escala. Si tuviera más tiempo, llamaría a Piter de Vries para que volviera de Kaitain, actuara de emisario y negociara un desenlace diplomático para lo que debía ser un simple malentendido.

Flotó en sus suspensores para recibir al séquito de la CHOAM y la Cofradía, y forzó una sonrisa. Un albino delegado de la Cofradía bajó de su nave, con un traje que le instilaba especia de manera constante. Detrás de él iba el Supremo Bashar y un auditor mentat de la CHOAM, de aspecto ominoso. El barón desvió sus ojos hacia el mentat y comprendió que aquel hombre era el auténtico problema.

—¡Bienvenidos, bienvenidos! —Apenas podía disimular la expresión desolada de su cara, y cualquier observador atento se daría cuenta de su nerviosismo—. Colaboraré en todo lo posible, por supuesto.

—Sí —anunció el albino delegado, mientras inhalaba una profunda bocanada de gas de especia—, colaboraréis en todo lo posible.

La arrogancia era como una segunda piel para el trío.

—Pero… antes debéis explicarme cuál es la infracción que en vuestra opinión he cometido. ¿Quién me ha acusado falsamente? Os aseguro que se trata de un error.

El auditor mentat se acercó, con el Supremo Bashar a su lado.

—Nos facilitaréis el acceso a toda la documentación económica y de los embarques. Tenemos la intención de examinar todos los recolectores de especia, almacenes legales y manifiestos de producto. Nosotros comprobaremos si ha existido un error.

El delegado de la Cofradía les siguió.

—No intentéis ocultar nada.

El barón tragó saliva y les guió hacia la salida del espaciopuerto.

—Por supuesto.

Sabía que Piter de Vries había falseado a modo la documentación, repasado cada documento, cada informe, y el mentat pervertido era muy minucioso en su trabajo. No obstante, el barón sentía frío en su interior, seguro de que hasta las manipulaciones más cuidadosas no resistirían el escrutinio de aquellos demoníacos auditores.

Les indicó que subieran a una plataforma de transporte, la cual les conduciría hasta la residencia Harkonnen.

—¿Os apetece un aperitivo?

Quizá encuentre una forma de deslizar en sus bebidas veneno o drogas aturdidoras.

El Supremo Bashar le dedicó una sonrisa despectiva.

—Creo que no, barón. Nos hemos enterado de vuestra hazaña social en el banquete de gala celebrado en Giedi Prime. No podemos permitir que tales... humoradas retrasen los asuntos imperiales.

Incapaz de inventar más excusas, el barón les guió hasta Carthag.

Desde el desierto, Liet-Kynes y Stilgar contemplaron la llegada de los cruceros. Las naves crearon una nube de ionización en el aire que apagó casi todas las estrellas.

Liet sabía, no obstante, que se trataba de una tormenta engendrada por la política, no de un fenómeno natural.

—Grandes fuerzas se mueven más allá de nuestro alcance, Stil.

Stilgar sorbió las últimas gotas del café especiado que Faroula les había llevado a su escondite, las rocas situadas por debajo del sietch de la Muralla Roja.

—En efecto, Liet. Hemos de averiguar algo más.

Por tradición, Faroula había preparado la bebida al final del tórrido día, antes de llevar a su hijo Liet-chih a las zonas de juego comunitarias del sietch. La pequeña Chani todavía estaba al cuidado de una niñera.

Al cabo de unas horas, las empleadas de hogar y criados que servían en la residencia Harkonnen empezaron a enviar alarmantes informes, mensajes codificados orgánicamente e implantados en las pautas sónicas de murciélagos. Con cada pieza nueva del rompecabezas, las noticias se hacían más interesantes.

Liet se alegró al averiguar que la cabeza del barón Harkonnen pendía de un hilo. Los detalles eran escasos, y la tensión aumentaba. Por lo visto, la Cofradía Espacial, la CHOAM y los Sardaukar del emperador habían venido para investigar ciertas irregularidades en la producción de especia.

De modo que Ailric escuchó mis palabras. Que los Harkonnen sufran.

De vuelta en una de las salas comunitarias del sietch, Liet se rascó la barba.

—Los Harkonnen han sido incapaces de ocultar los efectos de nuestras incursiones..., o del secreto que filtramos. Nuestra pequeña venganza ha dado lugar a más repercusiones de las que esperábamos.

Stilgar comprobó su criscuchillo envainado.

—Utilizando este incidente como palanca, podríamos conseguir que los Harkonnen fueran expulsados de nuestro desierto.

Liet sacudió la cabeza.

—Eso no nos libraría del control imperial. Si el barón es expulsado, el feudo de Dune será entregado a otra familia del Landsraad. Shaddam cree que tiene derecho a hacerlo, aunque los fremen han vivido y sufrido aquí durante centenares de generaciones. Nuestros nuevos señores no serían mejores que los Harkonnen.

El rostro aguileño de Stilgar se tensó.

—Pero tampoco peores.

—Estoy de acuerdo, amigo mío. Tengo una idea. Hemos destruido o robado varios almacenes de especia del barón. Estos actos le causaron graves problemas, pero ahora se nos presenta la oportunidad de asestar un golpe definitivo, con los auditores de la CHOAM presentes. Significará la caída de los Harkonnen.

—Haré lo que me pidas, Liet.

El joven planetólogo tocó el musculoso brazo de su amigo.

—Stil, ya sé que las ciudades no te gustan, y mucho menos Carthag, pero los Harkonnen han establecido otro almacén ilegal de especia allí, justo a la sombra del espaciopuerto. Si prendiéramos fuego a ese almacén, la Cofradía y la CHOAM serían testigos. El barón padecerá las consecuencias.

Los ojos azules de Stilgar se abrieron de par en par.

—Ya sabes que esos desafíos siempre son de mi gusto, Liet. Será peligroso, pero a mis comandos les complacerá enormemente no solo perjudicar a nuestros enemigos, sino también humillarlos.

Mientras el mentat auditor contemplaba los registros de embarques, no parpadeaba ni movía la cabeza. Se limitaba a asimilar los datos, y documentaba las discrepancias en una libreta aparte. La lista de errores aumentaba a cada hora, y la preocupación del barón no cesaba de aumentar. Hasta el momento, sin embargo, todas las «equivocaciones» descubiertas eran poco importantes, lo suficiente para granjearle algunas multas, pero no para suponer su ejecución inmediata.

El auditor mentat aún no había encontrado lo que estaba buscando...

La explosión ocurrida en el distrito de los almacenes pilló a todos por sorpresa. El barón corrió al balcón. Equipos de socorro corrían por las calles. Una columna de humo anaranjado se alzaba hacia el cielo, entre llamas y polvo. El barón comprendió enseguida cuál era el almacén donde se había producido el atentado.

Y maldijo en silencio.

El auditor mentat se puso a su lado en el balcón, mientras observaba con ojos penetrantes. Al otro lado, el Supremo Bashar Garon cuadró los hombros y preguntó:

—¿Qué hay en ese edificio, barón?

—Creo... Es uno de mis almacenes industriales —mintió—. Un lugar donde guardamos materiales de construcción sobrantes, componentes para viviendas prefabricadas, enviadas desde Giedi Prime.

¡Maldita sea! ¿Cuánta especia había ahí dentro?

—Vaya, vaya —dijo el auditor mentat—. ¿Cuál puede ser el motivo de que el almacén haya estallado?

—Una acumulación de productos químicos inflamables, o un obrero descuidado, supongo.

¡Han sido esos malditos fremen! No le hizo falta fingir una expresión de confusión.

—Inspeccionaremos la zona. De arriba abajo —anunció Zum Garon—. Mis Sardaukar os ayudarán.

El barón se estremeció, pero no podía discutir sin una excusa legítima. Aquella basura del desierto había volado uno de sus depósitos de melange, y los restos aportarían pruebas más que suficientes contra él. Demostrarían que el almacén había sido utilizado para acumular melange, y que la Casa Harkonnen no guardaba registros de dicha reserva.

Estaba condenado.

Echaba chispas por dentro, enfurecido con los fremen por haber atentado contra él en aquel preciso momento, cuando no podía ocultar el acontecimiento. Le pillarían con las manos en la masa, sin defensa ni excusa.

Y el emperador se lo haría pagar muy caro.

¿Por qué nos ha de parecer raro o difícil creer que las alteraciones sufridas en el pináculo del poder se transmiten a los niveles más inferiores de la sociedad? Es imposible disimular el ansia cínica y brutal de poder.

CAMMAR PILRU, embajador ixiano en el exilio,
Discurso ante el Landsraad

En Ix, pese a que sus fuerzas se habían visto reducidas a más de la mitad, los Sardaukar continuaban luchando. Indiferentes al dolor o a las heridas, los soldados imperiales, enloquecidos por la droga, no mostraban el menor temor por sus vidas.

Uno de los Sardaukar arrastró al suelo a un joven soldado Atreides, introdujo una mano enguantada en su escudo y desactivó los controles. Después, al igual que un lobo D, desnudó sus dientes y le desgarró la garganta.

Duncan Idaho no entendía por qué el cuerpo de élite del emperador luchaba con tal ferocidad para defender a los tleilaxu. Era evidente que el joven comandante Cando Garon jamás se rendiría, ni aunque fuera el último hombre vivo sobre una montaña de camaradas muertos.

Duncan cambió de estrategia y se concentró en el objetivo de su misión. Mientras los proyectiles estallaban a su alrededor como chispas de una hoguera, levantó una mano y gritó en el código de batalla Atreides:

—¡Al Gran Palacio!

Los hombres del duque se deshicieron de los enfebrecidos Sardaukar y formaron una falange, con Duncan a la cabeza. Blandía la espada del viejo duque y abatía a cualquier enemigo que se pusiera a su alcance.

Corrieron por los túneles del techo hacia los edificios de la administración. Un solitario y desafiante soldado Sardaukar, con el uniforme roto y ensangrentado, se erguía en mitad de un puente que conectaba los extremos de la gruta. Cuando vio que los hombres de Duncan cargaban contra él, apoyó una granada contra su pecho y la detonó, volando el puente. Su cuerpo cayó al abismo, entre una lluvia de fuego y escombros.

Duncan, consternado, indicó a sus hombres con un ademán que retrocedieran, mientras buscaba otra ruta hacia la pirámide invertida del palacio ixiano. *¿Cómo podemos luchar contra hombres como estos?*

Mientras intentaba localizar otro camino aéreo, vio que una barcaza de transporte se estrellaba contra un balcón del Gran Palacio, sin duda conducida por un loco. Los rebeldes saltaron de la plataforma y entraron en el edificio, lanzando gritos desafiantes.

Duncan guió a sus hombres por un segundo puente, y se internaron por fin en los niveles superiores del Gran Palacio. Burócratas y científicos tleilaxu huían en busca de algún refugio, al tiempo que gimoteaban y suplicaban piedad en galach imperial. Algunos soldados Atreides dispararon a placer sobre los fugitivos indefensos, pero Duncan ordenó a sus hombres que se reagruparan.

—No malgastéis vuestras fuerzas. Ya nos desharemos de la basura más tarde.

Atravesaron una serie de estancias espartanas, en otro tiempo grandiosas.

Soldados Atreides habían penetrado en los niveles de la corteza terrestre, y algunos habían bajado en ascensores hasta el suelo, donde se sucedían los combates. Gritos y aullidos resonaban en la caverna, y se mezclaban con el hedor repulsivo de la muerte.

El escuadrón de Duncan llegó a la cámara de recepciones principal y avanzó sobre un suelo a cuadros blancos y negros. Allí se toparon con un sorprendente enfrentamiento entre los pasajeros de la barcaza y furiosos guardias Sardaukar.

En el centro de la refriega, vio la inconfundible forma cyborg de Rhombur, al lado del trovador Gurney Halleck. El estilo de lucha de Gurney carecía de elegancia, pero sin duda poseía una destreza instintiva en el manejo de las armas.

Cuando los hombres de Duncan se lanzaron al ataque, gritando los nombres del duque Leto y el príncipe Rhombur, la batalla desesperada se tornó en su favor. Los suboides y los ciudadanos de Ix se batieron con renovada energía.

Un pasadizo lateral se abrió de repente, y Sardaukar cubiertos de sangre aparecieron, gritando y disparando. Tenían el cabello desordenado y el rostro manchado de escarlata, pero su avance era imparable. El comandante Cando Garon lideraba el ataque suicida.

Garon vio al príncipe cyborg y se abalanzó sobre él, ciego de furia. El comandante blandía en cada mano una espada afilada, manchadas ambas de sangre.

Duncan reconoció al hijo del Supremo Bashar imperial, vio la muerte en sus ojos y se precipitó hacia él. Muchos años atrás, no había logrado detener el ataque del enloquecido toro salusano que había matado al viejo duque Paulus, y había jurado que nunca más volvería a fracasar.

Rhombur se hallaba de pie junto a la barcaza destrozada, al frente de los rebeldes, y no vio que Garon corría hacia él. Los resistentes se abrían paso sobre los escombros y recogían las armas de los Sardaukar caídos. Detrás de Rhombur, la pared del Gran Palacio destrozada era un hueco bostezante que dominaba la ciudad subterránea.

Duncan se precipitó sobre Garon a toda velocidad y le alcanzó en el costado. Los escudos corporales colisionaron con estrépito, y Duncan salió lanzado hacia atrás.

Pero el impacto también desvió a Garon, que se tambaleó hacia el hueco de la pared, al tiempo que resbalaba sobre los escombros. El comandante Sardaukar vio la oportunidad de matar a más enemigos, y empujó a tres rebeldes ixianos que se encontraban demasiado cerca del borde del balcón destrozado. Extendió sus fuertes brazos y arrojó a sus víctimas al precipicio.

Garon también cayó por el borde, pero logró agarrarse a una viga partida que se proyectaba sobre el abismo. Colgó en el vacío, con un rictus de ferocidad en la cara. Los tendones de su cuello se destacaban como cables a punto de partirse. Se sujetaba con una mano, como desafiando la ley de la gravedad.

Al reconocer al líder de los Sardaukar, Rhombur corrió hacia el borde con sus piernas cyborg. Se agachó y extendió su brazo mecánico, agarrado a la pared rota para no perder el equilibrio. Garon se limitó a emitir una carcajada burlona.

—¡Cógete! —dijo Rhombur—. Yo te salvaré, y después ordenarás a tus tropas que se rindan. Ix es mío.

El comandante Sardaukar se negó a coger su mano.

—Preferiría morir antes que salvar mi vida gracias a ti. Mi vergüenza sería peor que la muerte, y presentarme ante mi padre caído en desgracia sería mucho más doloroso de lo que puedes imaginar.

El príncipe flexionó las piernas y extendió la mano para aferrar la muñeca de Garon. Recordó que había perdido a toda su familia, y su cuerpo en llamas durante la explosión del dirigible.

—No hay dolor que yo no pueda imaginar, comandante.

Empezó a izar al hombre, pese a sus protestas.

Pero el Sardaukar utilizó su mano libre para desenfundar un cuchillo, afilado como una navaja.

—¿Por qué no te dejas caer conmigo, y morimos juntos?

Garon sonrió, y después apuñaló la mano de Rhombur. Surgieron chispas de los tendones mecánicos de la muñeca, la hoja alcanzó los huesos sintéticos metálicos, pero no se hundió lo suficiente.

Rhombur, sin inmutarse, alzó al joven oficial hasta el borde. Duncan corrió a ayudarle.

Cando Garon atacó de nuevo con su arma, y esta vez segó las poleas y las articulaciones de apoyo de Rhombur, de modo que le cortó la mano. Cuando Rhombur retrocedió, contemplando el muñón humeante de su brazo artificial, el comandante Sardaukar se precipitó al abismo sin un chillido, ni siquiera un susurro.

Al cabo de poco, las fuerzas Atreides y los entusiasmados rebeldes se apoderaron del Gran Palacio. Duncan exhaló un suspiro de alivio, pero sin perder la cautela.

Después de presenciar la caída suicida de Cando Garon, los suboides y los rebeldes se recrearon arrojando a los tleilaxu capturados por encima del abismo, como venganza por los camaradas que habían sido ejecutados sumariamente por los invasores.

Duncan temblaba de agotamiento. Los combates continuaban en el suelo de la caverna, pero aprovechó el momento para saludar a su amigo.

—Me alegro de verte, Gurney.

El trovador sacudió la cabeza.

—Menudo momento para cortesías.

Se secó el sudor de la frente.

C'tair Pilru, demasiado cansado para celebrar la tan ansiada victoria, se sentó sobre un montón de plaspiedra desmenuzada y tocó el suelo, como si intentara recuperar recuerdos de la infancia.

—Ojalá mi hermano estuviera aquí.

Al recordar la última vez que había estado en el Gran Palacio, como hijo de un respetado embajador, deseó recuperar los años robados. Había sido una época de elegancia y refinamiento, de grandes recepciones, y de flirteos e intrigas por la mano de Kailea Vernius.

—Tu padre aún vive —dijo Rhombur—. Será un placer para mí nombrarle de nuevo embajador de la Casa Vernius.

Con un control preciso de su mano cyborg intacta, apretó los hombros hundidos de C'tair. El príncipe contempló su muñón todavía humeante, como lamentando que debiera pasar de nuevo por otra reparación y rehabilitación. Pero Tessia le ayudaría. Ardía en deseos de verla otra vez.

C'tair alzó la vista, sonriente.

—Antes, hemos de encontrar los controles del cielo, para que podáis proclamar vuestro triunfo y poner vuestra rúbrica a este día glorioso.

Muchos años antes, había hecho lo mismo, infiltrarse en el palacio controlado por los tleilaxu y transmitir imágenes del príncipe Rhombur. Ahora, había liderado la reconquista con el príncipe, Duncan y una docena de hombres más. Ante las puertas de la sala de control, descubrieron a dos tleilaxu muertos en el suelo, degollados...

Rhombur no sabía manipular los aparatos, de modo que C'tair le ayudó. Momentos después, proyectaron la gigantesca imagen del príncipe desde el techo de la gruta. Su voz amplificada resonó.

—¡Soy el príncipe Rhombur Vernius! Me he apoderado del Gran Palacio, mi hogar ancestral, mi legítimo hogar, donde pienso instalarme. ¡Ixianos, liberaos de vuestras cadenas, aplastad a vuestros opresores, recuperad vuestra libertad!

Cuando terminó, Rhombur oyó un rugido de renovados vítores desde abajo, donde la batalla continuaba.

Gurney Halleck se encontró con él en un pasillo.

—Mira lo que he encontrado. —Condujo al príncipe hasta un inmenso almacén blindado, que los Atreides habían abierto con fusiles láser—. Esperábamos descubrir documentación comprometedora, pero en cambio nos hemos topado con esto.

Había hileras de cajas amontonadas desde el suelo hasta el techo. Había una abierta, que dejaba al descubierto un polvillo anaranjado marrón, una sustancia que olía a canela.

—Se parece y sabe igual que la melange, pero mira la etiqueta. Dice AMAL, en alfabeto tleilaxu.

Rhombur paseó la mirada entre Duncan y Gurney.

—¿De dónde han sacado tanta especia, y por qué la han acumulado?

—Ya he visto... lo que sucede en el pabellón de investigaciones —murmuró C'tair. Parecía exhausto. Al darse cuenta de que los demás no le habían oído, repitió la frase en voz alta—. Ahora todo empieza a cobrar sentido —añadió—. Miral y Cristane..., y el olor a especia.

Sus compañeros le miraron, intrigados. Los ojos y la postura de C'tair delataban el efecto que los años de lucha habían obrado en él. Hombres menos decididos habrían arrojado la toalla mucho tiempo antes.

Meneó la cabeza con violencia, como para eliminar un zumbido de los oídos.

—Los tleilaxu estaban utilizando laboratorios ixianos para intentar crear una forma de melange sintética. Amal.

Duncan se encrespó.

—Esta conspiración va más allá de la villanía tleilaxu. Su sombra se extiende hasta el Trono del León Dorado. La Casa Corrino ha sido la causante de todos los sufrimientos de los ixianos y la destrucción de la Casa Vernius.

—Especia artificial... —Rhombur reflexionó unos momentos, y se encolerizó—. Ix fue destruida, y mi familia asesinada, ¿por eso?

La idea le repugnó, al comprender las inmensas implicaciones políticas y económicas.

Gurney Halleck se rascó la cicatriz de tintaparra y frunció el ceño.

—D'murr dijo algo acerca de que la especia de su tanque estaba contaminada... ¿Fue eso lo que le mató?

—Sospecho que encontraremos las respuestas en el pabellón de investigaciones —dijo C'tair con voz emocionada.

Un hombre no puede beber de un espejismo, pero puede ahogarse en él.

Sabiduría fremen

Después de examinar el informe de reconocimiento obtenido por la nave de Hiih Resser, la fuerza de ataque conjunta Harkonnen-Moritani descendió a los cielos de Caladan. La Bestia Rabban estaba rodeada de poder ofensivo, pero aun así se sentía nervioso.

Pilotaba su propia nave al frente de la numerosa flota, en teoría al mando, aunque no se apartaba mucho de la pesada nave de ataque pilotada por el maestro espadachín grumman, Reeser. El vizconde Moritani había tomado el mando del transporte de tropas más adelantado, dispuesto a conquistar Caladan por tierra, aterrorizar a los aldeanos y tomar el control de las ciudades Atreides. Su intención era impedir que el duque Leto volviera a poner el pie en el planeta.

Mientras atravesaba las nubes, preparado para la descarga de adrenalina que supondría la destrucción, Rabban se preguntaba cómo dividirían la Casa Harkonnen y la Casa Moritani los despojos de su conquista, en vistas a la «ocupación conjunta». Experimentaba una sensación de inquietud en la boca del estómago. El barón habría exigido la parte del león de los beneficios.

Rabban aferró los controles de su nave con dedos sudorosos, mientras recordaba el día en que había disparado en secreto sobre los dos transportes tleilaxu alojados en la bodega del crucero, un ataque sutil contra el imberbe duque Atreides. Rabban prefería ser más directo.

Si Caladan estaba tan indefenso como hacía suponer la exploración de Resser, toda la operación habría terminado antes de una hora. El heredero Harkonnen no podía creer que el duque Atreides hubiera sido tan incauto, aunque solo estuviera ausente unos días. Pero su tío decía con frecuencia que un buen líder ha de estar siempre ojo avizor a los errores, para poder aprovecharlos en cualquier momento.

Los atacantes tomarían el control del castillo y la ciudad, así como del espaciopuerto y la base militar contigua. Si se apoderaban de unos pocos puntos clave, las fuerzas Grumman-Harkonnen podrían afirmar su conquista y prepararse para tender una emboscada a las fuerzas Atreides cuando regresaran. Además, Giedi Prime y Grumman estaban preparados para enviar abundantes refuerzos, en cuanto la operación preliminar hubiera concluido.

No obstante, las repercusiones políticas a largo plazo preocupaban a Rabban. Una protesta ante el Landsraad del duque Leto quizá provocaría una operación militar conjunta y/o sanciones y embargos. La situación podía complicarse mucho, y Rabban esperaba no haber tomado otra mala decisión.

En ruta, antes de lanzar a sus fuerzas, Hundro Moritani había desechado sus preocupaciones.

—El duque ni siquiera tiene heredero. Si fortalecemos nuestra posición, ¿quién aparte de Atreides osaría desafiarnos? ¿Quién iba a tomarse la molestia?

Rabban percibió cierto tono de locura en la voz del vizconde, y también en el feroz brillo de sus ojos.

El maestro espadachín Resser habló por el canal de comunicaciones.

—Todas las naves están preparadas para iniciar el ataque. A vos corresponde dar la orden, lord Rabban.

Rabban respiró hondo y atravesó la capa de niebla. Las naves le siguieron como una estampida de animales mortíferos, dispuestos a pisotear todo cuanto se cruzara en su camino.

—Tenemos las coordenadas de Cala City —dijo Resser—. Debería aparecer ante nosotros en cualquier momento.

—Maldita sea esta capa de nubes.

Rabban se inclinó hacia delante para mirar por la ventana de la cabina. Cuando la niebla se dispersó por fin, vio la bahía y el océano, los acantilados rocosos sobre los que se asentaba el castillo de Caladan..., la ciudad, el espaciopuerto y la base militar.

Entonces, gritos de sorpresa y confusión se oyeron en los canales de comunicaciones. En el océano que rodeaba Cala City, Rabban vio docenas, no, ¡centenares!, de buques de guerra en el agua, y plataformas defensivas flotantes que se mecían en el agua como una fortaleza móvil.

—¡Es una flota gigantesca!

—Esos barcos no estaban ahí ayer —dijo Resser—. Las habrán apostado por la noche para defender el castillo.

—Pero ¿en el agua? —El vizconde no daba crédito a lo que veía—. ¿Para qué iba Leto a dispersar tal potencia militar en el agua? Hace... siglos que eso no se hace.

—¡Es una trampa! —gritó Rabban.

En aquel preciso momento, Thufir Hawat ordenó despegar a todas las naves de guerra que le habían escoltado a Beakkal. Las naves pasaron volando sobre los parapetos del castillo, se desplegaron y describieron un círculo, para luego realizar maniobras aéreas en una impresionante demostración de fuerza. Las puertas de las docenas de hangares de la base militar se abrieron poco a poco, lo cual implicaba que muchas más naves de ataque esperaban el momento del despegue.

—¡Leto Atreides nos ha tendido una trampa! —Rabban dio un puñetazo sobre el panel de control—. Quiere aplastarnos y someter nuestras Casas al castigo del Landsraad.

Rabban maldijo al vizconde por haberle arrastrado a aquel ataque condenado al fracaso, tiró de los controles y regresó al amparo de las nubes. Dio órdenes a todas las naves Harkonnen de que interrumpieran el ataque.

—Retroceded. Ahora, antes de que identifiquen nuestras naves.

Desde su puente de mando, el vizconde Moritani gritó la orden de que los soldados grumman debían atacar, pero Hiih Resser estaba de acuerdo con Rabban. Fingió no oír las órdenes del vizconde y dio instrucciones a todas sus naves de que se replegaran y congregaran en órbita.

En el planeta, las fortalezas flotantes y los buques de guerra empezaron a alzar grandes cañones contra los objetivos del cielo.

Era evidente que las alarmas habían sonado, y que las fuerzas defensivas estaban preparadas para devolver el golpe.

Rabban volaba a toda velocidad, rezando para zafarse de la situación antes de que causara más humillaciones y perjuicios a la Casa Harkonnen. La última vez que había cometido un error semejante, el barón le había exiliado durante un año en el miserable Lankiveil. No quería ni imaginar cuál sería su castigo esta vez.

La flota se congregó en el lado oscuro del planeta, y después salió del sistema, con la esperanza de localizar al siguiente crucero que se dispusiera a entrar. Rabban sabía que era la única posibilidad de salvar el pellejo.

Thufir Hawat, de pie junto a las estatuas gigantescas, dirigía las maniobras desde una consola de comunicaciones portátil. Ordenó a sus escasas naves que realizaran otro vuelo agresivo, por si acaso. No obstante, los misteriosos atacantes ya habían huido, sorprendidos y avergonzados.

Se preguntó quiénes serían. Ninguna de las naves enemigas había sido alcanzada, de modo que no había restos que analizar. Habría sido preferible derrotarles en un enfrentamiento militar y reunir pruebas, pero había hecho todo lo posible dadas las casi imposibles circunstancias.

Thufir sabía que su táctica había sido utilizada durante la Jihad Butleriana, y también antes. Era un truco que no podía usarse con frecuencia (tal vez pasaría mucho tiempo antes de que se repitiera), pero le había venido de maravilla.

Miró hacia las nubes y vio que el último invasor desaparecía. Debían sospechar que las fuerzas Atreides intentarían perseguirlos, pero el mentat no estaba dispuesto a dejar Caladan indefenso una vez más...

Al día siguiente, tras recibir la confirmación de que los intrusos habían subido a bordo de un crucero y abandonado el sistema de una vez por todas, Thufir Hawat hizo llamar a las barcas de pesca que aguardaban alrededor del castillo. Agradeció a los capitanes su ayuda y les ordenó que devolvieran todos los hologeneradores a las armerías Atreides, antes de reanudar sus faenas pesqueras.

No es fácil para algunos hombres saber que han cometido una maldad, porque el orgullo suele nublar la razón y el honor.

Lady JESSICA, anotación en su diario

Mientras huía a través del palacio imperial con el niño secuestrado, Piter de Vries tomaba decisiones basadas en el instinto y en análisis instantáneos. Decisiones mentat. No lamentaba haber aprovechado una breve e inesperada oportunidad, pero sí no haber planeado una ruta de escape. El bebé se revolvía en sus manos, pero lo sujetó con más fuerza.

Si De Vries podía salir del palacio, el barón se sentiría muy complacido.

Después de bajar por una empinada escalera de servicio, el embajador Harkonnen abrió una puerta de una patada y se internó en un corredor estrecho con arcos de alabastro. Se detuvo para recordar su mapa mental del laberíntico palacio y determinar dónde estaba. Hasta el momento, había tomado pasillos y desvíos al azar con el fin de seguir una ruta impredecible, así como evitar la presencia de cortesanos curiosos y guardias de palacio. Tras un instante de introspección, recordó que el pasillo conducía al estudio y sala de juegos que utilizaban las hijas del emperador.

De Vries embutió una esquina de la manta en la boca del niño para ahogar su llanto, pero luego se arrepintió cuando el bebé empezó a patalear y atragantarse. Retiró la tela, y el niño aulló con mayor energía que antes.

Atravesaba el núcleo estructural del palacio. Sus pies susurraban sobre el suelo. Cerca de los aposentos de las princesas, las paredes y techos eran de roca escarlata importada de Salusa Secundus. La arquitectura sencilla y la falta de ornamentos contrastaban con las secciones opulentas de la residencia. Aunque significaban la descendencia de Shaddam, este concedía pocos lujos a sus indeseadas hijas, y daba la impresión de que Anirul las estaba educando en la austeridad Bene Gesserit.

Una serie de ventanas de plaz flanqueaban el pasillo, y el mentat echaba un vistazo a cada habitación mientras corría. El mocoso Atreides importaba poco. Si la situación tomaba un giro dramático, quizá necesitaría tomar como rehén a una hija Corrino para poder negociar con mayor fuerza.

¿O el emperador se enfurecería, pese a todo?

Durante los meses de cuidadosa planificación y observación, De Vries había preparado dos escondites distintos en el complejo de oficinas imperiales, accesibles mediante túneles y pasadizos que lo comunicaban con el palacio. Sus credenciales diplomáticas le garantizaban el acceso necesario. *¡Corre más deprisa!* Conocía maneras de ponerse en contacto con conductores de vehículos terrestres, y pensó que tal vez conseguiría llegar al espaciopuerto, pese a las alarmas y demás medidas de vigilancia.

Pero tenía que hacer algo para hacer callar al crío.

Cuando dobló una esquina, casi se dio de bruces contra un soldado Sardaukar de rostro infantil, el cual pensó que De Vries era otro guardia, debido al uniforme.

—Eh, ¿qué le pasa al niño?

Entonces, una voz sonó en su auricular.

—¡Hay problemas arriba! —dijo De Vries para distraerle—. Lo he puesto a salvo. Creo que ahora somos niñeras. —Acercó con brusquedad el niño a la cara del guardia—. ¡Cógelo!

Cuando el sorprendido soldado vaciló, De Vries utilizó la otra mano para clavarle una daga en el costado. Sin molestarse en comprobar si el soldado estaba muerto, De Vries huyó con el bebé en un brazo y la daga en la mano libre. Se dio cuenta, demasiado tarde, de que estaba dejando un rastro demasiado visible.

Vio al frente un destello de pelo rubio. Alguien se había asomado desde una habitación y retrocedido enseguida, tras las ventanas del pasillo. ¿Una hija de Shaddam? ¿Una testigo?

Asomó la cabeza en la habitación, pero no vio a nadie. La chica debía de estar escondida detrás de los muebles, o debajo del escritorio sembrado de vídeolibros. Había algunos juguetes pertenecientes a la pequeña Chalice desperdigados por el suelo, pero la niñera se habría llevado a la pequeña. No obstante, sentía una presencia. Alguien estaba escondido.

La hermana mayor... ¡Irulan!

Tal vez le habría visto asesinar al guardia, y no podía permitir que informara a nadie. Su disfraz impediría que le identificara más adelante, pero eso no serviría de nada si le pillaban con el mocoso en los brazos, manchas escarlata en el uniforme y un cuchillo ensangrentado. Se adentró en la habitación con cautela, los músculos tensos. Observó una puerta en la pared de enfrente, levemente entreabierta.

—¡Sal a jugar, Irulan!

Oyó un ruido a su espalda y giró en redondo.

La esposa del emperador se movía con sorprendente torpeza, sin el sigilo y agilidad tan típico de las brujas. No tenía buen aspecto.

Anirul vio el bebé y lo reconoció. Entonces, lo comprendió todo, mientras observaba el maquillaje y los labios demasiado rojos del mentat.

—Te conozco.

Detectó muerte en los ojos del hombre, la necesidad de hacer algo.

Todas las voces interiores gritaron advertencias al unísono. Anirul hizo una mueca de dolor y se aferró las sienes.

Cuando vio que vacilaba, De Vries atacó con el cuchillo, tan veloz como una serpiente.

Aunque aturdida por el clamor que la atormentaba, la madre Kwisatz se movió con celeridad y saltó a un lado, como si hubiera recuperado de súbito la agilidad y destreza Bene Gesserit. Su velocidad sorprendió al mentat, que perdió el equilibrio un instante. Su cuchillo erró el blanco.

Anirul extrajo de su manga una de las armas favoritas de la Hermandad y agarró a De Vries por el cuello. Apoyó un gom jabbar contra su garganta. La punta brillaba a causa del veneno.

—Ya sabes lo que es esto, mentat. Entrega al niño o muere.

—¿Qué están haciendo para encontrar a mi hijo?

El duque Leto estaba al lado del chambelán Ridondo, mientras ambos contemplaban la carnicería que se había producido en la sala de partos.

La frente despejada de Ridondo brillaba de sudor.

—Habrá una investigación, por supuesto. Todos los sospechosos serán interrogados.

—¿Interrogados? Qué educado.

Las dos hermanas Galenas yacían en el suelo. Cerca de la puerta, un Sardaukar había sido cosido a puñaladas. Jessica había estado medio desmayada en la cama. Qué poco le había faltado. *¡El asesino también habría podido matarla!* Alzó la voz.

—Estoy hablando de ahora, señor. ¿Han cerrado el palacio? La vida de mi hijo está en juego.

—Supongo que la guardia del palacio se ha hecho cargo de todas las cuestiones de seguridad. —Ridondo intentaba hablar con voz tranquilizadora—. Le aconsejo que lo dejemos en manos de profesionales.

—¿Suponéis? ¿Quién está al mando?

—El emperador no se encuentra presente para ponerse al mando de los Sardaukar, duque Leto. Ciertos canales de autoridad han de ser...

Leto salió como una tromba al pasillo, donde vio a un Levenbrech.

—¿Habéis cerrado el palacio y los edificios circundantes?

—Nos estamos ocupando del problema, señor. Os ruego que no interfiráis.

—¿Interferir? —Los ojos grises de Leto destellaron—. Han atacado a mi hijo y a su madre. —Echó un vistazo a la placa donde constaba el nombre y rango del superior, sujeta a su solapa—. Levenbrech Stivs, acogiéndome a la Ley de Poderes de Emergencia, asumo el mando de la Guardia Imperial. ¿Me habéis comprendido?

—No, mi señor. —El oficial apoyó la mano sobre el bastón aturdidor que colgaba de su cinto—. Carecéis de autoridad para...

—Si blandís ese arma contra mí, sois hombre muerto, Stivs. Soy un duque del Landsraad y primo carnal del emperador Shaddam

Corrino IV. No tenéis derecho a contradecir mis órdenes, sobre todo en este asunto.

Sus rasgos se endurecieron, y sintió que la sangre le hervía en las venas.

El oficial vaciló y miró a Ridondo.

—El rapto de mi hijo en los dominios del palacio es un ataque contra la Casa Atreides, y exijo mis derechos ateniéndome a la Carta del Landsraad. Se trata de una situación de emergencia militar, y en la ausencia del emperador y de su Supremo Bashar, mi autoridad excede a la de cualquier hombre.

El chambelán Ridondo pensó unos momentos.

—El duque Atreides tiene razón. Haced lo que dice.

Los guardias Sardaukar parecían impresionados por el noble Atreides y el firme uso de su autoridad. Stivs lanzó una orden por el comunicador adherido a la solapa.

—Cerrad el palacio, todos los edificios circundantes y los terrenos. Iniciad una búsqueda minuciosa de la persona que ha secuestrado al hijo recién nacido del duque Leto Atreides. Durante esta crisis, el duque se halla provisionalmente al mando de la guardia imperial. Obedeced sus órdenes.

Leto se apoderó del comunicador del oficial y lo sujetó a la solapa de su uniforme rojo.

—Conseguíos otro. —Indicó hacia el fondo del pasillo—. Stivs, tomad la mitad de estos hombres y registrad la parte norte de este nivel. Los demás, venid conmigo.

Leto aceptó un bastón aturdidor, pero siguió con la mano apoyada sobre el puño enjoyado de la daga ceremonial que el emperador le había regalado años antes. Si su hijo había sufrido el menor daño, un simple bastón aturdidor no sería suficiente.

Piter de Vries se quedó petrificado, con el gom jabbar apoyado sobre su garganta. Un simple roce, y el veneno le mataría al instante. Las manos de Anirul temblaban demasiado para el gusto del mentat.

—No puedo derrotaros —dijo en un suspiro, con cuidado de no mover la laringe. Sus dedos aflojaron la presa alrededor del niño envuelto en una manta. ¿Sería suficiente eso para distraer su atención? Tan solo conseguir que vacilara un instante.

En la otra mano sostenía la daga ensangrentada.

Anirul intentaba separar sus pensamientos del clamor interior. Si bien cuatro de sus hijas eran demasiado pequeñas para comprender, la mayor, Irulan, había sido testigo de la degeneración física y mental de su madre. Lamentaba que Irulan lo hubiera visto, deseaba poder dedicar más tiempo a su hija, educarla para que fuera una Bene Gesserit de primer orden.

Enterada de que había un asesino suelto en el palacio, la esposa del emperador había acudido al estudio y el cuarto de jugar para comprobar que las niñas estaban a salvo. Había sido el acto valiente e impulsivo de una madre.

El mentat se encogió, y ella apretó más con la aguja. Un diamante de sudor brillaba en la frente del mentat y resbalaba poco a poco sobre su sien. Daba la impresión de que la escena iba a durar eternamente.

El bebé se agitó en sus brazos. Aunque no era el niño que la Hermandad había esperado para sus planes trascendentales, todavía era un vínculo con una red más compleja de lo que Anirul podía comprender. Como madre Kwisatz, su vida se había centrado en impulsar los pasos finales del programa de reproducción, primero con el nacimiento de Jessica, y después de este bebé.

Los vínculos genéticos se habían ido purificando tras milenios de refinamiento. Pero en un nacimiento humano, incluso con los poderes y talentos de las madres Bene Gesserit, no podía garantizarse nada. La certidumbre absoluta no existía. Después de diez mil años, ¿era posible acertar en una sola generación? ¿Podía ser este bebé el Elegido?

Contempló los ojos vivaces e inteligentes del niño. Aun recién nacido, poseía cierta presencia y erguía la cabeza con firmeza. Sintió que algo se agitaba en su mente, un rumor ininteligible. *¿Eres tú el Kwisatz Haderach? ¿Has llegado una generación antes?*

—Tal vez... deberíamos hablar de esto —dijo De Vries, sin apenas mover la boca—. Un callejón sin salida no nos sirve a ninguno de los dos.

—Tal vez no debería perder más tiempo y matarte.

Las voces intentaban decirle algo, advertirla, pero no podía entender nada. ¿Y si la habían enviado a estas habitaciones del palacio, no para cuidar de sus hijas, sino para salvar a este bebé especial?

Oyó un batiburrillo de voces, como una ola gigantesca que se acercara, y recordó el intenso sueño del gusano que huía de un perseguidor silencioso por el desierto. Pero el perseguidor ya no guardaba silencio. Era una multitud.

Una voz clara se impuso sobre las voces; la vieja Lobia, con su voz irónica y sabia, que hablaba en tono tranquilizador. Anirul vio las palabras que surgían de la boca teñida de safo del secuestrador, un reflejo ondulante en la ventana de plaz opuesta.

Pronto te reunirás con nosotras. El momento de sorpresa provocó que saltara hacia atrás. El gom jabbar resbaló de su mano y cayó al suelo. Dentro de su cabeza, Lobia gritó una desesperada advertencia. *¡Cuidado con el mentat!*

Antes de que la aguja envenenada tocara el suelo, De Vries ya había hundido la daga en su carne, atravesando el hábito negro.

Cuando la primera exclamación surgió de la boca de Anirul, la apuñaló de nuevo, y una tercera vez, como una víbora enloquecida por el calor.

El gom jabbar besó el suelo con el ruido de un cristal al romperse.

Ahora, las voces rugían alrededor de Anirul, más altas y claras, ahogaban el dolor.

—El niño ha nacido, el futuro ha cambiado...

—Vemos un fragmento del plan, una losa del mosaico.

—Comprende esto: el plan Bene Gesserit no es el único.

—Ruedas dentro de ruedas...

—Dentro de rudas...

—Dentro de ruedas...

La voz de Lobia sonaba más alta que las demás, más consoladora.

—Ven con nosotras, observa más..., obsérvalo todo...

Los labios agonizantes de lady Anirul Corrino temblaron con lo que habría podido ser una sonrisa, y comprendió de repente que, a fin de cuentas, este niño remodelaría la galaxia y cambiaría el curso de la humanidad más de lo que el ansiado Kwisatz Haderach podría haber esperado.

Notó que caía al suelo. Anirul no podía ver a través de la niebla de su muerte inminente, pero comprendió una cosa con absoluta certeza.

La Hermandad perdurará.

Mientras la madre Kwisatz se desplomaba al lado de su aguja envenenada, De Vries salió corriendo al pasillo con el bebé en brazos. Se desviaron por un pasadizo lateral.

—Será mejor que seas digno de tantos problemas —murmuró al niño envuelto. Ahora que había matado a la esposa del emperador, Piter de Vries se preguntó si alguna vez conseguiría salir del palacio con vida.

Todas las pruebas conducen inevitablemente a proposiciones que carecen de prueba. Todas las cosas se conocen porque queremos creer en ellas.

Libro Azhar de la Bene Gesserit

A bordo de su nave insignia, el emperador Shaddam Corrino no tenía la intención de regresar a Kaitain en tanto continuara la auditoría de las operaciones de especia en Arrakis. En cuanto la CHOAM hubiera declarado culpable al barón, tenía algo más en mente. Algo drástico. Era su gran oportunidad, y no la iba a desperdiciar.

Desde su camarote privado, Shaddam veía que los acontecimientos se iban desarrollando tal como él esperaba. Aunque llevaba uniforme militar, sus opulentos aposentos imperiales estaban llenos de comodidades desconocidas para los austeros Sardaukar.

Hizo llamar al Supremo Bashar para que compartiera con él un banquete gastronómico, a puerta cerrada, en teoría para hablar de estrategia, pero la verdad era que al emperador le gustaba escuchar las historias bélicas sobre las campañas del viejo militar. De joven, Zum Garon estuvo preso en Salusa Secundus, un esclavo capturado durante una incursión a un planeta lejano. Aunque mal armado y adiestrado, Garon había exhibido tanta valentía y dotes para la lucha que los Sardaukar lo habían reclutado. Su carrera había sido un éxito, y parecía que su hijo Cando seguía los pasos del veterano soldado, al mando de las legiones secretas destinadas en Ix.

Shaddam se relajó un momento después de comer y contempló la cara curtida de Garon. El Supremo Bashar apenas había probado los platos exóticos, y no había sido un buen compañero de mesa. Garon parecía preocupado por el asedio de Arrakis.

Las naves de la Cofradía continuaban impidiendo toda actividad en los desiertos, y Shaddam esperaba con la avidez de un chismoso empedernido el momento de averiguar los errores y tapaderas que los inspectores habían descubierto.

En este asunto, la CHOAM y la Cofradía Espacial estaban convencidas de que eran aliadas del emperador, partes integrales de un acoso a la Casa Harkonnen. El emperador solo confiaba en que podría destruir la única fuente de melange natural antes de que sospecharan la verdad. Después, tendrían que acudir a él para recibir amal.

Cuando una lanzadera en la que viajaban el delegado de la Cofradía y el auditor mentat de la CHOAM llegó desde Carthag, guardias Sardaukar escoltaron a los dos visitantes hasta el lujoso camarote de Shaddam. Los dos hombres hedían a melange.

—Hemos terminado, señor.

Shaddam se sirvió una copa de vino de Caladan dulce. Zum Garon estaba sentado frente a él en una rígida postura militar, como si estuvieran a punto de interrogarle. El delegado de la Cofradía y el auditor mentat permanecieron en silencio hasta que la puerta del camarote se cerró.

El mentat se adelantó, sosteniendo un cuaderno al que había transferido el resumen mental de sus resultados.

—El barón Vladimir Harkonnen ha cometido multitud de transgresiones. Ha permitido que un sinfín de presuntas «equivocaciones» no se corrigieran. Tenemos pruebas de sus malandanzas, así como de los detalles que confirman que ha intentado ocultarnos sus manipulaciones.

—Tal como yo sospechaba.

Shaddam escuchaba, mientras el auditor le hacía una sinopsis de las actividades ilegales.

Garon dio rienda suelta a su ira.

—El emperador ya ha demostrado que no vacila a la hora de decretar severos castigos por tales fechorías. ¿Es que el barón no se ha enterado de lo sucedido en Zanovar, o en Korona?

Shaddam cogió el cuaderno del mentat y echó un vistazo al

texto y las cifras. No significarían gran cosa para él si no se sentaba durante horas con un intérprete, algo que no tenía la menor intención de hacer. Había estado convencido de la culpabilidad del barón desde el primer momento.

—Poseemos pruebas irrefutables de delitos cometidos contra el Imperio —dijo el delegado, bastante intranquilo—. Por desgracia, señor..., no hemos encontrado lo que buscábamos.

Shaddam alzó el cuaderno.

—¿A qué os referís? ¿No demuestra esto que la Casa Harkonnen ha violado la ley imperial? ¿No merece el castigo?

—Es cierto que el barón acumuló especia, manipuló cifras de producción y burló los impuestos imperiales. Pero hemos analizado muestra tras muestra de la especia contenida en los embarques y las instalaciones de carga Harkonnen. Hasta el último gramo de melange es pura, sin pruebas de que haya sido contaminada.

El delegado albino titubeó. Shaddam pareció impacientarse.

—Eso no es lo que esperábamos, señor. Sabemos gracias a nuestros análisis que los Navegantes de nuestros cruceros extraviados murieron debido al gas de especia contaminado. También sabemos que las muestras tomadas en la reserva ilegal de Beakkal eran químicamente corruptas. Por consiguiente, esperábamos descubrir impurezas en Arrakis, sustancias inertes utilizadas por el barón para aumentar la cantidad de melange, al tiempo que disminuían su calidad, introduciendo así los venenos sutiles que ocasionaron varios desastres.

—Pero no hemos descubierto nada de esa naturaleza —concluyó el mentat.

El Supremo Bashar se inclinó hacia delante, con las manos convertidas en puños.

—Sin embargo, aún tenemos pruebas suficientes para expulsar a la Casa Harkonnen.

El delegado de la Cofradía aspiró una profunda bocanada de gas de especia.

—En efecto, pero eso no contestará a nuestras preguntas.

Shaddam frunció los labios en lo que pretendía ser una expresión de preocupación. Ojalá estuviera Fenring a su lado para presenciar la escena, pero en este momento su ministro de la Especia ya estaría preparando los primeros embarques de amal. Las piezas estaban encajando a su entera satisfacción.

—Entiendo. Bien, no obstante, el Bashar y yo determinaremos una respuesta adecuada —dijo. Dentro de unos días, el asunto estaría liquidado. Contempló el cuaderno del mentat—. Hemos de estudiar esta información. Tal vez mis asesores personales encontrarán una teoría que explique la especia alterada.

Como conocía los cambios de humor del emperador, y presentía que los dos invitados ya habían sido despedidos, Zum Garon se levantó de la mesa y se dispuso a acompañarles hasta la puerta.

Cuando la puerta se cerró de nuevo, Shaddam se volvió hacia su Supremo Bashar.

—En cuanto la lanzadera haya regresado a su crucero, quiero que dispongas estaciones de batalla en toda la flota. Envía mis naves de guerra para que tomen posiciones desde las que puedan disparar a placer sobre Carthag, Arrakeen, Arsunt y todos los demás centros poblados del planeta.

Garon recibió la bomba con expresión impenetrable.

—¿Como en Zanovar, señor?

—Exactamente.

Sin la menor advertencia, la armada Sardaukar descendió desde los cruceros hasta rozar la atmósfera de Arrakis. Sus cañoneras se abrieron, dispuestas a disparar. Shaddam estaba sentado en el puente de mando, daba órdenes y hacía declaraciones en una holograbadora, más para sus memorias y la posteridad que para otra cosa.

—El barón Vladimir Harkonnen ha sido declarado culpable de graves delitos contra el Imperio. Auditores independientes de la CHOAM e inspectores de la Cofradía han descubierto pruebas irrefutables que apoyan esta sentencia. Tal como ya demostré en Zanovar y Korona, mi ley es la ley del Imperio. La justicia Corrino es rápida e implacable.

La Cofradía pensaría al principio que se estaba echando un farol, pero se llevarían una desagradable sorpresa. Con sus fuerzas ya dispersas, en cuanto empezara la lluvia de destrucción, los Sardaukar tardarían muy poco en arrasar el planeta desierto y destruir toda la melange.

Los Navegantes de la Cofradía necesitaban ingentes cantidades de especia. Las Bene Gesserit también eran clientes habituales, y cada año consumían más cantidades a medida que aumentaba su número. La mayor parte del Landsraad era adicta. El Imperio nunca podría pasar de la sustancia.

Soy su emperador, y harán lo que yo diga.

Aún sin el consejo del conde Fenring, lo había reflexionado a fondo, considerado todas las posibilidades. Una vez destruido Arrakis, ¿qué podría hacer la Cofradía? ¿Venir en sus naves y acorralarle aquí? No se atreverían. Porque en ese caso, no recibirían ni un solo gramo de especia sintética.

Desconectó la grabadora y empezó la cuenta atrás del bombardeo.

Las cosas serán diferentes en el Imperio después de esto.

Mi vida terminó el día que los tleilaxu invadieron este planeta. Durante todos estos años de resistencia, he sido un hombre muerto, sin nada más que perder.

C'TAIR PILRU, diarios personales (fragmento)

Las escaramuzas continuaban en el subsuelo, entre fábricas ixianas y centros tecnológicos. Los suboides, una vez hubieron dado rienda suelta a su ira y frustración, desgarraban uniformes de los soldados Sardaukar muertos, se apoderaban de armas y disparaban de forma indiscriminada, hasta destruir las pocas líneas de producción existentes.

Detrás de Rhombur, una estatua tleilaxu erigida en honor a los invasores había sido decapitada durante la lucha, y había fragmentos de su cabeza diseminados por el suelo.

—Esto no va a acabar nunca.

Tropas Atreides, aliadas con los rebeldes ixianos, habían logrado reconquistar los edificios estalactita, los túneles y el Gran Palacio. Bolsas de frenéticos Sardaukar luchaban en el suelo de la caverna, donde la Casa Vernius había construido en otros tiempos los cruceros. Daba la impresión de que el derramamiento de sangre no disminuía.

—Necesitamos otro aliado —reflexionó C'tair—. Si podemos demostrar que la especia artificial defectuosa provocó la muerte de dos Navegantes, incluido mi hermano, la Cofradía Espacial nos apoyará.

—Eso han dicho —dijo Rhombur—, pero habíamos pensado llevar a cabo esta acción sin su intervención.

Gurney parecía preocupado.

—La Cofradía no está aquí, y no llegará a tiempo.

Los ojos oscuros de C'tair centellearon, inyectados en sangre, pero llenos de determinación.

—Yo tal vez podría conseguirlo.

Les guió hasta un pequeño almacén que parecía abandonado. Rhombur miró mientras C'tair sacaba su transmisor rogo improvisado de un contenedor oculto. El extraño aparato estaba manchado y chamuscado, con señales de frecuentes reparaciones. Estaba erizado de varillas de energía cristalinas.

Sus manos temblaron cuando lo sujetó.

—Ni siquiera yo sé muy bien cómo funciona este trasto. Está configurado con la electroquímica de mi mente, y fui capaz de comunicarme con mi hermano gemelo. Estábamos muy unidos cuando éramos jóvenes. Aunque su cerebro cambió y dejó de ser humano, aún podía comprenderle.

Los recuerdos de D'murr se acumularon en él como lágrimas, pero los rechazó. Sus manos temblaron sobre los controles.

—Ahora, mi hermano ha muerto y el rogo está averiado. Esta es la última varilla de cristal, que ya fue... reparada más o menos durante mi última comunicación con él. Quizá si... utilizo suficiente energía, pueda enviar al menos un susurro a otros Navegantes. Quizá no entiendan todas mis palabras, pero sí captar la urgencia.

Rhombur estaba abrumado por todo lo que estaba sucediendo a su alrededor. Nunca había imaginado algo semejante.

—Si eres capaz de traer a la Cofradía, haremos lo posible por enseñarles lo que Shaddam ha estado haciendo tras un manto de secretismo.

C'tair apretó el brazo artificial de Rhombur con tal fuerza que los sensores cyborg detectaron la presión.

—Siempre he deseado hacer lo necesario, mi príncipe. Si puedo seros de ayuda, para mí sería el mayor honor.

Rhombur vio una extraña determinación en los ojos del hombre, una obsesión que desafiaba el pensamiento racional.

—Hazlo.

C'tair aferró engarces de electrodos y sujetó sensores a su cráneo, nuca y garganta.

—Desconozco la capacidad de este aparato, pero pretendo utilizar toda la energía que pueda enviar por su mediación y por la mía. —Sonrió—. Será un grito de triunfo y un grito de ayuda, mi mensaje más potente al exterior.

Cuando el rogo recibió toda la energía, C'tair respiró hondo para darse fuerzas. En el pasado, siempre hablaba en voz alta durante las transmisiones con D'murr, pero sabía que su hermano no oía las palabras. El Navegante captaba los pensamientos que acompañaban a las palabras. Esta vez, C'tair no diría nada en voz alta, sino que concentraría toda su energía en proyectar sus pensamientos a enormes distancias.

Oprimió un botón de transmisión y envió una descarga de pensamientos, una andanada de señales desesperadas dirigidas a cualquier Navegante de la Cofradía que pudiera oírle, una llamada de socorro cósmica. No sabía lo que fallaría primero, si el rogo o su cerebro, pero sintió que se conectaban... y buscaban.

La mandíbula de C'tair se tensó, sus labios resbalaron hacia atrás y sus ojos se cerraron, hasta que derramaron lágrimas. El sudor cubría su frente y las sienes. Su piel adquirió un tono rojizo. Los vasos sanguíneos abultaron en sus sienes.

La transmisión era mucho más poderosa que cualquiera de las que había intentado con D'murr, pero esta vez no contaba con la inexplicable conexión mental con su hermano.

Rhombur comprendió que C'tair estaba muriendo a causa del esfuerzo, se estaba matando literalmente en un intento final de usar el transmisor. El demacrado rebelde chillaba en silencio dentro de su cabeza.

Antes de que pudieran desconectarle, el transmisor rogo echó chispas y se quemó. La máquina se sobrecargó, y sus circuitos se fundieron. Las varillas de cristal se convirtieron en copos de nieve negros. La cara de C'tair tenía una expresión extraña. Sus facciones se tensaron, como si padeciera un dolor insufrible. Las sinapsis se fundieron en su cerebro, y le impidieron emitir cualquier sonido.

Con la mano que le quedaba, Rhombur arrancó los engarces de electrodos de la cabeza y cuello del rebelde, pero C'tair se desplomó sobre el suelo del almacén. Sus dientes castañeteaban, su cuerpo se retorcía, y sus ojos humeantes no volvieron a abrirse.

—Ha muerto —dijo Gurney.

Rhombur, abatido por la tristeza, acunó al rebelde, el más leal de todos los súbditos que habían servido a la Casa Vernius.

—Después de tanto luchar, duerme en paz, amigo mío. Descansa sobre suelo libre.

Acarició la piel fría.

El príncipe cyborg se puso en pie, con su cara surcada de cicatrices más sombría que nunca, y salió del almacén, seguido de Gurney Halleck. Rhombur ignoraba si la transmisión de C'tair había tenido éxito, o cómo reaccionaría la Cofradía a la llamada, si la había captado.

Pero a menos que recibieran refuerzos pronto, la batalla podía resultar estéril.

El noble ixiano habló con voz profunda e implacable a los soldados Atreides que le rodeaban.

—Terminemos de una vez.

Para producir la alteración genética de un organismo, colócalo en un entorno que sea peligroso pero no letal.

Apócrifos tleilaxu

Después de la muerte de Hidar Fen Ajidica, el conde Fenring vio que las tropas Atreides estaban ganando la batalla contra los Sardaukar imperiales.

Un acontecimiento muy molesto.

Le sorprendía que después de tantos años el duque Leto Atreides hubiera autorizado una maniobra militar tan audaz. Tal vez las tragedias familiares, que habrían aplastado a cualquier otro hombre, le habían incitado a entrar en acción.

Aun así, era una brillante estrategia, y estas instalaciones ixianas constituirían un impresionante botín económico para una Gran Casa como la Atreides, incluso después de años de mal funcionamiento y deficiente mantenimiento. Fenring no podía creer que Leto se las cediera sin más ni más al príncipe Rhombur.

Fenring vio por la pantalla de comunicaciones del pabellón que soldados Atreides se estaban acercando al complejo. Eso le dejaba con escaso tiempo para hacer lo que era necesario. Tenía que destruir todas las pruebas del proyecto Amal y de su propia culpabilidad.

El emperador buscaría un chivo expiatorio por la debacle, y Fenring estaba decidido a no ejercer de tal. El investigador jefe Ajidica había fracasado de manera espectacular, y ahora yacía destrozado entre los cuerpos bovinos de las mujeres descerebradas. Varias hembras axlotl, todavía conectadas a los tubos de sus contenedores, habían caído alrededor del hombrecillo, en una parodia de extravagante sexualidad.

El cadáver de Ajidica serviría para un último propósito.

Los demás científicos tleilaxu estaban aterrorizados. Los Sardaukar se habían precipitado al corazón de la batalla, y les habían abandonado en el pabellón de investigaciones. Como sabían que el conde era el representante oficial del emperador, los tleilaxu le miraron como pidiendo consejo. Algunos hasta debían creer que era Zoal, el Danzarín Rostro, como Ajidica había planeado. Quizá obedecerían sus órdenes, al menos durante un breve período de tiempo.

Fenring se irguió en la pasarela y levantó las manos como había hecho Ajidica antes de su histriónica despedida. Olores repugnantes ascendían de los tanques de axlotl destrozados, incluyendo el espeso hedor de desechos humanos.

—Nos han dejado indefensos —gritó—, pero tengo una idea que tal vez pueda salvarnos a todos, ¿ummm?

Los investigadores supervivientes le miraron con una incertidumbre que bordeaba la esperanza.

Fenring conocía la disposición del pabellón, y sus ojos se movieron de un lado a otro.

—Sois demasiado valiosos para que el emperador corra el riesgo de perderos. —Indicó a los científicos una cámara que solo tenía una salida—. Debéis refugiaros ahí y esconderos. Traeré refuerzos.

Contó veintiocho investigadores, aunque algunos otros habrían quedado atrapados en los demás edificios administrativos. Ah, bien, las turbas se ocuparían de ellos.

Fenring bajó al suelo. Cuando los científicos condenados estuvieron congregados en la cámara, se quedó en la puerta, sonriente.

—Nadie podrá entrar. Shhh. —Asintió y cerró la puerta—. Confiad en mí.

Los ingenuos hombrecillos no sospecharon nada hasta que Fenring hubo recorrido la mitad del pabellón. Hizo caso omiso de sus gritos ahogados y los puñetazos contra la puerta. Esos investigadores debían conocer todos los detalles sobre el programa amal. Para evitar que hablaran, se habría tenido que tomar la molestia de matarles de uno en uno. De esta manera, solucionaba el problema con mucha mayor eficacia y esfuerzo mínimo. Al fin y al cabo, como ministro imperial de la Especia, era un hombre muy ocupado.

El suelo del laboratorio y los sistemas de apoyo de los tanques de axlotl estaban llenos de latas con productos biológicos, sustancias inflamables, ácidos y vapores explosivos. Cogió un aparato para filtrar el aire de una pared. Hombre de variados talentos, se movió por la cámara como un derviche, vertiendo fluidos, mezclando líquidos, liberando gases letales. Prestó escasa atención a los cuerpos femeninos tendidos en el suelo.

Tan cerca. El plan de Ajidica estuvo a punto de triunfar.

Fenring se detuvo ante el cuerpo de la joven fértil que había sido Cristane, la comando Bene Gesserit. Estudió su carne desnuda. Tenía el abdomen abultado, con el útero ensanchado hasta convertirlo en una fábrica al servicio de los propósitos tleilaxu. Ahora, no era nada más que una máquina, una instalación química.

Mientras contemplaba el rostro cerúleo de Cristane, Fenring pensó en su bellísima esposa Margot, que seguiría en Kaitain, dedicada a cuchichear en la corte y beber té. Ardía en deseos de volver con ella y relajarse en sus brazos.

La hermana Cristane nunca enviaría su maldito informe a Wallach IX, y a Fenring no se le escaparía ni un detalle. Ni siquiera con su esposa. Margot y él se amaban profundamente, pero eso no significaba que compartieran todos sus secretos.

Fenring oyó actividad militar en el exterior, cuando las tropas Atreides se enfrentaron a los restantes Sardaukar de la planta. Las tropas imperiales les retendrían un rato, tiempo más que suficiente.

Se encaminó a las cámaras exteriores y se volvió para contemplar el caos del laboratorio: botes aplastados, fluidos derramados, gases burbujeantes, cadáveres, tanques. Desde allí, ya no podía oír los angustiados gritos de los científicos tleilaxu, encerrados en su trampa mortal.

El conde Fenring arrojó un encendedor por encima del hombro. Los gases y productos químicos estallaron en llamas, pero tuvo tiempo de alejarse con sus habituales zancadas. Las explosiones se sucedieron.

Los laboratorios ardieron, destruyendo los tanques de axlotl, el pabellón, todas las pruebas, pero Fenring no se molestó en correr.

El pabellón de investigaciones estalló cuando Duncan Idaho y sus hombres atravesaron las barricadas imperiales.

Una tremenda explosión resonó en todas las instalaciones, y todo el mundo se puso a cubierto. Una lluvia de cascotes se desplomó del techo como una erupción volcánica. Las paredes interiores se derrumbaron. Al cabo de pocos momentos, el complejo se convirtió en un infierno de vidrio, plasacero y carne fundidos.

Duncan alejó a sus hombres del incendio. El corazón le dio un vuelco cuando comprendió que todas las pruebas de los crímenes tleilaxu se iban a quemar. Vapores anaranjados y marrones se elevaron hacia el techo, humo tóxico capaz de matar como las propias llamas.

El maestro espadachín vio que un hombre alto de hombros anchos salía, indiferente por completo. Su silueta musculosa se recortaba contra la muralla naranja de calor. El hombre se quitó una mascarilla para filtrar el aire de la cara y la tiró a un lado. Blandía una espada corta, como la de los Sardaukar. Duncan alzó la espada del viejo duque en una postura defensiva, y se adelantó para cortar el paso al hombre.

El conde Hasimir Fenring avanzó sin vacilar.

—¿No vais a celebrar el hecho de que he escapado, ummm? Es un motivo de celebración, diría yo. Mi amigo Shaddam se alegrará sobremanera.

—Os conozco —dijo Duncan, cuando recordó sus meses de instrucción política en el archipiélago de Ginaz—. Sois el zorro que se esconde tras la capa del emperador y le hace el trabajo sucio.

Fenring sonrió.

—¿Un zorro? Me han llamado comadreja y hurón, pero nunca zorro. Ummm. Me han retenido aquí contra mi voluntad. Esos malvados investigadores tleilaxu iban a realizar terribles experimentos conmigo. —Sus grandes ojos se ensancharon—. Incluso logré frustrar un complot para sustituirme por un Danzarín Rostro.

Duncan se acercó un poco más, con la espada en alto.

—Será interesante escuchar vuestro testimonio ante un comité de investigación.

—Lo dudo.

Daba la impresión de que Fenring estaba perdiendo el sentido del humor. Lanzó una estocada, como si espantara una mosca, pero Duncan la paró. Las hojas entrechocaron con estrépito, y la espada corta fue desviada hacia arriba, pero Fenring consiguió sujetarla.

—¿Osáis alzar una espada contra el ministro de la Especia del emperador, contra el amigo más íntimo de Shaddam? —Fenring estaba frustrado, aunque todavía un poco divertido—. Será mejor que os apartéis y me dejéis pasar.

Pero Duncan siguió avanzando, y adoptó una postura más agresiva.

—Soy un maestro espadachín de Ginaz, y hoy he luchado contra muchos Sardaukar. Si no sois nuestro enemigo, rendid vuestra espada. No es prudente elegirme como contrincante.

—He matado hombres mucho antes de que tú nacieras, cachorro.

El incendio del laboratorio continuaba quemando. El aire caliente olía a productos químicos. Los ojos de Duncan estaban irritados y llorosos. Soldados Atreides se acercaron para proteger a su maestro espadachín, pero este les alejó con un ademán, pues el honor exigía que luchara sin ayuda.

El conde atacó. Solía matar con métodos tortuosos, pocas veces en combate singular. Aun así, poseía muchas habilidades guerreras que Duncan no había experimentado antes.

El maestro espadachín gruñó con los dientes apretados.

—He visto demasiadas bajas hoy, pero no me disgustaría añadiros a ese número, conde Fenring.

Las espadas entrechocaron de nuevo.

Duncan luchaba con la elegancia de un maestro espadachín consumado, pero también con cierta brutalidad. No se guiaba por principios caballerescos ni ceremoniales, al contrario que otros muchos camaradas.

El conde alzó la espada para defenderse, pero Duncan concentró una gran fuerza en un solo golpe. La espada del viejo duque vibró, y apareció una muesca en la hoja. La espada de Fenring tembló en su mano, y se rompió como consecuencia del golpe. El impacto le arrojó contra una pared.

Fenring logró recobrar el equilibrio, y Duncan se lanzó hacia delante, preparado para asestar el golpe de gracia, pero alerta a todo. Este zorro tenía muchos trucos.

Las opciones desfilaron a toda prisa por la mente del conde

Fenring. Si quería esquivar la afilada punta de la espada de su adversario, podía dar media vuelta y correr hacia las llamas. O rendirse. Sus alternativas eran muy limitadas.

—El emperador pagará rescate por mi vida. —Tiró el pomo inservible de su espada—. No os atreveréis a matarme a sangre fría delante de tantos testigos, ¿ummm? —Duncan avanzó con aire amenazador—. ¿Qué hay del famoso código de honor Atreides? ¿Qué defiende el duque Leto, si sus hombres gozan de libertad para matar a una persona que ya se ha rendido, ummm? —Fenring alzó sus manos vacías—. ¿Deseáis matarme ahora?

Duncan sabía que el duque nunca aprobaría un acto tan deshonroso. Vio quemar el laboratorio y oyó los gritos del violento combate que tenía lugar en la gruta. No cabía duda de que el duque encontraría maneras de utilizar a este prisionero político para estabilizar el zafarrancho imperial después de la batalla de Ix.

—Sirvo a mi duque antes que a mi propio corazón.

A una señal del maestro espadachín, hombres Atreides avanzaron y esposaron las muñecas del prisionero.

Duncan se acercó a él.

—Cuando acabe esta guerra, conde Fenring, tal vez deseareis haber muerto aquí.

El ministro de la Especia le miró como si conociera un oscuro secreto.

—Aún no habéis ganado, Atreides.

No es ningún secreto que todos tenemos secretos. Sin embargo, pocos están tan ocultos como nosotros pretendemos.

PITER DE VRIES, análisis mentat de los puntos vulnerables del Landsraad, documento privado Harkonnen

Bajo el mando del duque Leto, los guardias imperiales se desplegaron por los terrenos del palacio. A Leto le angustiaba dejar sola a una débil y agotada Jessica, pero no podía esperar a su lado mientras su hijo recién nacido estaba en peligro.

Gritó órdenes, sin tolerar la menor vacilación. Mientras corría a través de lujosos pasillos y confusos laberintos de espejos prismáticos, pensó en la ferocidad de los sabuesos que luchaban por proteger a su camada. El duque Leto iba a demostrar que un padre ofendido podía ser un enemigo igual de formidable.

¡Han raptado a mi hijo!

Obsesionado por el recuerdo de Victor, juró por la Casa Atreides que nada malo le ocurriría a este niño.

Pero el palacio imperial tenía el tamaño de una ciudad pequeña, y albergaba incontables escondites. Mientras la búsqueda infructuosa continuaba, Leto procuró no desesperarse.

Piter de Vries estaba acostumbrado a mancharse las manos de sangre, pero ahora temía por su vida. No solo había secuestrado al hijo de un noble, sino que había asesinado a la esposa del emperador.

Después de abandonar el cadáver de Anirul, corrió por los pasillos, con el uniforme Sardaukar robado cubierto de sangre. Su corazón latía aceleradamente y le dolía la cabeza, pero a pesar de su adiestramiento, el mentat era incapaz de concentrarse e imaginar un nuevo plan de huida. Se le estaba corriendo el maquillaje, y dejaba al descubierto sus labios manchados de safo.

El bebé se revolvía en sus brazos, lloraba de vez en cuando, pero casi todo el tiempo guardaba un sorprendente silencio. Sus ojos brillaban con una extraña intensidad, como provisto de una comprensión superior a la de un niño normal. Era muy diferente del travieso Feyd-Rautha.

De Vries ciñó con más fuerza la manta alrededor del diminuto cuerpo, y por un momento sintió la tentación de estrangular al niño. Se contuvo, para luego internarse en una estancia apenas iluminada, llena de nichos que albergaban estatuas y trofeos, dedicada a exhibir los trofeos de algún olvidado miembro de la Casa Corrino, que por lo visto había sido un arquero consumado.

De pronto, vio la silueta de una mujer vestida de negro que se erguía como un espectro en la puerta y le impedía escapar.

—¡Alto! —ladró la reverenda madre Gaius Helen Mohiam, con todo el poder de la Voz.

La orden paralizó sus músculos. Mohiam se adentró en la sala de trofeos.

—Piter de Vries —dijo, pues le había reconocido pese al maquillaje—. Sospechaba que los Harkonnen estaban detrás de esto.

La cabeza del mentat dio vueltas, mientras intentaba liberarse del estupor.

—No te acerques más, bruja —advirtió con los dientes apretados—, o mataré al niño.

Consiguió flexionar su brazo y alcanzar un mínimo control corporal, pero ella podía paralizarle de nuevo con la Voz.

De Vries conocía las habilidades guerreras de las Bene Gesserit. Acababa de enfrentarse con la esposa del emperador, y derrotarla le había sorprendido. Sin embargo, Anirul estaba enferma. Su debilidad mental le había dado ventaja. Mohiam sería una contrincante mucho más formidable.

—Si asesinas al bebé, morirás con él —dijo la mujer.

—De todas formas, tu intención es matarme. Lo veo en tus ojos. —De Vries avanzó un paso más, audaz y desafiante, para demostrar que había roto el hechizo de la Voz—. ¿Por qué no debería asesinar al heredero del duque y arrojar más desdicha sobre su Casa?

Dio un segundo paso, y apretó al bebé contra su pecho como si fuera un escudo. Un veloz movimiento de sus músculos partiría el pequeño cuello. Pese a sus reflejos Bene Gesserit, Mohiam no podría detenerle.

Si la engañaba y escapaba por la puerta de aquella habitación olvidada, conseguiría huir. Sus músculos le ayudarían a dejar atrás a la anciana. A menos que llevara un arma arrojadiza bajo el hábito. De todos modos, tenía que probar algo...

—Este niño es vital para la Bene Gesserit, ¿verdad? —dijo De Vries, al tiempo que avanzaba un tercer paso—. Parte del programa de reproducción, sin duda.

El mentat vigilaba cualquier espasmo de sus músculos faciales, pero en cambio vio que los largos dedos se flexionaban. Aquellas uñas podían transformarse en garras afiladas que le arrancarían los ojos o desgarrarían su garganta. Su corazón se aceleró.

Alzó al niño un poco más para proteger su cara.

—Tal vez si me entregas el bebé, te dejaré pasar —dijo Mohiam—. Permitiré que los cazadores Sardaukar se ocupen de ti a su manera.

Recorrió la distancia que les separaba, y De Vries se puso en tensión, con todos los reflejos preparados y los ojos vigilantes. *¿Debería creerla?*

La mujer tocó la manta con sus fuertes dedos, con la vista clavada en el mentat, pero antes de que pudiera apoderarse del niño, De Vries susurró:

—Conozco vuestro secreto, bruja. Sé la identidad de este niño. Y sé quién es Jessica en realidad.

Mohiam se quedó petrificada, como si hubieran utilizado la Voz contra ella.

—¿Sabe esa puta que es la hija del barón Vladimir Harkonnen? —Cuando observó su reacción sobresaltada, habló con más rapidez, convencido de que su deducción era correcta—. ¿Sabe Jessica que es tu hija, o las brujas ocultáis esos detalles sin importancia a vuestros hijos, y les tratáis como marionetas al servicio de un plan genético?

Mohiam, sin contestar, le arrebató el bebé. El mentat pervertido retrocedió, con la cabeza bien alta.

—Antes de atacarme, piénsatelo bien. Cuando averigüé todas estas cosas, las recopilé en un informe que será entregado al barón Harkonnen y al Landsraad en caso de que yo muera. Seguro que al duque Atreides le divertirá saber que su hermosa amante es la hija de su mortal enemigo, el barón, ¿verdad?

Mohiam depositó al niño junto a uno de los trofeos.

De Vries continuó a toda prisa, con la intención de convencerla.

—He hecho copias de estos documentos, y los he ocultado en varios lugares. No podrás impedir que salgan a la luz si yo muero. —De Vries avanzó un paso hacia la puerta, su única vía de escape—. No te atreverás a hacerme daño, bruja.

Una vez el bebé a salvo, Mohiam se volvió hacia él.

—Si lo que dices es cierto, mentat..., tendré que perdonarte la vida.

De Vries exhaló un suspiro de alivio. Sabía que la reverenda madre no podía correr el riesgo de que sus revelaciones salieran a la luz.

De repente, Mohiam se lanzó hacia él como una pantera herida. Descargó sobre el mentat un torbellino de patadas y puñetazos. De Vries cayó hacia atrás, mientras intentaba defenderse, y levantó un brazo para protegerse de una certera patada.

El impacto partió su muñeca, pero después de una exclamación ahogada, bloqueó mentalmente el dolor y respondió con el otro brazo. Mohiam se precipitó sobre él de nuevo, y De Vries no pudo contrarrestar, ni ver, cada fase de su ataque.

Un talón aterrizó en el centro de su estómago. Un puño se hundió en su esternón. Notó que sus costillas se rompían, y que órganos internos se desgarraban. Intentó chillar, pero solo brotó sangre de su boca, de un color más intenso que sus labios manchados de safo.

Lanzó una patada, con la intención de partir la rótula de su enemiga, pero Mohiam le esquivó. De Vries levantó el brazo incólume para detener una patada, pero solo consiguió otra muñeca rota.

Dio media vuelta para escapar, en dirección a la puerta. Mohiam llegó primero. De una patada le rompió el cuello, como si fuera leña seca. Piter de Vries cayó muerto al suelo, con expresión de asombro.

Mohiam se quedó inmóvil para recuperar el aliento. Se recobró al cabo de un momento. Después, fue en busca del bebé Atreides.

Antes de salir de la sala de trofeos, se detuvo ante el cadáver, y una sonrisa despectiva se dibujó en su cara durante un segundo. Escupió en la cara del muerto, y recordó que se había burlado de ella mientras el barón la violaba.

Mohiam sabía que no existía documentación alguna de los secretos que De Vries había descubierto. Todas sus terribles revelaciones habían muerto con él.

—Nunca mientas a una Decidora de Verdad —dijo.

La menor aversión de un emperador se transmite a aquellos que le sirven, y se traduce en rabia.

Supremo Bashar ZUM GARON, comandante de las tropas imperiales Sardaukar

Antes de que Shaddam pudiera ordenar a su flota que destruyera el planeta, la Cofradía violó sus canales de comunicación privados y le exigió aclaraciones y explicaciones.

De pie en el puente de mando de su nave insignia, el emperador no les concedió la satisfacción de una respuesta, ni siquiera una justificación de sus actos. La Cofradía, y todo el Imperio, sabría pronto la respuesta.

A su lado, el Supremo Bashar Zum Garon se erguía ante la estación de control.

—Todas las armas preparadas, señor. —Contempló la pantalla, y después miró a su emperador, que le estaba observando. El rostro del veterano era implacable—. A la espera de vuestra orden de disparar.

¿Por qué todos mis súbditos no pueden ser como él?

El delegado de la Cofradía transmitió un holograma sólido al puente de la nave insignia.

—Emperador Shaddam —dijo su imagen, alta e impresionante—, insistimos en que desistáis de esta postura. No sirve de nada.

Irritado por el hecho de que la Cofradía hubiera logrado burlar su seguridad, Shaddam miró a la imagen con el ceño fruncido.

—¿Quiénes sois para decidir mi postura? Yo soy el emperador.

—Y yo represento a la Cofradía Espacial —replicó el delegado, como si ambas cosas fueran de importancia equiparable.

—La Cofradía no determina la ley y la justicia. Hemos dictado sentencia. El barón es culpable, e impondremos el castigo. —Shaddam se volvió hacia Zum Garon—. Dad la orden, Supremo Bashar. Bombardead Arrakis, hasta que no quede piedra sobre piedra.

Liet-chih despertó inquieto sobre un saliente situado en el exterior de los túneles fríos y resecos del sietch de la Muralla Roja. Aunque solo contaba cuatro años, se levantó de la esterilla donde estaba tumbado y miró a su alrededor. La noche era calurosa, y apenas soplaba una brisa. Su madre, Faroula, permitía pocas veces que su hijo durmiera fuera, pero ella y otros fremen tenían cosas que hacer en la oscuridad, al aire libre.

Vio formas que se movían en silencio, gente del desierto que actuaba con movimientos eficaces, sin hacer ruidos innecesarios. Apenas visibles a la luz de la luna, su madre y sus compañeros abrían pequeñas jaulas de murciélagos distrans, para que los animales portaran mensajes a otros sietches.

Detrás de los trabajadores fremen, los sellos de puerta retenían la humedad en las madrigueras ocultas del sietch, donde algunas cámaras comunales albergaban las zonas de producción: telares de fibra de especia, mesas de montaje de destiltrajes, prensas de moldear plástico. Esas máquinas estaban silenciosas ahora.

Faroula miró a Liet-chih, y con los ojos acostumbrados a la oscuridad, vio que su hijo estaba bien. Sacó otro murciélago negro de su jaula. Oyó que aleteaba contra los barrotes. Sostuvo al animal en sus manos y acarició su cuerpo peludo.

De repente, con un murmullo de alarma, dos mujeres fremen hicieron señales en dirección al cielo. Faroula ladeó la cabeza para mirar a lo alto, y debido a la sorpresa soltó al murciélago antes de que estuviera preparada. Desapareció en la penumbra, a la caza de insectos.

Liet-chih vio un ramillete de luces recortadas contra la oscuridad, brillantes y azules, que descendían. ¡Naves! Naves inmensas.

Su madre agarró al niño por los hombros, mientras las mujeres abrían la puerta y se precipitaban al interior, con la esperanza de que las paredes de las montañas pudieran protegerlas.

Acorralado en su guarnición de Carthag, el barón Harkonnen comprendió el destino que pendía sobre su cabeza. Y no podía hacer nada al respecto. Sin comunicaciones. Sin naves. Sin vehículos de corto alcance. Sin defensas.

Destrozó muebles y amenazó a sus ayudantes, pero no sirvió de nada.

—¡Maldito seas, Shaddam! —gritó a los cielos.

Pero la nave insignia imperial no podía oírle.

Había esperado a regañadientes recibir severas multas y castigos por las irregularidades que los enloquecedores auditores de la CHOAM habían descubierto. Si las acusaciones eran muy graves, había temido que la Casa Harkonnen perdiera su feudo de Arrakis y el consiguiente control sobre las operaciones de cosecha de especia. Había existido la leve pero aterradora posibilidad de que Shaddam ordenara la ejecución sumaria del barón, como otra «lección» para el Landsraad.

¡Pero esto nunca! Si aquellas naves de guerra abrían fuego, Arrakis se convertiría en una roca chamuscada. La melange era una sustancia orgánica, de origen misterioso en este entorno, y no sobreviviría a una conflagración. Si el emperador cometía esta locura, Arrakis ya no interesaría a nadie, ni siquiera estaría en las rutas de paso de los cruceros. ¡Por los infiernos, ya no habría viajes en cruceros! Todo el Imperio dependía de la especia. Era absurdo. Shaddam tenía que estar echándose un farol.

El Harkonnen recordó las ciudades ennegrecidas de Zanovar, y sabía que el emperador era capaz de llevar a la práctica sus amenazas. Le había impresionado la respuesta de Shaddam contra la luna laboratorio de Richese, y no le cabía duda de que el emperador estaba detrás de la plaga botánica de Beakkal.

¿Estaba loco ese hombre? Sin duda.

Con su sistema de transmisiones neutralizado, el barón ni siquiera era capaz de suplicar por su vida. No podía culpar a Rabban, y Piter de Vries seguía en Kaitain, probablemente entregado a una vida de disipación y lujo.

El barón Vladimir Harkonnen estaba solo, enfrentado a la ira del emperador.

—¡Alto! —tronó la voz del delegado de la Cofradía, debidamente amplificada. El Supremo Bashar vaciló—. No sé a qué estáis jugando, Shaddam. —Los ojos rosados del delegado brillaban de malicia—. No osaréis perjudicar la producción de melange para salvar vuestro mezquino orgullo. La especia ha de circular.

Shaddam resopló.

—En ese caso, tendréis que tomar nuevas medidas de austeridad. Y a menos que ceséis en vuestro desafío a la ley imperial, tomaré medidas de castigo contra la Cofradía Especial.

—Os estáis echando un farol.

—¿De veras?

Shaddam se levantó de su silla de mando y miró a la imagen.

—No estamos de humor.

En los cruceros suspendidos sobre Arrakis, los hombres de la Cofradía debían estar aterrorizados.

El emperador se volvió con calma hacia Garon.

—Supremo Bashar, os he dado una orden —ladró.

La imagen del delegado fluctuó, como presa del asombro y la incredulidad.

—Esta acción que pretendéis llevar a cabo sobrepasa los derechos de cualquier gobernante, emperador o no. Por consiguiente, la Cofradía retira a partir de este momento todos los servicios de transporte. Vos y vuestra flota no seréis trasladados a vuestro planeta.

Shaddam sintió un escalofrío.

—No os atreveréis, sobre todo después de oír lo que yo...

El delegado le interrumpió.

—Decretamos que vos, emperador Padishah Shaddam IV, quedaréis aislado aquí, el rey de nada más que un desierto, acompañado por una fuerza militar que no tiene a donde ir ni nada contra lo que combatir.

—¡No decretaréis nada! Soy el...

Enmudeció cuando la holoimagen del delegado se desvaneció y el sistema de comunicaciones se llenó de estática.

—Todas las comunicaciones han sido cortadas, señor —informó Garon.

—¡Pero aún he de decirles algo más! —Había esperado el momento oportuno de efectuar su anuncio sobre el amal, para jugar con ventaja—. Restableced el contacto.

—Lo intento, Majestad, pero lo han bloqueado.

Shaddam vio que uno de los cruceros desaparecía tras plegar el espacio. El emperador estaba bañado en sudor, que empapaba su uniforme ceremonial.

Era una posibilidad que no había imaginado. ¿Cómo podía hacer promesas o dar ultimátums si cortaban las comunicaciones? Sin forma de enviar mensajes, ¿cómo lograría recuperar su colaboración? Si la Cofradía le dejaba atrapado en Arrakis, su victoria sería inexistente.

La Cofradía Espacial era muy capaz de dejarle abandonado, y después convencer al Landsraad de que reuniera una fuerza militar contra él. Instalarían de buena gana a otro en el Trono del León Dorado. Al fin y al cabo, la Casa Corrino solo tenía hijas como herederos.

Un segundo crucero desapareció en la pantalla de comunicaciones, seguido por los tres restantes. Solo había espacio vacío sobre sus cabezas.

Casi presa del pánico, Shaddam sintió la abrumadora inmensidad de la situación. Estaba lejos de Kaitain. Aunque los técnicos de la nave consiguieran improvisar un medio de viajar a través del espacio, utilizando la tecnología anterior a la Cofradía, sus fuerzas y él tardarían siglos en llegar a casa.

La expresión del Supremo Bashar se endureció.

—Nuestras fuerzas aún están preparadas para disparar, Vuestra Majestad. ¿O debo ordenarles que depongan las armas?

Si quedaban aislados, ¿cuánto tiempo tardarían las desencantadas tropas Sardaukar en amotinarse?

—¡Soy vuestro emperador! —aulló Shaddam a la pantalla de comunicaciones muerta que le había conectado con el representante de la Cofradía—. ¡Solo yo decido la política del Imperio.

No obtuvo respuesta. Ni siquiera había alguien que pudiera oírle.

El destino natural del poder es la fragmentación.

Emperador PADISHAH IDRISS I, archivos del Landsraad

El espacio brilló en el cielo sobre Ix, y después se abrió para revelar una armada de más de cien cruceros de la Cofradía, llegados de todos los rincones del Imperio, incluidos los cinco cruceros que Shaddam había llevado a Arrakis.

Las magníficas naves arrojaban sombras sobre los bosques, ríos y desfiladeros de la superficie ixiana. Los respiraderos de emergencia arrojaban el humo de la destrucción que asolaba el subterráneo. Para las enormes naves, era como regresar a casa, puesto que todas habían sido construidas aquí, la mayoría bajo la supervisión de la Casa Vernius.

En el subterráneo, los Sardaukar supervivientes, los guerreros más fuertes, habían tomado posiciones defensivas cerca del centro de la gruta, sin la menor intención de rendirse. Los enloquecidos soldados imperiales pagarían cara su vida.

El cautivo conde Hasimir Fenring, rodeado de guardias Atreides, parecía satisfecho, como si creyera que solo él conservaba el control de la situación.

—Soy una víctima, os lo aseguro, ¿ummm? Como ministro imperial de la Especia, fui enviado aquí por el emperador en persona. Habíamos oído rumores acerca de experimentos ilegales, y cuando descubrí demasiado, el investigador jefe Ajidica intentó asesinarme.

—Estoy seguro de que por eso nos recibisteis con tanto entusiasmo —replicó Duncan, blandiendo la espada del viejo duque.

—Estaba aterrado, ¿ummm? Todo el imperio conoce la crueldad de los soldados del duque Leto.

Los hombres de Duncan miraron a Fenring como si quisieran llevar a cabo con él experimentos médicos tleilaxu.

Antes de que Duncan pudiera contestar, sonó una señal en su auricular. Apretó un botón del transmisor y escuchó. Sus ojos se abrieron de par en par. Sonrió a Fenring sin más explicaciones y se volvió hacia Rhombur.

—La Cofradía ha llegado, príncipe. Muchos cruceros están en órbita alrededor de Ix.

—¡El mensaje de C'tair! —exclamó el príncipe Rhombur—. ¡Le han oído!

Antes de que Fenring pudiera articular otra débil excusa, el aire retumbó en la gruta. Un trueno, como el ruido de un planeta al estallar, resonó en la caverna.

Sobre la inmensa zona donde los Sardaukar se disponían a resistir el asalto final, el tejido del aire se expandió y desgarró. Un crucero apareció donde solo había espacio vacío unos momentos antes.

El súbito desplazamiento de un volumen de atmósfera tan enorme envió una oleada de presión a través de la gruta, que catapultó a los hombres contra las paredes de roca. Sin previo aviso, la gigantesca nave se materializó, flotando a apenas dos metros sobre el centro de la gruta. La nave aplastó a algunos de los Sardaukar y dispersó al resto, de forma que los últimos soldados imperiales quedaron indefensos.

Para Rhombur, la visión le trajo recuerdos del pasado, cuando el joven Leto y él, junto con los gemelos Pilru y Kailea, habían presenciado la partida de un crucero de clase Dominic recién construido. El Navegante había plegado el espacio, y la nave había salido al universo.

Lo contrario acababa de suceder ahora. Un experto Navegante había guiado la nave con tal precisión que la había depositado en un lugar concreto del interior del planeta.

Se hizo un silencio de muerte después de la llegada de la enorme nave. El entrechocar de espadas enmudeció. Hasta los enardecidos suboides dejaron de gritar y destruir.

Entonces, la Cofradía controló los altavoces de la gruta y una profunda voz atronó, sin dejar espacio a la duda.

—La Cofradía Espacial celebra la victoria del príncipe Rhombur Vernius en Ix. Damos la bienvenida al regreso a la producción normal de maquinaria y la innovación tecnológica.

Rhombur, al lado de Gurney y Duncan, miró las gigantescas naves sin dar crédito a sus oídos. Había pasado tanto tiempo..., más de una vida, se le antojó. Tessia encontraría su lugar aquí.

La expresión complacida del conde Hasimir Fenring se borró de su cara. Ahora, el tortuoso ministro de la Especia parecía derrotado.

La brutalidad alimenta la brutalidad. El amor alimenta el amor.

Lady Anirul Corrino, anotación en su diario

Un guardia muerto, con el uniforme empapado de sangre a causa de una puñalada en el costado, yacía en un pasillo de uno de los niveles inferiores del palacio.

El duque Leto dejó la última víctima a los hombres que le seguían, saltó sobre el soldado asesinado y corrió más deprisa, convencido de que estaba muy cerca de la persona que había raptado a su hijo. Pisó un charco de sangre y dejó huellas rojas a su espalda. Desenvainó el cuchillo enjoyado, con toda la intención de usarlo.

Encontró otro cadáver en una cámara de la zona de juego y estudio de las princesas: una Bene Gesserit. Cuando estaba intentando identificarla, dos guardias Sardaukar que habían entrado detrás de él lanzaron una exclamación ahogada. Leto contuvo el aliento.

Era lady Anirul, la esposa del emperador Shaddam IV.

La reverenda madre Mohiam, que también llevaba el hábito negro, apareció en la puerta. Se miró los dedos, y después desvió la vista hacia el rostro cerúleo de la mujer muerta.

—Llegué demasiado tarde. No pude ayudarla... No pude salvar nada.

Varios hombres de Leto se desplegaron para registrar las habitaciones cercanas. Leto se preguntó si Mohiam había asesinado a la esposa del emperador.

Los ojos de pájaro de Mohiam resbalaron sobre los rostros de los hombres, y reconoció sus preguntas.

—Pues claro que no la he matado —dijo, con firme convicción y un toque de Voz—. Leto, vuestro hijo está a salvo.

El duque miró al otro lado de la habitación y vio al bebé, envuelto en mantas sobre una almohada. El duque avanzó, con las rodillas temblorosas, sorprendido de su vacilación. El recién nacido tenía la cara roja y la expresión vivaz. Tenía mechones de pelo negro como el de Leto, y una barbilla que recordaba a la de Jessica.

—¿Es este mi hijo?

—Sí, un hijo —replicó Mohiam en un tono algo amargo—. Exactamente lo que deseabais.

El duque no comprendió lo que implicaba su tono, pero tampoco le importó. Estaba feliz de que el niño estuviera a salvo. Recogió al bebé, lo acunó en sus brazos, recordó a Victor. *¡Tengo otro hijo!* Los brillantes ojos del niño estaban abiertos de par en par.

—Sostened su cabeza.

Mohiam acomodó al niño en los brazos de Leto.

—Sé muy bien cómo se hace. —Recordó que Kailea le había dicho lo mismo después del nacimiento de Victor. Su corazón dio un vuelco al pensar en aquel momento—. ¿Quién era el secuestrador? ¿Lo visteis?

—No —contestó Mohiam sin la menor vacilación—. Huyó.

—¿Y cómo llegó mi hijo hasta aquí, y el secuestrador huyó de una forma tan conveniente? —preguntó Leto, mirando con suspicacia a la reverenda madre—. ¿Cómo encontrasteis al niño?

De pronto, la mujer pareció aburrida.

—Encontré a vuestro hijo en el suelo, aquí, junto al cuerpo de lady Anirul. ¿Veis sus manos? Tuve que soltar sus dedos de la manta del bebé. Consiguió salvarle, fuera como fuese.

Leto la miró sin creerla. No observó manchas de sangre en la manta ni marcas en el niño.

Un Sardaukar llegó y saludó.

—Siento interrumpiros, señor. Hemos localizado a la princesa Irulan, y está ilesa.

Señaló hacia el estudio adyacente, donde un guardia se erguía junto a una niña de once años.

El guardia hacía torpes intentos de consolar a Irulan. Con un vestido de damasco marrón y blanco, que llevaba la insignia de los Corrino en una manga, Irulan estaba visiblemente alterada, pero daba la impresión de que asimilaba la tragedia mucho mejor que el guardia. ¿Qué habría visto? La princesa miró a la reverenda madre con una expresión impenetrable Bene Gesserit, como si las dos compartieran uno de los execrables secretos de la Hermandad.

Con su hermoso rostro convertido en una máscara inexpresiva, Irulan entró en la habitación como si los guardias no existieran.

—Era un hombre. Iba disfrazado de Sardaukar, con la cara maquillada. Después de matar a mi madre, huyó. No pude ver bien sus rasgos.

Leto sintió pena por la hija del emperador, que se hallaba inmóvil como si fuera una de las estatuas de su padre. Pensó que demostraba una frialdad y serenidad notables. Aunque era evidente que estaba conmocionada y embargada por la tristeza, mantenía el control de sí misma.

Irulan contempló el cadáver de su madre mientras uno de los guardias lo cubría con una capa gris. No brotaron lágrimas de los ojos verdes de la muchacha. Su rostro de belleza clásica habría podido pasar por una escultura de alabastro.

Leto conocía muy bien el sentimiento, una lección similar que su padre le había enseñado. *Da rienda suelta a tu dolor solo en la intimidad, cuando nadie pueda verte.*

Los ojos de Irulan se encontraron con los de Mohiam, como si las dos estuvieran erigiendo almenas. Daba la impresión de que la princesa sabía más de lo que decía, algo que solo compartía con la reverenda madre. Era muy probable que Leto nunca llegara a conocer la verdad.

—Encontraremos al criminal —juró Leto, mientras apretaba a su hijo contra el pecho. Los guardias hablaron por sus comunicadores y continuaron registrando el palacio.

Mohiam le miró.

—Lady Anirul dio su vida por salvar a vuestro hijo —dijo, con expresión de amargura—. Educadle bien, duque Atreides. —Tocó las mantas del bebé y le empujó contra el pecho de Leto—. Estoy segura de que Shaddam no descansará hasta que el asesino de su esposa sea llevado ante la justicia. —Retrocedió, como si le despidiera—. Id a ver a vuestra Jessica.

Leto, reticente y suspicaz, aunque consciente de sus prioridades, salió con el niño de los aposentos y se dirigió hacia la sala de partos, donde Jessica le esperaba.

Irulan miró fijamente a Mohiam, pero no intercambiaron ni un ademán. Sin que nadie lo supiera, ni siquiera Mohiam, la princesa se había ocultado tras una puerta entreabierta y presenciado el sacrificio de su madre por el recién nacido. Le había asombrado que una mujer tan poderosa y reservada hubiera concedido tanta importancia a este bebé Atreides, nacido de una vulgar concubina. ¿Qué motivos podían existir?

¿Por qué es tan importante este niño?

En el pasado, la guerra ha destruido a los mejores individuos de la humanidad. Nuestro objetivo ha consistido en limitar los conflictos militares de tal modo que eso no ocurra. En el pasado, la guerra no ha mejorado la especie.

Supremo Bashar ZUM GARON, memorias secretas

Pese a la victoria, el príncipe Rhombur Vernius sabía que les aguardaban muchos años de lucha para llevar a cabo una completa reestructuración de la sociedad ixiana. Pero estaba a la altura de la tarea.

—Traeremos a los mejores investigadores y expertos forenses —dijo Duncan, mientras contemplaba los restos todavía humeantes del complejo de laboratorios—. La ventilación está purificando el aire, pero aún no podemos entrar en el pabellón de investigaciones. Cuando el fuego se apague, lo registrarán en busca de pruebas. Algo ha de quedar entre las cenizas, y con suerte será suficiente para llevar al conde Fenring, y al emperador, ante la justicia.

Rhombur meneó la cabeza. Alzó un brazo protésico y contempló el muñón.

—Aunque hayamos conseguido la victoria, Shaddam aún puede encontrar una forma de disimular su culpabilidad. Si tanto se ha jugado aquí, intentará manipular al Landsraad en nuestra contra.

Duncan señaló los muertos que les rodeaban, y a los médicos Atreides uniformados de blanco que atendían a los heridos.

—Mira cuántos soldados imperiales han muerto. ¿Crees que

Shaddam puede olvidarlo? Si no puede encubrirlo, encontrará alguna excusa para la presencia de los Sardaukar en Ix y nos acusará de traición.

—Hicimos lo que debíamos —dijo Rhombur con un firme movimiento de la cabeza.

—Sin embargo, la Casa Atreides ha emprendido una acción militar contra soldados del emperador —le recordó Gurney—. A menos que podamos encontrar una forma de volver contra él esta circunstancia, Caladan puede ser castigado.

Aislado e indefenso sobre Arrakis, enfurecido por el fracaso de sus planes, y su presencia imperial humillada ante todos los Sardaukar, Shaddam dio la orden más difícil de todo su reinado. Con la mandíbula tensa y los labios fruncidos, se volvió hacia Zum Garon.

—Ordena a la flota que se retire. —Respiró hondo—. Anulo la orden de disparar.

Cuando las naves imperiales se alejaron del planeta y se situaron en una órbita más elevada, miró a sus oficiales en busca de una solución. Los Sardaukar se mantuvieron inexpresivos, pero Shaddam adivinó que le culpaban de su situación. Aunque aterrizara en la superficie del planeta desierto, el barón Harkonnen le recibiría con desprecio.

Me he convertido en el hazmerreír del Imperio.

Tras un incómodo silencio, impidió que los oficiales pudieran formular cualquier pregunta.

—Esperad nuevas órdenes.

Al final, esperaron un día entero.

Todos los sistemas de comunicaciones de Arrakis estaban neutralizados. Aunque la flota Sardaukar podía utilizar sus transmisores de nave a nave, solo podían hablar entre ellas. Abandonados a su suerte.

Shaddam se encerró en su camarote privado, incapaz de creer que la Cofradía le hubiera hecho esto. Esperaba que la flota de la Cofradía reapareciera en cualquier momento y tomara nota del arrepentimiento de su emperador.

Pero a medida que transcurrían las horas, sus esperanzas se fueron desvaneciendo.

Por fin, cuando se convenció de que los Sardaukar estaban a

punto de amotinarse, apareció un solo crucero sobre las naves de guerra imperiales.

Shaddam tuvo que reprimir sus deseos de gritar maldiciones contra la nave, o de exigir a la Cofradía que le devolviera a Kaitain. Cada defensa o argumentación que le venía a la cabeza se le antojaba débil e infantil. Dejó que la Cofradía hablara primero. Confiaba en poder tolerar sus exigencias.

La escotilla de la bodega del crucero se abrió, y descendió una sola nave. Se recibió un mensaje en el puente de la nave insignia.

—Hemos enviado una lanzadera para recoger al emperador. Nuestro representante le trasladará a este crucero, donde continuaremos nuestras conversaciones.

Shaddam tuvo ganas de chillar al delegado, de insistir en que nadie, ni siquiera la Cofradía Espacial, estaba en posición de exigir su aparición en una reunión. En cambio, el humillado gobernante tragó saliva y procuró hablar en el tono más imperial posible.

—Esperaremos la llegada de la lanzadera.

El emperador apenas había tenido tiempo de cambiar su atuendo por otro más impresionante, escarlata y dorado, con todas las medallas y aderezos que pudo localizar, cuando llegó la lanzadera. Esperó en la ensenada de desembarco para recibir a la nave, una figura majestuosa que habría debido aterrar a poblaciones enteras. Pensó en el olvidado Mandias el Terrible, cuya tumba polvorienta estaba oculta en la necrópolis imperial.

Se quedó de una pieza cuando vio que Hasimir Fenring salía de la pequeña nave y le indicaba con un gesto que subiera a bordo. La expresión del conde le advirtió de que no dijera ni una palabra. Al lado del emperador, el Supremo Bashar Garon se encontraba a la espera, como si quisiera acompañar a Shaddam como guardaespaldas, pero Fenring indicó con un ademán al veterano que se retirara.

—Nos reuniremos en privado. Haré lo que pueda para encauzar las negociaciones entre el emperador y la Cofradía, ¿ummm?

Shaddam temblaba de rabia y vergüenza, y sabía que lo peor aún no había llegado...

Cuando la lanzadera despegó, los dos se sentaron en cómodas butacas, y miraron por las portillas el universo tachonado de estrellas. Durante diez mil años, la Casa Corrino había gobernado este inmenso reino. Bajo ellos, el agrietado globo marrón de Arrakis parecía austero y feo, una verruga en un emporio de joyas.

Shaddam sospechaba que su conversación sería grabada por espías de la Cofradía. Fenring habló en código a posta, utilizando un idioma privado que los dos amigos habían inventado de niños.

—Ix es un desastre absoluto, señor, y veo que a vos no os ha ido mucho mejor aquí. —Se masajeó la barbilla con aire pensativo—. Ajidica nos engañó..., tal como yo os advertí, ¿ummm?

—¿Y el amal? ¡Yo mismo lo probé! Todos los informes me decían que era perfecto... el investigador jefe, mi comandante Sardaukar, ¡incluso tú!

—Era un Danzarín Rostro, señor, no yo. El amal es un fracaso total. Muestras de prueba provocaron los dos accidentes recientes de cruceros. Yo en persona vi morir al investigador jefe entre convulsiones debido a una sobredosis de la sustancia. Ummm.

Shaddam echó la cabeza hacia atrás sin querer, y su rostro perdió el color.

—¡Dios mío, cuando pienso en lo que he estado a punto de hacer en Arrakis!

—El amal envenenó a vuestras legiones Sardaukar destacadas en Ix, y debilitó su capacidad de defendernos contra los atacantes Atreides.

—¡Atreides! ¿En Ix? ¿Qué...?

—Vuestro primo, el duque Leto, ha utilizado sus fuerzas militares para restaurar a Rhombur Vernius en el Gran Palacio. Los tleilaxu, y vuestros Sardaukar, han sido derrotados por completo. Por si acaso, destruí todas nuestras instalaciones de investigación y producción. No quedan pruebas que acusen a la Casa Corrino.

Shaddam enrojeció, incapaz de comprender la magnitud de su derrota.

—Ojalá.

—Por cierto, tendréis que informar a vuestro Supremo Bashar de que su hijo murió durante las combates.

—Más desastres —gruñó el emperador, con aspecto de cansancio—. ¿Así que no existe sustituto de la especia? ¿Ninguno?

—Ummm, no. Ni tan siquiera una remota posibilidad.

El emperador se hundió en su butaca y vio que el crucero iba aumentando de tamaño.

Fenring se veía muy disgustado.

—Si hubierais llevado a cabo vuestro insensato plan de destruir Arrakis, no solo habríais puesto fin a vuestro reinado, sino también a todo el Imperio. Nos habríais devuelto a la época de los viajes espaciales anteriores al Jihad. —Su voz adoptó un tono de reproche, al tiempo que extendía un dedo—. Os advertí una y otra vez de que no tomarais decisiones sin consultarme antes. Esto significará vuestra caída.

El crucero engulló a la diminuta lanzadera como una ballena a un krill. Ningún representante de la Cofradía salió a recibir al emperador Padishah, ni nadie le escoltó cuando salió de la lanzadera.

Mientras Fenring y él esperaban a que alguien se pusiera en contacto con ellos, el Navegante activó los motores Holtzmann y plegó el espacio, con destino a Kaitain, donde el infortunado gobernante afrontaría las consecuencias de sus decisiones.

> La venganza puede obtenerse mediante complejos planes o una agresión directa. En algunas circunstancias, solo el tiempo puede ser el instrumento de la venganza.
>
> Conde DOMINIC VERNIUS, diarios de un renegado

Semanas después, en Kaitain, sin sentir otra cosa que ira, Shaddam Corrino IV vio la conclusión del discurso grabado del bastardo Tyros Reffa. Maldijo por lo bajo.

Tras las puertas cerradas del despacho privado del emperador, Cammar Pilru esperó los comentarios de Shaddam. El embajador ixiano había visto la grabación varias veces, y todavía le impresionaba.

Sin embargo, Shaddam no perdió la frialdad.

—Veo que hice bien cuando ordené que le cosieran la boca antes de ejecutarle.

Tras regresar al palacio, el emperador Padishah se había encerrado en sus aposentos. En la calle, los Sardaukar intentaban mantener el orden pese a las numerosas manifestaciones. Algunos pedían que Shaddam abdicara, lo cual habría sido una solución viable de haber tenido un heredero varón aceptable. Tal como estaban las cosas, su hija mayor Irulan, de once años, ya había recibido varias proposiciones matrimoniales de los dirigentes de Casas poderosas.

Shaddam deseaba matar a todos los pretendientes..., y quizá también a sus hijas. Al menos, ya no tenía que preocuparse por su esposa.

Después de sus numerosos fracasos militares, hasta los antes leales Sardaukar estaban contra él, y el Supremo Bashar Zum Garon había presentado una protesta oficial. El hijo de Garon había muerto en la debacle ixiana, pero según la opinión del veterano Bashar, los soldados imperiales habían sido traicionados, algo todavía peor. No derrotados, sino traicionados. En su mente era una distinción importante, porque los Sardaukar jamás habían conocido la derrota en toda su larga historia. Garon exigía que esta mancha fuera borrada de los escritos. También quería una condecoración póstuma para su hijo.

Shaddam no sabía cómo afrontar todo esto.

En otras circunstancias, nunca habría concedido ni un minuto de su tiempo a este patético y ahora envalentonado diplomático ixiano. Pero el embajador Pilru tenía muy buenos contactos y estaba aprovechando la victoria de Rhombur.

Pilru, que volvía a sentirse fuerte después de tantos años de indiferencia y desprecios, dejó caer una hoja dura de cristal riduliano ante el rostro de Shaddam.

—Fue desafortunado por vuestra parte, señor, no tener la oportunidad de realizar un análisis genético completo a Tyros Reffa, aunque solo fuera para desacreditar su afirmación de que también era miembro de la Casa Corrino. Muchos miembros del Landsraad, y muchos nobles del Imperio, albergan sus dudas.

Tecleó los datos sobre la hoja de cristal, que sin duda Shaddam consideraba incomprensibles. Pilru había sido ignorado, insultado y despreciado durante años, pero ahora eso cambiaría. Lograría que el emperador compensara económicamente al pueblo ixiano y que no ofreciera resistencia a la restauración de la Casa Vernius.

—Por suerte, pude obtener muestras de Reffa en su celda de la prisión. —Pilru sonrió—. Como veis, esta es la irrefutable prueba genética de que Tyros Reffa era hijo del emperador Elrood IX. Vos firmasteis la sentencia de muerte de vuestro hermano.

—Hermanastro —corrigió Shaddam.

—No me costaría nada distribuir con sigilo esta grabación y los resultados de los análisis entre los miembros del Landsraad, señor —dijo el embajador, mientras sostenía en alto la hoja de cristal—. Temo que la suerte de vuestro hermanastro sería conocida muy pronto.

Había eliminado de los resultados los detalles concernientes a la identidad de la madre, por supuesto. Nadie necesitaba saber la relación del bastardo con la fallecida lady Shando Vernius. Rhombur conocía el secreto, y eso era suficiente.

—Vuestra amenaza ha quedado muy clara, embajador. —Los ojos de Shaddam brillaban entre las sombras de la derrota que le rodeaba—. Bien, ¿qué deseáis de mí?

Mientras Shaddam esperaba en su sala de recibir privada a que comenzaran las discusiones y procedimientos, disfrutó de muy pocos momentos de placer. Ahora comprendía por qué su padre necesitaba beber tanta cerveza de especia. Incluso el conde Fenring, su compañero de desdichas, no podía animarle, con tantas piedras de molino políticas colgadas alrededor de su cuello.

Sin embargo, un emperador también podía afligir a los demás.

Fenring paseaba a su lado, henchido de una energía feroz. Habían cerrado todas las puertas, excepto la de la entrada principal, y alejado a todos los posibles testigos. Hasta los guardias habían recibido la orden de esperar en los pasillos.

Shaddam estaba ansioso.

—Llegarán de un momento a otro, Hasimir.

—Todo se me antoja un poco... infantil, ¿ummm?

—Pero gratificante, y no finjas lo contrario. —Resopló—. Además, es uno de los privilegios de ser emperador.

—Divertíos mientras dure —murmuró Fenring, y después esquivó la mirada furiosa de Shaddam.

Vieron que las puertas dobles de bronce se abrían poco a poco. Soldados Sardaukar entraron con una máquina familiar de aspecto horripilante, con gran acompañamiento de ruidos metálicos. Hojas cortantes ocultas zumbaban dentro de la monstruosidad, y surgían chispas por las lumbreras de los circuitos.

Años antes, los acusadores tleilaxu habían llevado el horrible instrumento de ejecución al Juicio por Decomiso de Leto Atreides, con la esperanza de viviseccionarlo con él, vaciarle de sangre y abrir sus tejidos para tomar todo tipo de muestras. Shaddam siempre había pensado que la máquina tenía muchas posibilidades.

Fenring la miró y se humedeció los labios.

—Un aparato diseñado solo para mutilar, herir y causar dolor. Si queréis saber mi opinión, Shaddam, está claro que se trata de una máquina con mente humana, ¿ummm? Quizá sea una violación de la Jihad Butleriana.

—No estoy de humor, Hasimir.

Detrás de la máquina venían seis amos tleilaxu cautivos, sin camisa debido a su conocida tendencia a ocultar armas en las mangas. Eran los representantes tleilaxu llegados a la corte imperial durante los meses precedentes, y retenidos después del fracaso del Proyecto Amal. Antes de que se conociera el fracaso de Ajidica, Shaddam había ordenado su captura y detención.

El conde Fenring también sentía un profundo rencor hacia los cautivos, pues sospechaba que al menos uno era un Danzarín Rostro, que le había suplantado para entregar un informe falsamente optimista sobre el triunfo de la especia artificial. Había sido una táctica dilatoria de Ajidica, para retrasar la venganza imperial y poder escapar. Pero había fracasado.

Por su parte, Shaddam no conseguía distinguir a unos cautivos de otros, y la verdad era que los hombrecillos se parecían mucho.

—¿Y bien? —les gritó—. Poneos junto a la máquina. No me digáis que no conocéis su función.

Los tleilaxu tomaron posiciones alrededor del artilugio con expresión abatida.

—Los tleilaxu me habéis causado muchos graves problemas. Estoy a punto de afrontar la mayor crisis de mi reinado, y creo que deberíais cargar con parte de la culpa. —Escudriñó sus rostros—. Elegid a uno de vosotros, para que pueda ver cómo funciona el aparato, y después de la demostración, los supervivientes lo desmontaréis aquí mismo.

Los guardias avanzaron, provistos de herramientas. Los hombrecillos de piel grisácea se miraron entre sí, pero guardaron silencio. Por fin, uno de los hombres activó la fuente de energía, situada en las placas angulares de la máquina de ejecuciones. El engendro cobró vida con un rugido que sobresaltó al emperador y a los guardias.

Fenring se limitó a asentir, y comprendió que la mitad de la eficacia de esta máquina residía en su naturaleza ominosa.

—Parece que les cuesta elegir, ¿ummm?

—Hemos elegido —anunció un tleilaxu.

Sin la menor palabra o gesto, los seis amos tleilaxu treparon y saltaron dentro de un tragante situado en lo alto de la máquina.

Cayeron en el interior, y se precipitaron al abrazo de cuchillas, cortadores y rebanadoras. Como colofón irónico, gotas de sangre, fragmentos de piel y pedacitos de hueso salpicaron al emperador y a Fenring. Los Sardaukar se dispersaron.

Shaddam farfulló y buscó una capa para secar los restos. Fenring no pareció muy asqueado cuando se quitó un pedazo de carne de los ojos. La máquina de vivisección continuaba tosiendo y moliendo. Los tleilaxu no emitieron el menor grito.

—Creo que eso soluciona el problema del Danzarín Rostro —anunció el emperador, en un tono poco satisfecho.

> La verdad suele venir acompañada de la inherente necesidad de un cambio. La expresión más común cuando el cambio se produce es la exclamación de queja: «¿Por qué no nos avisó nadie?». La verdad es que no escuchan, y si escuchan, optan por no recordar.
>
> Reverenda madre HARISHKA, *Discursos completos*

Tras semanas de agitación, las repercusiones de los complots descubiertos y los secretos enmarañados todavía asolaban Kaitain. Lo único que quedaba por hacer era apagar los últimos fuegos, analizar la resaca política, intercambiar favores y pagar deudas.

Leto Atreides, ataviado con el uniforme rojo ceremonial del viejo duque, lleno de botones y medallas centelleantes, estaba sentado sobre una plataforma elevada en el centro de la Sala de la Oratoria. Esta reunión histórica sería en parte censura, en parte inquisición..., y en parte sesión de pactos.

El emperador Shaddam Corrino se enfrentaba solo a la sala.

Al lado de Leto, se sentaban seis representantes de la Cofradía y un número igual de nobles del Landsraad, incluido el recién restaurado príncipe Rhombur. Las banderas de las Grandes Casas colgaban alrededor de la estancia, un impresionante despliegue de insignias y colores como arco iris después de una tormenta, incluida la púrpura y roja de Vernius, la cual sustituía de manera oficial a la que había sido arriada y quemada en público después de que Dominic Vernius fuera declarado renegado. La mayor de todas era la bandera con el león dorado de la Casa Corrino, en el centro, flanqueada a cada lado por las banderas igualmente grandes de la Cofradía Espacial y de la CHOAM, de moaré a cuadros.

Lujosos palcos negro y marrón albergaban a los nobles, damas, primeros ministros y embajadores de todas las Grandes Casas. No lejos de Leto se sentaba la delegación oficial Atreides, que incluía a su concubina Jessica y a su nuevo hijo, que solo contaba unas semanas de edad. Les acompañaban Gurney Halleck, Duncan Idaho, Thufir Hawat y cierto número de valientes oficiales y soldados Atreides. También estaba Tessia, que no dejaba de mirar a su marido. Rhombur flexionó su nueva mano, que el doctor Yueh le había implantado sin dejar de reprender a su paciente.

La mesa de la acusación había sido reservada para los sombríos representantes de las Casas de Ix, Taligari, Beakkal y Richese. El primer ministro Ein Calimar estaba sentado muy tieso, mientras contemplaba los procedimientos con sus ojos metálicos, adquiridos a los tleilaxu.

Los Bene Tleilax, repudiados más que nunca como resultado de sus actos, no estaban representados. Los escasos miembros de la raza acreditados en la corte imperial habían desaparecido. Leto no tenía ganas de escuchar la larga lista de sus crímenes y atrocidades morales, pero imaginaba que los detestados hombrecillos recibirían todo el peso de la culpa y los castigos.

Al sonar la primera campanilla, el anciano presidente de la CHOAM se alzó ante el atril.

—Durante esta época tempestuosa, se han cometido muchas equivocaciones terribles. Otras fueron impedidas a duras penas.

Ni el barón Harkonnen ni el embajador oficial de la Casa Harkonnen estaban presentes. Después de la debacle de Arrakis, parecía que al barón le costaba encontrar pasaje para salir del planeta, y su mentat pervertido había desaparecido del palacio. Leto estaba seguro de que los Harkonnen estaban implicados en lo ocurrido, al menos en parte.

En el ínterin, muchas familias rivales acechaban como buitres, con la esperanza de apoderarse del sabroso botín de Arrakis, pero Leto no dudaba de que la Casa Harkonnen conservaría su feudo, aunque por poco. El barón debería pagar ingentes multas, y ya habría sobornado a las personas adecuadas.

El Imperio ya había padecido suficientes sobresaltos.

Los preliminares tardaron horas en leerse. Mentats expertos en leyes recitaron largas descripciones y sumarios del Código Legal Imperial. Los interrogantes y acusaciones eran muy extensos. El público empezaba a aburrirse.

Por fin, llamaron a Rhombur. El príncipe cyborg iba vestido con uniforme militar y gorra de oficial. Subió al estrado y enlazó sus manos mecánicas.

—Tras muchos años de opresión, los invasores tleilaxu han sido expulsados de mi planeta. Hemos logrado la victoria en Ix.

Los delegados aplaudieron, aunque ninguno había reaccionado a la solicitud de ayuda lanzada por Dominic Vernius muchos años antes.

—Solicito oficialmente la restauración de los privilegios de una Gran Casa para la familia Vernius, que se vio obligada a declararse renegada por culpa de maniobras traicioneras. Si recuperamos nuestro antiguo papel en el Imperio, todas las Casas aquí presentes se beneficiarán.

—¡Apoyo la propuesta! —gritó Leto desde su asiento.

—El trono la aprueba —dijo Shaddam en voz alta, sin que nadie se lo hubiera pedido. Miró al embajador Pilru, como si hubieran llegado a un acuerdo previo. Como ningún representante protestó, el público expresó su asentimiento a gritos, y la medida fue aprobada por aclamación.

—Tomamos nota —dijo el presidente de la CHOAM, sin molestarse en preguntar si había opiniones diferentes.

La cara surcada de cicatrices de Rhombur logró forzar una sonrisa, aunque la restauración de la Casa Vernius era una pura formalidad, puesto que el príncipe nunca podría engendrar un heredero. Alzó la barbilla.

—Antes de bajar del estrado, creo que son necesarios ciertos honores. —Levantó una serie de medallas del atril y las alzó a la luz—. ¿Alguien quiere subir e imponérmelas todas, por favor?

El público rió, un breve respiro después de la tensión y el aburrimiento.

—Es broma. —Adoptó una expresión seria—. Duque Leto Atreides, mi fiel amigo.

Leto subió al estrado, acompañado por un aplauso estruendoso. El resto de la delegación Atreides se reunió con él: Duncan Idaho, Thufir Hawat, Gurney Halleck e incluso Jessica, con el bebé en brazos.

Mientras el duque se ponía firmes, muy orgulloso, Rhombur prendió una medalla en la chaqueta del viejo duque, una hélice de metales preciosos, inmersa en cristal líquido. Dedicó similares honores a los oficiales Atreides, así como al leal embajador Cammar Pilru. El embajador también recibió una medalla póstuma para su valiente hijo, C'tair Pilru, y también para el Navegante D'murr, que había logrado salvar a todos los ocupantes de su crucero extraviado. Por fin, Rhombur extrajo la última medalla de la bandeja y la contempló con perplejidad.

—¿Me he olvidado de alguien?

Leto cogió la medalla y la prendió en el pecho de Rhombur. Los dos hombres se abrazaron entre los vítores de los congregados.

Leto miró al emperador desde el estrado. Ningún gobernante, en toda la larga historia del Imperio, había sufrido una derrota tan ignominiosa. Se preguntó cómo podría sobrevivir Shaddam, pero las alternativas no estaban muy bien definidas. Después de tantos miles de años, hasta los políticos rivales no pondrían en peligro la estabilidad del Imperio, y ninguna facción contaba con apoyos claros. Leto no tenía ni idea del resultado del juicio.

Por fin, Shaddam IV fue llamado para que hablara en su defensa. Murmullos intranquilos recorrieron la sala del Landsraad. El chambelán Ridondo ordenó que sonara una fanfarria imperial para ahogar el ruido.

El emperador del Universo Conocido se puso en pie, con la cabeza bien alta, sin demostrar vacilación, pero no fue al estrado. Con voz ronca (tal vez por culpa de los días que llevaba gritando a sus criados), pronunció un amargo discurso en el que culpó a los tleilaxu y a su propio padre de desarrollar el infausto proyecto de la especia artificial.

—Ignoro por qué Elrood IX se asoció con unos hombres tan despreciables, pero era viejo. Muchos de vosotros recordaréis su carácter tornadizo e irracional hacia el fin de sus días. Lamento muchísimo no haber descubierto antes su equivocación.

Shaddam afirmó que nunca había comprendido del todo las ramificaciones, y había enviado tropas Sardaukar a Ix solo para mantener la paz. En cuanto averiguó la existencia del amal, había enviado a su ministro imperial de la Especia, el conde Hasimir Fenring, para investigar, y habían retenido a Fenring como rehén. El emperador inclinó la cabeza con expresión de pesar.

—La palabra de un Corrino ha de valer algo, a fin de cuentas.

Shaddam dijo todas las palabras convenientes, aunque pocos de los presentes parecieron creerle. Los delegados susurraron entre sí y menearon la cabeza.

—Escurridizo como un bacer untado de grasa —oyó decir Leto a uno de ellos.

Pese a todas las fuerzas alineadas contra él, Shaddam seguía mostrándose orgulloso. Se erguía sobre las espaldas de antepasados poderosos y respetados, que se remontaban a la batalla de Corrin. Sus representantes en el tribunal habían trabajado bajo mano para salvar su cargo, y sin duda se habían garantizado algunas concesiones.

Leto clavó la vista en el techo, sin tener las ideas claras. El viejo Paulus le había enseñado que la política comportaba desagradables necesidades.

El duque tomó una decisión y habló a la asamblea antes de volver a la mesa principal, algo no previsto en el orden del día. El presidente de la CHOAM frunció el ceño, pero le concedió la palabra.

—Hace años, durante mi Juicio por Decomiso, el emperador Shaddam habló en mi favor. Considero apropiado corresponderle en este momento.

Muchos miembros del público reaccionaron con sorpresa.

—Escuchadme. El emperador, por culpa de su... ignorancia, casi ha llevado el Imperio a la ruina. Sin embargo, si esta asamblea tomara medidas radicales, podría provocar aún más disturbios y sufrimientos. Hemos de pensar en el bien del Imperio. No debemos precipitarnos en el caos, como le ocurrió a nuestra civilización durante el Interregno, hace siglos.

Leto hizo una pausa y miró al emperador, cuya expresión traicionaba sentimientos contradictorios.

—En este momento, lo que más necesita el Imperio es estabilidad, o corremos el riesgo de provocar una guerra civil. Con un consejo más sabio y controles estrictos, creo que Shaddam puede reafirmar su prudencia y gobernar con benevolencia.

Leto se puso delante del atril.

—Sabed esto: todos estamos obligados para con la Casa imperial. Todas las familias del Landsraad han de llorar la pérdida de la amada esposa de Shaddam, lady Anirul, y yo más que nadie, pues esa gran dama dio su vida para proteger a mi hijo recién nacido, el heredero de la Casa Atreides.

Alzó la voz para hacerse oír en toda la sala.

—Propongo que el Landsraad y la Cofradía elijan a muchos asesores nuevos que ayuden al emperador Padishah a gobernar de hoy en adelante. Emperador Shaddam Corrino IV, ¿aceptáis trabajar con estos representantes elegidos, por el bien de todo el pueblo, de todos los planetas, de todas las corporaciones?

El derrotado gobernante no tenía otra alternativa. Se puso en pie y contestó:

—Acepto lo que es mejor para el Imperio. Como siempre. —Clavó la vista en el suelo, con el deseo de estar en cualquier sitio menos allí—. Prometo cooperar plenamente y aprender a servir mejor a mi pueblo.

Tenía que admitir cierta admiración reticente por el duque Leto, pero le irritaba que su primo Atreides hubiera llegado tan lejos, mientras que él, el emperador de un Millón de Planetas, se había visto obligado a soportar esta vergonzosa situación.

El duque Leto se acercó al borde de la plataforma, sin apartar la vista de Shaddam, que se erguía solo en su zona privada. Leto extrajo el cuchillo ceremonial de su cinto. Los ojos del emperador se abrieron de par en par.

Leto dio la vuelta al cuchillo y lo entregó con el pomo hacia adelante.

—Hace más de dos décadas, me regalasteis este arma, señor. Me apoyasteis cuando los tleilaxu me acusaron falsamente. Ahora, creo que vos la necesitáis más. Aceptadla y gobernad con prudencia. Pensad en la lealtad Atreides cada vez que la miréis.

Shaddam aceptó de mala gana el arma ceremonial. *Mi momento llegará. No perdono a mis enemigos.*

> Los planetas secretos de los Bene Tleilax son desde hace mucho tiempo el origen de los mentats pervertidos. Sus creaciones siempre han suscitado la pregunta de quién es más pervertido, los mentats o sus creadores.
>
> Manual mentat

Para el barón Harkonnen, Giedi Prime era hermosa, aún comparada con la espectacular Kaitain. Los cielos humeantes convertían el ocaso en antorchas. Los macizos edificios y las impresionantes estatuas dotaban a la capital Harkonnen de una apariencia sólida e implacable. Hasta el olor del aire, a industria y población hacinada, era consolador y familiar.

El barón había pensado que jamás volvería a ver este lugar.

En cuanto los ominosos cruceros y la flota del emperador marcharon de Arrakis, el planeta desierto había temblado como una rata canguro que hubiera escapado por poco de un depredador.

Según la historia oficial del palacio, el emperador solo se había echado un farol, y en ningún momento había tenido la intención de atentar contra las operaciones de especia. El barón no estaba muy convencido de esto, pero decidió callar. Shaddam IV ya había tomado acciones extremas y mal aconsejadas en ocasiones anteriores, como un niño malcriado que no conocía sus límites.

¡Locura!

El barón había buscado chivos expiatorios en la capital. Todos sus empleados fremen habían desaparecido como por arte de magia. Había tardado semanas en conseguir transporte para volver a la civilización. Rabban, utilizando diversas excusas, no se había apresurado a enviar una fragata.

Aterrado por el furioso escrutinio del Landsraad, el inquieto noble había huido a Giedi Prime para lamerse las heridas. Si bien se había visto obligado a perderse el juicio contra el emperador, había enviado correos y mensajes para expresar su indignación por la amenaza de Shaddam de destruir toda vida en Arrakis, «en reacción a unos errores de contabilidad insignificantes». Era ducho en disimular la verdad, en manipular la información para parecer siempre el menos culpable. Como embajador de facto Harkonnen, Piter de Vries debería estar en Kaitain para ocuparse de esos asuntos.

Tendría que enviar con discreción regalos a Kaitain, así como mostrar una actitud humilde y arrepentida, con la esperanza de que el emperador, abrumado por sus problemas políticos, no decidiera descargar su ira sobre la Casa Harkonnen. El barón pagaría indemnizaciones y sobornos más elevados que nunca, que tal vez ascendieran al valor de toda la especia acumulada de manera ilegal.

Pero el mentat pervertido se había desvanecido sin tan siquiera enviar un mensaje. El barón detestaba la impredecibilidad, sobre todo en un mentat costoso. Durante la confusión posterior al asedio de Arrakis y a la reconquista de Ix, De Vries habría gozado de amplias oportunidades para asesinar a la mujer y el hijo del duque Leto. Los informes eran cautos, pero al parecer, si bien se había producido una breve escaramuza poco después del nacimiento, el bebé Atreides estaba sano y salvo.

El barón deseaba retorcer el cuello de De Vries, pero el mentat había desaparecido. ¡Maldito fuera el hombre!

Cuando la oscuridad cayó, el obeso Harkonnen volvió a la fortaleza Harkonnen. Tenía mucho que hacer para preparar su defensa legal, en el caso de que la CHOAM insistiera en el problema de sus «indiscreciones». Quería estar preparado, aunque había pronunciado todas las palabras que el Imperio quería oír: «Os aseguro que la producción de melange continuará, como siempre. La especia circulará».

Su sobrino Rabban no le servía de nada en cuestiones de tecnicismos y tareas administrativas. El bruto era un experto en partir cráneos, pero todo lo que exigiera sutileza le sobrepasaba. De hecho, su mote de Bestia no fomentaba la imagen de un estadista juicioso o un diplomático experto.

Además, eran necesarias costosas reparaciones para reconstruir la infraestructura de Arrakis, en especial los espaciopuertos y los sistemas de comunicaciones dañados por el embargo de la Cofradía. No podía hacerlo todo solo, y se enfureció de nuevo por el hecho de que su mentat, en teoría tan leal, no estuviera a su lado para ayudarle.

Maldijo su mala suerte y regresó a sus aposentos, donde los esclavos habían servido un banquete: suculentos platos de carne, pasteles deliciosos, frutas exóticas y el caro coñac kirana del barón. Paseó de un lado a otro, picoteó de los platos y meditó.

Como había estado atrapado en la deprimente Carthag durante tantos días, incapaz de enviar una transmisión o llamar a un correo, había deseado con desesperación gozar de los placeres de la vida. Ahora, no paraba de comer en todo el día, solo para tranquilizarse. Se chupó azúcar de los dedos.

Tenía el cuerpo suave y perfumado, después de que guapos jóvenes le hubieran bañado, aceitado y masajeado, hasta que empezó a relajarse. Estaba agotado y dolorido, cansado de los placeres a los que se había entregado.

Rabban entró en la cámara sin hacerse anunciar. Feyd-Rautha caminaba al lado de su hermano mayor, con una expresión inteligente pero traviesa en su rostro de querubín.

La Bestia pensaba que el vizconde Moritani y él habían logrado ocultar su ataque frustrado contra Caladan. No obstante, el barón se había enterado casi de inmediato, y guardado silencio. La idea demostraba una sorprendente dosis de iniciativa, y tal vez habría salido bien, pero nunca lo admitiría a su sobrino. Por lo visto, la Bestia había ocultado su participación lo bastante bien para impedir que la Casa Harkonnen se viera perjudicada, y por eso el barón calló y dejó que su sobrino siguiera preocupado por si se enteraba.

Rabban gritó a los dos esclavos que le seguían. Cargaban un largo y voluminoso paquete envuelto en un material brillante y adornado con cintas.

—Por aquí. Al barón le gustará abrirlo en persona. Daos prisa, idiotas.

Rabban se quitó del cinto el látigo de tintaparra y amenazó a los esclavos con azotarles. Ninguno de los dos hombres, altos y de piel broncínea, se encogieron, aunque había marcas de látigo en sus brazos y cuello.

El barón miró con desdén el objeto, que parecía medir casi dos metros de largo.

—¿Qué es esto? No esperaba ningún paquete.

—Un regalo para ti, tío, recién llegado por correo. No hay remitente. —Dio unos golpecitos sobre el envoltorio—. Tendrás que abrirlo para averiguar quién lo ha enviado.

—No tengo la menor intención de abrirlo. —El barón retrocedió con cautela—. ¿Habéis comprobado que no contenga explosivos?

Rabban resopló.

—Por supuesto. No contiene trampas ni venenos. No descubrimos nada. Es inofensivo.

—¿Y qué es?

—No hemos podido... determinarlo con exactitud.

El barón retrocedió otro paso con la ayuda de sus suspensores. Había sobrevivido tanto tiempo gracias a su naturaleza suspicaz.

—Ábrelo, Rabban, pero asegúrate de que Feyd permanezca alejado de ti.

No quería perder a sus dos herederos en un solo intento de asesinato.

Rabban propinó a su hermano pequeño un leve empujón. Feyd se tambaleó hacia el barón, el cual le agarró por el cuello de la camisa y le alejó a una distancia prudencial. Rabban también retrocedió.

—Ya habéis oído al barón —gritó a los esclavos—. ¡Abridlo!

Feyd-Rautha quería ver lo que había dentro y se resistió cuando el barón le retuvo. Los esclavos rompieron el envoltorio. Como no les estaba permitido llevar cuchillos u objetos afilados, tuvieron que romper los sellos con los dedos.

—¿Y bien? —aulló Rabban, sin moverse de su sitio—. ¿Qué es?

Feyd se revolvió en las manos del barón. Por fin, el hombre le soltó y dejó que el niño corriera hacia el paquete, abierto en el suelo.

El niño miró en el interior y rió. El barón se acercó flotando sobre sus suspensores. Aovillado en la caja, vio el cuerpo momificado de Piter de Vries, rodeado de los moldes metálicos que habían impedido a los escáneres determinar su contenido exacto. Su rostro enjuto era inconfundible, aunque tenía los ojos y las mejillas hundidos. Los labios quebradizos del mentat pervertido aún estaban manchados de safo.

—¿Quién ha enviado esto? —rugió el barón.

Ahora que el peligro parecía haber pasado, Rabban corrió hacia el paquete. Apartó un molde y extrajo una nota de los dedos rígidos de De Vries.

—Es de la bruja Mohiam. —La alzó ante sus ojos y leyó poco a poco, como si hasta cuatro letras fueran difíciles para él—. «Nunca nos subestiméis, barón.» —Rabban arrugó la nota y la tiró al suelo—. Han matado a tu mentat, tío.

—Gracias por explicármelo.

El barón apartó los moldes y volcó la caja para sacar la momia. Entonces, asestó una brutal patada a la caja torácica del cuerpo. En este momento dificilísimo, que exigía delicadas maniobras políticas para asegurar la supervivencia de la Casa Harkonnen, necesitaba un mentat astuto más que nunca.

—¡Piter! ¿Cómo has podido ser tan estúpido, tan torpe de dejarte matar?

El cadáver no contestó.

Pensándolo mejor, De Vries había empezado a dejar de serle útil. Había sido un mentat adecuado, artero y lleno de ideas sofisticadas, pero también tenía una propensión a las drogas que desquiciaba sus percepciones, y una tendencia a mostrar demasiada iniciativa y actuar por cuenta propia...

Habría que vigilar más de cerca al próximo. El barón sabía que los tleilaxu ya habían cultivado otros gholas de la misma cepa genética: múltiples versiones de Piter de Vries, adiestrados como mentats y pervertidos con un condicionamiento especial. Los magos genéticos ya sabían que solo era una cuestión de tiempo que el barón perdiera los nervios y llevara a la práctica sus repetidas amenazas de matar a Piter de Vries.

—Envía un mensaje a los tleilaxu —gruñó—. Que me envíen otro mentat cuanto antes.

Inevitablemente, el aristócrata se resiste a su deber final: hacerse a un lado y desaparecer en la historia.

Príncipe heredero RAPHAEL CORRINO

Según el anuncio público del emperador Shaddam, la pira funeraria sería la más impresionante que se había visto en el Imperio.

El cadáver de lady Anirul, envuelto en su manto de piel de ballena más hermoso y adornado con réplicas sin valor de sus joyas más costosas, yacía sobre un lecho de fragmentos de cristal verde, como dientes monstruosos mellados hechos de esmeraldas.

Shaddam se erguía delante de la pira, con la vista clavada en el océano de rostros. Una gran multitud se había congregado, llegada desde todos los rincones del Imperio, para dar su adiós definitivo a la esposa del gobernante. El emperador llevaba ropas de colores apagados para transmitir una atmósfera de esplendor controlado.

Fingió tristeza e inclinó la cabeza. Todas sus hijas se hallaban en la primera fila de la multitud, junto al féretro, llorosas y afligidas. La pequeña Rugi lloraba en todos los momentos pertinentes. Solo Irulan se mantenía seria y controlada.

Este espectáculo conmovería a todos los miembros del público, pero Shaddam no sentía pesar por la muerte de Anirul. Con el tiempo, su esposa le habría obligado a asesinarla.

Procuró no parecer derrotado, y dejó vagar su mente mientras los sacerdotes entonaban sus aburridos cánticos, leían la Biblia Católica Naranja y celebraban más rituales de los que Shaddam había visto durante su coronación o su matrimonio con la bruja Bene Gesserit, cuya lealtad fundamental no era para él. De todos modos, esta ceremonia era lo que esperaba el populacho, lo que disfrutaban a su perverso modo.

Y ahora, encadenado por las restricciones que le habían impuesto el hostil Landsraad, la Cofradía y la CHOAN, Shaddam no podía saltarse ni una norma. Tenía que ceñirse a las leyes. Tenía que comportarse. Estas cadenas le inmovilizarían durante años.

Las sanciones que debían imponerse a Shaddam habían sido debatidas calurosamente a puerta cerrada. Durante diez años, sus actividades serían sujetas a serias restricciones y controles, tal como prescribía la ley imperial. Durante ese tiempo, el Landsraad, la Cofradía Espacial y la CHOAM ejercerían una influencia mucho mayor sobre la política y los asuntos imperiales.

Deseó poder exiliar de nuevo a Fenring, castigarle por la debacle del amal. Pero después de las equivocaciones cometidas por el emperador, que, como el conde le había recordado, nunca se habrían producido si hubiera seguido los consejos de Fenring, Shaddam sabía que, si existía alguna esperanza de recobrar su poder, necesitaría la inteligencia de su amigo de la infancia. En cualquier caso, dejaría al conde en Arrakis un tiempo, para que aprendiera cuál era su lugar...

Por fin, los sacerdotes terminaron sus cánticos, y una cortina de silencio cayó sobre los reunidos. Rugi lloró de nuevo, y una niñera intentó calmarla.

El chambelán Ridondo y el Sumo Sacerdote esperaron, hasta que Shaddam comprendió que había llegado su turno de hablar. Había redactado una breve declaración, la cual había sido leída y aprobada de antemano por los magistrados del Landsraad, el presidente de la CHOAM y el Primer delegado de la Cofradía. Aunque las palabras eran inocuas, se le atragantaron, un insulto a su Majestad Imperial.

Habló con toda la tristeza que pudo fingir.

—Me han despojado de mi amada esposa Anirul. Su muerte prematura dejará para siempre una cicatriz en mi corazón, y solo confío en poder gobernar con compasión y benevolencia a partir de este momento, aun sin el sabio consejo y el generoso amor de mi dama.

Shaddam alzó la barbilla, y sus cansados ojos verdes destellaron con la ira imperial que había exhibido muchas veces.

—Mis equipos de investigación continúan examinando las pruebas concernientes a su muerte violenta. No descansaremos hasta que el culpable sea detenido, y descubierta la conspiración.

Fulminó con la mirada al mar de rostros afligidos, como si pudiera localizar al asesino entre ellos.

La verdad era que no quería investigar el crimen a fondo. El asesino y secuestrador se había volatilizado, y si no suponía ninguna amenaza al trono, a Shaddam no le interesaba demasiado la identidad del culpable. De hecho, le tranquilizaba que la entrometida bruja ya no pudiera interferir en sus decisiones diarias. Dejaría su trono vacío en su sitio durante unos cuantos meses, en señal de respeto, y luego ordenaría que lo retiraran y destruyeran.

La Cofradía y el Landsraad se sentirían satisfechos de que se ciñera al discurso aprobado. Terminó a toda prisa, en un esfuerzo por eliminar el regusto amargo de su boca.

—De momento, ay, no tenemos otro remedio que soportar nuestro dolor y seguir adelante, para conseguir que el Imperio sea un lugar mejor para todos.

A su lado, la Decidora de Verdad Gaius Helen Mohiam se erguía con la cabeza gacha. Daba la impresión de que Mohiam sabía más sobre el asesinato de Anirul que cualquiera, pero se negaba a divulgar sus secretos. No quería presionarla en exceso.

Dejó que la copia impresa del discurso revoloteara hasta el suelo, y dirigió un cabeceo al Sumo Sacerdote de Dur, vestido con un hábito verde, que en tiempos mejores había oficiado la coronación de Shaddam. Dos acólitas apuntaron con sus bastones láser, similares al que su hermanastro bastardo Tyros Reffa había utilizado para disparar sobre él durante la representación teatral.

Rayos de energía alcanzaron los fragmentos de cristal esmeralda, y activaron los fuegos de ionización controlada que contenían. Se elevó una columna de llamas incandescentes. Humo perfumado surgió de las rejas que rodeaban la pira, hasta fundir las facciones céreas y calmas de la muerta. El calor provocó que todo el mundo se protegiera los ojos.

La hoguera siguió ardiendo hasta que los láseres se atenuaron y las luces moduladas se apagaron. Solo quedaron cristales siseantes y chisporroteantes, y una fina película de cenizas blancas en forma de cuerpo.

Mohiam, que prestaba escasa atención al emperador, contempló la cremación de lady Anirul, que había guiado en secreto el programa de reproducción a largo plazo en sus etapas finales. La infortunada muerte de la madre Kwisatz en la última generación del plan de la Hermandad, dejaba a Mohiam como protectora de Jessica y su hijo.

La reverenda madre estaba preocupada por la actitud desafiante y traicionera de su hija..., y por el secuestro del bebé y el asesinato de Anirul. Demasiadas cosas se torcían en un momento crítico del programa de reproducción.

De todos modos, el bebé estaba a salvo, y la genética no era una ciencia exacta. Existía una posibilidad. Tal vez este hijo del duque Atreides sería el Kwisatz Haderach.

O algo diferente por completo.

El bienestar humano es relativo. Algunos consideran determinado entorno austero e infernal, mientras otros lo llaman su hogar.

Planetólogo Imperial PARDOT KYNES, *Manual de Arrakis*

El conde Hasimir Fenring se erguía en un balcón de su residencia de Arrakeen, aferrado a la barandilla, mientras contemplaba los edificios castigados por el clima de la ciudad. *Exiliado de nuevo.* Aunque conservaba su título oficial de ministro imperial de la Especia, deseaba estar en cualquier otro lugar que no fuera este.

Por otra parte, era mejor alejarse de la confusión que reinaba en Kaitain.

En las sucias calles, los últimos aguadores del día pasaban ante las puertas abiertas, vestidos con el colorido atuendo tradicional. Sus cacerolas y cucharones tintineaban con ruido metálico, sonaban las campanillas atadas a su cintura, y sus voces emitían el conocido grito de «¡Su-su-suk!». Al calor del atardecer, los mercaderes cerraban sus tiendas y puertas, para poder beber café especiado al frescor de las sombras, rodeados de sus cortinas abigarradas.

Fenring vio que se alzaba una nube de polvo cuando un camión terrestre entró en la ciudad, lleno de contenedores de especia etiquetados para ser trasladados a las naves de la Cofradía. Todos sus registros pasarían por las oficinas del ministro de la Especia, pero no tenía la menor intención de examinarlos. En el futuro cercano, el barón Harkonnen estaría tan preocupado por su roce con el desastre que no se atrevería a falsificar los datos.

La esbelta esposa del conde se acercó y le dedicó una sonrisa de consuelo. Llevaba un vestido fresco y diáfano, que se ajustaba a su piel como un fantasma amoroso.

—Esto es muy diferente de Kaitain. —Margot acarició su pelo, y Fenring se estremeció de deseo—. Pero sigue siendo nuestro palacio. No me sabe mal estar aquí, amor mío.

El conde recorrió con los dedos la manga de su vestido.

—Ummm, ya lo creo. De hecho, es más seguro para nosotros estar alejados del emperador en este momento.

—Tal vez. Debido a todos los errores que ha cometido, dudo que un chivo expiatorio sea suficiente.

—Ummm, Shaddam no se contenta con poco.

Margot cogió a Fenring del brazo y le guió por el pasillo que comunicaba con el balcón. Diligentes empleadas de hogar fremen, silenciosas como de costumbre, se dedicaban a sus tareas con circunspección, la vista gacha. El conde resopló cuando las vio encadenar una tarea con otra, como secretos móviles.

El conde y lady Fenring se detuvieron ante una estatuilla adquirida en un mercado popular, una figura sin rostro cubierta con un hábito. El artista había sido fremen. Fenring alzó la pieza con aire pensativo y estudió el atavío arrugado de un hombre del desierto, tan bien plasmado por el escultor.

Ella le dedicó una mirada calculadora.

—La Casa Corrino todavía necesita tu ayuda.

—Pero ¿me escuchará Shaddam, ummm?

Fenring devolvió la estatuilla a la mesa.

Caminaron hasta la puerta del invernadero que había construido para ella. Margot activó la cerradura a palma y retrocedió cuando se iluminó para abrir la puerta. Fenring percibió el olor húmedo a abonos y vegetación. Era un olor que le gustaba, puesto que era muy diferente de la árida desolación del planeta.

Suspiró. Habría podido irle mucho peor. Y también al emperador.

—Shaddam, nuestro león Corrino, necesita lamerse las heridas un tiempo, y reflexionar sobre los errores cometidos. Un día, ummm, aprenderá a valorarme.

Pasearon entre las altas plantas de anchas hojas y enredaderas colgantes, bajo la luz difusa de los globos que colgaban cerca del techo. En aquel momento, los irrigadores se conectaron como serpientes siseantes. Flotaron sobre suspensores ingrávidos de planta en planta. El agua mojó la cara de Fenring, pero no le importó. Respiró hondo.

El conde Fenring descubrió un brote de hibisco púrpura, una mancha brillante de pétalos rojos como la sangre que se aferraba a una enredadera, y llevado por un impulso lo arrancó para ella. Lady Margot aspiró el perfume.

—Convertiremos en un paraíso el lugar en el que vivamos —dijo la mujer—. Incluso Arrakis.

> Los préstamos e intercambios culturales que nos han conducido hasta este momento cubren inmensas distancias y un enorme lapso de tiempo. Presentados en una panoplia tan impresionante, solo podemos inferir una sensación de gran movimiento y corrientes poderosas.
>
> Princesa IRULAN CORRINO, *En la casa de mi padre*

El retorno de los héroes Atreides a su planeta natal señaló el principio de una semana de festejos. En el patio del castillo de Caladan, y a lo largo de los muelles y calles estrechas de la ciudad vieja, los vendedores ofrecían los mejores mariscos y delicias de arroz pundi. En las playas, ardían hogueras día y noche, mientras la gente bebía, bailaba y daba rienda suelta a su alegría. Los taberneros desenterraban los vinos locales más caros de sus bodegas particulares, y servían suficiente cerveza de especia para inundar una flota de botes.

Nuevas leyendas nacieron, con historias sobre Leto, el Duque Rojo, el príncipe cyborg Rhombur, el trovador y guerrero Gurney Halleck, el maestro espadachín Duncan Idaho y el mentat Thufir Hawat. La treta utilizada por Thufir para aterrar a las naves desconocidas que se acercaban a Caladan consiguió tantos vítores que el viejo mentat se quedó muy turbado.

La biografía de Leto, recién llegado de una batalla y una victoria merecida, se fue embelleciendo, gracias a la ayuda de Gurney. La primera noche de su regreso, ebrio de alcohol y buen humor, el guerrero ocupó un lugar junto a la hoguera más grande con su baliset y entonó una canción, en la mejor tradición de un Jongleur.

¿Quién puede olvidar el emocionante relato
del duque Leto el Justo y sus va-lien-tes hombres?
Rompió el bloqueo de Beakkal y burló a los Sardaukar,
guió a sus fuerzas hasta Ix y enmendó un entuerto.
Ahora os digo, y escuchad bien,
que nadie dude de sus palabras y su juramento:
¡Libertad... y jus-ti-cia... para todos!

Mientras Gurney continuaba bebiendo vino, añadía versos a la canción, prestando más atención a la música que a los hechos.

El día del bautizo de su hijo, una gran multitud se congregó en los jardines del palacio contiguos a una glorieta cubierta de glicina plateada aromática y calarrosas. En una plataforma situada dentro del recinto, Leto llevaba ropas sencillas para demostrar a su pueblo que era uno más de ellos: pantalones anchos, camisa a rayas azules y blancas y gorra azul de pescador.

A su lado, lady Jessica acunaba al bebé en sus brazos. El niño iba vestido con un diminuto uniforme Atreides, mientras Jessica llevaba la indumentaria de una sencilla aldeana, falda de lino marrón y verde, y una blusa blanca de manga corta. Un broche hecho a base de madera flotante y conchas ceñía su cabello rojizo.

El duque Leto tomó al niño en sus fuertes manos y lo levantó.

—Ciudadanos de Caladan, os presento a vuestro próximo gobernante: ¡Paul Orestes Atreides!

El nombre había sido elegido en honor del padre de Leto, en tanto el segundo nombre, Orestes, conmemoraba al hijo de Agamenón, de la Casa de Atreus, de quien se creía que era el antecesor de la Casa Atreides. Jessica le miró con amor y aceptación, sonrió a su hijo y se alegró de que estuviera sano y salvo.

Cuando la multitud prorrumpió en vítores, Leto y Jessica cruzaron la plataforma y bajaron a los jardines, donde se mezclaron con los invitados.

Rhombur, que se había desplazado desde Ix, estaba sobre un montículo cubierto de hierba con su esposa Tessia. Aplaudió con más fuerza que nadie, gracias a sus manos mecánicas. Había dejado al embajador Pilru en la ciudad subterránea para que supervisara los trabajos de restauración y reconstrucción, y así el nuevo conde ixiano y su dama Bene Gesserit pudieron asistir a la ceremonia.

Cuando Rhombur escuchó que el duque describía sus esperanzas para el recién nacido, recordó algo que su padre Dominic le había dicho en cierta ocasión: «Ninguna gran victoria se consigue a cambio de nada».

Tessia frotó la nariz contra su hombro. Rhombur la rodeó con sus brazos, pero no notó su calor corporal. Era una de las deficiencias de su cuerpo cyborg. Aún se estaba acostumbrando a su mano nueva.

En apariencia, estaba feliz y contento, y había recuperado su antigua personalidad optimista. Pero en el fondo de su corazón, lamentaba todo cuanto su familia había perdido. Ahora, aunque había limpiado el nombre de sus padres y ocupado de nuevo el Gran Palacio, Rhombur sabía que sería el último del linaje Vernius. Estaba resignado al hecho, pero esta ceremonia de bautizo le resultaba muy difícil.

Miró a Tessia, y una dulce sonrisa se formó en la boca de su esposa, aunque sus ojos sepia revelaban incertidumbre, y tenues arrugas de preocupación se dibujaban en su rostro. Rhombur esperó.

—No sé cómo abordar cierto tema —dijo ella por fin—, esposo mío. Espero que lo consideres una buena noticia.

Rhombur le dedicó una sonrisa animosa.

—Bien, la verdad es que no podré soportar ninguna mala noticia más.

Ella apretó su mano nueva.

—¿Te acuerdas de cuando el embajador Pilru te habló de tu hermanastro, Tyros Reffa? Llevó a cabo toda clase de análisis genéticos para demostrar sus afirmaciones, y trató las pruebas con mucho cuidado.

Rhombur la miró sin comprender.

—Yo... conservé las muestras celulares, amor mío. El esperma es genéticamente viable.

—¿Me estás diciendo que podríamos utilizarlo, que sería posible...? —dijo Rhombur, pillado por sorpresa.

—Debido a mi amor por ti, deseo engendrar un hijo de tu hermanastro. La sangre de tu madre correría por las venas del bebé. Un hijo putativo de la rama femenina. Tal vez no fuera un verdadero Vernius, pero...

—¡Infiernos carmesíes, lo suficiente, por los dioses! Podría adoptarlo y nombrarlo heredero oficial. Ningún hombre del Landsraad osaría llevarme la contraria.

La estrechó entre sus poderosos brazos.

Tessia le dedicó una sonrisa tímida.

—Estoy dispuesta a cumplir cualquier deseo tuyo, mi príncipe.

Rhombur lanzó una risita.

—Ya no solo soy un príncipe, amor mío... Soy el conde de la Casa Vernius. ¡Y la Casa Vernius no se va a extinguir! Parirás muchos hijos. El Gran Palacio se llenará de sus risas.

No cabe duda de que el desierto posee cualidades místicas. Los desiertos, por tradición, son los úteros de la religión.

Informe de la Missionaria Protectiva a la Escuela Materna

Aunque grandes acontecimientos sacudieran la política del Imperio, este mar de arena nunca cambiaba.

Dos hombres, con las capuchas de sus capas jubba echadas hacia atrás y las mascarillas de los destiltrajes colgando, se erguían sobre un saliente rocoso y contemplaban las dunas, iluminadas por la luna, del Erg Habbanya. Fremen de ojos penetrantes se cuidaban de la estación de observación de la Falsa Muralla Oeste, vigilando las explosiones de especia.

Desde primera hora de la mañana, Liet-Kynes y sus compañeros habían olido los gases aromáticos de una enorme masa de pre especia que la brisa transportaba a través del erg. Habían escuchado los rugidos del estómago del desierto, profundas alteraciones. Algo estaba pasando bajo el océano de dunas..., pero una explosión de especia solía producirse de repente, con escaso aviso y mucha destrucción. Hasta el curtido planetólogo sentía curiosidad.

La noche era silenciosa. Un ominoso cometa nuevo cruzó los cielos y dejó un río de niebla tras de sí. El espectáculo constituía un presagio importante, aunque indescifrable. Los cometas significaban con frecuencia el nacimiento de un nuevo rey, o la muerte de uno viejo. Los portentos abundaban, pero ni los naibs ni las

Sayyadinas se ponían de acuerdo sobre la bondad o maldad de los augurios.

En lo alto de los riscos, hombres y muchachos esperaban una señal de los exploradores, preparados para correr sobre la arena provistos de herramientas y sacos, con el fin de recoger la especia fresca antes de que llegara un gusano. Los fremen habían recogido melange de esta manera desde los tiempos de los peregrinos zensunni, cuando los primeros refugiados habían llegado al planeta desierto.

Recoger especia a la luz de un cometa... Cuando la Segunda Luna se alzó en el cielo, Liet miró la sombra de su cara brillante, que recordaba un ratón del desierto.

—Muad'dib viene a protegernos.

A su lado, Stilgar miraba con ojos tan acerados como los de un ave de presa. De repente, incluso antes de la explosión de especia, distinguió las señales de un gusano. Un montículo de arena corría a gran velocidad paralelo a las rocas del sietch de la Muralla Roja. Liet forzó la vista, intentó distinguir detalles. Otros exploradores observaron también el movimiento, y lanzaron frenéticos gritos.

—Los gusanos no se acercan tanto a nuestro sietch —murmuró Liet—, a menos que exista algún motivo.

—¿Quiénes somos nosotros para conocer los motivos de Shai-Hulud, Liet?

El gigantesco animal surgió de la arena bajo la alta barrera rocosa. En el silencio de la noche, Liet oyó que sus compañeros respiraban hondo. El enorme gusano de arena era tan viejo que parecía hecho de los huesos crujientes del mundo.

Entonces, desde otro promontorio, un explorador avisó de la llegada de un segundo gusano, y luego otro y otro, monstruos que nadaban bajo la arena y convergían en aquel punto. La corriente abrasiva de arena sonaba como un susurro estruendoso.

Uno a uno, más monstruos emergieron y formaron un gran círculo, con chispas de fuego en sus gargantas. A excepción del chirrido de la arena, los gusanos guardaban un silencio siniestro. Liet contó más de una docena, que se extendían como si quisieran alcanzar el cometa.

Pero los gusanos de arena eran muy celosos de sus territorios privados. Nunca se veían más de dos juntos, y acababan peleando entre sí. No obstante, aquí se habían... congregado.

Liet sintió bajo sus botas una vibración que se transmitía a través de la piedra de la montaña. Un olor potente se mezcló con el perfume a melange que se filtraba por la arena.

—Avisad a todos los habitantes del sietch. Traed a mi mujer y a mis hijos.

Los mensajeros desaparecieron en los túneles.

Los enormes y sinuosos gusanos se movían de forma sincronizada, se alzaban alrededor del primer monstruo, como si lo adoraran.

Mientras contemplaban el espectáculo, los fremen hicieron señas a Shai-Hulud. Liet solo podía mirar. Las generaciones venideras hablarían de este fenómeno.

Los gusanos volvieron al mismo tiempo sus cabezas redondas sin ojos hacia el cielo. En el centro del círculo, el anciano coloso se erguía como un monolito sobre los demás. El cometa arrojaba tanta luz como la Primera Luna, e iluminaba a los monstruos del desierto.

—¡Shai-Hulud! —susurraron los fremen.

—Hemos de avisar a la Sayyadina Ramallo —dijo Stilgar a Liet—. Hemos de contarle lo que hemos visto. Solo ella puede interpretar esto.

Faroula apareció al lado de Liet con sus hijos. Le tendió su hija de dieciocho meses, Chani, y alzó al niño para que pudiera ver a los adultos delante de ella. Su hijo adoptivo Liet-chih se adelantó para mirar.

El círculo de gusanos se retorció en una extraña danza, con un ruido de fricción. Se movían en dirección contraria a las agujas del reloj, como si intentaran provocar un remolino en el desierto. En el centro, el más viejo de todos los gusanos empezó a derrumbarse, su piel se desprendió, sus anillos se separaron. Pedazo a pedazo, se disolvió en diminutas piezas vivientes, un río plateado de truchas de arena embrionarias, como amebas, que caían sobre la arena y se hundían bajo las dunas.

Los asombrados fremen murmuraron. Varios niños izados al exterior por sus padres y cuidadoras charlaban entre sí muy animados, y hacían preguntas que nadie podía contestar.

—¿Es un sueño, esposo? —preguntó Faroula. Chani miraba con los ojos abiertos de par en par. Sus iris y pupilas aún no habían adquirido el tono azul que producía la exposición a la melange. Recordaría esta noche.

—No es un sueño..., pero no sé qué es.

Liet cogió la mano de Faroula, mientras acunaba a su hija en un brazo. Los ojos de Liet-chih destellaron, mientras observaba a los gusanos.

Los animales seguían dando vueltas, mientras el más anciano se dividía en miles de embriones. El enorme cuerpo se rompió en pedazos, y solo quedó una cáscara cartilaginosa de costillas y anillos. La miríada de truchas de arena se hundió en las dunas y desapareció de la vista.

Momentos después, los restantes gusanos se zambulleron bajo la arena, una vez concluido su misterioso ritual. Se alejaron en muchas direcciones, como conscientes de que su breve tregua no podía prolongarse mucho más.

Liet, tembloroso, estrechó a Faroula contra sí y sintió los latidos de su corazón acelerado. El pequeño, que le llegaba a la cintura a su madre, seguía sin habla.

Poco a poco, las dunas fueron recobrando el aspecto que tenían al principio de la noche, una secuencia infinita como las olas del mar.

—Bendito sea el Creador y Su agua —murmuró Stilgar, coreado por sus compañeros—. Benditas sean Sus idas y venidas. Que Su paso purifique el mundo. Que conserve el planeta para Su pueblo.

Un acontecimiento significativo, pensó Liet. *Algo tremendo ha cambiado en el universo.*

Shai-Hulud, rey de los gusanos de arena, había vuelto a la arena, abriendo el camino para un nuevo gobernante. En el plan general de las cosas, el nacimiento y la muerte estaban entrelazados con los notables procesos de la naturaleza. Como Pardot Kynes había enseñado a los fremen, «La vida, toda vida, está al servicio de la vida. Todo el paisaje cobra vida, preñado de relaciones y de relaciones dentro de relaciones».

Los fremen acababan de presenciar un notable presagio, el de que en algún lugar del universo había ocurrido un nacimiento importante, que sería saludado durante los milenios posteriores. El planetólogo Liet-Kynes empezó a susurrar en el oído de su hija los pensamientos que era capaz de traducir en palabras..., y después enmudeció cuando intuyó que ella comprendía.

Es imposible comprender un proceso si lo detienes. La comprensión ha de progresar con el flujo del proceso, ha de unirse a él y fluir juntos.

Primera ley mentat

En la suave extensión de un jardín perfectamente cuidado, bajo una neblina de fuentes ricas en sustancias nutritivas, la madre superiora Harishka realizaba sus ejercicios diarios, concentrada en el funcionamiento de su cuerpo envejecido. Llevaba leotardos negros, mientras no muy lejos diez acólitas vestidas de blanco hacían sus propios ejercicios. Contemplaban a la mujer nervuda en silencio, y se esforzaban por imitar su agilidad, sin demasiado éxito.

La madre superiora cerró sus ojos almendrados y concentró sus energías en el interior, acudiendo a sus recursos mentales más profundos. Como ama de cría en sus años jóvenes, había dado a luz a más de treinta hijos, cada uno de los cuales prolongaba el linaje de una familia importante del Landsraad.

Todo ello al servicio a la Hermandad.

El aire de la mañana era fresco en Wallach IX, con una brisa ligera. Las colinas lejanas aún estaban cubiertas por una capa de nieve fundida. El pequeño sol blancoazulado, el débil corazón del sistema solar, intentaba sin éxito abrirse paso entre las nubes grises.

Una reverenda madre se acercó desde los edificios del complejo de la Escuela Materna. Gaius Helen Mohiam, que sostenía una pequeña caja incrustada de joyas, caminaba sin hacer ruido sobre la hierba, sin apenas dejar pisadas. Se detuvo a unos metros de distancia, y esperó mientras Harishka continuaba sus ejercicios.

Con los ojos todavía cerrados, Harishka giró en redondo y efectuó una *jeté* en dirección a Mohiam, y después hizo una finta a la derecha. El pie izquierdo de la madre superiora salió lanzado en una patada que se detuvo a una fracción de centímetro de la cara de la Decidora de Verdad.

—Estáis más ágil que nunca, madre superiora —dijo Mohiam, impertérrita.

—No seas paternalista con una anciana. —Los ojos oscuros de Harishka se abrieron, y se concentraron en la caja que sostenía Mohiam—. ¿Qué me has traído?

La reverenda madre levantó la tapa y extrajo un anillo de piedra soo azul claro. Lo deslizó en uno de los dedos arrugados de Harishka. Tocó un botón en un lado del anillo, y un libro virtual se materializó en el aire.

—El diario de la madre Kwisatz, descubierto en sus aposentos reales después de su muerte.

—¿Y el texto?

—Solo vi la primera página, madre superiora, con el fin de identificar la obra. No consideré apropiado continuar leyendo.

Inclinó la cabeza.

Harishka oprimió el botón y fue pasando las páginas virtuales ante sus ojos, mientras seguía hablando con Mohiam.

—Algunas personas dicen que aquí hace frío. ¿Estás de acuerdo?

—Una persona solo tiene el frío que su mente le dice que hace.

—Dame algo más que respuestas de manual.

Mohiam alzó los ojos.

—Para mí, hace frío.

—Y para mí, es un clima muy agradable. Mohiam, ¿crees que podrías enseñarme algo?

—Nunca me he parado a pensarlo, madre superiora.

—Pues hazlo.

La anciana continuó examinando el diario de Anirul.

Mientras la observaba e intentaba comprender, Mohiam comprendió que Harishka nunca dejaría de ser una instructora, pese a su elevada posición en la Hermandad.

—Enseñamos a quienes necesitan aprender —dijo por fin.

—Otra respuesta de manual.

Mohiam suspiró.

—Sí, supongo que podría enseñaros algo. Cada una de nosotras sabe cosas que las demás ignoran. El nacimiento de un hijo varón demuestra que ninguna de nosotras sabe siempre qué ha de esperar.

—Exacto. —Harishka asintió, pero con una expresión de desagrado—. Las palabras que pronuncio en este preciso momento y los pensamientos que pasan por mi cabeza no son iguales a los que he experimentado en el pasado, o a los que volveré a crear. Cada momento es una joya en sí mismo, como este anillo de piedra soo, único en todo el universo. Así sucede con cada vida humana, que no se parece a ninguna otra. Aprendemos mutuamente y nos enseñamos mutuamente. Así es la vida, pues a medida que aprendemos, la especie progresa.

Mohiam asintió.

—Aprendemos hasta que morimos.

Aquella tarde, la madre superiora estaba sentada sola en su estudio, ante el escritorio de madera pulida. Volvió a abrir el diario virtual. A su derecha ardía un cáliz de incienso, y perfumaba el aire con un tenue aroma a menta.

Leyó el relato de Anirul, de su vida cotidiana como madre Kwisatz, del papel tan diferente que interpretaba para la familia Corrino, y de las esperanzas que había depositado en su hija Irulan. Harishka releyó un pasaje, que consideró escalofriantemente profético:

«No estoy sola. La Otra Memoria es mi compañía constante, en todo lugar y momento. Con tal depósito de sabiduría colectiva, algunas reverendas madres consideran innecesario escribir un diario. Damos por sentado que nuestros pensamientos serán transferidos a una hermana al morir. Pero ¿y si muero sola, sin que ninguna reverenda madre pueda acceder a mis recuerdos y conservarlos?»

Harishka inclinó la cabeza, incapaz de reprimir la tristeza que sentía. Como Anirul había muerto antes de que Mohiam pudiera llegar a su lado, todo lo que la mujer había conocido o experimentado se había desvanecido. Excepto fragmentos, como este.

Continuó leyendo: «No conservo estas páginas por motivos personales. Como madre Kwisatz, responsable de la culminación de nuestra obra, mantengo esta crónica detallada para iluminar a las que me seguirán. En la terrible eventualidad (¡rezo para que no ocurra!) de que el programa de reproducción del Kwisatz Haderach fracase, mi diario puede significar una fuente de incalculable valor para futuras líderes. A veces, el acontecimiento en apariencia más insignificante puede significar mucho. Todas las hermanas lo saben».

Harishka desvió la vista. Anirul Sadow-Tonkin Corrino y ella habían sido íntimas en otro tiempo.

La anciana procuró serenarse y siguió leyendo. Por desgracia, el grueso del diario degeneraba en palabras y frases fragmentadas e irracionales, como si demasiadas voces se hubieran esforzado por tomar el control de la pluma virtual. Gran parte de la información era preocupante. Ni siquiera la madre Galena Yohsa había sospechado el alcance de la desintegración mental de Anirul.

Harishka pasó las páginas y leyó más deprisa. El diario describía las pesadillas y sospechas de Anirul, incluyendo toda una página en la cual escribía la Letanía contra el miedo Bene Gesserit una y otra vez.

Para la madre superiora, muchas de las anotaciones se le antojaron apuntes demenciales e incomprensibles. Maldijo en voz baja. *Piezas de un rompecabezas, y ahora Jessica ha dado a luz un niño, en lugar de una niña.*

No podía culpar a Anirul por ello.

Harishka decidió enseñar el volumen virtual a la hermana Thora, la cual había diseñado la mayor parte de los complejos códigos criptográficos que la orden utilizaba. Tal vez ella podría descifrar las sílabas y fragmentos de frases.

El hijo de Jessica quizá constituía el misterio más grande de todos. Harishka se preguntó por qué Anirul había sacrificado su vida por él. ¿Había considerado este... error genético significativo, o se trataba de otra cosa? ¿Una disparatada exhibición de debilidad humana?

Rezó para que el programa de reproducción milenario no se hubiera perdido para siempre, y cerró el diario. Se convirtió en una neblina gris y desapareció en el interior del anillo.

Pero las palabras quedaron grabadas en su mente.

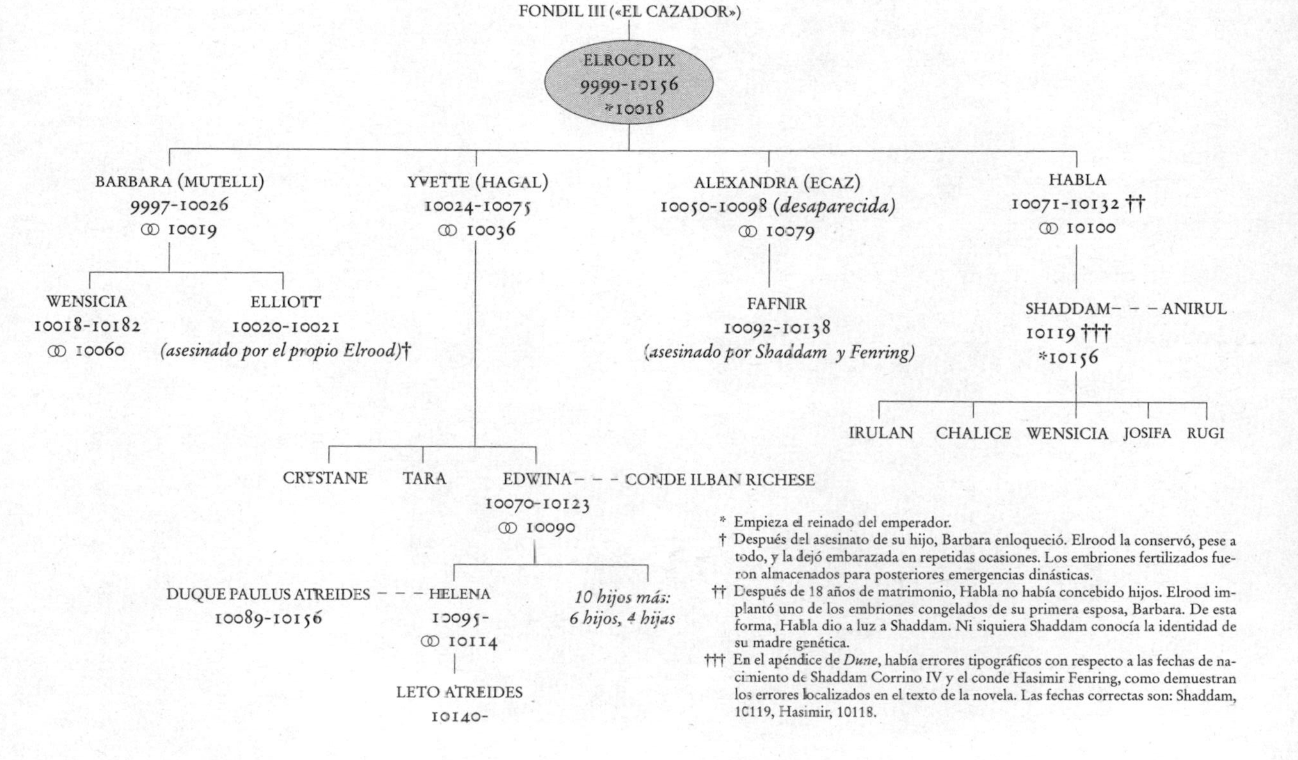

* Empieza el reinado del emperador.

† Después del asesinato de su hijo, Barbara enloqueció. Elrood la conservó, pese a todo, y la dejó embarazada en repetidas ocasiones. Los embriones fertilizados fueron almacenados para posteriores emergencias dinásticas.

†† Después de 18 años de matrimonio, Habla no había concebido hijos. Elrood implantó uno de los embriones congelados de su primera esposa, Barbara. De esta forma, Habla dio a luz a Shaddam. Ni siquiera Shaddam conocía la identidad de su madre genética.

††† En el apéndice de *Dune*, había errores tipográficos con respecto a las fechas de nacimiento de Shaddam Corrino IV y el conde Hasimir Fenring, como demuestran los errores localizados en el texto de la novela. Las fechas correctas son: Shaddam, 10119, Hasimir, 10118.